【茅盾珍档手迹】

子夜

◇茅盾 著

桐乡市档案局（馆）编

浙江大学出版社
ZHEJIANG UNIVERSITY PRESS

前言

茅盾（一八九六—一九八一），本名沈德鸿，字雁冰，浙江桐乡乌镇人。他是我国二十世纪文学史上的著名小说家、批评家，其创作以史诗性的气魄著称，代表作包括长篇小说《子夜》、短篇小说《林家铺子》等。新中国成立后，他担任中央人民政府文化部长职务，主编《人民文学》杂志，当选为历届全国人民代表大会代表、历届政协全国委员会常务委员和第四、五届全国委员会副主席。在茅盾逝世追悼会上，中共中央的悼词称茅盾『是在国内外享有崇高声望的革命作家、文化活动家和社会活动家。他同鲁迅、郭沫若一起，为我国革命文艺和文化运动奠定了基础』。正由于茅盾具有这样的历史成就和历史地位，有关他的档案资料也就成了我们国家一份极其珍贵的文化遗产。

近年来，我们桐乡市档案局（馆）在征集名人档案的过程中，走访了茅盾之子韦韬先生。韦韬先生认为，把家中尚有的茅盾档案资料全部保存到家乡的档案馆，一是放心，二是可以让更多的人到档案馆进行查阅和利用。因此，在经过全面整理后，他向桐乡市档案馆无偿捐赠了茅盾的档案资料。这些档案资料中，有茅盾小说、诗词、回忆录、文艺评论的创作手稿以及笔记、杂抄、古诗文注释、书信、日记、译稿等原件，还有茅盾的原始讲话录音、照片等。

档案是人类认识世界和改造世界的历史记录。借助档案，人们可以了解过去，把握现在，预见未来。我们认识到，利用好这批珍贵的茅盾档案资料，让它通过各种形式为社会服务，对促进茅盾生平、思想及其作品的研究，促进我国革命文艺和文化运动的研究，对陶冶人们的高尚情操，促进社会主义和谐文化建设，都具有十分重要的意义。同时，茅盾的作品手稿，有钢笔字、毛笔字、铅笔字，字体隽秀、飘逸，笔力苍劲、潇洒，如同一幅幅精美的书法，是不可多得的艺术珍品。为此，我们桐乡市档案局（馆）在征得韦韬先生同意后，决定精心选择部分茅盾档案资料，陆续编辑出版『茅盾珍档手迹』系列丛书。

本册收录的是茅盾于一九三一—一九三二年写的长篇小说《子夜》（原名《夕阳》）的手稿。《子夜》是茅盾的代表作。小说通过严谨而宏大的艺术结构，编织成一幅广阔、鲜明的社会生活图画，生动地反映出当时各个阶级、阶层的生活面貌，以及当时社会的政治、经济和道德风尚，包含了丰富的思想内容。《子夜》是一部在中国现代小说史和中国现代文学史上具有里程碑意义的现实主义长篇小说。

在手迹中，段前标有『*』号的文字，是插入页中标有相应『*』号处的修改补充内容，请读者留意。

编辑出版茅盾的档案资料，是我们桐乡市档案局（馆）开展档案编研工作，利用档案为现实服务的新的尝试。这项工作，得到了韦韬先生、中共桐乡市委、桐乡市人民政府和浙江大学出版社的大力支持，我们在此表示衷心的感谢！

桐乡市档案局（馆）

二〇一一年六月八日

目录

夕陽

"In Twilight"

A Romance of modern China in transition

a Novel of industrialized China

一、

太陽剛々下了地平線。軟风一陣一陣地吹上人面，怪痒々的。苏州河的濁水幻成了金緑色，輕々地，悄々地，向西流着，流着。黄浦的夕潮不知怎的已經漲上了，現在沿這苏州河兩岸的各色船隻都浮得高々地，艙面比碼頭还高了約莫半尺。风吹来外灘公園裡的音樂，却只有那炒豆似的銅鼓声最分明，也最叫人心顫。暮靄挾着薄霧罩籠了外白渡橋的高聳的鋼架，電車駛過時，這鋼架下横空架挂的電車線時々爆發出數朵碧綠的火花。從橋上向東望，可以看見浦東的洋棧像巨大的怪獸，蹲在暝色中，閃着千百隻小眼睛似的燈光。向西望，叫人猛一驚的，是高々地裝在一所洋房頂上而且異常龐大的Neon電管廣告，射出火一樣的赤光和青燐似的綠焰：Power，Heat，Light！

這時候——這天堂般五月的傍晚，有三輛一九三〇年式的福特汽車像閃電一般駛过了外白渡橋，向西轉彎，一直沿北苏州路去了。

过了北河南路口的上海總商會以西的一段，俗名唤作鐵馬路上，是行駛内河的小火輪的彙集處。那三輛汽車到這裡就低減了速率。第一輛車的開車人輕々地對坐在他旁边的身里拷綢衣的彪形大漢說：

「老關！是戴生昌罷？」

「可不是！怎麼倒忘了？這是給那爛污貨迷昏了啦！回頭一看，一頓揍！」

老關也是輕聲說，露出一口好像連鐵梗都咬得斷的大牙齒。他是保鑣的。此時汽車戛然而止，老關就即跳下車去，摸摸腰間的勃郎寧，又向四下裡瞥了一眼，就過去開了車門，威風凜凜地站在旁邊。車廂裡先探出一個頭來，紫醬色的一張方臉，濃眉毛，圓眼睛，臉上有許多小皰。看見迎面那所小洋房的大門上正有「戴生昌輪船局」六個大字，這人也就跳下車來，一直走進輪船局去。老關緊跟在後面。

「飛雲輪船快到了麼？」

紫醬臉的人傲然問，聲音是宏亮而清晰；他大概有四十歲了，身材魁梧，舉止威嚴，一望而知是頤指氣使慣了的「大亨」。他的話還沒完，坐在那裡的輪船局辦事員慌地一齊站了起來，內中有一個瘦長子堆起滿臉的笑容搶上一步，恭恭敬敬回答：

「快了，快了！三老爺，請坐一會兒罷。——倒茶來。」

瘦長子一面說，一面就拉過一把椅子來放在三老爺的背後。三老爺的臉上肌肉一動，似乎是微笑，對那瘦長子瞥了一眼，就望著門外。這時三老爺的車子已經開過去了，第二輛汽車補了缺，從車廂裡下來一男一女，也進來了。男的是五短身材，微胖，滿面和氣的一張白臉。女的卻高多了，也是方臉，和三老爺有幾分相像，但顏色白嫩光澤。＊男的先開口：

「蓀甫，就在這裡等候麼？」

紫醬色臉的蓀甫還沒回答，那個瘦長子早就陪笑說：

「不錯，不錯。姑老爺。已經派了人在那裡看守，等船靠了碼頭，就進來報告。頂多再等五分鐘，五分鐘！」

＊兩個都是四十開外的年紀了，但女的因為裝飾入時，看來至多不過三十左右。

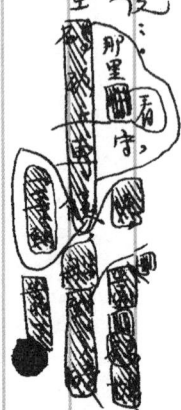

「呀，福生，你還在這裡麼？好！做生意要有良心。老太爺向來就說你肯學好。你有幾年不見老太爺啦？」

「上月回鄉去，還到老太爺那裡請安。——姑太太，請坐啊。」

叫做福生的那個瘦長男子聽得姑太太稱讚他，快活得什麼似的，一面急口回答，一面轉身又拖了兩把椅子來放在姑老爺和姑太太的背後，又是獻茶，又是敬煙。他是蓀甫三老爺家裡一個老僕的兒子，從小伶俐，所以蓀甫的父親——吳老太爺特囑蓀甫安插他到這戴生昌輪船局。但是蓀甫他們三位且不先坐下，眼睛都看著門外。門口馬路上也有一個彪形大漢站著，背向著門，不住地左顧右盼；這位是姑老爺杜竹齋隨身的保鏢。

杜姑太太輕鬆地鬆一口氣，先坐了，拿一塊印花小絲巾在嘴唇上抹了幾下，回頭對蓀甫說：

「三弟，去年我和竹齋回鄉去掃墓，也坐這雲飛船。是一條快船。單趟直放，不過半天多就到了，就是顛得利害。這次爸爸骨頭痛。一定很辛苦的。他那半肢瘋，半個身子簡直不能動。竹齋，去年我們看見爸爸坐久了就說頭暈——」

姑太太說到這裡一頓，輕輕吁了口氣，眼圈兒也像有點紅了。她正想接下去說，猛的一聲汽笛從外面飛來。接著，一個人跑進來喊道：

「雲飛靠了碼頭了！」

姑太太也立刻站了起來，手扶著杜竹齋的肩膀。那時福生已經飛步搶出去，一面走，一面扭轉頸子，朝後面說：

「三老爺，姑老爺，姑太太，不忙，等我先去照呼好了再出來！」

輪船局裡要他的兩個人也忙亂開始，一片聲喚腳夫。就有一架預先準備好的大籐椅由兩個精壯的腳夫抬了出去。蓀甫眼睛望著外边，嘴裡說：

「二姊，回頭你和老太爺同坐一八八九號，讓四妹和我同車，竹齋帶阿萱。」

姑太太點頭，眼睛也望著外边，嘴唇翕翕地動：在那里念佛！竹齋含著雪茄，微微的笑著，看了蓀甫一眼，似乎說「我們走罷」。恰好福生也進來了，十分局促似的皺著眉頭：

「真不巧。有一隻蘇州班的拖船停在這裡擋住了——」

「不要緊。我們到碼頭上去看罷！」

蓀甫截斷了福生的話，就走出去了。保鏢的老關趕快也跟上去。後面是杜竹齋和他的夫人，還有福生。安來站在門口的杜竹齋的保鏢就作了最後的「殿軍」。

雲飛輪船果然泊在一條大拖船——「公司船」的外边。那隻大籐椅已經放在雲飛船頭，兩個精壯的腳夫站在旁边。碼頭上冷靜靜地沒有什麼閑雜人，輪船局裡的兩三個職員站在那裡高聲咕喝，轟走那些圍近來的黃包車夫和小販。蓀甫他們三位走上了那「公司船」的甲板時，吳老太爺已經由雲飛船的茶房扶出來坐上籐椅子了。福生趕快跳過去，做手勢，命令那兩個腳夫抬起吳老太爺，慢慢地走到「公司船」上。于是兒子，女兒，女婿，都上前相見。雖然路上辛苦，老太爺的臉色並不難看，兩圈紅暈停在他的顴骨。可是他不作聲，看著兒子，女兒，女婿，只點了一下頭，便把眼睛閉上了。

這時候，和老太爺同來的四小姐蕙芳和七少爺阿萱也椅上那「公司船」。

「爸爸在路上好麼？」

杜姑太太——吳二小姐，拉住了四小姐，輕聲問。

「沒有什麼。只是老說頭暈。」

「趕快上汽車罷！福生，你去招呼一八八九號的新車子先開來。」

蓀甫不耐煩似的說。這兩位小姐圍在老太爺旁邊，蓀甫和竹齋，阿萱，就先走到碼頭上。一八八九號的車子開到了，踏腳樁子也上了岸，吳老太爺也被扶進汽車裡坐穩了，二小姐杜姑太太跟着便坐在老太爺旁邊。本來還是閉着眼的吳老太爺被二小姐身上的香氣一刺激，便睜開眼來，顫着聲音說：

「芙芳，是你麼？要蕙芳來！蕙芳！還有阿萱！」

蓀甫在後面的車子裡聽得了，略皺一下眉頭，但也不說什麼。老太爺的脾氣古怪而且執拗，蓀甫和竹齋都知道。於是四小姐蕙芳和七少爺阿萱都坐了老太爺的車子。二小姐芙芳捨不得離開父親，便也擠在那裡。兩位小姐把老太爺夾在中間，阿萱去坐在二小姐的對面。馬達聲音響了，汽車一八八九號開動，已經動了，忽然吳老太爺又銳聲叫了起來：

「太上感應篇！」

這是裂帛似的一聲怪叫。在這一聲叫喊中，老太爺殘餘的生命力似乎又復旺熾了；他的老眼閃閃地放光，額角上的紅筋色轉為紫來，雖然他的嘴唇自簌簌地抖着。

一八八九號的開車人立刻把車煞住，驚惶地回過臉來。蓀甫和竹齋的車子也跟着停止。大家都怔住了。四小姐卻明白老太爺要的是什麼。她看見福生站在近旁，就喚他道：

「福生！趕快到雲飛的大餐間裡拿那部太上感應篇來！是黃綾子的書套！」

吳老太爺自從騎馬跌傷了腿，終至成為半肢瘋以來，就虔奉太上感應篇，二十餘年如一日，除了每年印贈而外，又曾恭楷手抄一部，是他生卧不離的隨身法寶！

一會兒，福生捧著黃綾子書套的感應篇來了。吳老太爺接過來，恭恭敬敬擱在膝頭，就閉了眼睛，乾癟的嘴唇上浮出一絲微笑，放心了的。

「開車！」

二小姐輕聲喝，鬆了一口氣，一仰臉把頭靠在彈簧背墊上，也忍不住微笑。這時候，汽車愈走愈快，沿著北蘇州路向東走，到了外白渡橋轉彎朝南，那三輛車便像一陣狂風，每分鐘半英里，一九三〇年式的新紀錄！

捧了太上感應篇，坐在這樣近代文明的利器上，驅馳於三百萬人口的東方大都市上海的大街，而卻心裡專念著文昌帝君的「萬惡淫為首，百善孝為先」的誥誡，這矛盾是很顯然的了。而尤其使這矛盾尖銳化的，是吳老太爺的真正虔奉太上感應篇，又不同於上海的借善騙錢的「善棍」。可是三十年前，吳老太爺卻還是頂括括的「維新黨」。祖若父兩代侍郎，皇家恩澤不可謂不厚，然而吳老太爺那時候卻是滿腔子的「革命」思想。「父與子的衝突」普遍於那時候的，少年的吳老太爺也是一個主角。如果不是二十五年前習武騎馬跌傷了腿，又不幸而漸漸成為半身不遂的毛病，更不幸而接著又賦悼亡，那麼現在吳老太爺也許不至於整天捧著太上感應篇罷？然而自從傷腿以後，吳老太爺的英年浩氣就好像是整個兒跌丟了；二十五年來，他就不曾跨出他的書齋半步！二十五年來，除了太上感應篇，他就不曾看過任何書報！二十五年來他不曾经验过书室以外的人生！第二代的「父与子的冲突」又在他自己和荪甫中间不可挽救地发生。而且如果说上一代的侍郎可称得又怪僻又执拗，那么吴老太爷正亦不愧于乃翁；书室便是他的堡垒，太上感应篇便是他的护身法宝，他坚决的拒绝了和儿子妥协，已经有十年之久了！

虽然此时他已经坐在一九三〇年式的汽车里，然而并不是他对儿子妥协。他早就说过，与其目击儿子那样的「离经叛道」的生活，倒不如死了好！他绝对不愿意到上海。

荪甫向来也不坚持要老太爷来。此番因为土匪实在太嚣张，而且邻省的共产党红军也有燎原之势，让老太爷高踞家园委实是不妥当。这也是儿子的孝心。吴老太爷却就不相信什么土匪什么红军能够伤害他这虔奉文昌帝君的积善老子！

但是坐卧都要人扶持，半步也不能动的他，有什么办法？他只好让他们从他的「堡垒」里抬出来，上了「飞轮船」，终于又上了这「子不语」的怪物——汽车。正像二十五年前是这诅咒的本身不象使他不能到底做成「维新党」，使他不得不对老侍郎的「父」屈服，现在仍是这诅咒的本身不啻使他不能「积善」到底，使他不得不对新式企业家的「子」妥协了！他就是那么样始终演着悲剧！

但毕竟尚有太上感应篇这护身法宝在他手上，而况四小姐蕙芳，七少爷阿萱，一对金童玉女，也在他身旁，似乎虽入「魔窟」，亦未必竟堕「德行」，所以吴老太爷闭目养了一会神以后，渐渐泰然怡然，睁开眼睛来了。

汽车发疯似的向前飞跑。吴老太爷向前看。天哪！数百个亮着灯光的窗洞像几百只怪眼睛，高耸碧霄的摩天建筑，排山倒海般的扑到吴老太爷眼前，忽地又没有了；光秃秃的平地拔立的路灯杆，无穷无尽地，一杆接一杆地，向吴老太爷脸前打来，忽地又没有了；长蛇阵似的一串黑怪物，头上都有一对大眼睛放射出叫人目眩的强光，啵——啵——地吼着，闪电似的冲将过来，准对着吴老太爷坐的小箱子冲将过来！冲将过来！

近了！近了！

吴老太爷闭了眼睛，全身都抖了。然而，没有什么。他惊异地再睁开眼来，却依旧是那样大眼睛放光的黑怪物，叭——叭——地吼着吼着，直对了他冲过来，冲过来了！……要是他没有那么孔的手腕，他一定会跳起来冲，可是不知怎的他，却只能软瘫在弹簧坐垫上。他觉得他的头颈在颈子上旋转，他眼前是红的黄的绿的黑的发光的，立体的，圆锥形的，——混杂的一团，在那里跳，仿佛是在那里跳；他耳朵里灌满了轰，轰，轰！轧，轧，轧！啵，啵，啵！叫人心跳出腔子的猛烈嘈杂的声浪！

不知经过了多少时候，吴老太爷总算转过一口气来，有说话的声音在他耳边动荡：

「四妹，上海也不太平呀！上月是公共汽车罢工，这月是电车了！上月底，共产党在北京路闹事，提了几百，当场打死了一个。共产党有手段！三弟说，各工厂的工人也都不稳。随时可以闹事，时时想暴动。三弟的厂里，三弟公馆的围墙上，都写满了共产党的标语……」

「难道巡捕不捉么？」

「怎么不捉！可是捉不完。哟哟！真不知道那里来的这许多不要性命的人！——可是，四妹，你这一身衣服实在看了叫人笑。这还是十年前的装束！明天赶快换过新！」

是二小姐芙芳和四小姐蕙芳的对话。吴老太爷猛睁开了眼睛，只见左右二旁都是像他自己所坐的车子，而且车子中间又有那样的小箱子——汽车。都是静静地一动也不动。挡在前面不远，却像开了一道河似的，各色各样的车子，从南到北，又从北到南，匆忙地纷乱地交流着；不知从各色各样的男人和女人。*什么高处射来的一道红光又正落在吴老太爷身上，像是浴在血水中。这里正是南京路同河南路的交叉点，所谓「抛球场」，东西行的车辆此时正在那里静候指挥交通的红绿灯的命令。

「二姊，我还没见过三嫂子呢。我这一身乡气，真怕她笑痛了肚子。」

蕙芳轻声说，偷眼看一下父亲，又看看左右前后安坐在汽车里的时髦女人。芙芳笑了一声，掏出手帕来抹一下嘴唇。一股浓香直扑进吴老太爷的鼻子，似乎痒痒地怪难受。

*都像有鬼追在屁股后似的跌跌撞撞地快跑。

另行

「真怪呢！四妹。我十年到乡下去，也没看见像你这一身老式的衣裙。」

「可不是。乡下女人装束也时髦得很呢，但是父亲不许我——」

像一支尖针刺入吴老太爷迷惘的神经，他心跳了。他的眼光本能地瞥到二小姐芙芳的身上。他第一次意识地看清楚了二小姐的装束：淡蓝色的薄纱紧裹着她的壮健的身体，一对丰满的乳房很显明地突出来，袖口缩在左臂弯以上，露出雪白的半只臂膊。一种说不出的厌恶，突然塞满了吴老太爷的心胸，他赶快转过脸去，不提防扑进他视野的又是一位半裸体似的只穿着亮纱坎肩，连肌肤都看得分明的时髦少妇，高坐在一辆黄包车上，翘起了赤裸裸的一只白腿，简直好像没有穿裤子。「万恶淫为首」！这句话像鼓槌一般打得吴老太爷全身发抖。然而还不止此。吴老太爷眼珠一转，又瞥见了他的宝贝阿萱却正张大了嘴巴，出神地贪看着那位半裸体的艳妆少妇呢！老太爷的心卜地一下狂跳，就像爆裂了似的再也不动，喉间是火辣辣地，好像塞进了一大把的辣椒。

此时指挥交通的灯光换了绿色，吴老太爷的车子便又向前进。冲开了各色各样车辆的海，冲开了红红绿绿的耀着肉光的男男女女的海，向前进！机械的骚音，汽车的臭屁，和女人身上的香气，霓虹电管的赤光，——一切梦魇似的都市的精怪，毫无怜悯地压到吴老太爷朽弱的心灵上，直到他只有目眩，只有耳鸣，只有头晕！直到他的刺激过度的神经像要爆裂似的发痛，直到他的狂跳不歇的心脏不能再跳动！

呼卢呼卢的声音从吴老太爷的喉间发出来，但是都市的骚音太大了，二小姐四小姐和阿萱都没有听到。老太爷的脸色也变了，但是在不断的红光绿光的映射中，谁也不能辨别谁的脸色有什么异样。

汽车是旋风般向前进。已经穿过了西藏路，在平坦的静安寺路上开足了速率，每英里一分钟。路旁隐在绿荫中射出一点灯光的小洋房连排似的扑过来，一眨眼就过去了。五月夜的凉风吹在衣襟上，猎猎地作响。四小姐蕙芳像是摆脱了什么重压似的松一口气，对阿萱说：

「七弟，这可是住在上海了；究竟上海有什么好玩，我只觉得乱烘烘地叫人头痛。」

「住惯了就好了。近来是乡下土匪太多，大家都搬到上海来。你同妹看这一路的新房子，都是这两年内新盖起来的。随你盖多少新房子，总有那么多人的来住。」

二小姐接着说，打开她的红色皮夹，取出一个粉扑，对着皮夹上装的小镜子，就开始汽车上的化妆。

「可是乡下也忒太平。谣言总没有上海那样多。七弟，是么？」

「太平？不见得罢！两星期前闹来了一连兵，到闹市庙里驻扎好了，就向商会要五十个青年女人——补洗衣服，——商会说没有，那些大太爷就自己出来动手拉。我们隔壁开水菓店的陈家嫂不是就被他们拉了去么？我们家的陆妈妈也是几天不敢出门……」

「真作孽！我们在上海一点也不知道。我们只听说共匪要掳女人去公」

「我在镇上就不曾见过半个共匪。就是那一连兵，叫人头痛！」

「嗳，七弟，你真糊涂！等到你也看见，那还了得！你会说，现在的共匪真利害。九流三教里，到处全有。防不胜防。直到像雷一样打到你眼前时，你才觉到。」

这么说着，二小姐就轻轻叹一声。四小姐也觉毛骨悚然。只有不懂事的阿萱依然张大了嘴胡亂地笑。他聽了二小姐把電說成了神出鬼沒似的，便覺得非常有趣；「會像雷一樣的打到你眼前來麼？莫不是有了妖術麼！」他在肚子裡自問自答。這位七少爺今年已十八歲，生就長的挺厚實，卻因為一向就做着老太爺的「金童」，很有幾分傻。

此時車上的喇叭突然嗚嗚地叫了兩聲，車子向左轉，駛入一條靜靜的濃蔭夾道的橫馬路，路燈光從樹葉的空隙中洒下來，斑斑駁駁地落在二小姐她們身上。車子也走得慢了。二小姐趕快把他的皮夾收拾好，轉臉看着老太爺輕聲說：

「爸爸，快到了。」

「爸爸睡着了！」

「七弟，你喊得那麼響！二姊，爸爸閉了眼睛養神的時候，誰也不敢驚動他。」

但是汽車上的喇叭又嗚嗚地連叫三聲，最後一聲拖了個長尾巴。這是暗號。前面那所大洋房的兩扇大鐵門烏油霍地開蕩，汽車就輕輕地駛進門去。門警猛的從坐位上跳起來，看見蓀甫和竹齋的汽車也銜接着進來，又看見鐵門兩旁站着四五個當差，其中有武裝的巡捕。接着，砰的一聲，鐵門就關上了。此時汽車在花園裡的柏油路上走，發出細微的沙沙的聲響。黑森森的樹木夾在柏油路兩旁，三三兩兩的電燈在樹蔭間閃耀。驀地車轉彎，眼前一片雪亮，耀得人眼花，五開間三層樓的一座大洋房在面前了，從窗子裡散射出來的無線電播音台的音樂在空中迴翔，咕咕咕的一聲，汽車停下。

有一個清脆的聲音在汽車旁邊叫：

「太太！老太爺和老爺他們都來了！」

從暈眩的突擊中方始清醒過來的吳老太爺吃驚似的睜開了眼睛。但是抓住了這位老太爺的意識的第一刹那却不是別的，而是剛才停車在「拋球場」時七少爺阿萱貪婪地看着那位半裸体似的妖艷少婦的那種邪魔的眼光，以及四小姐蕙芳說的那句「鄉下女人裝束也時髦得很呢，但是我們都不許我……」的氣恨。

剛一到上海這「魔窟」，吳老太爺的「金童玉女」就變了！

無線電音樂停止了，一陣女人的笑聲從那五開間洋房裡送出來，接着是高跟皮鞋錯亂地閣閣地響，一位粉紅色的長身玉立的少婦裊着細腰掠到吳老太爺的汽車邊，一手拉開了車門，而三四个人形跳着过来，内中有嬌聲笑着說：

「爸爸！辛苦了！二姊，那是四妹和七弟麼？」

同時就有一股異常使人窒息的甜香撲面壓住了吳老太爺。而在這香霧中，吳老太爺看見一團蓬蓬鬆鬆的長頭髮和兩片猩紅的嘴唇袒開在白中帶青的圓臉上，一對發光的滴溜溜轉動的黑眼睛，下面是血紅的滑不怕的兩片袒開的嘴唇。驀地這披髮的扭了一扭，又響出銀鈴似的聲音：

「蓀甫！你們先從去。我扶老太爺！四妹，你先下來！」

吳老太爺集中全身最後的生命力搖一下頭。可是誰也沒有理他。四小姐擁着那披髮下去了，二小姐挽住老太爺的左臂，阿萱也從旁幫一手，老太爺身不由主的便到了披髮的旁邊了，就有一條滑膩的臂膊纏住了老太爺的腰部，又是一陣艷笑，又是噴鼻的香氣。吳老太爺的心只是發抖，《太上感應篇》緊緊地抱在怀裡。有这样的意思在他的快要炸裂的胸部经裡通过：「这简直是夜叉，是鬼！」

然而一切以上的憎恨和忿怨忽然给与吴老太爷以长久未有的力气。他伏着二小姐和吴少奶奶的半扶半抱，他很轻松的上了五级的石阶，进那间灯火辉煌的大客厅了。满客厅的人！迎面上来的是喧闹和竹笑。忽然又飞跑来两个女郎，都是披着满头长髪，青年，围住了吴老太爷叫唤问好。她们跳着笑着，簇拥着老太爷到一张高背沙发椅裡坐下。

吴老太爷只是瞪出了眼睛看。憎恨，忿怨以及过度刺戟，烧得他的脸色变为青中带紫。他看见满客厅是五颜六色的电灯在那裡旋转，旋转，而且愈转愈快。近他身旁有一个怪东西，浑圆的一片金光，徐徐向左右移动，吹出了叫人气噎的猛风，像是什么金脸的妖怪在那裡摇头作势。而这金光也愈摇愈大，塞满了全客厅，弥漫了全空间了！一切电灯，一切长方形，椭圆形，多角形的傢俱，一切男的女的人们，都在这金光中跳着转着。粉红色的吴少奶奶，苹果绿色的一位女郎，淡黄色的又一女郎，都在那裡疯狂地跳，跳！她们身上的轻绡掩不住全身肌肉的轮廓。高耸的乳峰，嫩红的乳头，腋下的细毛！无数的高耸的乳峰，颤动着颤动着的乳峰，在满屋子裡飞舞了！而夹在这乳峰舞的阵中间的，是森闹的多疤的方脸，以及邪魔满是的狞堂的眼光。突然，吴老太爷看见这一切颤动着飞舞着的乳房像乱箭一般射到他胸前，堆积起来，堆积起来，重压着，重压着，压在他胸脯上，压在那部摆在他膝头的太上感应篇上。于是他又听得狂荡的艳笑，房屋摇摇欲倒。

「邪魔呀！」吴老太爷似乎这么喊，眼裡迸出金光。他觉得有千万斤压在他胸口，觉得脑袋裡有什么东西爆裂了，碎断了；猛的拔地长出两个人来，粉红色的吴少奶奶和苹果绿的女郎，都张开了血色的嘴骨，像要來咬。吳老太爺腦殼裏轟的一響，兩眼一翻，就什麼都不知道了。

「表叔！認得我麼？芙々，我是張素素呀！」

站在吳老太爺面前的穿一身蘋果綠色Grafton輕綃的女郎兀自笑嘻々地說，可是在她旁邊捧着一杯茶的吳少奶奶驀地驚叫了一聲，茶杯掉在地下。滿客廳的人都一跳！死樣沉寂的一剎那！接着是暴雷般的腳步聲。都擁到吳老太爺的身邊來了。十幾張嘴同時在問在叫。吳老太爺臉色像紙一般白，嘴唇上滿佈着白沫，頭顱歪垂着。而手中的太上感應篇掉在地下。

「爸爸，爸爸！怎麼了。醒々罷，醒々罷！」

二小姐撲住了吳老太爺的頭，顫抖着聲音叫。竹齋伸長了頸子，挨在二小姐肩下，滿臉的驚惶。抓住了老太爺左手的蓀甫卻是一臉怒容，厲聲作喝那些圍近來的當差和女僕：

「展開！還不快去拿冰袋來麼？快，快！」

冰袋！冰袋！老太爺發痧了！——一疊聲傳出去，當差們滿屋子亂跑。還站得遠些的淡黃色衣服的女郎拉住了張素素問：低聲

「噓！你看見老太爺是怎麼一來就發暈了呢？」

張素素瞪大了眼睛，說不出話來，她的半滿的胸脯像波浪似的一起一伏。那邊吳少奶奶卻氣喘々地在說：斷々續々地

「我捧了茶來——看見，看見，爸爸——那一歪，眼睛閉了，嘴角裏出白沫——白沫，臉色也就完全變了。發痧，發痧……是痰火麼？爸爸向來有什麼毛病麼？」

二小姐一手指住老太爺的人中，一面急口地追問那呆呆地站着滿眼淚的四小姐：

「四妹，四妹！爸爸發過這種病麼？發過罷！你說，你說呀！」

「要是痰欠上，轉过一口氣來就不要緊了。只要轉一口氣，一口氣！」

竹筠看著蘇甫說，慌慌忙忙地把他那个隨身攜帶的鼻煙壺遞過來。蘇甫一手接了鼻煙壺，也不回答竹筠，只是擡起了眉目苦苦皺皺看，一面喝道：「擠得那麼緊！這股子人氣也要把老太爺熏壞了！——怎麼冰袋還不來！——佩瑤，這里暫時不用你幫忙，你去親自打電話請丁醫生！——王媽！催冰袋去！」于是他又對二小姐擺手，「二姊，不要慌忙！爸爸胸口還是热的呢！在這个書桌上不是办法，我們先抬爸爸到那架大沙發榻上去罢。」這麼說著，也不等二小姐的回答，蘇甫就把老太爺抱起來，众人都來幫一手。

剛剛把老太爺放在一張絲絨墊子的長而且闊的沙發榻上，打電話去請醫生的是少奶奶也回來了。她說：「丁醫生就可以到了，而在他未到的前，切莫驚擾病人，应該讓病人躺在安靜的房间裡。」此時王媽拿了冰袋來。蘇甫一手接住，就按在老太爺的前額，一面看著那个站在客廳门口的書差高升說：

「去叫幾个人來抬老太爺到小客廳！還有，丁醫生就要來，吩咐賬房留心！」

忽然老太爺的手動了一下，喉间一聲響，就有像是痰塊的白沫從嘴裡冒出來。「好了！」——幾張嘴同聲喊，似乎也動彈一下。少奶奶在[illegible]襟邊掏了一塊白絲手帕揩去了老太爺嘴上的東西，一面对蘇甫使眼色。蘇甫皺了眉頭。竹筠和二小姐也是苦著臉。老太爺額角上爆出的青筋就有点蚯蚓那麼粗，喉间的響聲更大更急促了，白沫也不住的冒。俄而手又一動，眼皮有点跳，終于睁開了。

「怎麼丁醫生還不來？先抬进小客廳罢！」

荪甫搖着手自言自語地說，向那对站在那裡等候命令的四个当差一揚手，四个当差就上前抬起了那張大沙發椅，走進大客廳左首的小客廳，竹斋，荪甫，吴少奶奶，二小姐，四小姐，都跟了進去。

阿萱自始就站在那里呆呆地出神，此時像覺醒似的，慌慌忙忙向四面一看，也跑進小客廳去了。

砰——的一聲，小客廳的门就此關上。

留在大客廳裡的人們靜靜地等候着，誰也不開口。張素素倚在一架華美的碩大的無電綫收音機旁边，垂着手，默看地上的那部太上感應篇，似乎很在那裡用心思。兩个穿洋服的男客，各自據了一張沙發椅，不動，慢慢的吸香煙；有時很注意地对小客廳的那扇门看一眼。

電灯光依然柔和地照着一切。小風扇的渾圓的金臉孔依然有力地搖着，徐徐轉動，把涼風送到各人身上，吹拂起他們的衣裾。然而這些一向是快樂的人們此時却有一種不可名狀的恐怖壓住在心頭。

鋼琴旁边坐着那位穿淡黃色衣服的女郎，隨手翻弄着一本琴譜。她的相貌很像吴少奶奶，她是吴少奶奶的嫡親妹子林二小姐。

呆呆地坐出神的張素素忽然像是想着了什麼，猛的抬起頭來，一眼看見那淡黃色衣服的女郎正也在看她，就跑到鋼琴前面，双手一拍，向四面看看，似乎要找誰說話，她低聲的然而熱烈地說：

「佩珊！我想老太爺一定是不中用了！我見過——」

那边兩位男客都驚跳起來，睜大了詢問的眼睛，走到張素素旁边了。

「你怎麼知道一定不中用？」林佩珊遲疑地問，站了起來。

「我怎麼知道？唉——因為我看見过人是怎樣死的呀！」

幾个男女傭人此時已經圍繞在這一對青年男女的周圍了，听得張素素那麼說樣，忍不住都笑出聲來了。張素素却板起臉兒不笑。她很神秘的放低了聲音再加以申明：

「你們看老太爺吐出来的就是痰麼？不是！一百个不是！這是白沫！大凡人死在熱天，就會冒出這種白沫来，我見过。你們說今天還不够熱麼？——玉亭，我的話對不對？你說！」

張素素轉臉看住了男客中間的一个，他点一下頭。這人就是李玉亭，中等身材，尖下巴，戴着很厚的近視眼鏡。他不說「是」，也沒說「不是」，只是微微笑着。這使得張素素老大不高興。向李玉亭白了一眼，她撅起腥紅的小嘴唇，哦哦咕咕的說：

「哼！我見了你這一遭！大凡教書的人總是那麼灰色的，大學教授更甚。學生甲這麼說，學生乙又是那麼說，好，我們的教授不敢左袒，也不敢右傾，只好擺出一付挨打的臉兒嘻嘻的傻笑。——但是，李教授，玉亭呀，你在這裡不是上課，這裡是吳公館的會客廳！」

李玉亭當真不笑了，那神氣就像挨了打似的。站在林佩珊對面的男客湊到她耳朵边輕輕地不知說了怎麼一句，林佩珊就噗的一聲笑了出來，並且把那俊俏的眼光在張素素臉上掠过。立刻張素素的嫩臉上飛起一片紅雲，她斗的扭轉腰肢，撲到林佩珊身上，恨恨地說：

「你們表姊妹搗什麼鬼！說我的壞話？你們要討饒不行！」

林佩珊吃吃地笑着，保护着自己的顶怕人搔摸的部分，一步一步往后退，又夹在笑声中嚷道：

「停仗！是你闹的祸，你倒袖手旁观呢！」

此时忽然来了汽车的喇叭声，转瞬已到大客厅前，就有一个高大的穿制服的中年男子飞步跑进来，后面跟着穿白制服的看护妇，拿着很大的皮包。张素素立刻放开了林佩珊，招呼那新来者：

「好极了，丁医生，病人在小客厅！」

说着，她就跳到小客厅门前，旋开了门，让丁医生和看护妇都进去了，她自己也往门里一闪，随手就带上了门。

林佩珊一面掠头发，一面对她的表哥范博文说：

「你看丁医生的汽车就像救火车，直冲到客厅前停止！」

「但丁医生的使命却是要燃起老太爷身里的生命之火，而不是扑灭那个火。」

「你又在做诗了么？——」

林佩珊佯嗔地睃了她表哥一眼，就往小客厅那方面走。但在未到之前，小客厅的门开了，张素素轻手轻脚走出来，后面是一个看护妇，将她手里的白瓷方盘对客厅伺候的当差一扬，说了一个字：水！接着，看护妇又缩了进去，小客厅的门依然关上。

探询的眼光从四面八方射出来，集中于张素素的脸上。张素素摇头，不作声，闷闷地绕着一张花梨木的圆桌子走。随后她站在林佩珊他们三个面前，悄悄地说：

「丁医生说是脑充血，是突然受了猛烈的刺激所致。有没有救，此刻还难说。猛烈的刺激？真是怪事！」

听的人们都面面相觑，不作声。过了一会儿，李玉亭似乎要挽救张素素刚才的嘆怨，在大家似他也说了一句：

「真是怪事！」

「然而我的眼睛就要在这怪事中看出不足怪。吴老太爷受了太强的刺戟，那是一定的。你们试想，老太爷在乡下是多么寂静；他那二十多年足不窥户的生活简直是不折不扣的坟墓生活，他那书斋，依我看来，就是一座坟！今天突然到了上海，看见的，听到的，嗅着的，那一样不带有强烈的太强烈的刺戟性？以他那样的高年，若不患脑充血，那就当真是一桩怪事！」

范博文又用他那缓慢的女性的声调说，脸上亮晶晶的似乎很得意。他说完了，就偏过眼波去找林佩珊的眼光。林佩珊很快地回看他一眼，就抿着嘴一笑。这都落在张素素的尖利的观察里了，她故意板起了脸，鼻子里哼一声：

「范诗人！你又在做诗了么？死掉了人，也是你的诗题了！」

「就算我做诗，也不劳张小姐的时机不对，申申而詈呀！」

「呀！你是要你的林妹妹申申而詈的罢？」

这次是林佩珊的脸上飞红了。她对张素素啐了一声，就仙仙地走开了。范博文毫不掩饰地跟着她。然而张素素似乎感到更悲哀，感着幻灭，又绕过那花梨木的圆桌子了。李玉亭踞在那里摸下巴。客厅里静得很。只有小风扇的单调的荪荪的声音。间或飞来了外边马路上汽车的喇叭声，但也是像要唤去似的没有一点儿动。几个男女都像梗子似的站着。王妈和另一女仆蹑手蹑脚的在客厅里，可是只见她们的嘴唇皮动，却听不到声音。

小客厅的门开了，高大的身形一闪，是丁医生。他走到摆着烟卷的黄铜椭圆桌子边，从银匣里捡了一枝雪茄烧着了，吐一口气，就在沙发椅里坐下。

「怎样？」

张素素走到丁医生跟前，轻声问。

「十分之九是没有希望。刚才又打一针。」

「今晚上挨不过罢？」

「总是今晚上的事！」

丁医生放下雪茄，又回到小客厅里去了。张素素悄悄地跑过去将小客厅的门拉上了，忽地跳转身来，扑到林佩珊面前，抱住了她的细腰，脸贴着脸，一边跳，一边很痛苦地叫：

「佩珊！佩珊！我心里难过极了！想到一个人会死，而且会突然的就死，我真是难过极了！我不肯死！我一定不肯死！」

「可是我们总有一天要死。」

「不能！我一定不能死！佩珊，佩珊！」

「也许你和大家不同，老了还会蜕壳；——可是，素，不要那么乱揉，你把我的新髮弄成什么样子！啊，啊，啊！放手！」

「不要紧，明天再去一次Beauty Parlour——哦，佩珊，佩珊！如果一定得死，我倒愿意刺激过度而死！」

林佩珊惊异地叫了一声，看着张素素的眼睛。这眼睛闪现着异样兴奋的光芒，和平常时候完全不同。

「就是过度刺戟！我想来，死在过度刺戟里，也许最有味，但是我绝对不需要像老太爷今天那样的过度刺戟，我需要的是另一种，是狂风暴雨，是火山爆裂，是大地震，是宇宙混沌那样的大刺戟，大变动！啊，啊，多么奇伟，多么雄壮！」

这么叫着，张素素就放开了林佩珊，退后一步，躲在一株棕榈里，把手掩住了脸孔。

站在那里听她们谈话的李玉亭和范博文都笑了，似乎张素素有这意外的一转一收。范博文看见林佩珊还是站在那里发怔，就走过去，料不到拉下了她的手。林佩珊一跳，看清楚了是范博文，就给他一个媚笑。范博文翘起右手的大拇指，向张素素那边虚指了一指，低声说：

「你明白么？她所需要的那种刺戟，不是那灰色的教授所能给她的！可是，刚才她实在颇有几分诗人的气分。」

林佩珊先是微笑，听到最后一句，她忽然冷冷地瞅了范博文一眼，鼻子里轻轻一哼，就懒洋洋地走开了。范博文立刻明白自己的说话有点被误会，赶快抢前一步，拉住了佩珊的肩膀。但是林佩珊十分生气似的挣脱了范博文的手，就跑进客厅右首的方的一道门。范博文另一踌躇，也就赶快跟过去，推开了那道门，就唤「珊妹」。砰的一声，把门关上。

林佩珊关门的声音将张素素从沉思中惊醒。她抬起头来看，又垂下眼去，就放在一长方形的琴桌上的黄绫套子的太上感应篇首先映入她的眼内。她拿过那套书来翻开看。是朱丝阑夹贡纸，端端正正的楷书。卷后有吴老太爷在甲子年仲春写的跋文：

「余既镌印文昌帝君太上感应篇十万部，广布善缘，又手录全文……」

張素素忍不住笑了一聲，正想再看下去，忽然腦後有人輕聲說：

「吳老太爺真可說有信仰，有主義，始終不渝。」

是李玉亭，正站在張素素背後，煙捲兒夾在手指中。張素素側著身仰臉看了他一眼，又便低頭翻看那太上感應篇。過一會兒，她把感應篇按在膝頭，猛的問道：

「玉亭，你看我們這社會到底是怎樣的社會？」

冷不防是這麼一問，李玉亭似乎怔住了；但他到底是經濟學教授，立刻想好了回答：

「這倒難以說定。可是你只要看看這兒的小客廳，就得了解答。這裡面有一位金融界的大亨，又有一位工業界的巨頭；這小客廳就是中國社會的縮影。」

「但是也還有一位虔奉太上感應篇的老太爺！」

「不錯。然而這位老太爺快就要——斷氣了。」

「內地還有無數的吳老太爺。」

「那是一定有的。卻是一到了上海就也要斷氣。上海是——」

李玉亭這句話沒有完，小客廳的門開了，出來的是吳少奶奶。除了眉尖略感而外，這位青年美貌的少奶奶還是和往常一樣活潑。看見只有李玉亭和張素素在這裡，吳少奶奶的眼珠一溜，似乎很驚訝；但是她立刻一笑，招呼了李、張二位，便叫高升和王媽來吩咐：

「老太爺看來是拖不過今晚上的了。高升，你打電話給廠裡的莫先生，叫他馬上來，幫辦喪事的朋友就得先開一單子。在花園裡各處，都派好了人去收拾一下。擱在四層屋頂裡的木器也要搬出來。人手不夠，就到杜姑老爺公館裡去叫。王媽，你去收拾三層樓的客房。各房間的窗紗，檯布，沙發套，都要換——今晚上好。」

「老太爺身上穿了去的呢？還有，看什麼板」

「這，不用你辦。現在還沒商量好，也許包給萬國殯儀館。[redacted]你馬上去打電話叫賬房吳先生。要是廠裡抽得出人，就多來幾個。」

「老太爺帶來的行李，剛才戴生昌送來了，一共二十八件。」

「那麼，王媽，你先去看看，用不到的行李都搬到後面屋裡去。」

此時小客廳裡叫「佩瑤」了，吳少奶奶匆匆便跑回去，却在帶上那道門之前，露出半個臉來問道：

「佩珊和博文怎麼不見了呢？四妹，請你去找一下罷。」

張素素雖然是站着不動。她在追憶剛才和李玉亭的討論，想要拾起那斷了的線索。李玉亭也不作聲，吸着香煙踱方步。這時已有九點鐘，外面園子裡人往人來，驟然活動。樹[redacted]蔭[redacted]中湖山石上幾處亭子裡的電燈也都一齊開亮了。王媽帶了幾個粗做女傭進客廳來，動手就換窗上的綠色窗紗。[redacted]一大包沙發套子放在地板上。客廳裡的地毯也要拿出去撲打。

忽然小客廳裡一陣騷動[redacted]。[redacted]似乎就[redacted]聽得[redacted]雜亂的哭聲，中間夾着喚「爸爸」。張素素和李玉亭的臉上都緊張起來了。張素素跳起來，從坐的地方跑了幾步，便跑到小客廳門前，推開了門。這門一開，哭聲便充滿了大客廳。丁醫生搓着手，走到大客廳裡，看着李玉亭說：

「斷氣了！」

接着蓀甫也跑出來，臉色鬱沉，吩咐了當差們打電[redacted]話去請秋律師來，轉身就對李玉亭说：

「今晚上要劳驾在这里帮忙了。此刻是九点多，报馆里也许已经不肯收接论前广告了，可是我们这报丧的告白要明天见报不行。只好劳驾去办一次交涉。底稿，竹斋在那里拟。五家大报一齐登！——高升，怎么唐先生还没来呢？」

高升站在大客厅门外的石阶上，正想回话，二姐已经跑出来拉住了荪甫说：

「刚才和佩瑶商量，觉得老太爷大殓的时间还是改到后天上午好些，一则不匆促，二则曾沧海舅父也可以赶到了。舅父是顶会挑剔的！」

荪甫沉吟了一会儿，终于就此同意：

「我们连夜打急电去报丧，赶得到赶不到，只好不管了；舅父有什么话，都由我一人担当。大殓是后天下午二时，决不再改动的了！」

二小姐还想再争，但是荪甫已经跑回小客厅去了。二小姐跟着也追进去。这时候，林佩珊和范博文手携着手，正从客厅右首的大餐室门里走出去，一看见那乱糟糟的情形，两个人都怔住了。佩珊看着博文，低声说：

「难道老太爷已经去世了么？」

「我是一点也不以为奇。老太爷在乡下已经是『古老的僵尸』，但乡下实际就等于幽暗的『坟墓』，僵尸在坟墓里是不会『风化』的。现在既到了现代大都市的上海，自然要『风化』。去罢！你这古老社会的僵尸！去罢！五千年我已经看见老僵尸的古中国也已经在新时代的暴风雨中间很快很快的在那里风化了！」

林佩珊抿着嘴笑，掷给了范博文一个娇媚的佯嗔。

二

清晨五時許，疏疏落落下了幾点雨。有风。比昨晚上是涼快得多了。華氏寒暑表降低了差不多十度。但到了九時以后，太陽光射散了陰霾的雲氣，像一把火傘撐在半天，寒暑表的水銀柱依然升到八十度，人們便感得更不可耐的热浪的威脅。

*「標金」、「大條銀」、「棉紗」、「幾兩銀子」的聲浪，震得人耳朵聾；但在略廊的最左端，靠近一道门着，却有中间夹着着們開汽水瓶的嗤嗤的聲音。

浮着「引」字白底帖的吳府執事人們，身上是白大布的長衫，腰间扣着老大厚重，又闊整段白布做成的腰帶，一根垂到臀底下，穿梭似的從大门走到作为靈堂的大客廳前，便又趕回到大门口再「引」進新來的吊客，——二个都累得滿臉大汗了。十点鐘以前，這一班的八个人有時还能在大门口的「執事」旁边的長凳上歪着屁股坐這麼一二分鐘，擦起腰间的白布帶來擦臉上的汗，又用那「引」字的白紙帖代替扇子，透一口氣，抱怨吳三老爺不肯多用幾个人；可是一到了毒太陽直射那頂的時候，吊客像潮水一般湧到，靈门以及靈堂前的兩班鼓樂手不換氣似的吹着吹着打着打着，這班「引」路的執事人們便簡直成为來來往往地跑着的機器，連抱怨吳三老爺的念頭也沒有工夫去想了，至多是偷眼望一望靈堂前伺候的六个執事人，暗暗羨慕他們的運氣好。

汽車的喇叭叫，笛子，鐃鈸，小班僧侶混合着的「哀樂」；弔客們擠來擠去高呼着「倒茶」，「開汽水」的叫聲；茶房飯桌处的爭吵；大门口巡捕喝探趕走閒雜人們的吆喝；香煙捲的辣味，人身上的汗臭：都結成一片，瀰漫了吳公館的各廳各室以及那个佔地八九畝的園子。

靈堂右首的大客室裡滿滿地擠着一屋子的人。[illegible]們的一架红木百寶櫥跨在邊又長又闊的大餐室中部，一架高大的木香花棚把這屋子分隔為前後兩間。後半間右首一排窗，望出去就是園子，隔著窗就有綠陰和濃香充滿了這半間屋子；左首便是墙壁了，卻開著一前一後的兩道門，前面的那道門外边是游廊，此時也擺著許多藤几椅子，也擺著一兩架書架，在那裡高談闊論，一位將近三十歲的男子，黄色軍衣，長統馬靴，左胸掛著三四塊獎章的勛章，獨自坐在一隅，搖搖擺擺，慢慢地呷著汽水，時時把眼光射住了身边的那道門。這門現在關著，偶或開開了一條縫，便有醉人的脂粉香和細碎的笑語聲從縫裡逃出來。

忽然這位軍裝男子放下了汽水杯子站起來，馬靴跟上的銅刺碰出叮噹一的聲音，他作了个立正的姿勢，迎著那道門裡探出來的一个女人的半身，就是一个六十度的鞠躬。

女人是吳少奶奶，冷不防來了這麼一个隆重的敬禮，微微一怔。但這位軍裝男子再放直了身体的時候，吳少奶奶也已經恢復了常態，微笑點頭說：

「呀，是雷參謀！幾時來的？多謝，多謝！」

「那里話，那里話！前[?]天來締行，恰巧碰出老太爺的大事，是該當來行禮的。」

聽說老太爺是昨晚上去世，那麼，吳夫人您這[?]辛苦得很。」

雷參謀謹慎地笑著回答，眼睛卻在打量吳少奶奶的居喪素裝：黑紗旗袍，袖長過肘，裙長[?]……地襯出修長窈窕的身材，臉上沒有脂粉，自然的兩道彎彎的不濃也不淡的眉毛，眼眶边微微有點紅，眼睛卻依然那樣靈活，滴溜溜地轉動，時常著一轉動放射出無限的智慧，無限的愛嬌。雷參謀也不住心裡一跳。這樣清麗秀媚的「吳少奶奶」在他是第一次看到，然而埋藏在他心底已有五年之久的另一个清麗秀媚的影子——不叫做「吳少奶奶」而只是「密司林佩瑤」——猛的浮在他眼前而且在咬嚙他的心了。這一「过去了的再现，而且恰在此时，委实太残酷！于是雷参谋不等吴少卿的回答，咬着嘴唇，又是一个鞠躬，就赶快走开，从那些「摆金」，「棉纱」的声浪中穿过，他跑进那大餐室的後来间去了。」

空一行

刚一进门，就有两个声音同时招呼他：

「雷参谋！来……以外，请你说几句！」

这一声不约而同的叫唤，像禁咒似的立刻奏效，正在争论着什么的人也立刻停止了，许多脸都转了方向，许多眼光射到这站在门边的雷参谋的身上。雷参谋脑膜上粘着的吴少卿的影子也立刻消失了。他微笑着，眼光在家人脸上扫过，举起右手碰一下他的军帽沿，又很快的放下，便走到那堆人跟前，左手按着一位矮胖子的肩膀，右手抓住了伸出来给他的一只手，好像发出一口气似的说：

「你们该不是在这里讨论战争的摆金和花纱罢？那么，我是全然外行。」

矮胖子挺起眉毛大笑，可是他的说话机会却被那位雷参谋的少年抢了去了：

「不是摆金，不是花纱，却也不是你最在行的狐步舞，探戈舞，或是严娃栗妲歌曲；我们是在这里讨论前方的军情。先生，再说罢。」

「哎！黄奋，你的嘴里总没有好话！」

雷参谋装出抗议的样子，一边说，一边耸一下肩膀，便插进了那位叫做黄奋的西装少年所坐的沙发榻。

和雷参谋同是黄埔出身，同在战场上嗅过火药，而且交情也还不差，但是雷参谋所喜欢的擅长的玩意儿，这黄奋却是全外行；反之，这黄奋爱干的「工作」，雷参谋也就替他守秘密，可是说起来的时候，雷参谋总要摇头。这两个人差不多天天见面，然而见面时没有一次不是吵吵闹闹。现在，想起这许多面孔陌生的人们跟前，雷参谋觉得还是那股老脾气，就觉得轻不自在，很想躲开去，却又不好意思拔起腿来马上就跑。

静默了一刹那。应当在这大客厅里的另一群人却在嘈杂的谈话中爆出了哄笑。「让死！……还不打他？」夹在笑声中，有人这么嚷。似乎因为有了新来者，大家都要讲究礼貌，都不肯抢先说话。此时雷参谋觉得这声音很熟，转过脸去看，但是矮胖子和另一位细瘦长颈子的男人遮断了他的视线。他们是坐在一张方桌子的旁边，背向着那架时间式的西宝橱；桌子上摆满了汽水瓶和水菓碟。矮胖子看见雷参谋的眼光望着细瘦长颈子的男人，便以为雷参谋是要认识他，赶快站起来说：

「我来介绍。雷参谋。这位是孙吉人先生，太平洋轮船公司总经理。」

雷参谋笑了；他对孙吉人点点头，接过一张名片来，看了一眼，就随便应酬着：

「孙先生近来跑水路很忙罢？一手垄綰水陆交通，佩服佩服。」

「可不是！孙吉翁办事有魄力，又有眼光。就可惜这次一闲伏，跑轮给在军事区域，吉翁的事业只得暂时停顿一下。」——但是，雷参谋，近来倒底打得怎样了？」

矮胖子代替了孙吉人回答。他是著名的「善观在拢」，朋友中间给他起的诨名叫做「红头火柴」，——并非因为他是光明火柴厂的老板，却实在是形容他的到处「一擦就着」，就和红头火柴一样，他的真「最会替人吹」姓名周仲伟反而因此不彰。

当下周仲伟的话刚刚出口，就有几个人同声喊道：

「倒底打得怎样了？怎样了？」

雷参谋微微一笑，只给了个含糊的回答：

「大致和報上登的消息差不多。」

「那是中央軍天天說打勝仗。然而市面上的消息都說是這邊不利。報紙上沒有西線的消息，人心就更加恐慌。」

一位四十多歲，長著兩撇胡子的人說，聲音異常高朗。雷參謀認得是大興煤礦公司的總經理王和甫，兩年前雷參謀帶一團兵駐紮在河南某縣的時候，曾經見過他。

大家都點點頭，對于王和甫的議論表同情。孫吉人這時接著他的話頭發言了：

「市面上的消息也許過甚其詞。可是這次來的傷兵真不少！敝公司的下水船前天在浦口臨時被扣，就運了一千多傷兵到常州，無錫一帶安插。據傷兵說的看來，那簡直是可怕！」

「但是報上還說是某人某人已經和北方默契，就要倒戈！」坐在孫吉人斜對面的一位紗廠老板朱吟秋插著說，敵意地看了雷參謀一眼，又用肘彎碰了碰他旁邊的陳君宜，錦雲織綢廠的老板，一位將近四十歲的瘦子。陳君宜卻只是微笑。

雷參謀並沒覺到朱吟秋的眼光有多少不友意，也沒留意到朱吟秋和陳君宜中間的祕密的招呼；可是他有幾分窘了。身為現役軍人的他，對于這些詢問未免難以回答。尤其使他不安的，是身旁還有一個黃奮，素來慣放「大砲」。沉吟了一下以後，他就看着孫吉人說：

「是貴公司的船運了一千多傷兵麼？這次傷的人，原是不少。既然是認真打仗，免不了犧牲；可是敵方的犧牲更大！黃奮，你記得十六年五月我們在京漢線上作戰的情形麼？那時我們四軍十一軍死傷了兩万多，漢口和武昌成了傷兵世界，可是我們到底打了勝仗。」

說到這裡，雷季謀的臉上閃出紅光來了，他向四周圍的聽者瞥了一眼，為他自己的話語起了多少影響，同時便打算轉換話題的方向。卻不料黃春冷笑著說出這麼一句尖刻的辯駁：

「你說十六年五月寧漢綫上的戰事麼？那和現在是很不相同的呀！那時的死傷多，因為是拚命衛偉！但現在，大概道你不反對的。」

就好像身邊爆開了一顆炸彈，雷季謀的臉色突然變了。他站了起來，向四周圍看看，驀地又坐下去，勉強笑著說：

「老黃，你不要隨便說話！」

「隨便說話？我剛才的話語是不是隨便，你自然明白。不然，為什麼你到現在還逗這地方？」

「後天我就要上前綫去了！」

雷季謀大聲回答，臉上逼出一個獰笑。這一番宣言式的叫喊不但傾動了眼前這一群人，連那邊東桌間的人們也都受了刺戟，那邊的譁笑突然停止了，接著就有幾個人跑過來。他們並沒聽清楚是怎麼一回事，只看見「紅臉大漢」周仲偉堆起滿臉笑容拉著雷季謀的臂膊，眼看著孫吉人說：

「孫翁，我們明天就給雷季謀餞行明天晚上。」

孫吉人還沒回答，王和甫搶先表示同意：

「我和雷季謀有舊，該我的東道！——再不然，就是三個人的分作也行。」

於是這小小的臨時譁話會就分成了兩組。周仲偉，孫吉人，王和甫，以及其他的三四位，圍坐在那小方桌子旁邊，以雷季謀為中心，互相交換著普通酬酢的客氣話。另一組，朱吟秋，陳君宜等八九人，則攢集在右首的那排窗子前，大半是站著，以黃春為中心，依然在譁論著前方的勝敗。從那邊——大客室前半间跑来的几位就加入了这一组。黄奋的声音最响，他叫着新加进来的一位唐云山，很突兀地说：

「云山，你知道么，雷鸣也要上前线去了。这就证明了前线确是吃紧；不然，就不会调到他。」

「那还用说！野鸡岗一役，最精锐的新编第一师全军覆没。中国军官的教练，最新式的中国军械，也抵挡不住西北军的不怕死！——可是，雷鸣去干什么？他仍旧当参谋罢？」

「大概是要做旅长了。这次阵亡的旅团长，少说也有半打！」

「听说某要人受了伤，某军长战死，——是何呢？是真？」

朱吟秋突然插进来问。唐云山大笑。眼光在黄奋脸上一掠，似乎说：「你看！消息传得广而且快！」可是他的笑声还没完，就有一位补充了朱吟秋的报告：……

「现在还没死。竟是重伤。确有人看见他住在金神父路的法国医院里。」

说这话的是陈君宜。他似乎怕别人不相信他这确实的消息，既然用了十分肯定的口吻，又掉转去，要求那位又高又大的丁医生出来作一个旁证：

「丁医生，你定能够证明我这消息不是随便说说的罢？法国医院里的医生好像就是你的同学。你不会不知道。」

＊大家的眼光是都看定了丁医生了。于是，丁医生似乎摸不着头脑，不懂得陈君宜为什么要拉扯到他；但随即他也就向大家一笑，慢慢地说：

「不错。受伤的军官很多。我是医生，什么枪弹伤，刺刀伤，炮弹碎片伤，我可以分辨得明明白白；我不会不知道，但是讲到什么军长呀，师长呀，旅团长呀，我可是糊里糊涂不明白。我的职业是医生，在我看来，小兵身上的伤和军长身上的伤，根本就没有什么两样！所以弄来弄去，我还是不知道究竟有没有军长，或者谁是军长！」

噓——静听着的那班人都笑出声来了。笑声中，就是不满意。第一个是陈君宜，老大不高兴地摇着头。七嘴八舌的争议又起来了。但是忽然从外间跑来了一个人，一身白色的法兰绒西装，梳得很光亮的头发，匆匆地挤进了他们这一堆，就像鸟儿拣谷似的拣出了一位穿青色西度绸长衫，嘴唇上有一撮「牙刷式胡」的中年男子，拍着他的肩膀喊道：

「壮飞，公债又跌了！你的十万裁兵公债，得亏太多，市场人气看低，估量来还要跌哪！」

这些紧张的战报更加震动人心！嘴唇上有撮「牙刷胡子」的李壮飞突然变了脸色，那边周仲伟和雷参谋的一群也赶快跑过来探询。听说是公债库券一齐猛跌，各人的心这手段儿，凡是手里[redacted]有钱文的，谁不钻在公债里翻跟斗？事便各人不同：空头们高兴到张大了嘴巴笑，多头们眼泪往肚子里吞！

「公债又跌了，报了！」

有人站在那边通到游廊去的门边高声喊叫。立刻就从游廊上闯进来一群人，就是先前在那里嚷着「标金」，「花纱」，「丝两纱包」的那几个人，都瞪大了眼睛，伸长了颈子，向这边探一下，向那边挤一步，乱烘烘地问：

「是关税库？」

「是编遣库？」

「是裁兵库？」

「棺材边！大家做佬者太爷哪！」

这一句印象生情的俏皮话引得一些阴笑着的投机失败者也破颜笑了。此时尚站在大客厅前后间的正中位置也被这个突然发起的公债旋涡所吸引了。可是他们站得略远些，是旁

＊可是他们的谈话题材现在却从军事政治移到了娱乐——轮盘赌，咸肉庄，跑狗场，必诺浩，舞女，电影明星，现在，雷参谋觉得发言很自由了。

观者的态度。这中间就有范博文和荪甫的远房族弟吴芝生，社会科学大学的大学生。范博文闭起一只眼睛，嘴里喃喃地说：

「投机的热狂呀！投机的热狂的你！黄金的洪水，泛滥罢，泛滥罢！冲毁了一切堤防！……」

于是他猛的在吴芝生的肩膀上拍一下，大声问道：

「芝生，刚才跑进来的那个穿白西装的漂亮男子，你认识么？他是一个怪东西呢！韩孟翔是他的名字，他做交易所的经纪人，可是他也会做诗，——很好的诗！咳，黄金和诗意，在他身上，就结成了古怪的连络！——得了，我们走罢，找小杜和佩珊去罢！那边大客厅里的空气大概没有这里那么混浊，没有那么铜臭冲天！」

范博文不管吴芝生同意与否，拉住他就走。此时喧集在大客厅的人们也渐渐走散，只剩下五六位，——和公债涨跌没有多大切身关系的企业家以及雷参谋，黄奋，唐云山那样的政治人物，在那里喝着多量的汽水，谈许多的话。＊

空一行

时间也慢慢地移近正午。来客渐少，大门口以及灵堂前的两班「鼓乐手」现在是「换班」似的吹打着。有时两班都不作声，人们便感到那忽然从耳朵边抽去了什么似的异样的清寂。那时候，一切这些「必诺浩」，「舞女」，「电影明星」：魅人的名词便显得格外响亮。

蓦地大家都闭住了嘴巴，似乎这些赤裸裸地肉感的纵谈在这猛然「清寂」的场合有点不好意思。

唐雲山下意識地舉起手來撩他那光禿禿的頭頂，向座中的人們瞥了一眼，突然哈哈大笑。

于是大家也會意似的一陣轟笑，挽回了那个出乎意料之外的僵局。

笑声过後，雷參謀望着周仲偉，很正经的說：

「大家都說金貴銀賤是中國實業振興推廣國貨的好機會，實際上究竟怎樣？」

周仲偉閉了眼睛搖頭。过一會兒，他这才睁開眼來急急地回答：

「我是吃尽了金貴銀賤的虧！製火柴的原料——藥品，木梗，盒子殼，全是從外洋來的；金價一漲，这些原料也跟着漲價，我还有好處麼？採購本國原料罷，好，原料稅，子口稅，厘捐，一重一重加上去，就比外國原料还要貴了！況且日本火柴和瑞典火柴又是拚命來競爭，中國人又不知道愛國，用國貨不肯……」

但是周仲偉这一番提倡國貨的大議論只好半途停止了，因為他瞥眼看見桌子上煙灰盤旁边的火柴却正是瑞典貨的鳳凰牌。他不自然地噯了一聲，掏出一塊手帕來，臉上擦臉拚命的揩。唐雲山笑了一笑，隨手取过那盒瑞典火柴來又燒起一枝雪茄，噴出一口濃煙，在周仲偉的肩頭輕輕拍了一下說：

「对不起！周仲翁。說句老實話，貴廠的出品當真还得改良。安全火柴是不用說了，就是紅頭火柴也不夠『一擦就着』，和你仲翁的貌樣比較起來，差得遠了。」

周仲偉的臉上立刻通紅了，真像一根『紅頭火柴』。幸而孫吉人趕快來解圍：

「这也怪不得仲翁。工人太囂張，指揮不動。自從有了工會，各廠的出品都是又慢又壞。唉，陳吟翁，我这話对麽？」

「就是这麼一回事！但是，吉翁只知其一，未知其二！拿我们絲業而論，目今是可憐的很，四面围攻：工人要加工钱，外洋销路受日本丝的竞争，本国捐税太重，金融界对于放款又不肯通融！你想，成本重，销路不好，资本短绌，还有什么希望？我是越想越灰心！」

朱吟秋也未免牢骚了。在他眼前立刻浮现出他的四大敌人，尤其是金融界，扼住了他的咽喉；旧历端阳节转瞬便到，和他有往来的银行钱庄早就警告他不能再「通融」，他的押款一定要到期结清。可是洋庄清淡，丝价低落，他用什么去结清？他叹了一口气，愤愤地又说下去：

「从去年以来，上海一埠是现银过剩。银根并不紧。然而金融界只晓得做公债，做地皮，一千万，两千万，手面阔得很！碰到我们厂家一时周转不来，想去做十万八万的押款时，那就简直像是要了他们的性命；条件的苛刻，真叫人生气！」

大家一听这话，除太宝背，谁也不愿意多嘴。黄奋似乎很同情于朱吟秋，却又忍不住问道：

「我就不明白为什么你们的『厂经』专靠外洋的销路？那么中国的绸缎织造厂要用的是什么丝？」

「是呀，我也不明白呢！陈先生，你一定可以回答这个问题。」

雷参谋也跟着说，转脸看着那位锦云织绸厂的老板陈君宜。可是这位老板不作声，只在那里微笑。朱吟秋代他回答：

「他们用我们的次等货。近来连次等货也少用。他们用日本生丝和人造丝。我们的上等货就专靠法国和美国的销路，而今如此。近两年来，日本政府奖励生丝出口，丝茧两项，完全免税，日本丝在里昂和纽约的市场上就压倒了中国丝。」

雷参谋和黄奋跳起来大叫怪事。他们望着在座众人的脸孔，一个一个的看过去，可是更使他们纳罕的是这班人的脸上一点惊异的表示都没有。好像希望看见一些“同志”，中国丝织业不用中国丝，是当然的！此时陈君宜慢慢地发言了：

“搀用些洋丝和人造丝，我们也是不得已。譬如朱吟秋翁的厂丝，他们成本重，丝价已经不小，可是到我们手里，每担丝还要纳税六十五元六角；若是土丝呢，近来也跟着涨价了，而且每担土丝纳税一百十一元八角九分，也是我们负担的。这还是单就原料而论。製成了绸缎，还有出产税，销场税，通过税，重重叠叠的捐税，我们是货一动就跟着来了税。自然羊毛出在羊身上，什么都有买客来负担去，但是销路可就减少了。我们厂家要维持销路，就不得不想法减轻成本，不得不搀用些价格比较便宜的原料品。……大家都说绸缎贵，可是我们厂家还是没有好处！”

接着是一刹那的沉默。风吹来外面“鼓乐手”的销呐和笛子的声音，异常地显得悲凉，像是替中国的丝织业奏哀乐。

好久没有说话的王和甫突然站起身来，双手一拍，开玩笑似的说：

“得了！陈君翁还可以搀用些洋丝人造丝。我和孙吉翁呢？这回南北一开火，就只好歇在上海看跑狗，逛堂子！孙吉翁，他们的实业！我们还是想点什么玩意来乐一下子！”

他这话还没说完，猛的一阵香风，送进了一位细眉露肩的年青女子。她的一身轻纱的一九三○年式夏季装更显出她皮肤的莹白和嘴唇的鲜红。没有开口说话，就是满脸的笑意；她远远地巴巴站着，只把她那柔媚的眼光瞟着这边的人堆。

周仲伟第一个发见她的，是“啊哟”嘴里叫了一声，这矮胖子就跳起来，举起一双臂膊在空中乱舞，嘻开了大嘴巴，喊道：

「全体起立欢迎！交际花徐曼丽女士！」

男人们都愕然转过身去，还没准备好他们欢迎漂亮女子常用的那种笑脸，可是那位徐曼丽女士却已经扭着腰，用小手帕掩着嘴唇，吃吃地笑个不住。这时雷参谋也站起来了，走前一步，伸出右手来，微笑着说：

「曼丽，怎么到此刻才来？一定要罚你！」

「怎样罚呢？」

徐曼丽又是一扭腰，侧着头，故意忍住了笑似的说，同时早已走到雷参谋跟前，抓住了他的手，握了一下，又蓦地挣开，回头招呼周仲伟他们。谈话轻轻掩着好一会儿，自然地热闹起来。刚才愁容脸的朱吟秋和陈君宜也是满脸春色。

趁着徐曼丽和别人周旋的时候，朱吟秋伸过头去在唐云山耳朵边说了几句，唐云山便放声大笑，不住的将眼瞅着徐曼丽。这里，朱吟秋故意高声说：

「君翁，我想起来了，昨天和赵伯韬到华懋饭店开房间的女人是——」

徐曼丽猛的转过头来，很用心地看了朱吟秋一眼，但立刻又回过脸去，继续她的圆熟的应酬，同时她竖起了耳朵，打算捉住朱吟秋的每一个字，不料接着来的却是陈君宜的声音：

「趙伯韜？做公債的趙伯韜麼？他是大戶多頭，各項公債他都扒進。」

「然而他也扒進各式各樣的女人。昨天我看見的，好像是某人家的寡婦。」徐曼麗朱吟秋故意低聲說，可是他準知道一定聽得很清楚。並且他還看見這位交際花似乎全身一震，連笑聲都有點異樣地震抖。

雷參謀此時全神注在徐曼麗身上。他倆的談話最多，也最親熱。不知他說了一句什麼話，徐曼麗的臉上忽然飛起一片暈紅來了；很嬌嗔嗔媚地把頭一扭，她又吃吃地笑著。王和甫坐在他們對面，看見了這情形，翹起一个大姆指，正想喝一聲「好呀」，突然唐雲山從旁邊閃過來，一手拉住了雷參謀的肩膀，丟了句古怪的問話：

「老雷，你是在『殺多頭』麼？」

「什麼？我從來不做公債！」

雷參謀愕然回答。

「那麼，人家扒進去的東西，你為什麼拼命想把牠擠出來呢？」

說著，唐雲山忍不住笑了。朱吟秋和陳君宜竟拍起手來，也放大了喉嚨笑。徐曼麗的一張粉臉立刻通紅，假裝作不理會，連聲喚當差們拿汽水來。但是大家都猜測到大概是怎麼一回事，一片哄笑聲就充滿了這寬闊的大客室。

也許這戲謔還要開展，如果不是杜竹齋匆匆地跑了進來。

彷彿突然意識到大家原是來弔喪的，而且隔壁就是靈堂，而且這位杜竹齋又是吳府有服的親戚，于是這一群快樂的人們立刻轉為嚴肅，有幾位連連打呵欠。

杜竹斋是照例的满脸和气，一边招呼，一边好像在那里对自己说：

「怎么？这里也没有荪甫啊！」

「荪甫没有来过。」

有人这么回答。杜竹斋皱起眉头，很佳妙地转了一个身，便在一连串的「少陪」声中匆匆地走了。这时候大家都觉得生腻了，就有几位跑到大客室后面的游廊找熟人，剩下的黄奋，跟着是徐曼丽和雷参谋一家人似的也溜了出去。唐云山和孙吉人三个，仍旧挤在一间的蒙榻上密谈，现在他们的态度很正经，声音很低，而且谈话的中心也变成「北方扩大会议」以及冯阎军的战略了。

杜竹斋既然没有找得吴荪甫，就跑到花园里，拐过一丛树的小路，走上最大的一座假山。在山顶的六角亭子里，有两位绅士正等得不耐烦。一个是四十多岁，中等身材，一张三角脸，深陷的黑眼睛炯炯有光；他就是刚才朱吟秋他们说起的赵伯韬，公债市场上的一位魔王。他先看见了杜竹斋气咻咻地走上假山来，就回头对他的同伴说：

「仲老，你看，只有竹斋一个。光景荪甫是不赞成罢？」

那位「仲老」者，慢慢地摸着他的三寸多长的胡须，却不回答。他总有五十多岁了，方面大耳，细眼睛，仪表不俗；当年「宣统皇帝」若不是那么匆促地就倒了台，他——尚仲礼，很有「文学侍从」的资格，现在他「由官入商」，弄一个信托公司的理事长混混，也就是十分委屈了的。

杜竹宧到了亭子裡坐下，拿出手帕來擦乾了臉上的細汗珠，這才看看趙、尚兩位說：

「找不到蘇甫。孟堂家固然沒有，太太們也說不知道。樓上更沒有。我又不便到處亂問。不是你們所囑這留心引起別人的注意麼？——你們先把事情說清楚了，

「事情就是組織秘密公司做公債多頭，剛才已經說過了；兩天之內，起碼得調齊四百萬現款，我和仲翁的力量不夠。要你們和蘇甫肯加入，這件事就穩定規了，不然，大家拉倒！」

趙伯韜打起他的粵腔普通話，很快地說。他那特有的炯炯的眼光從深陷的眼眶裡射出來，很留心的在那里觀察杜竹宧的表情。

「我就不明白為什麼你還想做多頭。這數天公債的跌風果然是受了戰事的影響，將來還可以漲，但戰事未必馬上就可以結束罷？並且隴海、津浦兩路，中央軍非常吃緊，已經是公開的秘密了。零星小戶多頭一齊出籠，你就儘管收，也抬不起票價。況且離本月交割期不過十來天，難道到期你想收貨麼？那个，四百萬現款也還不夠……」

「你說的是大家的看法。這中間還有奧妙！——」

趙伯韜截住了杜竹宧的议論，很神秘的微笑着。杜竹宧仰起頭來閉了眼睛，似乎很在那里用心思。他知道趙伯韜通廣大，最會放空氣，又和軍政界有連絡，或許他得了什麼秘密的軍事消息麼？然而不像。杜竹宧再睜開眼來，猛的看見趙伯韜的尖利的眼光正射在自己臉上，于是突然一个轉念在他腦筋上一跳：老趙不要是多頭大戶，交割期近，又夾着是舊曆端陽節，他一定感到恐慌，因而什麼多頭公司是他的「金蟬脫殼」計罷？——但是尚仲禮為什麼也跟着老趙跑？老尚可不是多頭呀！這麼自己心裡又一反問，杜竹宧忍不住對尚仲禮瞥了一眼。

可是這位尚老仲卻是很安詳，翹起三根指頭在那裡慢慢地摸鬍子。

「什麼奥妙。」

杜竹斋一面在心裡盤算，一面隨口問，他差不多已經決定了敷衍幾句就走，決定不加入趙伯韜的「陰謀」中间了，可是趙伯韜的回答卻像一道閃電似的使他一跳：

「仲老担保，西北軍馬上就要退！本月份公債割心京，下個月一定要回漲！」

雖然趙伯韜說的聲音極低，杜竹斋卻覺得正像晴天一個霹靂，把滿園子的嘈雜聲和兩班鼓樂手的吹打聲都壓下去了。他愕然瞪著尚仲禮，末後再疑地問道：

「哦——仲老，看得那麼準？」

「不是看得準，是可以『做』的準呀！」

尚仲禮捋著鬍子代替自答，又笑迷迷地看了趙伯韜一眼。然而杜竹斋還是不明白。這「做」字，尚仲禮說的自然有奥妙，並且竹斋素来也信托尚仲禮的「担保」，但目前這件事進出太大，不弄不个明白。遲疑不定的神色就很顯然地浮上了杜竹斋的臉兒。

趙伯韜拍著腿大笑，凑到杜竹斋的耳朵邊輕輕地說：

「所以我說中有奥妙哩！打勝化了本可以仗，這是大家都知道的。但是化了錢也可叫人家打敗仗，那就没有几个人想得到了。——人家得了錢，何樂而不敗一仗？」

杜竹斋戳手不能相信自己的耳朵。他想了一想，猛然站起来，伸出一个大拇指到尚仲禮臉前一提，嘖嘖地素維滿口話：

「仲老，真佩服，滿腹經綸！這果然是奥妙！」

「那你是一定加一股了。荪甫呢，你和他接洽？」

趙伯韜立刻逼紧一步，看他那神气，似乎馬上要定局。

尚仲礼却看出杜竹斋还有点犹豫。他知道杜竹斋虽然好利，却又異常多疑，远不及吴荪甫那樣敢作敢為，富于魄力。于是他故意放松一步，反倒这麽说：

「虽然是有人居間，和那边接洽过一次，而且价钱也议定了，却是倒底不敢说十拿九稳呀；和吾则定打了个折首，原来就带三分危险；也许那边临时又变卦。所以竹翁还是先去和荪甫商量一下，回头我们再谈。」

「价钱也講定了麼？」

「講定了。三十万！」

趙伯韜接着回答，似乎有点不耐煩。

杜竹斋把舌头一伸，嘻々地笑了。

「整々三十万！再多，我们不肯；再少，他们也不幹。实足一万银子一里路，过三十里就是三十萬。」

尚仲礼慢吞吞地说，他那细眼睛钉住了杜竹斋的山羊脸。

经过了一个短々的沉默。终于杜竹斋的眼睛裡转着坚决的亮光，看々尚仲礼，又看々趙伯韜，三个人不约而同的大笑起来。接着，三个头便攒在一处，唧唧喳喳地谈得非常有劲儿。

这时候，隔了一个鱼池，正对着那个亭子的草地上，柳树荫下三个青年男子和两位女郎也正在为了一些「問題」而争論。女郎们並没多说话，只把她们的笑声送到鱼池边，惊起了水面上午睡的白鹅。

「了，你们停止辩論，我就去找他们来。」

一位精神飽滿的貓臉少年說。他就是杜竹齋的幼弟學詩，工程科的大學生。

「林小姐，你贊成麼？」

吳芝生轉過臉去問林佩珊。但是林佩珊裝作不曾聽得，只顧拉着張素素的手好像打秋千似的蕩着。范博文站在林佩珊的旁边，不置可否地微笑。

「沒有異議就算通過！」

杜學詩一边嚷，一边就飛步跑了，向「晏堂」那边去。這裡吳芝生無聊的踱了幾步，忽就走近范博文身边很高興的問道：

「還有一个問題，你敢再和我打賭麼？」

「你先說出來，也許並不成問題的。」

「就是四小姐蕙芳和七少爺阿萱的性格將來會不會起变化。」

「這个，我就不来和你賭了。」

「我和你賭！芝生，你先發表你的意見：变呢，不变？」

張素素撂開了林佩珊的手，插進來說，就走到吳芝生的跟前。

「賭什麼呢？也是一个Kiss罷？」

「如果我贏了呢？我可不願意Kiss你那樣的鬼臉！」

范博文他們都笑起來了。張素素却不笑。翹起一条腿，跳着旋一个圈子，她想到四小姐是那樣的拘束臃腫，看着又生氣又可憐，阿萱呢，相貌真不差，然而神經錯亂，有時聰明，有時就渾乃利害。都是吴老太爷的「太上感应篇教育」的成绩。这麽想着，张素素觉得心口[redacted]怪不舒服，[redacted]她倒忘记了赌赛，恰好那时杜学诗又飞跑着来了，后面两个人，一位是吴府法律顾问秋华律师，另一位便是李玉亭。

此时从对面[redacted]假山上的六角亭子里送来了赵伯韬[redacted]他们三个人的笑声。李玉亭[redacted]抬头一看，就推着秋华的臂膊，低声说：

「金融界三巨头！你猜他们在那里干什麽？」

秋华微笑，[redacted]不回答，却被吴芝生的[redacted]呼声打断了：

「秋律师，李教授，现在要[redacted]听你们两位的意见。——你们不能说假话！我和范博文是打了赌的！问题是一个人又要顾全民族的利益，又要顾全自己的利益，这中间有没有冲突？」

「把你们的意见老实说出来！」芝生和[redacted]博文是打了赌的，这中间关系不浅！」

杜学诗也在一旁帮着喊，却睁眼看着林佩珊。但是林佩珊装作什麽都不管，蹲在草地上[redacted]揀起一片一片的玫瑰花瓣[redacted]来，摆成了很大的一个「林」字。

「那要看是怎样身分的人了。」

因为秋华摸颏，李玉亭就先发言：

「不错。我们已经争过例了。」学诗说，「苏甫厂里的工人。[redacted]现在厂丝销路[redacted]清淡，苏甫对工人说：『我们的厂经成本太重，不能和日本丝竞争，我们的丝業就要破产了，要减轻成本，就不得不减低工资。为了民族的利益，工人们只好忍痛一时，少拿几个工钱』但是工人们回答：『生活程度高了，本来就吃不饱，再减工钱，那是要我们的命了。你们有本钱做老板，总不会饿肚子，请你们顾全民族利益忍痛一时，少赚几文罢。』——[redacted]看来两方面都有理，可是两方面的民族利益和个人利益都就发生了冲突。」

「自從餓肚子也是一件大事——」

李玉亭說了半句就又縮住，拿起手來搔頭皮。張素素很注意地看了他一眼，他也不覺得。全体肅靜，等待他說下去。對面遠處的六角亭子裡又傳過一陣笑聲來。李玉亭猛一跳，就縮完了他的意見：

「但是無論如何，資本家非有利潤不可！不賺錢的生意根本就不能成立！」

吳芝生大笑，回頭對范博文說：

「不錯。是我把博教授的意見猜對了。詩人，你已經輸了一東！第二个問題要請你自己來說明了。——素素，還有佩珊，留意呀！」

范博文冷冷地微笑，總沒出聲。于是杜新籜就搶著來代替他：

「工人要加工錢。老板說那麼只好請你另就，我要另外招工人。可是工人却又硬不肯走，还是要加工錢。——這就要請教法律顧問了。」

「勞資雙方是契約關係，誰也不能勉強誰的。」

秋律這話剛剛說完，吳芝生他們又都笑起來了，連范博文自己也在內。蹲在地下似乎並沒在那裡聽的林佩珊就跳起來拔腳想跑。然而已經太遲。吳芝生和張素素捆住林佩珊兩条胳膊：

「不要跑！詩人完全輸了，你就該替詩人还賬！不然，我們要請秋律師代表提出訴訟了。小杜，你是保人呢！你這保人不負責麼？」

林佩珊只是笑，并不回答；覷機會就從張素素腋下衝了出去，沿著魚池邊的虎皮紋碎石子路向右首跑。「哟——」張素素喊一聲，也跟著追去了。范博文却拉住了吳芝生的肩膀說：

「你不要太高兴！侠人和杜还没有下公断呢。」

「什么话！我做侠人，又兼公断！没有这种办法，况且没有预先说明。」

「说明了的：『如果狄律师和李玉亭的话发生疑议的时候，就由我和杜公断。』现在我认为狄律师和李教授的答覆都有疑义，不能硬派我是猜输了的！」

「都是不负责任的话！没有说出个所以然来的呀！」

杜学诗也加进来说，他那猫儿脸实在非常严肃。

这不但是吴芝生觉得诧异，狄律师和李玉亭也莫名其妙。大家围住了杜学诗，看着他。

「什么民族，什么个人，什么劳资契约，都是废话！我只知道有一个国家。而国家的舵应该放在刚毅的铁掌里；重在做，不在说空话！这管理国家的铁掌。譬如说中国罢，不能如近代竞争罢，『国家』而且任何人不能反对的铁掌就应该一方面识剷工人的工会，又一掌理方面压制资本家用最低的价格卖出去，务必要在欧美市场上将旧东西压倒！要是资本家不肯廉价抛售，『国家』就可以没收他的工厂！」

杜学诗一口气说完，瞪出一双圆眼睛，将身作势了几下，似乎他就是那「铁掌」！好！

听着的四位都微笑，可是谁也不发言。张素素和林佩珊的笑声从池子右首的密树中传来，一点一点的远了。范博文向那笑声处瞧了一眼，回头在杜学诗的肩头重重地指一下，冷冷地：

「好！就可惜你既不是资本家，也不是工人，更不是那『铁掌』！还有一层，你的一番空谈也是『没有说出所以然来的废话』！请不要忘记，我刚才和侠打赌的，不是什么事情应该怎样办，而是看谁猜对了狄律师和李教授的意见！——好了，我们这次赌赛，就此不了而了。」

最后的一句还没说完，范博文就跟着远远来的张素素和林佩珊跑了去。

「不行！請人，你想也是？」

吳先生一面喊著，一面就逃。李玉亭和秋律師在後面大笑。

可是正當他們吳兩位將要趕到林佩瑚她們跟前的時候，迎面又來了三個人，正是杜竹齋和趙伯韜，尚仲禮，一邊走，一邊還在低聲談話。他們對這四個男女青年看了一眼，便悄悄地沿著這池子邊的虎皮紋石子路走到那柳蔭左近，又特地繞一個灣，避過了李玉亭和秋律師的注意，向「靈堂」那方面去了。然而李玉亭眼快，已經看得明明白白，他拉一下秋律師的衣角，輕聲說：

「看見麼？金融界三巨頭！重要的事情擺出在他們臉上。」

「因為我們這裡剛剛發生了一隻「鐵掌」呀！」

秋律師回答，又微笑。李玉亭也笑了。沉在自己思想中的林佩瑶却是什麼也沒有聽到，什麼也沒有看見。

杜竹齋在「靈堂」階前碰到剛來的一位弔喪客，——吳府遠親陸匡時，交易所經紀人又兼大亞證券信托公司的什麼襄理。一眼看見杜竹齋，這位在公債裡翻跟斗的陸匡時就搶前一步，拉住了杜竹齋的袖口，附耳低聲說：

「我得了個秘密消息，中央軍形勢轉利，公債馬上就要回漲呢。目前還沒有人曉得。人心看低，這是我這裡的散戶多得，都是急于要脫手。你為什麼不乘這擋口，扒進幾十萬呢？你向來只做標金，現在乘這機會，我勸你也試試公債，弄幾文香香手，倒也不坏！」

[redacted]这一番话，在陆匡时也许是好意，但要参加秘密多头公司的杜竹斋却怕得什么似的，几乎变了脸色。他一面在听，一面心里起了无数的疑问：难道是尚仲礼的计画已经走漏了消息？难道是吉真中央果已经转利[redacted]？抑或是赵伯韬和尚仲礼串通了来在他的身上干新式的翻戏？再不然，[redacted]这陆匡时故意造谣言，想弄点好处么？——杜竹斋几乎没了主意，闷着不出话来。他偷偷地对竟不过是旁边的赵伯韬使了个眼色。不，他是想严密地观察一下赵老的神色，但不知怎地却变成了打招呼的眼色了。[redacted]只使老练如他者真此时有点乱了章法。

幸而来了个救星。高升匆匆地跑到竹斋跟前说：

「我们老爷在书房里。请姑老爷就去！」

杜竹斋觉得少许一松，随口说[redacted]一句「知道了」，便转脸敷衍陆匡时道：

「对不起，少陪了；回头我们再谈。请到大客[redacted]间去坐坐。高升，给陆老爷倒茶！」

这时[redacted]，杜竹斋[redacted]着赵伯韬尚两位到再花园里，找了个僻静地点，[redacted]着把陆匡时支使开了，三个人又挤在一处，就带[redacted]渐渐[redacted]三人脸上又泛出喜[redacted]气来了。

「那么，我就去找荪甫。[redacted]伯韬到大客[redacted]间去对陆老[redacted]用工夫，[redacted]仲老[redacted]回去和那边切实接洽。」

最后是杜竹斋这么说，三个人就此分开。

然而杜竹斋真没料到吴荪甫是为了看到了云在他的书房里。昨[redacted]晚上吴老太爷断了气的时候，荪甫的脸上也没有现在那样忧愁。杜竹斋刚刚坐下，还没开口，荪甫就将一张纸条给他看。

这是一个电报。[redacted]很简单的几个字：「四乡农民不稳，[redacted]镇上兵力單薄，危在旦夕，多年應急之處，也速電覆。費，錢。」

杜竹宣立刻變了臉色。他並不像蓀甫那樣還有許多財產放在家鄉，但是「先人廬墓所在」之地，無論如何不能不動心的。他放下電報，看着蓀甫的臉，只說了四個字：

「怎麼辦呢？」

「那只好盡人力辦了去再看。家母老太太和四[redacted]妹七弟出來兩天，不死，[redacted]糟那就遭了。目前[redacted]留在那裡的，不過是當鋪，典莊，米廠之類，無從為數不小，倒底是身外之物。——怎麼辦？我已經打電給費小舅子，叫他趕快把現[redacted]款安頓好，其餘各店的貨物能移則移，……或者[redacted]不過一場虛驚，依然太平過去，也難說。但無力單薄，到底不行；我們應該聯名電請省政府[redacted]火速派保安隊去鎮壓。」

吳蓀甫也好像有點反常，失七失八說了一大篇，這纔落到主要目的。他把擬好[redacted]了打給省政府請兵的電稿請竹宣過目，就去按身背後牆上的電鈴。

書房的門輕輕開了。進來的卻是兩個人，高升以外，還有廠裡的賬房莫[redacted]幹[redacted]丞。

吳蓀甫一眼看見莫幹丞不召自來，就將[redacted]眉頭的更緊些，很嚴厲地喊道：

「幹丞！對你說過，今天不用到這裡來！你在廠裡要緊！」

這一下叱責，把賬房莫幹丞嚇楞住了，回答了兩個「是」，直挺挺僵在那里。

「廠裡沒有事麼？」

吳蓀甫放平了臉色，隨口問一句，他的心思又轉到家鄉的農民暴動的威脅去了。然而真不料莫幹丞卻[redacted]抖抖索索說出這麼一句話來：

「就因為廠裡有些不妙——」

「什麼！趕快說！」

「也許不要緊。可是，可是，風聲不好。我們還沒有告訴工人，可是，工人們已經知道了。她們，她們，今天從早上起，就有點——有點怠工的樣子。我特來請示——怎麼辦。」

現在是吳蓀甫的臉色突然變了，僵在那里不動也不說話；他臉上的紫疱，一个一个都冒出熱氣來。這一陣過後，他猛的跳起來，像發瘋的老虎似的咆哮着；他罵工人，又罵莫幹丞以下的辦事員：

「她們先怠工麼？混賬東西！給她們點顏色看！你們管什麼的？直到此刻來請示辦法！哼，你們就會在廠裡胡調，吊膀子，軋姘頭！說不定還是你們自己走漏了減削工錢的消息！」

莫幹丞只是垂頭站在旁邊，似乎連氣都不敢透一下。看着這不中用的樣子，吳蓀甫的怒火更加旺了，他右手叉在腰間，左手握成拳頭搁在那時代鋼的寫字枱邊緣，眼睛裡全是紅光，閃閃地向四面看，好像想找什麼東西來咬一口似的。忽然他看見了高升直挺挺地站在一邊，他就怒吼斥罵道：

「你站在這裡幹什麼？」

「老爺剛才按了電鈴，這才進來的。」

于是蓀甫方才記起了那電報稿子。並且記起了寫字枱對面的沙發裡還坐着杜竹齋。此時附座早已看過電稿，嘴裡斜啣着一枝雪茄，閉了眼睛在那里想心事。他自己的

蓀甫抓起那張電稿子給高升，一面揮手，一面說：

「馬上去打出，愈快愈好！」

說完，吳蓀甫就坐在[redacted]他的純鋼轉椅裡，拿起筆來在一張信紙上飛快地寫了一行，即又隨
手[redacted]團縐，丟在字紙簍裡，捏著筆沉吟。[redacted]
杜竹齋睜開眼來了。看見了蓀甫的躊躇態度，竹齋就輕輕說：
「蓀甫，硬做不如軟來。」
「我也是這个意思——」
吳蓀甫回答。現在他已经氣平了，將手裡的筆桿轉了兩下，回頭就對莫幹丞說：
「幹丞，坐下了，你把今天早上起的情形，詳細說出來。」
接收了吳蓀甫脾氣的這位賬房先生現在知道可以放膽說話，不必再裝出那种惶恐可
憐的樣子來了。他坦然坐在寫字檯橫端的一張彈簧軟椅裡，就慢慢地說：
「是早上九点鐘光景，[redacted]第二號管車金玉貞跑到賬房間來，報告第十二[redacted]車的姚金鳳
犯了規則，不服管理，[redacted]為時九號管車薛[redacted]寶珠[redacted]第十二繅車的女工就都[redacted]關了車，鬧起來——
「我们听了王金貞的報告，正想去彈壓，就听得要喊她上賬房間，那裡知道一片聲呼喊，薛幫著姚金鳳
寶珠拉著姚金鳳來了，但是車間裡的女工已经全都關了車，——」
吳蓀甫縐了眉頭，決然地看了莫幹丞一眼，他[redacted]不耐煩似的打斷了莫幹丞的報告，問道：
「簡簡單單[redacted]說，現在怎麼一个鬧到地步？」
「現在車間裡三百六十部車只有一大半還在那里做工，——說是做工，其实是糟蹋蠶繭子。」
吳蓀甫听到這最後一句，怒吼一聲，猛的跳起來，但隨又坐下，很快地問道：

「這工的原因是——？」

「要求開除蘇寶珠。」

「什麼理由呢？」

「說她打人。——還有，她們又要求米貼。上兩次米漲到二十元一石時，曾經要求過，這一次又是。」

吳蓀甫鼻子裡哼了一聲，轉臉對杜竹齋說：

「竹齋，——這絲廠老板真難做。米貴了，工人們就來要求米貼；但是絲賤了，要虧本，却没有人給我貼。好！幹丞，你同去對工人說，她們要米貼，老板情願關廠！」

莫幹丞答應了一聲「是」，但兩隻老鼠眼睛却望着吳蓀甫的臉，露出他的十分為難的神氣。

「還有什麼事呢？」

「嗯，嗯，请三老爺明鑒。關廠的話，現在說出去，恐怕會鬧亂子——」

「什麼話？」

「這個工人很齊心，好像是預先有過商量的。」

「哼！你們這班人都是死人麼？這麼一点也不知道，臨到出了事，才來向我討辦法！第一，辦管車王金貞和稽查李麻子都是領了津貼的，平常日子不留心工人的行動！難道我白養了這些狗！」

此時莫幹丞忽然膽大起來了，竟敢回「三老爺」的話：

「他們兩個也還出力，他們時時刻刻在那里留心工人的舉動，可是——好像他們面孔上刻着「走狗」兩個字，到處碰壁，探聽不出一点消息也來。三老爺！工人們就像鬼迷了一般！姚金鳳向來是老實的，此番她也變了！現在車間裡一片吵鬧：『上次要求米貼，被你們一番鬼話哄過去了，今回定要見個你死我活！你們還想趁減工錢麽？我們要來點，來點！」聽說各廠的情形都不穩。工人們都像鬼迷了一般！」

「鬼迷了麽？哈，哈！我知道這個鬼！生活程度高，她們喫不飽！可是我還知道另外一個鬼，比這更大更利害的鬼！世界產業凋敝，廠經跌價！……」

吳蓀甫突然冷笑着高亢大喊，一種鐵青色的苦悶和失望從他的紫醬色臉皮上透出來。然而只一剎那，他又回復了剛毅果決的常態。他用力一揮手，繼續說下去，臉上轉為獰笑：

「好！你這鬼！難道我們就此束手待斃麽？不！我們還要拚一下哪！——但是，幹丞，怎麽工人就知道我們打算減工錢？一定是賬房間裡有人走漏了消息！」

莫幹丞獃了一獃，背脊上透出一片冷汗。遲疑了片刻，他忽然心生一計，就鬼鬼祟祟地說：

「我疑心一個人。就是屠維嶽。這個小夥子近來靠不住了，整天在十九擋車的朱桂英女工身上轉念頭。有人看見他常常在朱桂英家裡進出——」

此時書房門忽開，二小姐芙芳的聲音打斷了莫幹丞的借刀殺人的讒言。

「三弟！萬國殯儀館的人東西都來了，那個拔林我看着不合式！」

二小姐一面說，一面用眼看她的丈夫。站在門邊，

「等一會兒，我就來。竹齋，請你先去看看——」

但是杜竹齋連連搖手，從雪茄的煙霧中對二小姐說：

「我們就來，就來。時候還早呢！看了不對再去換，也還來得及。」

「還早麽？十二點一刻了，外邊已經開弔了！」

二小姐说着也就去了。这里吴荪甫转脸朝莫干丞看了一眼，很威严地发出这样的命令来：

「现在你立刻回厂去[redacted]出布告：因为老太爷故世，今天下午放[redacted]假半天，工钱照给。先把工人散开，免得聚在厂里闹乱子。可是下半天你们却不能休息。你们要分头到工人中间做工夫，打碎她们的团结。限今晚上把事情办好！[redacted]一面[redacted]请公安局派警察保护工厂，一面呈[redacted]报社会局。还有，那个屠维岳，叫他来见我。叫他今晚上都来。听明白了么？去罢！」

打发开了莫干丞[redacted]以后，吴荪甫就站起来，轻声叹一口气，自言自语的说：

「开什么厂！真是淘气！当初为什么不开银行？凭我这资本，这精神，开银行该不至于落在人家后面罢？现在我就有偌大的上海银行，[redacted]开办的时候不过十万块钱[redacted]，……」

他顿了一顿，用手去摸下颏，但随即转成坚决的态度，右手握拳打着左手的掌心[redacted]：

「不！我还是要干下去的！中国民族工业就只剩下挨打这几项了！丝业关系民族前途尤大！——只要国家像个国家，政府像个政府，中国工业一定有希望的！——竹斋，我有一个大计画。但是现在没有工夫细谈了，我们先去看各方面强硬的怎样来对付罢。」

「不忙。我还有事和你商量。」

杜竹斋把雪茄从嘴[redacted]角边拿开，也站了起来，挨近吴荪甫身旁，[redacted]就将赵伯韬[redacted]他们的「密谋」[redacted]从头说了一遍，最后这么他问道：

「你看这件事有没有风险？[redacted]要是你不愿意插一脚，那么我也打算不干。」

[redacted]吴荪甫[redacted]反过来问，「每人一百万，今天先垫交五十万[redacted]？」不表示对于这件事的意见，脸色[redacted]异常[redacted]沉静。

「这也是老赵他们的主张。老赵的步骤是：今天下午，[redacted]，就要[redacted]抛出三百万，把公债再压低——」

「那是一定會壓低的。說不定會跌落兩三元。那時我們就補進？」

「不！明天前市第一盤，我們再拋出五百万，由趙伯韜出面！」

「哦！那就要拍還要跌！老趙是有名的多頭大戶，他一出籠，散戶多頭就更加恐慌，拚命要脫手了，而且一定還有許多新空頭乘勢跳進。」

「是呀！所以要到明天後市，我們這才動手補進來。我們慢慢的零零碎碎地補進，就不至于引起人家的注意，到交割前的四五天，我們至少要收足五千万！」

「那時候，西北軍的捷報也多方面轟起來了！」

「不錯！那時候，散戶又也要一窩蜂來做多頭，而且交割期近，又碰著舊曆端陽節，空頭補進也急于要，漲風一定很利害！」

「我們的五千万公債就此放出去，做了他們的救苦救難觀音菩薩！」

說到這裡，吳蓀甫和杜竹齋一齊笑起來。兩个人的眼睛都閃着興奮的光彩。

笑過了以後，吳蓀甫忽然說：

「好！我們決定幹一下罷！可是未免太便宜了這个多頭大戶老趙了。我們如今除了外，應得對他提出相當的條件。我們找他去談判！」

于是吳蓀甫和杜竹齋就此離了開那書房。而那个久在吳蓀甫構思中的「大計劃」此時就更加明晰地抓住了吳蓀甫的全意識。他渾身充满了大規模地進行企業的野心和魄力了！

二、

午後，滿天烏雲，悶熱異常。已經是兩点鐘，万國殯儀館還沒把吳三小姐指定要的那種裝着厚玻璃可以看見老太爺遺容的棺材送來。入殮的時間不得不改遲一个小時。電話和專差，不斷的向万國殯儀館（先前送來的那口棺材，到底被二小姐和四小姐的聯合反对勢力擠了。）送去，催是他們的催促書。吳府的上下人等，一切都準備好了等那口棺材來就可以把這一天的大事了結了。吊喪的賓客也散去了許多。只剩下幾位至親好友，（或者是身上沒有要緊事情的人們，）和耐性地等候着入殮；此時都散在花園裡涼快的地方，一簇一簇地隨便談話。

先前最熱鬧的大餐室前後，現在冷靜了。四个当差在那裡收拾啤酒瓶，汽水瓶，和掃滿地的水菓皮殼。他們中間時時交換着幾句抱怨的話：

「三老爺真性急！老太爺這樣一件大事，一天工夫怎麼辦得好！」

「這就是他的脾氣呀！——听高升說，三老爺昨半天一在書房裡大大的生氣呢，廠裡的账房莫先生陪一些兒嚇死了！——再說，你們看老太爺的福氣真不差！要是遲兩天出來，嘿！听說——早上來了電報，那边的鄉下人造反了！——三老爺的生氣，多半是為着這個！」

說這話的叫做李貴，本來是吳少奶奶娘家的当差，自從那年吳少奶奶的父母急病相繼死後，這李貴就投奔到吳府來了。如果說吳府的男女僕人（三十多）也有党派，那麼這李貴便該是少奶奶的一派。

「今天的車飯錢就開銷了五百五十幾塊。汽水啤酒喫掉了三十打。」

另一个当差轉換了談話的方向。

「那末，三老爺回頭給我們的賞錢，至少也得一千塊了！」

又是李貴的聲音。听得了「一千塊」這三个字，当差們的臉上都放紅光了；但這紅光只一剎那就又消失了。根据他们特有的经验，知道这两张「一千元」是要分寄像派赏，而且即使平均分配，则连写「引字帖」的，伺候灵前的各项執差的，还有觉林素菜馆来的大批「大形軍」，——总共不下一百人的他们这些差「連」，每人两只也就差不多了。这麽想着的他们四五人，就动作没有劲儿，反比没有提到賞金以前更懒懒地了。他们一股子不平之氣正还要苗哦，忽然一个人走进来了。

这是范博文。他的那一脸没精打采的神氣正不下於这些「失望」了的当差。站在屋子中间旋一个圈子，范博文喃喃地对自己说：

「怎麽！这裡也没有半个人！——喂，李贵，你看见佩瑶二小姐麽？」

可是並没等李贵回答，范博文突然撒腿就跑，穿过了那大餐室的後来間，從改边的那道门跑到游廊上，朝四面看了一下，就又闯进那通到「灵堂」的门，睁大了他的找人的眼睛。「灵堂」裡悄悄地沒有声響，太太小姐们一个也不在，只有四五个女僕坐在靠墙壁的椅子上，像一排黑色的土偶。吴老太爷的遗体仍放在屋子中央，四周堆起了鲜「供灵」的花的小山，而在这鲜花山「中亮晶晶」这裡那裡闪着雪光的，是五六座高大的長方形的機器冰。

范博文忍不住打了一个冷噤，赶快跑过那白布的孝帏，跑到「灵堂」前石階上鬆一口氣，仰脸望着天空。一種孤伶無依而又寂寞無聊的冷味浸满了他的「詩人的心」了。

石階下，素牌楼旁边的一班「鼓手」此時都抱着乐器在那裡打瞌睡。他们已经辛苦了半天，现在偷空合一下眼，在储蓄精力準備入殓時最後一次的大緊張。

范博文觉得什麽都是不顺眼的，都是平凡恶俗。他簡直有点生氣了。恰在那時候，吴芝生從石階下右首的柏油路上跑了来，满脸是发见了什麽似的高兴的神气，看见范博文独自站在那裡，一把拉住他就跑。范博文莫解地跟着走，一面又是那句问话：

「你看见佩珊麽？」

「回头再告诉你。可是此刻先跟我看一件事——不！一幕活剧！」

吴芝生匆匆地说，拖住范博文穿过了一撮密茂的丁香树，来到花园最东端的幽静去处。这裡有玻璃棚的「暖花房」，现在棚顶却只罩着芦蓆。蓆的凉棚。花房左边是十多间三开间式平房，窗是开着，窗外都挂着日本式的印花细竹簾，一阵一阵的笑声从簾子裡送出来。

「这是弹子房。我不要进去！」

范博文摇着头说。但是吴芝生立刻用手掩住了范博文的嘴巴，在他耳朵边轻声喝道：

「不要嚷！你看，她们打的什麽弹子呀！」

他们两个悄悄地走到一个窗子边，向裡面窥望。多麽快活的一群人呀！交际花徐曼丽女士赤着一双脚，裊裊婷婷地站在一隻弹子檯上跳舞哪！她托开了两臂，提起一条腿——提得那麽高，她用脚尖支持着全身的重量，在那平滑光软的弹子檯的绿呢上飞快地旋转，她的衣服的下缘，平张开来，像一个伞，她的白嫩的大腿，她的裹紧着臀部的淡红印度绸的亵衣，全都露出来了。朱吟秋，孙吉人，王和甫，陈君宜，他们四个，高高地坐在旁边的看打弹子的高脚长椅上，拍手狂笑。矮胖子周仲伟手裡拿着打弹子的棒，一往一来地摆动，像是音乐队的队长。忽然徐曼丽像燕子似的从她所站的弹子檯跳到另一隻弹子檯上去了。轰雷似的一声喝采！可是就在那时候，徐曼丽似乎一滑，腰肢一扭，屁股一撅，很像要跌倒。幸而雷鸣抢上去一把抱住了她！

「不行，不行！揩油不是这麽揩的！」

唐云山跟着跳上[illegible]，他的光秃秃的头顶上还顶着徐曼丽的黑缎子高跟鞋。

于是一陣混乱。男人和女人扭在一堆，笑的更荡，喊的更[redacted]狂。生在那裡旁观的四位也加入了。

范博文把吴芝生拉開一步，稍起眉頭冷冷地说：

「這补什麼希奇！拚命拉了我来看！更有甚于此者呢！」

「可是，[redacted]——平常日子高谈『男女之大防』的，也[redacted]就是他們這班『社会的棟樑』麼？」

「哼！你真是书獃子的見解！『男女之大防』固然要维持，『死的跳舞』却也不可不跳！你知道麼？這是他們的『死的跳舞』呀！農村愈破產，都市的畸形發展愈猛烈，金價愈漲，米價愈貴，内乱的炮火愈利害，農[redacted]民的騷動愈普遍，他們那麼人——這些有錢人的『死的跳舞』愈加瘋狂！有什麼希奇？看他幹麼？——还不如找[redacted]她們去罷！」

說着這麼，范博文掉轉身体就想走，可是吴芝生又拉住了他。

此時彈子房裡換了把戲了。有人在過[redacted]去了嗓子低聲唱。吴芝生拉着范博文再近去看，只見徐曼丽还是那樣站在彈子枱上跳，她可是慢慢地跳。她的一双高跟鞋現在是頂在綫胖子周仲偉的頭上了；這位火柴厰老板，曲着腿，一蹲一蹲的学蝦蟆跳。他的嘴裡，「嘘——嘘——」地響着。可不是唱什麼。過[redacted]去了嗓子，十分正经地在唱[redacted]的，是雷參谋。他挺直了胸膛，微仰起了頭；這是他唱軍歌的時候，也不能比這時的態度更認真更嚴肅了。

吴芝生回頭对范博文看了一眼，猛的一个箭步跳到那彈子房的门旁，一手飛開了那印花细竹軟簾，[redacted]搶進门去，出其不意地大呼道：

「好呀！好奇的刺激，死的跳舞呀！」

立刻歌声舞姿以及那蝙蝠跳都停止了。這荒樂的一群僵在那裡，像轉成了化石。可是就在這一刹那間，[redacted]開，吶，鐃，笛子，大鸦筒的乱音混合，像春雷突發似的從外面飛進來了！這是哀樂！吳老太爺入殓的時間終于到了。朱吟秋第一个先跳起来，一边走，一边[redacted]喊：

「時候[redacted]到了！走罷！這是殓去呀！」

這一提醒，大家都拔起脚来就跑。周仲偉（忘記了路上還）頂着那双高跟鞋子，也跑出去了。徐曼丽赤着脚在彈子枱上乱跳乱嚷。急得雷參謀走這裡兒，抱起了徐曼丽[redacted]（也追出来，）直到暖花房（旁）边，方才從地上檢取那双玲瓏小巧的黑緞子高跟鞋。

這一夥人到了「靈堂」外時，那五層石階級上也已經擠滿了人了。滿園子樹陰間掛着的許多白布灯籠此時都已經点上火了。天空是陰霾的像在黃昏時刻，那些白布灯籠在濃綠陰处閃着慘澹的螢光。大鸦筒不歇地「烏——都，都，都」地怪叫，叫着（使人）心上会发毛。有一个當差，手裡捧着一大束燃旺了的線香，看見朱吟秋這一班老爺們擠上來，就分給每人一枝香。范博文接过香来，隨手又丢在地下，看見人堆裡有一条縫，他就擠進去了。吳芝生也跟着。他却用手裡的香来開闢一条路。

唐雲山伸長頸子望了一會兒，就回頭对孫吉人使了个眼色：

「站在這裡幹什麼？」

「回老地方去罷？」

「還是到大餐间去，我們抄後边的柏油路就行了。」

擠在孫吉人旁边的周仲偉說。同時他又用眼光去徵求王和甫及[redacted]陳君宜的同意。

「你們留意到麼，少了人了：雷參謀和交際花！」

朱吟秋眯着眼睛說。但是突然一陣更響亮的哀樂聲很把他這話吞沒了。而且陳君宜已經拉着他跟在周仲偉一班人的後面也過那大客室的前面的走廊。他們剛走過那架木香花棚的時候，看見雷鳴和徐曼麗正從樹蔭中走出來，匆匆地跑向「靈堂」方去了。

大客間裡果然沒有一個人。但通到「靈堂」去的正在大客間旁面的那道門卻開着。周仲偉跑過去拉開了這道門，撲面就湧進了大鑼鼓，喇叭，鎖吶，笛子，哭聲和喊聲的混合聲，還有並且就在那門口，放着棺材以及其他的入殮用品。周仲偉趕快將門掩上，回身搖着頭說：

「還是坐在這裡罷。隔一道墻，也還是送殮！」

一面說着，他又從各人手裡收齊了條香，一古腦兒插過了擺在桌上看樣的福建雕漆花瓶，就把他的胖身体埋在沙發裡了。

好一會兒，大家都沒有說話。

朱吟秋坐在周仲偉對面，閉了眼睛，狂吸着雪茄，很在那里用心思的樣子。忽然他睜開眼來看着旁邊的陳君宜說：

「你近來收不起賬，是戰事的影響，大家都一樣，難道你的維來錢莊就不能通融一下麼？」

「積兩年收不起了，總是推托銀根緊啦，什麼什麼啦，我簡直有点生氣了！——回頭我打算和杜竹翁商量一下，或者他肯幫忙。」

陳君宜一邊回答，就嘆了一口氣，彷彿那位不肯通融的錢莊經理的一付半死不活的怪臉相就近在咫尺。同時，一團和氣的杜竹齋的山羊臉也在旁邊提，陳君宜覺得這是一線希望。不料朱吟秋卻冷冷地接着就，说了这句两可含糊的就而叫人猜出的话：

「怎么的、——唉！」

「什么！你看来不成功么？我的数目不大，十二三万也就可以过去了。」陈君宜急口问，眼光射住了朱吟秋的脸孔。还没有得到回答，那边周仲伟忽然插进来说：

「十二三万你还说数目不大！我只要五六万，可朱吟秋的是也还没有办法。金融界看见我们这几个开厂的一上门，眉头就皱紧了。但这也难怪。他们把资本运用到交易所公债市场，一天工夫赚进十万八千，真是稀松平常——」

「对，对！周仲伟的话总算公平极了。所以我时常说这是政治没有上轨道的缘故。譬如政治上了轨道，发公债都是用在振兴工业，那么金融界和实业的关系就密切了。就不会像目前那样彼此不相关，专在利息上打算了。所以要政治上轨道，不是靠军人就能办到。办实业的人——工业资本家，应该发挥他们的力量，使政治上轨道。」

唐云山立刻利用机会来替他所服务的政派说话了。他一向对于实业界的大小老板都是很注意很连络的，即使他的大议论早就被人听熟，一碰到有机会，他还是要发表。他还时常加着这样的结论：我们汪先生就是竭力主张实现民主政治，真心要开发中国的工业；中国不是没有办工业，就可惜所有的款都化在军政费上了。在这一点上，唐云山和吴荪甫就成了莫逆之交。

但是他们的谈话也是不得不暂时停顿。从隔壁「灵堂」中传来了更震耳的哀号和狞笑声，中间还夹着什么木器沉重地撞击的声音。

这闹声一直在继续，但渐渐惯了以后，大餐室里的人们又拾起那中断了的谈话继续。

满心都在焦虑着端阳节怎么对付过去的朱吟秋，虽然未始不相信唐云山的议论很有理，可是总觉得離開他自己的切身利害太遠了一些。他的問題很簡單[redacted]：怎樣把到期的押款延宕過去，並且怎[redacted]樣能夠既不「忍痛」賣出賤價的絲，又可以使他的絲廠仍舊開工的。總之，他的問題是如何弄到一批現款。他實在並沒負債；雖然[redacted]有押款二十多万壓在他背脊上，他不是[redacted]現存着[redacted]百包粗細廠絲和大量的乾繭麼？金融界應該对于他的押款放心的。然而事實上金融界却当他一个窮光蛋似的追逼得那麼急。

這麼想着的朱吟秋[redacted]就不禁憤々了，就覺得金融界是存心和他作对，而且也覺得唐雲山的议論，越發離開他的切身利害太遠；他鼻子裡輕々哼了一聲，就冷々地說：

「唐雲翁，您老倚那麼說，我總以為做標金做公債的人們別有心肝！未必政府發行了振興實業的公債他們就肯踴躍認[redacted]購嗎？銀行的業務以放款為大宗，認購公債也是放款之一種；可是放款給我們，難道就沒有抵押品，沒有利息麼？自然有的哪！可是他們都不肯放款，豈非存心——」

「哈，哈，哈，哈——」

朱吟秋的牢騷被周仲偉的一陣笑聲擾亂。這位矮胖子跳起來又開了兩臂，好像劝打架似的站在唐雲山和朱吟秋中間，高聲說道：

「你們不要爭論了。做生意的人，都想賺錢，而且想賺得爽快！朱吟翁有他的苦处，銀行家也有他們的困難——」

「可不是！他們的準備金大半變成了公債，那麼公債起了跌風的時候，自然他們基本動搖，要竭力搜羅現款，——譬如說，放給朱吟翁的款子，就急于要收回了。所以我說是政治沒有上軌道的緣故哪。」

唐雲山趕快搶着又來回護他的主張了。這時周仲偉也在接下去說：

「刚才孙吉人先生有一个主意，很有道理，很有道理！不是随便开玩笑的！」

这最后一句，周仲伟几乎是涨红了脸喊出来[redacted]居然把大家的注意都吸引住了。唐云山和朱吟秋的眼光都转到孙吉人那方面。陈君宜更着急，就问道：

「请吉翁讲出来罢，是什么办法？」

孙吉人却只是微笑，慢慢地抽着雪茄烟，不肯马上就说。旁边的王和甫却耐不住了，[redacted]看了孙吉人一眼，似乎是征求他的同意，便咳了一声，轻描淡写的说出孙吉人的「好主意」来：

「这件事，吉翁和我谈过好几回了。说来也平常得很，就是打算联合实业界同人来办一个银行，做自己人的金融流通机关。现在内地的现银都跑[redacted]到上海来了，招股也还容易，吸收存款更不成问题，有一百万资本，再吸收一百[redacted]万存款，是常可以弄出一个局面来。如果再请准了发行钞票，那就更好办了。——只是这么一个意思，我们偶然谈起而已，并没放手进行。现在既经周仲翁一口喊了出来，就大家谈谈罢。」

王和甫本来嗓子极响亮，此时却偏偏用了低调，而且隔壁「灵堂」的喧闹也实在太利害，所以大家都竖起了耳朵来听，方才听明白了。当真「说来也平常」！实业界联合同业办银行，早已有过不少的先例；只不过孙吉人的主张是联合各业而非一业罢了。跟前这几位实业家就不是一业，他们各人的切身利害关系就彼此不尽相同。[redacted]在静听王和甫慢慢地申说的时候，各位实业家的敏捷的思想，就立刻转到这一层了；各人心里的皆自己打算的心计就立刻许多许多的涌上来。王和甫说完了以后，大家竟默然无言，哑场了好半晌。

最后还是五湖实业家的唐云山先发言：

「办法是错不了的。总得联络各方面有力的人，大规模组织起来。我有一个提议，回头邀吴荪甫[redacted]来商量。这件事，少了他是不行的。[redacted]噫，各位看来我这话对么？」

※「丁医生将那些点心仔细看了一回，摇着头，一点也不吃。他的讲究卫生，是有名的。唐云山正想取笑他，忽然有一个女仆探头在客室旁边的门口请「丁医生去」。吴少奶奶有点不舒服。丁医生匆匆走后，前边门里却是

「对，对！我和孙吉翁本来就有这个意思。」

王和甫接着说，他的声音又和平常一样响亮了。

于是大家都来发表意见。渐渐地谈到具体办法方面去了。本身力量不很充足的陈君宜和周仲伟料想孙吉人——一位航商，王和甫——一位矿主，在银行上总很「兜得转」；而孙、王两位呢，则认定了洋行买办起家的周仲伟和陈君宜在上海的手面一定也很可观。但大家心里还是注意在吴荪甫。这位吴三爷的财力，手腕，魄力，他们都是久仰的。只有朱吟秋虽然一面也在很起劲地谈，一面却对于吴荪甫的肯不肯参加，有点怀疑。他知道吴荪甫并没受过金融界的压迫，并且当此丝业中人大家叫苦连天之时，吴荪甫的境况最好：在四五月交厂经尚未猛跌的时候，吴荪甫不是抛售了一千包「洋庄丝」？因此在目前大家都想暂时停工的时候，吴荪甫是在赶工交货的。不过吴荪甫也有一点困难，就是缺乏乾茧。而丝业中人现在乾茧价却抬高了。自然他还可以用旧茧乾茧，但自从东汇暴涨以后，旧茧乾茧终发是免税，划算起来，却也不便宜。——这一些盘算，在朱吟秋脑筋上陆续通过，渐渐使他沉入了深思，住口终于坐在一边不再发言。

忽然一个新的主意在他思想中起了泡沫。他回头看看唐云山。恰好唐云山也正在看他。

「云翁，如银行是我们自救，可是实业有关国计民生，难道政府就应该袖手旁观么？刚才听翁说，政府发行公债应该全数用在振兴实业，——这自然目前谈不到，然而为救济某一种实业发行特种公债，想来是应该办的？」

朱吟秋就对唐云山说了这样的话。这是绕圈子的话语，在朱吟秋已经盘算了好半响的自己，当然不感得还欠明晰，可是唐云山却楞住了。暂时他还没回答，那边通到「灵堂」去的门忽然开了，首

先進來的，是丁醫生。與例揉著手，丁醫生輕輕吁一口氣說：

「完了！萬國殯儀館的生活還不差！施了彩色以後，吳老太爺躺在棺材裡就和睡著一樣，臉色是紅噴噴的！——怎麼的，已經三點半了！」

兩個當差進進出出地把點心盤子來。汽水，水淇林，冰凍杏酪，八寶羹，奶油千層糕，以及各種西式糕點，擺滿了一桌子。這些食品就把人們的談話塞住，暫時。

吳蓀甫進來了，他特來向眾人道歉。唐雲山立刻放下手裡的點心，站起來喊道：

「來遲了！有大計劃和你商量呢！是這位孫吉人先生和王和甫先生的提議。」

孫，王兩位僵遜地笑了一笑，就把剛才談起辦銀行的事，給吳蓀甫說了個大概。王和甫伸出右手的大拇指，斜指著唐雲山，哈哈地笑著又加了幾句：

「我們不過是瞎吹一頓，不料唐雲翁立刻又掛上了總老爺了。今天總辛苦得很，我們改天再談罷。」

「就是今天！辦起事來，蓀甫是不知道疲倦的！」

唐雲山反對。比誰都熱心些的樣子，他一面招呼大家都到大客室的小書間裡，一面就發揮他的「實業家必須團結而使政治上軌道」的議論；他認為聯合辦銀行就是實業家大團結的初步。

吳蓀甫先不發表意見，任憑唐雲山在那里剌剌而談。眼前這幾位實業家的資本力和才幹，蓀甫是一目了然的；單靠這幾個人，辦不出大事來。但對于自己，蓀甫從來不肯「妄自菲薄」，有他自己加進去，那情形當然不同了，他有手段把中材什麼調弄成上駟之選。就是不知道眼前這幾個人是否一致把他當首領擁戴起來。這麼在那里忖量的吳蓀甫就運動他的犀利的那之觀察各人的神色。只有朱吟秋顯得比別人冷淡，並且不多說話。于是在各人的談鋒略一停頓的時候，吳蓀甫就對朱吟秋說：

「吟翁，你以為怎樣？照目前我們絲業的情形而論，幾方面受壓迫，我是很希望有那樣一個调剂企业界的金融机关组织起来。」

「嗯，孙翁说的那里话呀！大家都是熟人，彼此情形全知道，眼前只有孙翁力量充足，我们都要全仗大力帮忙的。」

朱吟秋这番原也是真情实理，所以陈君宜和周仲伟就首先鼓掌赞成了。吴荪甫却忍不住略皱一下眉头。现在他看出了朱吟秋他们三个并非担心于自己来办银行，却是希望别人办了起来对他们破例宽容地放款。他正想回答，那边孙吉人却说出几句精采的话来了：

「诸位都不要太客气。兄弟原来的意思是打算组织一个银行，专门经营几种企业。人家办银行，无非吸收存款，做投机事业，地皮，金子，公债，至多对企业界做做押款。我们这银行倘使开办起来，一定要把大部分的资本来经营几项极有希望的企业。譬如江北的长途汽车，河南省内的矿山。至于调剂目前搁浅的企业，那不过是业务的一部分罢了。——只是兄弟一个人也还是心有余而力不足！」

料不到孙吉人还藏着这么一番大议论到此时方才说出来，陈君宜和周仲伟惊疑相顾，觉得这件事归根对于他们并没多大好处，当然便冷了一半。朱吟秋却在那里微笑；他听得孙吉人提到了什么长途汽车，什么矿山，他便武断定孙吉人的办银行是「醉翁之意」；他是最会以己之心度人之心的。

只有吴荪甫的眼睛里却闪出了兴奋的光彩。和孙吉人尚属初交，真看不出这个细长脖子的小脑袋里倒怀着那样的高瞻远瞩的气魄。吴荪甫觉得遇到了一个「同志」了。他的野心是极大的，他又富于冒险的精神，硬干的胆力；他喜欢和同他一样的人共事，他看见有些好好的企业放在没见识，没手腕，没胆量的庸才手里，弄成半死不活，他是恨得什么似的。对于这种半死不活的所谓企业家，荪甫常常打算毫无怜悯地把他们打倒，把企業拏到他的鉄[redacted]裡來。

當下吳蓀甫的尖脘利的眼光望定了孫吉人的臉孔[redacted]沉靜地在等着的，可是他還想要知道王和甫的氣魄有多麼大，他回過臉來看着左邊的王和甫，故意問道：

「和翁的高見呢？」

「大致差不多。可是我們的目的儘管是那麼着，開[redacted]頭的時候，手段還得圓活些。[redacted]要人家投資到專門企業的銀行，恐怕目前的局面還不行；開辦的時候，大概還得照普通銀行的辦法。」

王和甫仍是笑嘻嘻地說。他的老是帶幾分開玩笑似的笑嘻嘻，和孫吉人的沉默寡言是很相反的。他有北方人一般的詼諧氣質，又有北方人一般的肯死心幹的氣質。

吳蓀甫笑起來了，他把兩個指頭在他坐椅的靠臂上輕敲一下，毅然說：

「好極！有你們兩位打先鋒，我跟着幹罷！」

「三爺又說笑話了。我和吉翁專聽總的指揮。」

「哈，你們三位是志同道合，才協力敵！這三角戀愛是成功的了！」

唐雲山插進來說，拍着腿大笑起來。但他立刻收住笑容，貢獻了一個意見：

[redacted]「依我看來，你們三位何不先組織起一個銀團來——」

說着這麼，他又回頭招呼着朱吟秋他們[redacted]——似乎怕冷落了他們三[redacted]個：

「唉——吟翁，君[redacted]翁和仲翁，我這話對麼？今天在場的就都是發起人。」

這三位靜聽着，本來都以為孫吉人那樣大而無當的計劃未必能得吳蓀甫贊成的，現在聽出了相反的結果來，並且又湊着唐雲山巴巴地來問，一時竟無言可答。要說他們現時真無餘力，即使他們能夠上活動得轉，對於那樣的太野心的事業，他們也是觀望的。

情形稍々有些僵。恰好当差高升进来请吴荪甫了：

「杜姑老爷有请。去对面的小客厅。」

吴荪甫似乎料到了是什么事，站起来说过「少陪」，立刻就走。但是刚々跑出大客厅的门，后边追上了朱吟秋来，开头一句话就是：

「杜竹翁那边到期的押款要借荪翁居中斡旋。」

吴荪甫眼睛一转，还没回答，朱吟秋早又接上来加一句：

「只要展期三个月也是好的！」

「前几天我不是同竹翁说过的么，大家都是至好，能够通融的时候无有不通融的。只是他说起来，好像也困难。银根紧了，他怕风险，凡是到期的押款，他都要收回去，不单是吟翁一处——」

「那么，我只有一条路了：宣布破产！」

朱吟秋说这话时的态度异常严肃，几乎叫吴荪甫相信了；可是吴荪甫尖锐地看了朱吟秋一眼以后，仍然断定这是朱吟秋的外交手腕。但也不给他揭破，只是淡々地说：

「何至于此！你的资产超过你的债务，怎么说得到破产呢！」

「那么，还有第二条路：我就停工三个月！」

这句话却使吴荪甫险些变了脸色。他知道目下各丝厂的情形就像一个大火药库，只要一处爆发了一点火星，给工人们一个口实，立刻就会蔓延开来，成为总同盟罢工的。而他自己此时却正在赶紧抛售出去的期货，极不愿意有罢工那样的事出来。这一切情形，当然朱吟秋都知道，因而他这什么「停工三个月」就是一種威脅。吳蓀甫略一沉吟，就鬆了口氣：

「我總得竭力替你說。究竟竹齋肯不肯展期，回頭我們再談罷。」

不讓朱吟秋再往下糾纏，吳蓀甫就跑了，臉上透出一絲獰笑來。

杜竹齋在小客廳裡正等得不耐煩。他嗅了多量的鼻煙，打过兩个噴嚏，下意識地走到门边[redacted]開门看，[redacted]恰好看見吳蓀甫像飛也似的闖進，朱吟秋來了。吳蓀甫那一股又恨又苦悶的神色很使竹齋[redacted]嚇了一驚，以為蓀甫的[redacted]廠裡已經出了事，不然，便是家鄉[redacted]又來了電報。他迎上去慌忙地問道：

「什麼事？——一波[redacted]未平，一波又起麼？」

吳蓀甫還是獰笑，不回答。關上了门，疲倦了不得——似的落在一張沙發裡，他這才說：

「簡直是打仗的生活！腳底下全是地雷，隨時會爆發起來，把你炸得粉碎！」

杜竹齋的臉色立刻變了。他以為自己的預料不幸而中了。可是吳蓀甫突然轉了態度，微微冷笑，什麼都不介意似的，又加了一句：

「朱吟秋這傢伙——他也打算用手段了！嘿！」

「原來是朱吟秋呀！」

杜竹齋心鬆了一點，隨即打了一個大噴嚏。

「是呀！你剛才看見的。他要求你那邊的押款再展期三個月——好像還是至少三個月！這且不談，他竟打算用手段，什麼『宣告破產』，什麼『停工』，簡直是恫嚇。他以為別人全是傻子，可以隨他擺佈的！」

「哦——你怎樣回答他呢？」

「我說回頭再談。——可是，竹齋，你讓他再展期麼？」

「他一定不肯结清，那也没有办法。况且説起来不过八万塊錢，他又有抵押品，[redacted]中等乾经一百五十包。」

杜竹斋的话還没说完，吴荪甫早已跳起来了，像一隻正要攫食的狮子似的踱了几步，然後回到沙發椅裡，把屁股更埋得深些，摇着头冷冷地说：

「何必呢？竹斋，你又不是慈善家；况且犯不着便宜了朱吟秋。——你相信他当真是手头調度不轉麼？没有的事！他就是太心狠，又是太笨；我顶恨這種又笨又心狠的人！先前B字级丝價还在九百两的時候，跌十两，[redacted]孫來已经可以歸本，他不肯抛出；這就是太心狠！後来跌到八百五十两了，他妄想还可以回涨，他倒反而吃进五十包川经；這又是他的太笨，而這笨也是由于狠心！這種人配幹什麼企業！他又不會管理工廠。他厂裡的出品，顶坏；他的丝吐头裡，女人头髮顶多；[redacted]全体丝業的名誉都被他败坏了！很好的一付意大利新式機器放在他手裡，真是可惜！——」

「照你说，怎麼办呢？」

杜竹斋对于丝廠管理全然外行的，听得不耐烦了，打断了吴荪甫的议論。

「怎麼办？你再放给他七万，凑成十五万！」

「听！什麼！加放他七万？」

杜竹斋這一驚可不小，右手中指上面老大一堆鼻煙就散满了一衣襟。但是吴荪甫微笑着回答：

「不错，我说的是七万！吓你一跳，但並不是那八万展期，又加上七万。到期的八万仍[redacted]舊要结賬，另外新做一筆十五万的押款，扣去那八万塊本息，——」

「我就不懂你为什麼要這樣兜圈子办？朱吟秋只希望八万展期呀！」

「你听哟！這有道理的。——新做的十五万押款，只给一个月的期，抵押品呢，廠经，乾经，灰经，全不要，單要乾繭作抵押也要規定期限，到期不結賬，債權人可以自由處置抵押品。——還有，你就是中間介紹人，十五万的新押款是另一家——譬如說什麼銀團罷，由你介紹朱吟秋去做的。」

說完後，吳蓀甫就撥起了他的尖利的眼光，不轉睛地望著杜竹齋的山羊臉。他知道這位老姊夫的脾氣是貪利而多疑，並且無論什麼事情不能爽爽快快地就答应下來。他只好靜候竹齋盤算好了再說。同時他也忍不住幻想到一个月後朱吟秋的乾繭就可以到他自己手裡，並且，——也許這是想得太遠了一點，說不定三个月四个月後，連那付意大利新式機器也轉移到他的絕有經驗而嚴密的管理之下了。

但此時，小客廳後方的一道門開了，進來的是吳少奶奶，臉上的氣色很不好。她悄悄地走到吳蓀甫對面的椅子裡坐下，似乎有話要說。吳蓀甫也記起了剛才少奶奶心痛嘔吐，找过丁醫生。他正想動問，杜竹齋卻站起來打一个噴嚏，接着就說道：

「照你說的辦罷。——然而，蓀甫，抵押品單要乾繭也不穩當。倘使朱吟秋的乾繭抵不到十五万呢？」

吳蓀甫不禁大笑起來。

「竹齋，你怕抵不到十五万，我卻怕朱吟秋捨不得拿出來作抵呢！只有一个月的期，除非到那時他會點鐵成金，不然，乾繭就不會再姓朱了。——這又是朱吟秋的太蠢！他那樣一个不大不小的廠，囤起將近二十万銀子的乾繭來幹什麼？被他那麼一收買，繭子價錢都抬高了，我們吃盡了他的虧。所以現在非把他的繭子擠出來不行！」

「你這人真毒！」

吳少奶奶忽然插進來說，她的陰沉的病容上展出朝霞似的艷笑來。

杜竹齋和蓀甫互相看了一眼，同聲大笑。

「這件事就是定規了。——剛才找你來，還有一件事，……哦，是趙伯韜來了電話，那邊第一步已經弄好，第二步呢，想從市場上有變化，還得再商量一個更加妥当的办法。他在華懋第二號，等我們去——」

「那就去到去！還有一個銀圓的事，我們到車子裡再說罷。」

吳蓀甫乾乾脆脆的說，就和杜竹齋跑出了小客廳，一个傭人，汽車的馬達聲在窗外響了。

這裡，吳少奶奶獨自坐著，暫時讓忽起忽落的浮游感念將她包圍住。最初，是那股汽車的氣音將她引得遠遠的，遠遠的，——七八年前她還是在教會女校讀書，還是「密司林佩瑤時代」，第一次和女同学们坐了汽車出去吹風的舊事。那時候，十七八歲的她們這一夥，享受著「五四」以後新得的「自由」，对于眼前的一抹淡淡的青春美麗永不会想到有天也要喝乾了的；那時候，讀過了莎士比亞的海風引舟曲（The Tempest）和司各德的撒克遜劫後英雄略（Ivanhoe）的她們這一夥，滿腦子是俊偉英武的騎士的影象以及海島，古堡，大森林中，斜月一樣，那樣的「詩意」的境地，——並且她們那所僻處滬西的大公園旁近的校舍，似乎也就很像那樣的境地；她們怀抱著多麼美好的未來的憧憬。特別是她——那時的「密司林佩瑤」，享受了父親的名士氣質，曾经架起多少的空中樓閣，曾经有過多少美月清風之夜半睜了美好的雙目玩味著她自己想像中的好夢。

但這樣的「夏夜的夢」似乎是短促的。父親和母親的相继急病而死，把「現實」的真味擠進了「密司林佩瑤」的处女心裡。然而也就在那時候，另一種英勇的熱烈悲壯的「暴風雨」，轟動全世界的「五卅運動」，牽引了「密司林佩瑤」的注意。在她看來庶幾近乎中古騎士風的青年忽然在她生活路上出現了。她就失去她的世界的是怎樣的希望而又狂喜！而当這「彗星」似的青年突又失踪的時候，也曾使她怎樣的怀念不已！

這以後是——

吳少奶奶想到這裡的猛的全身一震，出驚似的抬起頭來向左右盼顧。小客廳裡的一切是華麗的，投合著任時何筆女子的心理：壁上的大幅油畫，架上的古玩，瓶裡的鮮花，名貴的傢具，還有，籠裡的畫眉。然而吳少奶奶[redacted]總覺得缺少了什麼似的。自從她成為這裡的主婦以來，這「缺少了什麼似的」感覺即使是時隱時現，可是總常在她心頭。

學生時代從吳文的 Classics「古典文學」所愛的所醞釀成的憧憬，這多年以來，還沒從她的腦膜上洗去。這多年以來，她雖然已經作過了不少的「現實的夢味」，然而還沒足夠到使她知道她的魁梧剛毅紫臉多疤的丈夫就是二十世紀機械工業時代的英雄騎士和「王子」！他們不像中古時代的那些騎士和王子會舞劍，會騎馬，他們卻是打算盤，坐汽車。然而吳少奶奶卻不能作想及此，並且她又忘記了自己也迥不同於中世紀的美姬！

「有客呢！」

忽然籠裡的畫眉叫了一聲不成腔的話語，將吳少奶奶從惘想中驚醒。小客廳的右側的門口站著一位軍裝的少年，腰肢挺得筆直，清秀而帶點威武氣概的臉上半含著笑意，眼光炯炯地：是雷參謀！

吳少奶奶猛一怔，「現實」與「夢境」在剎那間在她的意識裡成為一交流，她幾乎不能相信自己的眼睛。可是一鞠躬以後的雷參謀走近來了，有訓練的腳步聲打入吳少奶奶的耳朵，她完全清醒過來了，同時，「義務」和禮貌的習慣更把她擠得緊緊地，她勉強堆起笑容，站起來招呼：

「雷參謀！請坐。——是找蓀甫罷，剛才出去。」

「我看見他出去。吳夫人。他留我在府上吃過夜飯再走。」

雷參謀用柔和尊敬的聲音回答，卻並不就座，站在吳少奶奶跟前，相隔有兩尺左右，眼光炯炯地射定了吳少奶奶的還帶幾分迷惘的臉孔。

吳少奶奶也勉強地微笑著，又勉強地退一步，落在原來坐的沙發椅裡。

暫時兩邊都沒有話。一個頗僵的沉默。

雷參謀把眼光從吳少奶奶的臉上收回，注在地下，身体微微一震。突然，他的右手探到衣袋裡，上前一步，依然微俯着頭，很快地說了這麼幾句：

「吳夫人！明天夜車我就要離開上海，到前線去；這一次是要戰死的你兒居多！這是最後一次看見你，最後一次聽見你的說話，吳夫人！這裡，我有一件東西送給你！」

說到最後一句，雷參謀抬起[redacted]頭，右手從衣袋裡抽出來，手裡有一本書，飛快地將這書揭開，雙手捧着，就獻到吳少奶奶面前了。

這是一本破舊的《少年維特之煩惱》！在這書的揭開的頁面，是一朵枯萎的白玫瑰！

暴風雨似的「五卅運動」初期的學生會時代的往事，突然像一片閃電[redacted]從這書，從這白玫瑰，打中了吳少奶奶，使她全身發抖。她一手接過了這本書，驚惶地看着雷參謀，說不出半個字。

雷參謀苦笑，似乎嘆了一口氣，接着又說下去：

「吳夫人！這本書，你當做是贈品也可以，當做是我請你保管的也可以。我，上無父母，下無兄弟姊妹。我，又差不多沒有親密的朋友。我這終身唯一的親愛的，[redacted]就是這朵枯萎的白玫瑰和這本書！我在上前線以前，很想把這最可寶貴的東西付托給最可靠的適當的人兒——」

突然間，吳少奶奶喊了一聲。她的臉上泛起了紅暈。

雷參謀也是一頓，但立刻更急促更堅定的說下去，那聲音就像炒爆豆：

「吳夫人！我選中了你！我相來你也同意！這朵花，這本書的歷史[redacted]沒有一刻不在我的心頭！五年前，也是像今天這麼一個五月的薄暮，也是這麼一個悶熱的薄暮，我從一位最莊嚴最高貴最美麗的人兒手裡插遍了這朵花，——這是我崇拜她的報酬；這東西，少年維特的煩惱，曾經目擊我和她的——吳夫人，也許你並不反對說那就是戀愛！可是窮學生的我，不敢冒昧；吳夫人，大概你也想得到，這一步的冒昧，事實上也不許可。那時候，那時候，——吳夫人，現在你一定明白了那時候為什麼我忽然在我所崇拜的天仙面前失蹤了：我是到廣東進了黃埔！我，從廣東打到湖南，我，從連長到團長，我打開了長沙，打開了武漢，打開了鄭州，又打開了北平，我在成千成萬的死人堆裡爬過，我冒性命的危險，我什麼東西都丟棄了，只有這朵花這東西，我沒有離開過！可是我從死裡逃出來看見了什麼呢？吳夫人，我在上海找了半年多，我才知道我的運氣不好！現在，我的希望沒有了，我的勇氣也沒有了，我這次上前線去，大概一定要死！——吳夫人，就是這東西，這朵枯萎的花，我不願讓她們也在戰場上爛掉，我想我現在已經找到了最適當的人請她保管這東西，這朵枯花！——」

此時雷參謀的聲音也有點抖了，額上汗珠透出他的額角。他回過一口氣來，默然癱在最近的椅子裡。吳少奶奶的臉色卻已經轉成灰白，癡癡地望著雷參謀，不作聲，也不動。

雷參謀苦笑著，忽然像和身子裡的什麼東西鬥爭著似的把胸脯一挺，霍地站起來，又走到吳少奶奶跟前，帶著哽咽的聲音慢慢地說：

「吳夫人！我有機會把這段故事講給你聽，我死也瞑目了！」

說完，雷參謀舉手行一個軍禮，轉身就走。

「雷鳴！雷鳴！——」

吳少奶奶猛的站起來，顫著聲音叫。

雷參謀站住了，轉過身來。可是吳少奶奶再沒有話。她的臉色現在又飛紅了，她的眼光迷亂，她的胸部很劇烈地一起一伏。突然她伸開了兩臂。雷參謀搶上一步，吳少奶奶便像醉迷似的撲在雷參謀胸前，她的脸恰靠在雷参谋肩头了。雷参谋俯下头去。一个长时间的接吻。

「哥々啊！」

笼裡的画眉突然一声怪叫。

偎抱着的两个人都一跳。吴少奶奶像从梦裡醒过来似的猛然推开了雷参谋，抱着那本少年维特之烦恼，飞步跑出了大客厅，又飞步跑到楼上自己房裡，倒在床上，一股热泪顷刻[redacted]湿透了洁白绣花的枕套。從不明白的一种味儿将这位可怜的少妇压碎的芳心了！

四、

就在吴老太爷遗体入殓的那天下午，[redacted]离开上海二百多里水路的双桥镇上，[redacted]一所阴沉沉的大房子裡，吴荪甫的舅父曾沧海正躺在鸦片烟榻上生气。这位五十多岁的老乡绅，在本地是有名的「土皇帝」。自从四十岁上他生了一位宝贝儿子以后，他那种贪财[redacted]吝啬的天性就特别发挥。可惜他这位儿子虽名为「家驹」，实在还比不上一条「家狗」，因此，早[redacted]該要退休[redacted]享福的曾沧海却还不能優游岁月，甚至柴米油盐等々琐细，都得他老人家操心。

而最近两三年来，他的[redacted]运气也不行。第一[redacted]幅青天白日满地红的旗子在[redacted]双桥镇上飘扬的时候，嚷得怪響亮，怪热闹，[redacted]「打倒土豪劣绅」，[redacted]虽使曾沧海一惊，并且为万全计，也到上海住过几时。后来那些嚷々闹々的年又怪逗惠的青人逃走了，或是被捕了，双桥镇上依然满眼熙和太平之盛，可是曾沧海的「统治」却从此动摇了；另一批並不吶喊著要「打倒土豪劣紳」的年青人已經成了「新貴」，並且一步一步的從曾滄海那裡奪了許多「特權」去。到現在，曾滄海的地位降落到他自己也難相信：雙橋鎮上的「新貴」們不但和他比肩而南面共治，甚至還時時排擠他呢！「真是人老不值錢了！」——曾滄海碰到排擠了的時候，只能這樣慨嘆，同時用一雙眼睛瞪着孫子他的家駒。

這天下午，曾滄海躺在花廳裡的煙榻上生氣，卻並不是又受了鎮上「新貴」們的排擠，而是因為吳蓀甫打來的「報喪」快電到的太遲。這封快電遞到他手裡的一刹那間，他是很高興的；想到自己無論如何也是鼎鼎望族，有在上海擁有上億身家的吳蓀甫是有關親外孫，而且打了快電來，——有要事相商，這就比昨天還是拖鼻涕的毛小子的鎮上「新貴」們就顯見得根基不同了。但當他翻出電文來是「報喪」，他那一段高興就轉為滿腔怨氣。第一，竟是一封不折不扣的普通報喪電，而不是什麼商量地方上的大事，使他無從揣在懷裡逢人誇耀；第二，是這電報到得也有些理的太慢；第三，那位寶貝外孫吳蓀甫也太不把老舅父放在眼裡了，只來了這麼一個聊以塞責的電報，卻並沒有專誠派一條大輪來請他。如果他還是往日那樣的威焰，在此時一怒之下，大那位捐誤了他們曾滄海那要電的本地電報局長總該倒楣的了；但現在「曾滄海」「人老不值錢」的除了概瞪眼睛吹鬍子，沒有更別的辦法。

他煙榻上霍地從爬起來，在屋子裡踱了幾步，又拿起那電報，到長窗邊去像深深地再仔細看。愈看愈生氣了，他覺得非要辦一下那個「玩忽公務」的電報局長不可。但此時，他的長工阿二進來了，滿頭是汗，一身是泥。瞧著曾滄海的臉色不對，這阿二就站在一邊，粗氣地喘氣。

「哦，你回來了麼？我當是七里橋搬了家，你找不到，——我還打算派警察去尋你呢！混蛋！你再放肆下去，總有一天要送你到局裡去嚐嚐滋味！」

曾滄海側着頭看定了阿二，冷冷地威嚇地說。這樣的話，他是說慣了的，——每逢阿二出去辦事耽擱了的時間久了一點，曾滄海總是這一套話語，倒並不是作真；但此時剛剛碰在他的氣頭上，加之阿二口頭說在那里抹臉喘氣竟長不脏向来的惯例，一进来就报告办事的结果，曾沧海可就动了真气。他提高了他那付乾哑的嗓子，跺着脚骂道：

「畜生！难道你的死人嘴上贴了封皮么？——讨来了多少呢？」

「半个也没有。——七里桥，今天传锣开会——」

阿二突然缩住，擦起蓝布短衫的衣襟来，又抹脸儿。在他的嘴里了的时候，立刻又浮现出那个数千人的大会，轰轰的锣，到处的红旗，还有同样红的怕人的数千隻眼睛，在他耳边，立刻又充满了鍠鍠鍠的锣声和暴风似数千条喉咙里放出来的咆哮怒吼。他的心象涨大了似的卜卜地跳得他全身发热气。

可是这一切，曾沧海想也不会想到的。他看见阿二不说下去，就又怒冲冲地喝道：

「管他们开什么屁会！你是去讨钱的。你不对他们说么：今天不解清，明天曾老爷就派警察来捉人！你不对他们那些混帐东西说么？——什么屁会！」

「那么，你派警察去罢！你杀我的头，我也不去了！七里桥的人，全进了会，……他们看见我，就知道我是替你讨印子钱的，他们骂我，不放我回来，还要我……」

阿二也气冲冲地说，而且对于他的「老爷」竟也称起「你」来了。这不是一件小事。先而一心闷念着讨债不着的曾沧海却觉得了这个不懂规矩，他截断了阿二的话，拍着桌子怒喊：

「屁狗的会！陈老八，他是狗屁的农民协会的委员，他自己也放印子钱，怎么我的放债就让乡下人白赖呢！……我倒要找陈老八去讲讲这个理！——哼！天下没有这种理！一定是你这狗奴才躲懒，不曾到七里桥去！明天查出来，要你的狗命！——」

「不是陳老八的那个會。另是一个，只有七里橋的人自家知道，鎮上人還沒聽過呢！他們今天第一次傳鑼開會，幾千人，全是短衣、赤腳，沒有一个穿長衫的。全是道地的鄉下窮人……」

阿二忽然興高采烈地說起來了；但他又突然住了嘴，為的他一眼看見曹滄海臉色變成死白，手指抖簌簌地，對于曹滄海的威嚇全沒怕懼，反而一个踉蹌，就躺在煙榻上閉了眼睛，「這，」阿二在酒府做長工五年以來，還是第一次看見呢！平常的威風凜凜的老爺也會像鬥敗的公雞似的垂頭喪氣，

阿二反倒沒有了主意。他是一个老實人，一面看著曹滄海那種「死相」，一面他就想到假使嚇死了這个鴉片煙老頭子，那他的罪過可不小，菩薩天上的要折他的壽。然而他是白擔憂。躺在煙榻上的曹滄海猛的睜開眼來，眼是凶狠狠地閃著紅光，臉色也已經變成鐵青，他跳起來，隨手抓住了鴉片煙槍，氣咻咻地搶前一步，比準阿二的額上就打過去，發狂似的罵道：

「你這狗奴才！你也不是好東西！你們敢造反麼？」

砰——一聲響，那枝象牙鴉片煙槍就成兩段。可是沒打中阿二的額。阿二揮起他的銅鐵般的臂膊一擋，就解過去了。他渾身的血被這一擊逼成沸滾。他站住了，睜圓了眼睛。曹滄海看著那半段鴉片煙槍，咆哮如雷，一手搶起一支錫燭台，就又劈面擲過去。燭台並沒命中，但在掉到地下的時候，燭台頂上的那支銅針卻刺著了阿二的小腿。見了血了！怒火從阿二的眼睛中射出來。「打死那盤剝窮人的老狗！」——而從七里橋聽來的話上阿二的心，他握緊了拳頭，他覺如果曹滄海再逼上一步，阿二一定要幹的！

但此時忽然一片哭罵聲從花廳後面爆發了，跟著便是一个妖媚的少年女子連哭帶嚷闖進來，撲在曹滄海身上，幾乎把這老頭子撞倒在地。

「幹什麼？阿金！」

曹滄海扶著妾子，氣急敗喪地喊。那時候，又一位高大粗壯的少年婦人也趕進來了，聽不清楚的嚷

罵的佛蘭光滿了這十分的三開間的花廳。曾滄海搖著頭，嘆一口氣，便去躺在煙榻上閉了眼睛。無論他是遠近聞名的包攬訴訟的老手，但對於自己家裡這兩个女人——他的非正式的小老婆和他的兒媳中間的糾紛，他卻永遠不能解決，並且[redacted]只能付之不聞不問。

阿二已經走了。兩个女人對罵。奶媽抱著曾滄海的孫子，還[redacted]有一个粗做女僕，都站在花廳旁滴水簷下的石階邊聽著看著。曾滄海捧著煙槍，嘶嘶——地抽煙，一面在心痛那枝家傳斷成兩半的老槍，一面又想起七里橋的什麼屁狗會了。現在他頗有點後悔剛才的「失態」；現在他的老[redacted]謀深[redacted]走了這麼一个方向：共產黨是煽動七里橋的鄉下人鬧會，大概也是不在少數。可是鎮上有一營兵，還有保衛團，怕什麼！借此正好請公安局提幾个來辦一下。——賴債的都說是共產黨。……還有，鎮上竟沒人知道，平常擁護他老人家頂利害的那幾位「新貴」也還睡在鼓中呀，——想到這里，曾滄海的黑而且瘦的臉上浮出笑容來了。他已經想好了追還他的高利貸本息的好方法，並且又想好了怎樣去大大的[redacted]揭露「新貴」們的糊塗混帳。七里橋有了共產黨，他們竟還不知道，他們管的什麼事哪！

「哦！就是這麼辦。叫他們都嚐嚐老子的辣手段！[redacted]哈，哈！」

曾滄海想到得意處，忍不住叫了，將煙槍一放，出來，又連聲哈哈大笑。[redacted]這枯啞的笑聲在[redacted]花廳裡迴旋，很單調地反射[redacted]進他耳朵，他這才意識到兩个女子的吵鬧已經在不知什麼時候無條件終止了。他惘然四顧，這才又看見阿金坐在獨自煙榻對面的方凳子邊，用手帕蒙住了面孔，像在那里哭。

「阿金！」

曾滄海低聲喚著。沒有回答。覺得為難了，曾滄海懶懶地坐了起來，正想走過去敷衍幾句，阿金卻突然露出脸来，对曾滄海丢一个白眼；她並没在那里哭，不过眼眶稍稍有些红。

「明天我就回乡下去！老在这里挨骂挨打，真是贱骨头么？」

阿金笑着说，猛的哭起来了，是没有眼泪的乾哭。

「哟，哟！犯不着生氣哟！我，没有力氣和那种婆娘吵闹，回头等阿驹来，叫他去管束罢！是他的老婆应该要他去管束！——叫阿驹打她一顿，给你出氣罢。好了，好了，阿金！犯不着和那种泼妇货一般见识。——你去看看，鸦片烟好了没有。我要吃了出去办公事！」

曾滄海一面说，一面就踱到阿金身边，用他那些满烟渍的大衫袖子在阿金面上拂了几拂，话是替她揩眼泪。阿金把身扭了两扭，斜着眼睛，撲嗤一笑：

「哼！你的话，话得数么？」

「怎么不话数！我说要办什么人，就一定要办！我做老爷的，就不用自己动手。——上次你的男人吵上门来，不是我吞应你要重重办他么？後来不是就叫警察办了他么？不过自己的媳妇总不好送局去办，应该叫它子办。回头阿驹来了，我就叫他结结实实打那个婆娘辣！我的话，向来说出话数。」

「嗳，说出话数！上月里就答应给我一个金戒指，到现在还没——」

「哎，哎，那另是一件事了！那是买东西，不是办人。——金戒指究竟有什么好的？戴在手上，不会叫手舒服。我把买金戒指的钱代你放在钱庄上生利息，不是好多了么？好了，快去看看鸦片烟罢。等我出去了回来，就给你一个钱庄上的存摺：二百块钱！还不好么？」

刚才一百这数目确有些魔力，阿金带几分满足的意思走了。這里曾滄海暗暗匿笑，佩服自己的外交手腕，再躺到烟榻上，精神百倍地烧起一个很大的烟泡来。

可是烟泡刚刚上了斗，还没抽得半口，里边的吵闹又爆发了。這回却还夹着一个男子的叱骂声，是曾滄海的宝贝儿子出场了。曾沧海好像全没有听得，郑重地捧着烟枪，用足劲儿就抽，不肯理这沸沸扬扬的嚷骂声中却跳出一句又尖又响的话，直钻进了曾沧海的耳朵：

「不要脸的货！老的不够你煞火，又迷上了小的；我就饶了你么？」

这是儿媳的骚声音。接着却听得阿金笑。突然又是儿子狂吼，儿媳又哭又骂。以后就是闹成一片的哭骂和厮打。

曾沧海捧着烟枪忘记了抽，呆呆地在吟味那一句「老的不够煞火」。虽说这些事不比发财进出，他颇能达观，然而倒底心里有些酸溜溜地怪不舒服。此外更有一点使他老大惊异：原来儿子的肯打老婆，却不是「敬遵严命」，而是别有缘故。这对于儿子的威权之失坠，又使他渐渐感得悲哀了。

俄而沉重的脚步声惊醒了曾沧海的沉思。儿子家驹，一个相貌粗丑的野马似的十九岁青年，站在曾老头子的面前了。将手里的一束什么书拍地丢在一张椅子里，这曾家驹就在烟榻旁边的方凳上坐了，脸对着他的父亲。

「阿驹，吴府上老太爷死了。你的荪甫表哥有电报来。你在镇上反正没有事，明天就到上海去吊丧，带便托荪甫给你找个差使。他交游广阔，军界政界都有熟人。」

不等儿子开口，曾沧海就先把刚刚盘算好的主意慢慢地说了出来；可是什么「老的，小的，煞火」还是在他心里纠缠不清。

「我不去！我有要紧使用，马上给我几十块钱！」

「什么！又来要钱了！哎，你不知道钱财来的不容易呀！什么使用？先要说个明白！」

曾沧海发急地说，一咕噜就翻身坐起来。但是儿子并不回答，立刻先在腰间掏摸了一会儿，就掏出一小块黑色的硬纸片来，一直送到他老子的鼻子边，很傲慢地喊道：

「什么使用！我就要大请客唯！你看，这是什么东西？」

曾沧海眼快，并又心灵，一瞧那黑色硬纸片，就知道是「中国国民党党证」；这一架如同十町，他一手夺过来，揉了揉眼睛，凑在烟灯上仔细再看，可不是当真！「党员证第二十三號」，上面还粘贴着曾家驹的小影。——「还是第二十三名呢！」老头子放了，就自言自语的说，从烟盘里摸出那付老光眼镜来戴好了，又仔细验看印在那党证上面的党部关防的印文。末了，这才恭而敬之的双手捧到儿子跟前，又还这证书，郑重嘱咐：

「收藏好了，收藏好了！」

接着，他又呵呵大笑，拍着儿子的肩膀说：

「这就出山了！我原说的，虎门无犬种！——自然要大请客啰！今晚上你请小朋友。我十块钱怕不够罢？回头我给你一百。明晚，我们的老世交，也得请一次。慢着，还有大事！——抽完了这筒烟再说。」

曾家驹满脸得意，却揸不出话来吹，便也往烟榻上一横。他当真很小心地把党证藏在内面衣服的口袋里。但瞧着老头子兴冲冲地爬上烟榻，呼呼地用劲抽烟，他这重视党证的心理和曾沧海就有点不同；他知道有了这东西，便可以常常向老子讨出大把的钱来花用。

曾沧海一口气抽完了一筒烟，拿起烟盘边的茶壶来，嘴对嘴咕了几口，放下了茶壶，轻轻说道：

「阿驹！我探得了一个重要消息，正想上公安局去报告。现在就叫你去罢！你刚进了党，要马上露露脸，办一件大事，挣一个功劳！——哈，机会也真凑巧，今天是双喜临门了！」

听说是要他到公安局去办什么事，曾家驹就愣住了。他睁出一对圆眼睛，只顾呆呆地对着他父亲脸。晓得是他对于这件事十二分的不踊跃，并且也不知道怎样去和公安局打交道。

「噯——还有我們上場哉！」

曾滄海又愛惜又責備似的説，接連搖了兩次頭；于是他突又轉口問道：

「阿駒，你知道鎮上的私煙灯共有多少？前街新貨店裡的三姑娘做的那戲户客人？还有，卡子上一个月的私貨漏進多少？」

曾家駒竟是瞠目不能对答。他原也常進私娼，例如前街的三姑娘之類，可是要問他某某私娼做的戲户客人，或是私煙灯有多少，私貨漏稅的有多少，那他做梦也沒想到。

曾滄海拍着大腿，呵呵地笑了：

「怎麼？，倒底年青人不知道隨時隨地留心探听。噯，阿駒，你现在是紳縉老爺了，地面上的情形一点不知道，你這紳縉老爺怎麼幹得下去呀！你自己不去鑽縫究，难道等着人家来請麽？——不过，你也不用着急，还有你老子是識途老馬！慢慢地来指撥你罷！」

小曾的臉，现在红起来了。也许是听了老子的「庭训」，有点慚愧；但也许是一百塊千高来到手，有点不耐煩。他堵起了嘴，總不作声。恰好那時候，他的老婆抱着小孩子進来了，滿臉的不高興，將小孩子放在一隻椅子上，用一支臂膊扶着，轉臉就对她的丈夫看，似乎有什麽話要講。

但是小孩子不讓她開口，哇哇地哭起来了；同時眼淚直淋，滴了一椅子，又滴到地上，渐渐作響。曾家駒皺了眉頭，臉上的橫肉一条一条都起了稜，猛的一跳，就从煙榻上坐起来，正想叱罵他的老婆，却看見撒了眼淚的小孩子的脚下有一东西，——正是他剛才帶来的那一包，小孩子的兩隻脚正在這包上面乱踢乱踏。

「哩！小畜生！」

曾家駒一声怒吼，蹤步跳到孩子身边，粗暴地從孩子的脚下拖出那东西来，看時，已經是又破又碎，不成樣子了。孩子的身体一提，幾乎倒撞下椅子来，但是作怪地反倒停止了哭嚷，搖在母親怀裡，只把一張小嘴張得很大很大。從兒子手裡看明白了那東西原来是三民主义的時候，曾家駒的臉色平的变了。他跳起来跺着脚，連声呼苦道，看看兒子的臉，

「糟了，糟了！这就同前清時代的聖諭廣訓一樣的東西，在從前供在大廳裡天天幾回上的炉面前才是正办，怎麼讓小孩子撒了尿呀！被外边人曉得了，你這腦袋还保得住麼？該死！糟了！」

此時被嚇慌了的孩子也哇的一声哭出来了。曾家駒自也不很了然于父親的呼苦連天，但總之是覺得事情糟，而且很生氣，一手揪住了老婆就打。孩子的哭声，和母親，小儒的叫罵，混成一片，幾乎將這小花廳漲破。曾滄海搖頭嘆氣，卻又猛然想起还有大事須上公安分局去一趟，便在沸鬧声中抖抖衣服走了。

街上照常熱鬧。這双橋鎮有將近十万的人口，兩三家钱莊，当鋪，銀樓，还有吳蓀甫獨力經營的電灯廠，米廠，油廠。這都是三四年內興起来的。

曾滄海一面走，一面觀看那新崛起的市面以及種種都市化的娛樂，便想到現在掙錢的門路比起他做「土皇帝」的当年来，真是不可同日而語了。如果他遲三兩年，不走運，那麼，在這樣繁華的局面下，怕不是早已攢進三十萬了。雖現在已經有了捲土重来的希望，他仍然不免有点悵悵。他的脚步就慢起来了。到了太白樓酒館的前面，因為人多，他簡直站住了。

忽然人叢中有一位拉住了曾滄海，劈臉問道：

「這个時候，你上那里去呀？」

曾滄海回頭一看，認得是土販李四，在某一点上，他和這李四原是不拘形跡的密友，但此時在万目[redacted]昭彰的大街上，這李四竟拉拉扯扯直呼曰「你」，簡直好像已經和曾滄海平等了，這在常以「昂昂神旋」自誇的曾滄海要寒暄是太难堪了。但是又不便發作。跟着双橋鎮的日漸都市化，這李四的聲势力也在一天天膨[redacted]脹。有「土」斯有「財」，有「財」便也有「實力」：老地頭蛇的曾滄海豈有不知道的？因此他雖老大不高興，卻竭力忍住了，反倒微笑着點頭招呼，回答：

「到公安局去有点公事。」

「不用去了！今天是去一件搁一件的了！」

李四很賣弄似的說，並且語氣中還有幾分自大的意味，好像他就是公安分局長。

「為什麼？难道分局長换了人麼？」

曾滄海实在忍不下去了，也用了幾分譏諷的口吻冷冷地反問。可是話剛出口，他又後悔不該得罪這位神通廣大的李四。

然而幸氣得很，李四並沒覺到曾滄海的話中有核；他一把拉着曾滄海，走到太白樓斜对面的清冷些的地方，把嘴巴湊近曾滄海耳朵边，悄悄地說道：

「难道你沒有聽得風声麼？」

「什麼風声？」

「七里橋到了共匪，今晚上要搶鎮！」

曾沧海心裡一跳，脸色也变了；但他这惊愕，并不是因为听说七里桥有土匪，而且要据传；他是在痛心他的独得之秘已经不成其为「秘」，因而他的或他儿子的「功劳」是没有指望了。可是他毕竟是老手，心裡一跳以後，也就立刻镇静起来，故意摇头，表示不相信。

「你不相信麽？老实告诉你，这个消息现在还没有几个人知道。我是从你营长的小公馆裡得来的。营长的姨太太已经送到船裡去了，这是雇的王麻子的船，千真万确！」

李四悄悄地又接着说，十分热心关切的样子。

现在曾沧海脸色全然发白了；他这才知道局势是意外地严重。他在先听得阿二说七里桥的乡下人传锣开会，还以为不过是赤手空拳的乡下人而已，此时才明白还有枪炮俱全的土匪。他的恐惧就由彼人夺了「功劳」一转而为自家性命之危了。他急口问：

「土匪有多少枪呢？」

「听说有百来枝枪哩。」

曾沧海心下一松，想到他的边功什么早就已成画饼，可是危险也没有，他就笑了一笑，看着李四的鬼鬼祟祟的面孔，很坦然很大方地说：

「百来条枪麽？怕什麽！驻扎在这裡的省防军就有一营！」

「一营！哼！三个月没关饷！」

「还有保卫团呢！」

「十个裡倒有十一个是鸦片烟老枪！——劝你把细点，躲开一下罢，不是玩的！本来前两天风声就紧。只有你整天躺在烟榻上抱阿金，这才不知道。——也许没事，可是总得小心见机。不瞒你说，我已经吩咐我的手下人都上了子弹，今晚上不许睡觉。」

這麼說著，李四就匆匆地走了。

曾滄海跺著腳沉吟了一回兒，決不定怎麼辦。想到一動總得化錢，他就打算姑且冒險留著；想到萬一當真出了事，性命危險，便也想學學何營長的姨太太。後來轉念到「投功」總已不成，上公安局也沒意思，便決定先回家再定辦法。

家裡卻有人在那裡等。曾滄海在蒼茫的暮色中一見那人頷下有一撮小鬍子，便知道是吳府總管費小鬍子費曉生。

「好了，滄翁回來了。無事不敢相擾，就為的三先生從上海來了信，要我調度十萬銀[redacted]子，限三天內[redacted]解去，只好來和滄[redacted]翁相商。」

費小鬍子開門見山就提到了錢，曾滄海不禁呆了一下。費小鬍子卻又笑嘻嘻地接著說：

「我已經查過賬了。滄翁這裡是一萬二，都是過期的莊款。本來我不敢向滄翁開口，可是三先生的信裡，口氣十分嚴厲，我又湊不齊，只好請滄翁幫幫我的忙了，感謝不盡。」

曾滄海的臉色斗然放下來了。他本就恨這費小鬍子。據他平日揚言，費小鬍子替吳府當了幾年總管，已經嚥肥了。他又說費小鬍子挑撥他們甥舅間的感情，所以他做老舅父[redacted]的只能在外孫的錢莊上掛這麼區區一萬多銀子的賬。現在看見費小鬍子竟捎著什麼「三先生」的牌頭上門來討索，曾滄海覺得非懲他一下不可了。當下他就冷冷地回答：

「曉生兄，你真是忠心。我一定要告訴孫甫另眼看待你！——說來真叫人不相信，我的老姊丈一到上海就去世了！我這裡來了急電，要我去主持喪事。——今晚上打算就動身。一切我和孫老三面談，免不得你費心了！」

「是。老太爺故去的消息，我們[redacted]也接了電報，却不知道原來是借滄翁先生料理喪事。」

費小鬍子笑着說，不提到那裡，可是他那淡淡的微笑中却含着一些猜度了雷滄海心曲似的意義。

他站起來正要告辭，突然被雷滄海阻止：

「不忙。再坐坐罷，還有幾句話呢！——噯，滌老三要你解十萬銀子去，想來是立急用；現在你調到了多少呢？你找个[redacted]說給我聽聽。」

「不過半數。這是大前天接到三先生的快信。」

[redacted]費小鬍子復又坐下，仍舊笑嘻嘻的說，可是那語調中就有對于雷滄海的盤問很不痛快的氣味。

這小鬍子也是老狐狸，很知道吳三滌甫早就不滿意這位老舅父。[redacted]不過[redacted]到底是吳滌甫的嫡親舅父，費小鬍子是不敢怠忽的；現在看見雷滄海居然[redacted]又進一步，費小鬍子就覺得[redacted]這位老舅父未免在藐視上，太不識相了。

然而雷滄海的「不識相」頗有「太上主人」自居的神氣，尚有更甚於此：

「想來你沒有[redacted]解出罷？拿來！今晚上我帶了去！」

費小鬍子的眉毛一跳，簡直不能相信自己的耳朵。他摸着頷下的小鬍子，瞅着雷滄海的瘦臉兒。

雷滄海却堅決地又接下去說：

「馬上去拿來交給我。一切有我負責任！——你知道麼？七里橋到了匪，今晚上要搶鎮。這五萬銀子決不能放在鎮上過夜的。滌老三的事就和我自己的事一樣，我不能袖手旁觀。」

「哦——那个，今天一早就有這風聲，我已經打電給三先生請示辦法。萬一今晚上有什麼風吹草動，我也早已[redacted]想好了辦法。這是我份內應盡的職務，怎麼敢勞動滄翁呢！」

「萬一出了事，你担的下這个責任？」

「是！[redacted]滄翁的美意，[redacted]心領謝謝！」

费小胡子簌簌回答，又站起身来想走。但他的眼珠一转，忽又坐下，转看看富滨海那时又恨恨又沮丧的脸孔问道：

「滨翁从那里得的消息，今晚上一定要出事呢？」

「何营长亲口告诉我的。他也[redacted]是刚得了密报，而且——好像何营长也有点心慌。你知道王麻子的大船到那里是载的什么人？」

「是何营长的姨太太到那里回拜县长夫人。——哦，原来如此！然而滨翁恐怕还没知道就在今天两点钟的时候，何营长向商会担任镇上[redacted]的治安[redacted]他负完全责任。不过，他说，『弟兄们已经三个月没关饷，总得点缀点缀，好叫他们起劲』，他向商会筹借五万[redacted]块钱，——」

「商会答应了么？」

「自然答应。已经送去了。——呀，天黑下来了，还有要事，……滨翁什么时候动身？[redacted]也许不到[redacted]吧赶到埠头上带走了，好罢，好罢！」

说着，费小胡子一揖到地，就急急忙忙[redacted]的走了。

富滨海假意送到大厅的滴水檐前，就回转来大生气。他咬紧了牙关只是哼，在那座空廓廓的大厅上转圈子。[redacted]过去的三小时内，他使了多少心计，不料全盘落空了。尤其是这最后的五万元不能到手，他把费小胡子简直恨同杀父之雠！

他垂头寻思报复的计策，脚下就穿过了一条长廊，走到花厅阶前了。里面的烟榻上一灯如豆，那一粒[redacted]淡黄色的火焰不住的在跳。他冒冒失失地闯进去，忽然一阵骚动，那烟榻上跳起两个人影来，在烟灯的昏光下，他看得很清楚，一个是他的宝貝兒子家駒，另一个便是阿金。

「畜生！」

曾滄海猛叫一聲，便覺得眼前昏黑，腿發軟，心裡却像火燒。他本能地扶住了一張椅子，便軟癱在椅子裡了。他的花白鬍子簌簌地抖動着。

到他再能夠看清眼前的物象時，阿金已經不見了，只有曾家駒蹲在煙榻上，像一匹雄狗，眼睛灼灼地望着他的老子。窒息似的沉默在這花廳裡重甸甸地停滯了。

兒子的亂倫，阿金的無恥，借小姘子的可惡，又是七里橋無賴的威脅：同時在曾滄海的腦子裡翻滾，正不知道怎樣咆哮發威才好。最後還是激動佔了優勢。曾滄海掙開他的破嗓子罵道：

「畜生！就拿你嘴饞，有本事到外邊去弄幾個玩玩，倒也罷了，叫你在家裡揀現成的麼？混帳！弄大了肚子，算是你的兄弟呢，算是你的兒子呀！阿金這賤貨——」

可是他不得不停止了。砰，砰！砰，砰！槍聲從遠處來，立刻愈響愈密，像是大年夜的爆竹。曾滄海猛一跳，就發瘋似的喊起來：

「完了！完了！糟了！糟了！——小畜生！還不趕快跑出去看看，在那一方，離這裡多少路!?」

曾家駒不作聲，反把身体更縮得緊些。忽然一个人帶笑帶嚷跑進來，頭髮披了滿面，正是阿金。一把扭住了曾滄海，這少年女子就像一条蛇似的纏在老頭子身上，哭着嚷着：

「都是少爺害了我呀！我是不肯的，他，他——」

曾滄海用盡力氣一个巴掌將阿金打開，氣得說不出話來。這時槍聲更加近了，吶喊的人聲也听得見了。曾家駒的老婆抱着小孩子也哭啼啼哭哭的跑進來，後面跟着一長串的女人：奶媽，粗做娘姨，丫頭，都是亂蹦亂竄地叫着：

「强盗杀来了！强盗杀来了！救命呀！救命呀！」

只有一盏烟灯的黄豆大的光焰照着这座花厅，顿时纷乱得不可开交；男人和女人，还和桌子和椅子，乱撞乱碰，女人嚷叫，小孩子啼哭，中间夹着曾沧海的哑而发抖的怒吼。

忽然枪声听不见了，只有远远的轰闹的人声。花厅外边梧桐树上的老鸦扑扑地拍着翅子鸣，有我後边扑进花厅里来。一群女人也都不嚷叫了，只有小孩子还在哭。曾沧海觉得心头一松，瞥见烟榻上还摆着那本淋过孩子尿的三民主义，他就一手抢了来，高顶在头上，扑通的就跪了下去，急口地祷告道：

「总理在上，总理阴灵在上，保佑，保佑你的三民主义的信徒呀！」

祷告还没完，机关枪再响起，比前更密更响更近了。達々々々々々——机关枪声也起来了，没有一个不发抖。曾沧海双脚跳起，三民主义掉在地下。一声不响，这老头子没命地就往里边跑。可是正在这时候，阿二跑进来，当胸一撞，曾沧海就跌在地下。阿二什么也不管，只是气喘喘地叫道：

「躲到后面去罢！躲在菜园里！躲在地下！铳珠利害！街上全是兵了！前门后门全是兵了！」

「什么？共匪打进了么？」

不知是那里来的力气，曾沧海一跃而起，抓住了阿二问。

「是兵和保卫团闹大啦！兵和兵又打起来了！」

「放屁！滚你的蛋！」

曾沧海一听不对头，便又突然摆出老爷的威风来。可是猛一回头，看见院子里映得通红，什么地方起火了。達々々々々々——机关枪的声音跟着也来。曾沧海料来大事已去，便喝令姨奶奶和奶妈等快去收拾細軟。他自己拿起那煙灯，跑到花廳右角的一張桌子边，打開一个文书箱，把大束的田契借據都存摺往口袋裡塞。直到此時蹲在煙榻上不作聲的雷家駒一跳过来，也伸手到文书箱裡去摸摸了。忽然一片衣吶喊像从他們脚边爆出来。不動也雷家駒慌，手窄地裡的東西都落在地下。他顧不得兒女，轉身就往裡面跑，晴中庸却又碰撞着了一个人，一把扭了住雷家駒。雷家駒失着聲音叫：

「老爺救救我呀！我一向只跟着老爺——」

这又是阿金。同時一片火光飛也似的捲住從外边花廳來。七八个人，都是一手拿火把，一手拿大刀。阿金主到德正是她的丈夫，心裡一慌，腿就軟了，火光中照見不知不覺的坐就在地下，揮着耿，縮成一團。雷家海臉也出為首一人不同的逃命逃走，轉瞬間就不見了。

「不要臉，皮乘此機會，良心的姿娘，也有这一天麼！老畜生在那里？」

阿金的丈夫搶前一步，揪起阿金的頭髮，惡狠狠地問。阿金只是哭。另外兩个人已經提住了雷家駒，推他到一个青年人的跟前。这人雖然也是農民打扮，却很清秀，腰間佩着手槍。

「老狗逃到後面去了！」

「趕快！不用去追！我們放在後面的人都速住他！」

幾个人亂亂地嚷。他們的火把畢畢剝剝地響，滿煙充滿了一屋子。

这時候，雷家駒的老婆披散着頭髮從裡面衝出来，一眼看見丈夫被人捉住，便拚命撲过去。但已經有人從背後揪住了她的頭髮，猛力一捽，厲声問道：

「幹什麼？」

「幹什麼呀！你們捉我的男人幹什麼？」

雷家駒的老婆坐在地上，發瘋似的叫。突然她回頭看見阿金縮成一堆蹲在旁邊，她就她一撲，便抓住了阿金，猛的在阿金肩头咬了一口，扭成一团打起来了。

「都是你这骚货闯下来的祸事呀！——老的，小的，全要！——打死你，打死你！」

火把和喊声又从花厅后面来了。三个人拖着曾沧海，其中一个便是阿二。曾沧海满身是灰，只叫饶命！

阿金的丈夫赶上去对准那老头儿的脸上就是一拳，咬紧着牙齿说：

「老狗！你也要命么？」

「打死他！咬死他！曾剥皮！」

愤怒像野火似的卷起来了。那些人的眼睛里都放出要吃人的光芒。但是那位佩手枪的青年走过来拦住了众人，很威严地说道：

「不要闹！先要审他！」

「审他！审他！老剥皮放印子钱，老剥皮强夺了我们的田地！——」

「老狗你霸了我的老婆！叫警察打我！」

「他叫警察捉过我们许多人了！我们要活活地咬死他！」

「哈！看来你又是国民党？」

那位青年的声音朗朗地在纷嘈的诅骂中响了起来。

曾沧海心里一跳。不知道为什么，他忽然断定他是有了希望了；他振作起全身的精神，安然然的火把光中望着那位青年的面孔，奋然说：

「不是，不是！我最恨国民党！清党时代，我帮助他捉过许多国民党，枪毙过许多！你不信，你去调查！——眼前的阿二，他就知道！阿二，阿二——」

「可是你现在一定是！你的儿子干什么的？」

青年截住了曾沧海的自辩，同时看着那个野马似的曾家驹。

「我不是！我不是！」

曾家驹没命的叫。可是他的叫声还没完，那边打倦了暂时息手的两个妇人中的一个，阿金，忽然跳起来，发狂似的喊道：

「你是，你是！你刚才还拿出一块黑纸片来吓我，诱我，你害死人了！——从宝，饶了我呀！他们逼我，吓我，他们势头大！」

「臭婊子！从宝不要理她！」

就有声音就夹进来咕噜。那时机关枪声又逢逢地从空中传来。佩手枪的青年转脸向外边看了一眼，就拔出手枪来，提高嗓子压住了众人的喧嚷，发命令道：

「两个人在这里看守。曾剥皮和他的儿子带到革命审判所，走！」

于是火把和脚步声一齐往外边去了。痴痴的坐在地下的曾家驹的老婆忽然跳起来，大哭着追上去。却在花厅廊前被什么东西一绊，她就摔倒了。两守的一个阿二和另一农民赶上来拉她起来，好像安慰她似的粗鲁地喊道：

「你发疯了么？不干你的事！冤有头，债有主！到后面去罢！不许乱跑！」

当下曾沧海父子被拖着推着似的跑出曾府所在的小街，进到大街上，就看见三三五五的农民颈间都围着一条红布，手里拿着各式各样的武器，在大街上乱跑。他们都是向西去。镇上的枪声也是从西面來。機關槍聲每隔二三分鐘便達達達地嘶吼着。所有的店舖和住戶都關了門，從門縫裡透出一點點的燈光。勁風夾着黑煙吹來，有一股焦臭，大概是什麼地方又起火了。

轉了一個彎，走不多了。前面不遠就是宏昌典當的高牆。曾滄海父子和押着他們的七八個人被圍裹在一大群雜色的隊伍裡了：有拿着多種多樣武器的農民，也有頸間束着紅布條的兵，都擠在這街角。忽然從宏昌當的高牆上放出一條紅光來。達達達達達——那大繩一樣的東西向四面掃。驀地接近曾滄海父子擠在那裡的街角了！

「散開！散開！」

有一个聲音在人叢裡怒喊。管押着曾滄海父子的人們也趕快躲到街邊的簷下，都伏倒在地上。步路亂從他們身邊四周圍起來了。曾滄海已經像一个死人，只是眼睛也睜得很大。他的兒子驚惶地癡癡的望着另西的機關槍火光。這時候，宏昌當的後面忽然捲起一片猛烈的槍聲，一縷黑煙也從宏昌當的更樓邊沖上天空，繼而紅光一亮，火頭就像活的東西，從濃煙中竄出來。宏昌當裡起火了！達達達達——機關槍的火繩就掃向那邊去。有猛烈的槍聲，有火燒的那邊！但

同時一片震耳的吶喊突然從這邊爆起來：

「衝鋒呀！衝鋒呀！踏平宏昌當！」

無數的人形，從地上跳起來，從街角的掩蔽處，從店舖的簷下衝出來，像一陣旋風，向着前面不遠的宏昌當滾過去。拍！拍！拍！手榴彈的爆裂聲！達達達達——機關槍的火繩又掃過來了！然而衝鋒的人們已經逼近了宏昌當的牆邊，在那一股沖天直上的大火柱下看得很明白。而這火柱又在很快地擴大，將要和機關槍吐出來的火舌相連接了。機關槍還在達達達地狂放。但比這達達達地更

音，簡直要震倒了一切似的，现在是衝锋的吶喊，和大火中木材爆裂的声音了。

曾押着曾氏父子的几个人，也冲上前去。已经但立刻又退下两个来，身上都带着伤。他们抱住了曾氏父子向后退，可是还不到十多步远，宏昌当墙上的机关枪最后一次又扫射过来，四个人都仆倒了。又一群农民和各的混合队伍飞奔而来，在这四个人身上踏过，直扑向宏昌当那方面。

机关枪声渐渐稀薄了。

曾家驹伏在地上，最初以为自己是死了，后来试把手脚动一下，奇怪！手脚仍然是好好的，身上也没觉到什么痛。他坐起来看看他的身边。两个农民都没有声息。曾沧海蜷曲着身子，半个脸向上，嘴巴张得很大，嘴里冒出血来。曾家驹呆了一会儿，忽然跳起来，撒腿就跑。

他慌慌张张地跑过了一条冷僻的小巷的时候，脚下绊着什么东西，他就跌倒了。可是像弹簧似的，他又立刻跳了起来。他下意识地回头向宏昌当那方面看看，大焰直冲高空，半边天都红了。枪声还断断续续地響，夹着一陣一陣的吶喊。他似乎意识到是怎么一回事，并且将要有怎样的结果，他的心是跳了。已经没有什么，他的脚又碰着了横在地下的那个东西。他本能地看了一眼。原来是一个死人，头间束着红布条，手里还抓住了一支手枪。一个新主意忽然在曾家驹心展開。他赶快从死人头间解下那红布条，缠在自己头上，又从死人手里拿了那支手枪，便再向前跑。

现在枪声差不多没有了，只是那呼呼呼的大烧宏昌当的声音，木材的爆裂，以及嘈杂的人声远远地传来。这条小巷子像死的一样，所有的人家都闭紧了大门，连灯光都没有一点。曾家驹一面走，一面像觅食的野狗似的向左边右边看。却将近巷底的时候，他突然站住了。前面有一所楼房里射出灯光来。他踌躇了一会儿，便上前去打门，眼裡射出兇光來。

「你回來了麼？阿彌陀佛！店裡怎樣？」

一個女人的聲音出來開門了。但當她看見是一個不相識者，舉起手槍，滿臉殺氣對準她，狂喊一聲，她就往裡邊跑。曾家駒追進去，進了一個院子，在點著燈火的屋子前，那婦人就跌倒了。曾家駒闖進屋子，迎面又看見老一個婦人的而強也不說。驚慌的臉僅在他眼前一晃，似乎不吃了一驚，也不嚷她，飛快地

「啊呦！」這老婦人倒退幾步，就縮在屋角裡，索索地在那裡發抖。

曾家駒像鬼魅在背後似的又衝上樓去。跑進一間臥室，床上白布帳子低垂，也點著燈。曾家駒一手開帳子，就看見紅噴噴的小孩子的臉兒露在綠綢的被外邊。他旋風似的將這綠綢被扯了一下，突然又旋風似的趕到床前的衣櫥前，打開櫥門，伸手就在櫥裡掏摸。

「媽呀！媽呀！」

床上的小孩子突然哭著叫起來了。這哭聲使得曾家駒一跳。他裡擱掌起手槍來對床上放射了。劈！

那哭聲在這小房間裡更顯得怪厲可怕。曾家駒自己也猛一驚，手槍就掉在樓板上了。可是床裡的小孩子卻哭的更利害。同時，樓梯上腳步聲音響了，帶哭帶嚷的青年婦人奔進房來。她撲到床上，抱起那孩子，偎在懷裡，便像一尊石像似的呆在床前的停火的桌子邊，癡癡地對着曾家駒看。

曾家駒下意識地拾取那手槍來，再對準那婦人和孩子，他的臉鐵青，他的心卜卜地跳，兩目張大。但此時那老婦人也抖索索地跑進來了，撲通跪在樓板上，喃喃地說：

「老爺，大王！饒了命罷！……饒了命罷！……首飾，手……」

「婷来，婷来！」

曾家驹迸出这两句来，他自己也似乎心定了，手铳口便朝着楼板。

青年妇人怀里的小孩子又哭出声音来，把那缎鞋妇人的胸口，低声叫「妈」了。直觉到自己的小宝贝还是活着，那青年妇人的惨白的脸上忽然浮出一丝安慰的微笑。

曾家驹心里又是一跳。从这美妻的微笑中，他忽然认出眼前这妇人就是大街上锦华洋货店的主妇，是他屡次见了便引动邪念的。一股强大便烧得他全身的肉都战抖。他看看这妇人，又看看自己手里的手铳，突然一笑，飞快地将这妇人掀倒在床上，便撕她的衣服。被这意外的攻击所惊悸，那妇人只是哑口地抗拒着；怀抱中的小孩子也放开了，她双手护着她的下体，在那里翻滚，在那里挣扎。她的眼睛无表情地直瞪着，看着曾家驹的凶邪的脸。小孩子爬在床角惊怖到哭不出声音来。

「大王！大王！饶命罢，饶命呀！饶了她罢！做做好事呀！」

老妇人抖着声音没命地叫，跌跌撞撞跪了来，抱住了曾家驹的腿，拼命地摇；一些首饰和银角子落落地掉在楼板上了。

曾家驹怒吼着「滚开！」猛力一脚踢开了老妇人，同时，嗤——的一声，年青妇人身上的衣服也已经撕下，露出了雪白的肉体。也就在这时候，青年妇人下死劲一个翻滚，又一提身跳起来，忘记了自己似的喘喘地喘着，发狂似的喊道：

「我认得你的！认得你的！你是曾剥皮的儿子！我认得你的！」

曾家驹突然脸色全变了。他慌慌忙忙抢过那支搁在床沿上的手铳，就对准年青那妇人开了一枪。枪声过后，只听得那妇人哼了一声，身体一歪，倒在床脚边，从她的雪白的胸脯上冒出了鲜红的血。

接着便是那同死一样的沉默。[illegible]，像是觉醒了似的，曾家驹扔下手铳，胡乱地从楼板上捞起我件首飾和銀元，一溜煙逃走了。

五、

隔了一天。

双橋鎮失陷的消息在上海報紙的一角裡佔了數行。近來這樣的事太多了，人們漸漸看慣了，正和上海市埠曾見迭出的綁票案一樣，人們的眼光在新聞上瞥了一下，以後心裡只浮起「又來了」的感想，同時卻也慶幸着遭難的地方卻不是自己的家鄉。連年不斷的而且愈演愈劇烈的內戰和農村騷動，在某一意義上已經加強了人們的忍耐力，而且使得人們的感覺遲鈍麻木。

吳蓀甫看到了這消息時的心境卻不是那麼單純。他剛剛吃過了早餐，橫在沙發榻上看報紙，對面一張椅子裡坐着吳少奶奶，說不出的一種幽怨和遐想，深刻在她的眉梢眼角。吳蓀甫看着她擲下了報紙，克勤勤一聲冷笑。

吳少奶奶心裡猛一跳，定了神看着她的丈夫，臉色稍稍有点变了。素性過敏的她以為丈夫這一聲冷笑是正對她而發，于是便好像自己的秘密被窺見了似的，臉色在微现蒼白以後，倏地又轉紅了。

「佩瑤！——你怎麼？——哼，要來的事，到底來了！」

吳蓀甫似乎努力抑制着忿怒的爆发，冷冷地说；他的尖利的眼光霍霍地四射，在少奶奶的臉上來回了好幾次。是可怖的撕碎了人心似的眼光。

吳少奶奶的臉色立刻又变为蒼白，心卜卜地又抖又跳；但同時好像有一件東西在胸脯裡迸斷了，她忽然心一橫，準備著把什麼都揭破，準備著一場活劇。她的神氣変得異常难看了。

然而全心灌注在家鄉失陷的吳蓀甫却並沒留意到少奶奶的情緒反常，他站起來踱了幾步，用力地揮著他的臂膊，然後又定住了，看著少奶奶的低垂的粉頸，自言自語的說：

「哦，要來的事，倒底來了！——哦，双橋鎮！三年來我的理想——」

「双橋鎮？」

吳少奶奶忽然抬起頭來問。此時她觉到蓀甫的冷笑似什麼「要來的事」乃別有所指，心頭便好像輕鬆了些，却又自感慚愧，臉上不禁泛出紅暈，眼光裡有一種又羞怯又負罪的意味。她觉得她的丈夫太可憐了，如果此時丈夫有進一步的表示，她很想撲在丈夫懷裡把什麼都說出來，並且懺悔，並且發誓將永遠做他忠實的妻了。

但是吳蓀甫走到少奶奶跟前，僅僅把右手放在少奶奶的肩上，平平淡淡的說：

「是的。農匪打開了双橋鎮了，——我們的家鄉！三年來我的心血，想把家鄉造成模範鎮的心血，這一次是全都完了！佩瑤，佩瑤！」

這兩句熱情的呼喚，像一道電流，溫暖地瀰漫了吳少奶奶的心曲，可是仰臉看著蓀甫，她立刻辨味出這熱情不是為了她，而是為了双橋鎮，為了「模範鎮的理想」，她的心便又冷却一半。她幾乎要哭出來了。

「四五个月以前，我就料到鎮上不免要受匪禍，——現在，要來的事，到底來了！……」

吳蓀甫接著又說，少奶奶的殘酷的心情，他一点沒有感到。他睜起眼睛望著空中，忽然轉為忿怒：

「我恨極了那班混帳東西！他們幹什麼的？有一營人呢，兩架機關槍！他們都是不開殺戒的麼？嘿！——還有，混帳的費小鬍子，他死了麼！打了電報沒有回音，事情隔了一天，也不見他來个報告！直到今天報上登出來，我，方才知道！我們是睡在鼓裡，等人家來殺！等人家來殺！」

突然跺了一腳，吳蓀甫氣忿忿地将自己擲在沙發榻上，擰起眉毛看看立过的报[illegible]，又看看少奶奶。

对于少奶奶的不说话，现在他倒很不满意了。他口氣另放和平些，带着质问的意味说：

「佩瑶！你怎麽总不开口？你想些什麽？」

「我想——一个人的理想，总是要失败！」

「什麽话！——」

吴荪甫斥骂似的喊起来；但他的眼睛和威严地一翻以后，便也不再说什麽，随手拿起一张报纸来，遮在脸前了。并没有真在那里看报，还在继续他的忿怒。而这忿怒，是他自己所确信，是合乎「理性的」行为。刚强坚忍的而富有自信力者，他很知道用怎样的手段去扑灭他的敌人，他能够残酷，他也能够阴那時他也许咆哮，但不是真正意義的忿怒；只有当他看见自己人是怎样地糊涂不中用，例如前天莫干丞报告厂里情形不稳的时候，他这才会真正发怒，——很有害于他的康健的忿怒。而现在对于双桥镇失陷这件事，因为他的权力的铁腕不能直接达到那负责者，所以他的忿恨更甚。

同时他又从双桥镇的治安负责者联想到一县一省以至全国最高的负责者，他的感想和情绪便更加复杂了。他掷下了报纸，眼睛看着那新式图案的地毯以及地毯旁边露出来的纹木细工镶嵌的地板，像一尊石像似的不动也不说话。

只有籠脚下裡的画眉刷动羽毛的声音，在这精美的小客厅裡窣窣地響。

当差高升悄悄地推开门，探进一个头来，但是觉得了这小客厅的严重的空气，到得高升要说的话压住在舌头底下了。他不进，又不敢退，僵在门边，先只睁着眼睛望到吴少奶奶。

「有什麽事？」

吴少奶奶也像生气似的问，一面把她的俏媚的眼光掠到她丈夫的脸上。吴荪甫也惊似的抬起头来，一眼看见高升手裡拿著兩張名片，就將手一揮，用沉着的聲音吩咐道：

「知道了。請他們到大餐間！」

于是他就站起來踱了數步，在一面大鏡子前看看自己的神色有沒有反常態；最後，站在少奶奶跟前，很溫柔地拍着少奶奶的肩膀說：

「佩瑤——這兩天來你好像心事很重，懨懨地，提不起精神。不要操心那些事罷！我總有法子對付！——你的身体向來單弱。」

他抓起少奶奶的手來輕輕地捏着一會兒，似乎他要把他自己的勇氣和自信力從這手掌傳導給少奶奶。然後，也不等少奶奶的回答，他突然放下手，大踏步跑出去了。

吳少奶奶继续仰在椅子裡，她的頭靠在椅背上，眼淚滿了她的眼眶。她了解蓀甫的意思，了解他的每一個字，但同時也感到自己的衷曲大概無法使這位一頭埋在「事業」裡的丈夫所了解。異樣的味兒湧上她的心頭，她不知道是苦呢，是甜呢，抑或是辣。

吳蓀甫微笑着走進了大餐間時，唐雲山首先迎上前，万分慨歎似的說：

「蓀甫！貴鄉竟淪為匪區，省當道的無能完全暴露了！」

「我們都是今天見了報，纔知道。蓀翁這裡想必有詳細報告。究竟現在鬧到怎樣了？——聽說貴鎮上駐的軍隊也就不少，有一營人罷，怎麼就會失手了呢？」

王和甫也接上來說，很親熱地和蓀甫握手，又很同情似的嘆一口氣。

吳蓀甫微笑着讓客人坐了，镇静地回答：

「土匪這樣猖獗，真是中國独有的怪現象！——我也是剛才看見報載，方才知道。現在消息隔絕，不明白那边实在的情形，也觉得無從措手呀。——可是，孫吉翁呢，怎麽不来？」

「吉翁有点事，留住了。他托我代表。」

唐雲山燃着一支香烟，半抽半噴地說，烟氣噎住喉嚨，接連咳了几声。

「我们约定的時间不巧，恰碰着蓀翁贵鄉出了事，蓀翁也是刚接到消息，那麽，總得筹划对付，想来今天上午蓀翁一定很忙，我们的事还是改一天再谈罢。」

王和甫笑嘻嘻地看着吴蓀甫，說出了这樣通達人情世故的話。但是唐雲山不等吴蓀甫表示可否，就搶着来反对：

「不成問題，不成問題！和翁，我担保蓀甫一定不赞成你这提议！蓀甫是鉄鑄的人兒，办事敏捷而又老辣；我從沒见过他办一件事要化半天工夫！何况是那麽一点小事，他只要眉头一皱，办法就全有了！不要空費時间，我们趕快正式開会罢！」

唐雲山把他向来办党务政治部的调子拿出来，惹得王和甫和蓀甫都笑起来了。于是吴蓀甫就把話引入当前的正題目：

「竹斋方面，我和他谈过两次。他大致可以加入。但總得过了端陽節，他才能正式决定。——他这人就是把细得很，这也是他的好处。說过去，八分把握是有的！前天晚上我们不是决定了寧缺毋滥的宗旨麽？如果捏定这个宗旨，那麽，朱吟秋，陈君宜，周仲偉一班人，只好不去招呼他们了；究竟怎樣，那就要請和翁，雲翁，两位来决定了。」

「那不是人太少了麽？」

唐雲山慌忙搶先着問，無端的又哈哈大笑。

吴荪甫微笑，不回答。他知道唐云山性急的一面只想[redacted]拉拢大小不同的企业家来组织一个团体作政治上的运用，至于企业界中[redacted]钩心斗角的内幕，唐云山老实是全外行。曾经游历欧美的吴荪甫自然也不是什么"在商言商"的旧人物，但他无论如何是企业家，他虽然用一只眼睛望着政治，那另一只眼睛却总是朝着企业上的利[redacted]害关係，而且是永不倦息的注视着。

此时王和甫摸着他的两撇细胡子，笑迷迷地在一旁点头，看见吴荪甫微微一笑不答唐云山的询问，王和甫就说：

"云翁的意思是恐怕别人家来拉了他们去罢？——这倒不必过虑。还有朱吟秋周仲伟和陈君宜两位是买办出身，手面总不至于十分小，而且存心拉拢，后来荪甫说明白了，才知道他们两位只有一块空招牌。我们不论是哪个银行，或是什么别的，总要实事求是，不能干买空卖空的勾当。——哎，荪翁，你说对不对？"

"正是！我就服从多数。——孙吉翁有一个草案在这里，就提出来好么？"

唐云山又是抢先着说，眼[redacted]光在吴王二人脸上兜一个圈子，就打开他的文书皮包，取出一个大封套来。

这所谓"草案"只是短短的一张纸，内部包含着三个要点：一，资本[redacted]五百万元，先收三分之一；二，几种新企业的计画——纺织业，长途汽车，矿山，应用化学工业；三，几种已成企业的救济——丝厂，绸厂，轮船局，等等。这[redacted]都是他们上次商量时已经谈过了的，现在不过由孙吉人写成书面罢了。

吴荪甫捧着那"草案"一面在看，一面就从那条上飞起了伟大憧憬的机构来：[redacted]高大的烟囱如林，在吐着黑烟；轮船在乘风破浪，汽车在驶过原野。他不由得微微笑了。而他这理想未必完全是架空的。富有实际经验的他，知道很事业的起点不妨小，可是计画中的规模不可不大。三四年前他热心于发展故乡的时候，也就取了这样的政策的。那时，他打算以一个发电厂为基础，建筑起"双桥王国"来。他那未始没有相当成就，但是仅仅十万人口的双桥镇何足以供回旋，比起目前这大计画来，多么相形见绌！

这么想着的吴荪甫便觉得双桥镇的失陷不算得怎样一回了不起的打击了。他觉得脸上的小疱又一个一个冒着热氣了。他把「草案」放在桌子上，他看着王和甫，正想发言，不料唐云山又说出几句古怪的话来：

「刚才不是说过不去招呼朱吟秋他们么？然而『草案』上的『救济』项下却又列入了他们三个人的厂。这中间岂不是有点自相矛盾？——哈，哈，我是外行，不过想到了就要問。」

唐云山放低了声音，鬼鬼祟祟颇有几分的神氣，似乎他虽则不尽明白此中奥妙，却也有几分觉得。

吴荪甫和王和甫都笑起来了。他们两个人对看了一眼，又望着唐云山的似乎狡猾又似乎老实的脸孔。唐云山自己也就放声大笑。他估量来未必能够得到回答了，就打算转变谈话方向，郑重地从桌子上拿起那份「草案」来，希望从这中间找出发言的资料。

但是吴荪甫却一手抢了那「草案」去，郑重地对唐云山说：

「云山，你这一問很有意思。反正你不是外人，将来我们的银行或是什么，要请你出面做经理的，你凡事总得都有点门径。——我们不请朱吟秋他们加入我们的公司，因为他们没有实力，加进来也是挂名而已，不能帮助我们的公司发达。可是他们的企業到底是中國人的工業，现在他们维持不下，难免会弄到关门大吉，那也是中國工業的损失，如果他们竟盘给外國人，那么外國工業在中國的势力便增加一分，对于中國工業更加不利了。所以为中國工業前途计，我们还是要『救济』他们的！凡是这份『草案』上开列的打算加以『救济』的几项企業，都是遵照这个宗旨定了下来。」

话就停止了，吴荪甫「義形于色」地举起左手的食指在桌子边上猛击一下。他这一番话又恳切又明晰，倒使得唐云山感觉到自己先前的猜度——以为中间有几分奥妙，未免太不光明正大了。不独唐云山，就是笑容不离嘴角的王和甫也很肃然。他心裡佩服吴荪甫的调度真不错，同时忍不住也来发表一些公忠爱國的意见：

「对呀！三爷的话真是救国名言！中国办实业说来也有五六十年了，除掉前清时代李鸿章、张之洞它办的实业不谈，可惜商办的也就不少；可是成绩在那儿呢？还不是为的办理不得法，弄到[redacted]多半跑到洋商手里去了。——你翁，你要知道，一种企业放在不会经营的宽大的手里，真是可惜又可叹！对于他個人，对于国家，都是一点好处也没有的。[redacted]来了，结就便宜洋商。所以我们的公司在这[redacted]上头，一定不能含糊，——那怕是至亲好友，我们还是劝他少招些烦恼，乾乾脆脆让给有本事的人来幹！」

王和甫的话还没完，唐云山早又哈哈大笑起来了；他毕竟是明白人，现在是什么都理会过来了。

于是他们三位接着便讨论到「草案」上计画着的几种新企业。现在，唐云山不但不复是「外行」，而且教手有几分「专家」的气概了。他接连把[redacted]孙总理遗著建国方略中[redacted]「实业建设」的文字背诵了好几段；他说：现在的军事一结束，真正民主政治就马上会实现，那么，孙总理所昭示的「东方大港」和「四大干路」一定不久就可以完成，因而他们这公司搬预的投资地点应该是附近「东方大港」和「四大干路」的沿线。他一面说，一面又打开他的文书皮包，掏出一张地图来，用铅笔在地图上点了好些黑点子，又详详地加以解释。末后，他编已经办完了一椿大事似的松一口气，对着王、吴两位企业家说：

「赞成么？孙吉翁是张一分说的。回到我这可以就照我这书话作成书面的详细计画，将来银行开办手招股的时候就跟招股广告一同登载，岂不是好！」

王和甫没有什么不赞成，[redacted]但也[redacted]没有直接表示，只把眼[redacted]光钉在吴荪甫脸上，等待这位足智多谋富有又决断的「三爷」表示意見。

然而真奇怪。向来是气魄不凡，动辄大刀阔斧的吴荪甫，此时却沉着脸儿沉吟了。在他的眼光中，似乎「东方大港」和「四大干路」颇有海上三神山之概。他是理想的，同时也是实际的；他相信凡事必须有大规模的计画作为开始的第一步和终极的标帜，但如果这大规模计画本身是建筑在空虚的又一大规模计画上，那也要[redacted]他所不取的。他沉吟了一會兒，终于笑起來說：

「好！可以贊成的。大招牌也要一个。可是我们把計画分做兩部分：唐山說的是对外的公開的一部分，也可以說是我们最终的目標。至于蓀吉翁的「四華堂」，便是对内的不公開的一部分，我们在最近將來就要着手去办的。這麼着，我们公司既然有事業好做，將來「東方大港」完成了的時候，我们的事業就更多了。王和翁，你說怎樣？」

「好極了！三爺的計劃决不會錯到那裡去的！哈，哈！」

王和甫心悅誠服地隨口贊成着。

此時當差高升忽然跑進来，在吳蓀甫的耳朵邊說了幾句。大家看見蓀甫臉上的肌肉似乎一跳。隨即蓀甫站起来很匆忙地对王和甫，唐雲山兩位告了「少陪」，就跑出去了。

大客間裡的兩位暫時竟無動作。只有唐雲山的秃頂，閃閃地放着油光，还有他抽香煙噴出来的成圈兒的白煙，像魚吐泡沫似的一个一个從他嘴裡出来往上騰。俄而他把半截香煙向煙灰盤裡一丢，自言自語的說：

「資本五百万，暫收三分之一——一百五十万元，那，那，够做些什麼事呀？」

他看了王和甫一眼。王和甫好像什麼也沒有听得，闭了眼睛在那里養神，但也許在那里盤算什麼。

唐雲山又翻过那「草案」来看，數一數上面預擬的新企業計画竟有五項之多，而且有重工業在內，便是他这「外行」看來，也覺得五百万無論資本如何不够，更不用說只有一百五十万了。他忘其所以的大叫起來：

「呀，呀！这裡一个大毛病！大毛病！非等蓀甫來詳細商量不可！」

王和甫怔一怔，睜開眼來，看見唐雲山那種嚴肅的神氣，忍不住笑了。但是最善于放聲大笑的唐雲山此時却不笑。他却是一疊聲叫[redacted]道：

「你看，你看！五百万够麽？」

恰好吳蓀甫也回來了。[redacted]一眼看見了唐雲山的神氣──右手的食指像一根銅尺似的直按在「草案」[redacted]的第二項上，又聽得他連聲嚷着「五百万够麽」，吳蓀甫就什麽都明白了。可是他因為剛才從金融方面來的電話報告公債市場形勢不很樂觀，心裡正在納悶，便由着唐雲山在那里乾着急。

半晌王和甫也已經明白了是怎麽一回事，就很簡單地解釋給唐雲山聽：

「雲翁，事情是一步一步來的。這幾項新企業並非同時開办──」

「那麽，為什麽前天我們已經談到了立刻要去部裡領執照呢？」

唐雲山打斷了王和甫的解釋，眼睛看着吳蓀甫。

「先領了執照，就[redacted]我們好比上戲園子先定了座位。」

回答的還是王和甫，似乎對于唐雲山的「太外行」有點不耐煩了。

「再說句老實話，我們公司成立了以後，第一樁事情還不是办『新』的，而是『收拾』那些搖搖欲倒的『舊』企業。不過新廠更也是不能不提早預定[redacted]。」

吳蓀甫也說話了，說時他呷蹲在一隻椅子裡。然而唐雲山立刻又來了反問：

「不錯，救濟！如果人家不願受我們的『救濟』呢？豈不是一百五十万的資本也會呆起來？」

「一定要他們不得不願！」

吳蓀甫斷然說，臉上像起了獰笑了。

「雲翁！銀子總是活的。如果放到交易所公債市場上去，區區一百五十万够什麽！」

「可不是！现就我们的公司是一个金融机关，做个债务利息也是业务之一。」

吴荪甫将王和甫的话加以合理的解释。这可把唐云山弄得糊涂了。他摸着他的光秃秃的头顶，对吴、王两位看了一眼，又接上来似乎承认了自己的「外行」，但心里总觉得他们的话离题太远。

这时大客厅的门开了，当差高升侧着身体站在门外，跟着就有一个人昂然进来，却原来正是孙吉人，满脸的红光，一望而知他有好消息。唐云山首先看见，就跳起来喊道：

「吉大爷——你真来得好！我干不了，我这代表的职务就此卸了肩！」

孙吉人倒怔了一怔，以为事情有了意外的变化，但是吴荪甫他们却哈哈大笑起来和孙吉人寒暄，告诉他，已经商量得大致就绪，只待决定日子动手开办。

「吉翁不是今日不开么？怎么又居然赶来了？」

「原是有个朋友约去谈点不相干的小事情，真碰巧，无意中找得我们公司的保家了——」

孙吉人一面回答王和甫，一面就近的一张椅子里坐了，一面又摸着他的细长脖子，很得意地转脸过去说：

「诸翁，你猜是什么保家？我们的公司在三天之内便可以成立！」

这是一个不小的冲动！大家脸上都有喜色，却是谁也不开口，都把眼光射住了孙吉人的脸。

「开银行要弄财政部批准，日子还延，用什么银团的名义询问的罢，有些要紧事又不能做，现在我们的保家是有一家现成的信托公司情愿和我们合作——说是合作，实在是我们抓权！我抽空跑来，就要和大家商量，看是怎么办？」大家都觉得这条路还可以走的话，我们就议定了条款，向对方提出。」

孙吉人还是慢吞吞的说，但他的小脑袋却会提念快。

于是交错的問題，回答，考慮，籌劃，都紛紛起來，空氣是比前不同的热闹而又紧张了。吴荪甫虽然对于一星期内就得缴付老赵二十万元一款更觉为难，——他最近因为参加赵伯韬那个[redacted]做多那个公债的秘密组织，已经在往来多个银行和钱庄上调动了将近二百万，而家乡的事变究竟[redacted]有多少损失现在又还没有个晓，因此在他手上，他也渐渐感到「挽不转」了，可是他到底毅然同意了孙吉人他们的主张：那家信托公司接受了合作的条件，他们三个股东老板在一星期内每人先缴付二十万，以便立刻动手大干。

他们又决定了第一笔生意是[redacted]放款「救济」朱吟秋和陈君宜两位企业家。

「孙吉翁就和那边信托公司方面切实交涉！[redacted]这件事只好偏劳借吉翁了。」

吴荪甫很兴奋地说，抱着必胜的自信，像一个大将军在决战的前夕。

「那么，我们不再拍股了么？」

唐云山在最后又追问一句，满脸是希望的神色。

「不！——」

三个人同时很坚决地回答。

唐云山勉强笑了一笑，心里却感到有点扫兴；他那篇宣言大计的好文章竟是没有机会在报纸上露脸了。但这只是一刹那，随即他又很高兴地又说又笑了。

送走了客人以后，吴荪甫踌躇满志地在大客厅上踱了一会儿。此时已有十点钟，可是他照例要到厂里去办公的时间。他先到他的书房里拟好两个电报稿子，一个给县政府，一个「探投」费小胡子也由县里转，便按电铃唤高升进来，[redacted]吩咐道：

「回头姑老爷有电话来，你就请他转接厂里三百〇七号。——两个电报派李贵去打。——汽车！」

「是！老爺上廠裡去麼？廠裡一个姓屠的，來了好幾天了，現在還等在賬房裡。老爺見[redacted]他不見呢？」

吳蓀甫這才記起叫這屠維嶽來問話，這已經是第二次了；第一次是讓他白等了一个黃昏，临时却又碰到有事。[redacted]他沉吟[redacted]一下，[redacted]就像很不高興似的說道：

「叫他進來！」

高升奉命去了。吳蓀甫試要想了那[redacted]屠維嶽是怎樣的[redacted]一个人，先生那裡一面翻閱廠中職員的花名冊，一面可是模糊得很。[redacted]廠裡的小職員太多，即使精明如吳蓀甫，也不能[redacted]把每个人都記得很清。他漸漸又想到昨天自己到廠裡去開導女工們的情形，還有莫幹丞的各種報告，——一切都顯得順利，再用點手段，大概[redacted]一場風波就可以[redacted]平靜。他的心神開朗起來了，所以當那个屠維嶽進來的時候，他的常常嚴肅的紫臉上竟有一點笑影。

「你就是屠維嶽麼？」

屠維嶽鞠躬，却不說話；吳蓀甫略欠着身体問，一双尖利的眼光在[redacted]這年青人的身上[redacted]緊緊地打圈子。他毫没畏怯[redacted]的態度，很坦白地也回看吳蓀甫；他[redacted]站在那里的姿勢很[redacted]大方，很自然，他挺直了胸脯，他的白[redacted]净而精神飽滿的臉色上一点表情也不流露。只有他的一双眼睛却隱隱地閃着機警的光輝。

「你到廠裡幾年了？」

「兩年又十天。」

屠維嶽很鎮靜很確實地回答。尤其是這確實，引起了吳蓀甫心裡的讚許。

「你是那里人？」

「和三先生是同鄉。」

「哦——也是双桥镇么？谁是你的保人？」

「我没有保人！」

吴荪甫愕然，就把手放到桌子上的那本职员名册，可是屠维岳接着又说下去：

「也许三先生还记得，当初我是拿了府上老太爷的一封信来的。以后就派我在厂里账房间办庶务，直到现在，没有对我说过要保人。」

吴荪甫脸上的肌肉似笑非笑地动了一下。他记起来了：这屠维岳也是已故老太爷赏识的「人才」，并且这位屠维岳的父亲好像还是老太爷的好朋友，又是再上一代的老侍郎的门生。对于父亲的生活和思想素抱反感的荪甫实在就把间屠维岳刚才给与他的好印象一变而为憎恶。他的脸放下来了，他的问话就一直转到叫这个青年职员来谈话的本题：

「我这里有报告，说你泄漏了厂方要减削工钱的消息，这才引起此番的怠工！」

「不错。我说过不久要减削工钱的话。」

「哦！你这样喜欢多嘴！这件事就犯了我的规则！」

「我记得三先生的『工厂管理规则』上并没有这一项的规定！」

屠维岳回答，一点怕惧的意思都没有，很镇静很自然地看着吴荪甫的生气的脸儿。

吴荪甫睁起眼睛看了屠维岳一会儿。屠维岳很自然很大方的站在那里，竟没有丝毫局促不安的神气。够抵挡吴荪甫那样尖利狰狞的眼光的职员，在吴荪甫真还是第一次遇到呢！他不由得暗暗诧异，他喜欢这样镇静胆大的年青人，他的脸色便放平了一些。

他转了口气说：

「无论如何，你是不应该说的。你看，你就闯了祸！」

「我不能承认。既然有了要减工钱的事，工人们迟早会知道。况且，即使三先生不减工钱，怠工或是罢工还是要爆发，一定要爆发！」

「你這話是什麼意思？」

「我的意思是——工人們也已經知道王先生拋售的期紗不少，現在正要趕緊交貨，她們便想乘這機會有些動作，佔些便宜。」

吳蓀甫的臉色突然變了，咬着牙齒喊道：

「什麼！工人也知道我拋出了期紗？工人們連這個都知道了麼？也是你說的麼？」

「是的！工人先從別處聽了來，再來問我的時候，我不能說謊話。王先生自然知道說謊話的人是靠不住的！」

吳蓀甫怒叫一聲，在桌子上猛拍一下，霍地站起來：

「你這混蛋！你想討好工人！」

屠維嶽不回答，微笑着鞠躬，還是很自然很鎮靜。

「我知道，你和姓朱的女工吊膀子，你想收買人心！」

「三先生，請你不要把個人的私事牽進去！」

屠維嶽很鎮定而且堅強地說，他的機警的眼光現在微露憤怒，看定了吳蓀甫的面孔。

吳蓀甫的臉色和眼光也又已不同，現在是冷冷的堅定的，卻是比生氣咆哮的時候更可怖。從這臉色，從這眼光，屠維嶽看出將有怎樣的結果，然而他並不懼怕。他是聰明能幹，又有膽量；但他又是倔強。要他像莫幹丞那班人他自己去博的身份取這位嚴厲的老板的歡心，那他就做不到。他微笑地站着，鎮靜地等候吳蓀甫的最後措置。

書房裡死樣的沉默壓在這。吳蓀甫伸手要去按墻上的電鈴鈕了，屠維嶽的運命路就在這一按中就要決定了；但在剛要碰到那電鈕時，吳蓀甫的手忽又縮回來，轉臉對着屠維嶽不轉睛的瞧。惱怒，鎮定，膽量，都擺出在這青年人的臉上。只要調度得當，這樣的青年人很可以做点事；吳蓀甫覺得他廠裡的許多職員似乎都趕不上眼前這屠維嶽。但是這个年青人可靠麼？這年紀兒，全是能幹全是有魄力有膽氣的年青人都有些不穩的思想。這一点，卻不是一眼看得出來的了。吳蓀甫沉吟又沉吟，終于坐在椅子裡了，臉色也不像剛才那樣可怕了，但仍是嚴厲地对屠維嶽喝道：

「你的行為，簡直是主使工人們在那里搗亂呢！」

「三先生應該明白這不是什麼指使得了的事！」

「你煽動工潮！」

吳蓀甫又是聲色俱厲了。

沒有回答。屠維嶽把胸脯更挺得直些，微微冷笑。

「你冷笑什麼？」

「我冷笑了麼？——如果我冷笑，那是因為我想來三先生不應該不明白：無論什麼人總是要活，而且還要生活得比較好！這就是頂利害的煽動力量！」

「咄！廢話！工人們比你明白，工人們顧全大局，知道勞資協調；昨天我到廠裡对他們解釋，不是風潮就平靜了許多麼？工會不是很擁護我的主張，正在竭力設法解決麼？我也知道工人中間難免有危險分子，有人在那里鼓動煽惑，他們嘴裡說替工人謀利益，實在是打破工人的飯碗，我這裡都有調查，都有詳細報告。我也很知道這班人也是受人愚弄，誤入歧途。我是主張和平的，我不喜歡用壓迫手段，但我在廠裡好比是一家之主，我不能容忍這種害群之馬。我只好把這種人的罪惡揭露出來，讓人們自己明

※主人鬧的太兇，这班母老虎可就出醜了，他們

白，自己起來对付這種害群之馬！——」

「三先生兩次叫我來，就為的要把這番話对我說麼？」

吳蓀甫的旋風暴一般發作的時候，屠維岳就冷冷地反問，他的臉上依然沒有流露任何喜憂的表情。

「什麼！難道你還另外有想望？」

「沒有。我以為三先生倒應該還有另外的說話。」

吳蓀甫愕然看著這个年青人。他開始有點疑惑這个年青人不過是神經病者了。他終生氣地喊道：

「走！把你的銅牌子留下，你走！」

屠維岳一點也不慌張，很大方地把他的職員銅牌子掏出來，放在吳蓀甫的寫字桌上，微笑著鞠躬，轉身就要走了。可是吳蓀甫忽又叫住了他：

「慢著！跟我一塊兒上廠裡去。讓你再看看工人們是多麼平靜，多麼顧全大局！」

屠維岳站住了，回過身來看著吳蓀甫的臉，不住地微笑。顯然不是神經病的微笑。

「你笑什麼？」

「我笑——大雷雨之前必有一个時間的平靜，平靜得一點風也沒有！」

吳蓀甫的臉色突然變了，但立刻又轉為冷靜。他的有經驗的眼睛終於從這位青年人的態度上看出一些不尋常的特點，斷定他確不是神經病者而是一个怪物了；他反倒很客氣的問：

「難道莫幹丞的報告不確實麼？難道工會敢附和工人們來反对我麼？」

「我並沒知道莫幹丞对三先生報告了些什麼。我也知道工會不敢違背三先生的

意思。但是三先生總应該知道工會的实在地位和力量！」

「什麽？你說——」

「我說工會這東西，在三先生眼睛裡也許是見得有点力量，可是在工人一方面，卻完全兩樣。」

「沒有力量？」

「並不是這麽簡單。如果工人們信仰他們的话，他們当然就有力量；可是他們要幫助三先生，他們就不能得到工人的信仰，他們的地位就發生問題，——不，我应該說連向来的空招牌也維持不下去了。大概三先生也很知道，空招牌虽然是空招牌，卻也有幾分麻醉的力量。現在又要聽三先生的吩咐，又要維持招牌，——我不必明白々說，他們打算暗中得三先生的諒解，面子上卻還是做出来代表工人說話。」

「要我諒解些什麽？」

「每月的賞工加半成，端陽節另外每人二元的特別獎。」

「什麽！當々加半成？還要特別獎？」

「是——他們正在工人中间宣傳這个口號，要用這个來打消工人的要求津貼。他們如果連這一点都不成，他們工人就要打碎這的招牌。他們說就是所謂黃色工會，就一定要玩這套戲法！」

吳蓀甫斗的虎起了臉，勃然罵道：

「有這樣的事！怎麽不見莫幹丞來報告，他睡昏了麽？」

屠維嶽微々冷笑。

过了一會兒，吳蓀甫臉色平靜了，睜眼仔細看打量著屠維嶽，突然問道：

「你為什麽不早來对我說？」

「但是三先生早也不問。况且我以為二十元薪水办廠務的小職員沒有報告這些事的必要。不過剛才三先生已經收回了銅牌子，那就情形不同了；我以家嚴和尊府的世誼而論，總為像朋友談天那樣說起什麼工會，什麼廠裡的情形，大概不至于再引起人家的猜忌，或者認為獻媚假亂罷！」

屠維嶽冷冷地說，眼光裡露出猖傲自負的神氣。

覺得話裡有刺，吳蓀甫勉強笑了一笑；他現在覺得這位年青人固然可讚，卻也有幾分可怕，同時卻也自慚為什麼這樣的人放在廠裡兩年之久，卻一向沒有留意到。他軟了口氣說：

「看來你的性子很剛強。」

「不錯。我沒有別的東西可以自負，只好拿這剛強來自負了。」

屠維嶽說的時候微又一笑。

吳蓀甫似乎並不理會屠維嶽這句又帶些刺的話，想一想，忽然大聲說：

「薑工加例著點米成，還要特別獎勵。我不許吝嗇！你看，不答應也要把這風潮結束！」

「不答應也行。但是另一樣的結束。」

「工人敢要動麼？」

「那要看三先生要的怎樣了。」

「依你說，多少總得給一點了，是不是？好！那我就成全了工會的威信罷！」

「三先生喜歡這麼辦，也行。」

吳蓀甫怫然，用勁地看了微笑著的屠維嶽一眼。

「你想來還有別的辦法罷？」

「三先生試想，如果照工會的算法，該化多少年？」

「大概要五千塊。」

「不錯。五千的數目不算多。但有時比五千更少的數目，能夠搞出更好的結果來，只要有人知道怎樣去用。」

屠維嶽還是冷冷地說。他看見吳蓀甫的濃眉毛似乎一動，可是那紫醬色的方臉上也是一點表情都沒流露。晰晰的兩道尖利的眼光直逼到屠維嶽臉上，這是透射過他們堅壁的鎗彈似的眼光，即使屠維嶽那樣能鎮定，也感到些微的不安了。他低下頭去，把齒牙在嘴唇上輕輕咬一下。

忽然吳蓀甫站起來大聲問道：

「你知道工人們跑出來幹些什麼？」

「不知道。三先生到了廠裡就可以看見了。」

屠維嶽抬起頭來回答，把身体更挺直些。吳蓀甫卻笑了。他知道這個青年人打定了主意不肯隨便說的事，無論如何是不說的；他有點不滿于這種過分的倔強，但也讚許這樣的堅定。要收服這個年青人為臂助的意思便在吳蓀甫心裡佔了上風。他抓起筆來，就是那麼站著，在一張信箋上飛快地寫了幾行字，回身遞給屠維嶽，微笑著說：

「剛才你我收了的銅牌子，現在我換把這個給你罷！」

信箋上是這樣幾個字：「屠維嶽君从本月份起，加薪五十元。此致吳幹翁台照。蓀。九日。」

屠維嶽看過後把這字条放在桌子上，一句話也不說，臉上仍是什麼表情都沒有。

「什麼！你不願意在我這裡辦事麼？」

吳蓀甫詫異地大叫起來，不轉睛地看着這個年青人。

「多謝三先生的美意。可是我不能領受還這一時常，算不了什麼事。」

屠维岳第一次带些异样的神气说，很坦白地回看吴荪甫的注视。

吴荪甫不说话，突然伸手按一下墙上的电铃，拿起笔来在那张信笺上加了一句：「自莫干丞以下所有厂中稽查管车等人均应听从[redacted]屠维岳调度，不得玩忽！」他掷下笔，便对着进来的当差高升说：

「招呼汽车，送这位屠先生到厂里去！」

屠维岳接过那信笺看了一眼，又对吴荪甫凝视半晌，这才鞠躬说：

「从今天起，我就是替三先生办事了。」

「有本事的人，我总给他一个公道。我知道现在这时代，青年人中间很有些能干的人，可惜我事情忙，不能够常常和青年人谈话。现在请你先回——厂去，告诉工人们，我一定要设法使她们满意的。——有什么事，你随时和我来商量！」

吴荪甫脸满[redacted]是得意的红光，在他的锐利的观察和估量中，他断定厂里的工潮不久就可以结束。

然而像他那样的人，决不至于让某一件事的胜利弄得沾沾自喜，就此满足。他踱着方步，沉思了好半晌，忽然对于自己[redacted]的「能力」怀疑起来了；他不是一向自信周密，而且量才器使的么？可是到底几乎失却了这个屠维岳，而且对于此番的工潮不能预测，甚至即在昨天还没有正确地估量到工人力量的雄大。他是被那些没用的走狗们所蒙蔽，所欺骗，而且被那些跛虎的工人所威胁了！虽则目前已有解决此次工潮的把握，——而且这解决还是于他有利，但不得不数外支出一笔秘密费，这在他还是严重的失败！

多化两三千块钱，他并不怎样心痛，[redacted]有时为着「打牌」「在总会里」，八圈麻雀输的还不止这一点数目；可是，因为手下人的不中用而要他掏腰包，则此风断不可長！外國的企業家果然有高視遠瞩的氣魄和鐵一樣的手腕，却也有忠实而能幹的部下，這才能应付自如，所向必利。工業不發達的中國根本就沒有那樣的「部下」。什麽工廠職员还不是等于鄉下大地主的门下幫閒食客，只會偷懒，只會拍馬，不知道怎樣把事情办好。——想到這裡的吳蓀甫就不免悲观起來，覺得幼稚的中國工業界前途很少希望；单就下级管理人员而論，社会上亦沒有储備着，此外更不必說了。

像莫幹丞一類的人，只配在鄉下收租討賬；管車王金貞和稽查李麻子未來不過是流氓，吹牛嗅醋打工人拿津贴是他们的本能；[redacted]吳蓀甫[redacted]岂有不明白，然而还是用他们到现在，無非因為「人才难得」，近月有吳蓀甫自己一双利眼监视在上，[redacted]總還不至于出岔子，誰料到竟敗[redacted]了大事呀！因為工人已經不是从前的工人了！

吳蓀甫愈想愈悶，只在书房裡轉圈子。他從來不讓人家看見他也有這樣苦悶沮丧的時候，就是吳少奶奶也沒有機會看到。他所用這方法來造成人們对于他的信仰和崇拜。並且他又自信這是鍛鍊氣度的最好方法。但有一缺点，那是每逢他闭门苦闷的時候，總感到自己的孤独。他是一位獨幹出家的「大將軍」，但沒有心腹的副官或参謀長。剛才他很中意了屠維嶽，並且不次拔用，付以重任了；但现在，他有点猶豫了。屠維嶽的才具，是看得準的；所不能無遺憾者，是[redacted]這位年青人的思想。在這時代，愈是頭腦清楚，有膽量，有能力的青年，愈是有些不穩当的思想。共產主义的「邪說」已經風魔了這班英俊年少！

這一个可怕的遺憾教手將吳蓀甫送到完全的頹喪。老的，中年的，如莫幹丞之流，完全是膿包，而年青的又不可靠，這他做老板的一双手就能轉動企業的大輪子麽？吳蓀甫不由的臉色也變了。他咬一下牙齒，就拏起桌子上的電话耳機來，焦躁似的喚着三百〇七號。他決定要幹丞處去暗中监视屠維嶽。

但在接通了線，而且听得莫幹丞的畏缩吞吐的語音時，吳蓀甫驀地又變了卦；他反而嚴厲地訓令道：

「看見了我的手条麽？……好，都要听從屠先生的調度！不准躲懶推托！……在這方面麽？

他要支用一点秘密费的。他要多少，你就给付！……这笔账，让他将来自己向我报销！听明白了么？」

放下了电话耳机以后，吴荪甫苦笑一下。他只能冒险试用这屠维岳，而且只能用自己的一双眼睛去查察这可爱又可怕的年青人，而且他亦不得不维持自己的刚毅果断，不能让他的手下人知道他也有犹豫动摇的心情——既拔用了一个人，却又在那里不放心他。

他匆匆地跑出了书房，绕过一道游廊，就来到大客厅上。他的专用汽车——装了钢板和新式防弹玻璃的，停在大客厅前的石阶级旁。汽车夫和保镳的老关在那里说闲话。

小客厅的门半掩着。很活泼的男女青年的艳笑声从门里出来。吴荪甫皱了眉头，下意识地走到小客厅门边一看，原来是吴少奶奶和林佩珊，还有范博文，三个人挤在一处。吴荪甫向来并不多管她们的闲事，此时却忽然老大不高兴，作势咳了一声，就走进小客厅，脸色是生气的样子。

吴少奶奶他们出惊地闪开，这才露出来还有一位七少爷阿萱夹在吴少奶奶和范博文的中间，他们是低着头看一本什么书。

吴荪甫走前一步，威严的眼光在屋子里扫射，最后落在阿萱的身上。

似乎也觉得了，阿萱仰起脸来，很无聊地放下手里的书。林佩珊则移坐到靠南面玻璃窗的屋角，吃吃地掩着嘴偷笑。本来不过想装装威的吴荪甫此时便真有点生气了；然而还忍耐着，随手拿起阿萱放下的那本书来一看，却原来是范博文的新诗集。

「新诗！你们年青人就喜欢这一套东西！」

吴荪甫似笑非笑地说，看了范博文一眼，随手又是一翻，四行诗便跳进他的视野：

「不见了嫩绿裙腰的诗意，只有甲虫样的汽车掀起一片黄尘；布尔乔亚的恶俗的洋房，到处点污了淡雅自然的西子！」

吴荪甫忍不住笑了。范博文向来的议论——俗儈的布尔乔亚不懂得至高至上的艺术云云，倏地又兜上了吴荪甫的记忆。这在从前不过觉得可笑而已，但现在却因惦着吴荪甫的心绪而觉得可恨了。现代的青年人就是这么看不惯，颓废就是过激恶化：吴荪甫很快地瞟一眼这诗人范博文，就联想到问题中的屠维岳。然而要教训范博文，到底有所不便，他只好耸耸肩来借题发挥：

「阿萱，想不到你来上海只有三天，就学成了『雅人』！但是浪漫的诗人是要才子配做，怕你还远不行！」

「但是有一句名言：天才或白痴，都是诗人！生在黄金殿上的Mammon……现在阿萱身上就看见了诗人的闪光。至少要比要有希望得多！」

范博文忽然冷冷地插进来说，同时用来变眼睛望着林佩珊打招呼。

因为这是句很巧妙的双关语，所以不但林佩珊连侯吃吃地笑个不住，连吴少奶奶也笑起来了；只有阿萱和荪甫不笑。阿萱是茫然仰起了脸，荪甫是皱着眉头。为着那『诗人』，吴荪甫却很明白范博文这句话的意义；他怕这种弄小聪明的俏皮话，他以为最无聊的人方才想用这种口舌上的小聪明来博取女人们的笑容。他狠狠地看了范博文一眼，转身就想走，却不料范博文忽又说道：

「荪甫，我就不懂你为什么定要办丝厂？发财的门路岂不是很多么？」

「中国的实业能够挽回金钱外溢的，就只有丝！」

吴荪甫不很愿意似的回答，心里对于这位浪漫诗人是一百二十分的不高兴。

「是啊！但是中國丝到了外國，織成了綢緞，依然從中國銷售。瑞娟和珊妹身上穿的，你當是中華國貨的丝綢！上月我到杭州，看見十个綢機上倒有九个用的日本人造丝。去年上海輸入的日本人造丝就有一千八百多包，价值九百八十餘万大洋呢！而現在，廠丝歐銷停滯，但的市場又被日本奪去，你們都把丝屆在棧裡。一面大叫廠丝無銷路，一面本國織綢反用外國人造丝，這豈不是中國實業前途的矛盾！」

范博文忽然發了這麼一篇議論，似乎也一洗他的「詩人」不知世事了恥。

但是吳蓀甫並不因此而減輕他的不友意，他反而更覺得不高興。[redacted]企業家的他，自然對于[redacted]這些膚淺的國貨論不會感到高趣[redacted]。企業家的目的是發展企業，增加煙囱的數目，擴大銷售的市場，至于他的生產品到外國丝織廠內一轉仍復銷到中國來，那是另一个問題，應該由政府的農商部去設法補救，企業家總不能因噎廢食的呀！

「這都是老生常談罷了！」

吳蓀甫冷笑着輕輕下了這麼一个批評，從身子肩膀就走出去了。但是剛跨出了大客廳的門，他又回頭喚少奶奶出來，[redacted]把她叫到對面的大客間裡，很鄭重地囑咐道：

「佩瑤，你也總得把阿珊的事放在心上，不要由她每天像小孩子似的一味玩笑！」

吳少奶奶惘然看着她的丈夫，不很明白這話裡的意思。

「博文本是聰明人，會說俏皮話，但是氣魄不大。佩珊常和他在一处，很不妥當。——況且二妹曾經和我說過，她想介紹他們的老師[redacted]學詩。依我看來，彷彿這是學詩將來會成些名目。」

「哦——是這件事麼？由他們自己的意思罷！」

吴少奶奶看了她丈夫好一會兒，這才慢慢地回答。她固然不贊成范博文，——這是最近兩三天來她的忽然轉變，但她也不贊成杜學詩，她另有她的片瘋想。

吴蓀甫彷彿皺一下眉頭。可是也就不再說下去了。他看了少奶奶低眸沉思的[redacted]一眼，就跑出大客間，跳上了停在大客廳階前的「保險」汽車，[redacted]帶幾分瘟怒的口氣[redacted]吩咐了四個字：

「到總會去！」

六、

范博文手裡玩弄着林佩珊的化妝皮夾，滿臉是[redacted]「詩人」們應有的洒脫態度，[redacted]聽[redacted]林佩珊的斷斷續續而又含糊吞吐的[redacted]輕聲細語。[redacted]他們是坐在一叢扁柏的後面，既然躲避了游客的眼光，[redacted]也躲避了將要西斜的太陽[redacted]，可是因為不知道沒有風呢，抑另有緣故，范博文的[redacted]額角一次一次的滲出細粒的汗珠。

他們是在兆丰公園內的一个僻靜涼快的地方，他們坐在那[redacted]紅油的長木椅上，已經有半小時。

林佩珊這天穿了一件淡青[redacted]色的[redacted]薄紗洋服，露出半个胸脯和兩条白臂；她的十六歲少女正当[redacted]發育的[redacted]体格顯得異常圓勻，一對小饅頭式[redacted]的乳房隱伏在白色印度綢的襯裙[redacted]內，卻有小半部分露出在襯[redacted]裙上端，手持團扇的[redacted]綢扶將花[redacted]邊提起，好像繃得緊緊似的。她一面說話，一面用鞋尖撥弄腳邊的細草，態度活潑而又安祥，好像是在那裡講述別人家的不相干的[redacted]故事。

她的說話聲音斷斷低下去，低下去，終于沒有了，媽然一笑，她仰臉瞧瞧東面天空突轉絳色的一片雲彩。

「說下去呀，珊妹！——我已經等了你好半天。」

范博文跟着林佩珊的眼光也向天空望了一會兒，突然轉過臉來，對着林佩珊說。他又一次揩去了額角上的汗珠，带着匀均的和氣，不轉睛地看定了林佩珊的俏臉。

林佩珊也回看他，却是沉不住的，也没有害怕，而是满眼的娇慵 忽然地撲嗤一笑，將双手一摊，作了个「完了」的手势，声音晶琅琅地回答道：

「没有了！已经講完了！难道你还觉得不够麼？」

「不是听得不够，是懂得不够呀！」

范博文的说俏皮话的天才又活动起来了。林佩珊又一笑，伸了个懶腰，一支臂膊在范博文臉旁蕩过，飄出一些甜香来。范博文就像有些蚂蚁爬过的心形，他身体微微一震，便把自己正想说的话完全忘记了。他痴痴地看着林佩珊的长眉毛，圆而小的眼睛，腥红的两片微微開張的嘴唇，半露的白牙齿，黄色的颈项，隆起的胸脯，——他看着，看着，脑膜上掠过许多不很好的意念。但是当他的眼光终于又停在回上去林佩珊的臉上時，他忽然瞧见林佩珊的神情是冷静得和平常一樣，和前三者一樣，虽然是温柔地微笑着，可是这微笑顯然不能加以特殊的解释。于是范博文另一种蚂蚁爬的滋味又在心头涌来，他又忽然记起了他方才说的话了：

「我就不懂為什麼荪甫不赞成你和我——」

「那是荪甫的事，不必再講了！」

林佩珊搶着说，打断了范博文的未完之言。然而她的臉色和口吻依然没有什麼例外的不高兴，或例外的紧張。

范博文心一跳，觉得奇怪。等他停了一會兒，看见林佩珊又不開口了，他便再問：

「我更不懂什麼叫做现在便是瑶姊也不肯。」

「我也不懂呀！姊姊是怎麼说，我就照樣講给你听。谁又耐烦去多用心思！」

这样说出来好像是第三者的态度，却把范博文激怒了。他用了很大的努力，这才不再使用「诗意」的俏皮话，简简直直的对林佩珊说：

「你这是什么话呀！怎么跟姊姊说什么，你就这样背一遍，又是不耐烦去多用心思？好像是和你不相干的事体！好像你不是你，再成了别人去了！——珊妹，你[redacted]应该[redacted]有你自己！[redacted]你自己的意思怎样呢？你一定要有你自己呀！」

「我自己就在这里，坐在你旁边。这好半天和你说话的，就是我自己！——但是说另外还有我自己呢，我就从来不知道，从来也就不想去知道的。姊姊对我说了许多话，又嘱咐我要守秘密，但既然你问我，并且姊姊的话也带连着你在内，所以我到底也搬背了一遍。你问我是什么意见？——好呀！我向来没有什么一定的意见。我觉得什么都好，什么也都有点不好。我向来是不爱管别人的什么意见。——怎么？你还不满意，还觉得不够么？——那就太难了！」

林佩珊微笑着说了这么一大段。她的语调又温柔又圆浑，因而本来有点气恼的范博文听了以后，似乎觉得心形很舒服。但有一点还逃不过范博文的注意，就是林佩珊[redacted]这番话依旧不曾说出她自己[redacted]对于那件事的[redacted]态度——特别是她对于自己、范博文的态度。

范博文叹一口气，又手着腰，看地下的草和林佩珊的玲珑圆凸的小腿。突然——不知道是什么动机，他将他手里的林佩珊的化妆皮夹打开，对着皮夹上装就的小镜子看。不太圆，也不太尖，略带些三角形，[redacted]很秀逸的脸儿，映出在那椭圆形的小镜子[redacted]上了。脸是稍现得苍白，但正在这苍白中，有一些忧郁的热动和经历[redacted]女郎们爱怜的情态。俄而镜子一动，那映像就不仅是整个的脸，而是眉毛和眼睛这样断面了。眉毛浓而长，配着也是长长的聪明睿智的眼睛，可是整个眉和眼合起来，又有抑郁牢骚的神情夹在修饰整齐中间。总之，二十[redacted]左右多愁善感[redacted]女郎们[redacted]的最爱的一张脸！然而假使也许阴沉天是最能吸引真不知世上有愁苦的十五六岁女们的喜欢，那是因为在这脸上还[redacted]有能会说俏皮话的两片薄嘴唇，常常是似笑非笑地嘻開着。——范博文對鏡看了一會兒，鬆一口氣，摺好了那化粧皮夾，抬起頭來又望林佩珊。溫柔的微笑尚停留在林佩珊的眼睛嘴角。而且從她那明如秋水的眼睛中，范博文似乎看見了他們倆已往的一切親暱和無猜。難道這一切都能因為吳蓀甫的「不贊成」就取消了麼？都能因為吳少奶奶的「也不贊成」就取消了麼？不能的！范博文忽然感到從來有過的興奮，激發了從來有過的勇氣了。他猛的抓住了林佩珊的手，叫道：

「佩珊！佩珊！珊！」

似乎理解作也和往常一樣的親熱玩笑，林佩珊身作不動，也沒開口，只用眼光答應了范博文的略帶些熱情的呼喚。而這眼光中分明含有一些別的成分，分明是在想着什麼別的事，並且和目前這情境相距很遠。范博文卻也並沒覺得。他只感到林佩珊的手在他的手掌中是比尋常不同地又溫又軟，而且像有一種麻辣辣的電力。要到他們沒手拉着手是家常便飯，但此時卻有異樣的感覺了，范博文側過頭去，很想出其不意地偷一個吻。可是剛把頭貼近林佩珊的耳邊，范博文的勇氣突然消失了。林佩珊的嬌嗔應該聽到。于是他把這動作轉變為一句問話：

「瑤妹是現在不肯？為什麼呢？」

「啊喲！說過我也不懂呢！」

林佩珊出驚似的急口回答，又笑了。然而這句話的究猾的神情也是很顯然的，范博文辨着這味兒，忽然以為這句回答的背後的意義彷彿竟是「一切由你，在我是無可無不可的」，他忍不住心跳，臉上也有點熱烘烘。他貪婪地看着林佩珊，從臉到胸部，又從胸部到臉，一切都是充滿着青春的誘惑的光微和溫潤。這樣的感想也突然飛過他的迷亂了的神經：如果用一點強迫，他這「珊妹」大概是無抵抗的罷？他考不多想来一个动作了。但不幸他们背后的扁柏树丛中忽地起了一阵脊脊索索的声音，范博文全身一震，那野心便又死去。

此时骤然吹来了一阵凉风。对面树上有什么鸟儿在叫。一群鸽子扑扑地飞到范博文跟前，他们在草地上像散步似的慢慢的走，又侧站住了看看他们。范博文的注意便移到了鸽子，并且觉得这些鸽子颇有「诗人」的风姿，便又想做一首短诗。

始终若有所思的林佩珊忽然独自异样的笑了一声，轻轻摆脱了被范博文握着的一只手，站起来说：

「我要回去了！这木椅子，坐久了骨头痛！」

范博文的诗意被立刻打断了，他慌慌张张也站起来，看着林佩珊，不很明白为什么她突然要回去。无缘无故这里对于他的「问题」的解决并没有多大帮助，——他两次的胆大的决定都终于成为泡影，但两个人悄悄地在这里定是就很合于他「诗人」的脾胃。他直不愿意走。但是因为他向来没有反对过林佩珊的任何主意，现在他也不能反对，他只能对着林佩珊叹一口气。

依照向来的习惯，他这无聊的温柔的抗议，可以引出林佩珊的数句话，因而事情便往往就有转圜的可能性。但今天林佩珊却不同了，她从范博文手里取过了她的化妆皮夹，就毫无情意地说道：

「我是要回去了！看看此看什么的，都叫我生气！」

更不等范博文回答，也不招呼他同走，林佩珊旋转身体，很快的就跑向园子里的大路上去。散步的情侣，树木遮没了林佩珊的身形。范博文茫然地向前挪移了几步，可是回顾四望，林佩珊已经跑得全无影踪。

异样的惆怅将范博文钉住在那地点，经过了许久时候。他最初是打算一直跑出去，直到公园门口，再在那里等候他的「珊妹」；但男性的骄傲，——特别是对于一个向来就拉闹气惯了的女子发生龃略[redacted]時候[redacted]男性的色氣，將范博文的腳拴住。

[redacted]像失落了什麼似的，他在公園裡走來走去。游客漸多，太陽西斜，全[redacted]是成双作对的。他們把疑問而嘲笑的眼光射到范博文身上，嘈嘈嘀嘀的在他身边擦过，把歡笑的氣息充滿了空氣中。這一切，都使范博文又妒又恨，特別是那些男子都像他所憎厭的市儈與大腹賈。在這批心滿意足的人們面前，他真感到無地自容。

回是公館去再找林佩珊斷跟麼？范博文覺得那就是太不把自己当一个人！回到他自己在大來飯店[redacted]包定的房間麼？他又是一百二十个不願意。他這位灑脫慣了的詩人在此時忽然感到有一个家——父母兄弟姊妹的家，到底也還有些用處。然而他都沒有。他成為世界上最孤獨的人！于是詩人們在苦悶中常有的念頭——「死」，便在他意識上一点一点擴大作用。他垂頭踱着，他的富丰的想像就緊緊地攫住了這問題中的「死」。在這天堂般的五月下午，在這有女如雲的兆丰公園，他——一个青年詩人，他有瀟洒的仪表，他有那凡是女人看見了[redacted]多少要動情的風姿，而突然死，那還不是十足的驚人奇事？那還不是會要引起公園中各式各樣的女性，娟秀的，妖艷的，多情善感的青年女郎对于他的美麗[redacted]僵尸而一掬同情之淚，至少要使她們的芳心跳動？那還不是詩人們最合宜的詩意的死？——范博文想來再沒有比這更好的办法使他的苦悶轉為欣慰，使他的失敗轉為勝利！

而眼前[redacted]恰好便是那个位置適中的大池子。而是一个好去処，到這公園的青年男女到此都要在長椅上坐一下。「做一次屈大夫罷！」——范博文心裡這樣想，便跑到那池子边。很使他稍感掃興的，是池子四周的長椅子上竟沒多少看得上眼的摩登女郎。数个西洋小孩子却在那裡放玩具的小木船。穿白衣的女孩子和穿灰色衣的男孩子擎起一条條有兩尺長紙作的帆的帆船放在池子裡，船上的紅色綢帆三道，饱喫着風，那条船便很威嚴地向前進駛了。厚得油一樣的池水便冲開一道细細的白纹。放船的孩子們跟着這小帆，沿池子跑，高声嚷着笑着。

詩忽又在范情文的心裏上一挑，他立刻得了兩句好詩；什麼「死」的觀念便退避了三舍，他很快完成了腹稿中的這首詩。但在他正從腦中寫出第二句的時候，驀地，風轉了方向，且又加勁，他手裡那小帆船向左一側，便翻倒了。

這一意外的變化，范情文的興奮和失望實在比放船的幾个兩個孩子要利害得多！人生的旅途中也就時時會遇到這種不作美的轉換方向的風，將人生的帆船翻倒！人就是不聲不響地被不可知的「風」支配着！范情文的心一擰，作勢地退後一步，身子一蹲，便有其他從他手裡跳了！他向四面看這時候，一个後悔又慨然撲上他的全心靈，並且這「後悔」又就是為一个人的聲音在後面叫喚着。

范情文索勢伸直身子回頭去看，原來不是別人，卻是吳芝生，相離三尺光景站在那里微笑。

自己也不知道為什麼，范情文臉上昔紅了。他偷眼打量吳芝生的神色，看明白了並沒什麼異樣，這才鬆過一口氣來，慢慢地走到吳芝生跟前，勉強笑了一笑，算是打招呼。

「就只有你一个人麼？——噯，獨自看人家放小船麼？」

吳芝生好像是有意，又好像是無心，但確是帶些不同的表情，冷冷地問着。

范情文不作聲，只勉強點一下頭。可是吳芝生偏偏又追進一句：

「當真是一个人來麼？」

范情文勉強再點點，又勉強逼出一點笑容。他很想避開，但想到有吳芝生作伴，到底比獨自東闖西蕩來較「有聊」，便又捨不得走。他惟一的希望是吳芝生換些別的話來談談。而居然「天從人願」，吳芝生轉換方向，嘆一口氣問道：

「你知道張素素的事麼？張素素！前幾天你說過她時常會流露『詩人氣分』」

「什麼？她的事！難道是她得了要命的流行病？」

「不是。她那樣的人，不會生病！是和李玉亭弄得不好呢！這位李教授叫她『失望』，她在那里納悶！」

范博文笑起来了。他心里真感谢吴芝生带来这么一个要题的新闻。他的俏皮话便又衔到嘴角边：

「就像一加一等于二，这是当然的结果！灰色的教授自然会使需要强烈刺戟的张小姐失望；但也犯不着有什么悲闷！那就很不配她的诗人有时会流露的气分！」

「但是你还不知道李教授对于张素素也感到失望呢！」

「什么！灰色的教授也配——」

「也有他很配的，例如在铜钱银子上的打算。」

「哦——又是和金钱有关系的？」

「怎么不是呢！因为李教授打听出张素素的父亲并不怎样有钱，所以他也失望了。」

范博文听了这话，张大了眼睛，好半晌不出声；然后忽地大笑起来，拍拍吴芝生的肩膀说：

「我——我就看不起资产阶级的黄金！」

「因为资产阶级的黄金也看不起你的新诗！」

吴芝生冷冷地回答，但故意装出十分正经的神气。范博文的脸上立刻变了颜色，——最初是红了一下，随后立即变成青白，恨恨地瞪了吴芝生一眼，他转身就走。显然他是动了真气。可是走不到几步，他又回来，拍着吴芝生的肩膀，挤出一种「英国玩笑」的脸孔，放低了声音说：

「我听说有人在那里设计把你和小姗撮合起来呢！」

然而吴芝生毫不动气色，也是不经意地看了范博文一眼，慢吞吞回答：

「我也听了一些相反的议论。」

「怎麼相反的[redacted]议论？告訴我！告訴我！」

「當今之世，不但男操女，女亦操男；不但男子玩弄女子，女子亦玩弄男子！」

范博文的臉色又立刻變了。只差沒有轉身就走。他認定了今天于他不利，到處要碰釘子，要使他生氣；並且他的諧謔天才也好像已經離開了他的身體，他自己也太令生氣。可是吳芝生卻裝作什麼都不理會，看定了范博文的臉，又鄭重地說：

「老實告訴你罷！林佩珊是在等著你！」

范博文禁不住全身一震，以為林佩珊並沒回家，還在公園裡等著呢。他慌忙問道：

「在那里等著我呢？」

「自然在她心裡。——等著你得到了諾貝爾文學獎金！」

說著這麼一，吳芝生自己也哈哈大笑起來了。范博文一聲不響，轉身就走。這回是當真走了，他跑到一叢樹木邊，一轉身就不見影蹤。吳芝生微笑著望了一會兒，也不免有點詫異這位「詩人」竟斜翹而去，再不回頭。他又呆住了一二分鐘，斷定范博文確是不像返了，他這才跑上了池子以西[redacted]的一个[redacted]樹木環繞像亭子一樣的土堆叫道：

「四妹！時間不很早了，要逛動物園，就得趕快走」

四小姐蕙芳正靠在一棵楊柳樹上用手帕揉眼睛。她一聲不響，[redacted]已看了吳芝生[redacted]一眼，就跟著他走。她的眼圈有點紅潤。走過一段路後，四小姐趕上一步，挨著吳芝生的肩膀，忽然輕聲問道：

「九哥！——他是不是想跳水呢？神氣是很像的。」

「我沒有問他。」

「為什麼不問呢！你應該問問他的。——剛才我們跟住他走了好許多路，不是看見他一路上瘋形瘋臉的神氣很不对麼？我们进来時碰見林二妹，她也像有心事。……」

吴芝生忽然大笑了。他看着他的堂妹子好半晌，这才说：

「范博文是不會自殺的。他的自殺擱在口頭，已经不知有过多少次了。刚才你看来他像是要跳水，其实他是在那里做诗呢！——即时行吟的新诗。像他那样的诗人，不會当真自殺的。你放心！」

「呼！干我屁事！要我放心！不过——」

四小姐脸红了，縮住了口，低着头只管走路。然而她的心裡却不知怎地就印上了范博文的又温柔又可憐的影子。她又落在吴芝生背後了。又走过一段路以後，四小姐低低嘆一口氣，忽然掉下一滴眼淚。

空一行

四小姐这無名的惆怅，也是最近三四天内總有的。她的心变成一片薄膜，即使是最瑣细的刺戟——任何人的歡樂或悲哀的波動，都能使她的心震抖。静寂独坐的時候，她感到张害似的悲凉；但混在人堆裡時，她又覺得难堪的威胁；似乎個個人都板起了惡的面孔在威胁她。世界上只有她一个是伶仃孤独——她時常这样想。她渴望有一个親人讓她抱住了痛哭，讓她訴說个暢快；这三天就像三年，她满心積了無數的話，無數的話！

也許就在自己已经感到孤独的悲哀这简单的原因上，她，四小姐，对于失意惆怅的范博文就孕育了深刻的印象了。但是跟着吴芝生一路走去的時候，因为了自己的怅惘，更因为了一路上不断的旷野的风景，她渐渐忘記了范博文那動人憂愁的態容了。等到进了动物園，站在那些欄前，看着那些巨大的黑熊像哲学家似的来来往往踱方步，有時又像一个大孩子似的直立起来提了提那个笨重的腦袋，四小姐便自己的怅惘也暫時忘却，她微笑了。

吴芝生碰到一个同学，两个人就谈起来。那同学是一頭茅草似的亂髮，面貌却甚为英俊，一边和吴芝生谈话，一边常常拿眼睛去看四小姐。漸漸地他們的談話聲音放低了，可是四小姐却在有意無意[redacted]中捉到了一兩句話：

「是你的『綁傘』罷？」

「不——是！靈妹子！」

四小姐羞地又臉紅了。她真的不知道什麼叫做「綁傘」，但從吳先生的回答裡又就猜出些意義來了；她羞答答地走開幾步，到轉過身子去看那猴子棚前。這是本洞房子大小的鐵籠棚，許多大小不等的猴子在那裡亂跳。四小姐在家鄉時也曾見過山東人把耍戲的猴子，她到現在還記得很明白的，是五六年前在[redacted]土地廟的香市中看見一隻常常會笑的猴子，一口的牙齒多麼白！但這也是她最後一次快樂的紀念，此後就因為她已經和[redacted]一樣長大，[redacted]吳老太爺不許她到再香市那樣的男女[redacted]混雜的地方。現在她又看見了「婦人」猴子，並且是那麼多的猴子，她那童年的往事便在記憶中重新轉來。她惘然站在那猴子棚前，很想找出一隻也是會笑的猴子。

然而這些猴子中間並沒一隻會笑。似乎也有幾分「都市人」的神經性，牠們只是亂竄亂跳，吱吱地歇斯底列地叫。四小姐感到失望，正想轉身去找吳先生，卻忽然[redacted]看見一種奇異的[redacted]景象了。在棚角的一個木箱子上，有一隻猴子懶洋洋地躺在那里，另一隻猴子[redacted]偏着臉正經的樣子，替那躺着的猴子捉虱子；從他們那親愛的神氣，猜也[redacted]這一對猴子中間是有些特別的關係，是一對夫婦！四小姐看得呆了；像是快慰，又像是煩惱，更像是異常[redacted]的酸癢味令聯想到，完全亂在她心裡翻滾！她不敢再看，卻又捨不得不看，她簡直癡了。直到吳先生的聲音響在她：

「[redacted]走罷！快要關門這里了！」

四小姐猛一怔，回頭癡癡地看着吳先生，不懂他說的什麼話。然後一點紅暈從她[redacted]白嫩的面頰中央笑時起一個渦兒的那地方，透出來了，很快地[redacted]到耳根和眼睛。被人家窺見了隱秘[redacted]又含羞又惶恐的心情直達到四小姐[redacted]只想哭。她努力擴展[redacted]不讓淚滴在眼眶裡，時那邊的淚珠往下掉，轉過身去順着腳步走，也不說一句話。動物園裡的遊客差不多已經走完，她也不覺得；她走了幾步，看見一張長椅子，她就惘然坐下，低了頭，把手帕掩在脸上。

「四妹，身上不爽快么？发动物园的人要来催我们走了。这里是五点钟就关门。」吴芝生站在四小姐旁边轻轻说，显然他并没了解四小姐的心情。常和林佩珊、张素素一般都市摩登女郎相处的吴芝生当然无从猜度到四小姐那样的旧式「闺秀」的幽怨和感触。但这是不足为奇的；奇怪的是他这不了解反使四小姐心里好像一松，而且他这温和关切的语调也使四小姐感到若干慰藉，她露出脸来，从晶莹的泪光中看着吴芝生，勉强笑了一笑，同时就也站起来，带几分羞怯，回答道：

「没有什么——我们回去罢。」

此时太阳已经有一半没入地平线，凉风吹来，人们觉得精神异常爽快。男女游客一批批的涌入这公园里来。照吴芝生的意思，还想再走走，或者到那个卖冰淇淋和荷兰水的大芦棚下喝一点什么。可是四小姐最怕人多，更怕那些成双作对的青年男女射过来的疑问似的眼光的一瞥，她坚执要回家了，——虽说到了家里，她亦未必感到愉快。

他们刚走过那池子边。现在这里人很多，所有的长椅子都被坐满。却在一棵离池子不远的大树边，有一位青年背靠着树干坐在草地上，头向下垂，似乎是睡着了。四小姐眼快，远远地就认得是范博文。吴芝生也已经看见是范博文了，微笑着点一下头，就悄悄地跑到范博文的背后，他询问似的向吴芝生看了一眼。吴芝生也不

着那棵树，伸出手猛地去掩住了范博文的眼。

「放手！谁呀？恶作剧！」——

范博文懒懒地很可怜似的说，身体一动也不动。四小姐跟在吴芝生背后，只是怔怔地看着。一会儿，她又轻盈地走到范博文的旁边。吴芝生把手更掩得紧些，却也忍不住笑出了声音来。

「吴芝生！——不会有第二个。猜得不对，就砍我的脑袋！」

「这不是你猜中，是我自己告诉你的。——再猜猜，还有什么别的人？」

这回范博文不肯猜了，用力挣扎，脸孔涨得通红。

「九妹，放了手罢！」

四小姐心里老大不忍，替范博文说情了。同时范博文也已经挣脱了吴芝生的手，跳起来揉一揉眼睛，忽然转身抓住了四小姐的手，亲亲热热鞠躬道：

「救命恩人！四小姐，谢谢你！」

四小姐赶快摔脱了范博文的手，脸上背转身去，立刻从眼角红到耳根，但又忍不住小声问道：

「你没有回去？范先生。——跑到这里干什么？」

「嗳——做诗。」

范博文回答。于是他又忘记了一切似的，侧着头，翻起眼睛看天，摆出苦吟的样子来。吴芝生看着觉得好笑，却没有笑出来，只对四小姐使了个眼色。范博文忽然叹一口气，把脚一跺，走到四小姐跟前，又说：

「我伤心的时候就做诗。诗是我的眼泪。也是会伤心，我的诗会有精彩！——但是芝生，真不要，打断了我的诗思。一首好诗只差一句。现在要整个儿完全忘记了！」

四小姐看着范博文一个字一个字的说出来，看着他的削苍白而惹人怜爱的脸孔。于是忽然四小姐的心抖动——是一种从未经验过的怪味儿的抖动。

「那么，请做诗罢，再会！」

吴芝生冷冷地说，挽着一只臂膊，转身就走。四小姐似乎迟疑一下，但对范博文瞥了一眼以后，也就怏怏地跟在吴芝生背后。范博文瞪着眼直望四小姐他们的背影。及至那背影将要迷失在人丛中的时候，范博文猛地大笑一声，追上去，一伸手就挽住了吴芝生的右臂，带几分央求的意味说：

「不做诗了。我们一块儿去逛不好么！」

「我们要回家去呢。」

四小姐例外地先开了口，对范博文一笑，随即又很快的低下头去。

「我也到——吴公馆去罢！」

范博文略顿一下，就决定主意。

一路上并没说什么话，他们三位就到了吴公馆的前面，恰好那扇乌油大铁门正要关上。管门的看见了是四小姐他们，便又拉开门，笑嘻嘻的说：

「四小姐，镇上有人来呢。说是逃出来的。」

这平平淡淡的两句立刻将四小姐思想上的浮云驱走。她不由得「呀」了一声，赶快就跑进大门去。家乡不幸的消息虽然三天前听得荪甫提起过，但好像太出意外难以置信似的，四小姐总不曾放在心上。此时她仿佛骤然睁开眼来，就看见了无论如何不能相信的惨变，她的脸色也转成灰白。

大客厅上挤着许多人，都是站着，嘈杂地在问在回答。最先映进四小姐眼帘的，却是曾小驹子。这者伙儿穿一件灰布长袍子，又要回答吴少奶奶，又要回答七少爷阿萱，简直是忙不过来。四小姐走到吴少奶奶身边，只听得曾小驹子气喘喘地做着手势说：

「就是八点钟，呢，总有九点钟了，少奶奶，是九点钟，警局去火烧了。——没有何警长的两架机关槍，那些亂民，那些變兵，大概不會燒宏昌。少奶奶，你說不是麼？機關槍就架在宏昌更樓邊，——達達達地，真可怕！我們將有甚麼事呀！——」

「喂，喂，小鬍子，到底我的一箱子小書呢？你總沒說到我的一箱子小書！」

阿萱扭住了費小鬍子的臂膊，搶進來說。

費小鬍子的眼睛一翻，怔怔地看著阿萱，不明白什麼「小書」。吳少奶奶卻笑了。四小姐也乘這空兒問道：

「當真也全鎮都搶白了麼？我不相信！那麼大一個鎮！就燒了宏昌當麼？我們家裡呢？」

「四妹，家裡沒燒。噯，兵變！——費先生路上也辛苦了，讓他息一息，等歇再回來再談罷。」

吳少奶奶一面說，一面她的眼神忽然散亂，似乎有什麼[redacted]難以解決的問題纏住了她的心了。她凝眸惘然呆立半晌，這纔勉強收束心神，逼出一個苦笑，對費小鬍子作了一個「請坐」的手勢，就[redacted]地走開了。

這裡，阿萱還是纏住了費小鬍子追問那一箱子小書。四小姐的注意卻轉到廣場等在窗前的一群少年：范博文，吳芝生，杜學詩，還有一位不認識的制服青年。他們都在那裡聽一個人講述亂民和變兵如何攻打宏昌當。四小姐聽來這人的聲音[redacted]很耳熟，但因為他只看見的背面，竟想不起是什麼人了。俄而他[redacted]轉過一個側形來，露出他的一張長臉，卻又是縮鼻子，大招風耳朵，頭髮像鬃刷。四小姐立刻認出是曾家駒。她幾乎喊出來了：「啊喲！」她是最討厭這曾家駒的，現在雖然因為他也是剛從[redacted]雙橋鎮逃來，彷彿有點離亂中相逢的好感，但仍是不大願意見他，更不願意和他[redacted]談敘了。躊躇了一會兒以後，四小姐就走進大客間，揀一張靠近門口的椅子坐了，[redacted]背向著曾家駒他們，卻豎起了耳朵聽他們的談話。

「那麼，你是從變兵手裡奪了手槍，又打死了幾個鄉下人，這才逃出來的？嘿！你倒真是了不得！」

是范博文的冷冷地帶著譏諷的聲音。

「不錯。我的手腳倒還來得。」

「可是尊大人呢？與你剛才所說那種力敵万夫的氣概，應能夠保護尊大人出險！怎麼你就單單保全了自己的一張皮呢？還有你的夫人，你的令郎，你也都不管？」

杜學詩這話可更辣了，他的貓臉上的一對圓眼睛拎[redacted]起了，很叫人害怕。

料不到竟會發生這樣的責難，吃了十天的雷家駒無論如何不能不忸怩了。但這就是他的天賦，他立刻想了一個極冠冕堂皇的回答：

「哦——那個，他們都不礙事的。沒有什麼人認識他們，往相好人家[redacted]一躲不就完事了麼？比不得我，在鎮上名氣太大，走來走去都是熟人，誰不認識雷家二少爺！」

「對了！正要請教雷二少爺在雙德橋上担任什麼要職？是否一定是『鎮長』，再小，我知道你也不幹。」

又是范博文的刻薄的聲調。他一面說，一面用臂肘子[redacted]碰碰吳芝生的肩膀，又對杜學[redacted]詩眨眼。

另外[redacted]那位穿洋服的青年——他是杜學詩的大姪子，杜竹齋的令郎，剛剛從法國回來的，卻站在一旁露出冷眼微笑，臉滿是什麼也看不慣的神色。

這回雷家駒更顯得忸怩了。他聽得范博文說什麼「鎮長」，本來倒（新鑄）有點詫異；因為他是一竅不通的渾蛋，可是雙橋鎮上並無「鎮長」之流的官兒，他也就明白。但當他對范博文細細打量一番，看見是一位穿洋服的時髦不凡的人物，他就立刻想到一定是自己見識不廣，這位范博的話絕不會毫無來歷。于是他勉強一笑，也不怕自己吹牛吹豁了邊，擺出了不得的神氣，趕快正色答道：

「可不是麼！[redacted]就是鎮——鎮長。當真小事件我也不幹，那還用說！可是，我又是第二十三名的遊介！」

雷家驹已经从袋里掏出两张纸片来，一张是他的名片，另一张就是他新作的「灵感」。他将这两样东西摊平在他那又黑又大的手掌上，在范博文他们的眼前移过，好像是请他们鉴赏。最后两个字是特别用力的。大家都不懂「这个」是什么。「灵感」是读而且绕了，名片却是簇新的，是雷家驹从新铺里这了二天一夜的间赶印起来的。杜学诗劈手就抓了过来，一细看，那边范博文却喷出一口大笑来。他的眼光快，不但看明白了一张是诗，还看明白名片上的一行小字是「某省某县第某区公所第二十三名党员」。

杜学诗很生气似的把两张纸片扔在地下，就骂道：

「见鬼也看明白了！中国都是被你们这班人弄糟了的！」

「呵呵！小杜！你不要作孽。人家是比看这个老子老婆还要宝贵哪！」吴芝生一向没有说过话的也加进来说，又鄙夷地射了雷家驹一眼，就挽住了范博文的臂膊走进大客厅去了。剩下的杜氏叔侄也跟了进去，砰的一声，小杜用脚将门碰上。

这四个人一窝蜂拥到大客厅前面的窗口沙发里坐下，竟没看见独坐在门边的四小姐。他们刚一坐下，就放声大笑，杜学诗在哄笑中夹着咒骂。范博文的位座刚好对着四小姐，就先看见了。他赶快站起来，指着那三位向着说：

「你们猜一下，这里还有什么人？」

「还有印在你心上一个，却不是人，是时刻不忘的 Poetic and Love 的混合！」

吴芝生随口回答。可是范博文竟不敢反唇相稽，只把身子一闪，闹张了红脸的四小姐就被大家都看见了。

吴芝生是第一个不好意思，他就站起来搭讪的说：

「四妹，我来给你介绍，这是位杜竹斋姊夫的少爷，杜新箨。」

「法国留学生，万能博士，会做诗，也会养蜂，又是美术家，又是巴枯宁主义者，又是——」

范博文拍着杜新箨背诵那衔，可是还没完，他自己先笑起来了。

杜新籜不笑，却也不显得窘，很大方[redacted]的样子对四小姐鞠躬，又伸出一只手去。可是看见四小姐的一双手都贴在身旁不动，而且回答的鞠躬也多少带几分不自在，这杜新籜柔和地一笑，便也很自然的收回来手。他回中国来仅只三天，[redacted]但中国是怎样複雜的一个社会，他是向来了解的，也许就为的这一层了解，所以在外国的三年中，他进过十几个学校，他试过各项的学科[redacted]園艺，养鸡，养蜂，採礦，河海工程，纺织，造船，甚至军用化学，政治经济，哲学，文学，艺术，医学，应用化学，一切一切，都他热心过几个星期或几天，「万能博士」的雅号就是这么来的；如果他说曾经在外国学得一些什么特殊的，那就是他自己方式的巴枯寧主义——「什么都看不惯，但又什么都不在乎」的那种人生观，而这当然也是他的「万能」中之一。

他有理想么？他的理想很多很多。说得正确些，是当他躺在床上的时候，他有异常多的理想，但当他离开了床，他就只有他那种「什么都看不惯，但又什么都不在乎」的气质。他不喜欢多说话，但有时，确是个温柔可亲的人物。

当下因为四小姐的被「发见」，那五位喜欢说话的青年倒有一会儿的沉默。杜新籜当然不喜欢夹在人堆里抢话来说，可是大家都不出声的时候，他也不反对自己说几句，让空气热闹一点。他微笑着，轻描淡写的说：

「一个刚到上海的人，总觉得上海的地方是不可思议的。各式各样的思想全有在上海。譬如外边的麦歇僧，——唉，你们都觉得他可惜，实在这样的人也最可怜。——四猿，你自然认识他，我这话可对？」

四小姐真[redacted]没想到这么一位比她自己还大几岁的绅士[redacted]风的青年竟称她为「猿」，她不由得笑了一笑。看见四小姐笑，范博文也笑了，他在杜新籜的肩头拍一下说：

「大世兄老籜呀！我可不便奉居姻叔之列。」

「又是开玩笑，博文！——都是你们开玩笑的人太多，把中国弄糟了的！我是看着那姓曾的就不高兴，想着他就生气！不是他刚一到我就对你们说这人是浑蛋？果然！我真想打他。[redacted]要是在别的地方，刚才我一定出手了。」

杜学诗抬起眼睛，鼓着腮儿说。他就是生气时候那股劲儿叫人看着发笑。范博文立刻又来了一句俏皮话：

「对了！打他！你就应该打那曹野马。为的你虽然是『铁掌』，未必他也是天字第一号的厚脸！」

「可是杜少爷，曹家的老二就是顶讨厌人。贼忒忒的一双眼睛。——嗳，到底不晓得镇上怎样了！」

四小姐好像惟恐范博文和杜学诗会吵架起来，心里一急，就居然摆脱了腼腆的拘束，想出这样的话来中间岔开。于是谈话就暂时转到了双桥镇的匪祸了。杜新箨照例不多开口，只是冷观微笑，却也对于范博文的几次警语表示赞许。在某一点上，这两个人原是合得来。杜学诗不满意他的哥哥，正和不满意范博文一样，他叫道：

「不许你再开口了，博文！议论庞杂，就是中国之大患。只有把中国放在强有力的铁掌中，不许空谈，才有办法。什么匪祸，都是带兵的人玩忽，说不定还有『养寇自重』的心理——」

「然而人人都得吃饭，那也是没有办法的。匪祸的普遍，原因就不简单。」

吴芝生赶快又来一声。他的始终坚持的意见是生产品分配的问题不解决，中国政局总不免于乱。

「对了。人人都得吃饭。——唉，都是金钱的罪恶。因为了金钱，双桥镇就闹匪祸了；因为了金钱，资本家在田园里造起工厂来，黑烟蔽天，损坏了美丽的大自然；更因为了金钱，农民离开了可爱的乡村，挤到都市里来住龌龊的鸽子笼，把做人的性灵汩没！」

范博文又发挥他的「诗人」的崇拜自然。他一面说，一面瞅了四小姐一眼。四小姐不很懂得范博文这些话的意义，但又在范博文脸上闪着的那种忧悒感伤的色彩很使四小姐感得更深的趣味，她从心里笑出来。

杜学诗撅起了嘴，正想不许范博文再开口，忽然有一个人闯进来，却是林佩珊，手里拿着化妆皮夹，像是刚从外边回来。她的第一句话是：

「你们看见大客厅里有一匹野马不是？还有一尊土地菩萨。我疑心是走错了路了！」

大家都哄然笑起来。林佩珊扭着腰旋一个半圆圈，看见了这里有范博文，也有杜学诗，她的活泼忽然消失；

她啮着嘴唇[redacted]微微一笑，就像一阵清风似的掠过大客间，从旁边的门出去了。

她又跑上楼，直闯进她姊姊的房间。[redacted]見紫色[redacted]紗丁的第二層窗幃全已放下，房间裡是黑魆魆的。林佩珊[redacted]按墙上的電灯[redacted]鈕，一片光明將斜躺在沙發上沉思的吳少奶奶驚覺。[redacted]

兩姊妹对看了一下，都就没有说話。忽然林佩珊跳步向前，挽[redacted]住了吳少奶奶的頸，半跪在[redacted]沙發嬌笑，很急促地細氣叫道：

「阿姊，阿姊！他，他，今天对我说了！怎麼办哪？」

吳少奶奶不明白妹子的意思，轉眼看定她的像是慌張又像是憂悶的面孔。

「就是博文呀！——他说，他愛我！」

「那麼你到底愛不愛他？」

「我麼——我不知道！」

吳少奶奶忍不住笑了。她把手摸一下，握住了林佩珊的一隻手，正想说什麼，可是林佩珊又加一句：

「我觉得每个人都可愛，又都不可愛。」

「不要亂说！」

「這话不对麼？」

「对也許对，但是不能夠這麼想。因為你總得结婚——總得挑定一个人做你終身的伴侶。」

林佩珊不作声了。她側着頭想了一想，就站起来懶洋洋地说：

「老是和一个人在一处，多麼單調！你看，你和姊夫！」

吳少奶奶吃驚地一跳，臉色也變了。兩件東西從她身旁滾落到沙發旁的地氈上，一本破爛的少年維特之煩惱和一朵枯萎的白玫瑰花。吳少奶奶的眼光跟著也就注在這兩件東西上，癡癡地看著。暫時被林佩珊打斷了的噁心的往上擾此時是加倍強烈地在揉她搓她。

「你說姊夫不贊成情文不是？」

林佩珊終于又問，但口氣好像是談論別人的事。

吳少奶奶勉強抑住了心上翻滾的煩悶，仰臉看她的妹子。過了一會兒，吳少奶奶方才回答：

「因為他已經找了比情文更好的人。」

「就是你說過的杜學詩麼？」

「你自己的意思呢？」

「我不知道。」

吳少奶奶聽得又是一个「不知道」，又看見妹子的眼光閃閃有點異樣，便以為妹子還是害羞，不由得笑了起來，輕輕地追問道：

「對阿姊也不好說真話麼？你說一个字就行了。」

「我想來，要是和小杜結婚，我一定心裡還要想念別人——」

在這裡，林佩珊一頓，臉色稍稍有些異樣。吳少奶奶卻聽著這樣的話又禁不住心跳。可是林佩珊忽而吃吃地笑著，轉過身去，似乎對自己說：

「結婚的是這一个，心裡想的又是一个，——啊，啊，這多麼討厭的事呀！——阿姊，阿姊！」

林佩珊這樣嚷著又跳過身來，把兩手放在她姊姊的肩頭，像一个小女孩子似的就將她自己的臉貼到她姊姊的臉上。吳少奶奶的臉熱得像是火燒！林佩珊撒嬌退一步，看見她姊姊的臉色不但[redacted]紅中還青，而且晶亮亮的淚[redacted]珠也掛在睫毛边了。林佩珊驚惶地看著，[redacted]說不出半句

話。漸漸地，吳少奶奶的臉色又轉為可怕的蒼白。她在[redacted]淚光中看見站在面前的這位妹妹仿彿就是她自己

未嫁前的影子[redacted]一樣的面貌身材，一樣的天真活潑而帶些空想，並且一樣地站在「矛盾生活」的[redacted]陷坑的边上。[redacted]

[redacted]難道兩姊妹就連命運也將相同麼？——吳少奶奶悲痛地這樣想。她顫著聲音迸出一句問話：

[redacted]「珊，你想的是誰呢？告訴我？」

「也不是。我不知道！姊姊，我要[redacted]哭[redacted]——我只想哭！」

林佩珊[redacted]突然抱住了吳少奶奶，急促地說，聲音也有点顫，可是她並沒哭，只要

搖地叫了一聲，忽然放開手[redacted]笑了一聲，便又縱縱跳跳跑出[redacted]去了。

吳少奶奶直瞪著房門上那一幅幌蕩的藍色門簾，[redacted]中，她對自己說：[redacted]

[redacted]張大了嘴巴，似乎想喊，[redacted]可是沒有出聲；兩粒大淚珠終於奪眶而出，掉在她的手上。然後她又舉目看地

瓶上的那朵被剝那朵枯萎了的玫瑰花，一陣難以抵擋的悲痛揉斷了她的柔腸，她仆在沙發[redacted]裡，在迷惘[redacted]中呻吟[redacted]

「珊？[redacted]珊[redacted]你能代替我麼？——不能麼？[redacted]聽說滬海線上炮火利害，打死了也就罷了！罷了！[redacted]

——可是，可是！他不說就要回上海麼？呵，我怕見他！呵，呵，饒恕了我罷，放開我罷！讓我躲到什麼地方去罷！」

[redacted]

七

是三天以後了。從早上起，就沒有一点風。天空擠滿了灰色的雲塊，呆滯滯地不動。淡黃色的太陽光偶

抹了一下臉，就又趕快躲過了。成群的蜻蜓在樹梢飛舞，有時竟撲到紗窗上，那就驚動了爬在那里的蒼蠅，嗡的一聲，都飛起來，沒有去路似的在窗前飛繞了一會兒，仍復爬在那綠色的鐵紗上，伸出兩隻腳，慢慢的搓着，好像心事很重。

鐵紗窗內，就是那陳設富麗的吳少爺的小客廳。吳蓀甫獨自一人在那里踱方步。他臉上的氣色和窗外的天空差不多。他踱了幾步，便然站住，向客廳裡的大鐘看了一眼，自言自語的說：

「十一點鐘了！怎麼不來電話？」

他是焦急地盼望着趙伯韜和杜竹齋的電話。他們的公債投機就在今天決定最後的勝負！從前天起，市場上就佈滿了中央軍在隴海線上勝利的新聞。然而人心還是觀望，只有些零星小戶買進，漲風不起。昨天各報紙上大書特書中央軍勝利，交易所里市一聲開拍，各種債券就漲上二三元，市場中層層的人頭攢擠，呼喊的聲音就像前衝鋒，什麼話也聽不清，只看見場上伸出來的手掌都是向上的。可是趙伯韜他們僅僅放出二百萬手，債價便又回跌，結果比前天只漲起半元左右。這是拋空的大戶空頭還想拼一拼，他們要到今天再看風色來補進。吳蓀甫他們的勝負因此只在這十二小時之內。明天是交割期！

吳蓀甫皺起眉頭，望望外邊陰霾的天空，隨即表示了「隨他去罷」似的微微一笑，就踱出小客廳，跑到他的書房裡打電話給廠裡的屠維嶽。在這一條戰線上，吳蓀甫勝利的較有把握，但今天也是最後五分鐘的決勝期。屠維嶽和莫幹丞就在今天上午九時要切實解決那已經拖延了快將一星期的事怠工。

剛剛把電話耳機拿到手裡，書房的門開了，頷下有一撮小鬍子的長方臉兒在門縫中探一下，似乎請示進止。吳蓀甫掛上了電話耳機，就喊道：

「曉生，進來！有什麼確實消息沒有？」

費小鬍子卻不回答，挨身進來，又悄悄地將門關上，便輕着腳尖走到吳蓀甫跟前，兩隻眼睛看着地下，慢吞吞地輕聲說：

「有。不好呢！還是遲了，商家都沒開市。省裡派來的軍隊還駐在那裡，不敢開到鎮上去——」

「管他算隔壁賬！到底損失了多少？你說！」

吳蓀甫不耐煩地叫起來，心頭一陣煩悶，就覺得屋子裡陰沉沉的怪淒慘，一伸手便旋開了寫字桌上的淡黃綢罩子的大電燈。一片黃光落在吳蓀甫臉上，只見他的臉色紫裡帶[redacted]青。他的獰厲的眼睛上面兩道濃眉毛簌簌地在動。

「損失呢——現在還沒弄清。看得見的，可就不少了；宏昌當，通源錢莊，油坊，電廠——」

「嗤！總多搶了不是？這——還用你再說！我要的，是一篇損失的細賬，不要囫圇數目！雙橋你這次回鎮去了三天就只帶來這[redacted]麼幾句話？三天！還沒弄清？」

吳蓀甫含說含生氣，就在書桌上拍了一下。他倒確不是為了損失太大而生氣，不，一二十萬金的損失，他還有些經一下眉頭就[redacted]坦然置之的氣度；現在使他生氣的，確是費小胡子的辦事不敏捷不實際。再者，吳蓀甫急于要知道家鄉劫後殘餘究竟還有多少，庶幾他能夠通盤籌畫來應付這近來[illegible]節的漸見緊迫的經濟。

看見費小胡子不出聲，吳蓀甫接著又問：

「我們放出去的款子，估量來還可以收回幾成呢？」

「這個，——七成是有的。鎮上市面還算沒有多大的糟糕。就只米店和布店總得擱淺。另外各業，損失不多。我們放出去的賬，總有七成可以收回。況且鄉裡是沒有遭難。……」

「你為什麼不早說呢！」

吳蓀甫又打斷了費小胡子的話，口氣卻平和得多，而且臉上也掠過一些笑影。他的三個問題——廠裡的怠工，交易所裡的鬥爭，以及家鄉的匪禍，總算有一個已經得了眉目；還有七成的殘餘，那就是說[redacted]還有六七萬現款由他可以支配，吳蓀為鼓

區區，可是好像調遣軍隊準備進攻的大將軍似的，他先就點明白了自己的實力，他的進攻的陣勢也就有法子[redacted]布置。[redacted]

「電廠裡壞了一架馬達——」

費小鬍子慢吞吞地又說，眼睛仍舊看在地下。但是他這話還沒完，猛然一個電閃在窗外掠過，接著就是轟隆隆一聲暴雷，把小書房裡的壁牆都震動了。奔馬[redacted]般的驟雨也跟著就來。費小鬍子的太低的語音就被這些大自然的咆哮聲完全吞沒。而正在這時候，一個人闖進書房來，滿臉上綴滿了細汗珠，那是杜竹斋。

「好大的雷呀！難怪電話也不靈了！蓀甫，你的電話壞了罷？」

杜竹斋一邊走，一邊說，在蓀甫對面的沙發裡坐下，就掏出一塊大手帕來蓋在臉上，用勁揩抹。這是他碰到什麼疑難時常有的姿勢，目的不僅是拭汗。

吳蓀甫看了杜竹斋一眼，就明白交易所的情形來得順利。他微微一笑，心裡倒反安定起來。失敗或勝利，只在一二個鐘內就可以分曉，像他那樣氣魄遠大的人照例是反倒鎮靜的。他回頭對費小鬍子擺一下手，就吩咐道：

「曉生，你要立刻回鎮去，把現款統統收齊，有多少是多少，就立刻匯來！廠電裡壞了一個馬達，我明天就派人去看。總該可以修理的。——今晚上你要趕到雙橋鎮！你去另雇一條汽油船，一點鐘以內就要開船！好了，去罷！」

「是——」

費小鬍子苦笑著臉回答。他剛開輪船過來不到一個鐘頭，坐下來伸一個懶腰的工夫也沒有，現在又要他去再上什麼汽油船去受震盪，他真有點不情願；但是吳蓀甫的脾氣，就是那麼大急，而且毫無通融，費小鬍子只好把一口悶氣往肚子裡吞，抖抖衣服就走了。這裡，吳蓀甫與杜竹斋就談起交易所方面的經過來。

電閃，雷鳴，雨吼，充滿了書房，說話對手聽不[redacted]到。吳蓀甫就憑杜竹斋嘴唇運動的姿勢，知道了一個大概。當杜竹斋的嘴唇皮略一停頓的時候，吳蓀甫忽然冷笑著大聲喊道：

「還有新空頭跳出麼？他們見鬼呀！」

「所以事情是奇怪！我從沒見過這樣瘋狂的市面！要看下午的一盤！」

「我们手上还有多少？」

「四五百万！我们一放，涨风马上就会变成回跌！不放出去呢，有什么办法？」

「说了放出去罢！反正没有办法呀！」

「怎么不！你忘记了我们付出过三十万么？」

「自然记得。每人不到八万银子，就算是报效了军饷罢了！」

吴荪甫冷冷地说，站起来在书房里踱了几步。此时雷声已止，雨却更大，风也起了；风夹雨的声音，加之满园子树木的怒號，杜竹斋默然坐着，恍惚又在人声鼎沸的交易所市场里了：成千成百紫涨流汗的脸儿像在他眼前，空气恶浊到叫人脑昏目眩。而这一切，都是为的有他和赵伯韬等四个人在幕后作怪，而他们自己亦弄成放火自烧身，看来是不得了的！杜竹斋摇一下头，忽然叹口气说道：

「我真不懂，许多大户空头竟死拼着不肯补进去！我又不懂，昨天就是交割，今天上午还有新空头跳进！」

「什么新空头跳进，也许就是赵伯韬弄的玄虚罢？」

忽然吴荪甫转身过来看定了杜竹斋说，同时将右手在桌子上拍一下。杜竹斋慌慌张张站起来，脸色也变了；他真是被交易所里的叫嚣和汗臭弄昏了，始终不曾往那方面去猜度。他又气又发急：

「哦，哦！那个，也许是的！那真岂有此理了！」

「我们上了当了！哈，哈！」

吴荪甫仰天狞笑，大声叫起来。此时又一个霹雳像沉重的石子似的落下来，所有的人声都被掩没。杜竹斋摸出雪茄来燃上了，猛抽了一口，慢慢地说：

「要真是那么一回事，老赵太不够朋友了，我们一定和他不干休的！但是，荪甫，且看午后的一盘，究竟怎样，要到下午这一盘里才能明白，此时还未便武定呀！」

「只好这么希望了！」

「不是希望，还是有数的把握的！我就去找尚仲礼去。吃过了中饭，我再到交易所看市面！」

杜竹斋说着就站起来走了，吴荪甫跟着也离开了书房。但是走到大客厅阶前，正要上汽车的时候，杜竹斋忽又回身拉着吴荪甫到小客厅里，郑重地问道：

「费小胡子去了来怎么说呢？损失多少？」

「详细情形还是一个不明白。」

「你刚才不是叫他立刻回镇去么？」

「叫他回去收集残余，都[redacted]调到上海来。我现在打算集中实力，好弄那个信托公司作大本营来干一番！」

吴荪甫微笑地回答，脸上的冷冷气色又一扫而光了。杜竹斋沉吟了半响，忽又问：

「那么，朱吟秋方面，你是积极进行一定要的？你认定[redacted]没有风险？」

吴荪甫不回答，只望了杜竹斋一眼。

「丝厂什么的，我是外行；可是看过去，实业前途总不能乐观。况且朱吟秋也不是糊涂虫，他的机器现在值多少，他难道不明白，我们想用二十万盘过来，他怎么肯？他这人又很刁赖，要从他手里挖出什么来，怕也是很麻烦的罢？前几天他已经到处造谣，说我们计算他，刚才从赵伯韬嘴里露出一点口风，朱吟秋也在和老赵接洽，想把他的机器抵借十几万来付还我们一个月到期的乾茧押款——」

说到这里，杜竹斋略一停顿，弹去了手里的雪茄烟灰，转脸看着窗外。筛了粗细的雨条密密麻麻挂满在窗前，天空却似乎开朗了一些了。杜竹斋回过眼来，却看见吴荪甫的脸上浮起了狞笑，突然问道：

「老趙答應了他麼？」

「大概還在考慮。目前老趙為的是正和我們打公司，表面上很客氣，他對我表示，要是朱吟秋向他一方面進行的押款會損害到我們的債權，那他就拒絕——」

「竹齋！一定招呼老趙拒絕！」

「就是為此我要和你商量呀。我以為企業目前情形不好，還是暫且保守。朱吟秋如果能夠從老趙那里通融來還清了我們的十五万押款，我們也就罷了嘛。」

「不行！竹齋，不能那麼消極！」

吳蓀甫斗的跳起來說。此時一道太陽光忽然從雲塊的罅隙中間射出來，通過了那些密密麻麻的雨簾，直落到大客廳裡，把吳蓀甫的臉照成了赭黃色。雨還是騰騰地下着。吳蓀甫用了壓倒雨聲的宏亮聲音繼續嚷道：

「我們用了九牛二虎之力，想把朱吟秋的乾繭擠出來，現在眼見得乾繭就要到手，怎麼又放棄了呢？竹齋，一定不能消極！叫老趙拒絕！給朱吟秋放款，我們的信托公司有優先權，那是十五万的乾繭押款合同上載明了的。竹齋，我們為了這一着，利息上大大讓步，只要了月息五厘半。竹齋，告訴老趙，應當尊重我們的債權！」

杜竹齋望着吳蓀甫的面孔好一會兒，他這才從嘴角拔出雪茄來，鬆一口氣說：

「只好走了一步再看了。眼前是公債方面要緊，我就去找韓孟翔了罷。」

雨是小些了，却变成濛霧一樣的東西，天空更加灰暗。吳蓀甫心裡也像掛着一塊鉛。公債市場瞬息万变，所以希望是並沒斷絕；然而據昨天和今天上午的情形看來，頗有「跌！跌！」的趨勢，那就太可怪。這種現象，只有一個解釋，就是已經走漏了消息！相當不大信任趙伯韜的吳蓀甫無論如何不能不懷疑趙伯韜內中又有鬼蜮的手段。「到公債市場去跑一下，原不一定危險，可是和老趙共事，那危險性就[redacted]很大了！」吳蓀甫負着手踱方步，心裡不住地這樣想。

鐘上已經是十點半了，預料中的屠維嶽的告捷電話竟沒來。吳蓀甫不得不把趙伯韜和公債擱在一邊，提起精神來對付工廠方面。他吩咐高升打電話去。可是他的電話當真切了，叫不通。吳蓀甫一怔之下，就坐了汽車親自到廠裡去視察。

變成了濃霧的細雨將五十尺以外的景物都包上了模糊暗暈的外殼。有幾處聳立雲霄的高樓在霧氣中只顯現了最高的幾層，巨眼似的成排的窗洞內閃閃爍爍射出慘黃的燈光，遠遠地看去，就像是浮在半空中的蜃樓，只有荒唐、虛空，沒有一點威武的氣概。而這濃霧是無邊無際的，汽車衝破了窒息的潮氣向前，向前，車窗的玻璃變成了毛玻璃了，就是近在咫尺的人物也都成了罩狀的怪異的了；一切都失了鮮明的輪廓，一切都在模糊變形中了。

吳蓀甫背靠在車廂的右角，一条左腿斜擱在車墊上，時時向窗外瞥一眼，狠用力地呼吸。一種向來所沒有的感想突然跳上他心頭來了：他，在人生事業中伸起是一員猛將，他是時時刻刻向前突進的，然而在他面前，不是半空中的荒唐虛無的海市蜃樓麼？在他周圍，不是變形了的輪廓模糊的人物麼？而他現在坐汽車在迷霧中向前衝呀！

於是一縷冷意從他背脊上擴散開來，直到他臉色蒼白，直到他的眼睛裡消失了勇悍犬利的光彩。

汽車開進廠裡去了，在絲車間的側面通過。慘黃的電燈光在絲車間的許多窗洞內映射，絲車轉動的聲音混合成軟滑的騷音充滿了潮溼的空間。在往常，這一切都是怎樣地立即能夠刺戟起吳蓀甫的精神，並且他的有經驗的耳目怎樣地就能夠從這燈光從這騷音判斷那工作是緊張或是鬆懈。但此時他雖然依舊看見，依舊聽得，他的腦[redacted]膜上卻粘着一片霧，他的心頭卻掛了一塊鉛。

直到保鏢的老關開了車門，而且莫幹丞和屠維嶽雙雙站在車旁迎接，吳蓀甫這才慢慢地走下車來。他的灰白而獰厲的臉色使得莫幹丞心頭亂跳。吳蓀甫冷冷地看了莫幹丞一眼，又看看屠維嶽，就一直跑進了經理辦公室。

第一個被叫進去問話的，是屠維嶽。這個青年一臉冷靜，不等吳蓀甫開口問，他就先說道：

「三先生，你館裡的電話出了毛病，十分鐘前剛剛接通，那時三先生已經出來。可惜那電話修好得太遲了一點。」

吳蘇甫略皺一下眉頭，故意微笑。他聽出了屠維嶽這番話的背後的意思是在說他這一來乃是多事。這個青年人[redacted]題就以為吳蘇甫卻又[redacted]不在家中守僅提拔[redacted]（那是預先約好了的），卻驕蹇自負的為沖沖地跑到廠裡來，便是對于部下的辦事人還沒有絕對信任的[redacted]意思[redacted]，那就不合于「用人不疑，疑人不用」的原則，那不[redacted]是辦大事者的風度。吳蘇甫睜眼睛看著屠維嶽的面孔，心裡讚許這個年青人的機警和精明，可是在口頭上他也不肯承認自己是放心不下這才跑了來的；他又撇撇一笑，就很鎮靜地說：

「現在不是快到十二點麼？我料來我的前敵總指揮已經全線勝利了。我出其不意跑了來，要對你廣播說。」

「那還是太早一點。」

屠維嶽斬斬截截地回答，臉上依然是冷靜得作怪。

「什麼！難道我剛才所得的車間裡的騷氣還不是真正的開工，還是和前幾天一樣麼？」

「請三先生去看一下就知道了。」

屠維嶽放慢了聲音說，卻是那態度非常大方，非常坦白，同時又非常鎮靜。

吳蘇甫鼻子裡哼了一聲。他的眼光射在屠維嶽臉上，益來益嚴厲，像兩道劍。可是屠維嶽挺直了胸脯，依然微笑，意外的提出了反問道：

「我要請示三先生是否仍舊抱定了『和平解決』的宗旨？」

「自然仍舊抱定『和平解決』，可是我的耐性也有限度！」

「是！——限到今天為止，前天三先生就已經說過。但女工們也是活的人，她們有思想，有感情，尤其糟的是她們還有秘密的思想，和火一般的感情；譬如大前天她們還很信仰她們的一個同伴，第十二號車的姚金鳳，可是今天一早起就變了態度，她們罵姚金鳳是走狗，是出賣了工人利益，情形就頓時惡化。三先生大概還記得這個姚金鳳，瘦長條子，圓臉兒，有幾點細白麻子，三十多歲，在廠裡已經三年零幾個月，這次罷工就是她鬧大——」

「我記得這個人。我還記得你用了一點手段叫她軟化。」

「所以她今天就成了眾矢之的走狗！已經是出名的走狗，就沒有一點用處！我們前幾天的工夫都是白化。」

吳蓀甫鼻子裡哼了一聲，不說話。

「我們的事情本來很秘密，只有三四個人知道；而且姚金鳳表面上還是幫女工們說話。我敢說女工們做夢也不會想到她們的首領已經被三先生收買。所以明明白白是我們內部有人搗鬼！」

「嚇！有那樣的事！你怎麼不調查？」

「我已經調查出來是九號管車薛寶珠洩漏了秘密，破了我們的計畫！」

「什麼！九號管車？她想討好工人，她發昏了麼？」

「完全是為了吃醋。她們兩個是冤家。薛寶珠妒忌姚金鳳得了功！」

「你去叫她們兩個進來見我！」

吳蓀甫霍地跳起來，聲色俱厲下命令。可是屠維嶽站在那裡不動。他知道吳蓀甫馬上就會省悟過來，取消了這個無意識的命令；他等待這位三先生的怒氣過後再說話。吳蓀甫銳利地看著屠維嶽好半晌，漸漸臉色平了，仍舊坐了下去，咬著牙齒，自言自語的說：

「混賬東西！比鬧事的女工還可惡！不想吃我的飯麼？——嗳，維嶽，你告訴莫幹丞，把姓薛的歇工！」

「三先生看來還有更好的辦法麼？」

「你有什麼意見？你說！」

吴荪甫的口吻又转严厉，他们手的耐性真已到了限度。

「请三先生出布告，端阳节赏工一天，姚金凤开除，薛宝珠升稽查。」

屠维岳挺直了胸脯，几乎是一个字一个字的说出来。吴荪甫等他说完，竖起眼睛望着空中沉吟了一会儿，忽然笑了一笑，说道：

「你这是反问什么？你有把握？」

「有把握。今天从[redacted]儿点钟起，我就用了许多方法挽回薛宝珠弄出来的僵局。已经有点眉目了。端节赏工一天，[redacted]三先生早就许可了[redacted]现在还要请三先生允许的就是姚金凤的开除和薛宝珠的升稽查两件事将来仍旧可以收回成命，[redacted]我们好容易在女工中间种了一个根，总不[redacted]能随便丢掉。」

此时话是对工人们一个让步，就此解决了总工风潮。突然一声汽笛叫，呜——呜的声彻了全厂。吴荪甫猛一震，脸色稍稍有点变了。工人们在厂里暴动，也常常放汽笛为号，可不是么？但是他立即想到这[redacted]是午饭放工，不是什么意外，他就乘势笑了一笑，揭过了屠维岳的[redacted]办法。

「今天下午，工潮可以结束。有几[redacted]个出了力的人，该怎么奖励，请三先生吩咐罢。」

屠维岳又接着说，拿出一张字条来放在吴荪甫面前。吴荪甫[redacted]随便看了一眼，就皱起眉头问道：

「钱葆生和桂长林[redacted]是工会里的人[redacted]也要另外奖励么？」

「是的。[redacted]他们两个人的背景不同，所以又是两派。但此番他们这到能够一致起来替三先生办事，——」

「一致？向我来要钱是一致的，争夺工會的時候就不一致；夹在这工风潮中都利想用工人来打倒对方的時候，也不一致；老実说，此番工潮竟延長到将近一星期，小半的原因也就为的他们两个狗都不一致——不一致来替我办事，不一致来对付工人！」

「可是最近两三天来，他们已经一致。尤其是孫保生，听了我的调解，对桂長林讓步。」

「那也不是真心替我办事，还是見风转舵的自私。我有本不给这等人！」

吴荪甫毅然驳斥了，随手抓取一支笔来将孫保生和桂長林的名字勾去，又在纸尾注了一个「閲」字，就还给屠维岳，站起来看[redacted]窗外来[redacted]往[redacted]的女工们，忽然想起一件事来，脸上[redacted]便又罩满了阴影；但立即他恢復常態，一面吩咐屠维岳，一面走出办公室去：

「限明天到一定要解决这件事！我的耐[redacted]性到今天为止！」

这两句话又是充满侮辱，所有挤集在办公室门外的[redacted]职员们全都吓怔了。待到他们回味着这两句话的斤[redacted]两時，吴荪甫[redacted]坐的汽车已经呱呱地开出了厰门。有几个站在厰门边的女工，望着这威风凛凛的汽车，[redacted]发出了轻蔑的嗤笑[redacted]。

屠维岳立即召集了莫幹丞以下[redacted]四五个重要职員[redacted]商量办法。内中有一个就是桂長林。工潮限在明天解决，而且吴荪甫的恐嚇已到最後一步，这样的消息，已经传遍了全厰。稽查和管車们都认为这是吴荪甫打算用強硬手段的表示；他们的精神就格外兴奋。他们都知道，如果「三先生」的政策由「和平」而转为「強硬」，那就是屠维岳「政权」的缩小或告终。他们对于屠维岳「政权」虽然不敢公然反对，但心里总是不舒服。

十分瞭解此种情形的屠维岳于是就先报告了吴荪甫对于孫保生和桂長林的不满意，然后落到正文：

「现在三先生吩咐了三件事：端陽節賞工一天，姚金凤除开，薛宝珠升稽查。」

大家都惊愕地睁大了眼睛。桂長林急々地说：

「这不是打落水狗麽？三先生欠公道。薛宝珠有什麽功劳，升她？」

「姚金凤真冤枉！不过，屠先生，你在從前三先生面前替姚金凤说几句好话；你对得住她麽？你叫我去连络她，现在弄一个開除，闯祸的薛宝珠反有升赏，这话怎麽说出去呀！」

二號管車王金貞也来打不平了；她是完全受三先生豢養的，她不敢反对三先生，只能抱怨屠维岳。

可是屠维嶽不回答，挺直了胸脯，很镇静地微笑。

「三先生骂我同[redacted]子蔡生对作对，不错，子蔡生是我的死对头。工会的饭，大家都在抢吃，子蔡生想一个人把持，一定要反对！三先生既然不管工会裡的牛斗马斗，只要早点解决工潮，那么为什么又要升赏钱宝珠呢？钱宝珠捣乱，背後有子蔡生指使，是吃醋，是和我捣蛋，谁不知道！」

桂长林说了这么一大段，嘴边全是白沫，眼睛也红了。但他还算是客气。为的眼前这些人中间，只他自己是工会方面——吃工会的饭，其他全是吃吴荪甫的饭，自然不敢在屠维嶽面前批评吴荪甫做的不对。

屠维嶽仍然冷幽幽的微笑，总是不说话。莫干丞这时开口了：

「三先生要怎样办，我们只好照办。可是，屠先生，今天就要解决工潮，怎么办呢？」

「这才是我们要商量的正经事！」

屠维嶽发言了，他的锐利的眼光看着稽查李麻子和另一位女管车。这两位也正在看着屠维嶽，嘴角边漏出微笑的影子。这两位都是屠维嶽「执政」後新收的心腹。屠维嶽把身子一挺，眼光在众人脸上扫过，大声说：

「姚金凤和钱宝珠的事，姑且不再谈。三先生向来是公道的。真心替三先生出力的人，我可以担保一定不会吃亏。三先生说过，今天一定要解决这件事。端阳节当之一天，三先生已经答应。就怕工人中间的激烈分子，何秀[redacted]妹一班人，还是要闹事。我们只好不客气对付她们！老李，这件事交给你。只要吓她们一下就行。」

「交给我就是了！」

稽查李麻子摇着说，两道浓眉毛一挺。他是洪门弟兄，他随时可以调动十来个弟兄出手打架。

「吓一下就行么？说得太容易！何秀[redacted]妹一伙坏胚子是吓不倒的！」

二號管車王金貞提出了消極的抗議。

李麻子大大不服氣，睜圓了眼睛正想說話，卻被屠維嶽攔住：

「王金貞的話也有理。老李，你就看機會把何秀妹扣住。軋住她去看戲！此刻她出去吃中飯了，你馬上就去辦這件事，要做得手腳乾淨，你還沒吃飯，賬房裡先拿十塊錢去，辦完了事，就請你的弟兄們上館子。——這件事要守秘密的！」

「守秘密？千萬不要和薛寶珠兩個傢伙就說不佳。反正不守了秘密倒有好處！」

桂長林蹺起了嘴唇咕嚕咕嚕地說。

李麻子從莫幹丞手裡拿了錢，就匆匆地走了。屠維嶽釘住桂長林看了一眼，卻並沒說什麼，就回過臉去對第十號的女管車問道：

「阿珍，你辦的事究竟怎樣呢？」

「有一半工人相信姚金鳳是冤枉的。她們罵薛寶珠造謠，說她本來是資本家的走狗，她是奸細。她們又說何秀妹他們想出風頭，陷害姚金鳳。」

「辦得好！何秀妹下半天不會到廠裡來了，你就放出風去，說何秀妹被莫先生請去看戲了——」

「呀，呀，怎麼有我呢？老兄，你不要搗鬼！」

莫幹丞急口地搶進來說。桂長林，王金貞，連那個阿珍，都笑起來了。但是屠維嶽不笑，他拍着莫幹丞的肩膀很親切地說：

「自然是你請她去看戲。你現在就要出去找李麻子。他一定在何秀妹屋子的附近。你同他商量好了，專等那班白相人把何秀妹軋到冷靜的地方，你就去救她。以後你就請她看戲。」

「她不肯去呢？」

「那就要你用點工夫了。你只說到戲園裡躲一下，等那些白相人走散。你是老[illegible]子，她不會犯疑。一定肯去。」

「傳聞出去給王先生知道了不是玩的！」

「三先生面前有我呢！去罷！阿珍，你就去辦你的；不要露馬腳！」

現在房間裡就剩了屠維嶽，桂長林，王金貞三個人。屠維嶽冷冷地微笑著，機警的眼光釘住在桂長林臉上。這是將近四十歲帶幾分流氓神氣的長方臉兒，有一對細小不相稱的眼睛。在屠維嶽的鋒芒逼人的眼光下，這時長方臉兒上漸漸跑現了忸怩不安的氣色。

忽然屠維嶽笑了一聲，就冷冷地問道：

「長林，你當真要和錢葆生做死對頭麼？」

沒有回答。桂長林把身體一搖，兩隻手叉在腰裡，也狠狠地看了屠維嶽一眼。

「你自己想想，你的實力比起錢葆生來差多少？」

「哼！他媽的實力！不過狗仗官勢！」

「不錯呀！就是這一點你吃了虧。你們的汪先生又遠在香港。」

桂長林立刻臉色變了，眼睛裡的凶光就轉成了疑懼不定的神氣。

「你放心罷，這裡只有王金貞，向來和你要好。我再告訴你，吳老板也和汪先生的朋友來往。說起來，也可以說是一條路上的人，你在廠裡總應該盡力幫吳老板的忙，可不是麼？」

「說起吳老板全明白，怎麼開除了姚金鳳，升賞了薛寶珠呢？還有，這一次工潮，難道我沒有替三先生出力麼？我真想當面問問三先生。」

「三先生這件事真辦得不公道。屠先生，你去和三先生說說看罷，反正布告還沒貼。」

王金貞搶進來說。她自以為這話削常圓到，一面附和了桂長林，一面卻也推重着屠維嶽。卻不料屠維嶽突然把臉色一沉，就給了一個很嚴厲的回駁：

「不要再說三先生長三先生短了！三先生管這些小事麼？都是我姓屠的出条款！我說，姚金鳳要開除，薛寶珠復升，三先生點一下頭就行了！」

「那你就太不應該了！」

桂長林跳起來喊，拳頭也伸出來了。王金貞趕快拉他的衣角。屠維嶽卻仰臉大笑，似乎沒有看見一個碗口大小的拳頭在他臉前晃。這拳頭離屠維嶽的臉還有老遠就自己縮回去了，接着就是一聲很長的哼。屠維嶽也不笑了，依然是一點表情也沒有的冷[redacted]靜的臉色，好像吐棄了什麼似的說道：

「[redacted]呔，你這光棍！那麼簡單！你難道不會想想工人們聽說薛寶珠[redacted]復了升會發生什麼舉動？她們也要不平！群眾就會反轉來又擁護姚金鳳。——」

「可是姚金鳳已經開除了，還要什麼擁護！」

「長林！慢點說難道不行？我不是早就說過三先生總要給人家公道？——你們現在應該去活動，在我面前嗆嗓，一點用處也沒有。手庫生的[redacted]嘴巴，我們要公開的打她一次！你們要信任我是幫忙你們的！——明白了麼？去！」

屠維嶽說完，就拿起一張早來寫預定的布告：壹工，[redacted]升級，和開除。

此時汽笛叫第又響徹了全廠。女工們陸續進廠來了。車間裡人聲就像潮水一般沸湧起來，但這次的潮水卻[redacted]不知不覺走進了屠維嶽布置好的那一條路。

吳蓀甫從工廠出去就到了銀行公會。[redacted]他每天[redacted]除了星期日是例外，總到這裡吃午飯，帶便和朋友們碰碰頭。在愉快的應酬談笑中，他這頓午飯，照例要化去一小時光景。今天他[redacted]走進了那華麗的餐室，卻是一眼就覺得沉悶。今天和往常不同，沒有熟識的笑容和招呼伙计宣布了他的进门。餐室裡原也有七八个人，可都是陌生面孔。有几位在刀叉的叮噹声中谈着天气，谈着战事，甚至于跑狗场和舞女，题出了没有正经事可谈，只剩这么信口開河的消磨了吃飯時的光陰。靠窗有三个人聚在一桌子，都是中年，一種过惯了收租放債生活的鄉下財主的神氣滿面可掬，却又那么接耳的悄悄地商量着什麼。吴荪甫就在这三位的对面相距兩个桌子的地点揀定了自己的座位。

窗外依然是稠濃的春雨春霧，白茫茫一片，似乎繁華的工業的上海已经消失了，就只剩这餐室的危楼一角。而这餐室裡，却又只有没精打采沉湎于舞女跑狗的四五位新式少爷，三位封建的土財主，以及吴荪甫；而这時的吴荪甫却又在三条火线的威脅下。

吴荪甫悶悶地松一口氣，就吩咐侍者拿白蘭地；发狠似的接連呷了幾口。他夾在三条火线中，这是事实；而他既已竭尽心力去对付，也是事实；在胜负未决定的時候去悬想胜后如何进攻那就不免太玄空，去筹画败后如何退守或準備反攻罷，他目前的心情又不许，况且还没知道究竟败到如何程度，则将来的计画也觉無從下手，因此他現在只好姑且喝幾口酒。他的心情有些像待决的囚犯了。

酒一口一口吞下去，他那好像有点活潑起来了，至少他的听觉更又異常锐敏；那边交头密语的三位中间有一位嗓子略高些，幾句很有背景的话便清清楚楚鑽进了吴荪甫的耳朵：

「到这地步，一不做，二不休，我是打算拚一拚了！什麼胜仗，是多头方面造谣。你知道赵某人是大户多头，他在那里操縱市場！我就不相信他有那樣的胃口，吃得下！」

說这话的人，側面朝着吴荪甫，狹長的臉，有幾莖月牙式的黄髭須。他的兩个同伴暫時都不出氣，一手托住下巴，一手拿着咖啡杯子出神。后来这兩位同時發言了，但声音很小，又雜乱，只從他们那神氣上可以知道他们和那位月牙須的人發生了爭論。這三位都是屬於公債投機裡的，而且顯然是做着空頭。

吳蓀甫看錶，到一點鐘只差十分。陸續有人進來，然而奇怪的是竟沒有一個熟人。他機械地運動着他的刀叉，心裡翻上落下的却只是那位月牙髭狹長臉的幾句話。這是代表了多數空頭的心理麼？吳蓀甫不能斷定。但市場情形尚在互相拚軋尚在混沌之中，却已十分明白。他想到今天在此地所以碰不到熟人，也許原因就是為此。他一個人逗遛在這裡沒有意思。他于是將菜盆一推，就想站起來走。不料剛剛抬起頭來，就看見前面走進兩個人，是熟面孔！一位是韓孟翔，交易所經紀人，而且是趙伯韜的親信，又一位便是李玉亭。

韓孟翔也已經看見吳蓀甫，便笑了一笑，走近來悄悄地說了一句：

「相持不下，老趙發脾氣！」

「什麼——發脾氣？」

吳蓀甫吃驚，却也能夠趕快自持，所以這句問話的收梢便依然是緩和到不惹人注意。

「他，小魚不要，要大魚，寧可沒有！看罷，二點鐘這一盤便見輸贏！」

韓孟翔這是低聲說，又微笑轉眼去看李玉亭。此時，那邊的三位中一位，白胖胖的矮子，早的站起來，連聲喚着「孟翔兄」。月牙髭的一位和另一位却依然碰頭的在那里說話。韓孟翔對吳蓀甫點點頭就轉身走到那边去了。熱鬧的談話就開始，不用說是議論交易所市場的情形。

這里，吳蓀甫就請李玉亭吃飯，隨便談些不相干的事。吳蓀甫臉上很有酒意了，忽然想起張素素的事，就問李玉亭道：

「前天聽佩瑤說起，你和素素中間有了變化？」

「並沒有什麼，沒有什麼。」

李玉亭忸怩地回答，想起范博文和吳芝生他們說過的一些譏誚話，心裡又不自在起來了。可是吳蓀甫並沒理會乃，喝了一大口汽水，又笑着说：

「阿書是落拓不羁，就像她父親。機灵精明，又像她已故的母親。玉亭，你不是她的对手！」

李玉亭只是乾笑着，低了头对付那条鸡腿。

從那边桌子上送来了郁達鄉的[redacted]笑音，随即便是紛乱的四个人[redacted]交错的争論。可是中间有个[redacted]沉着的[redacted]声调却一点不模糊是这麽一句：「雲卿，你只要多追几担租米出来不就行了麽？」于是就看見那月牙般的狭長臉一幌，很苦悶地回答了一句：「今年不行，到處抗租暴動！」以後就又是紛乱的四个人同時说话的杂音。

吳蓀甫皱一下眉頭，把手放在酒杯上，看着李玉亭的面孔，問道：

「你听到什麽特別消息没有？」

「听说有一个大计画正在進行。[redacted]而且，和你有關係。」

李玉亭放下刀叉，用飯巾抹嘴，随随便便的说。

「同我有關係的大计画麽？我自己倒不曉得呢！」

吳蓀甫也是随口回答，又輕快地微笑。他料想来李玉亭这话一定是暗[redacted]指他们那个信托公司。本来这不是什麽必须要秘密的事，但传揚得这麽快，却也使吳蓀甫稍稍驚訝了。然而李玉亭接着来的话更是驚人：

「嗳，你弄错了。不是那麽的。大计画的主動者中间，没有你；可是大计画的对象中间，你也在内。這是你有關係，就是这麽一種關係。我以为你一定早就得了消息呢！」

「哦——可是我老实完全不知道。」

「他们弄起来成不成可没一定，不过听说確有那様的野心。簡簡单单一句话，就是金融资本家打擊在工業方面發展勢力。他們想學美國的榜樣，金融資本支配工業資本。」

吴蓀甫閉起了眼睛微微搖一下頭。

「你以為他們未免不量力罷？可是今年上海銀行界總贏餘是二万万，這些剩餘資本為什麼要求出路。」

「出路是公債市場，再不然，上海地產，造市房。他們的目光不會跳出這兩个圈子以外！」

吴蓀甫很藐視地說，他的酒紅的臉更加亮晶晶起來了。他這輕蔑的態度，也許就因為已經有了幾分酒意。但是同樣有幾杯酒下肚的李玉亭却也例外地倔強。他不肯服氣似的說：

「蓀甫，太把他們看得不值半文了。他們有這樣的野心，不過事實的基礎還沒成熟罷了。但醞釀中的計劃很值得注意。尤其因為背後有美國金融資本家撐腰。聽說第一步的計劃是由政府用救濟實業的名義發一筆數目很大的實業公債，這就是金融資本支配工業資本的開始，事實上是很可能的——」

「但是政府發公債來應付軍政費還是不夠用，談得上建設麼？」

「那是目前的情形。目前還有內戰。他們希望此次戰事的結果，中央能夠勝利，能夠真正統一全國。自然美國人也是這樣希望的。這希望就會成為事實。那時候，你能說他們的計劃僅僅乎是幻想麼？有美國的經驗如金融資本家做後台老板，你能說他們這計劃沒有實現的可能麼？蓀甫，金融資本侵略工業資本，是西歐各國常見的事，何況中國工業那麼幼稚，那樣凋落，更何況還有美國的金圓想對外開拓——」

「呵！這簡直是斷送了中國的民族工業了！」

吴蓀甫勃然咬緊了牙關說。他的酒醒了，他再不能冷靜地藐然微笑了，他的臉色轉白，他的眼睛却紅得可怕。李玉亭愕然不說話，想不到吴蓀甫這麼認真生氣。過了一會兒，好像要緩和那空氣，他又自言自語的說：

「大概是不行的罷？美國還不能在世界上獨行其是，尤其在東方，他有兩个勁敵。」

「你說的是英國和日本？所以這次戰事的結果未必竟能像金融界那樣的盼望。」

吴荪甫望着窗外，惘然说。他此时的感想可真是杂乱极了。但有一点是确定的，就是刚才勃发的在民族工业上的义愤，已经渐渐在那里缩小，而個人利害的筹虑却在渐渐扩大，终于完全他的思想集中在这上面了。可不是李玉亭说的中国工业基础薄弱么？弱者终不免被吞併，企业界中尤其如此；吴荪甫他自己不是正在想吞併较弱的朱吟秋么？而现在却发見出来自己也有被吞併的危险，而且正为他自己夹在三条火线的围攻中而不知胜败。吴荪甫这么想着想着，範围是愈缩愈小，心情是愈来愈阴淡了。

忽然有人惊醒了他的沉思。原来是韩孟翔，满脸高兴的样子，对吴荪甫打一个招呼，便匆匆地走了。那边桌子上的三位随即也跟着出去。叫做「云卿」的那位有羊胡须的狭长脸很滞重地拖着脚步，落在最后。

「都上交易所去了。今天的交易所，正好比是战场！」

李玉亭望着他们的背影，带几分感慨的[redacted]意味，这么轻气说；同时又望了吴荪甫一眼。

侍者拿上咖啡来了。吴荪甫啜了一口，便放下杯子，问李玉亭道：

「那些大计画的主动者当然是美国资本家，但中国方面是些什么人呢？、干这引狼入室的勾当！」

「听说有胡也远和赵伯韬。」

李玉亭头也不抬地一边喝咖啡，一边回答。吴荪甫的脸色骤然变了。又有老赵！吴荪甫觉得这回的当是上定了，[redacted]立刻断定什么「公债多头公司」完全是圈套。他在鼻子里哼了一声，什么话也说不出来了。可是陡的心情反倒突然[redacted]消散，[redacted]只是忿怒，只是想报复；现在他估量来失败是不可免避，他反又镇定，他的勇气来了，他唯一盼望的是愈快愈好地明白了失败到如何程度，[redacted]以便在失败的废墟上再建立反攻的阵势。

和李玉亭分手后，吴荪甫就一直回家。在汽车中，他的思想的运转也有车轮那样快。他把李玉亭的那个消息从新细加咀嚼。[redacted]这乎自然的感念最初爬进他的头脑。不敢相信真会有那样的事，而且都够不顺心惯。那多半是赵伯韬他们的打把加上了美国资产阶级的夸大狂。不是欧洲有一位学者曾经说过大战后美国资产阶级的夸大狂发展到不合理么？……＊然而不然！美国有道威斯，又有杨格。难道没有应用在中国的第二道威斯计划。只要中国有一个统一政府，而且是一把抓在Yankee的手里，第二道威斯计划怕是难免罢？那么，三条国在东方的利害冲突呢？——吴荪甫狞笑了。他想到这里，车子已经开进了他家的大门，车轮在柏油路上丝丝地撒娇。

迎接他下车的是又一阵暴雨。天色阴暗到几乎像黄昏。满屋子的电灯全开亮了。少奶奶，四小姐，杜竹斋的大少爷新箨，都在客厅里。吴荪甫匆匆地敷衍了几句，便跑进他的书房里。他不愿意给人家看破他有苦闷的心事，并且他有一叠信札待覆。

几封完全属于事务上的信都答覆了，最后是无锡的一个朋友，开纱厂的很幼稚的来信，说是打算换克纺锭劝诱吴荪甫[redacted]認股的话。这刚碰在不适当的时机，吴荪甫满腔的阴暗竟从笔尖上流露出来了。写完后看一遍，他自己也诧异竟会说出那样颓丧的话。将信笺撕掉，他不敢再写，就再跑到前面的大客厅里。

林佩珊正在钢琴前弹奏，那音调是异常[redacted]悲凉。电灯的黄光落到她那个裹住亦青印度绸旗袍的颀长身体上也显得阴惨沉闷。吴荪甫皱着眉头，正想说话，忽然听得少奶奶叹一口气。他回过脸去，眉头皱得更紧些，却看见少奶奶眼圈上有点红，并且两粒眼泪滴下了。同时却听得杜新箨幽幽地说：

「人生如朝露！这支曲就表现了这种情调。在这阴雨的天气，在这迷梦一样的灯光下，最宜于弹这一曲！」

吴荪甫的脸色全变了。恶兆化成了锋利的钢爪，在他心上直抓。他怒狂到几乎要开口大骂，却是当差高升[redacted]走上来又说了一句叫人心跳的话：

「老爷，厂里来了电话！」

吴荪甫转身就往里边跑。厂里来的电话不知是吉是凶，当他拿起耳机的时候，不知不觉手也有点抖了。但是一

＊而且全世界的经济恐慌不是也打击了美国么？

點鐘時，他的臉上突然一亮，他用清朗的聲音大聲說：

「辦得很好——既然你再代請，桂長林就給他半個月的加薪罷！明天九點鐘我到廠視察。」

廠裡的工潮已經解決，吳蓀甫勝利了；他沒有內顧之憂了！

吳蓀甫放下電話耳機，微微笑著。此時暑氣已過，一片金黃色的太陽光斜射在書房的西窗上。從窗子裡向外看，園子裡的樹葉都綠得可愛，很有韻律似的滴著水珠。吳蓀甫輕鬆地走出書房，繞過一帶走廊，在雨後收拾得很乾淨的園子裡的柏油路上走著，他覺得現在的空氣是從來沒有的清新。當他走近了大客廳前面的時候，聽得汽車的喇叭嗚嗚地狂叫，一輛汽車直開到大客廳石階前，車子還沒停好，杜竹齋已經從車廂裡跳出來了。他從來沒有這樣性急，這樣緊張！

「竹齋，怎樣了？」

吳蓀甫趕快上前問，心裡忐忑得很。但不等杜竹齋回答，就知道是勝利了；從疲勞中透露出來的得意很明白地在杜竹齋的山羊臉上。一同跑進大客廳石階的時候，杜竹齋輕聲說：

「今天這一盤，空頭們全來補進，漲風極利害，幾乎漲停板。我們先前如果多收二三十萬，今天也是照樣的脫手！我們可惜開得太把細了！現在，結算起來——」

「也罷，這是開市大吉！將來我們再幹！」

吳蓀甫微笑著說，太陽斜射在他的臉上，反映出鮮艷的紅光，從早晨以來時隱時現的陰沉氣色現在完全沒有了。他已經突破了重圍，在三條戰線上都得了勝利，什麼李玉亭報告的大計劃——也不妨說是大陰謀，此時在這勝利光下也不再夠能威脅吳蓀甫了。

八、

公债库券的涨风下，压碎了许多盲目的投机者。那天吴荪甫在银行公会餐室中看见的三个人就是投机失败了的份子；尤其是中间那位狭长脸有牙须、将近五十岁的冯云卿，一交跌得利害。

十年前，这位冯云卿尚安坐家园享福。前清时代是个举人，中住不了把持地方的"乡绅"班，他，冯云卿，就靠放高利贷盘剥农民，居然也挣起一份家产来。他放出去的"乡债"，从没收回现钱；他也不希罕三个月到期对本对利的现钱，他的目的是农民抵押在他那里的田。他的本领就在放出去的五块十块钱的债能够在两年之内变成了五亩十亩的田！这种方法在内地原很普遍，但冯云卿是有名的"笑面虎"，有名的"长线放远鹞"的盘剥者，他的"高利贷网"布置得非常严密，恰像一只张网捕捉飞虫的蜘蛛，农民们若和他发生了债务关系，即使只百块钱，结果便总被冯云卿盘剥成倾家荡产，做了冯宅的佃户，——实际就是奴隶，就是牛马了！到齐卢战争那一年，冯云卿已经拥有二三千亩的田地，都是那样一亩两亩蚕食吞并来的，都是渗透了农民们的眼泪和血汗。就是这样在成千成万农民的枯骨上，冯云卿建筑起他的饱暖荒淫的生活！

齐卢战争时，几个积年老"乡绅"都躲到上海租界里了；孙传芳的兵队过境，几乎没有"人"招待，是冯云卿挺身而出，伺候得异常周到，于是他又挤上了家乡的"政治舞台"。他的盘剥农民的"高利贷网"于是更快地发展，更加有力，不到两年工夫，他的田产上又增加了千多亩。但此时他新纳的爱宠老八也就替他挥霍得可观。并且自从有了那样一位一泓水似的年青姨太太，冯云卿的精神也大不如前，所以最近内地土匪蜂起，农民骚动，冯云卿的胆大镇静，就远不如齐卢战争那年，他只好把所有的现款都搜括拢来，全家搬到上海，——一来是怕土匪和农民，一来也为的依顺了姨太太的心愿。

现在他做了"海上寓公"，也不能够哭死在乡。虽说还有几千亩的田地有租可收，可是这年头究竟不比从前那样四六折租稳可以到手了，带出来的现款虽有七八万，然而要在上海地方放印子钱，那么冯云卿还不够资格，存银行生利息，息金太薄，冯云卿上海公馆里每月将近一千元的开销（连姨太太抽鸦片烟的费用也在内），是很要费一番心思筹画的。去年政府发行了多量的公债，库券，并且「谢谢」连年不断的内战使得公债市场常有变化，挟了七八万现款的冯云卿就走进公债市场，来弄来弄得心应手，扒起利息来，一分半是有的。他亲手自命是「公债通」了，真不料此番栽跟斗一交，跌得他发昏，疑心是做了一场梦！

算到下来他一本账，亏折[redacted]五万银的金一文不见回来，并且三天之内还得补出三万多，他经人韩孟翔昨天已经来催索过了。冯云卿这天（得真不小呀！）从上午十一点半起身以就把一个钱算扒过了不知多少遍，直到此刻已有两点钟，他忘记了吃早饭，还是想不出办法；尤其使他纳闷的，是想不通以后应该怎样「做」公债。

太阳光透过了那一排[redacted]竹帘子，把厢房的前半间[redacted]上[redacted]了条纹的光影[redacted]稍微有点风，竹帘轻轻地摇动，那条纹们的光影也像水浪一般在室中的像具上高逝，幻成了新式的黑白图案。冯云卿坐在靠窗的写字桌旁边，左手指间夹着一枝香烟，右手翻阅他的账簿。光影的水浪使在他那账簿上一提一提的，倒手账簿上那些字都在那里跳舞了。冯云卿忽然烦躁起来，右手将账簿一掷就站起来，踱到厢房后半间朝外摆着的红木炕[redacted]上躺了下去，闭了眼睛，叹一口气。昨天他还是享福的有钱人，今天却变成了穷光蛋，而且反亏空了几万！是他自己的过（擱）失么？他抵死不承认的！——「运气不好！」他又叹一口气，在肚子里说。然而为什么二十多年来专走红运的他会忽然有此打击？冯云卿摸着眼，总是不明白。蓦地有沉重的一声落在他头顶上的楼板，他全身一跳，慌慌张张坐了起来。接着就听得厢房后边（裴女佣卧室里）的电铃叮令令令地响了足有三分钟。一定是姨太太醒来在那里唤人了！昨晚上姨太太又是到天亮才回来。这已是惯了的，冯云卿本来不以为意，但此时正因公债投机失败到破产的他却突然满肚子的不舒服了。并且他又心灵一动，仿佛觉得自己[redacted]的「运气不好」，和姨太太的放浪多少有几分关系；几曾见戴了绿头巾的人会走好运的？

冯云卿挪开脚步转一个身，几乎月牙形须簌簌地抖动。他很想上楼去揪出点脸色给姨太太看。然而刚踱了一步，他又站住了沉吟起来。有不少小蝌蚪的姨太太不是好惹的！……冯云卿咽下一口气，呆呆地看着炕榻后墙壁上挂的那幅寸楷的朱柏庐先生治家格言。他惘然沉入了瞑想。

高跟皮鞋来阁阁地由外而来，在厢房门边突然停止。门随[redacted]即豁开，翩然跑进一位十七八岁的女郎，也是那稍显得狭长了些的脸庞，可是那十分可爱的红嘴唇，不太尖也不太圆的下巴，以及那一对烫成波浪形[redacted]彩彩的齐到耳根的长形发，却把脸庞的狭长"病"完全补救了。身上是翠绿色印花的华尔纱长旗袍，白印度绸的里子，开叉极高，行动时飘然飘拂，闪露出浑圆柔腴的大腿；这和那又高又硬，紧封着颈额，又撑住了下颏的领子，成为非常显明的对照。这位女郎看见冯雪卿一脸沉闷[redacted]对着那幅治家格言出神，也微微一怔，[redacted]在门边站住了；但随即妩媚一笑，袅着细腰跑到[redacted]冯雪卿跟前娇声说：

「爸爸！我要买些东西——」

冯雪卿转过脸来，愕然睁大了眼睛。

「些须小东西。一百块也就马马虎虎够了。我马上要出去。」

女郎又说，斜扭着腰，眼看着地下。忽然她转身飞跑到厢房的前半间，扑到写字桌旁边，一手扭开了小风扇的闸，又旋身，把背脊对住那风扇，娇憨地叫道：

「嗳，怎么不开风扇呢！爸爸，你脸上全是汗，——来这里凉爽，——一百块，爸爸！」

冯雪卿苦着脸摆[redacted]头，慢慢地踱到女儿面前，望着她半晌，然后打定了主意似的说：

「阿眉，你还没晓得么，这次公债里，我跌了一交！亏空三万多银子，大后天就是端阳[redacted]，连零星店账都没有办法。刚才我查过老九章的摺子，这一节，[redacted]也有五百多——」

「我只做了四五件衣服啊，爸爸！」

「咳，——不过今天你又要一百块，买什么呢？[redacted]眉卿，你的零用比我还大！」

「比猴[redacted]狸就小得多了！」

眉卿撅起嘴唇回答，一扭腰便坐在就近的沙发榻裡，望着她的父亲脸儿。这脸上现在是浮起了無可奈何而又惶恐的神色了。眉卿很知道父亲为什么惶恐，故意再加一句：

「嗳，要用，大家用；为什么单要我让她！」

「不要着急呀，你，阿眉，过一两天给你，好不好？」

冯雪卿勉强笑了一笑说。但是眉卿不回答，把一块印花小红帕在手裡绞着，她转过脸去看墙壁上的字画：那也是「中西合璧」的，张大千的老虎立轴旁边陪衬着两列五彩铜板印的西洋画，代表了春夏秋冬，都装在镂金边的镜框子裡。这边从竹簾射进来的太阳光射在镜框子的金边上，发出闪烁的反光。冯雪卿跟着女儿的眼光也瞧那些画片，心裡在忖量怎样打发女儿走，那四幅春夏秋冬的铜板西洋画引起他的又一桩心事来。这四幅西洋画还是他搬进这屋子的时候，姨太太的一个结拜姊妹送的；姨太太有很多结拜姊妹，但送这画片的一位却不同寻常，为的她那位「老爷」很有手面，在洪门中辈份是高的，冯雪卿寓居上海的身家性命安全很要仰仗这位有力者的照拂。然而大後天就是端阳節，冯雪卿竟忘记了送一份重礼给那位有力者，——谢谢他手下的弟兄们佛眼相看。

突然记起了这件大事的冯雪卿就觉得女儿要求的一百元断乎没有法子应许她了。

「阿眉，好孩子，你要买的东西等过了節再买罢！你看，我家要买的節礼还没送呢，你爸爸当真是手边紧得很，——总是运气不好，几倍没有做着。只有你一个独養女儿，难道我还存着偏心不是，阿眉——」

说到这裡，冯雪卿梗咽住了，仰起了脸，不停手的摸着他的月牙髭须。

沉默了半晌，只听得姨太太掃清喉嚨的咳咳的声音從楼上飘下来。父女两个各自在想心事。眉卿觉得她的一百元未必有希望了，满心的懊恼，她要挪得很好的佳節娱事眼见得已成泡影，那么，这三天假期可怎么挨过去哟！

难道成天躲在家里看张资平的三角恋爱小说？况且已经和人家约好了的，可怎么办？"他恍惚看见约好了的那人儿撅出一种又失望又怀疑的不高兴的脸色！

电铃响了——地响了，一，二，三。冯云卿从沉思中猛觉来，望着窗外，却看见车夫阿顺已经开了大门，引进一个四十多岁圆脸儿，戴着亮纱瓜皮小帽的男子进来。「啊，是何慎庵来了！」——冯云卿仿佛是对他的女儿说，一面就起身迎出去。可是那位来客脚快，早走进了厢房，嘴里喊着「云翁」，把一枝手杖夹在两手中间，连连作揖。眉卿作一个六十度的鞠躬，竭力忍住了笑，方才仰起头来。她每次看见这位何慎庵的瓜皮小帽以及连带手杖在一起作揖的那神气，总忍不住要笑。

「阿眉，给何老伯倒茶来。」冯云卿一面说，一面就让何慎庵到朝外的炕榻上坐了。何慎庵目送着翩然出去的眉卿的后影，忽地眉毛一动，转脸对冯云卿郑重地说道：

「云卿，不是我瞎恭维，有这样一个女儿，真好福气呀！」

冯云卿苦笑着，认为只是一句普通的应酬。他看了何慎庵一眼，瞧去说要这位也是在公债中跌了一交的朋友居然还是那么「心广体胖」；他又看看对面墙角那架着衣镜中映出来的自己的面貌，觉得自己在这两天来苍老了至少十年。他忍不住叹一口气，轻声说：

「昨天韩孟翔来过，讨那笔钱，我简直一点办法也没有。想起来，老韩对朋友总算不错；那天我们在银行公会吃中饭的时候看见他，不是他劝我们赶快补进么？早听他的话，这一回就不至于失脚。咳，慎庵，你那天也有点失于计较；你的那派朋友不肯告诉你老实话，——」

「总而言之，我们都是该死；人家做成了圈套要我们去钻！刚才你还说韩孟翔够朋友，够什么朋友呀！他是赵伯韬的喇叭，他们预先做成了圈套，一个大阴谋，全被我打听出来了！」

何慎庵冷笑着说，将手里的香烟头用力掷在痰盂里，拿起茶杯来喝了一口。

「什么！大阴谋？……难道打胜打败也是预定的圈套么？」

「岂敢！所以不是我们运气坏，是我们太老实！」

冯云卿眼珠往上一翻，出了一身冷汗，那几茎月牙须又簌簌地抖了。他不能不相信何慎庵的话。他向来是惯叫农民来钻他的圈套的，真不料这回是[redacted]上了一套「请君入瓮」的把戏。慢慢地转过一口气来，他用力勒着胡子，哭丧着脸说：

「那，那，我本来的辛苦，全是替他们做牛马！慎庵，你不知道我的几个钱，来的真不容易！为了三亩五亩田的进出，费的口舌可不少呢！乡下人的脾气是拖泥带水的，又要借债，又舍不得田；我要用许多周折，——请他们喝茶，开导他们，让他们明白我是将本求利，并不硬夺他们的田；——慎庵，我不是霸道的，譬如下乡讨租罢，我自然不肯短收半升八合，可是我并没带了打手去收租呀，我是用水磨工夫的。我这样攒积起了千把亩田，不比你做过县官的人弄钱是不费一点力；你在亩捐上得收一些儿，在里货上多抽一些儿，你一个月的收入就抵上我一年……」

冯云卿顿一下，猛吸了几口香烟，正想再往下说，那边何慎庵赶快阻止了他：

「这些旧话，谈他干么！目前我要问你：还打算再做公债不？」

「再做么？今天早上老实说，我有点儿害怕呢！我想到债市变化太利害，就觉得今后的公债难做，现在都这中间还有圈套，那就简直不能做了！况且此番一败涂地，我已经周转不来，——不过，慎庵，你呢？」

「我是十年宦囊，尽付东流！昨天拿几件古玩到当铺里去，马马虎虎换了千把块钱，这几日场面都是勉强还可以过去。我本来你就不同。你有[redacted]亩田，单就租米一项，也很可观——」

何慎庵不得不煞住了話頭。因為馮雲卿驀地站起來又坐了下去，兩顆眼珠[redacted]呆呆地看著，白眼球上全是紅絲，臉色變成了死灰，嘴角的肌肉忒忒地[redacted]跳動個不住。何慎庵愕瞪出然張大了嘴巴，伸手抓頭皮。過了一會兒，馮雲卿下死勁抬起手來在炕几上一拍，從牙齒縫裡迸出幾句話語：

「租米？這年頭兒，誰敢下鄉去收租米！不然，好好的五進大廳房不住，我倒來上海打公館，成天提心吊膽怕綁匪。」

于是他一翻身便躺了下去，閉著眼睛，只是喘氣。

「鄉下不太平，我也知道些。然而，雲卿，你就白便宜那麼些狗彘了？你很可以帶了人去下鄉！」

沉默了一會兒以後，何慎庵這纔慢吞吞地說，把他那亮紗瓜皮帽拿在手裡仔細端相著，說了一句，就對那帽子上吹一口氣，末後又掏出手帕來撲打了幾下。他那油光的圓臉上浮著淡淡的笑意。

躺在那里的馮雲卿只回答一聲嘆息。他何嘗不知道武裝下鄉收租這法門，可是他更知道現在的農民已非昔比，如果帶去的武裝[redacted]少了一點，那簡直是不中用，多了呢，他這位地主的[redacted]費用也很大，即使收了若干[redacted]米租來，[redacted]結果還是得不償失：這樣的經驗，他已經受過一次了。「笑面虎」而工於劃算[redacted]的他，就準備讓他的佃戶欠一年租，希望來年「太平」，他就可以[redacted]放出他「笑面虎」的老手段來，在農民身上加倍取償！

何慎庵燃起一枝香煙抽了幾口，也就轉換談話的方向：

「雲卿，我們商量怎樣翻本罷！」

「翻什麼本？」

馮雲卿猛的坐起來驚惶地反問。此時他的心神已在[redacted]家鄉，在他那些田產上飛翔；他彷彿看見黑簇簇的佃戶的茅屋裡冲出一股一股的怨氣——幾千年被壓迫被剝削的怨恨，現在要報復，現在正像大山爆發似的要燒毀所有的租棧和鎮鏤。然而這一切，何慎庵並沒感到。他微微一笑，就回答道：

「五折脫成白匯！從什麼地方喫的虧，還是到什麼地方去翻本呀！」

「哦——你還是講的做公債。」

「自然囉，难道你就灰心了不成？」

「倒不是灰心，是膽寒。你想，人家是做就了圈套等我们去鑽！」

冯雪卿說着又嘆一口氣，幾乎掉下眼淚来。但是何慎庵却忍不住要笑。他拏起身边的手杖，冲着冯雪卿指了一下，又在空中画一个大圓圈，然後猛的倒轉来在地板上戳了幾戳，同時大聲嚷道：

「雪，雪！雪卿！我看你是一个跟斗跌昏了去了！怎麽你想不到吧——正因为人家是做定了圈套，公債輸赢是講究在一个『做』字，並不在碰運氣，所以我们要翻本也就很有幾分把握……」

「慎庵！——」

「你不要打岔！听我說！圈套是趙伯韜他们撒布的，他们手脚長，在這上頭，我们拚他们不過，可不是麽，然而要是我们会鑽狗洞，探得了他们的秘密，老兄，你說，還怕翻不過本来？」

何慎庵說到這裡，非常得意，提着膀子圈圈兒，双手在大腿上猛拍一下，就站了起来，凑到冯雪卿的面前，眯细了一双眼睛，正待說一句緊要話兒，却見冯雪卿绉着眉头問道：

「請教這狗洞怎樣一个鑽法？趙伯韜是老奸巨猾——」

「然而老趙是『寡人有疾，寡人好色』！我们用女人這圈圈兒去，保管老趙跳不出！」

何慎庵把嘴巴凑到冯雪卿的耳朵边細细說了，就哈哈大笑起来。

冯雪卿睁大了眼睛对着何慎庵發怔。他的眉毛還是绉着，他那灰白的臉上却泛出了一道红暈来；他疑惑何慎庵有八分是開玩笑，他想起自己的姨太太每夜鬧到天亮不回来這件事一定連何慎庵也知道了。可是他只得裝癡獃，懶悻悻地打住把話岔開：

「嘖，嘖！說什麼！不是十年宦海浮沉，磨老了的，就想不出來。慎翁，直成以後，可得讓我沾沾光呀！」

「不是這麼說。這件事，雲翁，還得你這一方面出力！我只能幫你籌劃籌劃。」

何慎庵滿臉正經地回答，嗓子低到[redacted]幾乎叫人聽不[redacted]明白。可是落在馮雲卿的耳朵裡，便和晴天的[redacted]霹靂彷彿，他的臉色突然變了，心裡不知道是高興呢，抑是生氣[redacted]——再不就是害怕，總之，跳得異樣利害。他不知道怎樣回答，只是瞪出了眼睛，看定了何慎庵[redacted]那時笑嘻嘻的油光的圓臉。他又看見這圓臉兒驀地擠了幾擠，張開大嘴巴，將一条伶俐的舌头一吐又縮了進去，悄悄地又說出一篇話來：

「外边人稱讚老趙對于此道之精，有這麼兩句話：是寶石，他一上眼就知道真假；是女人，他一上身就知道是不是原苞！他就愛玩个原苞。只要是大姑娘，他是一概收用，不分皂白。他在某某飯店包月的房間，就專門辦的這樁公事。[redacted]他常到某某屋頂花園巡閱，也為的是要物色人才呀！要向上他，其實不難，只要——」

「只要[redacted]——[redacted]什麼？」

馮雲卿慌忙問，立刻站了起來，聽了很有興味的神氣也在他眉宇間[redacted]流露出來了。

「只要一位又聰明又漂亮又嫩的佳的大小姐，像令愛那麼樣的。」

何慎庵不慌不忙回答，微微笑著；他這話還是很[redacted]低，但一字一句非常清晰。

馮雲卿喉間「呃」了一聲，臉色倏又轉為死白，不知不覺垂下了頭，眼光瞅定了他朋友的那副胖臉。但是何慎庵神色不變，前進一步，又悄悄地說：

「就只有這條路好走了！你怕不成功麼？不怕的！我寫包票！——雲卿，有那樣一位姑娘，福氣就不小呀……」

「慎庵！——」

「而且這件事一辦好，以來的文章多得很呢！無論是露式做品，我式做品，都由你挑選。放心，我這方講，是靠得住的。」云卿，说老实话：用水磨工夫盘剥农民，我不如你；钻狗洞[redacted]摆仙人跳，放白鸽，那就你不如我了！」

忽地格格一笑，何慎庵撑起身子来喝了一口，背抄着手，转身去看墙上挂的一幅冯云卿合家欢的[redacted]大照片，那中间正有冯眉卿的亭亭倩影在。何慎庵站在那里看了好半天，让冯云卿有充分的时间去考虑这个提议。

此时太阳光忽然躲起来了，厢房里便显得很阴暗。女人的[redacted]碎笑声从楼上传来，还夹着旧式的自来水管放水的声音。[redacted]叫卖声从外边弄堂里来的，则是小贩们着叉烧包子，馄饨面。

但是冯云卿没有一毫声息。

何慎庵侧过脸去，望着斜对面的大衣镜。[redacted]这躲在墙角的镜子像一道门似的，冯云卿的迟疑不决的面孔在那里一提一提地窥探。然而那狭长脸的下部近颈处起了数道绉纹了，上部那一对细眼睛[redacted]骨碌一转，似乎下了决心了。

何慎庵忍不住转过身去，恰好冯云卿自言自语地吐出一句来：

「也给他一个圈套去钻，嗳！」

「这话就对了，云卿！」

何慎庵赶快接着说，便坐在冯云卿的对面。但是冯云卿[redacted]似笑非笑地扭一下嘴唇皮，蓦地又转了口风：

「慎庵，这是说正经话罢。你说公债的涨跌全看前方的胜败，不是么？然而也不尽然。大户们的操纵也很关重要；他们会扳得转！若说——呃，怎么能探得他的秘密呢？慎庵，你是足智多谋的！」

何慎庵不回答，眉毛一挺，放声大笑起来。他看透了冯云卿说的全是反面话，他知道自己的主张已经打动了这老头儿的心[redacted]，不过面子上不好公然承认罢了。他笑了一阵，就站起来拍着冯云卿的肩膀说：

「老兄，不要客氣，你還比我差多少麼？你斟酌着办罷！回頭再見。」

這裡馮季卿送到大門口，轉身回來，站在那一丈見方的天井中，對着幾盆嬌紅的杜鵑和一缸金魚出了一會神，忽然忍不住獨自笑起來了。卻是笑氣方停，突又撲簌簌落下幾點眼淚來；他疊起兩個指頭向眼眶裡一按，似乎不很相信掉下的竟是眼淚。同時，幻象在他閉攏的眼前浮起來：那嬌紅的竟不是杜鵑，而是他女兒的笑靨，旁邊高高聳立的卻是一缸的大元寶。一會兒以後，幻象消散，他輕輕吁一口氣，急[redacted]步回到廂房裡，沉重地把身体落在沙發上。

他攢緊了眉頭，打算把眼前這項緊急的事務仔細[redacted]籌劃一下。然而作怪得很，腦子裡儘來來去去只有三个東西：女兒漂亮，金子可愛，老趙容易上鉤。他忽然發狠，自己打了一个巴掌，咬着牙齒在心裡罵道：「老烏龜！這還成話麼？——何慎庵是存心來開你的玩笑呀！大凡在官場中從前清混到民國的人，全是比狗還下作！你，馮太爺，是有面子的地主，詩禮傳家，怎麼聽了老何的一篇混帳話就居然中心搖搖起來了哪！——已經還是從田地上想法！上千是他覺得心頭輕鬆一些，背脊骨兒也挺得直些了，但是另一个怪東西又黏在他腦膜上不肯走：農民騷動，我子[redacted]敗良田眼見得不穩是姓馮，卻還得姓馮的完糧納稅。他苦着臉搖一下頭，站起來向身邊四周圍看看；他不敢相信自己還坐在舒服的廂房裡，他隱隱聽得天崩地裂的一聲轟炸，而且愈來愈近愈加真切了！

然而他亦不用再往下胡思亂想。有人把大門上的門環打得怪響。他嚇了一驚，本能地跳出去在門縫裡一[redacted]望，看明白不是催來追逼公債攻下虧欠的韓孟翔或是任何方面[redacted]而他的關係人，他的臉上方才回復了一點血色。

來客是李壯飛，有一撮最新式的牙刷鬍須的中年男子，也是馮季卿在[redacted]公債市場上結識的新交。

馮季卿一面肅[redacted]進這位新來的客人，一面仔細打量這位也是在公債裡跌交的同病相憐者的臉色；使他納罕的，是這位李壯飛的嘴角邊也浮着[redacted]何慎庵揚揚的微笑，同剛才來時相仿。馮季卿心裡就不自在了。他惴惴然懸念着這位李壯飛做過「革命」縣長的敢是也有什麼[redacted]叫人搖惑不決而且發生苦悶的奇離的什策！多了我多年们的冯雲卿现在觉得他的素经违戴的心灵上不再能增加什么刺戟了。

[redacted]李壮飞一坐下来[redacted]就发泄自己的牢骚：但是更[redacted]使冯雲卿吃惊的，是

「喂，老冯，今儿我也忍不住要说句迷信话：流年不利。打从今年元旦起，所谋辄左！三月里[redacted]弄到手一个县长，到差不满一个月，地方上就闹共匪，把一个差使丢了；一个月工夫便随你怎么刮，总捞不[redacted]回本钱来罢？好！这总算见过差使的面！前月更不成话了！满化了八千元，买一个税局长了，想说是肥缺，上头又下条子来，就[redacted]有十来个；吓，我只冲冲的赶去上任，刚刚只有两天，他妈的就开火了！敌军丢了一个副官来。不是我跑得快，也许还有麻烦呢！老冯，你看这年头儿，做官还有什么味儿！」

「可是你还没死心。科长，秘书，你全都带在身边；你那别墅中的包月房间简直就是县衙门！」

冯雲卿勉强笑了一笑说。他是勉强笑，为的是李壮飞不但做县长时候办公事常常用「革命手段」，就是朋友中间和财上往来亦[redacted]善于使用「革命手段」；所以名为「革命县长」。[redacted]冯雲卿虽尚未蒙惠顾，却也[redacted]久耳大名，现在听得他诉苦，就不免存下几分戒备之心了。

李壮飞接着也是一笑，又鬼鬼祟祟向四下里瞥一下，这才低声说：

「不说笑话——那几位，都是『带挡相帮』，我不能不拖着走。可是那开支实在要死人。今年个债理，我又赔了一注。——你猜猜，节前我还缺多少？」

因就是那话儿来了！冯雲卿的心突地一跳，脸上变色，暂时之间回答不下。李壮飞似乎也[redacted]理会到，脸儿一沉，口气就转得严肃了：

「雲卿，不要误会呀！我知道你这次失败的利害。可是你也未必就此歇手罢？我得了一个翻本的法门，特

地来和你商量——这法门，要东山长，才有灵验。」

但是冯云卿的脸色更加难看；形容「翻本的法门」非但不能鼓动他，并且加浓了他那惶惑不安的程度。他翻白着眼睛，只发出哪，[illegible]半句话也没有。李壮飞冷笑一下，瞅着冯云卿的面孔，半响以后这才大声说：

「虽你叫做『笑面虎』，却经不起丝毫风浪！——然而，也无怪其然。你是乡下土财主，过惯了是稳稳当当收租放债的生活；近代投机市场上今天多了几十万明天又变成穷光蛋那样的把戏，你是做梦也不会想到。好，好！云卿，我来充一回义务老师罢：做公债投机，全靠一字诀：狠！比方你做多头，先要买进十万，跌点，就割下来，你就完了；好！你再买进二十万！——就要这么硬上去干！你看政府发行公债也就是这个硬上去的方法。上半年是发行了两个七千万，下半年包你就有四个七千万丢到市场上。非这么着，政府的财政就干不下——」

「可是这和我们做公债什么相干呢？人家是——」

冯云卿忍不住问了，虽然夹着叹一口气，便把后半句话缩住。李壮飞早又抢着说：

「嗨，嗨，你又来了！道理就在这里哪！市场上的筹码既然被定是滥增加，市场的变化也就一天比一天利害；政局上起点风潮，公债市场就受到影响。我们做公债的，就此有利可图了。你去问问老做公债的人，谁不愿意只要多打几仗？要是政局平定，那么，你今天买了去，就是真正买去，没有明天翻本的希望；现在却是天天有大大翻一次本的希望。」

「想不到你是欢迎他们打仗——」

「也不一定。我做税局长，就不欢迎开火；现在税局长丢了，改做公债，自然主张不同。可是还有一层——我们大家都做编遣和裁兵。发行两笔债，名义上是避免战争，但是实在呢，今回的战事就从这上面爆发了。战事一起，内地盗匪就多了，共匪也活动加倍了，土财主都带了钱躲到上海来；现金集中在上海，却好让政府多发几千万公债，然而有钱就有仗打，有仗打就是内地愈加乱做一团，内地愈乱，土财主带了钱逃到上海来的也就愈加多，政府又可以多发公債，——这就叫做“公債和打仗的連环套”。老冯，现在你該明白了罢？别项生意碰到開火就要倒楣，做公債却是例外。包你打一千年的仗，公債生[redacted]意就有一千年的兴盛蒇旺！”

“壮飛，你看内地还能够再太平么？”

冯雲卿吐去了那[redacted]含[redacted]在嘴裡有好半天的一口濃痰，慌慌张张问。

“呵！你，老冯，还有这種享福的想头！再过一两年，你的田契送给人家也没人頟情罢！”

是冷冷的回答。冯雲卿聆急地瞧着李壮飛的飽滿精悍的面庞，聆那他下面还有话；直到確定是再没有下文，並且李壮飛的神色又是那樣肯定不含糊，冯雲卿猛的耳朵边嗡然一气响，神智便有些恍惚不清了。好容易下定神来，他咬着牙齒说：数天来他忖量不定的一个問題，總是得了回答，可是太凄惨的回答。

“那是政府太对不住我们有田產的人了！”

“也不尽然。政府到底还发行了無量数的公債，給你一条生财之道！而且是一下子撈进十万廿万也不稀希奇的生财大道！”

不知道是当真呢，还是故意，李壮飛依然冷静到十二分，笑嘻嘻地回答。冯雲卿却已经傷心到幾乎掉下眼淚来，然而从何慎庵来过後所引起的疑难歧路倒也得了个解决了：他，冯雲卿，只好在公債上拼性命，拼一切了！

他仰起臉来，声音抖抖索索地说：

“破產了！还談得上发横财么！不过——壮飛，你的什么法门呢？到底还没講出来呀！”

李壮飛悠吸[redacted]着煙捲，将煙氣一口一口吹到空中，並没作答。他知道已经收服了的老狐狸不怕他再脱逃。

约莫经过了足有三分鐘，李壮飛这才斗的問道：

「雲卿，你那些田地總該還可以抵押數文罷？趁早脫手！」

現出是馮雲卿翻着眼睛不回答，只微微點着頭。

「你不要誤會。那是我好意給你上條陳。——至于做公債的辦法，簡單一句話，我和你合股打公司；說拋進後放空，你都聽我的調度；贏了去的時候，兩个人分攤，賺了錢，你得另外分我三成的花紅。不過還有一層也要先講明：：到保證金的時候也是你七成我三成；——這總是我占你的光。給我手頭現有三万兩的莊票要去貼現太吃虧，況話又要倍了，等到期是陽曆下月十六。——」

「講到現款，我更不如你。」馮雲卿趕快接上去說；一半是實情，一半也是聽去覺得李壯飛的辦法太冒險，心裡便下了戒嚴令了。

但是富於革命手段的李壯飛立刻衝破了馮雲卿的警戒網：

「嗨嗨，你又來了！沒有現錢，不好拿田地去抵押麼？我認識某師長，他是貴同鄉，總還他在家鄉置辦点產業，我自信倒有把握。你只要給我就是了。便是你那邊要用三千五千，只要對我說就是了，我能替你設法，不要抵押品。——只有一層，除天天當所開市，你如果想幹，就得快！要進就是要出，先下手為強！」

「照你說，應該怎麼辦呢？」

「好！一古腦兒告訴你罷！此番公債漲風中吃飽的，大家都知道是趙伯韜，此外內中還有吳老三吳蓀甫，他是老趙的私腦。他有一个好朋友在前線打仗，他的消息特別快。我認識一个經紀人陸匡時，跟吳蓀甫是親戚，吳老三做公債都經過他的手；我托陸匡時打了招呼，他透關節，我們跟着吳蓀甫做，賺下來分給他一點彩頭。你看，這條線不好麼？雲卿，這點是失敗不了的！」

李壯飛說完就跳了起來，一手換着他的牙刷鬍須，一手就抓起了草帽。那頂巴拿馬

此時樓上忽然來了吵鬧的聲音，兩個都是女人；馮雲卿一聽就知道是女兒和姨太太。這一來，他的方寸

完全亂了，不知不覺也站了起來，沖著李壯飛一拱手，就說：

「領教，領教。務務拜託。真人面前不說假話，節前我還短三五千銀子，你老兄說过了的幫忙，明天我到你旅館裡來面談罷！」

李壯飛滿口答應，又說定了約會的時間，便興沖沖地走了。樓下馮雲卿懷著一顆怦忡不安定的心，轉身跑跑蹌蹌跑上樓去，打算做照例的和事老。他剛跑到自己臥房門前，就听得內裡鏘琅一片響，姨太太連聲冷笑。馮雲卿臉色全白了，縮站住在房門口，側著耳朵聽。但他隨即打定了主意，輕輕揭開門幃，閃身進去，卻看見只有姨太太滿臉怒容坐在鴉片煙榻上，大姐阿寶跪在地下拾一些碎碗盞，煙榻前青色白花的地毯[redacted]濕了一大塊，滿佈著燕窩粥。梳頭姨娘站在姨太太背後，微笑地弄著手裡的木梳。

馮雲卿看見女兒不在場，[redacted]心裡[redacted]寬了一半。顯然是女兒對姨太太取了攻勢後就自己退去了，—那位「堅壁清野」，因而姨太太只好拿小大姐阿寶來出氣了。

「噯，你倒來了！恐怕你是走錯了房間罷？你老該先去看看你的千金小姐。她吃虧了！」

姨太太[redacted]轉了面孔，卻斜過眼光來瞅著馮雲卿，這麼挑俏地說著。

馮雲卿伛著腰苦笑，一面就借著小大姐阿寶發話：

「嚇！越來越不成話了。端慣了的東西也會跌翻麼？還不快[redacted]去再拿一碗來，[redacted]蹲在這裡幹什麼？」

「你不要指著張三罵李四呀！」

姨太太尖聲說，突然回過臉來對著馮雲卿，凶惡地瞪出了一双小眼睛。看見馮雲卿軟抨抨地陪笑，姨太太就又冷笑一聲接著說下去：

「連這毛[redacted]丫頭也來放肆了。懷壯的東西就爬上來！想要壓我麼？料想她也不敢，還不是有人在背後指使麼？你給我一句嘴清白舌的回話——」

「呃，呃；老九，犯不着那麼生氣。抽一筒煙，平平肝火罷。我給你打泡。金媽，趕快給姨太太梳頭。今晚上九点鐘，明園特別賽。張公館裡已經來過電話，老九，——那邊的五姨太請你先去打十二圈牌再上明園去。你看，太陽已經斜了，可不是得趕快，省得為一点小事情生氣。」

馮雪卿一面說，一面就遞眼色給姨太太背後的金媽；又振起精神哈哈一笑，這纔躺到煙榻上拿起鐵籤子燒煙，心裡卻像壓着一塊石頭似的怪難受。

「真的。大小姐看相是个大人了，到底還是小孩子，嘴裡沒輕重。你姨太太有精神，就教訓她幾句，犯不着氣壞了自己。——噯，還是梳一个橫愛司麼？」

金媽湊趣也在一旁解勸，用同時最敏捷的手法給姨太太梳起頭來。姨太太也不作聲。她的心轉到張公館的五姨太那裡去了。這是她的小姊妹之一。而她之所以能够在馮雪卿面前有威風，大事也是靠仗這位張府五姨太。馮雪卿剛搬到上海來的時候，曾經接到過鄉匪的嚇詐信，是姨太太[redacted]張府五姨太[redacted]這根線索，總算一个招呼到打底，居然太平無事。從此以後，馮雪卿方才知道自己一个鄉下找着了土財主在安樂窩的這才上海時就還不及她進廬閣的姨太太那麼有法力！從此對於姨太太的夜遊生活便簡直不敢過問了。

當下小大姐阿寶已經收拾好地毯上的碎碗片和粥粒，重新送進一碗不冷不熱的燕窩粥來。金媽工作完畢，就到西廂房去整理姨太太的衣服。馮雪卿已經裝好了一筒煙，把煙槍放下，閉了眼睛，又想起何穗庵的來陳和李壯飛的來信。他有了這樣的盤算：如果李壯飛的話可靠，那豈不是勝似何穗庵的「鐵同狗」來陳麼？當然雙管齊下是最妥當的了，但是——「詩禮傳家」，這怎麼使得！況且，姨太太為的特殊原因，[redacted]已經佔了壓倒的優勢，現在如果再來一个女兒也[redacted]為的[redacted]「特殊原因」而造成了特殊勢力，那麼，他這老頭兒的地位就更在家中難處了。

但願李壯飛的每一句話都是忠實可靠的！然而——

說到這裡，馮雪卿的思想被姨太太的話音打斷。姨太太嚼着燕窩粥，用銀湯匙敲着碗邊說道：

「大後天就是端陽節了，你都備辦好了罷？」

「呵——什麼？」

馮雪卿慌慌張張抬起頭來問；一条口涎從他的嘴角邊直滴下去，沾在衣襟上了。

「什麼呀？哼！節上送禮哪！人家的弟兄們打過招呼，難道是替你白當差！」

「哦，哦——這个，——時時刻刻在我心上呢，可是，老九，你知道做公債虧得一塌糊塗，差不多兩手空空了，這短五六千塊。正要和你商量，看有沒有門路——」

「噯——要我去借多少？一万嗎？八千呢？拿什麼做押款？鄉下那些田地，人家不見得肯收罷！」

「就是為此，所以要借數你的。有个姓李的朋友答應是答應了，就恐怕靠不住，只有三兩天的工夫了，誤了事那就糟糕，可不是？」

姨太太靜候馮雪卿說完了，這才端起那碗燕窩粥來一口氣喝了下去，扭着頸頷輕聲一笑，卻沒有回答。丈夫做公債虧了本，她是知道的，然而虧到那樣，她可有点不大相信。要她經手借多少？她沒有什麼不願意。為的既然經過她的手，她就可以扣下一注來作為自己過端陽節的各項使用。

她用一根牙籤剔了一会兒牙齒，就笑了笑說道：

「數千的數目，沒有押款自然也可以借到；就找張公館的五阿姊，難道她不給我這一点面子。不過拿去押的出去给人家看，也是我们的面子。是么？——田契不中用。我记得元丰钱庄上还有一万银子的存折呢……」

「啊——那个，那个，不能动！」

冯雪卿斗的跳起来说，我手带翻了烟盘里的烟灯。

姨太太偏起嘴唇哼了一声，横在烟榻上，拿起烟枪呼呼地就抽。

「元丰钱庄上那一笔存款是不能动的，嗳，老九！那是阿眉的。当初她的娘断七以后，由阿眉的舅父姑夫出面决定，提这一万块钱存在钱庄上，永远不能动用东西，要到阿眉出嫁的时候给她作垫箱子呢！」

冯雪卿为了眉的，气喘喘地说着，同时就回忆一古脑儿到自己老婆死后便弄这批老九进门来那时候阿眉的舅父和姑夫汹汹争吵的情形。而且从此以后他的运气便一年不如一年，当真合着阿眉的舅父所说「我来这扁圆脸的女人是丧门相」，非倾家荡产不止。——这么想着，他忍不住叹一口气；又溜过眼光去看姨太太。但是姨太太的尖利的眼光也正在看他呢，他这一惊可不小，立刻把眼光畏缩地移到那微微作响的烟斗上，并且逼出一脸的笑容。他惟恐自己心里的思想被姨太太看透。

幸而姨太太似乎并没理会，把烟枪离开嘴唇寸许，从鼻孔里喷出两道浓烟，她意外地柔和而且俏媚说：

「嗳，就一心想做老丈人，办喜事，垫箱子，什么都有，好在那里，就等女儿女婿来磕头。我是没有那种福气，你自己想起来倒好像有——哼，你这梦几时做醒？」

「哦——？」

「哎，你是当真不知道呢，还是在我面前装假呢？」

姨太太忽然格格地笑着说，显然是很高兴而不是生气。

「我就不懂——」

「是呀，我也不懂为什么好好的千金小姐不要堂而皇之出嫁，还不要一万多银子的垫箱子——」

「老九！——」

馮雲卿焦急地叫起來了。到底他聽出話頭不對，而且姨太太很有些突變了意。但是姨太太一筒煙到肚皮的精神更加，說來得真快，簡直沒有馮雲卿開口的餘[redacted]地：

「叫我作什麼呢？我老九是不識字的，不懂新法子。你女兒是讀書的，會作文，新式人；她有她的派頭：看中了一個男人，拔起腳來一溜！新式女兒孝順爹娘就是這麼的：出嫁不要費爹娘一點心！」

姨太太說着就放下了煙槍，也不笑了，卻十分看不慣似的連連搖頭。

「當真？」

馮雲卿勉強掙扎出兩個字來，臉色全變了，稀鬆的鼠鬚子又在發抖，眼白也轉黃了，呆呆地看定了他的老九，似乎是疑問，又似乎是驚怖。有這樣的意思閃叩着他的神經：自由？自由就一定是逃走？但是姨太太卻往便來了怕人的回答：

「當真麼！噢，是我造謠！你自己等着瞧罷！一個下流的學生，外路人，奇奇怪怪的，也許就是什麼共產黨，——老爺你也不肯答應他做女婿，你不答應也沒有用，他們的新派頭就是腳底揩油！」

好像犯人被判決了罪狀，馮雲卿到此時覺得無可躲閃了，喉間咕的一聲，眼睛就往上翻，手指尖索索地抖。他閉了眼睛，面前就浮現出何慎庵那浮腫的圓臉和怪樣的微笑；這笑現在是很有諷刺的意味了！——「老子是何慎庵這狗頭早已聽到阿眉的爛污行為，他卻故意來開老子的玩笑！」猛可地又是這樣的思想在馮雲卿神經上掠過，他的心裡便又添上一種異樣的味兒。他自己也有點弄不明白到底是在痛恨女兒的「不肯」呢，還是可惜着何慎庵[redacted]貢獻的妙計竟不能實[redacted]行；總之，他覺得一切都失敗，全盤都空了。

此時有一隻柔軟的手掌在他心窩上輕輕撫摸，並且有更柔軟而嬌香的聲音在他耳邊蕩漾：

「嘖，嘖，犯不著那麼生氣呀！倒是我不該對你說了！」

馮雪卿搖一下頭，帶便又捏住了那隻在自己胸口撫摸的姨太太的軟手，過了一會兒，他這才說：有氣無力地——

「家門不幸。真是防不勝防！——想不到。可是，陪眉從沒在外邊過夜，每晚上必還十二點鐘也就回家了，白天又是到學校，——她，她，——就不曉得她是什麼時候上了人家的吊？——」

話是在尾梢處轉了調子，顯著不到輕信的意味。姨太太的臉色可就變了；突然抽回了那揣在馮雪卿胸口的手，隻她媽系叫道：對準馮雪卿臉上就是一口唾沫，

「呸！你這死烏龜！什麼話！我就是天天要到天亮纔回來，我有了姘頭哪，你拿出憑证來給我看！」

馮雪卿白瞪著眼睛不作聲。又酸又辣的一股味兒從他胸脯間直冲到鼻子尖，他的臉色也漲紅了，但立即轉成著鐵青，他幾乎忍耐不住，正待發作一下，可是姨太太的第二个攻勢早又來了：

「自然是軋姘頭囉！張家五姨太和我是連襠。你自己去問罷！」

這樣說著，姨太太連聲冷笑，身子一扭，就躺在煙榻上自己燒煙泡。「張家五姨太——」這句話帶進馮雪卿的耳朵比雷還響些！這好比是套在馮雪卿頸上的一根韁繩，姨太太輕輕一提，就暗示了她即使在外边軋姘頭，也是有所恃而不怕馮雪卿敢怎地。現在馮雪卿除了忍氣陪笑而外，更沒有別的法子。等姨太太急要梳妝，当下也就適可而止。馮雪卿四面張羅著，直到姨太太換好了衣服，坐上了打電話雇來的汽車，頭也不回地走了以後，這才有時間再推敲關於女兒的事情。他在房裡踱了幾步，臉色是蒼白，嘴角是簌簌地抖；然而此時他的心情已經不是單純的恨怨女兒敗壞了「門風」，而是帶幾分抱怨著女兒不善利用她千金之体的意思。這樣的辯解在他腦膛上來回了幾次：「既然她自己下賤，不明不白就破了身，那麼，就照她情願的什麼一办，我做老子的也就沒有什麼對她不起；也沒有什麼對不起她已死的娘，也沒有什麼對不起我的祖宗！」漸漸他的臉上浮出了得意的淺笑了。可是只一剎那，他又擰緊了眉頭。他的周到的思慮忽然想到，

万一他那已经有了情人的女儿不肯依他的吩咐，可怎么办呢？老赵已经四十开外，虽然身躯粗壮，可没有一星儿慓悍的气味！

有一只老鸦在窗外瓦面上叫了几声。冯雪卿猛跳起来咬紧着牙关自言自语说：

「要是她当真不依，那真是不孝的女儿，不孝的女儿！」

他慌慌张张在房里转了几个圈子，看看那座电钟，正指着六点十分。一天就要过去了！他感觉到再不能延挨光阴，作势地咳了几声，便打定主意找女儿谈判去。

冯眉卿正在自己房里写一封信，告诉她的朋友为什么她不能践约痛痛快快游玩一番。她不好意思说因为父亲不给钱，但適当的藉口却又想不出来；她先用中文写，刚写了一半就自己看看也觉得不很通顺，便撕掉了，改用英文写。然而最可恶的是她现在要用的辞句，先生都没教过，英文读本上也找不到；她写了两行就搁浅了，用左手支着腮苦思了一会，然后又换着右手来支腮，让这枝自来水笔夹在白嫩的中指和食指之间。她的两颊上飞染了嫣红，眼睛是水汪汪地，却带着几分倦态。末后，她不再去苦思索了，机械地在那张信笺上画了无数的小圆圈。这时候，房门上的旋钮一下，她的父亲进来了。

料不到是父亲，冯眉卿轻喊一声「啊唷」，就连她带臂膊伏在书桌上，遮住了那不像样的信笺，稚稚地笑着。

冯雪卿也不说话，闪起他的细眼睛在房间里搜索似的瞥一下。没有什么特别惹注意的。琴书，手帕，香水瓶，小标撑，胭脂膏，散散落落点缀了满房间。终于他站在眉卿面前，忖量着开始第一句话。

眉卿也抬起头来，已经不笑了，水汪汪的一双眼睛望着她父亲的脸。似乎这眼光含有怨意，冯雪卿不敢正面接受，便將腦袋略向右偏，却正對着眉卿那半扭轉的上身，而特別顯現出隆起的乳房了。一種怪異的感想便在冯雲卿意識上擴展開來：他好像已經實地查明了這女兒已是婦人身，他同時便感到女兒這種「不告而有所為」的自由行動很損害了他的父權，他的氣往上衝了，於是開口第一句便出外地嚴厲：

「阿眉！你——你也不小了！——」

在這裡，女兒猝然地一聲笑，又使得冯雲卿不好意思再板起臉，他頓了一頓，口氣就轉為和緩：

「你今年十八歲了，阿眉。上海場面壞人極多，軋朋友須得小心，不要受人家騙了你——」

「騙了我？噯，——我受過誰的騙的？」

眉卿說了起來反問，她的長眉毛稍稍縐一下，但她臉上的嫣紅也沒褪了幾分。冯雲卿勉強一笑，口氣再讓步些，並且立即把說話的內容也加以修改：

「呃——騙你的錢呀！你看想想，一個月你要化多少錢？可不是一百五六十麼？你一個人萬萬化不了那麼多！一定有人幫同你在那裡化，是不是？——」

「爸爸是要查我的賬麼？好，我背給你聽。」

「不用背。唉，有幾句正經話要同你說呢。這次交易所裡，我是大虧本了；有人虧本，一定就有人賺進，阿眉，你知道大大賺了一票的是誰？——是一個姓趙的，某某飯店裡有他的包月房間，某某屋頂花園見天下午他是去一趟兜圈子，四十來歲，一個威風凜凜的大個子。他收藏的寶石金鋼鑽！只看他兩隻手——」

冯雲卿忽然頓住了，接連着幾個「唉」，却始終不出下文；他的迷惘的眼光只在他女兒臉上打圈圈兒。這是緊要關頭了。當下他就不能決定是坦直地和盤托出好呢，或是繞一個圈子先逗動女兒的心。而更其作怪的，在這兩個念頭以外，還有潛伏着的第三念，他自己也有點弄不清楚，但顯然在那裡蠢動：他很情願此時忽然天崩地裂，毀滅了他自己，他女兒，老趙，公債市場，以及一切等等。他看着女兒那一對好像微笑的亮晶晶的眼睛，又看看她那仿佛微有波动的胸脯，他立刻想像出了最不体面的一幕。而紧接着又来了他自己作主角的同样最不体面的一幕。似乎有人在他耳边说：「那倒不是结发，随她胡调去，可是这，却是你亲生的骨血呢！」他忍不住打一个冷噤，心直跳，险些掉下眼泪。这却是刹那间的事，——快到不容冯云卿有所审择，有所决定。并且就在这一刹那间，冯眉卿很妩媚地一笑，扭了扭腰肢，说道：脱口

「噢——爸爸，你说的是赵伯韬的！」

「吓——你！」

冯云卿惊喊起来，一切纷乱的感想立刻逃散，只剩下一种情绪：惊奇而又暗喜。一句问话，似箭在弦，直冲到眉卿的脸上了，那声音且有点儿抖颤：

「你认识他么？怎样认识他的？」

「我的一个朋友——女朋友，认识这姓赵的。」

「嗳，姓赵的，赵伯韬？就是公债大王赵伯韬，有名的大户多头？威风凛凛的大个子？——」

「就是啦。不会错的！」

眉卿不耐烦似的用极简回答，撑起手帕来在嘴唇边抹了两下，嘻嘻地软笑。她不懂得父亲为什么那样慌张出惊，可是她也分明看得出父亲听说了是一个女朋友认识那个赵伯韬就有点失望的样子。然而她父亲的问话却还没有止境：

「哦，你的女朋友？阿眉，你的女朋友比你年纪大呢，还是小些？」

「恐怕是大这么三四岁。」

「那就是二十一二了。那裡人？出嫁了沒有？」

「嗳——出嫁过。去年死了丈夫。」

「那是寡婦了。奇怪！慢着，阿眉，是怎樣一个人呢？我們家裡来过沒有？」

「爸爸！——你打听這些有什麼用呢？」

「呃，我有用的；阿眉，我有用的。你说明白了，回头我告訴你是什麼用处。快说：来过沒有？」

眉卿却不马上回答，她坐了下去，笑嘻嘻对着她父親看，小手指在绞弄她的手帕。她忽然吃吃地艳笑着说道：

「未曾沒有来过，可是，爸爸，你一定看見过她，也许还認識她呢！」

「哦——」

「她常到交易所去。是比我略矮一些，小圓臉兒，鼻头旁边有几粒细麻点，不留心是看不出来的。她的嘴唇生得顶好看。胸脯高很得，腰又细，走路像西洋女人。爸爸，你想起来了麼？她是常到交易所的。她叫做刘玉英，她的公司就是交易所经纪人陸匡時。——」

「喔，喔，陸匡時！今天老李说的如何如何的陸匡時！」

冯雲卿蓦然想起来，樣子很兴奋。他不住的点着頭，似乎幸而弄明白了一个疑难的問題。一會兒以後，他轉臉仔细看着女兒，似乎把想像中的刘玉英和眼前這冯眉卿比較研究。末後，他松一口氣，慌慌然問道：

「可是她和趙伯韜带着点兒親？嗳，我是说你那个女朋友，姓刘的。」

冯眉卿不回答，只怪樣地笑了一声，斜扭着身子把長髮蓬松的脑袋提了几提，眼睛看着地下。然後忽又撲嗤一笑，抬起眼来看着她父親说道：

「管她有親沒親呢！[redacted]反正是——嗳，爸爸，你打听得那麼仔细！」

冯云卿也笑了，他已经明白了一切，并且他看过去以为女儿也是熟惯了一切，他就觉得凡事无非天意，他亦只好顺天行事。这一观念既作了优势，他[redacted]略略酌斟了字句，就直捷地对女儿说道：

「阿眉，我打听[redacted]仔细，是有道理的。那个赵伯韬，做起公债来就同有鬼帮忙似的，回回得手。这一次，他捞进的，就有百几十万！这一次，前方打败仗，做空头的人[redacted]总是看低，谁知道忽然反转来，还是多头占便宜。阿眉，你爸爸一天工夫里就变做穷光蛋了！——可是你不用着急，还可以翻本的。不过有一层，我在暗里，人家在亮里，照这样干下去，万万不行。只有一个法子，探得了赵伯韬的秘密！这个姓赵的虽则精明，女人面上却非常专心。女人的小指头儿就可以挖出他肚子里的心事！阿眉，你的女朋友和老赵要好，可不是么？这[redacted]就是天赐其便，让我翻本。我现在把这担子交给你了。你又聪明，又漂亮，——唉，你自然明白，不用我多嘱咐！」

冯云卿重重地松一口气，嘻开了[redacted]嘴望着女儿干笑。但忽然他的心里又浮起了几乎不能自信的矛盾：一方面是惟恐女儿摇头，一方面却又怕看见女儿点头答应。可是眉卿的神[redacted]色却自然得很，微微一笑，毫不为难地就点了一下头。她稍稍有点误解了父亲的意思，她以为父亲是要利用刘玉英来探取老赵的秘密。

看见女儿已经点头了，冯云卿心就一跳，然而这一跳以后，他浑身就异常轻松。他微微喟一气。大事现已决定！现在是无可改悔，不得不然的情势终于叫他走上了不得不然的路。

「万一刘玉英倒不愿意呢？」

蓦地眉卿提出了这样的疑问。这话是轻轻说的，并且她的脸上又飞起一道红晕，她的眼光垂低了，她扭转腰肢，两手不停地绞弄她的小手帕。冯云卿不防有这一问，暂时怔住了。现在是他误解了女儿的意思。从这误解，他忍不住这样想：到底是年轻的女孩儿，没有经验。此时眉卿也抬起头来看着她父亲，眼皮是似笑非笑的，仿佛定要她父親給一个明明白白的解答。馮雲卿沒奈何只好涎着臉皮說：

「傻孩子！這也要問呀！要你自己看風駛篷！再者，她是你的好朋友，你總該知道她的脾氣兒如何？看是不瞞她的好，就不用瞞她；不然的話，你做手腳的時候還是避過她的眼睛要緊些——」

「喔唷！」

眉卿低喊一聲，就靠在椅子背上，兩手掩住了臉，格格地笑个不住。這當兒，馮雲卿也就抽身走了；他惟恐女兒再有同樣的蔴煩；無論如何，要做父親的回答這些問題，總有些不合宜。

他剛到了樓下廂房，還沒坐定，女兒也就來了。穿着蛇紋皮的化粧皮夾，是立刻要出門的樣子。

「爸爸，錢呢？出去找朋友，不帶錢是不行的。」

眉卿站在廂房門邊說，好像不耐煩似的將了用高跟鞋的後跟敲着門檻。

罵了一遍以後，馮雲卿就給了一百塊。他很覺得還有幾句話要囑咐，但陪着女兒直到大門外，看她翩然跳上了人力車，終于不曾說出口。他怔怔地站在門口一會兒，有幾分得意，又有幾分難受。待到他回身要進去的時候，猛看見大門旁的白粉牆上有木炭畫的一个極拙劣的烏龜，✱一口氣塞上喉管來，立時臉色變了，手指夫冰冷，又發抖。他勉強走回到廂房裡就躺在炕榻上，窮的怨恨在他心頭疊起：他恨極了那些農民和共匪！都是因為這班人騷擾，使他不得不躲到上海來，不得不放任姨太太每夜的生活放浪；也因為是在上海，他覺得不得不做公債投機，不得不教唆女兒去幹美人計。這一切，在他看來，都是合邏輯的，而唯一的原因是農民造反，人心不古。他苦悶地嘆一口氣，心裡說：

——這，如今，若要和女兒全都穿出去讓人家公了！實行公妻的，反倒是在這上海，反倒是我！這真是从那裡說起？从那裡說起！

✱而在此「國罵」左邊，烏龜的油墨大書着兩行標語：「參加五卅示威！」「擁護蘇維埃！」馮雲卿猛

九、

「離舊曆端陽」只有兩天。翌日就是有名的「五卅紀念節」，上海的居民例如馮雲卿這般人，固然忙着張羅款項（過節），忙着仙人跳和鑽狗洞的勾當，卻是另外有許多人忙着完全不同的事：五卅紀念示威運動！先幾天內，全上海各馬路的電桿上，大公館住房的圍牆上，都已經寫滿了各色標語，示威地點公開：麻史意义的南京路。

華、法、公共租界三處軍警當局，事前就開過聯防會議了。「五卅」這天上午九時光景，沿南京路、外灘馬路、以至北四川路底，足有五英里的路程，公共租界捕房配置了嚴密的警戒網；武裝巡捕，輕機關鎗摩托腳踏車的巡邏隊，相繼不絕。重要地點還有高大的裝甲汽車當街蹲着，車上的機關槍口對準了行人雜沓的十字街頭。

南京路西端，俗名泥城橋的一帶，騎巡隊的高頭大馬在車輛與行人中間齊蹄振鬣，有時嘴裡還噴着白沫。

此時，西藏路靠近跑馬廳那一邊的行人道上，有兩男一女，都[redacted]不過二十來步，在向北緩緩地走；他們一面走，一面東張西望，又時時交換一兩句簡單的話語。兩個男的，都穿洋服，其中有一位穿淺灰色，很是紳士樣，褲管的摺縫又平又直；另一位是藏青嗶嘰的，卻就不作西，褲管縐成臘腸式；女的是一身孔雀翠[redacted]色華爾紗面子白印度綢裡子的長旗袍。在這地點，這時間，又加之以是服裝不相調和的三個青年，不用說就有點惹人注目。

他們走到新世界飯店的大門前，就站住了。三個一隊的騎巡，正從他們面前過去；早晨的太陽光射[redacted]在騎巡[redacted]肩頭斜掛着的鎗管上，發出青色的閃光來。站在那裡的三個青年都望着騎巡的背影，一直到看不見。忽然三人中的女郎帶幾分不耐煩的神氣說道：

「往那裡走呢？在這條路上來來回回，已經是第三趟了哪！無——聊呀！站在一個地點等候罷，柏青，你又說使不得。況且此刻快要九點半了，還沒見一些兒動靜。巡捕戒備的那麼嚴！看來今天的示威不成功了罷？」

「不要那麽高声嚷吆，素素！对面有三道头来了。」

「哼！芝生，你那麽胆小，何必出来！可是——密斯脱柏，当真你没有记错了時間和地点麽？」

「错不了！小蔡告訴我的明明白白。是在泥城桥发動，直衝南京路，一直到外灘，再進北四川路，到公園靶子場散隊。時間是十点。别忙，[redacted]密司張，还差半个鐘点哪！」

是臘腸式褲管的青年回答。他就叫做柏青，同吴芝生是同学。当下他们站在这地点已在五分鐘以上了，就有两个暗探模様的大漢挨到他们身边，鸟溜溜的怪眼睛尽对他们看。張素素首先觉到，便将柏青的衣角拉一下，轉身往西走了几步，将近跑馬場的側门，回头对跟上来的吴芝生和柏青说道：

「看見麽？那两个穿黑大衫的。模様儿就同蓀甫公館裡的保鏢像是一付板子裡印出来。」

说着，她忍不住撲嗤一声笑了起来。厭烦了平凡生活的她就觉得眼前的事情有点好玩。而且刚才她在馬路上来回地踱了三趟不見什麽特别举動所引起来的厭倦心理也就消散了。昨天下午她听得吴芝生说起了有一个柏青拉他去参加示威的時候，她就预許给自己多少緊張，多少热烈；她几乎一夜不曾好生睡觉，今天起早就跑到芝生[redacted]他们校裡[redacted]催着出来，[redacted]她那股热情，不但吴芝生望塵莫及，就是柏青也像赶不上。

吴芝生他们回头去看，那两个穿黑大衫的漢子已经不見了，却有一辆满身红色的有篷子[redacted]和銀行裡送銀汽車相像的大車子停在那地方。一會兒，这红色汽車也開走了，喇叭的声音怪难听，像是猫头鹰叫。

「这就是預備捉人的汽車！」

柏青告訴了張素素，[redacted]同時他的脸上就添上一重嚴肅的表情。張素素微笑不答，很用心地在瞭望那南京路与西藏路交叉处来往的行人；她觉得这些匆匆忙忙的行人中间就有許多是特来示威，来这發動地点等候信號。一股热氣漸漸從她胸膛裡擴散開来，她的脸有点红了。

吴芝生也在那裡東張西望。他心裡暗暗奇怪：为什麽不見相熟的同学？他看看[redacted]西边跑馬廳高樓上的大鐘，還只有九點四十分。猛可地覺得肚子餓了，他轉臉去看柏青，很想說「先去吃點兒東西好麼？」但這話將到舌尖又被捺住，臨時換了一句：

「前方打得怎樣了？你有家信麼？」

「聽說是互有勝敗。我家裡讓炮火打得稀爛，家裡人都逃到鄰埠去了。沒有意思的軍閥[redacted]戰——」

柏青說到這裡，眼睛一瞪，以下的話就聽不清楚了；一路公共汽車在他們面前停住，下來了七八個，站在他們左近的幾個人也上去了，車又開走，這裡就只剩他們三人。一個印度巡捕走過來，向他們揮手，並且用木棍子的[redacted]一頭在柏青肩膀上輕輕點一下，嘴裡說：「去！去！」于是他們就往東[redacted]，再到新世界飯店大門口，再沿著西藏路向南走。

現在這條路上情形就跟先前[redacted]很不相同！四個馬巡一字兒擺開，站在馬路中央，馬上人挺鞍四顧，似乎準備好了望見何處有騷擾就往何處衝。從南向北，又是兩人一對的三隊馬巡，相距十多丈路，專在道旁人多處闖。一輛摩托腳踏車，坐著兩個西捕，發瘋似的在路上馳過。接著又是裝甲汽車威風凜凜[redacted]地來了，鬼叫一樣的喇叭聲[redacted]一路不停地響著。然而這一路上的群眾也是愈聚愈多了。和西藏路成直角的五條馬路口全是一簇一簇的忽聚忽散的群眾。沿馬路擺的中西印巡捕團團轉地用棍子驅逐，用手槍示威了。警戒線已經攪亂了！

吳芝生他們三位此時不能再站住，[redacted]——一站住就要干涉，只有向南走著，走著。將近一家皮件公司的門前時，有一個三十左右的西裝男子從對面跑來，一手抓住了吳芝生的肩頭，就喊道：

「呵！老[redacted]芝！不要往南跑！危險！」

這人叫做柯仲謀，是律師秋隼的朋友，現充新聞記者，也是常到吳公館的熟客。

吳芝生還沒回答[redacted]，張素素早就搶上來問道：

「前面怎樣？捉了人麼？」

「哈，密司張，你也來了麼？是參加示威呢，还是來趕热闹？要是來趕热闹，密司張，我劝你还是回家罷！」

「你這話，我就不懂！」

「從而我知道你一定懂。這種示威運動，不是反对，就是热烈地參加，成為主動。存了看热闹的意思，那还是不來為是。密司張，我老实說，即使你不反对，却也未必會有多大的热心，——」

「那麼，柯先生，你來做什麼？」

張素素又搶著反駁，臉色變了。柯仲漻那種把她看作嬌怯不堪的論調，惹起她十二分的反感了！但是柯仲漻不慌不忙擎起手裡的快照鏡箱在張素素臉前一提，這才微笑著回答：

「我麼？我是新聞記者，我的職業是自由職業，我的立場也是自由主义的立場！」

說完，他點一下頭，提著他的快照鏡箱穿过馬路去了。

這裡張素素冷笑一聲，看看吳芝生，又看看柏青，彷彿是說「你們也小覷我麼？好！我等幹一下！」却在這時候，那邊馬路的一个人堆裏發生了騷動，尖厲的聲音破空而起。張素素全身一震，便飛也似的跑著，一直穿过馬路，一直向那動乱的人群跑。可是还沒到，那一堆人霍地分開，露出兩个巡捕，更不招呼兩个同伴，揮起棍子左右打找人。張素素不由的收住了腳，猶豫地站著伸長了頸子望。突然，不遠处響起了一声爆竹。這是信號！吶喊的聲音跟著來了，最初似乎人數不多，但立即四面八方都接應起來了。張素素覺得全身的血都湧上來，心是直跳。她本能地向旁跑了幾步，急切間不知道怎樣。俄而猛听得一片馬蹄聲暴風似的從後面沖來，她趕快閃在一边，看見許多人乱跑，又看見那飛奔的一隊馬巡沖散了前面不遠的一堆群众，可是群众們又攢聚著直向這边來了。這是学生和工人的混合隊，一路散著傳單，雷震似的喊著口號。張素素的心幾乎跳到喉嚨，滿臉通紅，張大了嘴，只是笑。驀地她脫口起了一聲狂吼：

「反对軍閥混戰！——打倒——」

張素素急回頭去看，原是来柏青。他瞥了素素一眼，也不说话，就跑上前去，混在那群众队伍裡了。這時群众已经跑过張素素的面前，大队的巡捕，在後面赶上来，更远的後面，装甲汽車和馬巡！和張素素在一处的人们也都向北湧去。但是前面也有巡捕揮着棍子打过来了。這一群人就此四散乱跑。匆乱中有人抓住了張素素的手，帶她穿过了馬路。這是吴芝生，脸色虽然很难看，嘴角上却还帶着微笑。他们俩到了新新公司门前，看見示威的主力队已经衝过南京路浙江路口，分作许多小队了。張素素鬆一口氣，覺得心已经不跳，却是重甸甸地往下沉。她也不能再笑了，她的手指夫冰冷。然而继续不断的示威群众，七八人一隊的，还在沿南京路三大公司一帶喊口號。張素素他们站立的新新公司门旁瞬息间又擠集了不少人了。從雲南路那边冲出一辆捉人的红色汽車来，五六個巡捕從車上跳下来，就要兜捕那擠集在新新公司门前的那些人。張素素心慌，转身打算跑進新新公司去。那公司裡的职员们却高聲吆喝：「不要進来！」一面就关那鐵栅。此時吴芝生已经跳在馬路中间，張素素心一硬，也就跟着跑过去，到了路[redacted]南的行人道上，她再抓住了吴芝生的手時，兩隻手都在抖，[redacted]而且全是冷汗了。

這裡地上散满着传单，吴芝生和張素素踏着传单急忙地走。警笛聲接連嗤嗤地叫。人聲混乱到听不清是喊些什麼。他们俩的脸色全变了。幸而前面是大三元酒家，门还开着。張素素，吴芝生兩个跄跄踉踉地趕快鑽進了大三元，那時一片喊口號又在南京路上爆发了。張素素頭也不回，一直[redacted]跑上大三元的二樓[redacted]。

雅座都已客满。張素素他们很觉得失望。本来是只打算暂時躲避一下，但進来後却引起食慾来了。兩个人对立着皱眉头。幸而跑堂的想出一个办法，请他们[redacted]和一个单身客人合席。這位客人来了将近半小時，独佔一室，並没喫多少東西，就只看报紙。最初那客人大概有点不願意，但当張素素趕到那房间的镜门边窥探時，那客人忽然丢下报紙，大笑着站起來歡迎。原來他就是范博文。出驚地叫了一声，張素々就笑着問：

"是你麼？一个人？——躲在這裡幹什麼呢？"

"我來猜猜：你不是等候什麼人，也不是來解決肚子問題，你一定是來搜集詩料——五卅紀念示威運動！"

吳芝生接口說，在范博文的下首坐了，就抓过那些报紙來看，却都是当天的小报，应有尽有。

范博文白起眼睛釘了吳芝生一眼，忽然嘆一口氣，轉臉对張素々說：

"很好的題目，但是那班做手太不行！我預备從頭看到底，——你看這房間的地位还差麼？[redacted]西起泥城橋，東至日升樓，半里示威一眼收！然而，憑詩人的名义，我再說一句：那班做手太不行！难道我就只写猴子似的逃捕，烏龜一樣的鉄甲車？当然不够！我不是那樣諛阿权势的俗詩人！自然也得写々对方。從前有馬可依利亚特这不朽的史詩，固然着力表揚了希腊軍的神勇，却也不忘記讃美着海克托的英雄；只是今天的事，示威者方面太不行！——但是，素素，我來此地这倒並不此，我是为了另一件事——另一件事，却也叫我掃興！"

"也是属于詩料的麼？"

張素素一面用小指頭在点心單上隨意指了几下給跑堂的看，一面就[redacted]隨口問。范博文却立刻臉紅了，又嘆第二口氣，勉強点一下頭，不作回答。這在范博文[redacted]是"你[redacted]再問，我[redacted]就說"的表示，張素素却不明白。她按照普通交際的慣例，就拋開了不得回答的題目，打算再談到示威運動，她亲身"参加"了的示威運動。但是最摸熟范博文性格的吳芝生忽然放開了报紙，在范博文肩頭猛拍一下，威脅似的說：

"詩人，你說老实話！一个人鬼々祟々躲在這裡幹什麼？"

范博文縐々眉膀苦笑，是非常为难的樣子。張素々笑了，却也有点不忍，正打算用话岔開，忽然[redacted]那一道和[redacted]邻座相通的板壁，有人答々地敲着，又有女人吃々笑的声音，带笑带問道：[redacted]

"可是素素麼？"

分明是林佩珊的口音。范博文的臉色更加紅了，吳芝生大笑。

張素素似乎也悟到那中間的祕密，將眼波在范博文臉上一溜，就跑往外；過了一會兒，她和林佩珊手拉手地進來了，後面還跟着一個男子，卻是杜新籜，手杖掛在臂上，草帽拿在手裡。一進來，林佩珊將慵無力似的倚在張素素肩頭，從張素素的鬆蓬蓬黑髮後斜睨着范博文說道：

「博文！我要送你一盒名片，印的頭銜是：田園詩人兼偵探小說家！好麼？」

一面說，一面就撲嗤一笑。大家也都笑起來了。范博文自己也在內。他忽然又高興起來，先將右手豎了擱在胸前，沖着林佩珊微微一鞠躬，像是和尚們行禮，然後又和杜新籜握手，微笑地問：

「你呢？老籜！送我什麼？」

「我——送你一本莎士比亞的 Love's Labours Lost 劇。」

杜新籜很大方地回答，附着個冷隽的微笑。他今天改穿了中國衣服，清瘦的身材上披一件海軍藍的毛葛單長衫，很有些名士遺少的氣概。范博文略略皺一下眉頭，卻又用了似乎感謝的樣子，笑了一笑說：

「我希望我在眼前我們的假面跳舞中不會找錯了我意中的伙伴。」

「那就好了。可是我不妨對你說，我是新來者，我還不能說是已經加入了你們那假面跳舞會呢！」

說着這麼，杜新籜和范博文都會意似的哈哈笑起來。此時林佩珊和張素素正兩個談得異常熱鬧，吳芝生坐在她們兩個對面，時時頷首。張素素是在演述她自己如何去參加示威，怎樣出險。雖則剛才身當其境時，她不但有過一時的「不知道應該怎樣」，並且也曾雙手發抖，出過冷汗，然而此刻她回憶起來，卻只記得自己看見那一隊騎巡並不能衝散示威的主力隊，而且主力隊反突破了警戒網直衝到南京路的那個時候，她是怎樣地受感動，怎熱地熱血沸騰，而且狂笑，而且毫不顾虑到騎巡隊甚疯似的衝掃到她身边。她的脸又红了，眼睛闪闪地射出無奈的光芒，她的话語又快利，又豪邁。林佩珊睁大了眼睛，手按在張書壽的手上，猛然叫道：打斷了壽壽的陳述，夹着

「啊哟！壽，了不得！是那轉[redacted]驼了红彩阿三的高頭大馬從你背後衝上来麽？嘘，嘘，嘘——吳先生，你看見馬彩從壽的那顶擦过，险一些踏倒了她麽？唉，壽——呀！」

吳先生頷首，也很無奈地笑着。

張書壽却不笑，脸色是很嚴肅的；她拿起林佩珊襟前作为装飾品的印花丝帕在自己额上揩拭一下，而打斷再往下說，林佩珊早又搶着問了，同時更緊緊地握住了張書壽的一隻手：

「壽！你们的同伴就那一天喊口號[redacted]！嘖，嘖！巡捕追你们到新新公司门前麽？[redacted]你们的同伴就此被捕[redacted]？」

林佩珊說着，就又轉眼[redacted]看着吳先生的脸。吳先生並没听真问的是什麽，依然頷首。張書壽不知就裡，看見吳先生證實了柏青的被捕，她蓦地喊一声，跳起来抱住了林佩珊的頸，没命地摇着，連聲说道：

「犧牲了一个！犧牲了一个！只我们親眼看見的，我们相識的，已經是一个了！唉，多麽偉大！多麽壮烈！衝破了巡捕，馬巡，装甲汽車，密密層層的警戒網！唉，我永遠永遠忘记不了今天！」

[redacted]「我也看見兩个或是三个人被捕。其中有一个我敢斷定他是不相干的過路人。」

那邊范博文对杜新籜說，無端端[redacted]的嘆一口氣。杜新籜冷冷的点头，不開口。范博文回头看了張書壽一眼，看見這位小姐[redacted]被自己的熱[redacted]烈回憶激動得太过分，他忍不住又嘆一口氣，大声說：

「什麽都墮落了，便是群众運動也墮落到[redacted]叫人難以相信。[redacted]我是親身参加了五年前有名的五卅運動的，那時——唉，"the world is world, and man is man"！那時，群众熱天怕投，南京路！那才可稱為示威運動！她们今天只是衝过！曾经滄海难为水：我总是覺得今天的示威運動不成！」

張書壽和林佩珊一齊轉过脸来，看着范博文發怔。这两位都是出世稍遲，未曾及見当時的偉大壮烈，听得了

范博文這番話，就將信將疑的閉不作口。范博文更加得意，眼睛凝視著窗外的天空，似乎被回憶中的壯烈偉大所眩惑而沉醉了；卻猛然身边一個人噴出幾聲冷笑，這是半晌不曾說話的吳芝生現在來和范博文抬槓了：

「博文，我和你表同情：當真是什麼都墮落了！比較的說是你——五年前你參加示威，但今天你卻高坐在大三元酒家二樓，希望追踪尼祿（Nero）皇帝登高观賞火燒羅馬城那樣雅興了！」

范博文慢慢回過臉來，不介意似的對吳芝生淡淡一笑，但是更熱切地望著張素素和林佩珊，似乎在問：「你們也是這樣的見解麼？」兩位女郎相視而笑，都不出聲。范博文便有点窘了。幸而杜新籜此時加進來說話：

「就是轟天似地鬧了南京路，也不算什麼了不得呀！這種事，在外國，常常發生。大都市的人性好動，喜歡胡鬧——」

「你說是胡鬧的！嗳？——」

張素素憤然質問，又用力搖著林佩珊的肩膀。但是杜新籜冷冷然坚決地回答：

「是——我就以為不過是胡鬧。翻遍古今中外的歷史，沒有一个國家曾經用這種示威運動而變成了富且強。此等群衆騷擾的行徑，只說明是沒有教育的人民一時間的衝動罷了！敗事有餘，成事不足！」

「那麼，籜先生，你以為应該怎麼办纔是成事有餘，敗事不足？」

吳芝生搶在張素素前面說，用力將張素素的手腕一拉。杜新籜笑而不答，只撮起嘴唇嘘嘘地吹著謠曲。范博文驚訝地眨著眼睛。林佩珊在一旁暗笑。張素素鼓起小腮子，轉臉對吳芝生說：

「你还问什麼呢！他的办法一定就是他們老六——學得的什麼『鐵拳』政策，一定是的！」

「剛剛猜錯了，密司張。我認定中國這樣的國家根本就沒有办法。」

杜新籜依然微笑着說。他這話剛出口，立刻就引起了張素素和吳芝生兩个人的大叫，但是范博文卻伸過手去，在杜新籜的肩頭拍一下，

翹起一个大姆指在他臉前一幌。恰在此時，跑堂的送進點心來，猛不防范博文的手往外一擺，

豎手把那些點心都碰在地下。林佩珊再也忍不住的笑起來了，她一邊大笑，一邊將左手扶住了椅子，右手按在腹部揉摩。

「博文！你——」

張素素嬌嗔着范博文喊叫。然而范博文接下去对杜新籜說的一句話又使得張素素破怨為笑：

「老籜，你和令叔分手得太久了，所以是多不可得的一对。他是太熱，你是太冷；一冷一熱，都出在黃府了！」

「多謝你恭維。現在已經是夏天，還是冷一點好。——吃點心罷！」

杜新籜乾笑一声說，坐下去就吃點心。張素素好像把一腔怨氣遷惹到點心上面了，抓过一个包子来狠狠地咬了一口，便又丢下，鼓氣向着范博文問道：

「你呢？是不是不冷不熱的罷？」

「他是一切無非詩料。冷，熱，捉了人去，流了血，都是詩料！」

吳芝生看見有機會，就又嘲笑着范博文來了。誠然，他和杜新籜更不对勁，可是他以為直接嘲諷范博文，便是間接打擊杜新籜，他以為杜、范之間，不過程度之差。這種見解，從什麼時候發生，他自己也不知道；但自從杜范兩位互争林佩珊這事更日漸明顯以後，他這个成見也就逐漸加濃了。幸而他說給了范博文一針，轉眼就從杜新籜臉上看到林佩珊身上。杜新籜還是不動声色，側着頭，細嚼嘴裡的點心。林佩珊則细腰微折，倚在張素素坐的那張椅子背上，獨自在那里出神。

范博文不理吳芝生的譏諷，挨張素素的旁邊坐了，忽又嘆一口氣，輕輕說：

「我是見熱了就熱，見了冷卻不一定就冷。我是喜欢說我的俏皮話。但是，我的心裡卻異常嚴肅，我常想做一些已經的嚴肅的事。我要求一些事刺戟我一下！你们今天早上為什麼不來招呼我一道走呢？你们難道就斷定我不会跟你们一同去示威麼？——呃，你们那位同伴，也許是被捕了，我約畧認識他。」

張素素笑了，一面換过筷子来吃，一面回答：

「你這話就对了。[redacted]你早不說，誰知道你也要来的呢？不过还有一層——」

她這句[redacted]上頓住，張素素忽然仰起臉来看[redacted]看格背後斜睇倩倩的林佩珊，[redacted]同時有幾句刁鑽的話正待說出来，可是林佩珊已經臉紅了。張素素更[redacted]加大声笑。驀地杜新籜怪樣地笑着，[redacted]起筷子在桌子上輕輕打着，嘴角上浮出冷隽的微笑，高聲吟起詩来了：中國舊

「容顏若飛電，時景如飄风，草綠霜已白，日西月復東，華鬓不耐秋，颯然成衰[redacted]蓬！……君子[redacted]变猿鶴，小人為沙虫！——」

張素素皱了[redacted]眉头，鼻子裡輕輕一哼。此時房間的趟门高開，一个人当门而立，[redacted]大鼻子边一对玻璃杯的厚底帽似的近视眼鏡吓煞突出在向前探伸的腦袋上，形狀非常可笑。這人就是李玉亭。似乎他还沒看明白房間裡有幾个人，[redacted]以及這[redacted]些人是誰。張素素猛不防見李玉亭，便有幾分不自在[redacted]吟詩的杜新籜也看見了，放下筷子站起来招呼，一面笑嘻嘻瞥了張素素一眼，問李玉亭道：

「教授李先生，你怎麼也来了？什麼時候来的呀？定是新拜了范博文做老师，学做偵探小説罷？」

「老籜，你這話等於打嘴巴！」

看見張素素臉就变色，范博文就趕快接前說，又瞪了杜新籜一眼。李玉亭不明白他們的話中有骨，並不回答，心慌[redacted]慌地往前挪了一步，滿臉堆起笑容来說道：

「呀，你们[redacted]在這！也是避進来的麼？馬路上人真多，巡捕也[redacted]不講理，我的眼睛又不方便，剛才危险得很——」

「什麼！示威还沒散麼？」

吴芝生急忙忙问，嘴里还嚼着点心。

「没有。我坐车子经过东新桥，就碰着了两三百人的一队，洋瓶和石子是武器，跟巡捕打起来了。不知道什么时候，有人拿传单望我的车子里撒。我那时只顾叫车夫赶快跑，那里知道将到大新街，又碰到了巡捕赶开示威的人们，——嗳，车子里的一叠传单就闯了祸。我拿出名片来，巡捕还是不肯放。我和巡捕的三道头说，也是不中用。末后到底连我的包车夫和车子都带进捕房去。总算承他们格外优待，没有扣留我。现在这南京路上还是紧张，包探和散的群众到处全是。大商店都关上铁栅门——」

李玉亭讲到这里，突然被打断了；范博文仰脸大笑，一手指着吴芝生，又一手指着张素素，想代他们两个报告也曾怎样「遇险」，并且有几句最巧妙的俏皮话也已经准备好了，却是一片各呼噪猛从窗外马路上起来，接着就是纷沓的脚步声在这大三元二楼的雅座里爆发，顷刻间都传到了楼梯那了。范博文心里一慌，脸色略变，话是说不出来了，身体一缩，不知不觉竟想望桌子底下钻。这时张素素已经跑到窗前去探视了，吴芝生跟在后面。李玉亭站在那里发急搓手。林佩珊缩到房间角里，眼睛睁得挺大，手掩住了嘴巴，想说却说不出。只有杜新箨却还不改常度，虽则脸上转成青白，嘴角边还强勉浮出冷笑来。

「见鬼！没有事。人都散了。」

张素素很失望似的跑回来说。她转脸看见林佩珊那种孙气，忍不住笑了。佩珊伸长颈子问道：

「怎么一回事呀？——素！——你不怕吃流弹？」

张素素摇头；谁也不明白她这摇头是表示不怕流弹呢，还是不知道街上的呼噪究竟是什么性质。林佩珊不放心，用眼光追询杜新箨；她刚才看见杜新箨好像是最镇静最先料到不会出乱子的。

「管他是什么事！反正不会出乱子。我信任外国人维持秩序的能力！我还觉得租界当局太张皇，那么严重戒备，反引起了人心恐慌。」

杜新箨眼看着林佩珊和张素素说，装出什么都不介意的神气来。

李玉亭聽着只是搖頭。他向來以為杜新箨是不知利害的享樂公子，現在他更確定了。他忍不住上前一步，很嚴重地說：對杜新箨

「不要太樂觀。上海此時也是危機四伏。你想，米價飛漲到二十多塊多一担，百物昂貴；從三月起，電車，公共汽車，紗廠工人，罷工接連不斷。共產黨方面有五月總暴動的計劃——」

「那麼實現了沒有呢？今天是五月三十！」

「不錯，五月可以說是過去了，但是危機並沒過去呀！隴海，平漢，兩條鐵路上是越打越利害，張桂軍也已往向湖南出動了，小張態度不明，全中國都要捲進混戰。江浙交界，浙江的溫台一帶，甚至于寧紹，兩湖，江西，福建，到處是農民暴動，大小股土匪，打起共產黨旗號的，數也數不明白。長江沿岸，從武穴到沙市，紅旗接連不斷。——前幾天貴鄉也出了亂子，駐防軍隊一營叛變了兩連，和共匪聯合。戰事一天不停止，共黨的活動就擴大一天。六月，七月，這項大的危險還在未來呀——」

「然而上海——」

「噢，就是上海，危機也是一天比一天深刻。這幾天內發覺，上海附近的軍隊裡有共產黨混入，駐防上海的軍隊裡發現了共產黨的傳單和小組織，並且聽說有一小部分很不穩了。各工廠的工人暗中也有組織。今天五卅，租界方面戒備得那麼嚴，然而還有示威，巡捕的警戒線被他們沖破，你還說租界當局太張皇麼？」

李玉亭的話愈說愈低，可是聽的人卻覺得入耳更響更尖。杜新箨的眉頭漸漸緊了，再不發言。張素素的臉上泛出紅潮來，眼光閃閃地，似乎她的思想正在飛躍。吳芝生拉一下范博文的衣角，好像以為是嘲笑，又好像認真地說：

「等着罢，浩文！就有你的诗题了！」

范浩文却竟严肃地点一下头，转脸看定了李玉亭，正待说些什么，可是林佩珊已经抢上先了：

「上海总该不要紧罢？有租界！」

李玉亭还没回答，那边杜新箨接口说道：

「不要紧！至多明天，后天，下星期，下个月，再下一月，都还不要紧！但是上海，至少是天津，汉口，广州，澳门，几处大商埠，在下下下几个月内，都还不要紧！再不然，日本，法国，美国，总该不至于要紧！供我们优游行乐的地方还多得很呢，不要紧！」

林佩珊噗嗤一声笑，也就放宽了心。她是一个活泼泼地爱快乐的女郎，明天又是醉人的好春景，她怎么肯为一些不可知的未来的危险而白担着忧愁。但是别人的心事就有点不同。李玉亭诧异地看了杜新箨一会儿，又望望吴芝生，范浩文他们，似乎想找一个可以共话的人。末後，他轻轻叹一口气说：

「嗯——照这样打，打，打下去，照这样不论在前方，后方，政界，工商，教育机关，全是窝里翻，火併，那恐怕总崩溃的时期也不会很远呢！白俄失去了政权，还有[redacted]亡命的地方，轮到我们，恐怕不行！到那时候，全世界革命，全世界的资产阶级——」

他不能再往下说了，他低垂着头，沉吟，沉吟。他很伤心于党政当局和社会巨头间的窝里翻和火併，他眼前就只有一个使命，——他受吴荪甫的派遣，要找赵伯韬谈判一点儿事情，一点儿两方权利上的争执。他自从刚才在东新桥看见了示威群众到此刻，就时时想着那一句成语：不怕敌人强，只怕自己阵线发生裂痕。而现在，这裂痕却依着敌人的进展而愈裂愈深！他悲观地感到

忽然一声狂笑惊觉了李玉亭的沉思。是杜新箨，他背靠在门边，冷冷地笑着，独自微吟：

「且欢娱罢，无问明天；醇酒，妇人，——沉醉在美酒里，销魂在温软的拥抱里！」

于是他忽然扬声叫道：

「你们看，这样佳人的天气！然而这里岂不是太煞风景！我知道有几个白俄的亡命客新辟一个游乐的林园名叫丽娃丽妲村。那里有美酒，有音乐，有旧俄罗斯的公主郡主贵族名媛奔走趋承，那里有大树的绿荫如幔，芳草如茵！那里有一湾绿水，有游艇！——嗳，雪白的胸脯，雪白的腿，我想起了色奈河边的快乐，我想起了法兰西女郎的热情如火一般！」

一边说，一边他就转身从板壁上的衣钩取了他的草帽和手杖。他看见自己的意见没有应者，似乎一怔，但立即冷然微笑，走到林佩珊跟前，伸出手来，微微一弯腰，说道：

「密司林，如果你想回家去，我请密司张伴你——」

林佩珊迷惘地一笑，又急速地溜一眼看看张素素他们四个，点着头，就倚在杜新箨臂上走了。

这里，吴芝生对范博文使了个眼色。然而范博文居然扬扬一笑，转身看着李玉亭说：

「但是，不能不说你这大学教授狗屁！你的危言谠论，并不能叫杜居安思危，反使得他决心去及时行乐，今夕有酒今夕醉！枉辜负了你的长太息而痛哭流涕！」

「无聊！说他干么！我们到北四川路去罢。」

「芝生，不是柏青说过北四川路散队？」

张素素叫着，看一看桌子上的碟子，等一时沙果壳在碟子里，转身就走。吴芝生跟着出去。范博文略一迟疑，就连忙叫「等一等」，又对李玉亭笑了一笑，也就飞奔下楼。

李玉亭倚在窗口竭目力张望。马路上人已经少了一些，吴芝生与范博文夹在张素素两边，指手划脚地向东去了。有一个疑问在他脑中盘旋了一些时候：这三个到北四川路去干什么呢？——虽则他并没听清张素素的最從一句話，從而她那種神氣是看得出來的，而況他又能教人猜他的性情和思想。「這就是現今[redacted]這時代不可免的變化不是？」他悶悶地想着，覺得心裡漸漸沉重。末了，他擺開了一切似的搖着頭，又往下看看街上的情形，便也離開了那大三元酒家。

他是向西走。到華安大廈的門前，他看了看手腕上的錶，已經十點半，他就走進去，坐電梯一直到五樓。

他[redacted]（在甬道中好出）自己的名片[redacted]寫了幾个字，交給一个侍役。過了好久，[redacted]那白衣的侍役方來引他進了一間西對跑馬廳的一裡一外兩套間的精緻[redacted]（這）客房。[redacted]

通到客室的門半開着，水蒸氣挾着濃香充滿了一裡一外的套間，李玉亭的近視眼鏡的厚玻璃片上立刻起了浮暈，白茫茫地看不清什麼。他彷彿看見有一个渾身雪白毛茸茸的人形在他面前一閃就跑進右首的作為臥室的那一間裡去了；那人形過去時，飄蕩出刺腦的濃香和格格的豔笑。李玉亭惘然伸手去抹一下他的眼鏡，定睛再看。前面沙發裡坐着的，可[redacted]就是趙伯韜，穿一件糙米色的法蘭絨浴衣，元寶式地橫埋在沙發裡，側着臉，兩條腿架在沙發臂上，露出黑滲滲的兩腿粗毛。不用說，他也是剛剛浴罷。

趙伯韜並沒站起來，朝着李玉亭隨便點一下頭，又將右手微微一伸，就算是招呼過了，便轉臉對那臥室的門裡喊道：

「玉英——出來！見見這位李先生。他是近視眼，剛才一定沒有看明白。——呃，不要你裝扮，就是那麼着出來罷！」

李玉亭驚異地張大了嘴巴，不懂得趙伯韜這番舉動的作用。可是那渾身異香的女人早就笑吟吟地裊着腰肢出來了。一大幅雪白的[redacted]毛布披在她身上，像是和尚們的袈裟，卻起了胸脯跳躍似的走過來，異常高聳的乳房在毛布裡面動蕩。一張小圓臉，那鮮紅的嘴唇就是生氣的時候也像是在那裡笑。是妖冶的化身，是近代都市文明的特產！李玉亭被那雪白的閃光耀得眼睛發花，恍惚覺得坐下的椅子也軟癱下去了。趙伯韜微微笑着，轉眼對李玉亭尖利地瞥一下，伸手就在那女人的（豐腴的）屁股上擰一把。

「啊唷～～～」

女人作態地嬌喊。趙伯韜哈哈大笑，就勢推摟着女人的下半身，要她裊裊婷婷地轉一個[redacted]圈子，[redacted]又[redacted]一個圈子，然後用力一推，命令似的說道：

「够了！去罷！裝扮你的罷！——把门關上！」

彷彿拿珍貴的珠寶在人面前誇耀一番，便又什襲藏好了似的，趙伯韜這才轉臉对李玉亭說：

「怎麼，玉亭！嘸，你自己去照照鏡子，你的臉紅了！哈哈，你[redacted]真是少見多怪！人家說我姓趙的愛玩，不錯，我喜歡這調门兒。我做事就要做个爽快。我不能像人家七猜八猜，把我當作一个有多少秘密的妖怪。剛才你一進來看見我這裡有女人。你的眼睛不对，你沒有看明白。你心裡在那裡猜度。我知道。現在你可看明白了罷？也許你還認識她。你說不好麼？西洋女人的皮膚和綢係哪！」

忽然收住，趙伯韜搖搖身体站起來，從煙匣中取一支雪茄嚼在嘴裡，又將那煙匣向李玉亭面前一推，做了个「請罷」的手勢，便又埋身在沙發裡，架起了腿，慢慢地擦火柴，燃着那支雪茄。他那態度，就好像一点心事也沒有，專在那裡享清福。李玉亭並不吸煙，却是手按在那煙匣边上輕輕地[redacted]機械地摸了一會兒，心裡很在[redacted]躊躇，為何可以不辱吳蓀甫所付託[redacted]的使命，而又不[redacted]過于[redacted]罪[redacted]老趙。他等候老趙先發言。他覺得最好還是不先自居于「文階專使」的地位，不要自己再成了顯然的「吳派」。然而趙伯韜只管吸煙，一言不發，眼光也不大往李玉亭臉上溜掠。大約五分鐘过去了，李玉亭再也撐不下，決定先說幾句試探的話：

「伯翁昨天見过蓀甫麼？」

趙伯韜搖頭，把雪茄從嘴唇上拏開，似乎想說話了，但一伸手彈去了煙灰，重复嚼到嘴裡去了。

「藕甫的家鄉遭了匪禍，很受些損失，因此他心情不好，在有些事情上，近于躁急；譬如他和伯翁爭執的兩件事，公債交割的賬目和朱吟秋的押款，本來就——」

李玉亭在這「就」字上拖了一下，用心觀察趙伯韜的神色；他[redacted]原想說「本來就是[redacted]小事」，但臨時又覺得不妥當，便打話改作「本來就總有方式妥協」，然而馬在這一吞吐間，他的話就被趙伯韜打斷了。

「喔，喔，是那兩件事呀！藕甫感得不快麼？啊，[redacted]容易辦！可是，玉亭，今天你是帶了藕甫的條件來和我交涉呢，還是來探探我的口風？」

猛不防是這麼「爽快的辦法」，李玉亭有點窘了；他確是帶了條件來，也負有探探口風的任務，但是既經趙伯韜一口喝破，這就為難了，而況[redacted]介于兩大之間的他為本身利害計，最好是兩面圓到。當下他就笑了一笑趕快回答：

「不——是。伯翁和藕甫是老朋友，有什麼話，您可以面談，何必用我來在中間——」

「可不是！那麼，玉亭，你一定是來探探我的口風了！好，我老實對你說罷。我這人辦事就喜歡辦的爽快！」

趙伯韜又打斷了李玉亭的話頭，炯炯的眼光直射在李玉亭臉上。

「伯翁那樣爽快是再好沒有了。」

被逼到簡直不能轉身的李玉亭只好這麼說，一面勉強有點抱怨趙伯韜太不肯體諒人，一面卻也自感到在老趙跟前打話取巧是大錯而特錯。他應得立即改變策略了！但是趙伯韜好像看透了李玉亭的心事似的，[redacted]驀地仰臉大笑，站起來拍著李玉亭的肩膀說：

「玉亭，我們也是老朋友，有什麼話，就說什麼話。我是沒有秘密的。就像對于女人——倘使藕甫有相好的女人，未必就公之衆目。噯，玉亭，你還要看看她麼？看一看裝扮好了的她！——去那搗，寡老！你知道我不大愛進門的女人，但這是例外，她是會迷人的妖怪！」

「你是有名的畫收蓄，那也不能不備一格！」

李玉亭凑趣着说（觉得不够不），心里却又发急，惟恐赵伯韬又把以往事滑过去；幸而不然，赵伯韬嘻嘻的一笑，回到他的沙发里，就自己[redacted]提起这么他和荪甫中间的"争执"以及他自己的[redacted]态度：

"一切已往的事，你都明白，我们不谈；我现在简单几句话，公债方面的折账，就照你最初的提议，我也马马虎虎了，只是朱吟秋方面的押款，我已经口头答应他，不能够改变，除非朱吟秋自己情愿取消。"

李玉亭看着赵伯韬的面孔，咕啜着他每一句话的斤两，同时就感到目前的交涉非常辣手。赵伯韬所坚持的一项，正就是吴荪甫不肯让步的焦点。在故乡农民暴动中受了若干损失的吴荪甫，不但想廉价吞併了朱吟秋的丝厂以为辅佐，并且想更廉价地攫取了朱吟秋的大批乾茧来投机抛售的期丝，企图在厂经跌价地风潮中仍旧赚钱；这[redacted]一切，李玉亭都很明白。然而赵伯韬的炯炯目光也似乎早已看透了这中间的癥结，他指住了吴荪甫的要害，他宁肯在"公债折账"上吃亏这么两三万！李玉亭沉吟了一会儿，这才轻轻吁一口气回答：

"也是荪甫方面注意的，也就是对于朱吟秋的押款；伯翁，容我参加一些第三者的意见——"

"哈，我知道荪甫为什么那样看重朱吟秋的押款方面，我知道他们那押款合同中有几句话讲到朱吟秋的大批乾茧！"

赵伯韬打断了李玉亭的说话，拍着腿大笑。

李玉亭一怔，背脊上竟透出一片冷汗；他替吴荪甫着急，又为自己的使命悲观。然而这一急却使他抛脱了吞吐的态度，他苦笑着转口问道：

"当然呵，什么事瞒得了你的一双眼睛！可是我就还有点不懂，哎，伯翁，你要那些乾茧来做什么用处？都是自家人，你伯翁何必同荪甫开玩笑呢？他要是拿不到朱吟秋的乾茧，可就有点窘——"

李玉亭的話不得不又半途停止；他聽得趙伯韜一聲乾笑，又見看他仰臉噴一口雪茄煙，他那三角臉上胖胖的肌肉輕輕一下跳動。接着就是銅鐵一般的回答，使得李玉亭毛髮直豎：

「你不懂？笑話！——我辦事就愛個爽快，開誠布公和我商量，我也開誠布公。玉亭，你今天就是蓀甫的代表，我不妨提出一個辦法，看蓀甫他們能不能答應：我介紹尚仲禮加入蓀甫他們的益中信託公司做總經理。」

「啊，這個，——聽說早已決定了推舉一位姓唐的。」

「我這裡的報告也說是姓唐的，並且是一個汪派。」

李玉亭現在完全斷定趙伯韜與吳蓀甫中間的糾紛不是單純的商業性質了；他初不料那中間有這麼複雜的背景，他現在更加感得兩方面的妥協已經無望，並且決鬥的結果大概是吳蓀甫方面不利，他睜出了眼睛，望着趙伯韜，哀求似的姑且再問一句：

「伯翁還有旁的意見麼？——要是，要是益中的總理經換了杜竹齋呢？竹齋是超然的！」

趙伯韜微微一笑，立刻回答：

「尚老頭子也是超然的！」

李玉亭也笑了，同時就猛然省悟到自己的態度已經超過了第三者所應有，非得趕快轉變不行。他看了趙伯韜一眼，正想表白他自己始終是的立場對于資產階級各派毫無偏頗地盡忠效勞，然而趙伯韜伸一個懶腰，忽然轉了口氣說道：

「講到蓀甫辦事的手腕和魄力，我也佩服；就可惜他有一個毛病，自信太強！他那個益中公司的計畫，很好，可是他不先和我商量，我倒是有什麼計畫總招呼他，譬如這次的做公債。我介紹尚仲禮到益中去，也無非是想和他合作。玉亭，我是有什麼，說什麼；如果蓀甫一定固執要成見，那就拉倒。我盼望他能夠度過一重一重的難關，將來請我喝杯喜酒，可不是更妙！」

說到最後一句，趙伯韜哈哈大笑的站起身來，將兩臂在空中屈伸了幾次，就要去開臥室的那扇門了。李玉亭知道他又要放出那「迷人的寶貝」來，趕快也站起來叫道：

「伯翁，——」

趙伯韜轉過身來，很不耐煩似的對著李玉亭瞧。李玉亭搶前一步，陪起笑臉說：

「今晚上我做東，就約蓀甫、竹齋兩位，再請你伯翁賞光，你們當面談一談怎樣？」

趙伯韜的眼光在李玉亭臉上打了幾個回旋，這才似笑非笑地回答道：

「如果蓀甫沒有放棄成見的意思，那也不必多此一舉了！」

「我以為這一點的可能性很大。他馬上就會看到獨腳戲不如搭班子好。」

李玉亭很肯定地說，其實他心裡那憂慮者卻正相反，他料來十之八九蓀甫是不肯屈伏。

趙伯韜狂笑，猛的在李玉亭肩頭重拍一下，先說了一句廣東話，隨即又用普通話大聲喊道：

「什麼？你說是馬上！玉亭，我老趙面前你莫說假話。除非你把半年五个月也称作馬上。蓀甫各方面的布置，我略知一二，他既然下決心要辦益中信托公司，至少三个月的活動力是準備好了的；但是，三个月以後，他恐怕就會覺得擔子太重，調度不開了。——我是說在這方面，他兜不轉。那時候，銀行業對他稍稍收緊一些兒，他就受不了！目前呢，他正在興頭上，他要別人去遷就他，哼，他來遷就別人，三个月以後再[redacted]看罷！也許三个月不到！」

「哦——伯翁是從大處落墨，我是在小處想。譬如今年秋的乾繭押款不能照蓀甫的希望去解決，那他馬上就要不得了！沒有繭子就不能開工。不能開工就要——」

趙伯韜聳聳肩膀獰笑。可是李玉亭固執地接著說下去：

「就要增加失業工人。伯翁，四月到現在，上海工潮愈來愈利害，成為治安上一個大問題，似乎為大局計，固然路甫方面總得有點讓步，最好你伯翁也[redacted]些，對于朱吟秋的押[redacted]款，你暫不[redacted]問過。」

李玉亭說完，覺得心鬆一鬆；他已馬虎經盡了他的職務，努力為大局計，[redacted]在作和事老，不作撥火棒。他定睛看住了趙伯韜的三角臉，希望在這臉上找得一些「嘉納」的表情。然而沒有！趙伯韜竟然搖一下頭，再坐在沙發裡架起了腿，只淡淡地說了四個字：

「過甚其詞。」

李玉亭的臉上立即飛紅，感得比挨了打還難受。而因為這是一片忠心被辜負，所以在萬分義憤而外，又他添上了不得其主的隱恨。可是他還想再盡忠告，不肯就此消極，他挺一下[redacted]胸脯，準備把讀破萬卷書所得的經綸都拿出來，邀取趙伯韜的垂聽，卻不料那邊臥室的門忽然先開一道縫，小而圓的紅嘴唇在縫內迸出清脆的聲音：

「要我麼？你們嗟！」

這聲音過後，門縫裡就換上一隻烏溜溜的眼睛。趙伯韜笑了笑，就招手。門就開了，那女人像一朵蓮花似的輕盈地飄進來，先對趙伯韜側著頭一笑，然後又斜過臉去朝李玉亭略點一點頭。趙伯韜伸手在女人的白嫩小臂上擰了一把，突然喊道：

「玉英！這位李先生說，共產黨就要來了，你害怕不——？」

「喔，就是那些專門寫標語的小赤佬麼？前天夜裡我坐車過長浜路，就看見一個。真像是老鼠呢，看見人來，一鑽就沒有影子。這年頭像老鼠的小赤佬，我就不怕；我倒怕真老鼠！」

「可是乘你不防備，他們一變就成了老虎！湖南，湖北，江西，就有這種老虎。江蘇，浙江，也有！」

李玉亭趕快接上來說，心裡慶幸還有再進「危言」的機會。但是立即他又失望了，為的那女人撇著嘴唇一笑，要弄嬌似的輕聲嚕嘟著：

「嘖嘖！又是老虎哪。哄孩子罷哩！有老虎，就会有打虎的武松！」

趙伯韜掉过頭去朝李玉亭看了一眼，忽然嚴肅地说道：

「玉亭，你就回去把我的意見告訴蓀甫罷。希望他平心靜氣考慮一番，再給我答覆。——老虎麼，我要嚴防，但是決不能因为有老虎在那裡，我就退讓到不成話！明天晚上你有工夫麼？請你到大華[redacted]飯，看跳舞。」

一面说，一面站起来，趙伯韜和李玉亭握手，很客氣地送他到房門外。

李玉亭再到了馬路上時，伸頸子鬆一口氣，就往東走。他咀嚼着趙伯韜的談话，他又想起要到老閘捕房保釋他的車夫和那輛車。南京路一帶的警戒还是很嚴重。路旁賸剩的傳單，到处全是。汽車疾馳而过，捲起一陣風，那些傳單就在馬路上旋舞。忽然有一張，飛得很高，居然撲到李玉亭懷裡来了。李玉亭隨手抓住了，看了一眼，我[redacted]行驚人的句子直鑽進他的心窩：

「……軍閥官僚豪紳地主階級，在帝國主义指揮之下，聯合向革命勢力進攻，企圖根本消滅中國的革命，然而帝國主义以及中國統治（買办資產）階級內部的矛盾日益加深，此次南北軍閥空前的大混战就是他們矛盾衝突的表面化，中國革命民眾在此時期，必須加緊——」

李玉亭趕快丟掉那張紙，一鼓作氣向前跑了幾步，好像背後有鬼趕着。他覺得眼前一片烏黑，幻出一幅怪異的畫圖：吳蓀甫托住[redacted]半吟秋的咽喉，趙伯韜又從后面抓住了吳蓀甫的頭髮，

~~我[illegible]小時候由[illegible]大的炸彈就在腳底下爆響。~~[redacted]他们拼命角鬥，不管當中有人拿著刀拿機槍。會。

「這就是末日到了，[redacted]到了！」

李玉亭在心裡叫苦，渾身的筋骨像解散了似的，一顆心重甸甸[redacted]的往下沉，看見了第一家酒店時，他就跑了進去，素來不大喝酒的他，此時叫了買酒一杯一杯的往嘴裡灌，直到他那酒紅的眼睛前閃出無數的女人的舞影，都是笑開了鮮紅的小嘴，跳動著高聳的乳房，只有大幅雪白的毛布鬆鬆地披在身上。

剛碰着有客，[redacted]

十

舊歷端陽節終于在惴惴不安中过了去。商家老例的一年第一次小结賬不得不歸併到未来的「中秋」去一總结算；战争改变了生活的常軌。

「到北平去喫月餅！」——軍政当局也是這麼預言战爭的结束最遲不过未来的中秋。

但是结束的朕兆此時依然沒有。隴海線上[redacted]注没多大发展，據說兩軍的陣線還和閻大那時差不多；上將武漢方面却一天一天緊。張桂聯軍突然打進了長沙，那正是舊端節后二天，陽歷五月四日。上海的公債市場立刻起了震動。謠言從各方面傳來，[redacted]華商証券交易所[redacted]投機的人們就是謠言的輕信者，同時也就是謠言的製造者和傳播者，三馬路一帶充滿了战爭的空氣！似乎相离不遠的畫錦里的香料舖子也就帶点兒火藥味。

接着[redacted]来一个恐怖的消息[redacted]共產党紅軍彭德怀部佔領了岳州！

從旧朋友那裡証實了這警報的李玉亭当時就冷了半截身子。他怔了一會兒，取下他那付玻璃酒杯底似的近光眼鏡用手帕擦了又擦，然後決定去找吳蓀甫再進一次忠告。自從「五卅」那天以後，他[redacted]張小心地[redacted]不敢牽進了吳蓀甫他們的糾紛，再把自己竹篮可是看見機會凑巧時，他總打算做和事老，他曾經私下地[redacted]從恿杜竹斋「大義滅親」，他劝杜在吳蓀甫头上加一点壓力，使趙吳趙的妥協有实現的可能。他說蓀甫那樣的剛愎自信是禍根。

当下李玉亭匆匆忙忙趕到吳公館時，[redacted]，大客廳上有几个[redacted]人，[redacted]都屏息側立，[redacted]伺候吳蓀甫的一笑一顰。李玉亭不很認識這些人，只見中有一个五十歲左右的小鬍子，記得彷彿見過。

吳蓀甫朝外站着，脸上的氣色和平時不同；他一眼看見李玉亭，就招了招手喊道：

「玉亭，請你到小客廳去坐一會兒；对不起。」

小客廳裡先有一人在，是律师秋[redacted]隼。一个很大的公事皮包攤開着放在膝頭，這位秋律师一手[redacted]拢着一疊文件的紙[redacted]角，一手摸着下巴在那裡出神。李玉亭惘惘地坐了，也沒去驚動那沉思中的秋律師，心裡卻反覆自問：外边是一些不認得的人，這裡又有秋律師，孫老三今天有些重要的事情……

大客廳裡吳蓀甫像一頭籠裡的獅子似的踱了幾步，獰厲的眼光時時反射到那五十步左右小鬍子的臉上，帶便也掃射到其他廳上的三人。忽然吳蓀甫站住了，鼻子裡輕輕哼了一聲，不很相信似的問那小鬍子道：

「曉生，你說是省政府的命令要宏昌當也繼續營業不是？」

「是！還有通源錢莊，油坊，電廠，米廠，都不准停關。縣裡的委員對我說，鎮上的市面就靠了三先生的那些廠和那些鋪子；要是三先生統統把來停關了，鎮上的市面就會敗落到不成樣子！」

費小鬍子眼看著地下回答；他心裡也希望那些廠和鋪子不停關，但並非為了什麼鎮上的市面，而是為了他自己。雖則他很知道萬一孫甫把鎮上的事業統統收歇，也總得給他費曉生一碗飯喫，然而那就遠不及在鎮上做吳府總管那麼舒服而且威風。況且他在縣委員跟前也誇口自誇能夠挽回（譬如說，調他到上海廠裡）「三先生」的主意。

「哼！他們也說鎮上市面要緊了！他們就能夠保護市面，自然我也不打算收歇；可是他們能夠保護市面麼？」

吳蓀甫冷冷地獰笑著說。聽了他家鄉的人推崇他為百業的領袖，覺得有點高興了。費小鬍子看準了這情形，就趕快接口說道：

「現在鎮上很太平，很太平。新調來的一營兵跟前番的何營長大不相同。」

「也不見得。離市梢不到里把路就是共匪的勢力。四鄉他們盤踞，他們的步哨放到鎮西市梢形。雙橋鎮裡固然太平，可是被共匪包圍住！鎮裡的一營兵只夠守住那條到縣裡去的要路。我還聽說兵隊的步哨常常抱了槍鬧小差，逃的人數據說都比從前多了一倍！」

突然一个人插進來說，那是吳蓀甫的遠房本家吳為成，三十多歲，這次跟費小鬍子一同來的。

「還聽說鄉下已經有了什麼蘇維埃呢！」

吳為成旁边的一个二十多歲的青年也加了一句；他[redacted]也是費小鬍子帶出來的，是曾家駒的小舅子馬景山，那位住在吳公館快將半个月的。他的肩旁就站著曾家駒，此時[redacted]睜大了眼睛發怔。

※西斜的太陽光把一些樹影子都投射在那石階上，風動時這五級的石階就上一跳動着黑白的图畫。吳蓀甫垂頭看了一眼，焦燥地跺着腳。

吳蓀甫的臉色突然變了，轉過臉去對吳為成他們看了一眼，就点了二下頭。費小鬍子卻看着心跳，覺得吳蓀甫這一点頭比嗬罵還利害些；他慌忙辯白道：

「不錯，不錯；那也是有的。——可是有理由在調兵团剿，鎮上不會再出亂子。」

吳為成冷笑一聲，正想回答，忽然聽得汽車的喇叭聲從大門外直衝進來，接着又看見蓀甫不耐煩地把手一揮就跑到大客廳门外的石階上站着張望。※

一輛汽車在花園裡柏油路上停住了。捨前高升去開了車门，杜竹齋匆匆地鑽出車廂來，看着站階而立的吳蓀甫就皺了眉頭搖頭。這是一个嚴重的表示。吳蓀甫的臉孔變成了些兒蒼色，卻勉強微笑。

「真是作怪！我弄糊塗了！」

杜竹齋走上石階來，氣吁吁地說，拿着雪白的麻紗手帕不住地在臉上揩抹。

吳蓀甫只是皺了眉頭微笑，一句話也不說。他對杜竹齋看了一眼，就回身進客廳去，驀地放下臉色來，對費小鬍子說道：

「什麼鎮上太平不太平，我不要听！廠，鋪子，都是我開出的，我要收歇，就一定要收！我不是善堂家，鎮上市面好或是不好，我就管不了！——不問是有理或者哪裡來找我說，我的回答就只有這一句話！」

「可不是！我也那麼對他們說過來呀！然而，他們——三先生！——」

吳蓀甫不耐煩到了極点，忽地轉為獰笑，打斷了費小鬍子的話：

「他們那一套门面话我都知道！晚生，你還没報告我們放出去的款子連同瑞陽當收起了多少？上次你不是說過大成是有把握的麼？我看来去往不止五成！究竟收起了多少？你都帶了來麼？」

「没有。鎮上也是把端節的賬展期到中秋了。」

「哼！什麽話！」

吳蓀甫總勃然叫起来了。这又是他万万料不到的打擊！算起来总共不过七八万的数目，可是他目前正需要现款的時候，七八万圓却能够做許多事。他虎起了臉，踱了几步，看看那位坐在沙發裡吸鼻煙的杜竹齋。于是公債又找手張停版的消息驀地又闖進了吳蓀甫的氣脹了的腦袋，他心裡陰暗起来了。

杜竹齋兩个鼻孔裡都吸满了鼻煙，正闭了眼睛，張大着嘴，等候打噴嚏。

「要是三先生馬上把各店收歇，連[redacted]通源錢莊也收了，那麽，就到了中秋節也收不回我们的款子。」

費小鬍子走前一步，輕輕的說。吳蓀甫聳聳肩膀，过一會兒，便像吐棄了什麽似的笑了笑說道：

「呵！到中秋節麽？到那時候，也許我不要提那注年到上海来了！」

「三先生就怕眼前鎮上还有危險罷？剛才為成兄的一番話也未免过分一点兒。——省裡當真在抽调得力的兵隊来圍剿。现在省裡縣裡都請三先生顧全鎮上的市面，到底是三先生的家鄉，况且收了鋪子和廠房也未必抽得出现款来，三先生还是賣一个面子，等过了中秋再說。萬一當是燒了，那就[redacted]又当别論。」

費小鬍子看来機會已到，就把自己早就想好的主意說了出来，一对眼睛不住地轉動。

吳蓀甫不置可否地淡淡一笑，轉身就坐在一張椅子裡。他现在看明白了：家鄉的禍匪不但使他損失了五六万，还壓住了他的兩个五六万[redacted]，不能抽到手頭来应用。他漸漸感到天下事不能尽如人意了。但一轉念，他又以為那是因為遠在鄉村，而且不是他自己的权力所能完全支配的軍隊的事，[redacted]他親手經理[redacted]的企業，那就向来指揮如意。他的益中信託公司现在已经很有計画地進行；陳君宜的綢廠要是就要轉移到他的手裡，还有許多小工業也將歸益中公司去办理。

这麽想着的吳蓀甫便用爽利果決的口氣对費小鬍子下了命令：

「曉生，你的话也还不錯，我總得对家鄉盡点義務。中秋以前，除了陈留当照常繼續營業，其餘的厰房和鋪子，我就一力維持。可是你得和鎮上的那个營長切实办交涉，要他注意四鄉的共匪。」

費小鬍子恭恭敬敬接連答应了几个「是」，眼睛看在地下。可是他忽又問道：

「那麼，通源莊上还存着一万多銀子也就留在鎮上——」

「留在那裡周轉自家的几个鋪子。放给别家，我可不答应！」

吳蓀甫很快地說，对費小鬍子擺一擺手，就站了起来，走到杜竹斋跟前去。費小鬍子又应了一个「是」，知道自己的事情已完，也打算走了，可是[redacted]他眼光一瞥，看見吳為成和馬景山一边一个夾住了那野馬似的曾家駒，仍然直挺挺地站在靠窗的墙边，他猛的記起另一件事，就乘着吳蓀甫还没和杜竹斋開始谈话以前，慌慌忙忙跟在吳蓀甫背後叫道：

「三先生！还有一点事——」

吳蓀甫轉过臉来盯了費小鬍子一眼，很不耐烦地皱了眉頭。

「就是為成兄和景山兄两位。他们打算来给三先生办事的。今天他们跟我住在旅館裡，明天我要回鎮去了，他们两位後怎麼办，請三先生吩咐。」

費小鬍子輕輕兒說着，一面偷偷地用眼睛跟吳為成他们两位打招呼。但是两位还没有什麼動作，那边杜竹斋忽然打了一个很響的噴嚏，把家人都嚇了一跳。

「大家都到上海来找事，可是本来在上海有事的，現在还都打破了飯碗呢！銀行界，厰家，大公司裡，都為的時局不好，裁員減薪。几千几万裁下来的人，都急得走投無路。郵政局招考，只要不十名，投考的就有一千多！內地人不曉為這種情形，只顧往上海鑽。我那裏也有七八个人等着要事情。」

杜竹齋像睡醒了似的，一面揉着鼻子，一面慢吞吞地說。吳蓀甫卻不開口，只是皺着眉頭，猝然了眼睛，打量那新來的兩个人。和曾家駒站在一處，這新來的兩位似乎中看一些。吳為成的方臉上透露着精明幹練的神氣，那位馬景山也像不是俗人；兩个都比曾家駒高明得多。[redacted]或者這兩个尚堪造就[redacted]——這樣的念頭，在吳蓀甫心裏一動。做一个手勢叫這兩位過來，吳蓀甫就簡單地問了他們的學歷和辦事經驗。

費小鬍子周旋着杜竹齋，揀這位「姑老爺」愛聽的話說了幾句，就又轉身把曾家駒從坐在那裏的拉到客廳外邊石階級上輕聲兒說道：

「尊夫人要我帶信給你，叫你趕快回家去呢！」

「小馬已經跟我說過了。我不回去。我早就托蓀甫表兄給我找一个差使」

「找到了沒有呢？你打算做什麼事？回頭我也好去回覆尊夫人。」

「那還沒有找定。我是有党證的，我想到什麼衙門裡去辦事！」

費小鬍子忍不住笑了，他想來這位不識趣倒的曾老二一定把吳蓀甫纏的頭痛。

小客廳內此時那邊索索寂寞。秋律師把手裡的一疊文件都納進了公事皮包去，燃着了一枝香煙，伸一个懶腰，回答李玉亭道：

「你看，世界上的事，總是那麼大虫吃小虫！儘管像你說的有些銀行家和美國人打野兜想要操縱中國的工業——想把那些老板們變做他們支配下的大頭目，可是工廠老板像吳蓀甫他們也在[redacted]併吞一些更小的廠家，我這皮包裡就裝着七八个小工廠的運命。明天我捎着益中信托公司全权代表的名义和那些小廠的老[redacted]東家接洽，叫他們在我這些合同上簽了字，他們的廠就歸益中公司管理了，實際上就是吳蓀甫，孫吉人，或者王和甫了！」

玉亭！我就不大相信美國造来的什麽托辣斯那様的话！我倒疑惑那是吴荪甫他们故意造的谣言，乱人耳目！美國就把製造品運到中國来銷售也够了，何必在[redacted]乱烂烂的中國弄什麽廠？」

「绝不是！绝对不是！老赵跟荪甫的衝突，我是源源本本晓得的！」

李玉亭很有把握地说。秋律师就笑了一笑，用力[redacted]吸进一口煙，挺起眼看那[redacted]白垩房顶上精工雕镂的满地花纹。李玉亭跟着秋律师的眼光也向上望了一望，并没再看着秋律师的面孔，轻声儿問道：

「一下子就是七八个小廠麽？荪甫他们的魄力真不小呀！是一些什麽廠呢？」

「什麽都有：灯泡廠，热水瓶廠，玻璃廠，[redacted]橡胶廠，阳伞廠，肥皂廠，赛璐珞廠——规模都不很大。」

「光景都是廉價收盘的罢？」

李玉亭急口地再問。可是秋律师却不肯回答了。虽则李玉亭也是吴府上的熟人，但秋律师認為代当事人守[redacted]業務上的秘密是当然的；他又笑笑地笑了一笑，就把话支了開去：

「總要没有内乱，廠家纔能够发達。」

說了後，秋律师就挟着他的大皮包走出那小客廳，反手把门輕輕關上。

那门關上了時[redacted]碎的一聲，李玉亭听着心裡一跳。[redacted]他看看自己的錶，纔只五点鐘；原来他在這小客廳裡不过坐了十分鐘光景，可是他已经觉得很長久了。現在只剩了他一人，好像等候上司傳見似的枯坐在這裡，便感得更加無聊。他站起来看看墙壁上那幅丝織的「明妃出塞」圖，又踱到那窗边望望花園裡的樹木。停在柏油路上的那辆汽[redacted]車，他認得是杜竹斋的，于是忽然他更加不安起来了。——外边大客廳裡有些不認得的人，剛才這裡有法律顧問，此刻也走了，杜竹斋的汽車在園子裡等候，這一切，都不是說明了吴荪甫有重要的事情麽？可是他，李玉亭，来的時候不凑巧，坐这裡坐冷板櫈，[redacted]是主人家对于他有點起了戒心？然而[redacted]李玉亭还是從前的李玉亭，並偶然没有什麼改变。却教就不过去数，豈不天前喫了趙伯韜一頓夜飯，那時却沒有別自問，他的客人，只他和老趙兩个，很說了些闲遍着吴荪甫的話語；如此而已！

李玉亭觉得背脊上有些冷飕飕了。被人家無端疑忌，他想来又是害怕，又是不平。他只好歸咎于自己的太热心，太为大局着想，一心指望那兩"巨人"妥協和平。說不定他一片好意劝杜竹斋抑制着吴荪甫的一点独行那書话，杜竹斋竟已告訴了荪甫！說不定他们已经把他看成了离间親戚的小人！把他看成了老趙的走狗和侦探，所以竟要那麼防着他！

这小客廳另有一扇通到花園去的側门。李玉亭很想悄悄地溜走了完事。但是一轉念，他又觉得不辭而去也不妥。忽然一陣哄笑声從外边傳来。那是大客廳裡人們的笑聲！彷彿那笑声就是这樣的意思："闲坐那裡了，一个奸细！"李玉亭的心跳得卜卜地響，手指尖是冷冰。驀地他咬緊了牙齿，心裡說："既然疑心我是侦探，我就做一回！"他慌忙走到那通連大客廳的门边去想把耳朵低下了腰贴到那鑰匙孔上去偷听，忽然又轉了念頭："何苦呢！我以老趙的走狗自待，而老趙未必以走狗待我！"他倒抽一口氣，挺直身体往後退一步，就頹然落在一張椅子裡。恰好那時候，门开了，吴荪甫微笑着進来，後面是杜竹斋，右手揉着鼻子，左手裡是那个鼻煙壺。

"玉亭，对不起！幾个家鄉来的人，一点小事情。"

吴荪甫敷衍着，又微笑。杜竹斋伸伸手，算是招呼，却打了一个大噴嚏。

"哦——哦——"

李玉亭勉强笑着，含糊地应了兩聲；他心裡却只要哭，他觉得吴荪甫的微笑就像一把尖刀。他偷眼再看杜竹斋。杜竹斋是心事很重的樣子，左手的[redacted]指旋着他那隻鼻煙壺。

三个人品字式坐了，随便談了幾句，李玉亭觉得吴荪甫也还是往日那个態度，便又心宽起来，漸漸的又鎮定了他自己的立場了：一片真心顾全大局。于是当杜竹斋提起了内地土匪如毛的時候，李玉亭就望着吴荪甫的面孔，鄭重地说道：

「原来岳州失陷不是谣传，倒是真的！」

「真的麽？那也是意中之事！長沙孤城难守，張桂軍自然要分兵取岳州。」

吴荪甫随便之的回答，又微笑了。杜竹斋在那边点头。李玉亭一怔，忍不住失声叫道：

「取岳州的不是張桂軍呢！是共党彭德怀的红軍！荪甫，难道你这里没有接到这个消息？」

「谣言！故意架到共党头上的！」

吴荪甫还是淡淡地回答，翻起眼睛看那籠裡的鹦鹉剔花落生。

李玉亭跟着吴荪甫的眼光也对那鹦鹉看了一眼，心裡倒没有了主意，然而他对于日本人方面消息的信仰心是非常坚定的，他立刻断定吴荪甫是受了另一方面宣传的蒙蔽。他[redacted]转眼看着杜竹斋[redacted]，就固执地说：

「确是红軍！荪甫的消息怕有些作用。据说是这次長沙的時候，共党也进攻岳州。两处是差不多同時失陷的！荪甫，平心而论，張桂軍这次打湖南，不免是替共党造機會。可不是麽，竹斋，他们就在隴海線上分个雌雄也就罷了，何必又来惹到共党[redacted]遍地的湖南省呢！」

杜竹斋点头，却不作声。吴荪甫还是微笑，但眉尖儿有点皱了。李玉亭趁势又接下去说，口氣[redacted]很兴奋[redacted]：

「现在大局就會弄會僵就了。大江南北都是兵火，江西的共党也在那里蠢动。武汉方面兵力單薄，高陵口六十里的地面就有共党的游擊隊！沙市宜昌一帶，雜牌軍和[redacted]红軍變做了猫鼠同穴而居——」

「对了！前几天孙吉人那局裡有一条下水輪船在沙市附近被扣了去，到现在还查不出下落，也不知道是對些軍隊扣了去呢，還是共党扣了去！」

吳蘇甫打斷了李玉亭的議論，很不耐煩地站了起來，伸一伸腿，但只就又坐下去。

「瑞肴兄可真是的黑運！上次的汽車被徵發了，川河輪船却又失蹤；[redacted]說听還是去年新打的一条船，下水不滿六个月，造价三十万兩呢！」

杜竹斋接口說，右手摸着下巴；在他口裡是這麼說，耳朵也听着李玉亭的議論，可是他的心裡却想着另一些事，公債市場的變幻在他心头翻[redacted]滾；[redacted]大局的紊乱不定，而今天公債反倒回漲，这是他猜不透的一个謎。吳蘇甫又站了起來，繞着客廳裡那時空子踱一个圈子，有意無意的時々把眼光往李玉亭臉上溜。李玉亭並沒理會到，倒想引吳蘇甫注意大局的危險，在這方家和農共降。可是[redacted]，[redacted]吳蘇甫去听電話，說是[redacted]朱吟秋打來的。吳蘇甫立刻眉毛一跳，和杜竹斋对看了一眼，露出[redacted]不能說異的神氣。李玉亭照來是不便再坐下去，也就告辭[redacted]。他已經没有機会再發言的一个當差來請，是說不出的[redacted]寃抑苦悶。

杜竹斋嚼着雪茄，[redacted]一面忖量朱吟秋打電話來為什麼，一面順步就走上[redacted]樓去。他[redacted]走二樓那[redacted]大客的牆欄下打牌。姑奶奶兩姊妹和少奶奶兩姊妹剛好成了一桌。阿萱和杜新籜在旁边觀場。姑奶奶看見她的丈夫進來，就喚道：

「竹斋，你來給我代一副[redacted]！」

杜竹斋笑了笑搖頭，慢々地從嘴角上拿開那支雪茄，走到那牌桌边望了一眼，說道：

「你觉得累了麼？叫新籜代罷！你們打多少底呀？」

「爸爸是不耐煩打這些小牌的！」

杜新籜幫着他母親這樣輕々地向他的父親攻擊。同時他[redacted]向對面的林佩珊使了个眼色。

「姑老爺要是高興，就打一副[redacted]。不比得蘇甫，他[redacted]馬将氣悶的說恵兜；他要是賭，就要是的打宝搖攤！」

牌桌上麼々高々像是要睡去似的在那裡搖。

吴少奶奶赶快接口说，很温婉地笑着，可是那笑里多带几分忸怩。吴少奶奶近来老是这么忸怩，刚才这失碰了「白板」，就出了圈牌里，她已经输了两底了。这种情形，别人是不觉得的，只有杜新箨冷眼看到，却也不好白她的两眼。

那边杜姑奶奶已经站起来了，杜新箨就补了缺。他和林佩珊成了对家。吴少奶奶也站了起来，一把拉住了旁边的阿萱，吃吃地笑着说：

「看你和四妹两个新手去赢他们两位老手的钱！」

刚笑过了，吴少奶奶又是眉尖深锁，怔怔地向天空看了一眼，就翩然走了。

杜竹斋和他的夫人[redacted]走到那洋台的东端，[redacted]离开那牌桌远远的，倚在那洋台的石栏杆上，脸朝着[redacted]外边。现在他们从面牌桌上的四个人打得很有劲儿，阿萱和林佩珊的声音最响。杜太太回头去望了一下，忽然轻声说：

「有一件事要跟你商量。刚才佩瑶悄悄地对我说，我们的阿萱和他们的佩珊好像很有意思似的；阿萱到这里来，总是和佩珊一块出[redacted]去玩！」

「哦！随他们去罢。现在是通行的。」

「嗳，嗳！看你[redacted]真是糊涂呀！你忘记了两个人辈份不对么？佩珊是大着一辈呢！」

杜竹斋的眉头皱得紧了。他伸[redacted]手到栏杆外，弹去了雪茄的灰，吁一口气，却没有话。杜太太回头向那牌桌望了一眼，又接下去说：

「佩瑶也为了这件事担心[redacted]呢。她说：有人要过佩珊的帖子。她看来倒是门当户对——」

「那一家？是不是范博文？」

「不是。姓雷的。雷参谋！」
「哦，哦！雷参谋。可是他在此刻江北打仗，死活不知。」
「说是不久就可以回来。也是佩瑶说的。」
杜竹斋满脸透着为难的神气，侧过脸去望了那打牌的两个人一眼，过了一会儿，他方才慢吞吞地说：
「年来都是亲戚，走动走动也不要紧。可是，现在风[redacted]气太坏，年青人耳鬓厮磨，——那么说且——大的儿子，也管不住他的脚。太太！你就不操这一份心也罢！」
「嘻，嘻！要是做出什么[redacted]来，两家面子上都不好看！」
「咳，依你说，怎么办呢？」
「依我么？早先我打算替我们的老四做媒，都是你嫌她们林家没有钱——」
「罢了，罢了，太太！不要翻旧账。何况我闺女阿新。不过这件事的要闺里子还在女的。要是女的心里拿得準，主意稳，什么事也生不出来。」
「[redacted]她的婶婶说她还是小孩子，不懂的什么——」
「哼！」
杜竹斋不相信似的摇头，可是也没多说。此时吴少奶奶又上阳台来了，远远地望见杜竹斋夫妇站在一处，就好像看透了定是为的那件事，远远地就[redacted]送了一个迷惘的笑容[redacted]。她到那牌桌边[redacted]带便瞧了一眼，就悄悄地走向杜竹斋夫妇那边，正想开口，忽然下边花园里当差高升大声喊[redacted]上来：
「姑老爷！老爷请您说话！」
杜竹斋就抽身走了。吴少奶奶微感着值夫，看定了杜姑太太问道：
「二姊，说过了罢？」

✱拿起那经纪人陆匡时[redacted]送来的每天照例的当天交易所内各公债票开盘收盘价格的报告表，看了一眼，又顺手撩开，

杜姑太太笑了一笑，代替回答[redacted]。然后，两个人头靠着又低声谈了几句，吴少奶奶朝朝地笑了起来。她们转身就走到那牌桌边，看那四个青年人打牌。

杜竹斋在吴荪甫的书房内找见了吴荪甫正在那里打电话，听来好像对方是唐云山。他们谈的是杜竹斋不甚了解的什么「亨堡装出没走了消息」。末后，吴荪甫说了一句「你就来罢」，就把[redacted]话机挂上了。

吴荪甫[redacted]一脸的紧张兴奋，和杜竹斋面对面坐了✱就说道：

「竹斋！明天你那边凑出五十万来，——五十万！」

杜竹斋愣住看了荪甫一眼，还没有回答，荪甫又接下去说：

「昨天涨上了一元，今天又做平了价，这涨风非常奇怪！我早就料到是老赵干的把戏，刚才云山来电话，果然，——他说和甫探听到了，老赵和广帮中几位[redacted]做多头，专看市场上开出低价来就扑进，却也不肯多进，只把票价吊住了，维持本月四日前的价格——」

「那我们就糟了！我们昨天就是补进的！」

杜竹斋夹了手里的雪茄烟，慌忙抢着说；细的汗珠从他额角上钻出来了。

「就[redacted]释昨天补进，我们已经吃亏了。现在事情摆在面前明明白白的，倘使吃空，陇海线没有进出，票价[redacted]要跌；我们只要压得住，也不让票价再涨，我们就不怕。[redacted]现在弄成了我们和老赵肉搏的局面：他们如果有胃口一见开出低价来就扑进，一直支持到月底，那就是他们打胜了；要是我们准备充足——」

「我们准备充足？哼！我们也是一见涨风就抛出，也一直支持到月底，就是我们胜了，是么？」

杜竹斋又打断了吴荪甫的话头，钉住了吴荪甫看，有点不肯相信的意思。

吴荪甫微笑着点头。

「那简直是赌场里[redacted]翻跟斗的做法！荪甫！做公债是为了利息！你那样干法，太危险！」

杜竹斋不能不正面反对了，然而神情也还镇定。吴荪甫本响默然，[redacted]起了眼白仁，伸手在那里盘算；忽然他把手掌在桌子角上拍了一下，沉着用了的声音说：

「没有危险！竹斋，一定没有危险！你凑出五十万来把我，明天压一下，要价就回跌，散户都就要恐慌，长沙方面张桂军这几天里一定也有新发展，——这么两面一夹，市场上会转了卖风，那怕老赵手段再灵些也[redacted]不过扳来！竹斋，这不是冒险！这是出奇制胜！」

杜竹斋闭了眼睛摇头，不说话。他想起李玉亭所说[redacted]荪甫的刚愎自用来了。他决定了主意不跟着荪甫跑了。他又看[redacted]得很明白：荪甫是劝不转来的。过了一会儿，杜竹斋睁开眼来慢慢地说道：

「再凑五十万，我就办不到；你的办法有没有风险，倒在其次，要我既然你算得那么稳，一定要做，也好，益中里凑起来也有四五十万，都去做了公债罢。」

「不行！前天董事会已经决定了用场！刚才秋律师拿合同来，我已经签了字，那[redacted]数个小厂是受[redacted]盘定的了；那——益中[redacted]里眼前这点款子恐怕将来周转那数个小厂还嫌不够呢！」

吴荪甫说着，眼睛就闪出了[redacted]兴奋的红光。用最有利的条件收买了那七八个小厂是益中信托[redacted]公司新组织成立以后第一[redacted]次的大[redacted]胜利，也是吴荪甫最得意的「手笔」，而也是杜竹斋心里最不舒服的一件事。当下杜竹斋想起前天[redacted]他们会议时[redacted]的争论，心里便有又点气，立刻冷冷地反[redacted]驳道：

「可不是！场面刚刚拉开，马上就闹饿荒！要做公债，就不要办厂！况且人家早就办了的厂，我们偏下盘来去接[redacted]完，营业又没有把握，我真不懂你们打的什么算盘呀！[redacted]——」

※他万万料不到诱劝杜竹斋做公债不成，却[redacted]反节外生枝，引起了[redacted]竹斋的大大不满于益中。

「竹斋——」

吴荪甫叫着，想打断杜竹斋的抱怨话，可是杜竹斋例外地不让荪甫插嘴：

「你慢点开口！我还记得那时候你们说的话。你们说那几个十二厂都因为资本太小或者为[redacted]的不得法，所以会亏本；你们又说他们本来就欠了益中[redacted]十多万，若益中就被这注欠账拖倒，[redacted]我们从益中手里顶过这注烂账来，只作四成计，这上头就占了便宜，所以我们实在只化[redacted]五六万就收买了估[redacted]价廿多万的八个厂；不错，我们此番只付出三万多就盘[redacted]进八个厂，就眼前讲讲，倒真便宜，可是——」

杜竹斋在这里倒底一顿，吴荪甫哈哈的笑起来了，他一边笑，一边抢着说：

「竹斋，你想来还得陆续添下四五十万去，就不便宜，可是我们不添的话，我们那五六万也是白丢！这八个厂，好比病了瘦的马，先得加草料养壮了，这才有出息。还有一层，要是我们不化三万多把这些厂盘进来，我们从老益中手里顶来的四成烂账也是白丢！」

「好！为了舍不得那四成烂账倒又[redacted]赔上十倍[redacted]去，那真是『拾了个铁钉，爬穷了人家』的玩意！」

「万万不会！」

吴荪甫坚决地说，似有点不耐烦了。他霍地跳起来，走了一步，自仍竟狞笑着。※[redacted]自从那天因为收买那些小厂发生了争论以后，吴荪甫早就看出杜竹斋对于益中的前途不起劲，[redacted]也许到了收缴第二次股款时，竹斋就要托词[redacted]推诿。这在益中是非常不利的。他偏要使杜竹斋不动摇，什么企业上的远大计画都不中用，只有今天投这明天就获利那样的「发横财」的投机阴谋。那天会议时，王和甫曾经讲笑话似的把他们的收买那八个十二厂比之收旧货；[redacted]当时杜竹斋听了倒很以为然，[redacted]他这遭[redacted]不再争持。现在吴荪甫觉得只好再用那样的策吴暂时把杜竹斋拉住。把竹斋拉住，至少银行业方面通融款子就方便了许多。可是须得抓紧些。当下吴荪甫一边踱着，一边就想得了一个「主意」。他笑了一笑，转身对满脸不高兴的杜竹斋轻松说道：

「竹斋，现在我们两件事——益中收买的八个厂，七月三日抛出的百万公债，都成了骑虎难下之势！我们只有硬着头皮干到那里是那里！我们好比推车子上山去，只能进，不能退！我打算凑出五十万来再做空头，也就是这个道理。益中收买的八个厂不能不扩充，也就是这个道理！」

「冒险的事情我是不干的！」

杜竹斋冷冷地回答，苦闷地摇着头。吴荪甫的那样辣硬话并不能激发杜竹斋的雄心！吴荪甫皱了眉头，再逼进一句：

「那么，我们放在益中的股本都是白丢！」

「赶快缩手，总有几成可以捞回；我已经打定了主意！」

杜竹斋说的声音有些异样，脸色是非常严肃。

吴荪甫忍不住心里也一跳。但他立即狂笑着挪前一步，指着竹斋的肩膀大声喊道：

「竹斋！何至于悲观到那步田地！不顾死活去冒险，谁也不愿意；我们自然还有别的办法。你总知道上海有一种会打算盘的精明鬼，顶了一所旧房子来，加点本钱粉刷装修，再用好价钱顶出去。我们弄那八个厂，最不济也要学学那些专顶房子的精明鬼！不过我们要有点儿耐心。」

「可是你也总得先看看谁是会来顶这房子的好户头？」

「好户头有的是！只要我们的房子粉刷装修得合式，他是肯出好价钱的：这一位就是鼎鼎大名的赵伯韬先生！」

吴荪甫哈哈笑着说，一挺腰，大踏步的在书房里来回地走。

杜竹斋似信非信的看住了大步走的吴荪甫，没说话，可是脸上已有几分喜意。他早就听荪甫说起过赵伯韬的什么托辣斯，他相信老赵是会干这一手的，而且朱吟秋的押款问题老赵不肯放松，这就证明了那些传闻有[redacted]根。于是他忽然想起了刚才朱吟秋有电话给荪甫，[redacted]也许就为了那押款的事；他回想问，吴荪甫早又[redacted]站在面前踱过来很高兴地说道：

「讲到公债，跟前我们稍是亏了两万多块钱，不过，竹斋，到交割还有二十多天，我们很能够反败为胜的！我刚才的划算，错不到那里去；要是益中有钱，自然照旧[redacted]以由益中去干，王和甫跟孙吉人他们一定也赞成，就为的益中里那笔钱不能动，这才我想到我们個人去干。这是公私两便的事。就可惜我近来手头也吃不转，偏小胡子[redacted]刚刚又吃了一口抛空，——那真是混蛋！得了，竹斋，我们两个人拼凑出五十万来罢！[redacted]就那么净听让老赵一个人操纵市面，总是不甘心的！」

杜竹斋闭了眼睛摇头，不开口。吴荪甫说的愈有劲儿，杜竹斋心里却是愈加怕。他怕什么武汉方面即刻就有变动不过是唐云山他们瞎吹，他更怕和老赵闹僵，他知道老赵[redacted]诡计多端并且[redacted]后劲非常大。你知杜竹斋为人的吴荪甫此时却百密一疏，竟没看透了竹斋的心曲。他一而再，再而三的用鼓[redacted]励，用反激，他有点生气了，然而杜竹斋的主意牢不可破。[redacted]

*他只是闭着眼睛摇头，给一个不开口。

后来杜竹斋表示了极端镇定似的说了一句：

「且过几天，看清了市面再做罢；你那样性急！」

「不能等过几天的呀！投机事业就和出兵打仗一般，要抓得准，干得快！何况又有个神鬼莫测的老赵是对手方！」

吴荪甫很暴躁地回答，脸上的小疱一个一个都红而且亮起来。杜竹斋的脸色却一刻比一刻苍白。似乎他[redacted]全身的血都滚到他心里，镇住着，不使他心的动摇。实在他要留意个心去听吴荪甫的话，[redacted]另有一些事体佔住了他心的一大半，这是很新颖而且[redacted]模糊的切身利害的打算，可是一点一点强有力。他有十万元的资本[redacted]在「放些」在益中公司，他本来以为那公司是吸收些「游资」，做做公债，断断那些都会集中为一点点做做抵押借款，现在[redacted]知道不然，他上了当了，那么这边公司还没露出败象的时候就把资本抽出来罢，不管他们的八个厂将来有多少好处，总之是「一身不入是非门」罢？伤了感情么，顾不得许多了！——可是荪甫却还剌剌不休强聒着什么公债。不错，公债方面赚了两万元，至今天的盘，收什么！但那是益中公司名义做的，四股分摊，每人不过五千！[redacted]于是杜竹斋……不由得自己微笑起来，他决定了：白赚五千元总比天天提心吊胆那九万五千元要上算得多呀……只有八[redacted]圈牌裡唤着了哀制五百和！可是他觉得立刻提出他这决定来未免太冗突，他总得先有点布置。他慢慢地摸着下巴，慢慢地看着吴荪甫那一张紫酱的脸。

似乎有什么东西在他心里打架，吴荪甫的神气叫人看了有点怕。他如果知道了杜竹斋此时的心理决定，那他的神气大概还要难看些。但[redacted]他[redacted]并没想到那上头，他是在那裡筹画如何在[redacted]他的二妹方面[redacted]进言，煽起[redacted]杜竹斋的胆量来。「出奇兵」他感到自己的力量不够牵制那只是冷眼旁观而不开口的杜竹斋了。

但是杜竹斋忽然站起来伸一个懒腰，就居然「自发的」讲起了「老赵」和「公债」来：

「荪甫，要在[redacted]沉默中[redacted]是什么都给了个和老赵斗法的心，你留心跌一交[redacted]伤了元气！我见过好多人全是[redacted]伤在这『斗』字上头！」

吴荪甫眉毛一挺，笑起来了；他总觉得杜竹斋的态度已经有点转机。杜竹斋略顿一顿，就又接着说：

「还有，那天李玉亭来回报和老赵接洽的情形，有一句[redacted]话我[redacted]觉得很有道理——」

「那一句话？」

吴荪甫慌忙问，很注意地站起来走到杜竹斋跟前[redacted]立住。

「就是他说唐云山有政党关系！——不错，老赵自己也有的，可是，荪甫，我们何苦呢！老赵不肯放手吟秋的扇子给你，也就借此藉口，不要你们家就安了抱罢？[redacted]——」

杜竹斋又怔住了，踌躇满志地掏出手帕来揩了揩脸儿。他是想就此慢慢地说到自己不能忘再加逼中间的，可是吴荪甫忽然狞笑了一声，跺着脚说道：

「为了，竹斋，我忘记告诉你，刚才朱吟秋来电话，又说他连扇子和厂都要盘给我了！」

「有那样的事？什么道理？」

「我想来大概是老赵打听到我已经收买了些扇子，觉得再捐住朱吟秋的，也没有意思，所以改变方针了。他还有一层坏心思：他知道我现款紧，又知道我扇子已经够用，就故意把朱吟秋的扇子回推来给我，想把我弄到搁死了现款，又剩了扇子。这两句话，他是挖空了心思，在那里想出种种方法来逼我。不过朱吟秋连那座厂也要盘给我，那是老赵料不到的！[redacted]」

吴荪甫很镇静地说，并没有多少懊恼的意思。虽然他目下现款紧，但扩充企业的雄图在他心里还是勃勃有势，这就减轻了其他一切的拂逆和困窘。倒是杜竹斋脸色有点变了，很替吴荪甫担忧。他更加觉得和老赵「斗法」是非常危险的。他慌忙问道：

「那么你决定去要盘进朱吟秋的厂了？」

「明天和他谈过了再定。——」

一句话没完，那书房的门忽然开了，当差李贵侧着身体引进一个人来，却是唐云山，满脸上摆明是发生了重大事情的慌张神气。荪甫和竹斋都吃了一惊。

「张桂军退出长沙了！」要

唐雲山只說了這麼句，就一屁股坐在就近的沙發裡，張大了嘴巴[redacted]搔頭皮。

書房裡像死一樣靜。吳蓀甫獰起了眼睛，看看唐雲山，又看看寫字桌上紙堆裡那一份當天交易所各債券開盤收盤價目的報告表。上場局面竟然這麼轉變，這是意外的意外呢！杜竹齋輕輕吁了一口氣，他心裡的算盤上連撥幾數，珠兒：一萬，一萬五，——二萬！他剛才滿擬白丟五千，他對于五千還可以不心痛，但現在也許要丟到二萬，那就不同。

過了一會兒，吳蓀甫咬著牙齒嘎聲問道：

「這是外面的消息呢，還是內部的？早上聽你說，雲山，鐵軍是向贛邊開拔的，可不是？」

「現在知道那就是退！為開戰長路線，避免無益的犧牲！我是剛剛和你打過電話後就接了黃奮的電話，他也是剛得的消息，大概[redacted]漢口特務員打來的密電是這麼說，十成裡有九成靠得住！」

「那麼外邊還沒有人曉得，還有法子挽救。」

吳蓀甫輕輕地似乎對自己說，額上的皺紋也隱退了一些。杜竹齋又吁了一聲，他心裡的算盤上已經擱定了二萬元的損失了，他嚥下一口唾沫，苦剎地掏出他的鼻煙壺來。吳蓀甫搓著手，踱了幾步，突然他指那轉身看著杜竹齋說道：

「人事不可不盡。竹齋，你想來還有法子沒有？雲山這消息很秘密，是他們[redacted]內部的軍事策略，目下長沙城裡大概還有桂軍，而且鐵軍開贛邊，外邊人看來總以為南昌要吃緊了，我們[redacted]連夜布置，[redacted]，竹齋，你在手章方面放一個空頭[redacted]公債抵押的戶頭，你要一律[redacted]退抵。[redacted]限過了明天上午。[redacted]明天中午我們就多放補進——」

「我擔保到明天長沙還在我們手裡！」

唐雲山忽然很有把握似的挺起來說，無端的哈哈笑了。

杜竹齋坐著那不作聲。為了自己二萬元的進出，他只好再一度對益中公司的事熱心些。他連鼻煙也不嗅了，看一看鐘，[redacted]六點還差十多分，他不能[redacted]延誤一刻千金的光陰。[redacted]說好了經紀人方面由蓀甫布置，杜竹齋就匆奴走了。這裡吳蓀甫，唐雲山兩位，就商量著另一件事。吳蓀甫先開口：

「跑到那[redacted]走漏了消息，恐怕不利，牽到[redacted]煙台去了，山東[redacted]被海軍[redacted]方面就截住；我剛才想了一想，只有[redacted]你跑雪葊一趟，就在那邊[redacted]轉托到[redacted]別處去。」

「也許我也是這麼想。我打算明天就走。公司裡總經理一職請你代理。」

「那不行！還是請王和甫[redacted]襄理。」

「也好。可是[redacted]——唉，這半个月來，事情都不順利，上海方面接洽好了的新牌軍都觀望不動，臨時變卦，以西北軍功敗垂成；這還不算怎樣，[redacted]最糟的是山西軍到現在還沒有全体出動，西北軍苦戰了一个月，死傷太重，彈藥也[redacted]不充足。[redacted]這次的[redacted]軍火[redacted]如得好好的[redacted]也忽然會走了消息！」

唐雲山甚至于巨大的事，像有点頹喪，搔著頭皮，看了吳蓀甫一眼，又望著窗外[redacted]一抹淡紅色的夕照掛在那邊池畔的亭子角，附近的一帶樹葉也帶些金黃。

吳蓀甫左手叉在腰裡，右手指在那椅子上畫著圈圈子，低了頭沉吟。他的臉色漸漸由藐視一切的傲慢轉成了陰晦沒有把握的，然後又從陰晦中透出一道兇惡的紫色來，他猛的抬頭問道：

「雲山，那麼時局前途還是一片模糊？下月底山東方面未必有變動罷？」

「現在我不敢亂說了。下月看底罷，——唉，叫人灰心！」

唐雲山苦[redacted]著臉回答。

吳蓀甫突然一聲怪笑，身体仰後靠在那沙發的軟椅背上，就閉了眼睛。他的臉色仍又轉為灰白，汗珠佈滿了他的額角。他第一次感到自己是太渺小，而他的事業的前途波浪太大，[redacted]只想他兩手[redacted]

東拉西扯，他委实是应付不了！

送走了唐云山後，吴荪甫就在花園裡踱踊。现在最後的一抹陽光也已经去了，满園子蒼蒼茫茫，夜色已從樹叢中爬出来，向外擴張。那大客廳，小客廳，大餐间，二樓，各处的窗洞，全都亮出了電灯光。吴荪甫踱到那小池边，仰乎瞧見那些灯光，在一隻閒放着的籐椅子裡坐了，深深地吸一口氣。

他再把他的事業来忖量。陰惡的浪頭一个一个打来，自今日始，他都要安然过去，而且揚帆猛進，他有今天那樣空前的宏大規模。他和孫吉人他们将共同支配八个廠，都是日用品製造廠！他们又準備了四十多万资本在那裡計画擴充這八个廠，他们将使他们的灯泡，热水瓶，陽傘，肥皂，橡膠套鞋，走遍了全中國的窮鄉僻壤！他们将给那些從日本移植到上海来的同部门的小廠都要到一个致命傷！而且他吴荪甫又将单独接收陈君宜的绸廠和朱吟秋的丝廠。這一切，都是經过了艱苦的鬥爭方始取得，并必須以同樣艱苦的鬥爭方能維持與擴大。風浪是意料中事，所謂"道高一尺，魔高一丈"！他吴荪甫以及他的同志孫吉人他们都是企業界身经百战的宿将，难道就怕了什麽？

這樣想着的吴荪甫不禁獨自微笑了。水凉的晚風吹拂他的衣襟。他昂首四顧，覺得自己並不孤而且絕不孤獨。他早就注意到他们收买的八个廠的舊經理中有几位可以收為臂助，他将训练出一批精幹的部下！只是下级办事员还極薄弱。他想起了今天来謀事的吴為成和馬景山了。似乎這兩个都还有二可取之处，即使不及屠維嶽，大概比那些老朽的莫幹丞之類强得多罷？

忽然他觉得身後有人来了，接着一陣香風撲進鼻子，他急回頭看，薄暗中瞧見那頎長輕盈的身子，就知道是少奶奶。

「雷參謀来了个電报呢！奇怪得很，是從天津打来的。」

吴少奶奶斜倚在吴荪甫的臂膊上，软声说，那声音稍稍有点颤抖。

「哦！天津？说了些什么话？」

「说是他的事情不久就完，就要回到上海来了。」

吴少奶奶说时声音显然异样，似喜又似怕。然而吴荪甫没有留意到。他的敏捷的神经从「天津」二字上陡然叠起了一片疑云来了。雷参谋为什么会到了天津？他是带着一旅兵的中级军官！难道就打到了天津么？那么明天的公债市场！——刹那间的心旌动摇都过去了，吴荪甫觉得浑身躁热，觉得少奶奶身上的香气中心作恶了。他粗暴地站了起来，对少奶奶说：

「佩瑶，你这香水怪难闻！——唉，从园子里去罢！二妹还没走么？」

也没等少奶奶回答，吴荪甫就跑了。一路上，他的脑筋里沸腾着许多纷乱的自问和自答：看来还得改做「多头」了么？赵伯韬不肯凑数子又怎么好？拚着那八万元去白丢，以后不做公债了罢？然而不行，八万元可以办一个很好的橡胶厂！而且不从公债上打倒赵伯韬，将来益中的业务会受他破坏！……

大客厅里，杜姑奶奶在那里和十一岁的吴为成好好谈话。吴荪甫直走到杜姑奶奶跟前，笑着说：

「二妹，我和你讲几句话！」

杜姑奶奶似乎一怔，转脸去望了那同坐在钢琴旁边翻琴书的林佩珊和杜新箨一眼，就点头微笑。

吴荪甫一面让杜姑奶奶先进小客厅去，一面却抽忙对吴为成说道：

「你和冯景山两个明天先到我的厂里去，将来再派你们别的事！」

「荪甫，还有一位曾家少爷，他候了试几天，来个多月了。也一块儿去试试罢？」

吴少奶奶刚跑进客厅来，赶快接口说，对吴荪甫瞅了一眼。吴荪甫的眉头皱了一下，可是到底也点着头。他拍着少奶奶到一边轻附耳来说：

「我们到二姊面前撒谎，總要你些放胆子做个債；你要從雷参谋是吃了败仗受伤，活活地抬到天津——嗳，你要说得像些，留心露马脚！」

吴少奶奶完全呆住了，不懂得荪甫的用意；可是她心里无端一阵悲哀，仿佛已经看见受伤被抬的雷参谋了。荪甫却微微笑着，同少奶奶走进小客厅，但在关上那客厅门前，他忽又想起了一件事，探出半个身体来唤着高升道：

「打一个电话给陆匡时老爷，请他九点钟就来一趟！」

十一

早上九点钟，外滩一带还刮着狂风。夜来黄浦涨潮的时候，水仗风势，竟爬上了码头。此刻虽已退了，黄浦里的浪头却还有声有势。爱多亚路口高耸云霄的气象台上高高地挂起数个黑球。

这是今年夏季要光顾上海的几次的暑风在本年度内第一回的袭击！

从西面开来到南京路口的一路电车正冲着那对面风挣扎；她那全身的窗子就像害怕了似的都扑扑地跳个不住。终于电车在华懋饭店门口那站头上停住了，当先下来一位年青时髦女子，就像被那大风卷去了似的直扑进马路，跳上了华懋饭店门前的石阶级。却在这时候，一个穿西装青年男子挟了枝手杖匆匆地从门里跑出来。大风腾起那女子的阔又短的旗袍下幅就卷住了那手杖，嗤的一声，旗袍的轻绡上裂了一道缝儿。

「猪猡！」那女子轻声骂，扭着腰回头一看，却又立即笑了一笑。她认识那男子。那是经纪人韩孟翔。女子便是韩孟翔同事陆匡时的宠姬刘玉英；一位西洋美人型的少妇！

「早呀！这麽从被窝裡鑽出来就吹风，不是玩的！」郁达翔带笑地䀹着眼睛说，把身子讓到那半圆形石階的旁边去。刘玉英跟近一步，装出怒容来瞪了郁达翔一眼，忽又笑了笑，輕聲说道：

「不要胡调！喂，达翔，我[redacted]记[redacted]不着老赵在这裡的房间到底是几号？」

风捲起刘玉英的旗袍下幅又纏在郁达翔的腿上了。风又吹散刘玉英那一頭長髮，覆到她眉眼上。郁达翔似乎哼了一声，伸手按住了自己头上的巴拿馬草帽。过一會兒，他歇一口氣似的说：

「好大的风呀！这是狼风！玉英，你不在这凹的『狼风』裡躲進一两分麽？」

「我没有——乎——可是，[redacted]你快点告訴[redacted]我，几號。」

「你当真要找他麽？号数倒是四號[redacted]——」

又一陣更強烈的风劈面捲来，郁达翔赶快[redacted]背过[redacted]脸去，他那话就此没有说完。刘玉英輕声说了一句「谢谢你」，把头發往後一掠，扭着腰[redacted]肢，就跑進那[redacted]去華懋了。郁达翔转过脸去[redacted]望着刘玉英的背影笑了一笑，慢慢地走到对面的街角，就站在那边看字林西报的廣告牌。

"Reds threaten Hankow, reported!"

这是那廣告牌上排在第一行的驚人標题。郁达翔不介意似的從從容容肩膀，[redacted]回头再望[redacted]那華懋的大门，恰好看見刘玉英又出来了，满脸的不高兴，站在那石階上向四面張望。她似乎也看見了郁达翔了，驀地一列電車[redacted]駛来[redacted]他们俩遮断[redacted]了。等到那電車过去，刘玉英也跑到了郁达翔跟前，跳着脚说：

「你敢！郝志翔！」

「谁叫你那么性急，不等人家说完了就走？」

郝志翔狡猾地笑着回答，把手杖一挥，就沿着那[redacted]水门汀向南走，却故意放慢了脚步。刘玉英现在不性急了，跟在郝志翔的身边走了几步，就赶上去并着肩儿走，却不开口。她料来郝志翔一定知道老赵的新地方，她打算用这手段从他的嘴里挖出真话来。风委实是太猛，而且潮冷，刘玉英的衣衫太单薄，她慢慢地向郝志翔身边挨紧来，风吹她的长头发，毛茸茸地刺着郝志翔的耳根，那头发里有一股腻香。

「难道他[redacted]没有到大华么？」

郝志翔挨近江海关前的时候，侧着头说，他的左腿和刘玉英的右腿碰了一下。

「到天亮也没见个影子——」

刘玉英摇着头回答，可是凭空一阵风来，她咽住了气，再也[redacted]说不下去了。她一扭腰，转身背着风，让风把她的旗袍下幅吹得高高地，露出一对[redacted]裸赤的白腿。她咬着[redacted]嘴唇笑了笑，眼波瞟着郝志翔，媚媚地说：

「杀千刀的大风！」

「可是我对你说，这是『骚风』！老赵顶喜欢的骚风！」

「嗳，那么，你告诉我，昨晚上老赵住在那里？我不会忘记你的好处！」

「嘻，嘻！玉英，我告诉你：回头我打听到了，我们约一个地方——」

「哼！——」

「哦，哦，那你是我多说了，你是老门槛，我们心照不宣，是不是！」

「那么，快点说哟！」

刘玉英眼珠一转，很妖媚地笑了。郝志翔还迟疑地望着天空。一片一片的白云很快地飞过。他忽然把胸脯[redacted]一挺，似乎拿定了主[redacted]意，到刘玉英耳边轻轻说了一句，立刻刘玉英的脸色变了，她的眼睛闪闪地像是烧着什么

※她想起了韓孟翔所說老趙和徐曼丽的関係以及自己平時听來的徐曼丽種々故事，立刻編[redacted]一套谎話[redacted]。在心裡

東西。她露出她的白牙齒乾笑，那整齊的牙齒像要會咬人。韓孟翔忍不住打一个寒噤，他直覺到這个皮膚像奶油一般鮮嫩的女人生氣的時候有那麼可怕！但是刘玉英的臉色立即又轉為緋红，抿着嘴对韓孟翔笑。又一陣風猛地打來。似乎站不穩，刘玉英[redacted]身体一側，挽住了韓孟翔的臂膊，就說道：

「謝々你。可是我還想找他。」

「勸你有点精神罷！不要急，他要你的時候[redacted]來找你！我知道老趙脾氣壞，他不願意人家的時候，簡直不理你！只有一个徐曼麗是例外。老趙不敢不理她，老趙怕她！」

韓孟翔說的很誠懇，一面就挽着刘玉英向前走。順步

風勢更凶猛了。呼々的吼聲蓋倒了一切的都市[redacted]的騷音。滿[redacted]天是灰白的雲點，快馬似的飛奔飛奔！

風又一刻一刻的更加潮溼而且冷。可是刘玉英却還覺得吹上身來不够涼爽，她的思想也比天空那些雲點還跑得快[redacted]。將到三馬路口的時候，她突然站住了，从韓孟翔的臂彎中脫出她的右手來，退一步，很嫵媚地[redacted]对韓孟翔笑了一笑，又飛一个吻，轉身就跳上了一輛人力車。韓孟翔站住了，望着她发怔。

「回頭我打電話給你！」

風吹來了刘玉英這一句和朗々的笑聲。

半小時以後，刘玉英已经在霞飛路的一所五層[redacted]「大廈」[redacted]裡進行她的冒險工作。她把寫着「徐曼麗」三个字的紙片遞給一个「僕歐」，就跟到那房門外，心裡把想好了的三个[redacted]对付老趙的計策再溫習一[redacted]遍。

門開了。刘玉英笑吟々的闪了進去，蓦地就一怔；和趙伯韜在一処的，原來不是什麼女人，而是老頭子尚

趙伯韜聳々肩膀冷笑着，一口就[redacted]喝破了刘玉英的秘密。

仲犯！她立刻觉得預定的三个計策都不很合式了。趙伯韜的臉上也倏然变色，厲声喊道，跳起来

「是你麼？誰叫你来的？」

「是徐曼麗叫我来的！」

刘玉英倉卒間就只想出了這一句，她觉得今天的冒險要失敗。可是她也並沒忘記她女人家的「武器」，她格格地笑着，招呼了尚老頭子，就在靠窗的一隻椅子裡坐了。风從窗洞裡来，猛打着她的頭髮，她也不觉得；她留心看着趙伯韜的表情，她定了心，算回別的策略。

「鬼話！徐曼麗就是神仙，也不能馬上就知道我在這里！一定是韓孟翔這小子弄了你的騙！」

刘玉英把不住心跳了；可是她也立刻就料到這老趙這幾天来跟徐曼麗一定沒有見过面，她這謊一時不會戳穿，而且她又有說謊的天才。她不笑了，也擺出生氣的樣子来。

「真是『狗咬呂洞賓』！来是我自己来的，可是你這地方，就從徐曼麗的嘴巴裡听来。昨晚上我在大華裡候你不来，问得很，就跑進那跳舞廳去看看。我認識徐曼麗，她可是不認識我。她和一个男人嘁嘁喳喳講了半天的話。我當便一听，——別人家一定不懂他们講的是誰，我卻是一听就明白。她，她——」

刘玉英頓了一頓，決不定怎樣說才妥當；风吹翻她的頭髮，直蓋沒了她的眼睛，借這機会她

「她說我住在這里麼？」

趙伯韜不耐煩地问了。

「嗳，她告訴那男子，你住在這里，有点新花樣——」

她結起来，閃那扇窗，支吾掩飾了过去，把自己的

「嘿嘿！你認識那男子麼？怎樣的一个？」

趙伯韜打斷了刘玉英的話，眼睛瞪得挺大。從那眼光中，刘玉英看出老趙不但要晓得那男子是誰，並且还在猜度那一定是誰。這是刘玉英所不料的。她第二次把不住心跳了。她聳着肩夫，扭了頸，忽然笑了起来說：

「呀，一定是你的熟人！不見得怎樣高大，臉蛋兒也說不上好看，——我好像見过的。」

趙伯韜的臉色突然变了。他对尚老頭子使了个眼色。尚老頭子捋着鬍子微笑。

刘玉英卻觉得渾身忽然躁熱。她站起来，閃了身边的那对窗，就当窗而立。一陣风撲面吹来，还帶進了一种小小的花葉。馬路旁那些樹都像醉了似的在那里搖擺。风在這里也还很有威勢！

「一定是吴老三！徐曼丽搅上了他，真讨厌！」

赵伯韬眼看着尚仲礼，轻声说，很生气地在沙发臂上拍了一掌。「吴老三」？刘玉英也知道是谁了。那是她当真见过的。她又记起，公公陆匡时近来有一次讲起过吴老三的什么党派，而郁吉翔也偏出过一句：老赵跟老吴翻了脸。她心里一乐，几乎笑出声来。她这临时谄起来的谎居然合式，她更心里加有把握了。她决定把她这天大谎再推进一些。她有说谎的胆量！

「我早就料到有这一着，所以我上次劝你耐心罢给爱丽。」

尚仲礼也轻声说，慢慢地捋着胡子，又打量了刘玉英一眼。赵伯韬转过脸来又冷冷地问道：

「他们还说什么呢？」

「有些话我听也不大懂，也就忘记了。无非是谈论交易所里的市面。不过我又听得了一个『馆』字，——唉，就好像是说某人请吃手馆，我还看见那男子虎起了脸儿做手势——」

刘玉英把粗粗的谎话先说了一部分，心里很得意；却不料赵伯韬忽然仰脸大笑起来，尚仲礼也摇那。这是不相信么？刘玉英心就一跳。赵伯韬笑声住了，一脸就是的严肃，眯细了老眼看着刘玉英，霎地站起来，走到刘玉英肩头猛拍一记，大声说道：

「你倒真有良心！我们不要听了！那边有一个人，你是认识的，你去陪她一会儿罢！」

说着，赵伯韬指了一下左首的一扇门，就抓住了刘玉英的臂膊，一直推她进了那门，又把门关上。

这是一间精雅的卧室，有一对落地长窗，窗外是月台。一张大床占着房间的中央，一头朝窗，一头朝着墙壁。床上躺着一个女人，脸向内，只穿了一身白绸的睡衣。刘玉英靠着，站在那里发怔。从老赵突然大笑起，直到强迫她进这房间，一连串奇怪的事情，究竟主凶主吉，她急切的问真解不来！她侧耳细听外房他们两个。一点声响都没有！她在那门上的钥匙孔中偷看了一眼。

满老头子捋着胡子，赵老抽雪茄。

外房那女人依旧睡得很熟。刘玉英定了神，蹑着脚走到床跟前一看时，几乎失声惊喊起来。那不是别人，却是好朋友冯眉卿！原来是这十七岁的小姑娘害她刘玉英在这里守了一夜！刘玉英常往是这样想的：只要她捞得到手，老赵有一万个姘头也和她刘玉英不相干。可是现在她心里总不免酸溜溜，很想把冯眉卿叫醒来问她是什么道理——恰在那时候，冯眉卿醒了。她揉着眼睛，

通到月台去的落地长窗有一扇开着，风像发疟疾似的一阵紧一阵吹来。床上那女人的最大的睡衣鼓起来像一片软壳时时吹，那乱蓬蓬的一头长发也在枕边飘拂。透明的

懒懒地把她的一双腿竖起来。她翻了个身，让她的睡衣滑落到腰部，毫无羞耻地裸露了她的大腿。

刘玉英暗笑着问自身，就躲在那窗外的月台上了。她本想和冯眉卿开个玩笑，也许是小小的报复，可是忽然有几句话飘进了她的耳朵，是赵伯韬的声音：

「他们讲的什么话，一定是指那批军火。去那妈！那一天，凑不巧，

「你这话很对！」徐曼丽还没走，那旅门人就来了。徐曼丽懂得几句英国话。我一时疏忽，没有想到，极在我那里……」

「本来女人是祸水。你也太爱玩了。呢前又有两個！」

这是满老头子的声音。刘玉英听了，就在心里骂他「老不死！杀千刀！」接着她就听得赵伯韬大笑。

他是被调到山西军出动，徐州大战，宝安下月十号殉职。

「克昌那批人也靠不住。他两面讨巧。许是收了我们的五万元运动费，却又去吴荪甫他们那里放口风。」

「是那样！可是，仲老，那五万元倒不怕！我们有法子挖回来。我们的信用顶要紧！这一件事失败了，将来旁的事就不能叫人家相信了！所以我们总得想法子不让那批军火落到他们手里！」

「仍旧找原经手人去谈，怎样？……」

忽然那靠近月台的后园梧桐树簌簌地一阵响，就扰乱了那边两位的谈话的思路。过来的风儿像和的风陡地又转动了。刘玉英刚好是脸朝东，那阵西风吹得她睁不开眼睛。碎！月台上那扇长窗自己关上。刘玉英吓了一惊。立即那长窗又自己开了，刘玉英看见冯眉卿翘起了头，睁大着惊异的眼睛。两个人的眼光接触了一下就又分开，冯眉卿的脸红了，刘玉英却微笑地咬着嘴唇。

「你怎么也来了？玉英！」

冯眉卿不好意思地说着，就爬下床来，抖一抖她身上的睡衣。她也跑到月台上来了。风戏弄她的宽大睡衣，一会儿吹胖了，一会儿又倒卷起来，露出她的肥白屁股。刘玉英吃吃地笑着说：

「眉！下边马路上有人看你！」

「天鬼晓呢？——唉，什么的风！天要下雨。玉英，你到过我家里没有？你怎么来的？」

冯眉卿一手按住了她那睡衣，夹七夹八地乱说，眼光只往刘玉英脸上溜。这眼光是复杂的：惊疑，羞愧，醋意，什么都有。但是刘玉英什么都不介意。她刚才无意中拾来的那几句话引起了她的好奇，并且使她猜想到为什么老赵不敢了。她一心只在回味那边两个人的谈话。曼丽。

「真是讨厌的风！」

刘玉英皱着眉头，似乎对自己说，并没回答冯眉卿那一串的问句；然而她竖起了耳朵再听，只捉到模糊的几个字，拼凑不成意义。风搅乱了一切音响，风也许把那边两位的谈话吹到别处去；刘玉英失望地叹一口气。

「玉英，你跟谁生气呀？我可没有得罪你。」冯眉卿再也耐不住了，脸色发青，眼光像会把人钉死。刘玉英料不到的，火辣辣一团热气也就从她心里冒起来，冲到了耳根；但是一转念，她就自己捺住性子，温柔地挽住了冯眉卿的手，笑了笑说道：

「嘘，嘘！隔几天不见，你也换了一个人了，脾气也大多了！你跟从前不同了，我也瞧得出来。我今天是来跟你贺喜的，怎么敢生气呀！」

冯眉卿听到最后两句，脸上就飞起了一片红，用力挣脱了手，一句话也没有，转身跑进房里就扑在床上了。刘玉英暗暗地微笑着，正也想跟进房里去，猛可地赵伯韬的声音又来了，很稳很慢，充满着自信的强劲调子。

「吴荪甫朝着我，的场面愈大，困难就愈多，中国人学办工业没有外国人帮忙，都是虎头蛇尾。他又要做公债——嘿！这一个月里，他先是『空头』，后来一看长沙没有事，就变做『多头』，现在他手里大概有六七百万公债，可是我猜想来下月初……哈，哈；吴荪甫会打输，就可惜还有……我赵伯韬要故意跟他开玩笑，等他爬到半路就扯他的腿！」

于是沉默了一会儿。就是两个人的声音混在一处，听不清楚语句。刘玉英怔怔地站着出神，不很明白老赵怎样去「扯」吴荪甫的「腿」，并且对于这些话，她也不感兴趣，她只盼望再听些关于徐曼丽的什么把戏。那床上的冯眉卿，却用毒眼望着刘玉英，嘴里咬着出气。刘玉英把手帕角放在早就听说浦东的水陂也建在岸上，要放堂，不过这样早晚问题；

如果到了那时当真我们不了，是老三要佔便宜，

笑了，故意负气似的转身背向着眉卿。这时却又听得尚仲礼的声音：

「那么你一定要跟他拼……你抛出多少呢？」

「这可说不定。我们看险上了，打扮我就抛出去，一直逼到吴老三坍台，逼中公司倒闭！再有一层，可以把上月底的老法子用一次，反转来

仲礼，今天是十七，到还有十天光景，我们还……，可不是？」

接着就是一阵笑声，而且这笑声愈来愈逼近，忽然赵伯韬的脑袋在那边窗口探了出来，却是向着下边马路。刘玉英全身一震，闪电似的缩进房里去，又一跳便在冯眉卿身边坐定，手按住了胸脯。

冯眉卿惘惘地把两腿一伸，就翻身滚开了尺多远，似乎刘玉英身上有刺。

「看你这一股孩子气！呀，在床上到底为什么呢？我们好姊妹，肚里有一句，嘴上就说一句！」

刘玉英微笑定了那么说，眼瞅着冯眉卿的背影，心里却颠倒地反覆想着刚才偷听来的那些话语。

她自然知道冯眉卿的嘻怒是什么缘故，可是她完全没有闲心情来嘲这种无名之醋。她因为自己的“冒险”有了意外的成功，一心盘算一连着怎样也做个「徐爱丽第二」，而且想比徐爱丽更加巧妙地把老赵「吃住」。完全她一面这么想着，一面伸手去拉过了冯眉卿的身体来，嘴里又说道：

「妹妹，我今天来，一不是寻你生气，二不是找老赵说话。我是跟踪进来看看你。我的脾气，你是相信我的！你总应该知道，自从他放手，我就什么都灰心；现在我是活一天就寻一天的快乐；我不同人家争什么！我们好姊妹，我一心只想帮衬你，怎么你倒疑心我来拆你的壁脚呢？」

「那麼你老实告诉我，是不是大塊頭叫你来的？」

「不是！我另外有点事情。」

刘玉英笑着随口回答；「大塊頭在外边房裡麼？」心裡却在盤算还是就走呢，还是看機會再扯几句謊。

馮眉卿也笑了一笑，看住了刘玉英的面孔等候回答。那眼光是稚氣得叫人发笑。

「有一个客人在那里。难道你不曉得？」

刘玉英把脸靠在馮眉卿的肩头，輕々说，心裡还在決斷不下的问题。馮眉卿搖了搖头，没说什麼，懶洋洋地振着嘴笑。她一腔的醋意已消散，又感到重身軟。夜来她实在过度了一点兒。

暫時的沉默。只漸々地有风在窗外呼呼地長嘯。

「眉！我就走了。大塊頭有客人！明天我請你去看電影。」

刘玉英说着就溜了门跳出去。可是很意外，只有尚老头子一个人衔着雪茄坐在那里出神。两个人对看了一眼。尚仲礼寡理不理似的摸着胡子微笑。刘玉英立刻又改变了主意。她的主意打定了！她瞅了尚老头子一眼，反手指一下那隔室的门，吃々地艳笑着就跑出去了。

她到了馬路上時立刻跑进一家店铺去借打電話喚汽車。她要去找韩孟翔，「先把這小影子喚住」。

风仍在發狂地怒吼，汽車衝着风去；她，刘玉英，坐在車裡，她的思想却比风比汽車都快些；她咬着嘴唇微笑地想道：「老趙，老趙！要是你不答应我的欵条的，我们拉倒，你這点小小的秘密，总是吴蓀甫肯出價錢来買的！誰出大價錢，我就賣给誰！」

刘玉英是一个聰明的女子。十七歲時讀过幾年書，中國文字比她的朋友馮眉卿高明些。对于交易所证券市場的经络，那她更是「渊源有自」。她的父亲在十多年前的「交易所风潮」中破产自杀，她的哥哥[redacted]也是「投机家」，本生跑着「黄金财」和「负债階段」的走马灯，直到去年「做金子」大失败，使吞了钜款[redacted]吃官司，至今还关在西牢里；她的公公陆匡时，她的丈夫，都是开口「标金」，闭口「公债」的。[redacted]最近她自己也是把交易所当作「家」，时常用「押宝」的精神买进二万或是已故的卖出五千；——在这上头，她倒是很心平的，她继承父亲哥哥白天的乞丐丈夫的衣钵，她很稳健，做一万公债能够赚进五六十元，她也就满意。

她是一个女人，她知道女人的[redacted]生财之道和男子不同；男子利用身外的东西，而女子则利用身上的东西。因此她虽则做公债的时候很心平，可是对于老赵这关系却有奢望。一个月前她忽然[redacted]从韩孟翔的介绍认识了老赵的时候，她就认定这也是一种「投机」。在这「投机」上，她预备捞进一票整的！

现在正是她「收获」的时期到了。她全身的神经都在颤抖，她脑子里叠起了无数的计画，无数的进行步骤。

当她到了交易所时，她又这么预许给自己：「我这笔纤维债，也可以零碎折卖的，可不是！一个多月来，做公债的人那一个不在那里钻洞觅缝探听老赵的手法呢！」聪明的她已经把偷听来的材料加以分析整理，她的结论是：什么「军火」，什么局门人，那是除了吴荪甫而外没有人要听的；至于公债，那是老赵不但要做「空」，并且还有什么老赵子一定不至于吃亏。她不很明白什么是老赵子，可是她[redacted]相信老赵很有些说出[redacted]做得到的[redacted]鬼把戏。

交易所里比小菜场还要嘈杂些。戏會的人带十二分息的汗臭。刘玉英挤不上去。她[redacted]从人缝里望见了韩孟翔那光亮的黑头发，可是太远了，不能打招呼。台上[redacted]拍板的和写着电话的脸全涨红了，张开[illegible]嘴巴大叫，可是他们的声音一点也听不清。七八十[redacted]号经纪人的一百多助手以及数不清的投机者，扬着手，造成了雷一样的数目字的嚣声，不论谁的耳朵都失了作用。

台上旋出「编遣[redacted]七月期」的牌子来了！于是更暨更持久的[redacted]「雷」（数月字的），更兴奋的「脸的海」，更[redacted]像潮锋似的挤上前去，挤到[redacted]左挤到右。刘玉英连原有的地位都保不住了，只好退到「市场」门口。她喘过一口气没再进攻，好容易绕数开一条路，在「市场」进出口中间那挂着绝迹人牌张和「本所通告」的那堵板壁前的一[redacted]排本长椅里占了个座位。这里就好比「战方病院」似的，凡有从战线上败退下来的人们绕在那里喘气。这里是连台上那块板上的行市都看不见的，只能远远地望到他那一只伸起了的手。

刘玉英一看自己身上的纱衣已经汗透，胸前现出了乳形的两点[redacted]红晕。她忍不住微笑了。她想来这里是疯狂般的「市场」，而那边，「市月白场」牵丝人的赵伯韬或是吴荪甫却静静儿坐在沙发里抽雪茄，那是多么「滑稽」；而她自己呢，现挽着两个牵丝人的大秘密在手[redacted]心，比前那些人都[redacted]在暗里，只她在明里，那又多么「滑稽」！

她斜扭着腰，抿着嘴笑了。和她同坐在那里的人们都没注意到她这奇怪！他们张红了脸，瞪出了眼睛，嘘嘘地互相争论。他们的额角爆出了蚯蚓那么粗的青筋。偶或有独自低着头不声不响的，那一定是失红色惨怖的败者，他那死瞪瞪的眼睛前面在那里搬演着田契地契债券等等惨怖的幻景。

前面椅子里有两个[redacted]交头接耳地谈的很入神。刘玉英望过去认识那月牙须的男子就是冯眉卿的父亲云卿。这老头儿沉着小胡子[redacted]他那肿着中带黑的脸孔，由着他那同伴唧唧喳喳地说，总不开口。忽然一个四十多岁圆脸儿的男子从前面那投机者的阵云中挤出来，跌跌撞撞[redacted]挤进了这「战方病院」区域，抢到那冯云卿跟前，挺直了嗓子喊道：

「云卿，云卿！涨上了！一角，一角半，二角！还要涨！你怎么说？就这会儿[redacted]扒进二万罢？」

「哈，哈，哈！扒进！[redacted]可是我此时仍旧抛出两三万去！」

冯云卿的同伴抢先说，就站了起来，打算挤出去，——再上那「前线」去。刘玉英看这男子不过三十多岁，有一口时髦的牙刷胡须，也是常见的熟面孔。这时冯云卿还在沉吟未决，[redacted]圆脸的男子又[redacted]挤[redacted]回去仰起了脸看那川流不息[redacted]地掷出来的「牌子」。这里，那刷牙胡须的男子又催促着冯雪卿道：

「怎么样呢？抛出两万去罢！连跌了三天了，一定得回[redacted]跌！」

「咳，咳！你总说要回[redacted]跌，慎庵总说还要涨！我打算看一天风[redacted]势再定！」

冯雪卿涨红了脸急口地说。可是那位圆脸男子又扭着嘴巴挤过来了，大声叫道：

「回跌了！回跌了！回到开盘的价钱了！」

立刻那牙刷胡须的男子哏哏地哼了一声，跳起来发狂似的挤上前去了。冯雪卿瞪着眼睛做不得声。圆脸的男子挤到冯雪卿身边喘着气说：

「这公债有点儿怪！[redacted]雪卿，我看是多头空头两面的大户在那里斗！」

「可不是！所以我主张再看一天风势。不过，慎庵！刚才壮飞一路埋怨我没有胆子抛空，却说是我误了事，那现在又捏住了不肯脱手，他——其实，我们三个人[redacted]打公司，我只能服从多数，要是你和壮飞意见一致，我是没得什么说的！」

「那里，那里！现在这价格成了盘旋，我们看一天也行！」

叫做慎庵的男子结着眉头回答，就坐在冯雪卿旁边那空位里。

看了这一切，听清了这一切的刘玉英却忍不住又微笑了。她看一看自己的手掌心，似乎这三人三条心而又是「合做」的一点儿的命运就握在她的手掌心[redacted]。不，不，岂但这三位！满场为了那编遣公债而疯狂着战的人们的命运也都在她的手掌心[redacted]！她霍地站了起来，旁若无人似的挤到冯雪卿他们[redacted]身边，晶琅琅地叫道：

「冯老伯！久违！做得顺手么？」

「呀！刘小姐！——哦，扭起来了，刘小姐看见阿眉么？她是前天——」

「噢，那个，回头我告诉你，今天的交易所真是邪气，老伯不要错过了发财机会！」

刘玉英掩嘴地笑着说，顺便又飞一个眼风到何慎庵脸上去。忽然前面「洋盘」的中心起一声喊，那不是数目字构成的一声喊，而且那是超过了那高扬嚣喧的一声喊，立刻「前线」上许多人像潮水似的往后退，而这挤得满满的「交易所」裡便也有许多人跳起来抢上前去，有的就站在那椅子上。冯眉卿他们慌得面如土色。

「栏杆挤塌了！没有事，不要慌！是挤塌了栏杆呢！」

楼上那「挂牌子」地方有人探出半个身体把两手放在嘴边当作传声筒这么大声吆喝。

「啧，啧！真是不要命！赛过打仗！」

刘玉英说着叹了一口气，用手轻轻拍着自己的胸脯；她那已经有点成熟的纱衣这时一身急汗就又湿透。立刻那暂扰也过去了，「平场」继续在挣扎，在盘旋，人们用最后的力量来争「收盘」的胜利。何慎庵回过脸来看着刘玉英笑道：

「刘小姐，两边乱得很，也是常来的罢？你看是涨呢看跌？我是看涨的！」

「也有人看跌呢！可是，冯老伯，你做了多少？可有意麽？」

「不多，不多！三个人拼做廿来万。眼前是不进不出，要看这十天内做的怎样了！」

「阿是做多？」

「可不是！陆翁孙来这二个月裡做「空」，全没好处，我也是这个意思。上月裡十五号前后那厉害的跌风，大家都以为总是一时平定的了，谁知道月底又跳回来！刘小姐，你听说那赵伯韬的手段么？他没有一回不做准的！这一回，外场说他们是多头！」

何慎庵说到后面那几句时声音很低，并且伸长了颈子，把嘴凑到刘玉英耳边，这也许是为的那几句话确须秘密，但也许为的刘玉英那一身的俏媚有吸引力。刘玉英却都不在心上，她斜着眼睛笑了一笑，忽然翘起她的「寒碜折叠」的计画来了。[redacted]眼前有这机会，何妨一试，[redacted]而况冯云卿也还相熟。这样想着，刘玉英乘势便先这一句道：

「嗳，是那么一回事呢！不过，我也得说一些来——」

「呵！刘小姐，你说阿眉呢？」

冯云卿很冒失地打断了刘玉英的话，他那青里的老脸上忽然有些红了。刘玉英看得很明白。她立刻得了一个主意，把冯云卿的衣角一拉，就凑在他耳朵边轻声说道：

「老伯不知道么？妹子有这么一桩呢！我在老赵那里见她来。老赵这个月里好像又要发这么几十万横财！我知道她，他——嗳，可是老伯过来做什么呢？那个——」

顿突然住了，刘玉英[redacted]转过脸来看着冯云卿微笑。她只须提到这地步，实在也是再明白没有的了，可是冯云卿红着脸竟不作声。他那眼光里也没有任何的「话」。他是在听[redacted]冯眉卿[redacted]确在老赵那里[redacted]这话的时候就心里[redacted]乱的不堪；他的希望，他的未尽磨灭的羞耻心，还有他的患得患失的根性，都在这一刹那间爆发，刘玉英下面的话，他简直是听而不闻！

「老伯是明白的，我玉英向来不掉枪花！我也不要多，十分的利钱就行了！」

刘玉英再在冯云卿[redacted]耳朵边说，索性丢开那吞吞吐吐的绕圈子的办法了。这回冯云卿听得很明白，然而因为不接气，他竟不[redacted]懂得刘玉英的意思，他睁大了眼睛发楞。他们的谈话就此中断。

这时「市场」里那种营业上的喧嚣——那是由[redacted]五千，一万，二万，[redacted]十万，二十万，[redacted]以及一角，一角五多多，一元，等等数目字所造成的雷一样的声音，突然变为了戏场上所有的那种夹着哄笑和叹息的闹哄哄的人声了！数手全是「前线」的人们也纷纷退下来，有的竟自出「市场」去了！编遣公债终于在跳起来元的收盘价格下拍过去了！

台上那揭示板上旋出「七年长期公债本月期」来。这是老公债，这以下，都是北京政府手里发行的老公债涌拍拍，这些都是不「投机」的中心目标，也不是交易所主要的营业。没有先前那样作战似的「数目字的雷」了，场里的人散去了一小半。就是这时候，那牙刷须的男子李壮飞一脸汗污兴冲冲地跑回来了。他看了何慎庵一眼，又拍着冯云卿的肩膀，大声说道：

「收盘跳起了半元！不管你们怎么样，我是抛出了一万去了！」

「那——可惜，可惜！壮飞！你呀！」

何慎庵跳起来叫着，就好像割了他一块肉。冯云卿不作声，但是睁着眼睛在那里发楞。

「什么可惜！慎庵，我姓李的硬来硬去，要是再涨上，我赔出来；要是回跌了呢？你赔出来么？」

「好呀！可是拿明天的收盘做标准呢，还是拿今前那一盘？」

何慎庵跟李壮飞一句紧一句地吵起来了，冯云卿依然心事很重地楞着眼。他有他的划算。他决定要问过女儿老赵倒底有没有探得的秘密，然后再定办法。那时候，除了眼前这二十万外，他还打算瞒着他的两位伙计独自儿干一下。

刘玉英在旁边看着觉得好笑。何李两位

「壮飞！你相信外边那些特快报么？那是谣言！你随身带的[illegible]难道不是也在那里每快报么？请问他们那些电报那一条不是肚子里造出来的！你怎么就看定了要跌？」

「不和你多辩，将来看事实！究竟怎样样法？」

李壮飞那口气有些软了。可是那边挤过有一个人何慎庵乘势就想再逼进一步，来撅嘴叫道：

這些寫的字「牌子」，給整整齊齊地掛滿了樓上那一帶的欄杆。

※有人拿着小本子和鉛筆仰起了臉，抄錄「牌子」上的寫作并況記錄。

「你們是新為知縣官開堂會審麼？」

這人正是韓孟翔，正是劉玉英此來的目的物；韓孟翔也許是遠遠地望見了劉玉英走進來的。

台上拍到「九六公債」了。這項差不多已成廢券的東西居然也還有人做賣買，然而是比前更形清淡。

「呀！玉英！你怎麼跑在這裡了？找過了大塊地麼？你這——！」

韓孟翔又轉臉對劉玉英說，搖搖擺擺地擠到了玉英身邊。劉玉英立刻對他飛了个眼風，又偷偷地朝把嘴唇馮雲卿他們努了一下。韓孟翔微笑。劉玉英懶懶地走，也就到前面去了。

「這一盤裡賺了多少，你有點數目麼？」

李壯飛擠到韓孟翔身邊輕聲問。這兩个人走到右邊兩三步遠的地方，就站在那里低聲談話。這里馮雲卿與何慎庵也交頭接耳了好半天。忽然那邊李壯飛高聲笑了起來，匆匆地撇開韓孟翔，一直走到前面拍板台下，和另一个人又握手在一處了。

現在交易所的早市已經結束。市場內就只剩十來个人，經紀人和跑定有，三三兩兩地在那里閑談。茶房打掃地下的香煙頭，洒了許多水。經紀人那兩排房間裡不時響着丁令令的電話。※一切都平靜，都鬆弛了；然而人們的內心依然很緊張。就像惡戰以後的短時間的沉默，人們都在準備下一場的苦戰！

「唔，唔！剛才陸匡時說是趙甫是做多的！這才是奇怪！為甚麼？」

突然李壯飛跑了來對馮雲卿他們低聲說，他那臉上的紅光現在成了懊惱的灰白。

馮雲卿和何慎庵對看了一眼，卻不回答。這一會兒，乃這三个人中間便發了短時間的細聲的然而猛烈的爭執。李壯飛負氣似的先走了。接着何慎庵和馮雲卿一先一後也離了那「市場」。在交易所的大門口，馮雲卿又看見「劉玉英和韓孟翔站在那里說話。于是女兒眉卿的倩影猛的又在馮雲卿心[redacted]上一閃。這[redacted]是他的「希望[redacted]之光」，他在彷徨迷亂中唯一的「燈塔」！他忍不住微笑了。

「劉玉英看着馮雲卿的背影，輕蔑地偏之嘴。

「馮雲卿迎着大風回家去。他坐在[redacted]黃包車上不敢睜眼睛。風是比早上更凶猛了。一路上的樹木又吶喊助威。馮雲卿坐在車上就彷彿還在交易所內[redacted]聽「數目字的雷」。[redacted]他快到家的時候之的心就異樣地安靜下去。他自己問自己：要是阿眉這孩子弄不清楚，可怎麼辦呢？要是她聽錯了話可怎麼辦呢？這是身家性命交關的事兒！

但到了家時，「馮雲卿到底心定了。他信托自己的女兒，他又信托自己前天晚上在祖宗像前時那一片誠心。

他進門後的第一句話就是「大小姐回來了沒有？」問這句話以前，他又在心裏拈一個鬮：要是已經回來，那他的運氣就十有八九。果然皇天不負苦心人！他的女兒也是剛之回來，而且在房裏睡覺。馮雲卿當下的[redacted]左白臉上就滿佈喜氣，他連疲倦也忘了，連肚子餓也忘了，匆之地跑上樓去。

女兒的房門是關着的。馮雲卿猛可地又遲疑了；他決不定是否該敲門進去呢，還是等過一會兒讓女兒自己出來。當然他[redacted]巴望早一刻聽到那金子一般的寶貴消息以便從容布置，然而他又怕的剛回來的女兒關起了房門也許是女孩兒家有什麼遮掩的事要做，譬如換一[redacted]襯衣褲，洗一洗[redacted]下身，——那麼，[redacted]他在這不乾不淨的當兒[redacted]進去，豈不是沖犯了喜情神，好說，換運也要變成了壞運！

正遲疑不決站在那里，忽然姨太太老九迎面來了，[redacted]手裡捧着一個很飽滿的皮夾[redacted]，那是要出門的樣子。

「呀！你來得正好，我要問你一句話！」

姨太太老九大聲叫着，扯住了馮雲卿的耳朵，就扯進房裡去了。

一疊[redacted]賬單[redacted]放在馮雲卿的手裡了，那是半个月前的東西，有米賬，柴賬，煤賬，汽車賬，[redacted]長年水菓店和老大房糖食店的賬；又有外兩[redacted]時致的，另一是電力公司的[redacted]電費收據，一是上月份的房票。馮雲卿瞪着眼睛，把這些店賬都一翻過，心裡打着算盤，算來有四百[redacted]塊光景。

「老九，米店煤店汽車行不是同他們說[redacted]過到八月半總結麼？」

「哼，你有臉对我說，我可没臉对他們說呀！老实[redacted]告訴你：我[redacted]統統還清了！一共四百三十一塊幾角，你今天就還我！——我也是十姊妹團裡借來的！」

「哎，哎，老九！再過幾天好麼？今天我身边要是有一百塊，我就是老七八！」

馮雲卿陪着笑臉說，就把那些票據收起來。

「没有現在也不要緊。你只把那汽車手莊上一万銀子的存摺給我也就算了。押一押！」

「那不行，嗳，老九，那可不行吭！再說，只有四百多塊，怎麼就要一万銀子的存摺做抵押——」

「哼！只有四百塊！你昏了麼？江阴姊那边的五千塊呢，難道不是我经手的麼？你还說只有四百多！那是客氣呢，人家借来的時候，為的相信我，連押頭都不要；馬上就要一个月到期，難道你好意思拖欠麼？」

姨太太别起了兩道細長的假眉毛，[redacted]說[redacted]生氣，[redacted]可怕了。馮雲卿只是涎着臉笑。他心裡也金金有數金分明白，什麼江阴姊那边借来，全是假的，老實就是姨太太老九自己的私提起那五千元，蓄。可是他無論如何不敢把這話叫亮。

姨太太又罵了幾句，忽然想起時候不早，也就走了。

馮雲卿好像逢了大赦，跳起来伸一个懒腰，又想了一想，就踱到女兒房外来。房门是掩虛着。馮雲卿先提起喉嚨咳了一聲，然後推門進去。眉卿坐在窗邊的梳妝台前，對鏡子在那里出神。她轉過臉來，見是父親，就立刻掉着臉伏在那梳妝台上。

風在窗外呼嘯。風又吹那窗前的竹葉子，拍拍地打着窗。

馮雲卿站在女兒身邊看着她的一頭黑髮，看着她的雪白的頸，看着她的手扭着的細腰，又看着她的斜伸在梳妝台腳邊的一對渾圓的腿，末了，他滿意似的籲一口氣，就輕聲問道：

「阿眉！那件事你打聽明白了麼？」

「什麼！」

眉卿突然抬起頭來說，好像受驚似的全身一跳；不，她實在是真吃驚了，為的直到此時經父親那一問，她方才想起父親屢次叮囑過要她有機會打聽的那件事卻一向未定忘記得乾乾淨淨了。

「唉！阿眉，就是那句俗話！他到底是做的『多頭』呢，還是『空頭』？——」

「哦！那個！不過，爸爸，你的話我有點不明白。」

眉卿看着她父親的臉，遲疑地說；她那小心裡卻異常地：她是真從沒打聽過呢，但是隨隨便便敷衍搪塞一下，或者竟想數句話來騙她父親一下。她決定了用隨便搪塞的方法。

「你不明白？」我的話？我的那些

「就是你剛才說的什麼『多頭』呀，『空頭』呀，我是老聽得人家，可是我不大明白。」

「哈，哈，那麼你打聽到了。傻孩子，『多頭』就是買進公債，『空頭』就是賣出。」

「那麼，他一定是『多頭』了！」

眉卿忽然衝口說了這麼一句，就吃吃地笑了。她自己並不覺得這一句是說謊：老趙不是很有錢麼？有錢的人一定買進，沒有錢[illegible]的才總要賣出去呀！在眉卿的小姑娘心理看來，老趙而且到賣什麼那就不成其老趙，不成其為女人所喜歡的老趙了！

「呵，呵，當真麼。他是說多爺麼？」

馮雲卿惟恐聽錯了似的再問一句，同時他那青黑的老臉上已經滿是笑意了，他的心卜卜地跳。

[redacted]「當真！」

眉卿想了一想說，忍不住又吃吃地笑；她又害羞似的掩着臉伏在那梳妝台上了。

這時窗外一陣風突然捲起了那竹簾子，拍的一聲，直撩上了屋檐上面去了。接着就是呼呼的更猛烈的風叫。窗子都琅琅地震響。

馮雲卿楞了一楞。但他立即以為這是喜[redacted]訊，彷彿是有這麼兩句：「竹簾[redacted]上[redacted]屋面，[redacted]主人要[redacted]發[redacted]財！」[redacted]他[redacted]決定了要傾家一擲，要做「多爺」，他[redacted]決定動用元丰莊上那一方「神聖的」銀子，眉卿的「墊箱錢」，[redacted]他從女兒房裡跑出來，立刻又出門去了。

十三

吳蓀甫那一臉不介意的微笑漸漸隱退了，轉變為[redacted]沉思。然而他臉上的紫疱有幾個輕輕地顫動，他額角上的細汗珠也漸漸地加多。他避開了劉玉英的眼光，翻起眼白望着窗[redacted]，右[redacted]手的中指在桌面上劃着十字。

窗外有人走過。俄而站住了，那窗上的不透明的花玻璃上就映出[redacted]半个人形的影子。于是又走開了，又來了第二次的人形影子。突然賣「快報」的聲音從窗前飛跑着過去：「阿要看到閻錫山大出兵！阿要看到徐州大戰，濟南吃緊！阿要看到……閩外通電……」接着又來了第二個賣「快報」的帶喊帶跑的聲音。

吴荪甫的眉毛似乎一跳。他蓦地站起来，在房中走一个半圆圈，然后站在刘玉英面前，站得很近；他那尖利的眼光钉住了刘玉英的粉白面孔，钉住了她那微带青晕的眼睛，好像要看到刘玉英的心。

刘玉英也不笑，也不说话，耐烦地等待那结果。

「玉英！你要[redacted]听我的吩咐——」

吴荪甫慢慢地说，[redacted]一点游移的神气都没有，仍旧那么尖利地看着刘玉英；可是他又不一直说下去，好像在考虑应该先吩咐那一些事情。刘玉英抿着嘴笑，知道那「结果」来了。她快乐到胸脯前轻轻跳动。[redacted]她忍不住接口问道：

「可是我的为难地方，表叔都明白了么？」

「我都明白了。你要防着老赵万一看破了你的举动，你要预先留一个退步，是不是？哦——这都在[redacted]我身上。我们本来就带点儿亲，应该大家帮忙。玉英，现在你听我说：你先把韩孟翔唤住。我知道[redacted]你有这本事。你不要——」

刘玉英又笑了，脸上飞过一片红晕。

「你不要再打电话到处找我，也不再要到益中公司去找我！你这么办，老赵马上会晓得我和你有来往，老赵就要防你，——」

「这个，我也明白。今天是第一趟找你，只好到处打电话；[redacted]以后我要小心了。」

「哦，你是聪明人！那么，我再说第三桩：你去找一个清静的旅馆包定一间房，我们有话就到那边碰头。我来找你，每天下午六点钟前后你要在那里等候，——办不到么？」

「不是！不过天天等候，恐怕办不到；说不定我有事情绊住了脚。」

「那也不要紧。你抽空打一个电话到益中公司关照我就好了。」

「要是你也不在益中公司呢？」

「四点到五点，我一定在。万一我不在屋中，你问明了是姓王的，——王和甫，和——甫，你也可以告诉他。这位是北方人，嗓子很响，你大概不会弄错。」

刘玉英点头，抿着嘴笑。忽然那花玻璃的窗上又有人影子一闪，接着是拍的一声响，那人影撞在窗上，我手推开了那对窗。吴荪甫猛转过脸去看，脸色有点变了。这时那花玻璃上现出两个人的影子，一高一矮，霍霍地在提。吴荪甫陡的起了疑心，快步跑到那窗前，出其不意地拉开窗一望，却看见两张怒脸，睁出了吃人似的眼睛，谁也不肯让。原来是两个瘪三打架。吴荪甫缩了缩肩膀，关好了窗，回到桌子边就签了一张支票交给刘玉英，又轻声说：

「不要这样的房间！太嘈杂！要在楼上，窗外不是走路！」

「你放心。我一定办得周到。可是，表叔，你的话完了罢？我有话——」

「什么话？」

吴荪甫侧着头，眉毛轩轩一耸。

「徐曼丽那边，你得拉紧些，好叫老赵一直疑心她，一直不理她。那么着，我前回造的谣言不会弄僵，我这才能够常在老赵那里跑！要是你向来和徐曼丽不很熟，就请你赶快做熟她！」

吴荪甫的眉头皱得紧了，但也点一下头。

窗外那两个瘪三忽然对骂起来，似乎也是为的钱。「不怕你去折壁脚！老子把颜色你看！」——这两句跳出来似的很清楚，吴荪甫房里的也听得了。他的眉头皱得更紧些，看了刘玉英一眼，摇摇身体就站起来。但此时刘玉英早又提出了第二个要求：

「还有，表叔，赵高翔，我有法子绑住他，可是单靠我一张嘴，也还不够，总得给他一点实惠。老赵是很肯化钱收买的。表叔，你愿意给高翔什么好处，先告诉我一个大略，我好看机会摆布他。」

「这个，我眼前不能说定。明后天我们再谈罢。」

「那么，还有一句话——」

刘玉英说着就吃吃地笑，脸也蓦地红了，眼波在吴荪甫脸上一溜，却不说下去了。

「什么话呢？你说！」

吴荪甫迟疑地问，看着刘玉英那笑那眼光都有点古怪；他觉得这位女侦探的「话」太多，而且事已至此，他反倒对于这位女侦探有点怀疑，至少是不敢自信十二分有把握「绑得住」她。

「就是你到我那包定的房间来时用什么称呼！」

刘玉英笑定了轻轻说，她那亮晶晶的眼珠满是诱惑的闪光。

听明白了原来只是这么一回事，吴荪甫也笑了一笑；可是他并没感到那强烈的诱惑，他转一口气，给起来很不介意似的回答：

「我们原是亲戚，我仍旧是表叔！」

这么说着，吴荪甫一摆手，就匆匆地走了。他跑出那旅馆，坐进了汽车的时候，这才回味到刘玉英刚才那笑，那脸红，那眼波，那一切的诱惑性，他把不住心跳了一跳。可是仅仅一刹那，立刻他的心神全部转到了老赵和公债，他对回过脸来请命令的汽车夫喝道：

「到交易所去！快！」

现在是将近午后三点钟了。太阳晒得马路上的柏油发软，汽车轮碾过，就印成了各式各样的花纹。满脸

* 并從是办公室，那佈置却像会议場，總经理的真正办公[redacted]地方却另有一个「機密房」，就在隔壁。

当下吴荪甫因为

里仟在这相曲路上喊賣各式各様「快报」的癟三和小孩子也用了各式各様的声调高叫着各式各様矛盾的新闻。像闪電似的[redacted]到交易所裡一轉，而现在又向益中公司去的汽車裡的吴荪甫，全心神在策劃他的事業，忽然也發見自己的很大的矛盾。他是办实業的，他有發展民族工業的偉大志願，他向来反对擁有大資本的杜竹斋之類專做地皮，金子，公債；然而他自己现在却也鑽在公債裡了！他是盼望民主政治真正实现，所以他也盼望「北方擴大会议」的軍事[redacted]行動趕快成功，趕快沿津浦綫達到濟南，達到徐州；然而现在他從劉玉英嘴裡證实了老趙做的公債「空头」而且老趙還準備用「老法子」以期必勝，他就惟恐北方的軍事勢力發展的太快了！他十二分不願意本月内山東局面有變動！而在這些矛盾之上再加一个矛盾，那就是益中公司的少数资本這五六天内，又要做一个债又要擴充那新收買的八个廠！他自己在一个月前曾经用盡心機謀奪朱吟秋的乾繭和意大利新式丝車，可是现在他諸多到了手，他的鉄腕下多了一个「新廠」了，他却又感到是一件「湿布衫」，想著時就要皺眉頭[redacted]！

這一切都是來的那麼快，那麼兀突，吴荪甫好像不知不覺就陷入了這矛盾了。現在他清清楚楚看到了，可是已經拔不出来了！他給矛盾弄得了皺眉獰笑。

然而他並不沮喪怎樣。他的自信力還能夠撐住他。眼前的那些矛盾是達到勝利的階段，是必不可免的魔障，——他這樣自己辯解。不是為的要抵制老趙他們的「托辣斯陰謀」所以他吴荪甫這纔要和老趙「鬥法」，想在公債市場上打倒老趙[redacted]麼？[redacted]這是癥結中的癥結！吴荪甫就這麼着替自己的矛盾加上一个「合理」的解釋了。只是有一點：這中間經濟上的矛盾現象——又要做公債又要擴充那八个廠，總得有一个實際的解決才好！况且杜竹斋的退出益中已經是不可挽回的了，指望中的銀行業幫忙因此也會受到影響；這是目前最大的难關，這难關一定要趕快打開，才能談到第二步的办法！

汽车停住了，吴荪甫的思想暂时告一段落；带着他那种无来失望然而焦灼的心情，他匆匆地跑进益中公司去了。

楼下营业部里[redacted]有一个人在那里提存款，汹汹然和营业部的职员争闹。是「印鉴」有疑问么？还是数目上弄错[redacted]？——也值得那么面红耳赤！——吴荪甫绉着眉头带便[redacted]看了一眼，就直奔二楼，闯进了[redacted]总经理办公室。[redacted]跑急了，神色[redacted]有些慌张；那办公室里的王和甫和孙吉人正在促膝密谈，那提款人就吵了一架，陡的一齐跳起来，大了惊慌的[redacted]眼睛。吴荪甫笑了一笑，表示毫无意外。可是先就来了王和甫的[redacted]话却使吴荪甫心跳。

「荪甫，荪甫！出了个不大不小的岔子了！四处打电话找你不到，你来的刚好！」

「我也是和甫接连几个电话逼来的。我们正在这里商量办法。事情呢，也不算怎么了不得，不过太[redacted]凑巧；今天前途忽然在我们这[redacted]转眼[跳不]来的当儿刚刚就发生，有点讨厌！——上星期我们接洽好的元大的十万银子，今天前途忽然变卦[眼前]了，气的常[因为]就是这么一件事。」

孙吉人接着说，你就是他那种慢慢的冷静的口吻，就只脸上透着几分儿焦灼。

吴荪甫

的一颗心也定下来了。事情虽然发生得太早一些，可不算十分意外；况且在那笔款子本是杜竹斋的来款，现在竹斋既然脱离益中，那边不肯放款也是人情之常。于是吴荪甫努力镇静，暂且搁起了心里的公债问题，先来商量怎样应付那忽然短缺了的十万元。

这笔款子的预定用途是发付那八个厂总数二千五六百工人的工钱以及新添的各项原料。

王和甫拿出许多表册单据来给吴荪甫，孙吉人他们过目，又简单地说道：

「工钱方面总共五万多块，月底发放，还有五六天光景，这倒不了什么一回事。要紧的还是我进的那些货，[redacted]胶，伞骨，电料，松香，硫酸，这一类，总共得七万多块钱，都是两三天内就要付的。」

吴荪甫摸着下巴沉吟，看了孙吉人一眼。是月底快到了，吴荪甫自己的厂以及现在归他管理的朱吟秋那个厂，也是要发放工资的。他自己也得费点手脚去张罗。并且他的企业是扩充了，可是他从来没有现在那么现款踞蹶！就他的全部资产而论，[redacted]这两个月内，他是飞跃地增加，少说也有二十万；然而堆栈里的干茧就[redacted]搁煞了十多万，加之最近公债狂跌，[redacted]他再不能[redacted]忍痛抛出，这存在一项也搁煞了十多万；而最近，平白地又在故乡搁住了十多万！所以眼前[redacted]益中当然只差得十万，他却沉吟又沉吟，摆布不下。

「那么，七万是明后天就要的；好，我去想法罢！——」

孙吉人回看了吴荪甫一眼，就很爽利地担负起那责任来；[redacted]吴荪甫的难处，他知道。他顿了一顿，翻着那些单据和表册，又接下去说：

「不过，这样的痛医头，东挪西凑，总不是办法。[redacted]我们八个厂是收进来了，外加陈君宜一个绸厂[redacted]租给我们，合同订定一年；我们事业的范围，说大不大，说小也不小了。我们总得有个通盘的划算。公司[redacted]收[redacted]资本八十万，现在杜竹斋又[redacted]退出折股，就只存现款[redacted]四十多万，陆续都[redacted]做了公债。我就是[redacted]俱成的时候实[redacted]没来顶进这益中，收买那八个厂，又要办那些厂，又要做公债，我们这点儿资本不够周转。两样想这[redacted]中间，只好[redacted]挑定一样来干。然而[redacted]为难的是现在两样都弄成骑虎难下。」

「单办那八个厂，四十多万也就马马虎虎混得过。可是我们不打算扩充么？我们还多着一个陈君宜的绸厂。四十多万还是不够的！现在这会儿，战事阻断[redacted]了交通，厂里出的货运不出，我们这个月里就得净[redacted]赔开销；当真得通盘筹划一下！」

王和甫因为是专管那些厂，就注重在厂这方面说。

吴荪甫[redacted]一边听，一边想，陡的脸上露出坚决的气色来。他对孙吉人王和甫两位，瞥了一眼；他那眼光里燃烧着勇敢和乐观的火焰。他这眼光常常能够煽旺他那两位同事的热情，鼓动他们的幻想，坚决他们的意志；他这眼光是有魔力的！他这眼光是他每逢一定大计，决大疑那时候的先声夺人的一奇兵！

可是吴荪甫正待发言，那边门上忽然来了笃笃的两下轻叩。有人要进来。

「谁呀？进来罢！」

王和甫转过脸去对着那门喊，很不耐烦似的站了起来。

进来的是楼下营业部的主任，呵着腰，轻[redacted]灵地踮着脚尖快步跑到王和甫跟前，低声说道：

「又是一位没有到期的定期存户要提存款。我们拿新章程给他看，他硬不服；他说，四个多月的利息他可以牺牲，要他照『贴现』的办法却不行。他在底下吵了好半天了。该怎么办，请总经理吩咐罢！」

王和甫鼻子里轻轻哼了一声，且不回答那营业部主任，回头看着吴荪甫他们两位。这两位也都听明白了，吴荪甫给一下眉眼，孙吉人接着下巴微笑。王和甫转脸就问那营业部主任道：

「多少数目？」

「二万！」

「哦——一万！付了罢，不要他照『贴现』的办法了。真麻烦！」

营业部主任微笑着点[redacted]头，又轻灵地踮着脚尖退了出去。装着自动关闭机的那扇门就轻轻地自己关上，嚓的一声也听得见！房里忽然死一样的沉寂。

「真麻烦！天天有那样的事！」

王和甫自言自语的回到他的主位里，就燃着了一枝茄立克。他喷出一口浓烟，又摇着头说：

「这些零零碎碎的存户都是老公司手里做下来的！现在陆续提去有个六成了。」

「哦——我们新做的呢？」

「也还抵得过。雷山拉来了十多万，活期定期都有。吸收存款这一面，望过去很有把握。」

王和甫一面回答着孙吉人，一面就又翻那些表册。

吴荪甫笑了笑，他的眼光忽然变成很獰厲，他看看王和甫，又看看孙吉人，毅然说道：

「我们明天发信通知那些老存户，就说在本个月内他们要提还没到期的款子可以特别通融，利息照日子算！吉人，你说对不对？我们犯不着去打这些小算盘！我看来那些老存户纷纷来提款子，一定不是无故无缘的！这是他们听得了什么谣言破坏我们信用的。赵伯韬惯会造谣言！他正在那里想种种方法同我们捣蛋。他早就说过，只要银钱业方面对我收紧一些，我们就要受不了；他这话不是随便说说的，他在那里布置，他在那里用手段！」

「对了！今天元大庄那变卦，光景也是老赵提[redacted]出来的。我听他们那口气里有讲究。」

王和甫很快接口说。

「再拿竹斋这件事来讲罢，他退出公司的原因，果然表面上是为的他不赞成收买那八个厂，可是骨子里也未始不是老赵放的空气叫竹斋听了害怕。竹斋不肯对我明说，可是我看得出来。他知道了雷山到香港去，就再三要拉尚仲礼进来。我一定不答应，第二天他就决定主意拆股了！」

「哈，哈，杜竹翁是胆小了一点儿，胆小了一点儿。杜竹翁不喜欢办什麽廠。」

又是王和甫说。孙吉人点着头说，「吟。有一个可是实在也阴暗的影子断々在孙吉人心头扩大开来：

正像杜竹斋实在不喜欢办什麽廠，他孙吉人对于做公债也是没有多大兴味的，——并不是他根本憎恶这「投机」事业，却是为的他精力不济，总觉得办这类事也就够累了，而现在，不但做公债和办廠两者都弄成骑虎难下之势，且又一步一步逼紧了，「经济封锁」已经成为事实，这种四面楚歌的境地，他当真没有多大把握能够衝得出去。可是除了向前衝，到底还有什麽别的办法？

孙吉人然而还是很镇静；他知道吴荪甫在那里等待他意见，他又知道王和甫没有任何一定的意见，于是他静冷地看着吴荪甫那精神虎々的紫脸孔，慢々地说道：

「我们自己立定了脚跟就不怕。信用自信用，谣言自谣言；我们也要不慌不忙。荪甫主张不打小算盘，很赞成！那些老板们既然相信谣言，我们就放一个响炮仗给他们听々。可是我们的脚跟先得赶快站稳起来，先把那些廠的基根打好。我们来算一算：那些廠总共一下，看看能够节省多少开支，扩充的扩充一下，看是要多少资本；做公债的手收了回来，廠底是差一点，我们就得另外设法。不过究竟刚才和甫说原定的四十五万不够，那麽，我们把要用多少扩充费，开支上却能节省多少，还有眼前三两个月内销场未必会好，要净赔多少开销，——这种々，应该算出一个切实的数目。」

「扩充费已经细々算过，八个廠总共支配三十万。这是不能再少的了！」

王和甫先拣自己主管的事回答；心裡却在忖量公债方面的盈亏，因为那两次三十万，全都做了公债去了。他转脸看着吴荪甫，正想问他公债的情形，吴荪甫却先说了：

「这一次公司裡的资本全都做了公债，也是不得已。我们抛出二万百，本来是只想小小幹一下，可是后来局面变了，过得半个月再做，成了四多头，我们手裡现在有一千万公债！今天交易所早市收盘的价格说，就多三十万元的好处是有的！

剛才我來這裡以前，我已經通知我們的經紀人，今天收市開拍，我們先發出五百万元！」

吳蓀甫的臉上亮著勝利的紅光，他躊躇滿志地搓著手。

「可是，蓀甫，先要還要漲麼？從十五號到今天，不是才々漲麼？雖然每天不過漲上二三角左右。」

王和甫[redacted]接口[redacted]說，也像吳蓀甫一樣滿面全是喜氣了。

「那不一定！」

吳蓀甫慌忙微笑，但那地回答，口氣是異常嚴肅。他轉過臉去看看孫吉人，他那眼光的堅決和自信能夠叫頂沒有主意的人也忽然打定了主意跟他走。他用了又快又清晰，字[redacted]像鐵塊似的聲調說道：

「我們先要站定了自己的腳跟！可是我們好比打仗，[redacted]個個[redacted]全有敵人：日本人[redacted]上海的那些小工廠是我們當面的敵人，老趙是我們背後的敵人！總得先打敗了前後的敵人，前後的敵人，開出路我們的腳跟站得穩！我們那八個廠一定得趕快整頓：管理上要嚴密，要換進一批精明幹練的職員去，要嚴禁糟[redacted]塌材料，要裁掉一批冗員，開除一批不好的工人！我看每个廠的預算应該減削二成！」

「就是這麼著，從下月起，預算減二成！至于原來的辦事人，我早就覺得都不行，可是人才難得，一時間更不容易找，就一天天擱著，現在，和甫，你是天天巡視那八个廠的，你看是否應該先裁那一些人的？」

孫吉人依然很冷靜地說，但是吳蓀甫眼睛裡的火——那是要現的火，要和老趙積極奮鬥的火，已經被引到孫吉人的眼，並且他好像忽然了吳蓀甫那一席話裡前半段的主要點；[redacted]要占；

他果抓住了這機會，立刻再逼進一步：

「刚才我说一千万公债我们已经放出了一半去。我们危险得很呢！老赵布置得很好，准备叫我多亏！而他的秘密今天就泄漏。他的一个身边人把这秘密卖给我，两千块钱她就卖了，还答应做我们的内线！月底交割前，公债要有一度猛跌！可是我们今天就放出了一半去，老赵是料不到的！明天我们就完全脱手，老赵的那什策一点没有用处！」

吴荪甫一边说着，密地站了起来；就像一个大将军筹划出死入生的主力战的经过似的，他兴奋到鼻尖下眼皮。他看着他的两位同事，微笑地又加一句：

「我们以后对付老赵就更加有把握！」

于是暂时将工厂的问题暂时搁起，谈话集中在老赵和公债。吴荪甫完全胜利了。他整饬了自己一方面的阵线，他使得好吉人了解又做公债又办厂不是矛盾而是不得不然的步骤，他说服了唐云山的「自立政策」——不仰赖银行业的放款，就等于坐而待毙，他们成功史中只有先战胜了老赵，打破了老赵指挥下的「经济封锁」，然后能真正「自己立定脚跟」！他增强了他那两个同事对于老赵的认识和敌忾。他把益中公司造成一个了「反赵」的大本营！

最后，他们又回到完全那搁顿之厂问题。他们自然要加倍努力。裁人，减工资，增加工作时间，新订最严密到无以复加的管理规则；一切都在这上面，提了出来，只在十多分钟内就大体决定了。

「开除工人，三百到五百；取消星期日加工；延长工作时间一小时；工人进出厂门都要受搜查；厂方每月扣留工资百分之十，作为『存工』，扣满五十元为度，将来厂方解雇时可以发还；这一些，马上都可以办。可是工资打九折，怕的工人们要闹起来！可不是？取消星期日加工已经是上了打了个九折；现在再来一个九折，一下子太狠了一点，恐怕，他们最后一着当真要闹什么罢工之类就多了周折。我主张这一条暂且缓办。唉，你们看是怎样？」

王和甫搔着头皮迟疑地说，眼睛望着吴荪甫那绷紧的脸。

吴荪甫微笑了，还没开口，那边孙吉人已经抢先发言，例外地说的很急。

「不，不！我们认真的地方认真，优待的地方也比别家优待。和甫，你没看见我们还有奖励的规则么？工作特别好，超过了我们定的工作标准时，我们就有特别奖。拿灯泡厂来说罢，我们现暂定灯泡厂的工人每人每日要做灯泡成佰只，这个数目，实预定是很作难的了；工人手段好，不偷懒，每天做成佰五十只也很容易，那时我们就给他一角五分的特别奖，月底结账，他的工钱不是比原来还多么？」

「啊，啊，话是不错的；我们很优待。就可惜工人们不很懂理，扣了的，他们看得见，特别奖，他们就看不见！荪甫，吉人，不是我胆小怕事，当真我们得仔细考虑一下。」

王和甫的口气依然不放松；他是专门负责管理那八个厂的，他知道那八个厂的二千多工人早已有些不稳的状态。

吴荪甫他们两位暂时没有回答。这总经理办公室内又一次死一样的沉寂。外边马路上电车隆隆地从窗前滚了过去，又滚了过来。西斜的太阳像一片血光，房里的雪白沙发套桌布和。

深思熟虑的神色在吴荪甫脸上挪出来了。他并没把什么工潮当作一回事，不是容易顺利的解决了么？但是他自己的那些经验就告诉他必须厂里有忠心能干的办事员始能有把握。而公司管理下这八个厂还没有那样的「好」职员，他自己厂里常常闹，这些把戏，都很又况是各自独立的八个厂，那一定更感困难。王和甫的顾虑不能完全抹杀！

这时孙吉人恰又表示了同吴荪甫「暗合」的意见：

「那么，缓几个把月也行。可是我们的思想一定要赶快先把各厂的管理部整顿好！举动轻浮的，老迈糊涂的，「九折一扣」的，都要裁了他！立刻调进一批好的去！我想荪甫厂里也许可以抽动几个出来。我们预定一个月的工夫整顿各厂的管理部，再下一个月就可以佈告工人打九折。我们的特别奖规则却是要立刻实行，好让工人们先知道我们是赏罚分明，谁好谁的东西不偷懒，谁就可以抓大把的钱！」

吴荪甫听着就点一下头。但是突然

窗的门外，中间夹着茶房的呵问：「找谁呀？不要乱跑！」一阵皮靴声像打鼓似的直冲到这办公室的门已经飞开，闯进慌张的一个人来，满头大汗，挟着个很大的文书皮包，一伸办公室里吴荪甫他们都一怔。急促而沉重的

腿把那门踢上，这人就喊道：一边走，一边

「闫军全部出动了！德州混乱！雷山到香港去办什么事去了，你们这里有没有他的电报？」

这人就是黄奋，有名的「大炮」。

王和甫哈哈笑着，跳了起来慌忙问道：吴荪甫的脸色立刻变了。

「当真却么？几时的消息？」

「半个钟头前的消息！不真确！雷山来了电报没有？」

黄奋气咻咻地说着，用谁说是力拍他腋下的文书皮包，表示那「消息」就装在皮包里，再也不会错的。

「济南呢？到济南，光景要总有一场大战？」

吴荪甫抢前一步问，他那浓眉毛簌簌地在跳了。

「四五天内就要打进济南。大战是没有的！大战要在津浦南段！」

「四五天？哦！大战是没有的！哩，哩！」

吴荪甫自言自语地狂笑着，退后一步，就落在沙发里了，他的脸色完全灰白，他的眼光就像会吃人似的。

津浦路北段的军事变化来得太快了！快到连吴荪甫那样的灵敏手段也赶不上！

孫吉人吁一口氣，也有悟到了；他重重地望了吳蓀甫一眼，又看那房裡[redacted]座大鐘，正是四點[redacted]。他立刻想像到交易所裡此時也許正在一方面的狂潮中停跌了板。他的心跳了，他不敢再往下想。

「[redacted]沒有辦法麼？這纔是怪！和甫，你打到了，馬上通知我[redacted]呵！」

[redacted]黃奮一邊說，一邊就轉身走了，用他來要是時一樣的兀突。

吳蓀甫蒼地又跳了起來，牙關咬得緊緊地，圓睜著一雙眼。他[redacted]暴躁地大步走了個半圈，忽然轉身站住了，面對著慌然的王和甫，以及苦著臉沉思的孫吉人，[redacted]說道：張皇而又很慌亂地

「我想出有一個辦法了。運動經紀人提早兩天辦交割！不是說還有四五天纔到期麼？打住濟南麼，就是四天麼，那麼，那麼，提早兩天辦交割，剛好在濟南陷落以前，那時候，那時候，市面雖然有謠言，也許還不至于狂跌！提早兩天辦交割，就是大後天停市了，那，那，叫空頭不敢再擁下去了，我們剩下的五百萬的天放出去，看來還有幾個手腳賺！——唉，他們幹什麼的！忽然大軍出動了！」

「半個消息得的早。上次張桂軍退出濟南的當兒，不是我們也為的早得消息就挽救了過來麼？」

孫吉人先對吳蓀甫的辦法表示了贊成，一半也是勉強自己寬慰。

「蓀甫，就是這辦法[redacted]很好！趕快動手！」

王和甫聽明白了時依然是高興到了；他很信仰吳蓀甫的巧妙手段。

「那麼，我先去打一個電話找陸匡時來。」——「謀事在人，我們化一個辛勤，也許[redacted]提前兩天可以辦到。」

吳蓀甫的口氣鎮定些了；他皺著眉頭，一邊說，一邊看那大鐘。現在真是「一寸光陰一寸金」的緊急時期！

他獰笑了一聲，就匆匆地跑到那個隔壁的「機要房」打電話去了。

這裡，王和甫孫吉人兩個都不說話。孫吉人看著面前圓桌上的花瓶，又仰臉去看牆上的掛的「實業計劃」

的地面。他似乎是很鎮靜，不過時時用手摸下巴。王和甫卻有点坐立不安。他跑到窗前去望了一會兒，忽然又跑回來揿着電鈴。立刻一个青年人探頭在門由公寓口用眼光向王和甫請示了。他是總經理下面文牘科的[redacted]打字員。王和甫招手，叫他進來；又指着窗前的一架華文打字機，叫他坐下，然後命令道：

「我說出來，你打：新訂本廠獎勵規則。本廠——茲因——試行——科學管理法——增進生產，——哎！不中用的！那麼慢！增進生產——並為獎勵工友起見，——新訂如後各條如下，——哎！快一点！新訂如後，你明白了麼？如下——哎，換一行了：一，——」

「怎麼樣？蓀甫！」

那邊孫吉人突然叫了起來。王和甫撇下那打字員，轉身就跑，卻看見吴蓀甫兩手抱在胸前站在那圓桌子旁边，一臉的懊惱氣色。王和甫嘆了一聲，就轉身朝着那打字員的背脊喊道：

「不打了！你去罷！」

如今屋裡又只有他們三个人了，吴蓀甫咬着牙齒輕輕說了一句：

「已經跌下了半元！」

王和甫覺得全身的血都凍住了。孫吉人嘆一口氣。吴蓀甫垂着頭踱了一步，然後抬起眼睛的眼光再輕輕地說下去：

「收盤時跌了半元。我們的五百[redacted]万是在開拍的時候就放出去的，那時的開盤價還比早市收盤價好起半角；所以就一路跌了！我們那五百万補來還了以外賺進十二三万，不過剩下[redacted]的五百万可就沒有把握。謀事在人，成事在天！這是天！」

「也不盡然。還有明天！我們還是照原定辦法去做。人事在為！」

孫吉人勉強笑着說，[redacted]他的聲音卻有些兒抖。

「对了！事在人为！还有好天！」

王和甫也学同声例的说着，却不笑。突然他转身到那华文打字机上扯下了那张没有打好的「奖励规则」来，在手里扬了一扬，回头来大声说道：

「厂里的事，明天我就去布置！[redacted]八个厂[redacted]开除工人，三分到五分；取消星期日加工，延长工作时间一小时，扣日夜工60，还有——工钱打九折！明天出布告[redacted]工人们要闹么？[redacted]哼！我们关他妈的半个月厂门再说！还有，我们租用的陈君宜那[redacted]绸厂也照[redacted]四样减薪，开除工人，延长工作！」

「对哦！事在人为！就那么办罢！」

孙吉人和吴荪甫同声赞成了。他们三个人的脸现在都是铁青青地发光，他们下了决心，要用一切可能的手段从那[redacted]九个厂里榨取他们在交易所里或许会损失的数目，这是他们唯一补偿的方法！

当天晚上九点钟，吴荪甫带着一身的疲乏回到家里了。这是个很热的晚上。满天的星，一钩细到数乎看不着的月亮。只在树荫下好像有点风。吴少奶奶他们都在园子里乘凉。他们把客厅里的电灯全都关熄。那五开间三层楼的大洋房就只三层楼有两个窗洞里射出灯光，好像是蹲在黑暗里的一匹大怪兽闪着一对狙吓人的眼睛。

吴少奶奶他们坐在那池子[redacted]他的一排树底下。那一带装在树干上的电灯也只开亮了一两盏。黑魆魆的树荫衬出他们四个人的白衣[redacted]裳。他们都没说话。时时有一两声的低叹。忽然林佩珊曼声唱着[redacted]凄婉的时行小曲《雷梦娜》；忽然又不唱了。阿萱轻声笑。那笑声幽幽地像是哭不出而笑。池子里的红鲤鱼拨刺一响。

四小姐蕙芳觉得林佩珊唱的那小曲听去很悽惋，就像从她自己心里挖出来的一样。她想来会唱的人是有福的；唱也就是说话。有话没处说的时候，唱唱就像对亲近的人细诉衷肠。她又想着日间范培文对她说的那些话。她的心又害怕又快活，嘭嘭地跳。

一个风暴的中心，像波纹似的从远处来，渐渐扩展到这池子边，这四个人中间了。沉默压在这池子的周围，在这四个人中间，——四个人四样的心情在那里咀嚼那沉默的味道。忽然沉默破裂了！这是那边屋子里传了来的吴荪甫的怒声喝骂：

「开电灯！——像个鬼洞！」

吴荪甫穿了浴衣接着就在电光灯下出现了出来。他站到那大客厅前的阶廊上，朝四面看看，满脸是生气寻事的样子。虽然刚才一个像烈的浴稍稍洗去了他满身的疲乏，可是他心里仍旧像火山一样暴躁。他看见池子那边的四个白衣人了。「倒像是四个白无常！」——怒火在他胸间迸跳。恰好这时候王妈捧了一盘茶从吴荪甫前面走过，向那池子边去；吴荪甫立刻找到讹头了，故意大声喝道：

「王妈！到那边去干么？」

「少奶奶他们都在池子边乘凉——」

没等王妈说完，吴荪甫不耐烦地一挥手，转身就跑进客厅去了。他猛又感到自己的暴躁未免奔放到可笑的程度。他向来不是这样。但是客厅里的强烈电灯光转使他更加暴躁。那几盏大电灯就像些个火炉，他感到浑身的皮肤都仿佛烫起了泡。并且竟没有一个当差伺候客厅。都躲到那里去了？这些懒虫！吴荪甫发狂似的跳到客厅前那石阶级上暴吼道：

「来一个人！混蛋！」

「有！——老爷！——」

两个当差同时从那五级的石阶下立着。原来当差高升和李贵都就站在下边。吴荪甫意外地一怔，转脸去尖利地瞪了他们一眼，一时间想不出什么话，就随便问道：

「高升！刚才叫你打電话到厰裡請屠先生来，打过了没有？怎麼还没来！」

「打過了。老爺不是说叫他十点鐘来麼，屠先生答的还有一些事，得到十点半——」

「胡说！十点半！你齐应他十点半？」

吴荪甫突又轉怒，把高升的话半路嚇住。那边池子旁边四个人中的林佩珊却又曼声唱那文婆娩的小曲了。这就比在吴荪甫的怒火上添了油。他跺着脚，咬紧了牙关，恨々地喊道：

「混蛋！再打个電话去！叫他馬上来見我！」

话还没说完，吴荪甫轉身已往，氣冲々地就撲向那池子边去。高升却躲在後边伸舌頭。

现在那「风暴」的中心池子边那種飄蕩微哀的空氣立刻變為寂静的緊張了。那四个人都感觉到直向他们掃过来，说不定要挨一頓没来由的斥罵。林佩珊頂乖觉，一扭腰就躲到樹那些背後，掩着嘴忍住了笑，探出半个頭，瞪大了眼睛，夫起了耳朵。阿萱在这種事情上頂最麻木，手裡还是托着他那只宝貝的「鏢」，作势要放出去。四小姐蕙芳低着頭看池子裡浮到水面吐泡沫的紅鲤魚。張素素有丈夫脾氣的近来当作什麼，吴少奶奶則慨々地靠在樹背上微笑。

吴荪甫却只皱着眉頭，撑起了眼睛，好像在那里盤旋挑選什麼人出来咬一口。不錯，他想咬一口！自從他回家到现在，並不立刻发作他那一肚子的暴躁就彷彿乃咬誰一口纔能平伏似的。自然这不會是真正的「咬」，可是和真正的「咬」却有同樣的意义。他撑總视了一会兒，终于他的眼光釘住在阿萱手掌上那件東西。手提沉着的声音发问了。正像猫兒捉老鼠，開頭是沉着而且不露鋒利的爪牙。

「阿萱！你手裡托着一件什麼東西？」

俐手心慌了，阿滢不回答，只把手裡的宝貝「镖」呈给蘇甫过目。

「咄！見你的鬼！谁教你玩这把戲？」

吴蘇甫斬斬聲色俱厲了，但是阿滢那股神氣太可笑，吴蘇甫也忍不住露一下牙齒。

「哦，哦——找老闆教的。」

阿滢口吃地回答，缩回那隻拿着「镖」的手，轉身打算溜走。可是吴蘇甫立刻放出威棱来把他喝住：

「不要走！什麼镖不镖的！丟了！丟在地下裡！十七八歲的孩子，还幹这些没出息的玩意兒！都是老太爺在世的時候太寵慣了你！暑假快就要过去，难道你不打算下半年進学校念书！——丟在地下裡！」

一聲當——東！阿滢呆呆地望着那一地的绿水，心疼他那宝貝的镖。

吴蘇甫看毛一挺，心頭的怒躁好像減輕了些微。他的威嚴的眼光又轉射到四小姐蕙芳的身上了。他知道近来四小姐和范博文好像很投契。这是他不满意的！于是暴躁的第二个浪頭又從他胸間湧起。然而他却又轉臉去看少奶奶。蕭在藤椅中月上的吴少奶奶仰臉迷惘地望着天空的星。近来少奶奶清瘦了一些，滴溜溜地会说话的眼睛也時常呆定定，即使偶然和从前一般灵活，那就濕暈暈紅的像要发火。有什麼事她那双西在不斷地咬嚙她的心！吴蘇甫從没留意。並且他有時覺得，也不理會，他馬上就忘記。现在他忽然好像第一次看到这变化是慢慢来的，心頭的暴躁就又加倍，他尖利地说道：

「佩瑤，嫡親的兄弟妹子，你不用客氣！他们幹些什麼，你立刻撇下了四小姐，对少奶奶不要代他们包庇！我最恨这瞞得实騰騰地！」

吴少奶奶标迷惘地看着蘇甫，抿着嘴笑，不作聲。这把吴蘇甫更加激怒了。他用力哼了一聲，十分嚴厲地又接着说下去：

「譬如四妹的事。我不是老頑固，婚姻大事也可以听凭本人自己的意思。可是也得先讓我曉得，看是合式，两边是否

用不到瞞住了我！况且这件事，我也一向放在心上，也有人在我面前做媒，你们只管瞞住，我鬼混，将来岂
不是要闹出笑话来麼？」
「噯，这就奇了，有什麼鬼混呀！你另外看得有合式的人麼？你倒说出来是谁呢？」
吴少奶奶不料不开口了，于是吴荪甫不回答，扭地转身对四小姐正色问道：
「四妹，你心里有什麼意思，趁早对我说罢！说好了好办事。」
四小姐把脸垂到胸脯上，一个字也没有。她的心乱跳。她怕这位哥哥，又恨这位哥哥。
「那麼，你没有；我替你做主！」
吴荪甫感到冷箭命中了敌人似的满[redacted]足，[redacted]长笑一声，转身就走。但当他跑[redacted]进了他的书房里时，那一点
点满足就又消失。[redacted]他还想「咬一口」。要对他的真正敌人「咬一口」。[redacted]不是像刚才那样的「迁怒」，而是为的要
補偿自己的损失，向可咬的地方「咬」一口！现在他的暴躁渐渐平下去了，心境转[redacted]拼死命突围的无形为顽强，[redacted]残酷，[redacted]和冷静。
然而同时，一种没有出路的阴暗的情绪。他的心，忽而入了卜卜地跳得很兴奋，忽而又像死了似的一动不
动。他也茫然了[redacted]那飞快地旋转的思想的轮子似乎也很不听从他意志的支配：刚刚想着益中公司总经理办公室内
那一幕惊心动魄的谈话，突然脑子里又闯来了刘玉英那诱惑性的笑，那眼波一转时的脸红，那迷人的低声的一
句「用什麼称呼」，刚在那里想到怎样展开阵线向那八个厂堂而皇之进攻，突然他那铁青的脸前又现出了
那八个厂二千多工人的决死的抵抗很坚决地和反攻，——空前的暴动，他的「宝座」摇摇的崩坍！
他的思想，无论如何不能集中；尤其是刘玉英的妖媚的笑容，俏语，眼波，一次一次闯[redacted]回来，[redacted]诱惑他的[redacted]
筹划大事的心神。这是反常！他向来不是见美色而颠倒的人！

「咄！魔障！」

他猛地跳起来拍着桌子大呼。「障」——那书房的壁墙響出了回声。那书房窗外的树木簌簌地讥笑他的心乱智昏。他又颓然坐了，咬紧着牙齿，想要再一度努力恢复他的安真，驱逐那些盘踞在心头的不名誉的情性，颓唐以及悲观没落的心情。

可是正在这时候，书房门悄悄地开了，詹维岳挺直了胸脯站在门口，很大方地一鞠躬，又转身关了门，然后安详地走到吴苏甫的写字桌前，冷静地然而严厉地看着吴苏甫。

足有两三分钟，两个人都没有话。

吴苏甫故意在书桌上的文件堆里抽出一件来假的看着，又拿一枝笔在手指上旋弄，让自己的脸色平静下去，又用了很大的力量把自己的心神镇定了，然后指头对詹维岳招一招手，叫他坐下，用了很随便的口吻微笑地问道：

「第一次我打电话叫你来，不是说你有点事情还没完么？现在完了没有？」

「完了！」

詹维岳回答两个字；可是他那一闪一闪的眼光却说了更多的话，似乎在那里说：他已经看出吴苏甫刚才有过一时的暴躁苦闷，并且现在吴苏甫的故意润饰就好比老鹰一击前的姻环作势。

吴苏甫的眼光一低，不让当面这位年青人看透了他的心境；他仍旧旋弄手里的笔杆，又问道：

「听说虹口几个厂情形不好呢！你看来不会出事罢？出了事，会不会影响到我们闸北？」

「不一定。」

詹维岳的回答多了一个字了；很机警地微笑。吴苏甫立刻抬起眼来，故意嘲笑似的喊道：

「什么！你也说『不一定』么？我以为你要拍拍胸脯说：我们厂不怕！——唉，维岳，『不一定』，我不要听；

我要的是「一定」！嗳？」

「我在来可以说「一定」，可是，我一进来就嗅着一点儿东西，我猜想来三先生有一个扣减工分的命令交给我，所以我就说「不一定」了！」现在既然三先生要的是「一定」，也行！」

吴荪甫很注意地听着，眼光在屠维岳那冷静的脸上打圈子。过一会儿，他又问道：

「你都布置好了罢？」

「还差一点。可是不相干。三先生！我们这一刀劈下去，反抗总是免不了的，可是一两天，至多三天，就可以解决。也许——」

「什么！你是说会闹工潮么？还得三天才能解决？不行！工人敢闹事，我就要当天解决！当天！——也许？也许什么？也许不止三天罢？」

吴荪甫口气十分严厉了，态度却还镇静。打断了屠维岳的话

「也许从我们厂里爆出来那一点火星会弄成了上海全埠丝厂工人的总同盟罢工！」这手两来

屠维岳冷冷地微笑着回答。这是最后的一击！吴荪甫那抑制着的一腔怒火立刻又旺炽了！他挪去手里的笔杆，狞视着屠维岳，发狂似的喊道：

「我不管什么总同盟罢工！我的厂里有什么风吹草动，我就是乾乾脆脆只要一天内解决！」

「那么三先生只好用武力——」

「对哇！我要用武力！」

「行！那么请三先生准我辞职！」

屠维嶽說著就站了起來，很坚决很大胆地直对着吴荪甫看。短〻的沉默。吴荪甫的脸色断〻從驚愕转成为不介意似的冷淡，最后，他不耐烦地問道〻

「你不主張用武力？你怕麽？」

「不是！請三先生明白，我從来沒有怕过什麽！我可以老〻实〻告訴三先生〻我很爱惜我一个月来放在廠裡的一番心血，我不願意自己親手一把推翻一个月来辛〻苦〻的布置！可是三先生是老板，爱怎麽办，极柄在三先生！我只請三先生立刻准我辞职！我再說一句〻我并不是害怕！」

屠维嶽驕傲地挺直了胸脯，眼光犀利地射住了吴荪甫的脸。

「你的布置我知道！現在就要試〻你的布置有没有价值！」

「既然三先生是明白的，我可以再說几句話。現在三先生吩咐我要用武力，一天内解决，我很可以照办。警察，包探，保衛團，都是現成的。可是今天解决了，保不了十天兩星期，老毛病又要發作，那大概三先生也不喜欢。我替三先生办事，也不能那麽没有信用；我很爱惜我自己的信用！」

于是吴荪甫也沒有暂時說話。他又拿起那书摊在手指上旋弄，钉住屠维嶽看了好半天。屠维嶽讓他看，一点表情也不流露到脸上来；他心裡却微感詫異，为什麽吴荪甫今番這樣的遲疑不决。

吴荪甫沉吟了一会儿，终于又問道〻

「那麽，照你說，該怎麽办？」

「我也打算用一点儿武力。可是要留到最后纔用牠！廠裡的工人并不是一个印板印出来的，有几个最坏的，先要就是[illegible]，一些糊涂虫就跟了她們跑。大多数是胆小的。我請三先生給我三天的期限，就打算趁那罢工风潮中認明白了那几个有共产嫌疑，一網打尽她！那時候，要用一点武力！這麽一办，我相信至少再有二个月的安静是有的。一个月来，我就专门在這上頭用了心血！」

屠维岳很镇静很有把握地说，微笑着。吴荪甫也是倾注了全心神在听。忽然他的眼珠一转，狞笑了一声，站起来兴奋地大声喊道：

“维岳，你真能干，可是还有些地方见不到呀！那不是投得完的！那好比黄梅天皮货里会生蛀虫一般，自然而然生出来的。你今天投完了，明天又生出来！可是除非等过了黄梅天。我们这会儿，正遇着那黄梅天，很长很长，不知道到什么时候才完的黄梅天！——好了，你的计策留到将来再说。眼前的时势不许我们有那样的耐心了！”

屠维岳鞠一个躬，不说话，心里想自己这回“倒霉”是倒定了：不是辞职就是他在厂里的“政权”倒坍，钱葆生那一派要将代替他上台。可是吴荪甫突又暴躁起来，气色很厉害，下命令道：

“罢工也好，不罢工也好，总同盟罢工也好，我的主意是打定了！下月起，工钱就照八折发！等丝价回涨到九百多两的时候我们再说！——好了，你去罢！我不准你辞职！”

“那么，三先生给我三天的期限！”

“不！不！一天也不！”

吴荪甫咆哮着。屠维岳脸上的肉就轻轻一跳，他的眼光异样地冷峻了。然而意外地吴荪甫突又转了态度，对屠维岳挥手，不耐烦地接着说：

“傻子！你担心我们订合同么？看他们罢下工来情形怎样，我们再说！”

屠维岳微笑着又鞠一个躬，不说话，心里却看准了吴荪甫这回不比从前，——有点反常，有点慌乱。他又想到自己这回大概要“倒霉”。但他是倔强的，他一定要挣扎。

十三、

还没有闪電。只是那隆隆地像載重汽車駛过似的雷声不時響動。天空張着一望無際的灰色的幕。只有直西的天角像是破了一个洞，露出小小的一塊紫雲。夕陽的倉皇的面孔在這紫雲後边向下没落。

裕華丝廠的車间裡早就開亮了電灯。工作很緊張。全車间是一个飛快的轉輪。電灯在濃厚的水蒸氣中也都黄着臉，像要昏暈。被丝車的閙声震慣了耳朵的女工們雖然並沒聽得外边天空的雷，却是聽得她們自己中間的談話。在她們中間，也有一片雷声在殷殷地發動。她們的臉通紅。她們的嘴和手一般地忙。管車們好像是「裝聾子」；却不「裝啞」，有時輕輕說一兩句，于是就在女工群中爆發了輕蔑的哄笑声。

忽然汽笛声嗚嗚地叫了，響徹全廠。全車间一陣兒擾亂，丝車声音低下去，低下去，人声佔了上風。女工們提着飯籃擁出了車间，雜乱地在廠门口檢查受过，擁出了廠门。這時候，她們才知道外边有雷，有暴風雨的陰霾，在等着她們！

廠裡是靜寂下去了，車间裡關了電灯。從那边管理部一排房间閃射出来的灯光就好像格外有精神。

屠維嶽坐在自己的房裡，低着頭；頭頂上是一盞三十二支光的電灯，照見他的臉微微發青，冷靜到像一尊石像。

忽然那房门開了，莫幹丞那慌張的臉在门边一探，就跑了進来輕声叫道：

「屠先生！剛才三先生又来電話問起那扣減工錢的布告有沒有貼出去呢！我回說是你的意思要等到明天貼，三先生很不高興！你到底是什麼打算呀？剛才放工的時候，女工們嚷嚷鬧的；她們又知道了我們要減扣工錢了！那不是跟上回一樣——」

「遲早要曉得的，怕什麼！」

屠維嶽微笑着說，瞥了莫幹丞一眼，又看看窗外。

＊我们幹得快，那怕產生他们[redacted]想要弄什么鬼把戲，也是来不及！」

「叫克三先生動氣，可不関我的事！」

「自然！」

屠维嶽很不耐煩了。莫幹丞的一对老鼠眼睛在屠维嶽臉上釘了一下，又縮縮頸脖，挪出了「那我就不管」的神氣，轉身就走了出去，把那房门很重的碰上。屠维嶽微笑着不[redacted]介意，可是現在他不能夠再坐在那里冷静到像一尊石像了；他掏出錶来看了一看，又踱到窗外去遠望，末後就開了房门出去。恰就在這時候，昏黑中跑来了两个人，直奔進屠维嶽的房间。屠维嶽眼快，已经看見，就往回[redacted]走。他剛剛[redacted]到了自己的房门外，背後又来一个人，克勤地笑了一聲。輕輕地在屠维嶽肩頭拍一掌。

「阿珍！這會兒我们可正正经经！」

屠维嶽回過頭去輕聲说，就走進了房，阿珍也跟了進去。

先在房裡的是桂長林和李麻子，看見屠维嶽進来，就一齊喊了聲「哦」，就都搶着要说話。但是屠维嶽用眼光制止了他们，又指着牆角的一隻凳，叫他们两个和阿珍[redacted]都坐了，他自己却[redacted]去站在窗[redacted]前，眼睛向着窗外。那一盞三十二枝光的電燈突然縮撥像打了光焰。房[redacted]裡的空氣異常嚴肅。雷聲在外邊天空慢慢地滾過。屠维嶽那微微發青的面孔泛出些红色来了，他看了那三个人一眼，就問道：

「唔，姚金凤呢？」

「防人家打眼，没有叫她！你要派她做什么事，回頭我去關照她好了！」

阿珍搶先回答；她那滿含笑意的眼光釘住了屠维嶽的面孔。屠维嶽只点一下頭，却不回答阿珍，也没回答她那勾引性的眼光，突然臉色一沉，嗓子提高了一些，說道：

「现在大家要齐心办事！吃醋争风，自影闹裡嘰哩咕嚕，可都不許！——」

阿珍做一个鬼臉，嘴裡「嘖」了一聲。屠维岳只当没有看見，没有听到，又接着说下去：

「王金贞，我另外派她一点事去办了，她不能到，就只我们四个人来商量罢。——剛才三先生又打了電話来，問我为什麽还没發布告。这回三先生心急得很，肝火很旺！我答应他明天一定發。三先生也明白我们要一点工夫先布置好了再開刀。他是说明白的！可是我们的对头冤家一定要在三先生面前折壁脚。我们三分力量对付工人，七分力量倒要对付我们的对头冤家！長林，你看来明天布告一貼出去就会閙起来的罢？」

「一定要閙的！——钱葆生他们也巴不得一閙就趁勢倒我们的台！这班狗東西，哼！」

「屠先生！我们叫齐了人，明天她们要是閙起来，我们老实不客氣請她们到公安局裡去吃生活！」

李麻子看見桂長林並没提出办法来，就赶快搶着说，很得意地伸開了兩隻大手，吐上一口唾沫，一搓，就捏起兩个拳頭放在膝頭，擺出動手打的姿势了。屠维岳都不理会，微微一笑，就又看着阿珍问道：

「阿珍！你怎麽不開口？剛才車间裡怎麽一个樣子？我们散出了那扣工牌的風聲，看去，工人们说些什麽話？薛宝珠，还有那个周二姐，造些什麽謠言？你說！快些！」

「我不曉得，你叫姚金鳳来问她罢！」

阿珍撅起了嘴唇回答，别轉臉去看着牆角。屠维岳的臉色突然變了。桂長林和李麻子笑了起来，对阿珍做鬼臉羞她。屠维岳的眼光红得要爆出火来。他跺了一脚，正要發作，那阿珍却軟化了，她負氣似的说：

「她们说些什麽呀？她们说要打倒屠夜壶！——薛宝珠和周二姐说些什麽呀？她们说都是夜壶搗的鬼！许许多多好听的话，我也背不全！——長林，你也不要笑。要打倒的，你也是有份的！」

这時窗外来了第一个閃電。兩三秒鐘以後，雷聲從远處滾了来。隨後一陣风吹進房裡，人们毛骨悚然。

屠维岳突然擺擺手，制止了李麻子的已经到了嘴邊的婬叫，却冷冷地問道：

「乐葆生他们存心和我们捣蛋已经有了真凭实据了，我们打算怎么办？我是昨天晚上就对三先生说过，我要辞职。三先生一定不答应。我只好仍旧干。工会里分党分派，本来不关我的事；不过我是爱打不平的，老实说，我看得长林他们太委屈，乐葆生他们太霸道了！麻哥，你说我这话可对？」

「对！打倒乐姓的！」

李麻子和桂长林同声叫了起来。阿珍却在一旁掩着嘴笑。屠维岳挺起了胸脯，吸一口气，再说：

「并不是我们想撤三先生的烂污，实在是乐葆生他们假公济私，抓住了工人替自己打地盘，他们在这里一天，这里一天不得安！为了他们的一点私心，我们大家都受累，那真是太岂有此理了！明天他们要利用工人来反对我们，好呀，我们斗一下罢！我们先轰走了姓乐的一伙，再解决罢工；三天，顶多三天！」

「可是他们今天在车间里那么一哄，许多人相信他们了。」

阿珍偏着嘴角说。桂长林立刻心事很重地皱了眉头。他自己在工人中间本来没有多大势力；敢这有那么一点根基，这是屠维岳全仗的力。屠维岳一眼看清了这情形，就冷笑了一声，心里桂长林的不济事。他又转眼去看李麻子。这粗鲁的麻子是圆睁着一双眼睛，捏着坚两个拳头，[redacted]露骨地表看轻出他那一股的特性：谁雇用他，就替谁出力。屠维岳觉得很满意了，他走前一步，正站在那电灯下，先对阿珍说：

「工人相信他们么？难道你，阿珍，你那么蜜甜的嘴，还抵不过薛宝珠么？难道姚金凤抵不过他们那周二姐么？他们会骗工人，难道你们不会么？工人们还没知道周二姐是姓乐的走狗，难道你们脸上雕着走狗两个字么？难道你们不能在工人[redacted]面前剥下周二姐的画皮让大家认识个明白么？去！阿珍！你去同姚金凤，也跟着工人们起轰罢！反对乐葆生，薛宝珠，周二姐！明天来一个罢工不要紧！马上去问明还有人帮你的腔！去罷、、我記你的戰功！」

「誰希罕你記功勞呢！[redacted]分争分秒就好了。」

阿珍站了起来，故意对屠維岳白了一眼，就走出去了。屠維岳側着頭想了一想，再走前一步，拍着李麻子的肩膀輕輕問道：

「老李，今天晚上能够叫齊二十个人麼？」

「行，行！不要說二十个，五十个也容易！」

李麻子跳起来，高興得臉都紅了，滿嘴的唾沫飛濺到屠維岳臉上。屠維岳笑了一笑。

「那就好極了！可是今晚上只要[redacted]二十个，到工人們住家那一帶走走。——老李，你明白了罷？就在那里走走，碰到什麼吵架的事情，不要管。可是有兩个人要釘她們的梢；一个是何秀妹，一个是張阿新。——那个尚臉大奶奶的張阿新，你認識的罷？明天一早，你送二十个弟兄還要到廠裡来。幹些什麼，我們明天再說。你先到莫先生那裡拿一百塊錢。好了，你就去罷！」

現在房裡就剩屠維岳和桂長林。兩个人暫時都沒有話。雷在天空盤旋，比先前緊些了，可是懶懶地，像早上的糞車。閃電隔三分鐘光景來一次，也只是短短的一瞥。风却大了，房裡那盞電灯吹得直搖。天色是完全黑了。窗外屠維岳看錶正是七点半。

「屠先生，這回罷工要是拖的日子多了，恐怕我們也要吃虧。賬房間裡派来的那三个人，姓曾的，姓馬的，還有那个吳老板，這屠捣鬼，背後都說你的壞話。好像他們和錢葆生勾結上了。」

桂長林輕輕兒慢慢地說，那口氣是掩飾不了的悲觀。屠維岳聳聳肩膀微笑。他什麼都不怕。桂長林閉起他的一雙小眼睛，又輕輕說：

「你剛才沒有關照李麻子不要把我們的情形告訴阿祥，那是一个失着。阿祥這人，我总疑心他是李葆生派来我们这里做耳朵的！」李麻子却又和他相好。」

「長林，你那麽胆小，成不了大事！此刻是用人之际，我们只好冒些兇险！我有法子安住阿祥。难处还在工人一面。吴老板面前我拍过胸脯，三天内解决罢工，要把那些坏蛋一網打尽，来年六个月没有工潮。所以明天我让她们罢下工来。——自然我们想禁止也禁止不来，可是明天我还不打算就用武力。我们让她们罢了两天，先打倒李葆生一派，我们再用猛烈的手段收拾她们！所以長林，你得努力活动！把大部分的工人抓(让她们)到你手里来。」

「我告诉我的人也反对工头打八折！」

「自然！等我们收拾了何秀妹她们，再骗工人上工，没有交涉。我看准了何秀妹同张阿新两个有花头，不过一定还有别人，我们要打听出来。長林，这一件事，也交给你去办，明天给我回音！」

屠维岳说着又看了一次錶，就把桂長林打发走，他自己也离开了他的房间。

闪電瞥过長空，照见满天的乌云现在不复是灰黑的一片而是分了浓淡，有几处浓的，像一座山，兀然高耸，愈近那根处愈黑。雷更加响了。屠维岳跳过一个空场(堆木桶的)，到了一个房外。那是吴荪甫来厂时传见办事人的办公室，平常是没有人的，但此时那关闭的百叶窗缝儿隐隐透着灯光。屠维岳就推门进去，房裡的两个人就都站了起来。屠维岳微笑，做手势叫她们坐下，就(裡)先对那个二号管车王金贞问道：

「你告诉了她没有？」

「我们也是刚来。等屠先生自己对她说。」

王金贞怪样地回答，又对屠维岳使了个眼色，站起来想走了。但是屠维岳举手在空中一挥，叫王金贞仍舊坐下，一面他就斜眼去看那坐在那里偏促不安的年輕女工。這是个二十來岁剪髮的姑娘，中等身材，皮膚很黑，可是黑裡透俏，一对眼睛尤其是活。在屠維嶽那逼视的眼光下，她的臉漲成紫紅了。

屠維嶽看了一會兒，就微笑着很溫和地說：

「朱桂英，你到廠裡快兩年了，手藝很不差，你人又規矩，我同老板說过了，打算升你做管車。這是跳升，想來你也明白的罷？」

朱桂英漲紅了臉沒有回答，眼睛看在地下。她的心跳起來了，思想很亂；本來王金貞找她的時候，只說賬房间裡有話，她还以为放工前她那些反对扣工钱的表示被什麼走狗去報告了，賬房间叫她去罵一頓，現在却听出反面來，她一時间就弄糊塗了。並且眼前这廠方有权力的屠維嶽向來就喜欢找機会和她七搭八搭，那麽现在这举动也许就是吊她的膀子；[redacted]想到这一点，她更加說不出話來了。恰就在这当兒，王金貞又在旁边打起边鼓來：

「真是！吴老板再公道也没有，屠先生也肯帮忙！不过那也是桂英姐你人好！」

「王金貞這話就不錯！吴老板是公道的，很歡喜你個人。他時常說，要不是廠经跌价，他要虧本，那麽前次的米贴他一定爽爽快快就答应了。要不是近來廠经价錢又跌，他也不會轉念頭到工錢打八折！不过吴老板虽然虧本，看到手藝好又規矩的人，總还是給她一个公道，跳升她一下！」

屠維嶽仍舊很溫和，尖利的眼光在朱桂英身上身下打量。朱桂英虽然低着頭，却感受到那眼光。她突然主意定了，昂起頭來，臉色轉白，輕聲地然而坚决地說：

「謝謝屠先生！我没有那樣的福氣！」

這時外边電光一闪，突然一个響雷当頭蓋下，似乎那房间都有点震動。

屠維嶽的臉色也变了，也许为的那響雷，但也许为的朱桂英那回答。他皱着眉頭对王金貞使了个眼色。王金贞点着头做一个鬼脸，就悄悄地走出去了。朱桂英立刻也站了起来。可是屠维岳拦住了她。

「屠先生！你要干什么？」

「你不要慌，我有几句话对你讲——」

朱桂英的脸又红得像猪肝一样了。她断定了是吊她的膀子了。在从前屠维岳还是小职员的时候，朱桂英确也有一时觉得这个小伙子不惹厌，可是自从屠维岳高升为账房间内权力最大者以后，她就觉得彼此中间隔了一重高山，就连多说几句话也很不自在了。而现在，这屠维岳骗她来，又拦住她！

「我不要听！明天叫我到账房间去讲！」

朱桂英看定了屠维岳说的脸，也就站住了。屠维岳冷冷地微笑。

「你不要慌！我同女人是规规矩矩的，不揩油，不吃豆腐！我就要问你，为什么你不愿意升管车？并且有什么为难的事情啊你做，只要你也帮我们的忙，告诉我，那几个人同外边不三不四的人——共产党来往，那就行了！我也不说出去是你报告！你看，王金贞我也打发她出去了！」

屠维岳仍旧很客气，而且态度很低；可是朱桂英却听着了就心里一跳，脸色完全灰白。原来还不是想吊膀子，她简直鄙夷这屠维岳，恨这屠维岳了！

「这个，我就不晓得！」

朱桂英说着，就从屠维岳身边冲出去，一直跑了。她还听得王金贞在后面叫，又听得屠维岳喝了一声，似乎叫住了王金贞；可是朱桂英头也不回，慌慌张张绕过了那丝车间，向厂门跑。

离厂门四五丈[redacted]远，是那蕭子间，黑魆魆地一排平房。朱桂英刚跑到这里，忽然一道[redacted]闪电，照得远远近々獅同白天一樣。一个霹靂当頭打下来，就在這雷聲中，跳出一个人来摑住了她，当胸抱住了她。因為是意外，朱桂英手脚都軟了，心是卜卜地跳，嘴裡喊不出聲。那人抱住她已经走了好幾步了。

「救命呀！你——」

朱桂英掙扎着喊了，心裡以為是屠維嶽。但是雷聲轟々地在空中盤旋，她的喊聲無效。忽然又一道閃電，照得遠々近々雪亮。朱桂英看清了那人不是屠維嶽。恰就在這時候，迎面又来了一个人，手裡拏着風灯，劈面攔住了，喝問道：

「幹什麼？」

這是屠維嶽的聲音了。那人也就放了手，打斜跑。屠維嶽一手就把他揪住，提起灯照一下，認得是曾家駒。屠維嶽的臉色變青了，釘了他一眼。後慢的拖着尾巴的雷聲也来了。屠維嶽放開了曾家駒，轉臉看着朱桂英，冷々地微笑。

「你不肯說，也不要緊，何必跑！你一个人走，厰门口的管门人肯放你麼？還是跟王金贞一塊兒走！」

屠維嶽仍舊很客氣地說，招呼过了王金贞，他就回去了。

朱桂英到了她的所謂「家」的時候，已经在下雨了；很稀很大的雨点子，打的她「家」的竹门殺々地響。那草棚裡並沒点灯。可是鄰家的灯光從破坏的泥牆洞裡射过来，也還隱隱分別得出黑白。朱桂英喘息了一会兒，方才聽得那破竹榻上有人在那里哼，那是她的母親。

「什麼？媽，病了麼？」

朱桂英走到她母親身边，拏手到她那疊滿縐紋的額角上按了一下。老太婆看見女兒，似乎也一喜，但忍不住哭出聲音来了。老太婆是常々[redacted]哭的，朱桂英也不在意，只嘆一口氣，心裡便想到剛才那噩梦一般的經過，又想到厰裡要把工手打八折的风声。她的心裡又急又恨，像是火烧。她的母親又哽咽着喊道：

「阿英！这年成——我们窮人——只有死路一条！」

朱桂英怔怔地望着她母親，不作声。死路麼？朱桂英早就知道她是在「死路」上。但是從窮困生活中磨煉出勇敢来的十九岁的她却不肯随便就只想到死，她並且想到她应该和别人活得一樣舒服。她拍着她母親的胸脯，安慰似的問道：

「媽，今天生意不好嗎？」

「生意不好？、呀！阿英！生意难做，不是今天一天，我天天都哭麼？今天是——你看！看，我那个喫飯傢伙！」

老太婆忽然憤激，一骨碌爬了起来，扁着嘴巴一股劲儿发恨。

朱桂英检起墙角裡那隻每天挽在她母親臂上的[redacted]賣落花生的柳条[redacted]提篮，仔细看時，那[redacted]提篮已经撕落了环，不能再用了。[redacted]篮裡是空的。朱桂英随手丢開了那篮，鼓起腮巴說：

「媽，和人家吵架了嗎？」

「吵架？我，敢和人家吵架麼？天殺的强盗，赤老，平白地来尋事！搶了我的落花生，还說要提我到行裡去喫官司！」

「怎麼無緣無故的搶人家的東西？」

「他說我是什麼——我記不明白了！你看那些帋嗎！他說这帋犯法！」

老太婆愈說愈憤激，不哭了，摸到那板桌边擦一根火柴，點着了煤油灯。朱桂英看那篮底，还有數張小方低，印着紅字，是包落花生用的帋。記得[redacted]十多天前隔壁拾荒的四喜子不知從什麼地方拾来了挺厚的一疊，她母親用一包落花生換了些來，當做[redacted]包紙用；可是這帘就犯疹瘡了！朱桂英拿起一張來細看，一行大字中間有三个字似乎很面熟；她想了一想，記起來了，這三个字就是「共產党」，廠門边牆上和馬路边電桿上常见這三个字，她的兄弟小三子指給她認过，而且剛才唐維嶽叫她進去也就問的這个。

「也不是我一个人用這帘。賣熟牛肉的老八也用這帘。还有——」

老太婆抖着嘴唇叫屈咒罵。朱桂英聽明白的心已經猜透了那是馬路上「聚閒会」的小瘪三借端揩她油，随手撩開那些紙，也不和她母親多說，再拾取那提篮来，看卻不能修補了再用，可是陡的她提起了嚴重的心事。手裡的柳条提篮又落在泥地上了，她側着耳朵听。

左右鄰的草棚人家，也就是朱桂英同廠小姊妹的住所，嘈雜地在爭論在痛罵。雨打那些竹門的毅々々的聲音，现在是更急更猛了，雷在草棚頂上滾；可是那一帶草棚的人象比雨比雷更凶。竹门[redacted]呀呀地叫喊，並一看是一个進出的人。這絲廠工人的全区域在大雨和迅雷下異常活動！另一種雷，轟在這一帶草棚裡冲天直轟！朱桂英再也坐不定了，霍地跳了起来，而想出去，忽然她自己家的竹门也呀地響了，闯進一个蓬首赤腳的瘦小子，直着喉嚨喊罵道：

「他媽的狗老板！標致了有么！賭，有么！造洋房，有么！開銷工錢就没有！狗老子養的畜生！」

這人就是朱桂英的兄弟小三子，大丰廠的工人。他不管母親和阿姊的詢問，氣冲冲地又嚷道：

「八角一天的工錢，今年春頭減了一角；今天姓周的又掛牌子，說什麼成本重，賠錢，再要減兩角！」

說着，他拿起破板桌上那一盒火柴重々拍一下，又罵道：

「這樣的东西賣兩个銅子一盒，還說虧本！——阿姊，給我八个銅子，買大餅。我們廠裡的人今夜要開会；我同隔壁的金和尚一塊兒去！他媽的姓周的要減工錢，我們罷他媽的工！」

老太婆听明白了兒子做工的那厰裡又是要減工錢，就好像天坍了，壓到她头上。小三子已经走了。朱桂英跟着也就出去。雨劈面打来，她倒觉得很爽快；雨到了她热烘烘的脸上似乎就会乾，她心裡的怒火高冲万丈！

竹门外横隔了大雨冲来的垃圾。一个闪电照得这一带的草棚雪亮，闪电之下看见大雨中有些人急急忙忙地走。可是闪电过后那里暗更加难走。朱桂英的目的地却在那草棚的东头，隔着四五个门面。她是要到同厂的女姊妹张阿新「家」裡，她要告诉这张阿新，怎样屠维岳叫了她去，怎样骗她，怎样打听谁和共产党有花头。她的心比她的脚还要忙些。她雨快到了那张阿新家竹门前的时候，突然黑暗中跳出一个人来抱住了朱桂英。

「桂英姐！」

这一声在耳畔的呼唤把朱桂英乱跳的心镇定了。她认识这声音是厂裡打盘的金小妹，十三岁的女孩子，却懂得大人的事情，也就是朱桂英邻舍金和尚的妹子。那金小妹扭在朱桂英身上又问道：

「阿姐，你到那里去？」

「到阿新姐那里去。」

「不用去了。她们都在姚金凤家裡。我同你去！」

两个人于是就折回来往左走。一边走，一边金小妹又告诉了许多「我们」；朱桂英听得[redacted]浑身发热，忘记了雨，忘记了衣服湿透。姚金凤这回又领头！那么上次薛宝珠说她是老板的[redacted]走狗倒底是假的！还有谁？周二姐和钱巧林么？怕的！巧林么，那不是工会裡钱葆生的妹子？这回也起劲！天哪，工人倒底还是帮工人的！

她们不多时就跑[redacted]近了姚金凤的家[redacted]。那也是草棚，但比较的整洁，并且有一扇木门。嚷叫的声音远远地就听得了。朱桂英快活得[redacted]直心跳。上次「总工」的时候，没有[redacted]这么热闹，这么胆大；上次是偷偷地悄悄地商量的。

金小妹抢前一步去开了门，朱桂英挤进刚一步就觉得热烘烘一股气。满屋子的声音，满屋子的人影，一盏煤油灯光照亮了数尺见方的空间，光圈内是白胖胖一张脸，吊眼皮，不是钱巧林是谁！

「都是桂长林，屠夜壶，两个人拍老板的马屁！我们罢工！明天罢工！打这两条走狗！」

钱巧林大声嚷着，她那吊眼皮的眼睛落下一滴眼泪。

「罢工！罢工！虹口有数个厂已经罢下来了！」

「我们去同他们接洽——」

「她们明天来冲厂，拦人，我们就关了车冲出去！」

[redacted]五六个声音这么抢着说，朱桂英就听清楚了最皮[redacted]從佸的[redacted]叫做徐[redacted]阿姨，[redacted]三十多岁的胆小的女工。

「叫屠夜壶滚蛋！叫桂长林滚蛋！」

钱巧林旁边伸出一个头来高声喊，那是有名的楞周二姐。但是立刻也有人喊道：

「叫钱葆生也滚出去！我们不要那骗人的工会！我们要自己的工会！」

突然那嚷闹的人就死一样静了。许多惊愕的脸转来转去搜寻那发言的人。这是何秀妹，满脸通红，睁大了眼睛死钉住了钱巧林。可是这紧张的沉默立刻又破裂了。姚金凤那细白麻脸的小圆脸在煤油灯光圈下一闪，尖厉地叫道：

「不错！叫钱葆生滚出去！钱葆生的走狗也滚出去！周二姐是钱葆生的走狗！」

「骚货！你倒是屠夜壶的走狗！」

周二姐发狂似的喊着，跳起来就直扑姚金凤。两个人扭在一处了。但是旁的女工们手都帮助姚金凤，立刻分开了她们两个，把周二姐推得远远地，乱哄哄地嚷道：

「谁先动手，谁就没有理！」

「小妹妹！我说周[redacted]二姐是钱葆生的走狗，我有凭据！她跟进来要打听消息！」

「哑！姐等人家来衝，就是走狗！」何秀妹怒叫，对陆小宝的脸上啐的一口唾沫。陆小宝也不肯退让。两个人又扭在一处。

姚金凤气嗃嗃地说，两道眼光在众人脸上滚过，探察自己的话起了什么作用。纷乱的嚷闹起来了，谁也听不清谁的话语。但是大家又都知道大家的意思是一样的：周二姐不是好东西！在纷乱中，又有一个尖音更响地喊着，那是张阿新：

「朱巧林也是来打听消息的，赶她出去！朱葆生的妹子不是好东西！」

「她还同新来厂里那个姓屠的吊膀子！姓屠的是吴老板的什么表弟！」

又一个尖音叫着。于是混乱开始。这时候，朱巧林他们只要指指有点反抗的表示，就会挨一顿打的。朱巧林和周二姐却也没有防着有这意外的攻击，一时没有了主意。两个人心里明白：英雄吃眼前亏。觑一个空，她们就溜走了。朱桂英乘这机会，也就再挤进些，差不多挤到了张阿新的身边了。

「她们都逃走了，一定去报告；我们赶快散场！」

胆小的徐阿姨一边挤着，一边扯直了嗓子喊，想要叫大家听从。大家都听从了，但回答是相反的。

「不行！怕什么！我们还没讲定呢！」

「明天到车间里举好了代表，我们就衝出厂来！罢工！」

「我们再衝吴老板的别厂，衝别家的厂！闸北的厂全衝一个光！」

「这是先和虹口那几个罢下来了的厂接好头，她们来衝，我们关车接应！」

又一个主张等人家来「衝」的急急地说，恰正站在朱桂英旁边，朱桂英认得是陆小宝。

现在问题移到了等人家来「衝厂」呢，或是自己衝出去又去「衝」别家的厂。那一屋子七八个人就分成了两派。何秀妹，张阿新她们，连朱桂英在内，主张自己衝出去。姚金凤也是这么主张。眼前这七八个人每人是代表了二排或是三排車的，所以她們的決定今晚明天就可以實行。徐阿姨又請大家注意：

「快点！她們去報告了，一定有人來的！」

就在這時候，金小妹又從人堆裡鑽進來，慌慌張張說她看見有七八个「白相人」在近段走來走去，好像要找什麼人似的。大家臉上都一楞。只有姚金凤心裡明白。阿珍已經告訴她一切了。可是她也乘勢主張大家散了，明天到車間裡再定。她的「任務」已經達到，她也巴望早点和阿珍碰頭，報告她的成功。

兩点多了，外边很冷。散出來的人都打寒噤。朱桂英和張阿新，還有一个叫做陳月娥的，三个人臂挽着臂，挨得很緊，一路走。陳月娥在張阿新耳朵邊悄悄地說：

「看來明天一定要鬧下來的！瑪金還在那里等我們的回音。」

「我們馬上就去！可是冷得很。衣服乾了又溼！」

張阿新也悄悄地回答。朱桂英在張阿新的左边也聽得她們「要去」那話兒，就立刻想起了屠維嶽用管車的位置來引誘她那件事。她正想說，猛看見路旁閃出一个黑大个的漢子跟在她們後边走。她立刻推推張阿新的臂膊，又用嘴巴朝後努了一努。這時，陳月娥也看見了，也用臂彎碰着張阿新的腰，故意大声說：

「啊喲！乖乖！冷得很！阿新姐，我們要分路了，明天會！」

三个人的連環臂拆散了，走了三条路。

陳月娥走了丈把遠，故意轉个彎，回頭細看，那黑大个的漢子果然跟在張阿新的背後。陳月娥心裡一跳，她知道張阿新是粗心的。她立刻站住了，大声喊道：

「阿新姐！你的絨線忘記在我手裡了！」

張阿新站住了，回轉身來，也看見那黑大个的漢子了，立了一会「明天見啦」，就一直回家去了。黑大剎的漢子又從路旁閃出來跟在後面。

陳月娥看明白了自己背後確沒有人釘梢，就趕快跑。她離開了那工人區域的草棚地帶，跑進了一個齷齪的里。去來街一家後門上輕輕打了三下，她一閃身就鑽了進去。

樓上的「前樓」擺著三隻破床，卻只有一隻方桌子。兩個剪髮的年青女子都坐在桌子邊低著頭，寫什麼東西。陳月娥的腳步很輕，然而寫字的兩位都已經聽得了。兩個中間那個眼睛在那昏暗的電燈光下，很有精神的先抬起頭來，和陳月娥行了個注目式的招呼，就又低下頭去再寫她的東西。她一面寫，一面卻說道：

「蓉真，你趕快結束！月大姐來了，時候也不早，我們趕快開會！」

「那就開過了會再寫也不遲。」

叫做蓉真的女子懶懶地伸一個懶腰，就擱下了筆。她站起來又伸一個懶腰。她比陳月娥長些，也穿著短到腰際的白洋布衫和黑洋布大腳褲子，像一個絲廠女工。不過她那文縐縐的臉和舉動表明了她總究還是知識分子。她的眼睛是睡眠不足的樣子，她的臉色白中帶青。

那一個也停筆了，尖利而精神飽滿的眼睛先向陳月娥看了一眼，就很快地問道：

「月大姐，你們廠裡怎樣了？要是明天蕃動起來，閘北的總罷工絲廠就有希望。」

于是陳月娥很簡捷地用她那簡單的句子說明了廠裡白天車間的情形以及剛才經過的姚金鳳家的會議；她也勉強地用了幾個新學會的「術語」，反覆說「鬥爭情緒很高」，只要有「領導」，明天的「蕃動」，不成問題。她的態度很興奮，在報告中間時時停一下喘氣，她的額角上佈滿了汗珠。

「和虹口方面差不多！明天你們一準先罷下來，再去衝廠，造成了閘北的絲廠總罷工！」

蔡真检取了陈月娥报告中的未解决问题，就很爽快地给了个结论。

但是瑪金，那个眼睛很好的女子，却不说话，不瞬睛地尖利地看着那陳月娥，似乎要看出她那些「报告」有没有夸大。並且她也觉到那「报告」中含着些别扭的問题，然而她的思想素来不很敏捷，一時间她还只感到而已，並不能立刻分析得很正確。

窗外又潇潇地下雨了，閃電又作。窗裡是沉默的紧張。

「瑪金，赶快决定！我们还有别的事呢！」

蔡真不耐烦地催促着，用笔杆敲着桌子，在她看来，问题是非常简单的：「工人鬭争情绪高涨」，因为目前已是全中国普遍的「革命高潮」来到了呀！因为自從三月份以来，公共租界電車罷工，公共汽車罷工，法界水電罷工，全上海各工廠不断的「自發的鬭争」，而且每一个「经济鬭争」一經開始就立刻轉变为「政治的鬭争」，而现在就已经「發展到革命高潮」了！——这些话，她從克佐甫那裡屡次听来，现在已经成为她思想的公式了。

而且这種「公式」，听去是非常明快，非常「合理」，就和其他的「術語」同樣地被陳月娥死死记住，又转而應给了張阿姊，何秀妹了，她们那简单的头脑和憤激的情绪恰好也是此项「公式」最適宜的培養料。

瑪金却稍稍有点不同，她觉得那「公式」中还有些不对的地方，可是在学識经验两方面她都不很充足的，感是感到了，说却说不明白，並且她也不敢乱说。她常想從实際问题多研究，所以对于目前那陳月娥的报告就沉吟又沉吟了。

她听得蔡真催促着，就只好把自己感到的一些意見不很完密说了出来：

「不要性急呀！我们得郑重分析一下。朋大姐说今回姚金凤的表示比上回还要好，可是上一回姚金凤不是动摇过麼？还有，黄色工会裡的两派互相鬭争，也许姚金凤就是那桂長林的工具，她們從来要夺取群众，夺取罷工的领導？这一些，我们先要放在估計裡的！」

「不对！問題是很明白的：群众的革命情绪克服了姚金凤的动摇！况且你忽略了革命高潮中群众的

鬥争情绪，轻视了群众的革命制裁力，你还以为黄色工会的工具能够领導群众，你这是右倾的观点！」

蔡真立刻反驳，引用了「公式」又「公式」，「術语」又「術语」，她那白中带青的脸上也泛出红来了。陳月娥在旁边听去不很了了，但是觉得蔡真的话很不錯。

瑪金的脸也涨红了，立即反问道：

「怎么我是右倾的观点？」

「因为你怀疑群众的革命力量伟大的，因为你看不见群众鬥争情绪的高涨！」

蔡真很不费事地又引用了一个「公式」。瑪金的脸色倏又转白了。她霍地站起来，严厉地说：

「我不是右倾的观点！我是要分析那複雜的事实，我以为姚金凤的左倾表示有背景！」

「那么，你道我们为的怕姚金凤来夺取领導，我们就不发动了么？这不是右倾的观点是什么？」

「我并没说就此不发动！我是主张先要决定了策略然后发动！」

「什么策略？你还要决定策略么！你忘记了我们的總路线了！右倾！」

「蔡真！我不同你争什么右倾不右倾！我只问你，裕華丝厰裡多少走狗工贼在工人中间的活动难道不要想个对付的方法么？」

「对付的方法？什么！你打算联合一派去打倒另一派么？你是机会主义了！对付正确的[redacted]方法就是群众的革命情绪的尽量提高，群众伟大的革命力量的正确地领導！」

「嗳，嗳，那我怕不知道么？我们这些理论上的问题，到小组裡讨论，现在单講实际问题。月大姐等了许久了。我主张发动罢工的时候，就要对姚金凤取一定个確的态度。——」

「用群眾的力量嚴重追究她就好了！」

蔡真舉重若輕地說，冷冷地微笑；她向來是佩服瑪金的，瑪金工作很努力，吃苦耐勞，見解也正確；但此時她有些懷疑瑪金了；至少以為瑪金是在「革命高潮」之前退縮。

「蔡真不怕要姚金鳳有什麼花樣。小姊妹們聽說誰是走狗，就要打她！姚金鳳不敢做走狗。」

陳月娥也擠進來說了。她當真有點不耐煩，特別是因為她不很聽得懂蔡真她們那許多「公式」和「術語」，但她是一個熱心的革命女工，她努力學習，所以雖然聽去不很懂，還是耐心聽著。

「只怕她現在已經是走狗了！——算了，我們不要再爭論，先決定了罷工以後的一切布置罷！」

瑪金也撇開了那無數的「公式」對「公式」的辯論，就從她剛才寫著的那些紙中翻出一張來，讀著那上面記下了的預定節目。於是談話就完全集中在事實方面了：怎樣組織罷工委員會，那些人？怎樣提出的條件？閘北各工廠怎樣連絡一氣？虹口各廠怎樣接洽？……現在她們沒有爭論，陳月娥也不再單用耳朵。她們人人有許多話，她們的臉一致通紅。

這時窗外閃電，響雷，豪雨，一陣緊一陣地施展威風。房屋也似乎簌簌震動。但是屋子裡的三位什麼都不知道。她們的全心神都沉浸在另一種雷，另一種風暴！

十四

雷雨的一夜過去了，就是軟軟的曉風，幾片彩霞，和一輪血紅的剛升起來的太陽。

裕華絲廠車間裡全速力轉動的幾百部絲車突然一下裡都關住了。被壓迫者的雷霆發動了！女工們像潮水一般湧出車間來，像疾風一般掃到那管理部門前的揭示處，衝散了在那邊探頭探腦的幾個職員，就把那剛貼出來的扣減工錢的布告撕成粉粉碎了！

「打工賊呀！打走狗呀！」

「活咬死李彥生！活咬死薛宝珠！」

「工作四鐘點！礼拜日升工！米貼！」

憤怒的群眾像雷一樣的呼喊着。她們展開了全陣線，愈逼愈近那管理部了。這是她們的鎖鐐！

她們要打斷這鎖鐐！

「打倒屠夜壺！」

「桂長林壞蛋！王金貞壞蛋！」

群眾亂紛紛地喊着，比第一次的口號稍稍見得不整齊。她們的大隊已經湧到了管理部那一排房子的走廊前，她們已經包圍了這管理部了。在她們前面是李麻子和他那二十个人，拿着自来水管的鉛棒在喝罵，在威嚇。阿祥也在一处，頻頻用眼光探詢李麻子。可是李麻子也没接到命令應該怎麼办。他們只是監視着，準備着。

突然屠維嶽那瘦削的身形出现在管理部门前了！他挺直了身体，依舊冷冷地微笑。

群眾出意外一怔。潮水停住了。這「夜壺」！好大胆呀！然而只一刹那，這群眾的潮水用了加倍的勇氣再向前逼進，她們和李麻子一夥二十人就要接觸了，呼噪的聲音比雷還響，狂怒的她們現在是意識地要对敵人作一次正面的攻擊，一次肉搏了！第一个大呼爆發了！群眾的一隊已經湧上了管理部另一端的走廊。錯恨！玻璃窗打碎了！這是開始了！群眾展開全陣線進攻，大混亂就在目前了！

李麻子再不能等待命令了。他和他的二十人夾在一隊群眾裡亂打，他們一步一步退却。

屠維嶽也退一步。從他身后，忽然跳出一个人来，那是吳為成，厲聲喝道：

「李麻子！打呀！打这些贱货！抓人呀！」

「打呀！——呼[redacted]警察，開鎗！」

又是两个人[redacted]從窗裡伸出来應和大叫，这是馬崇山和曾家駒。

这時候李麻子他们正退一边在指揮，五个女工在混戰中陷入了李麻子他们的陣綫，正在苦斗突围。

群众的大隊已经上了游廊，管理部眼見得守不住了。然而恰在这時候，群众的後路起了问接。十多人一隊的警察直衝進了群众的隊伍，用鎗刺開路。李麻子他们立即也轉取了攻[redacted]势，陷在他们包[redacted]中围的五个女工完全被他们抓住了。群众的大隊往後退了一些，警察们都站在那游廊上了。

可是群众並没退走，她们站住了，她们狂怒地呼嘯，她们在準備第二次的攻势。

吴為成，馬崇山，曾家駒，他们三个一齊都跳出来了，跺着脚大喊：

「開鎗！剿除这些混蛋！」

群众大隊立刻来了回答。她们的陣綫動了，向前移動了，呼嘯把人们的耳朵都震聋了！警察们機械地举起了鎗。突然，屠维嶽挺身出来，对警察们擺一擺手，用尽了力氣喊道：

「不要開鎗！——你们放心！我们不開鎗！听我几句話！」

「不要听你的屁！狗！滚開！」

群众的隊伍中有一部分怒吼着，仍舊向前堅定地移動。可是大部分却站住了。

屠维嶽冷冷地微笑，再上前一步，站在那游廊的石階上了，大聲喊道：

「你们想想，一双空手，打得过有刀有鎗的麽？你们罵我，要打倒我，可是我同你们一樣，都靠这廠喫飯，你们[redacted]想打爛这廠，你们不是砸了自己的飯碗麽？你们有什麽条款，回[redacted]去举代表来跟我談判罷！你们回去罷！現在是我一个人主張和平！你们再鬧，要喫眼前虧了！」

桂長林忽然也在旁边闪出来，直贴近那站住了而且静了下去的大队群众旁边高声叫道：

「屠先生的話，句句是好話！大家同去罢！工會去办交涉，一定不叫大家吃虧！」

「不要你们的狗工會！我们要自己的工會！」

女工群裡一片怒叫骂。可是现在連那一小队也站住了。同時那大队裡騰起了一片听不清楚的喧闹。這顯然不復是攻势的呼噪而是她们自己在那里乱哄哄地商量第二步办法了。俄而大队裡一个人站了出来，正是姚金凤。她先向群众喊道：

「小姊妹！他们捉了我们五个人！他们不放还，我们拚性命！」

群众的回答是一陣叫人心抖的呼噪。然而群众的目標轉移了！姚金凤立即走前一步，对着屠维岳說：

「放还我们的人！」

「不能放！」

要為成他们也挤出来厉气咕喝。李麻子看看屠维岳的脸。屠维岳仍舊冷冷地微笑，坚决地对李麻子發命令：

「放了她们！」

「人放还了！人放还了！大家同去罢！有話派出代表来再講！」

桂長林喊破了喉嚨似的在一旁喊，在那群众的大队周围跑。欢呼的声音從群众堆裡起来了，人的潮水又動盪；可是轉了方向，朝厰门去了。何秀妹一边走，一边大喊「打倒屠夜壶！打倒桂長林！」可是只有百多个声音跟地喊。「打倒[illegible]！」——姚金凤也喊起来。那一片喊声就像雷一樣。陳月娥和張阿新在一处走，不住地咬牙齒。现在陳月娥想起昨晚上跟瑪金和蔡真的争論来了。她恐怕「衛厰」的预定计画也不能做到。

然而群众得到的潮水了厂门的时候，张阿新高喊着「卫厂」，群众的呼声又震动了四方。

「卫厂！卫厂呀！先卫新厂呀！」

「总罢工呀！我们要自己的工会呀！」

女工们像雷似的，像狂风似的，扫过了马路，直冲到吴荪甫的「新厂」，于是两厂的联合军冲闹了一个厂又一个厂，她们的队伍成为两千人了，三千人了，四五千人了，不到一个钟头，闸北的丝厂总罢工下来了！全闸北形势紧张，马路旁加了双岗！

裕华丝厂工场内死一般的沉寂了。工厂大门口站了两对警察。厂内管理部却是异常紧张。吴荪甫他们都攫住了屠维岳哄闹，说他太软弱。屠维岳不作声，只是冷静地微笑。

汽车的喇叭声发狂似的从厂门口叫进来了。屠维岳很镇静地跑出管理部去看时，吴荪甫已经下车，脸上是铁青的杀气，狰起眼睛，全不看众人一眼。莫干丞站在一旁垂着头，脸是死白。

屠维岳挺直了胸脯，走到吴荪甫跟前，很冷静很坦白地微笑着。

吴荪甫射了屠维岳一眼，也没说话，做一个手势，叫屠维岳和莫干丞跟着他走。他先去看了管理部打坏的那一对玻璃窗，然后又巡视了空荡荡的丝车间，又巡视了全厂的各部分，渐渐脸色好看些了。

最后，吴荪甫到他的办公室内坐定，听屠维岳的报告。

金黄色的太阳光在窗口探视。金黄色的小电扇在吴荪甫背后摇头。窗外移过几个黑影，有人在外边徘徊，偷听他们的谈话。屠维岳一边说话，一边都看明白了，心里冷笑。

吴荪甫绉了眉头，嘴唇闭得紧紧地，尖利的眼光霍霍地四射。他忽然不耐烦地截断了屠维岳的说话：

「你以为她们敢碰动机器，敢放火，敢捣乱么？」

「她们发疯了似的，她们会干出来！不过发疯是不能长久的，而且人散闹了久性也就过了。」

「那麼，今天我们只损失了几塊玻璃便算是了不起的好運道？便算是我们居勝了，可不是？」

吴蔚甫的话裡有刺了，又冷冷地射了屠维嶽一眼。屠维嶽挺直了身体，微笑。

「听说我们扣住了几个人——那些鼓动有功的几个人；想来你已经送了公安局罢？」

吴蔚甫又冷冷地问。但是屠维嶽立刻猜透了那是故意这麼問，他猜来早就有人报告吴蔚甫那几个人都放走了，而且还有許多挑拨的话。他只是回答道：

「早就放走了！」

「什麼！随随便便就放了麼？光是你放这几个人也就为的要保全我这廠？呵！」

「不是！一点也不是！可捉是捉不完的！前天三先生親口对我说过。况且只不过五六个盲從的人，捉在这里更加没有意思。」

屠维嶽第二次听出吴蔚甫很挖苦他，也回敬了一个橡皮釘子。他挺出了胸膛，擺出「士可殺而不可辱」的神氣来。他知道用这法门可以折服那刚愎狠辣的吴蔚甫。

暫時兩边都不出聲。窗外又一个黑影闪过。这一回，吴蔚甫也看見了。他皱一下眉头。他知道那黑影是什麼意思。他向来就不喜欢这等鬼鬼祟祟的勾当。他忽然獰笑着，故意大聲说：

「那麼，维嶽，这里一切事，我全权交付你！可是我明天就要開工！明天！」

「我照三先生的意思尽力去办去！」

屠维嶽也故意大聲回答，明白了自己的「政权」暫時又復穩定。吴蔚甫笑了一笑，挥着手，屠维嶽站起来就要走了，可是吴蔚甫突然又喚住了他：

「你说有人同你不对劲儿，当真么？」

「我不明白三先生这话是指的那一方面的人。」

「管理部方面你的同事。」

「我自己可是不知道。我想来那也是不会有的事。大家都是替三先生办事。在三先生面前，我同他们是一样的。三先生把权柄交给我，那我也不过是奉行三先生的吩咐！」

屠维岳异常冷静地慢慢地说，口里却打一个结。他很大方地呵一呵腰，就走了出去。

吴荪甫接着就传见了莫干丞。这老头儿进来的时候腿有点儿发抖。吴荪甫一眼看见就不高兴。他故意不看这可怜相的老头儿，也没说话，只旋起了眼睛望那边玻璃窗上闪一闪的花白的光影。他心里在忖度：难道那小鬼子屠维岳当真不晓得管理部方面很有些人不满意他今天的措置？不！他一定晓得。可是他为什么不肯说呢？怕丢脸么？狡猾！这个年青人是好狡猾的。且看他今天办的怎样！——吴荪甫忽然烦躁起来，用劲地摇一摇头，就转眼看着莫干丞，严厉地说道：

「干丞！你是有了一把年纪的，他们小鬼子闹意见，你应该从中解劝解劝才是！」

「三先生——」

「哎！你慢点开口。你总知道，我不喜欢人家在我耳朵边说这个说那个。我自有主意，不要听人家的闲话！谁有什么事，都在我的眼睛里，到我面前来讲口，是白说的！你明白了么？你去告诉他们！」

「是，是！」

「我还听说曾老二和屠维岳夺一个女工吃醋争风，又在厂里闹了一点笑话，有没有这件事？」

「那，那——我也不很清楚。」

莫干丞慌慌张张回答，他那脸上的神气非常可笑。实在他很明白这一件事，可是给刚才吴荪甫那一番莹而望之的话语当面一罩，就不敢多嘴。这个情形，却瞒不过吴荪甫的眼睛。他忍不住笑了一笑说：

「什么你也不很清楚！已经问你，你倒不说了。我知道你们账房间里那一帮人全是口办事不慧眼，坏事直闹心上！厂里一有了吃醋争风那样的事，你们的耳朵就会通灵！我听说这件事是屠维岳理亏，是他自己先做的不正，可是不是？」

莫干丞的眼睛睁大了发怔。他一时决不定，还是顺着荪甫的口气说好呢，还是告诉了真情。最后，他决定了告诉真情，他知道屠维岳现在还很得吴荪甫的信任。

「三先生！那实在是曾家二少爷太胡闹了一些。——」

吴荪甫也微微笑。莫干丞胆大些了，就又接着说下去：

「二少爷串王金贞亲眼看见过一回事。屠先生没有漏过半个字，都是王金贞告诉我的。昨天晚上，屠先生派王金贞找一个姓朱的女工来，问她工人里头那几个跟共产党有来往，——就是在这间房里问的，王金贞也在场。后来那姓朱的女工出去，到厕所间旁边就被曾家二少爷拖住了胡调。那时候有雷有雨，我们都没听得。可是屠先生和王金贞却看见了。就是这么一回事。」

吴荪甫皱着眉头不作声，心里是看得雪亮了。他知道吴为成的报告完全是一面之词。他猛然想起了[redacted]把曾家驹，冯景山两个亲戚，吴为成一个本家，放在厂里，不很妥当；将来的噜苏多着呢！

「哦！干丞，你去关照他们，这件事，以后不许再提！」

吴荪甫说着就摆一摆手叫莫干丞退去。他侧着头想了一想，提起笔来就打算下一个条子把吴为成他们三个调出厂去，调到[redacted]益中公司那八个厂里。「我就故意塞满了一个厂，那厂断乎办不好的！」——吴荪甫心里这么想，就拿了笔写条子。可是正在这时候，一个人不召自来，恰就是吴为成。

「谁叫你进来的？是不是吴干丞？」

吴荪甫掷笔在桌上，很严厉地诘问，眼光直射住了吴为成那显着十分精明能干的方脸儿。吴为成就离那写字桌远远地就站住了，反手关上了那门，态度也还镇静，直挺挺地说道：

「我有几句话对三叔讲。」

吴荪甫立刻皱了眉头，但还忍耐着。

「刚才工会里的秘书告诉我，昨晚上工人开过会，在一个女工的家里。那女工叫做姚金凤。今天工人暴动，要打烂账房间的时候，这姚金凤也出面。对工人们说我们要是不救那几个人，她们就要拼命的，也就是这姚金凤！一个月前厂里起风潮，暗中领头的，也是这姚金凤。听说后来屠维岳收买了她，可是昨天晚上工人开会就在她家里，她很激烈，她仍旧在暗中领头！」

吴荪甫失望地看着吴为成的方脸儿，只是冷冷地笑了一笑，不说什么。昨晚上工人开会，有姚金凤，这一点点事，屠维岳也已经报告过了；吴荪甫并不能从吴为成那话里得到什么新的东西。可是姚金凤那名字，暂时在吴荪甫思想上停留了一下。他记起来了：瘦长条子，小圆脸儿，有点细白麻子，三十多岁；屠维岳收买了她曾经出过一点小岔子，一个姓薛的管车，九号管车，漏泄了那秘密，可是以后仍旧挽救过来了。

「三叔，依我看来，这次工潮，是屠维岳纵容出来的；昨天他很有工夫去预先防止，可是他不做！今天他又专做好人！他和工会里一个叫做桂长林的串通，想收买人心！」

吴荪甫的脸色突然变了。他到底听到了一些「新的」了！然而一转念间，他又蓦地把脸色一沉，故意拍一下桌子喝道：

「阿成！你这些什么话！现在我全权交给屠先生办理，你在厂里不要多嘴！——刚才你那些话，只，

「到在我面前說，外邊不准提起半个字！明白了麼？去罷！」

揮走了吳為成以後，吳蓀甫拿起剛剛寫的字条看了一眼，就慢慢地團縐了，滿臉是遲疑不決的神氣。俄而他蹶然跳起，把那團縐的字条又展開来看一下，搖了搖頭，就嗤的一聲，撕得粉碎，半在痰盂裡。他倒底又自己取消了「裁减放齋不放在廠裡」的決定。他抓起筆来，再寫一个字条：

「本廠此次減薪，事在必行；一俟業務稍有起色，自當仍照原定工薪發付。望全廠工人即日安心上工，切勿誤聽奸言，自招咎尤。須知本廠長對于工會中派別糾紛，容忍已久，若再傾軋不已，助長工潮，本廠長惟有取斷然措置！此佈。」

把字条交給了吳幹臣去公布，吳蓀甫也就要走了。臨[redacted]了上汽車的時候，他又嚴厲地吩咐屠維嶽道：

「不管你怎麼辦，明天我要開工！明天！」

午後一點鐘了。屠維嶽在自己房裡來回踱着，時時冷笑，又時時皺着眉頭。他這焦躁不安的態度是因為他已在可勝可敗的交點上。早晨工潮的時候，他雖然聽得了許多「打倒屠夜壺」的呼聲，可是他看得準他有勝利的把握。自從吳蓀甫親自來鼓動了以後，這把握就成疑問。儘管吳蓀甫再三說「全權交給屠先生」，然而屠維嶽的機警的眼光却看得出吳蓀甫這句話的[redacted]意義却就是「全權交給你，到明天為止」！

明天不能解決罷工，屠維嶽就只有一條真正路：滾！

並且吳蓀甫這一回自始就主意不定，也早已被屠維嶽[redacted]看在眼裡。像吳蓀甫那樣剛愎狠辣[redacted]的人，[redacted]一旦碰到他拿不定主意[redacted]，[redacted]就很難伺候；[redacted]這又是屠維嶽看得非常明白的！

忽然窗外閃过了人影。屠維嶽立刻站住了，探頭去窗外一看，就趕快跑出房去。外面那个人是桂長林。

他们兩个对看了一眼，並沒說話，就一同走到莫幹丞的房裡，那已經是齊齊整整坐著三[redacted]个人，莫幹丞也在内。

屠維嶽冷冷地微笑著，瞥了眾人一眼，就先說話：

「三先生吩咐，明天一定要上工，現在只剩半天一夜了，倒促得很！早半天我们找工人代表談話，沒有找到。她们不承認我来的工會，她们現在組織了一个罷工委員会。剛才我派長林和她们的罷工委員会去商量，她们又說要聽罷廠總同盟罷工委員会的命令。這是太刁難了！我们不管她们什麼『總』不『總』，我们廠我们當獨解决！現在第一件事，明天一定得開工！那怕是開一半工，我们也好交代三先生！長林，你看明天能不能開工？她们現在到底有什麼要求？」

桂長林並不立刻回答。他看看屠維嶽，又看看莫幹丞，就搖著頭嘆一口氣道：

「我是灰心了！從昨晚上到今朝，兩条腿沒有停过，但求太平無事，大家面皮上都有光，那裡知道還有人到老板面前拆壁脚！現在屠先生叫我来商量，我不[redacted]出主意，人家要罵我白拿錢，[redacted]偷懶，我出了主意，人家又要說我存私心，同誰过不去。莫先生，你看我不是很為難麼？」

房間裡沉[redacted]靜了。屠維嶽鎖著眉頭咬嘴唇。莫幹丞滿臉的慌[redacted]張。坐在牆角的阿珍卻掩著嘴暗笑。她推了推旁邊的王金貞，又斜过眼去瞟著屠維嶽。她们全知道桂長林為什麼發牢騷。李麻子卻耐不住了：

「屠先生！你吩咐下来，我们去辦，不是就結了麼？」

「不錯呀！屠先生吩咐下来罷！不過，長林，你有主意說說也不要緊。大家来商量。」

王金貞也接口說，眼卻看著莫幹丞。這老頭兒也有點覺得了。屠維嶽慢慢地點著頭，看了李麻子一眼，又轉臉朝著桂長林。

「那麼，我說幾句良心話。老板虧本，工人也曉得。老板掛的牌子說得明明白白，工錢打八折，為的絲價太小，將来還好商量。工人罷工，一半為錢，一半也為了幾个人；薛寶珠孫[redacted]橫霸道，工人恨死了她！还有乐巧林，周二祖，也是大众眼里的钉！明天要闹工不难，这五个人[redacted]總得离开我夫才好！」

桂长林一边慢吞吞地说，一边[redacted]不转眼的看着莫干丞那惊惶的面孔。屠维岳也是一眼一眼的往莫干丞脸上溜。大家的眼光都射住了莫干丞了。莫干丞心慌，也明白了；他是中间人，犯不着吃隔壁账，就赶快附和道：

「好，好！只要明天别闹工，别闹工！」

屠维岳冷冷地微笑，知道这一番过门已经很够，再拖长也是多事，就要按照预定计画来发命令。他陡然脸色一沉，举起左手来，在空中虚按一下，叫大家注意，就严厉地说道：

「人家的阔话，管不了那么多！我们有法子叫工人明天上工，我们就个事个办！阿珍，你和姚金凤碰过头么？什么罢工委员会里，除了姚金凤，还有些什么人？那几个和姚金凤要好？」

「[redacted]管她们还有几个人呢！不过是何秀妹，张阿新那一伙！跟金凤要好的有两个：徐阿映，陆小宝。」

阿珍撅起了嘴唇，斜着眼睛说，永不忘记卖弄她的风骚。屠维岳突然生气了。

「你办事太马虎！阿珍！罢工委员会是那几个人，一定要打听明白！我派王金贞帮你的忙。你们先叫姚金凤拉住了姓徐的，姓陆的。告诉她们当心！何秀妹一伙坏胚子是共产党，公安局要捉！明天不上工，吴老板要不客气了！有话上了工再说。你们[redacted]再去看包饭車，大家分头到草棚里挨家挨户告诉她们不要上人家的当！」

「那可不行！这时候到草棚里去拉人，老实是讨一顿打！」

王金贞和阿珍齐声叫起来。

「怕什么！打就打！难道你们也要保镳的么？好，老李，你招呼你的手下人用心保护！」

屠维岳很不耐烦地说，声色俱厉了。阿珍红涨了脸，还想分辩，可是王金贞在旁拉她的衣角，叫她不要譚。屠維嶽也不再理她們兩個，轉臉就[redacted]向桂長林問道：

「到底她們那什麼總同盟罷工背後是那些人在那里攪？」

「還不是共產黨乘機會搗亂罷了！聽說，[redacted]閘北，總共有多家大大小小廠，現在都罷下來了。她們有一個總機關，聽說是設在什麼旅館裡，——今晚上可以打聽到。」

「太遲了！我們今天下午就要打聽明白！可是，長林，眼前另外有要緊的事派你去做。工人們仗着人多，膽子就大；我們[redacted]相近的幾家廠不開工，我們這里的工人也就不肯爽爽快快聽我們的好話。長林，你要趕快去同那幾家要是廠說好，明天一定開工，用武力強迫上工！請公安局多派幾個警察！有人敢在廠門口攔阻，就抓！」

「對，對！我們這里也這麼辦！屠先生，我早就想乾乾脆脆幹她們一下！」

李麻子聽[redacted]得要動武，就趕快插嘴說，兩隻大手在腿上拍了一下。李麻子是粗人，從今天早上起，他就猜不透為什麼屠維嶽不肯用武力，如果不是他對于屠李維嶽很忠心，他也要在背後說屠維嶽的壞話了。現在他是再也耐不住，就表示了自己的意思，卻們看望着屠維嶽的臉色。很忠心地

屠維嶽看着李麻子的面孔，微微一笑，像是撫慰，又像是讚許。同時他又來解釋本命令似的說：

「老李，不要心急。你的拳頭總要發一次利市！會打的人，不肯先出手，可不是？——還有，我們廠裡不比別家，[redacted]太多，不看清楚就動武，也許反倒弄僵了事情！吳老板向來是寬厚的，我們也得順着他的意思。長林，疙瘩你明白了罷？讓了別人家殺鷄，嚇我們這里的猴子！」

「包在我身上，我的四平八穩！」

「那就好了！——吳先生，請你馬上掛出牌子去，開除姚金林，周二姐，薛寶珠！」

屠維嶽突然轉向莫幹丞，態度非常嚴厲。

李麻子和王金貞她們也輕輕一怔。想不到剛才說的是「緩開幾天」，現在變做了乾乾脆脆的「開除」。然

而他们看见屠维岳那坚决的眼光，就明白这件事无可挽回；并且他们一派这次一定要倒霉！

莫干丞也出意外，看着屠维岳那冷气逼人的脸，作不得声。过一会儿，他偃蹇地摸着面颊背说道：

「薛宝珠给她一点面子，请三先生调她到丝厂里去罢？」

「那是三先生的恩典，不关我们的事！我们这里，仍旧挂牌子开除！」

屠维岳冷冷地回答，掉过脸去对桂长林他们四个人瞥了一眼，就又严厉地接着说下去：

「各位都知道，昨天下午是薛宝珠她们三个在车间里鼓动工人来反对工头打人！她们做不着吴老板的厂，专想利用工人报私仇，反对我，反对桂长林！可是她们平常做人太坏，她们终究想讨好工人，工人们还是恨死了她们三个！现在我们要开除她们，一点私心也没有，就为的则她们三个是捣乱份子，二则也要戳破这个出气洞，我只好做难人！工人所天上工！们这才三先生不准我辞职，一定要我干下去，要是萧大肯家帮忙，今晚上弄好，明天太平无事开工，我的辞职还是要请三先生的准！」

都面面相觑不作声。莫干丞他们

「时候不早了。大家赶快拼命去干。五点钟再给我回音！」老李，另外有一件事派你！」

屠维岳威风凛凛地下了最后的命令，对李麻子做一个手势，就先走了。李麻子朝阿珍她们扮鬼脸笑了一笑，也就赶快跟了出去。

到了那管理部一带屋子的游廊的尽头，屠维岳就站住了。李麻子赶快抢前一步，站在屠维岳对面，嘻开了嘴巴，露出一口大牙齿。屠维岳的半个脸晒着太阳，虎虎地放油光；另一半却微现苍白。他侧着头想了一想，就把他那尖利的眼光射到李麻子脸上，轻轻兒问道：

「钉了半天的梢，还是没有线索麽？」

「没有。跟她们两个来来往往的，全是殿裡的人；我们也钉梢，可是她们走来走去总在草棚那一带！」

「难道她们知道了有人钉梢麽？」

「那个，不会的！我那几个人都是老门槛，露不了风！」

「看見面生的人麽？」

「没有。跟何秀妹，张阿新来往的全是殿裡人！」

屠维岳又尖利地看了李麻子一眼，然後侧着头，闭了一只眼睛。他心裡忖量起来，一定是李麻子的手下人太蠢，露了形迹。他自己是早已看中了何秀妹，张阿新两个有「花头」。他眼珠一转，又問道：

「昨晚上她们两个從姚金凤家裡出来和什麽人同路？」

「何秀哦，昨晚上麽？」妹同陆小宝一路回去，两个人一路的。张阿新同两个人一路走，不多几步，她们就分開了，走了三条路。」

「那两个是不是殿裡人？叫什麽？」

「是殿裡人。也是從金凤家裡一同出来的。我没有看見她们。听我的伙计说，一个是圆脸兒，不长不矮，水汪汪一对眼睛。皮肉黑一点兒。那一个是怎麽的樣樣兒，就记不清了，人是高一些。」

屠维岳忽然冷冷地微笑了。圆脸兒，水汪汪一对眼睛，黑皮肤，中等身材，他知道这是谁。

「她们路上不说话麽？」

「对你说过，她们只走了不多几步，就分開了。她出来的时候，三个人臂膊挽臂膊，很要好的樣子。」

李麻子也好像有点不耐烦了，用手背到嘴唇上去抹一下，睁大了眼睛看着屠维岳。

一个人影在那边墙角一摸。屠维岳眼快，立刻跑前几步看时，却是阿祥。这一个新收用来的人，此番屠维岳还没派他重要的工作。他看见屠维岳就站住了。屠维岳皱一下眉头，就吩咐道：

「阿祥！全班管车都到草棚那边叫工人明天上工，老板出了布告，有话上了工再讲。你去看看，她们是不是全班都去了；躲懒的有，回来报告我！」

「要是闹了事，你不要客气，招呼一声就行了！草棚一带，我们有人！」

李麻子也在一旁喊，张大了嘴巴笑。屠维岳也笑了一笑，随即一脸严肃，对李麻子说：

「我们也到草棚里去找一个人。你叫五六个人跟我一道走！」

屠维岳现在看准了朱桂英那里倒的一定也有「花头」，决定亲自去探险了。

他们一路上看见警察双岗，保卫团巡行，三三两两的丝厂女工在路旁吵闹。太阳光好像把她们全身的油都晒到脸上来了，她们不怕，很兴奋地到处跑，到处嚷。近草棚一带，那空气就更加紧张了。女工们就像[redacted]黄昏时候的蚊子，成堆起轰。她们都在议论厂里开除了三个人。「二九打八折就不讲了么？骗人呀！」——这样的呼声从乱烘烘里跳出来。

屠维岳依然冷冷地微笑，和李麻子他们走进了那草棚区域。可是他的脸色更加苍白。他觉得四面八方有千百条毒眼是射到他身上。「夜壶！」「打夜壶呀！」最初不很响，也不很多；后来却一点一点多起来了！也响起来了！屠维岳偷偷地看了李麻子一眼。李麻子铁青着脸，咬紧了牙齿。

[redacted]黑大衫就是黑拷绸短衫裤的「白相人」也是三三两两的在这草棚区域女工堆里穿来穿去[redacted]，像一些黑壳的甲虫。他们都是李麻子的手下人，他们故意挤进了嚷闹的女工堆里，故意在女工们汗湿的绷得紧紧的胸

只摸一把。这裡，那裡，他们和女工们起了衝突了！一人高喊打！可是一下子又平静下去了。女工们竭力忍耐，避免和这些人打架。而这些人呢，也没接到命令真真出手打。

屠维嶽催着赶快走，叫李麻子引他到朱桂英住的草棚前了。

「屠夜壶来捉人了！」

突然在那草棚的一扇竹门边喊出了这一声来。接着就是一个小小的身体一跳。那正是住在朱桂英隔壁的打头女工金小妹。李麻子哼了一声，伸出粗黑的大手来，抢前一步，就要抓那个女孩子。可是金小妹很伶俐地矮着身体躲过，就飞也似跑走了。屠维嶽看了李麻子一眼，不许他再追，他们两个就一直闯进了朱桂英的家。带来的五个人守在竹门外左近一带。

等到屠维嶽的眼睛习惯了那草棚裡的昏黑光线时，他看见朱桂英站在面前，一对闪闪的眼光直射住了他瞧。她那倚黑的圆脸透着热红，她的小嘴唇却变白。草棚裡没有别的人，只是他们三个：朱桂英，李麻子，屠维嶽。是一种紧张的沉默。草棚外却像潮水似的捲起了哄哄的人声，断断续续。

屠维嶽勉强笑了一笑说：

「桂英！有人报告，你是共产党！现在两条路摆在你面前，随你自己挑一挑：一条是告诉我还有什么同党，那我们就升你做管车；还有一条是你不肯说，你去坐牢！」

「我不是！我也不晓得！」

「可是我倒晓得了，另外两个人是何秀妹，张阿新——」

朱桂英把不住心跳一跳，脸色就有点变了。屠维嶽看得很明白，就微笑地接着说：

「另外还有谁，可要你说了！」

「我当真不晓得！到警察所，我也是这句话！」

朱桂英的脸色平静了些儿，嘴唇更加白，水汪汪的眼睛里满是红光。屠维岳轻轻冷笑一声，突然翻了脸，看着李麻子，厉声喝道：

「搜一下！」

这时候草棚外的喧扰也已经扩大。一片呼骂突然起来，又突然没有，突然变成了人肉和竹木的击冲，拍刺！拍刺！咬紧了牙齿的嘶叫，裂人心肝的號呼，大一样迷迷的脚步声。然后，又是晴天霹雳似的胜利的呼啸，一伙人挤进了那草棚，直扑屠维岳和李麻子。昏暗中的混斗！板桌子和破竹榻都翻了身！

屠维岳伏一条板櫈间路，不出声的从人肉從中逃出来了。可是第二伙人从草棚外冲进来，又将他捲入重围。外边是震天震地的喊声。屠维岳和两个人扭打做一团。仓皇中他看清了一个正是張阿新。忽然李麻子拖着一个人，挣扎到屠维岳身边。于是包围屠维岳的女工们一齐抢身去人。屠维岳乘这空儿就逃出书了就将那人当作武器，冲开一条路，那竹门草棚的。撲面他又撞着了十来个的一影。但这一影却不是狂怒的女工而是李麻子手下的人。女工的潮水早跟着这一影人捲上来。大混乱又在草棚前的狭路上開始！可是警笛的声音也在人声中夹杂地響了。警察制帽上的白圈儿。碎！碎！示威的锣声！

李麻子也逃出重围来了。一手拖女工们蓬乱的头发中间提着住那个女工。他对屠维岳獰笑。

现在朱桂英家草棚左边一带已经平静。泥地上有许多打断的竹片，中间也有马桶刷子。竹门也打坏了，苍斜地挂在那里，像是受伤的翼膀。但在这草棚区域东首一片堆垃圾的空场上，又是嚷嚷闹闹的一个人堆。女工们正在開大會。警察人少，远远地站着监视。八九个李麻子的手下人也有，散立在警察队的附近。

这是暴风一般飘然来的集会！这又是闪电一般飞快地就结束的集会！这是抓住了工人斗争情绪最高点的一个集会！刚才「屠维岳捉人」那一事变，很快地影响到女工们内部的斗争。

「屠夜壶顶坏！他开除了薛宝珠她们，骗我们去上工！薛宝珠她们是屠夜壶的对头！他借刀杀人！他带了李麻子来捉我们！打倒屠夜壶！明天不上工！上工的是走狗！」

张阿新站在一个垃圾堆上舞着臂膊狂呼。人层里爆发了雷一样的应声：

「上工的是走狗！」

「喊我们上工的是走狗！」

「打走狗姚金凤！」

「工钱不收老婊子，我们死也不上工！我们要屠夜壶滚蛋！要桂长林滚蛋！我们要开除王金贞，李麻子，阿珍，姚金凤！我们要讨回何秀妹！我们要——」

张阿新的声音哑了，喊不成声，突然她身体一摆，捧着肚皮就蹲了下去。这刻旁边就跳出一个人来，那是陈月娥，她的脸上有两条血痕，都是和屠维岳扭打的时候抓伤的，她用了更响的声音接着喊道：

「我们要改组罢工委员会！赶出姚金凤，徐阿姨，陆小宝！她要明天上工的，统统赶出去！」

「统统赶出去呀！」

群众同答了震天动地的呼声。张阿新蹶然跳了起来，脸像猪肝似的，涨破了肺叶地又喊道：

「没有工厂总同盟罢工委员会的命令，我们不上工！小姊妹！总罢委的[redacted]代表要对你们说一句话！」

突然那乌黑黑的人层变做了哑噤。「总罢委」的[redacted]代表？谁呀，谁[redacted]呀！流汗的兴奋的红脸刺乱地旋动[redacted]，互相用眼光探询。嘈杂的多疑声音也起来了。可是那时候一个女工打扮的青年女工们[redacted]女子，一对黑眼睛[redacted]很像个女工[redacted]的女子，跳上了那垃圾堆了，站在张阿新和陈月娥的中间。这女子是玛金。

「小姊妹！上海一百零二个丝厂总罢工了！你们是顶勇敢的先锋！你们厂里的工贼是狗自己打架，可是他们压迫你们是一致的！欺骗你们是一致的！你们要靠自己的力量，才能得到胜利！打倒工贼！打倒走狗！组织你们自己的工会！没有总罢工的命令，不上工！」

「没有命令不上工呀！」

张阿新和陈月娥领导着喊起来了。

「——不上工呀！」

厂里的人发出[redacted]来了回[redacted]声。差不多[redacted]就是自己的「回声」。玛金虽然努力[redacted]「肃清」那些「公式」和「术语」，可是她那些话依然是「智识分子」的，不能直钻进女工们的心[redacted]。

「小姊妹们大家齐心呀！不上工！不上工！——散会！」

陈月娥又大声喊着，就和张阿新，玛金她们，跑下了那柱坡堆。女工们一边嚷着，一边纷纷就散[redacted]了。正在这时候，公安局的武装脚踏车队也来了，还有大队的警察。但是女工们已经散了，只留下那一片空场；警察们就守住了这空场，防她们再来开会。一个月来，华界早宣布了戒严，开会是绝对禁止的。

姚金凤，阿珍她们早就进厂里去报告了屠维岳。两个人前前后后拦住了屠维岳，要他替她们「做主」。屠维岳冷冷地给她们一看，不作声。他在女工人中间种的「根」现在已经[redacted]完全失掉了作用。这是他料不到的。他本来以为只要三分力量对付工人，现在辛辛苦苦才知道须得十分！

「不识起倒的一批贱货，光是只有用拳头！叫你们认得屠夜壶！」

屠维岳咬着牙齿冷冷地就撇下了阿珍她们两个，到前边管理部去。迎面来了慌慌张张的莫干丞，一把拉住了屠维岳，自言自语着，口吃地说道：

「莫先生，莫先生，正找，找你呢！三先生在电话里动火，动火！到底哪天，哪天开工，有没有把握？」

「有把握！」

屠维岳依然很坚决，很自信，冷冷的微笑又挑上了他的嘴角。莫干丞怪样地睒着老鼠眼睛。

「三先生马上就要来。」

「来干么！——」

屠维岳耸耸肩膀轻轻说，但立即又放沉了脸色，恨恨地喊道：

「王金贞这班狗那真可恶！躲得人影子都不见了！莫先生，请你派人去找她们来，就在账房间里等我！莫先生，愈快愈好！」

这么说着，屠维岳再不让莫干丞多噜苏，快步走了。他先到工厂大门一带视察。铁门是关得紧紧的了，两对警察是门岗。李麻子带着他的手下人在这里一带巡梭。那些人中间有几个像斗败了的公鸡似的蕲子间的坐在石阶上。

李麻子跑到屠维岳跟前，就轻轻说道：

「刚才一阵乱打，中间也有吴荪甫那一边的人，你知道么？」

「你怎么知道？」

「阿祥告诉我。」

屠维岳冷笑了一声，转着眼睛望望天空，就对李麻子说：

「现在用得到五十个人了！老李，你赶快去叫齐五十个人，都带到厂里来，等我派用场。」

屠维岳离开了那大门，又去巡视了后门边门，心里的主意也决定了，最后就又回到管理部。吴为成，马景山，

「曹家駒，他们三个，私碰私的在管理部前的游廊上密談。屠维嶽不存意的瞥了他们一眼，忽然轉了方向，揀过那管理部的房子，到了鍋爐房旁边堆應料的一間空房前，就推门進去。

反剪着兩手的何秀妹蹲在那里，見是屠维嶽進来，立刻背过臉去，恨恨地把身体一扭。

屠维嶽冷冷地微笑着，仔细打量那何秀妹，静悄悄地不作声。忽然何秀妹偷偷地回过臉来，似乎想看一看屠维嶽还在这里没有。恰好她的眼光正接觸了屠维嶽那冷冷的眼光。屠维嶽忍不住哈哈笑了，就說道：

「何秀妹！再耐心等一會兒。过了又点鐘，你们的代表和我们条件講妥，就放你出去！」

睁大了眼睛發怔，何秀妹不回答，可是也不再别过臉去了。

「代表是陸小寶，姚金鳳，还有——你的好朋友：張阿新！」

何秀妹全身一跳，臉色都变了，望着屠维嶽，似乎等待他再说一点兒。

「張阿新是明白人。我同她真心真意講了一番话，她就明白过来了。她是直爽的！她什麼都告訴我了。她同你的交情实在不錯。她拍胸脯做保人，你是个好人，你也不过一時糊塗，上了黄色工會的當！可不是？」

突然何秀妹叫了一声，臉色就同死人一樣白，驚怖地看着屠维嶽的面孔。

「你们一夥裡还有幾个人，都是好朋友，都是同志，是不是？張阿新都告訴我了！你放心，我不去捉她们！我和你们小姊妹向來和氣！不过，同黄色工會來往，難免吃了要捉去關禁的。何秀妹，你想想，那裡那个是明白人，就回轉來，我就幫她的忙！」

「嘿！阿新！阿新！」

何秀妹身体一抖，叫了起來，接着就像很傷心似的垂下了頭。屠维嶽咬着嘴唇微笑。他走前一步促着腰，用了听去是非常激动的声音说道：

「何秀妹，你不要错怪了阿新！不要怪她！你要是回转心来自己想想，也就明白了。上海许多趟的罢工风潮都和共产党有关係，可是末了捉去坐牢的，还是你们工人。共产党住在洋房裡畫写意。你们罢一次工，他们就去報销一次，領了几万银子化一个畅心畅意。譬如那句们你和阿新的女学生，你们都不知道她到底住在那里，是不是？她住在大洋房裡。她换了破衣服跑来和你们開会。她出来開一次会，就可以领到十塊廿塊的車费。你们呢，你们白跑兩条腿！她住在大洋房裡。她家裡的老媽子比你们闊氣得多！有一回阿新碰見了她了。她就送阿新五塊钱，叫她不要说出去。阿新没有对你说过罷？她还有些不老实。可是她和你的交情總还不錯。她现在指胸脯保你！」

何秀妹低了头不作声。忽然她哭起来了。那哭的神氣就像一个小孩子。蓦地她又抑住了哭声，仰起那脸来看着屠维嶽，看着，看着，她的嘴角不住地扭动，似乎有两个東西在她心裡打架，还没分输赢。屠维嶽看準了何秀妹这嘴角的牵动是什麽道理，他立刻满脸堆笑似的再逼进一步：

「秀妹，你不要怕！我们马上就放你出去。我们已经開除了薛宝珠，缺一个管車了，回头我去对三先生说，升你做管車。大家和氣过日子，够多麽好呢！」

何秀妹脸红了，忽然又滴下兩行眼淚，却没有哭声。

「可是，秀妹，你再想想，你们那一夥裡誰是劝你转来的，我们也去劝劝她去！」

何秀妹的眼光忽然呆定了。她低了头，手指头機械地捲弄她的衣角。俄而她嘆一口氣，輕輕说：

「你还是再去问阿新。她比我多曉得些！」

何秀妹低着头，身体有抖些，再没有话了。屠维嶽也看到你是说完了，耸了耸肩膀，心裡看不起这没用的蠢货，他骄傲地射了那何秀妹一眼，就转身跑了出去。他满心快活跑到了賬理部那边，看見阿祥閒站生出席者，就發命令道：

「阿祥！你到草棚裡把張阿能喊來！喊不動，就用重功！快去，快回！」

這時候，一輛汽車開進廠來了，保鏢的老闆跳下來開了車門，吳蓀甫踏珊地鑽了出來，看著迎上前來的屠維嶽就問道：

「那不是金吾金搭，怎麼的天天都開車？」

「三先生，天亮之前有一個時候是非常暗的，星也沒有，月亮也沒有！」

屠維嶽鞠躬，非常鎮定地非常自信回答。吳蓀甫勉強笑了一笑，就在那條汽車的踏脚板上跨了幾步，然後轉身對跟在背後的屠維嶽說道：

「你有把握？說！說出來我給聽聽。」

這語氣太溫和了，屠維嶽聽著倒反不安起來。恐怕吳蓀甫突然又變了態度。他扭了一扭，就把經過的事情檢查要的說了幾句，他一邊說，一邊用心察看吳蓀甫的臉色。西斜的太陽光照在吳蓀甫的半個臉上，亮晶晶地發著紅光，對照著他那沒有光太陽的半個臉，一明一暗，好像是兩個人。屠維嶽鬆一口氣，望望天空。東方天角有幾塊很大的火燒雲。

「那麼，提來的那一個，你——何秀妹，你打算放了她，是不是？」

「我打算等到天黑，就放她出去。我派了人釘她的梢，那就可以一網打盡。」

屠維嶽回答，嘴角邊浮過一絲笑影。

「姑且這麼辦了去，再看光景。可是——維嶽，你再貼一道布告，限她們明天上工！明天不上工的，一律開除！」

吳蓀甫忽又暴躁起來，不等屠維嶽的回話，就鑽進了汽車。保鏢的老闆在汽車夫旁邊坐定，那汽車就慢了她闹也厂去。两扇方铁梗的厂门一齐闹直了，李麻子在旁边也抖，喝叱他的手下人。但是那汽车刚到了厂门中间，突然厂外蓬一声喊，十多个女工拥上前来，擋住了去路。立刻把住厂门四周，我们的混乱又闹狂。警察，李麻子和他的手下人，都飞跑着来了，可是女工们也立即增加了两倍，三倍，带四倍，五倍，——把厂门前的马路挤断了交通，把吴荪甫那汽车包围得一动也不能动。车里的吴荪甫卜卜地心跳。

「你放了何秀妹，我们就放連你！」

女工们一边嚷，一边冲破了警察和李麻子他们的防线，直逼近那汽车。她们并没有武器，可是她们那来势就比全副武装的人狠得多又多！

老闆跳在车沿踏板上，满脸杀气，拔出手槍来了。女工们不退。同时有些碎石子和泥块从女工的队伍里射出来。目标却不準確。女工们也有武器了，但显然还没有正式作战的意思。吴荪甫坐在车里铁青着脸，一叠声喝道：

「开车！开足马力冲！」

汽车夫没有法子，就先捏喇叭。那喇叭的失声似乎有些效力。最逼近车前的女工们下意识地退了一步。车子动了！然而女工们不再退却。碎石子和泥块从她们背后飞出来，落在车上。老闆发疯似的吼一声，就举起手槍，一片声呐喊。又是陈雨们的对準了密集的女工。突然人堆里冲出一个人来，像闪电一般快，将老闆的手膀子往上一托。砰！砰！——这一槍就成为朝天槍。这人就是屠维岳。他撇下老闆，立即转身对那汽车大大声喝道：

「蠢东西！还不开倒车麽？开倒车！」

汽车退进了厂门。这一次没有先捏喇叭。车里的吴荪甫往后靠在车垫上，露出了丧气的笑。汽车夫赶快把车子调头，穿过了厂里的煤屑路，就从后门走了。一部分女工也冲进了前门，大部分却被拦住在铁门外。门里门外是旋风似的混乱。但是她们这时候已经没有目标。门外那大队先被警察驱散。门里的二三十个也被李麻子他们用武力驱逐出厂。

天渐渐黑下来，又起了风。厂里厂外现在又[redacted]平静了。但是空气依旧紧张，人们的心也很紧张。厂门前加添了守卫。厂里账房间内，拥满了王金贞和阿珍她们全班管车，执哨地谈论刚才的事变。李麻子叫来的五十多人也拥在账房一带。白天[redacted]进去了，只剩了一夜，大家都觉得明天开工没有把握。可是屠维岳那永远自信的态度，以及坚定的冷冷的声音立刻扫除了那些动摇。他先对全班管车说：

「不准躲懒！今晚上你们是夜工！你们到草棚里拉人！告诉她们：明天不上工的就开除！没有人上工，吴老板就关厂！再到厂门前来闹，统统抓去坐牢！好好儿的明天上工，有话还可以再商量！去罢！不准躲懒！我要派[redacted]人调查！」

管车班里谁也不敢开口，只是互相偷偷地做眼色，伸舌头。

屠维岳又叫了李麻子来吩咐：

「老李，你的人都齐了么？他们要辛苦一夜！不过只有一夜！你叫他们三个两个一队在草棚前前后后巡查。看见有两个女工攒在一堆，就撞[redacted]上去胡调！用得到拳头的时候就用拳头，分开了，不客气！女工们在家里闲谈，那就打进去捉！见一个，捉一个！女工们有跑来跑去的，都得钉梢！——你都听明白了么？要是你吩咐他们：要这里[redacted]是两百块钱，你拿去照人分派！」

屠维岳拿一卷钞票塞在[redacted]李麻子手里，就转脸向着喊道：

「阿祥呢？你把张阿新弄了来罢？」

管车班的队伍里拥上了阿祥来，那气色非常颓丧。屠维岳的脸色立刻放沉了。

「找来找去都没有。不知道[redacted]躲到那里去了。[redacted]这烂污货！回头我再去找。」

阿祥涨红了脸说，偷眼看一下李麻子，[redacted]似乎央求他在旁边说几句好话。屠维岳嘴里哼了一声，不理阿祥，同时就[redacted]对大家说道：

「各位，听明了白么？坏东西已经解过了一个！——可是，阿祥，你办事太马虎，放掉了一个要紧人！不[redacted]用你再去找了！等一下，另外有事情派你！」

说着，屠维岳就站了起来搓一搓手。管车们和李麻子都出去了，只留下阿祥，不定心地等待命令。

屠维岳那时窗外已经一片暝色。乌鸦在对面车间屋顶上叫。对阿祥看了一会儿，好像（看不准）这个人能否担当重大的责任。后来他到底决定了，那光尖利地射在阿祥脸上说：

「我们放了何秀妹，你去钉她的梢！这一回，你得格外小心！」

于是什么都分派定了，屠维岳就自打电话给（就近的警署，）请他们加派一班警察来保护（工）厂。

晚上九点钟光景，吴[redacted]公馆（里）不期而会的来了些亲戚好友，慰问吴荪甫在厂里所受的惊吓。满屋子和满园子的电灯都开亮了，电风扇奋力地到处在转。这里是一个「光明快乐」的世界。（依旧）

吴少奶奶姊妹和杜姑太太姊妹在大客间里拉开了牌桌。大客厅里吴荪甫在酬客人（内中有一位是刚同上海来的雷参谋。）谈着数个月来上海的工潮。那是随便的闲谈，带数分勉强的笑。吴荪甫觉得自己一颗心上牵着五六条线，都是在那里朝外拉；然而他用尽精力在往里收，可是他那颗心总自摇摆不定，他的脸色也就有时铁青，有时红，有时白。

忽然大家同时不作声了，客厅里只有电风扇的单调的（嗡嗡），催眠歌似的唱着。牌家从大餐间传来，夹着阿萱的笑。接着，出来了两个人，一边走，一边争论[redacted]（着）什么，那是杜家叔侄，杜学诗和杜新箨。

「你说我那些话是经不起实验的空想么？你的呢？[redacted]几时办过厂？你只会躺在床上想！」

杜学诗盛气说，他那猫脸变做了兔子脸。虽然他比（你）他侄儿反小了三四岁，可是他在侄儿面前常常使出老叔的架子来，他喜欢教训人家。杜新箨倒也是什么也不介意，什（并且也不是从国回来的什么「万能博士」，）么也看不慣的神氣，很瀟洒地把背脊靠在那大客間通到客廳的那道門的門框上，微笑着回答道：

「那又是你的見聞欠廣了。那不是我躺在床裡想出來的。那是英國，也許美國，——我記不清了，總之是這兩國中間的一國，有人試驗而得了成功的。一本初步的經濟學上也講到這件事，說那个合作鞋廠很發達，從來沒有工潮。——這不是經過實驗了的麼？」

「那麼我的主張也是已在實驗而且有很大的成績。你看々意大利罷！」

杜學詩立即反唇回駁，很得意地笑了一笑。

「但是中國行不通。你去問々辦廠的人就明白。」

「那麼你說的辦法在中國行得通麼？你也去問々辦廠的人！莊甫是辦廠的！」

杜學詩的臉又拉長了；但生氣之中仍然有些得意。他找到一个有權判斷[redacted]的人了。於是他再不等莊甫說話，也沒徵求莊甫的意思是否承認那評判人，就跑前一步，大聲喊道：

「蕙芳！你叫你廠裡的女工都進了股，同你一樣做股東，——諸華的一般得到麼？」

這一問太突然了，在沉思中的吳莊甫[redacted]轉過臉[redacted]來，縐了一下眉頭。坐在莊甫對面的李玉亭也愕然看着那滿臉嚴重的杜學詩。然而李玉亭倒底是經濟學教授，並且他也聽到了一兩句杜家叔姪在大客間門邊的對話，他料着幾分了。他本能地伸手摸一下頭皮。這是他每逢要發表意見時必不可少的準備工作。但是杜學詩已經搶在先發言了。他的[redacted]調很急促，很[redacted]重悶，顯然他把眼前這件事看得很鄭重。

「我們是討論怎樣消弭工潮。莊甫說，只要廠裡的工人都是股東，就不會鬧工潮。他舉了英國一个鞋廠為例。我說他這主張辦不到呢！有了做股東，就不是工人了！光有股東，沒有工人，還成个什麼廠！——」

杜学诗一口气[redacted]就蓦地停止了。一片急的哄笑。连[redacted]那边的杜新箨也在内。只有吴荪甫仅仅微露了一下牙齿，并没出声笑。这笑声又转不过来把大客间里看打牌的人引出了两个来，那是吴芝生和范博文。似乎很知道大家为什么笑，这两位也含在数内微笑。

「不敢弄错了！我的话不过这么简单的。」

在笑声中，杜新箨轻轻地叹吟着。杜学诗的脸色立刻变得非常难看了。他转脸对着新箨歇气说：

「那么，请你自己来罢！」

杜新箨微笑着摇头，嘴撇耸了肩，就[redacted]吹起一支法国小调来了。[redacted]这在杜学诗看来，简直是对于他老叔的侮辱。他满脸[redacted]通红了！幸而范博文出来给他们解围。

「我明白老箨的意思。他要一个厂里，股东[redacted]就是工人，工人就是股东。股东分散了握在工人手里，不在几个大股东手里。这也许是一个好法子。就可惜荪甫厂里的女工已经穷到只剩一时嘴要饭吃的！」

吴荪甫忍不住也笑出声来了。可是他们总不说话。这班青年人喜欢[redacted]唱高调，荪甫是向来不以为然的。雷参谋抽着香烟，架起了腿，也慢慢地摇头。他[redacted]来上海也已经有两三天了，然而在前线炮火中的惊心裂胆，以及误陷入阵敌被俘那时候的忧惧委屈，还不曾完全从他脑膜上褪去；他对于战局是悲观的，所以他对于自己前途也是悲观的。想着自己的事情摇头。

「可不是！新箨的主张简直不行！还是我的！我反对办厂的人受了一点挫折就想减少生产，甚至于关门。中国要发展工业，先得忍痛蚀点儿本。大家要为国家争气！工人不许闹罢工，厂家不许歇业停工！」

杜学诗觉得已经打败了新箨，就又再提出他自己的主张，要求满客厅的倾听。但是扫兴[redacted]得很，谁也不去听他[redacted]了。新箨和范博文他们搭上了，走到客厅廊前石阶上谈别的事。吴荪甫，雷鸣，和李玉亭他们三个竟就把「工人也入[redacted]股」的话作为出发点又谈了起来，却是渐渐又转到时局的一进一退。杜学诗虎起了他的猫脸气，一赌气，就又回到大客间看她们打牌。大家不要谈「国家」，他暂且只好自宽自安。

这里三位谈着时局，吴荪甫的脸[redacted]上便又闪着兴奋的红光。虽然最近津浦线北段的军事变化使得沪中间和公债上很受了点损失，但想到时局有展开的大希望，吴荪甫还是很够高兴。他望着雷参谋[redacted]，说道：

「看来军事不久就可以结束罢？退出济南的消息，今天银行界里已经证实了。」

「哎！一时未必就能够结束。济南下来，还有徐州呢！打仗的事，好比下棋，有时候一道防线，一个孤城，就够支持半年六个月。一时怎么结束得了！」

雷参谋一开口，却又不能不是「乐观派」。吴荪甫却微微笑了。他虽然并没详细知道雷参谋究竟为什么从前线到了天津，又回了上海，可是他猜也猜个八九分了；而现在雷参谋又是那样说，荪甫怎么能够忍住了不笑。并且他也极不愿意到了徐州左近又是相持不下。那和他的事业关系不小！他转过脸去看着李玉亭，不料李玉亭忽然慌慌张张跳起来叫道：

「呵，呵！再打上五六个月么？那还了得！雷参谋，那就不了！你想想[redacted]，这目前，匪兵在沙市，大冶进出，封锁在浏阳，方志敏在景德镇，朱毛窥攻吉安！再打上五六个月，不知道这些共匪要猖獗到怎样呢！那不是我们都完了！」

「那些流寇，怕什么！大军一到，马上肃清。我们是不把他们当一回事的！只有那些旧文报界，销路倒利害；那是有作用的！使人到处造谣，破坏中央的威信。」

雷鸣的「乐观」调子更加浓厚了，脸上也透露出勇气百倍的风采来。李玉亭不能相信似的摇了摇头，转脸又对吴荪甫严重地警告道：

「荪甫，你厂里的工潮不趁早在此刻发生，得赶快解决！用武力解决！丝厂总罢工就是共产党七月全国总要弄出什么裡的一项，是一个手炮呀！[redacted]况且工人们要想打你的汽车，就要暴动了！你不先下手镇压，说不定会弄出放火烧厂那样的事来！那时候，你就杀了她们，也是得不偿失！」

吴荪甫听着，也变了脸色。被围困在厂门口那时的恐怖景象立即又在他的眼前出现。震耳欲聋的叫声，他听去就完全是女工们的怒吼。[redacted]而在这些回忆的恐怖上又加了一个突兀：当是屠维岳忽然引了两个人进来，那正是从厂裡来的，正是吴为成和马景山，而且是一对慌张的脸！吴荪甫陡的跳了起来，吴荪甫在严肃中带几分惊惶的神色问道：

「你们从厂里来么？厂里怎样了？没有闹乱子罢？」

「我们来的时候没有事。可是我们来报告一些要紧消息。」

吴为成他们两个同声回答，怪样地注视着吴荪甫的脸。

于是吴荪甫心跳了一下，也不去追询到底是什么紧要消息值得连夜赶来报告，他慢慢地踱了两步，勉强微笑着，失利地对吴为成他们瞟了一眼，似乎说："又是来攻讦屠维岳罢，嗳！」吴为成他们直挺挺地站着那里，不作声。

雷参谋看见荪甫有事，就先告[redacted]辞走了。李玉亭也跑到园子里找杜新箨他们那一对去闲谈。大客厅裡只剩下吴为成和马景山面面相觑，[redacted]看[redacted]不準他们此来的任务是成功或失败。牌声从隔壁大餐间传来。

「有什么要紧事呢？又是屠维岳什么不对罢？」

吴荪甫还要问来，就沉着脸说；做一个手势，叫那两个坐下。

然而此番吴为成他们并没多说屠维岳的坏话。他们来贡献一个解决工潮的方法；实在就是钱葆生的幕后策动，叫他们两个出面来接洽。

「三叔！钱葆生在工会里很有力量。工人的情形，他非常熟；屠维岳找了两天还没知道工人中间那几个是共产党，钱葆生却早已弄得明明白白。他的办法是一面抓了那些共产党，一面开除大批会吵闹的工人；以后厂方用人，都由工會介紹，工會擔保；廠方有什麼減工錢，扣禮拜天升工那些事，也先同工會說好了，讓工會和工人接洽；錢麼性說就是工錢打一個五折又折，他也可以擔保沒有風潮；——三叔，要是那麼辦，三叔平時也有些化事，而且不會麻麻落落只管鬧工潮。那不是強得多麼？他這些辦法，早就想對三叔說了，不過三叔好像不很相信他，這纔擱到今天告訴了我和景山。他這人，說得到，就做得到！」

「明天開工這句話，恐怕屠維嶽就辦不到呢！工人們恨死了他！今天下午他到草棚裡捉人，就把事情愈弄愈僵！那簡直是打草驚蛇！現在工人們都說老板廢約，工錢要打八折，可以商量；姓屠的不走，她們死也不上工！現在全廠的工人就只反對他一個人，恨死了他！全班管車稽查也恨死了他！」

馬景山又補充了吳為成的那番話，[redacted]兩眉賊忒忒的眼光張忙亂地從吳蓀甫臉上溜到吳為成臉上，又從吳為成臉上溜到吳蓀甫臉上。吳為成滿臉憂慮似的恭恭敬敬垂著在那里低頭，却用耳朵聽隔壁的牌聲和林佩珊的嬌嬌的艷笑。

吳蓀甫淡淡地笑了一笑，做出「姑妄聽之」的神氣來，可是一種猶豫不決的色調却分明在他眼睛中愈來愈濃了。然而他伸起手來摸著下巴，挺一挺眉毛，似乎想開口了，但那摸著下巴的手忽又往上一抄，將臉兒抹了一把，就放在椅子臂上，還是沒有話。早就塞在他心頭者的五六條線之外，現在又新添了一條；他覺得再沒有精力去應下來持幾個的心的均勢了。暴躁的火就從心裡突突地向上冒，向上冒。而在這時候，吳為成又說了幾句火上添油的話：

「三叔！不是我喜歡說別人的壞話，實在是耐不住，不能不告訴三叔知道。屠維嶽的法寶就是說大話，像煞有介事，滿嘴的有辦法有把握！他就是化錢去收買！他把三叔的錢不心疼的亂化！他對管車稽查們說說到草棚裡去捉人！捉了一個來，就賞一塊錢！——這樣的辦法，成什麼？」

吳蓀甫的臉色突然變了。对于屠維嶽的信任心整個兒动搖了。他挺着胳臂大聲呼道：

「有那樣的事麼？你這話不撒謊？」

「不敢撒謊！莫干丞也知道。」

「呀！怎麼莫干丞不來報告我？這老狗半個字也沒提過呀！」

「先是莫干丞也沒知道。屠維嶽很專制，許多事情都瞞過了人家。」

馬景山慌忙接口說，偷偷地向吳為成擠了一個眼風。可是盛怒中的吳蓀甫卻完全沒有覺到。他突然地跳了起來，就对客廳外邊高聲喊道：

「高升！你去打電話請屠先生來！——唉，不！你打到廠裡，請屠先生听電話！」

「可是三叔且慢点兒發作！現在不過有那麼一句話。沒有真憑實據，屠維嶽會賴！」

吳為成趕快攔阻，也对馬景山使了個眼色。馬景山卻慌了，睜大着眼睛，急切間說不出話。吳蓀甫側着頭想了一想，鼻子裡哼一聲，就回到坐位裡；他又对那站在客廳门外候命令的高升揮手，暴躁地說道：

「去罷！不用打了！」

「最好三叔明天叫個醫生來問問他。要是明天屠維嶽鬧不了工，並且試試醫生的手段也好！」

吳為成恐怕事情弄穿，就趕快找個下台，一面又对馬景山遞一個暗號。

暫時的沉默。外邊園子裡是風吹樹葉蘇蘇，夾着李玉亭他們的轟笑。隔壁大客廳內是一陣洗牌的聲音，大客廳裡剛過去的一副牌作響，太便宜了莊家。吳蓀甫聽着女人的尖俏的嗓子歡叫地談論着這一切的聲音都覺得討厭，可是這一切的聲音卻偏偏有力地打在他心上。他心裡亂扎扎地打不起主意來。一會兒，他覺得屠維嶽這人未來就不容易駕馭：倔強，陰沉，膽

[redacted]成大了一会儿，却又觉得吴为成他们的话也不能完全相信，他总[redacted]得用自己的眼睛，不能用耳朵。最后，他十分苦闷地摇着头，转眼看着吴为成他们两个。这两位的脸上微露出忐忑不安的样子。

「我知道了！你们去罢！不许在外边乱说！」

仍是这么含糊地的口吻，吴荪甫就站起来走了，满心的暴躁中还夹带着一种自己也不能理解的异样的颓丧用了阿家翁表。

他自己关在书房里了，把这两天来屠维岳的态度，说话，以及吴为成他们的批评，都细细重新咀嚼。然而他愈想着这些事，那矛盾性的暴躁和颓丧却在他心头愈加强烈了。平日的刚毅果断都不知道跑到那里去了，他自己也觉得奇怪。并且他那永不会感到疲倦的精力也像逃走了，他昏沉沉地乱想着。窗外风动树叶的声音，他就疑心了在厂门前被围困时的恐怖；看见了写字台上那黄绸罩台灯的一片黄光，吓得了他又无端的会想像到女工们放火烧了他的厂！他简直不是平日的他了！

然而那些顽皮的幻象终管继续进攻着。从厂方面转到益中公司方面了！公债上损失了七八万，赵伯韬的经济封锁，那些待臣欺的八个厂，变成「吗啡针」的朱吟秋的乾丝厂……一切都来了！车轮似的在他脑子里旋转。直到他完全没有清醒地思索的[redacted]能力，只呻吟在这些无情的幻象下。

空一行

忽然书房门上的锁柄一响。吴荪甫像从梦中惊醒，直跳了起来。在他眼前是王和甫的胖脸儿微绉着眉头苦笑。吴荪甫揉一下眼睛再看。真真实实的王和甫已经坐下了。吴荪甫忍着两次的突然问道：

「呀，呀，和甫！我们那八个厂没有事罢？」

「一点事情，小事情——怎么，荪甫，你已经晓得了么？」

吴荪甫摇摇头，心里还[redacted]以为是做梦。他直瞪着眼睛，看定了王和甫嘴唇上的两撇胡子。

「眼前只是一点小事情。无非是各处都受了战事的影响，商业萧条，我们上期装出去的货都多数退了回来。可是以后怎样好呢？出一身大汗拉来了款子，放到那八个厂里，货出来了，却不能销，还得上堆栈化[redacted]栈租，那总不是永久的办法。」

王和甫说完，就叹一口气，也胀直了眼睛对吴荪甫瞧。

原来是这么一回事，不是八个厂也闹乱子，吴荪甫心里倒宽了一半。但是这一反常的心境的刹那过了以后，就是更猛烈的暴躁和颓丧。现在是牵在他心上向外拉的五六条线一齐用力，他的精神万万支持不了；他好像感到心已片片碎了；他没有了主意，只有暴躁，只有颓丧。

王和甫得不到回答，皱一下眉头，就又慢慢地说：

「还有呢！听说这次中央军虽则放弃济南，实力并没损丧；眼前还拖住了胶济路沿线。而且济南以下，节节军事重要地点都建筑了很坚固的防御工程。这仗，望过去还有几个月要打！有人估量来要打过大年夜。真是糟糕！所以我们八个厂就得赶快切实想法。不然，前头人[redacted]跌下去的坑，还得要我们也跌下去凑一个成双！」

「要打过大年夜么？——不会的！——嗳，他们也难说！」

吴荪甫终于开[redacted]口了，却是就等于没说，一句话里就自相矛盾。这不是他向来的样子，王和甫也觉得诧异了。他猜想来吴荪甫这几天来太累了，有点精神恍惚。他看着吴荪甫的脸也觉得气色不正。他失望似的吁一口气，就说道：

「荪甫，你是累得这么了，我不多坐。明天我们再谈罢。」

「不，不！一点也不！我们谈下去！」

「那么，——吉人和我商量过，打算从下月起，八个厂除原定的裁人减薪那些办法之外，老老实实就关四个工」，隔过了一个月再看光景。」

「哦，哦，闹半日工么？不会闹乱子么？这忽儿的工人动不动就要打厂，放火！」

吴荪甫陡的跳起来说，脸上青中泛红，很可怕，完全是反常的了。王和甫也怔了一怔，但随即微笑着[redacted]回答：

「那不会！我们那八个厂，多者（你忘记了么？）三百左右的工人，少者只有一百光景，他们闹不起来的！荪甫，你当真是累坏了身体了，过劳伤神，我劝你歇几天罢！」

「不要紧！没有什么！——那我们就闹半日工！」

「绸厂要赶秋销的新货，仍旧是全天工。」

王和甫又补足一句，看看荪甫委实有点神情反常，随便又谈了几句，就走了。

现在满天都是乌云了。李玉亭他们也已经回去，园子里没有人，客树叶中间的电灯也就闭熄，满园子阴沉沉。只那大客厅里还射出强烈的灯光和精神百倍的牌声。大客厅里的无线电收音机呜呜地唱着最后一次的放送节目，是什么弹词。吴荪甫惘惘地回到书房里，这才像清醒了似的一点一点记起了刚才那些王和甫的话以及自己的[redacted]慌张，自己的弱点的暴露。

这一下里，暴躁重复佔领了吴荪甫的全心灵！不但是单纯的暴躁，他又恨自己，他又迁怒到一切眼所见耳所闻的！他疯狂地在书房里绕着圈子，眼睛全红了，咬着牙齿；他只想找什么人来泄一下气！他想破坏什么东西！他在工厂方面，在益中公司方面，所碰到的一切不如意，这时候全化为一个单纯的野蛮[redacted]的衝[redacted]动，想破坏什么东西！

他像一只正待攫噬的猛兽似的坐在写字桌前的轮转椅里，眼光霍霍地四射；他在那里找寻一个最快意的破坏对象，最能使他的狂暴[redacted]和恶意得到满足发泄的对象！

王媽捧着燕窩粥進來，吳蓀甫也沒覺得。但當王媽把那一碗燕窩粥放在他面前的時候，他的赤热的眼光突然落在王媽的手上了。這是一隻又肥又白的手，指節上有小小的渦兒。吳蓀甫包圍着全身的那股狂暴的破壞的火焰突然升到了白热化。他那對像要滴出血來的眼睛霍地抬起來釘住了王媽的臉，王媽的全身。這臉上有風騷的微笑，這身上有風騷的曲線和肉味！吳蓀甫的眼睛變小了，嘴唇邊的皮肉簌簌地抽動。眼前這王媽已經不復是王媽，而是一件東西！可以破壞的東西！可以最快意地破壞一下的東西！

他陡的站起來了，直向他的破壞對象撲去。王媽似乎一怔，但立即了解似的媚笑着，面對着吳蓀甫，往後退走了，同時她那俏俊的眼睛中也露出幾分疑懼和忸怩。可是不容她多躊躇。她已經退到牆角，她背靠着牆了，吳蓀甫的沉重身体就撲了上去。一聲擒笑。接着是那指節上起渦兒的白肥的手掌按着牆上的電灯開關。房裡那盞大電灯就滅了。只剩下書桌上那檯灯映出一圈黃色的光暈。接着連這檯灯也滅了。書房裡一片烏黑。遠處的灯光把樹影投射在[redacted]窗紗上，蠕蠕地動。

到那電灯再亮的時候，吳蓀甫獨自躺在沙發上，絞着眉頭獃楞。不可名狀的狂暴是沒有了，卻是不知道幹了些什麼的自疑自問又佔據在他心頭。他覺得是做了一些奇怪的夢。漸漸地，那軒輊的老戲法——明天開工怎樣？八個廠的貨銷不出又怎樣？屠維嶽，錢葆生怎樣？這一切，又兜回到他意識裡。

他獰笑了一聲，就閉了眼睛，咬着嘴唇。

這時候，書房裡的鐘指着明天的第一個時辰。前邊大客間裡還是擾鬧着說笑和胡弄。

十五

第二天早上，迷天白霧，馬路上隆隆地推過糞車的時候，裕華絲廠裡都都地[redacted]響起了汽笛。[redacted]保護開工的警察們一字兒排開在廠門前，長鎗，盒子砲，武裝整嚴。李麻子和王金貞帶領全班的稽查管車佈滿了絲車間一带。他们那些失眠的脸上都罩着一层青色，眼球上是红丝，有些兴奋的光彩。

这是决胜的最後五分钟了！这一班劳苦功高的「英雄」手颤颤地举着「胜利之杯」，心头还不免有些怔忡不安。

在那边管理部的账房前，屠维岳像一位大将军似的来回踱着，准备听凯旋。他的神情是坚决的，自信的；他也已经晓得吴为成他们昨夜到过吴荪甫的公馆，但是他有什么可怕的！他布置得很周密。稽查管车们通宵努力的结果也是使他满意的。只有一件事叫他稍微担心，那就是阿祥这混蛋竟到此刻还不见来「销差」。

汽笛第二次都都地叫了！比前更长更响，叫过了後，屠维岳还觉得耳朵里有点嗡嗡然。车间那边的电灯现在也一齐开亮了，在浓雾中望去，一片晕光，鬼火似的。

远远地跑来了桂长林，他那长方脸上不相称的小眼睛远远就地钉住了屠维岳看。

「怎样了呀？长林！」

「女工们进厂了！三五个，十多个！」

於是两个人对面一笑。大事定了！屠维岳转身跑进管理部，拿起了电话耳机，就叫吴荪甫公馆里的号码。他要报告第一次的捷电。吴为成，马景山，曹家驹。他们三个，在旁边斜着眼睛做嘴脸。屠维岳叫了两遍，刚把线路叫通，猛的一片喊声从外面飞来。吴为成他们三个立刻抢步跑出去了。屠维岳也转脸朝外望了一眼。他冷冷地微笑了。他知道这一片喊声是什么。还有些死不回心转意的女工们在厂门口「拦」人呀！这是屠维岳早已料到的。并且他也早已吩咐过：有敢「拦厂」的，就抓起来！他没有什么可怕。他把嘴回到那话机上。可是线路又已经断了。他正要再叫，又一阵更响的呐喊从外面飞来，跟着这喊声，一个人大嚷着扑进屋子来。是阿珍，披散了头发。

「打起来了！打起来了！」

阿珍狂喊着，就撲到屠维岳身边。電话耳機掉下了，屠维岳暴恨叫一声，一把推开阿珍，就飛步跑出去，恰在那时廊階前又撞着了王金貞，也是发疯一樣地来，脸色死人似的灰白。

「搁厰麽？抓起来就是了！」

屠维岳一直向前跑，一路喊。他的脸色，氣得发白了；他恨死了桂長林，李麻子那班人為什麼那樣不济事。

但是到了厂门口左近時，他自己也站住了。桂長林脸上掛了彩，氣急敗壞地跑来。那边厰门口一堆人扭做一團。警察在那里劝解，但顯然是应面子的解劝。那人堆裡好像没有什麼女工。厰门外倒有千数个女工分一小堆一小堆地遠了站着，指手画脚地嚷闹。桂長林搁住了屠维岳，急口叫道：

「去不得！我们的人都挨打了！去不得！」

「放屁！你们是死人麽？李麻子呢？」

「那人堆裡就有他！」

「这光棍！那樣不了事呀！」

屠维岳虎吼着，撑开了桂長林，再向前跑。桂長林就转身跟在屠维岳的背后，还是大叫「去不得」！

那边厰[redacted]门一只柁子上站着曾家駒，前面是吴为成和馬景山；三个人满面得意，大家喊「打」！而在厰门右側，却是那个癀生和一个姚長[redacted]模樣的人在那里交谈。这一切，屠维岳一眼瞥見，心裡就十分明白了；火從他心頭直冒，他搶步撲到曾家駒他们三个跟前，劈面喝道：

「你们叫打谁呀！叫你三先生来，我可要不客氣请他吃官司！」

那三个人都怔住了。曾家駒吼一声，就要撲打屠维岳，可是被桂長林在背面搁住了，猛不防，曾家駒就跌了個兩脚朝天。屠维岳撇下他们三个，早已跑到厰门口，一手揪住了个癀生的肩膀向旁边一推，就对那姚長模樣的人說：

「我是厰裡的總管事，姓屠！那边打我们厰裡人的一夥流氓，請你叫弟兄们抓起来！」

「喲——可是我們不認識那些是你們廠裡自家人呀！」

「統統抓起來就得啦！這幫賊，同到我們的搞！」

屠維嶽大叫著，又轉臉去[redacted]找乘傢伙。可是已經不見。班長模樣的人就吹起警笛來，一邊吹，一邊跑到那人堆去。這時人堆也已經解散了，十多個人都往廠門外逃。應著警笛聲音趕來的三四個警察恰也跑到了廠門前。屠維嶽看見逃出來的十多人中就有一個阿祥，心裡就完全明白了，他指著阿祥對一個警察說：

「就是這一個！請你帶他到廠裡賬房間！」

阿祥呆了一下，還想分辯，可是屠維嶽就轉身飛快地跑進廠裡去了。

這一場騷亂，首尾不過七分鐘，[redacted]然而那躲在管理部內發抖的阿珍卻覺得就有一百年。屠維嶽回到了管理部時，這阿珍還是滿臉散髮，直跳起來，拉住了屠維嶽的臂膊。屠維嶽冷冷地看了阿珍一眼，摔開了她的手，粗暴地罵道：

「沒有撕爛你的兩片皮麼？都像你，事情就只好不辦！」

「你沒看見那些死屍多麼凶呀！他們——」

「不要怕！現在沒有事了，你去叫桂長林和李麻子進來！」

屠維嶽斬釘截鐵地命令著，就跑到電話機邊拿起那掛空的耳機來[redacted]喚著「喂，喂」。忽地一轉念，他又把耳機掛上，跑出管理部來。剛才是有一個主意在他心頭一動，不過還很模糊，此時卻簡直逃得精光；他跺著腳發恨。他憤憤地旋了個圈子，恰好看見莫幹丞披一件布衫，拖了雙踏倒跟的舊鞋子，鐵達鐵達地跑過來，劈頭一句話就是：

「喂，屠世兄，阿祥扣住他幹麼？」

屠維嶽板起了臉，不回答。忽然他又冷笑起來，就沖著莫幹丞的臉大聲喊道：

「莫先生，請你告訴他們，我姓屠的吃軟不吃硬！我們今天開工，他們叫了流氓搗亂，拆什麼！阿祥是廠裡的稽查，也跟著搗亂，非辦他不可！現在三先生還沒來，我姓屠的什麼都由我負責任！」

「你們都看我的老面子講和了罷？大家是自己人——」

「不行！等三先生來了，我可以交卸，捲了鋪蓋滾；這包兒要我跟搗蛋的人講和，不行！——可是，莫先生，請你管住電話，不許誰打電話給誰！要是你馬虎了，再鬧出亂子來，就是你的責任！」

屠維嶽鐵青著臉，尖利的眼光逼住了莫幹丞。他是看準了這老頭兒一嚇就會酥。莫幹丞眯著他那老鼠眼睛，還想要說什麼，但是那邊已經來了李麻子和桂長林，後邊跟著王金貞和阿珍。李麻子的鼻子邊有一搭青腫。

「你慢點報告三先生！回頭我自會請三先生來大家三對六面講個明白！」

屠維嶽再鄭重地叮囑了莫幹丞，就跑過去擋住了桂長林他們一夥，聽他們詳細的報告。

他們都站在膳廳前那揭示牌旁邊。現在那遮天的曉霧散了些了，太陽光從薄霧中穿過來，落在他們臉上。

屠維嶽聽桂長林說了不多幾句，忽然剛才從他腦子裡逃走了的那個糢糊的主意現在又很清晰的兜回來了。他的臉上立刻一亮，用手勢止住了桂長林的話語，就對阿珍說道：

「你關照他們，再拉一次回氣！要長，要響！」

「拉也不中用！剛剛打過，鬼纔來上工！」

阿珍偏偏不聽命令。屠維嶽的臉立刻放沉了。阿珍趕快跑走。屠維嶽輕輕哼一聲，回頭看了桂長林他們一眼，陡的滿臉是堅決的神氣，鐵一樣地說出一番話：

「我都明白了，不用再說！一半是女工裡有人搗亂，一半是錢葆生那混蛋的把戲！這批狗養的，不顧大局！

阿祥已经扣住了，害他一害，就是真想害掉他！这狗东西，在我跟前使巧，送他公安局去！李存生，也要告一个煽惑工人捣厂行凶的罪！将来我万事都耐着些儿，现在可不能再马虎！」

「阿祥是冤枉的吗？他是在那里劝阻来呢！」

李麻子慌慌张张替他的好朋友辩护了。实在他心里十二分不愿意再和李存生他们斗下去，只是不便出口。

屠维岳一眼瞧去就明白了，蓦地就狂笑起来。桂长林蠢一些，气冲冲地和李麻子争论道：

「不冤枉他！我亲眼看见，阿祥嘴里劝，拳头是帮着李存生的！」

「哎，长林，冤家宜解不宜结，我劝你马马虎虎些！依我说，叫了李存生来，大家讲讲开。他要是再不依，我李麻子就不客气！嗳，屠先生，你说对不对？我们先打一个招呼，看他怎么说！」

这时厂里的汽笛又都都地叫了。足有三分钟。像一匹受伤的野兽哀号求救。

「现在到厂里的工人到底有多少？」

屠维岳转换了话头，又冷冷地微笑了；但这微笑已不是平常的镇静，而是故意。

「打架前我点过，四十多个。」

王金贞回答，闷闷地喷一口气，又瞪了桂长林一眼。这桂长林现在是满额青筋爆出了，咬着牙齿，朝天空瞅。

屠维岳又笑了一笑，感到自己的「政权」这次是当真在动摇了。尽管他的手段不错，而且对于李麻子极尽笼络的能事，然而时机迫切当此的时候，他的笼络毕竟敌不过李麻子和李存生的旧关系。他想了一想，就转过口气来，说道：

「好罢，老李！冲着你的面子，我不计较！李存生有什么话，请他来和我面谈就是！不过，今天一定得开工！我们现在又拉过同来了！我猜朱葆生就在厂外的小茶馆里，老李，你去和他碰头！你告诉他，有话好好儿商量，大家是自己人；要是他再用刚才那套戏法，那就只好公事公办，报告公安局！」

「屠先生叫我去，我就去！顶好长林也跟我一块儿去！」

「不！此刻就是你一个人去罢。长林，我还有事情派他做。」

屠维岳不等桂长林开口，就抢着说，很严厉地瞥了李麻子一眼，又转身吩咐王金贞带领全班管车回到车间，就跑回管理部去了。桂长林跟在后面。管理部内，莫干丞和马景山他们三个在那里低声谈话，看见屠维岳进来，就都闭了嘴不作声。屠维岳假装不理会，直跑到吴为成他们三个面前，笑着说道：

「刚才你们三位都辛苦了。我已经查明白来来原原是那么一回事；先抓打先抓，不懂什么，打过了拉拉手就完事。只有一点不好：女工们倒吓跑了。可是不要紧！过一会儿，她们就要来。」

吴为成他们三个楞着眼睛，做不得声。屠维岳很大方地又对这三个敌人笑了笑，就跑出了那屋子。桂长林还在那房门外侧。看见屠维岳出来了，又看看四边没有人，桂长林就赶上前来轻轻问道：

「屠先生，难道就这么放掉了朱葆生？」

屠维岳冷冷地笑了，不回答，只管走。桂长林就悄悄地跟了上去。走过一段路，屠维岳这才冷冷地轻声说：

「朱葆生是什么样的人？他配！」

「可是你已经叫李麻子去？」

「你这先想，那么蠢！我们先把他骗住，回到我们间工间成了，再同他算账！阿祥还困在后边这空屋子里，他们捣乱的凭据还在我们手里！李麻子不肯做坏人，我们就得赶快找另外人；这也要多少工夫才找得到呢！」

「朱葆生也刁得狠！你这计策，他会识破！」

「自然呀！可是他总不能不给李麻子一点面子。要是不给，李麻子就会尽力帮我们！」

於是兩個人都笑了，就站在紅車間前面的空地上，等候李麻子的回話。

這時候，晨霧也已散盡，藍的天，有幾朵白雲，太陽光射在人身上漸漸有點兒暖了。那是八點半光景。屠維嶽昨夜睡的很遲，今天五點鐘起身到此時又沒有停過腳步，實在他有點倦了；但他是不怕疲倦的，他站著等了一會兒，就不耐煩起來，忽的又想起了一件事，他[redacted]跳起來喊道：

「[redacted]呀！被他們[redacted]鬧昏了，險一些兒[redacted]忘記！長林！派你一個要緊差使！你到公安局去報告，要捉兩個人：何秀妹，張阿新！你就做眼線！阿祥這狗該死！昨晚上叫他釘梢，他一定沒有去，倒跟錢葆生他們做一路今天來搗鬼！長林！要是何秀妹她們屋子裡還有旁人，也抓起來，不要放走半個！」

說完，屠維嶽就揮手對桂長林，一轉身就跑上那紅車間去。車間裡並沒正式開工。紅車在那裡空轉，轆々々地。女工已經有一百多。都是苦着臉坐在紅車旁邊不作聲。全班管車們像步哨似的佈防在全車間，嚴密監視。屠維嶽擺出最好看的笑容來，對迎上前的阿珍做一個手勢，叫她關了車。立刻全車間靜蕩蕩地沒有一點兒聲音，只那些[redacted]釜裡盆裡的沸水低々地呻吟。屠維嶽挺直了胸脯，站在車間中央那交通道上，王金貞在左，阿珍在右；他把他那尖利的眼光向四周圍瞥了一下，就用[redacted]最莊重最誠懇的聲調來對那一百多女工訓話：

「大家聽我一句話。我姓屠的，到廠裡也兩年多了，向來和你們和和氣氣；吳老板叫我做總管事，也有一個月了，我沒有擺過臭架子。我知道你們大家都很窮，我自己也是窮光蛋，有法子幫忙你們的地方，我總是幫忙的！不過照今年跌，廠家全廠車，[redacted]也要淨虧四百兩光景！大家聽明白了麼？是四百兩銀[redacted]子！合洋就有六百塊！廠家又不能拿屎拉出金子來，一番棋子只有關廠！關了廠，大家都沒有飯[redacted]喫；你們總也知道上海地面上已經關了廿多家厂了！吴老板借钱，押房子，想各方法开车，不肯就关厂，就为的要顾全大家的饭碗！他现在要把工钱打八折，实在是弄到没有办法才这样干的！大家也总得想想做老板有老板的苦处！老板和工人大家要帮忙，过这时候最难关！你们是明白人，今天来上工。你们回去要告诉小姊妹们，不上工就是自己打破自己的饭碗！吴老板赔本不怕，也要灰心。他一关厂，你们就连八折的工钱也没处去拿！倘使你们和我狂厉的过不去，那容易得很，你们也不用罢工，我自己可以向吴老板辞职的！我早就辞过职了，吴老板还没答应，我只好做一天和尚撞一天钟！你们有什么话，尽管对我说，不要紧！」

只有沸水在[redacted]盆里低声呻吟。被热气蒸红了的女工们的面孔，石像似的没有任何表情。[redacted]她们心里也[redacted]翻腾[redacted]着满怀的怨恨，可是无没全埋升到脸部，只在她们的喉头咽梗。

屠维岳感到意外的孤寂[redacted]了。虽然这丝车间的温度总有九十度光景，他却觉得背脊上起了一缕冰冷的抽搐，渐渐扩展到全身。他很无聊地转一个圈子，耸耸肩膀，示意给王金贞她们「可以开车」，就走出了去。

在管理部门前，李麻子和[redacted]第一个人站着张望。远远地看见屠维岳背了手踱着，李麻子很高兴地喊道：

「屠先生！找了你好一会儿了！钱葆生就在这里！」

屠维岳立刻站住了，很冷静地望着李麻子他们微微一笑，就挺起胸膛慢慢地走近这两个人。刚才他从丝车间里惹来的一身不得劲，现在都消散了，他的心里立刻叠起了无数的策略，无数的估量。[redacted]现在是应付钱葆生，这比工人不同，屠维岳自觉得「游刃有余」，而且决不会感到冷冰冰的孤寂的味儿。

钱葆生也没出声，只对屠维岳笑了一笑。这是自感着胜利的笑。屠维岳坦然装作不懂，却在心里笑。

他们三个人怀着三个不同的心，默默地绕过了管理部一带房子。只有李麻子很高兴地大声笑着，说几句不相干的话[redacted]。他们到了那没有人来的吴荪甫的办公室，就在那里开始谈判。钱葆生挟着胜利者的身分，劈头就把「手里的牌」全都摊开来：他要求屠维岳同意薛宝珠，钱巧林，周二姐三个人的工作；他要求调开桂长林；他又要求以后屠维岳进退工人须先得他的同意；他又要求厂方的「秘密费」[redacted]完全交给他去支配；——他来了郑重声明，这都是工会的意思。

「可是桂長林也是你们工会里的委员呀！」

屠维岳冷冷地微笑着说，并没回答那些要求；他的既定方针是借这时间谈判来延挨，给自己充分准备充分布置。钱葆生那些[redacted]膛脸上的横肉立刻都起棱了；他把着桌子大叫道：

「他妈的委员！不错，長林也是工会里委员，我们敷衍他，叫他做做！他妈的中什么用！委员有五六个呢！他一个人说什么，只好做放屁！我是代表大家的！」

「葆生！不要急！有话慢慢儿讲，大家商量！」

李麻子揷嘴说，拖住了钱葆生那把着桌子的拳头。屠维岳镇静地微笑着，就转了话头：

「好了！你们会里的事，你们自去解决。我们厂里，三先生限定今天要开工。我们都是自己人，总得大家帮忙先把工人收服，先开了工。况且现在上海丝厂女工总罢工，局面很紧，多延挨一天，也许要闹大乱子。你们会里大概也不赞成闹出乱子的罢？当真闹了乱子，你们也要负责任！我们先来商量怎样全厂开工。」

「对哇！先得弄好了这回的风潮！」

看见钱葆生没有话，李麻子又揷进来凑趣说了一句。屠维岳眼珠一转，赶快又转换了事点，冷冷地说：

「葆生，你的要求都不是什么大事情，都好商量。不过早上你那个把戏，有点冒失，动了众怒。三先生要是晓得了，一定动火。我不许他们去报告三先生。我们私下里先把这件事了结了罢。我们现在当面说定，不准再用今天早上那套把戏！自己人打架，说出去也难[redacted]听，而且破坏了开工！」

「什么！你造谣！」

李荣生脸色全变了，又要掀桌子；可是他那声[redacted]色俱厉的态度后面却分明有点儿恐慌，有点儿畏缩。唐继尧立刻看明白了，知道自己的「外交手腕」已经占了上风，就又冷冷地逼进一步：

「怎么是我造谣呢！厂里人好几个挨打。你看老陈鼻子上还抹着拾膊呀！」

「那是你们自己先叫了许多人，又不同我打招呼，人多手杂，哄着就乱是有的。」

「我们叫了人是防备女工们捣厂的——」

「我的人也是防着女工们要捣厂！我的人是帮忙来的！」

「你简直是白赖了！现有阿祥做见证，你们闹到就打厂里的人！我们的人赶散捣厂的女工，你们就扭[redacted]住了我们厂里人打架！」

「阿祥是胡说八道！」

李荣生咬着牙齿大叫，额角上全是黄豆大的汗了。他顿了一顿，忽然也转了口气：

「早上的事已经完了，说她干么！现在我干干脆脆一句话问你：我的条款，你答应不答应？一句话为定，不要嘻哩噜苏！工会里等着我回话！」

「可是我们先得讲定，不准再玩今天早上那套把戏！并不是我怕，就为的自家人打架，叫外边人听了好笑；况且自己人一打，倒便宜了那班工人了！」

「那么，[redacted]你们也不要叫人！」

「我们叫了人来是防备女工闹事！我们不能不叫！老唐，你要说么？」

「对，对！荣生，你放心，人都是我叫来的，怎么是跟你[redacted]抬杠！」

「可不是老李的话多么明亮！那就说定了，不许再弄出今天早上的事！荣生，请你先去关照好了你的人，——解散了他们，回头下半天三先生来了，我把你的条款对他说，我们再商量。」

屠维岳抓住这机会，就再逼进一步，并且带[redacted]出了延宕谈判的第二步策略。李麻子也在旁边加一句：

「葆生，你就先去关照了他们不要再胡闹，让屠先生也放心。」

「不用关照的！他们没有我的话，不敢胡闹！」

钱葆生拍着胸脯说。可是他这句话刚刚出口，突然远远地来了呐喊的声音。屠维岳脸色变了，立刻站了起来。

同时就听得窗外一片脚步声，一个人抢进门来，[redacted]是姚金凤，口吃地叫道：

「又，又，又出了事！」

屠维岳下死劲钉了钱葆生一眼，伸手说「那不是你又搞乱么！」就一脚跌翻了椅子，飞也似跑出[redacted]去了。李麻子满脸也跳起身来，通红，一伸手[redacted]揪住了钱葆生，满嘴飞出唾沫来，大气骂道：

「葆生！太不像话了！太不像话了！」

钱葆生不回答，满脸铁青，也揪住了李麻子，就往外跑，一面跑，一面他挣扎出话来道：

「我们去看去！我们去看去！——他们这批混蛋该死！」

他们两个人脚步快，早追上了屠维岳。他们远远地就看见厂门外乌黑黑一堆人。呼噪的声音比雷还响。他们三个人直冲上去，看得明白时，一齐叫了声「啊」！脸都灰白了！这里大部分是[redacted]老虎一般的女工！他们三个人赶快转身想溜，可是已经迟了！女工的潮[redacted]起，把他们冲倒，把他们捲入重围！马路上呼噪着飞来了又一群女工，山一样的壁过来，压过那厂门里边的单薄的防线了！满空中飞舞着这些突击者的口号：

「总罢工！总罢工！」

这是桂長林带着一班警察不遲不早趕到！

「上工的是走狗！」

「闯了車衝出来呀！」

廠门裡那单薄的防线往後退了，衝廠的女工们大一樣的向前捲去。她们湧過那[redacted]狭的小鐵门，她们強力逼開了那大鐵门了！这都是閃電那樣快，排山倒海那樣猛！可是驀地從侧面衝過一彪人来，像銅筋似的把这女工隊伍剪成了两橛。警笛的尖音從呼噪的雷声裡冒出来了。砰！砰！示威的館！砰！砰！实彈了！廠门裡的单薄的防禦者现在也反攻了。衝廠的女工们[redacted]像潮水似的退下来，逼退现在只有退却。

桂長林那一隊，向馬路上去了，分散了跑了。

「追呀！捉呀！見一个，捉一个！」

桂長林狂吼着指揮。同時馬路上四处都鳴起了警笛的凄厲的尖音；近處[redacted]的警署[redacted]得了报告，派警察[redacted]趕来紛紛搜捕[redacted]。桂長林带着原来的一班警察就直撲草棚区域，像一陣狂风掃過，在每扇破竹门後面下了恐怖的爪印。他捉了二十多个，他又跟着二百多个到廠裡去上工！

屠維嶽和錢葆生都在混亂中受了傷。錢葆生小腿上喫着那两響「实彈」的誤傷，擦掉了一層皮。然而他们倒不能不感謝桂長林来的時機剛好，救了他一条命。

桂長林在屠維嶽的卧室裡，很興奮地說道：

「三百多工人開工了！你听那边車的聲音呀！何[redacted]秀妹，張阿新，也捉到了；順便多捉幾个，寃枉她们幾天也不要緊！他娘的那班衝廠的賤貨！全不要命！也不是我们廠裡的！別家廠裡的人一大半是！——可是，屠先生，你和錢葆生談判得怎樣了？」

「現在是我们勝了！長林，你打電[redacted]話去报告三先生！」

屠維嶽冷靜地微笑着說，可是他那受傷的地方又一陣痛，他的臉[redacted]變青了，冷汗鑽出了額角，他就咬[redacted]緊了牙，他陡然想起还有一个人的下落[redacted]要問呢，閉不作声。

空一行

絲廠總同盟罷工中間一個有力的環節就這樣打斷了！到晚上七點鐘光景，跟昏黑的暮色一齊來的，是總同盟罷工的勢將瓦解。裕華絲廠女工的草棚區域在廠家的監視下，現在像墳墓一般靜寂；女工們青白的臉偶然在暝色中一閃，低聲的呻吟偶然在凍凝似的空氣中一響，就會引起了警戒網的顫動，於是喝吆，追逐，暫時打破了那墳墓般的靜寂！

從這草棚區域的陰暗處，一個黑影子悄悄地爬出來，像偷食的小狗似的嗅着，嗅着，——要嗅出那警戒網的疏處點。星兒在灰藍的天空映着眼。微風送來了草棚中小兒的驚啼。一聲警笛！那黑影子用了堅定的緩慢的然而動作，終於越過了警戒線，動作就快了一點。天[redacted]空的星映着眼。看着那黑影子曲曲折折跑進了一個齷齪的里，在末衕一家後門上輕輕打了三下，門開了一道縫，那黑影子一閃就鑽進去了。

樓上的「前樓」擱着三隻沒有蚊帳的破床，卻只有一張方桌子。十六支光電燈照見當窗的[redacted]床上躺着一個女子，旁邊又坐着一個，在低聲說話。坐着的那女子猛一回頭，就低聲喊道：

「呀！月大姐，你——只有你一個人麼？」

「秀妹和阿新都捉去了，你們不曉得麼？」

「曉得！我是問那個姓朱的，朱桂英罷，新加入的，怎麼不來？」

「不能夠去找她呀！險一點兒我也跑不出來！看守得真嚴！」

陳月娥說着搖搖頭，吐出一口唾沫。她就在那方桌子旁邊坐了，隨手斟出一杯茶，慢慢地喝。床上那女子把屁股一擺，那破舊的木床架就格格格格地響；那女子拍着她同伴的肩膀說道：

「跟虹口方面是一樣的！瑪金，這次總罷工又失敗了！」

瑪金嘴裡低低地嘀了一聲，卻不回答；她的一對很有精神的黑眼睛釘住了陳月娥的臉孔看。陳月娥顯然有些懶洋洋地，至少是迷惘了，不知道當前的難關怎樣打開。她知道瑪金在看她，就放下茶杯，轉臉焦躁地問道：

「到底怎麼辦呀！快點對我說！」

「等老陸來了，我們就開會。」——[redacted]蔡真，什麼時候了呀？怎麼老陸還不來！連蘇倫也沒有到！混蛋！」

「七點二十分了！我也不願多等。紅方面是八點半等我去出席！噯！」

躺在床上的蔡真又回答了，把屁股沉重地擲了一擲，就坐了起來，抱住了瑪金，拚命的搖，[redacted]哼哼地叫著，又輕輕地咬着瑪金的額頭。瑪金不耐煩地掙脫了身，帶笑罵道：

「算什麼呢！色情狂！——可是，月大姐，你們廠裡小姊妹的鬥爭情緒怎樣？還好麼？這裡閘北方面一般的女工都還堅決，今天上午她們說你們廠裡一部分上工，她們就自動的衝廠了！只[redacted]要你們廠裡小姊妹堅決些，總罷工還可以繼續下去。你們現在是無條件上工，真糟糕！我們的領導完全失敗，下次就要想幹！」

「這一次也沒有完呢！瑪金！我主張今夜拚命，拚命去發動，明天再衝廠！非再戰一戰！即使失敗了，我們也是光榮的失敗！——瑪金，我細細想，還是回到我的第一個主張：不怕犧牲，準備光榮的失敗！」

蔡真捻著說，就跑到陳月娥跟前，驀地揪住了陳月娥的面孔，就和她親一個嘴。陳月娥臉就紅了，身體扭著，很不好意思似的。蔡真歇斯底里地狂笑著，又擲身在床上，屁股用勁地擲著，床架格格地響。

「色情狂！……光榮的失敗！卻是一貫的！」

瑪金輕輕罵著，在那方桌旁邊坐了，面對著陳月娥，就細細地問著她廠裡的情形。可是她們剛問答了不多幾句話，兩個男子，一先一後跑了進來。走[redacted]在前面[redacted]那男子拍[redacted]的一聲[redacted]在方桌邊坐下了，就掏出一隻鉄殼錶來看了一眼，匆匆忙忙地命令道：

「七點來了！快點！快點！瑪金，停止談話！蔡真，起來！你們精神一點也不緊張！」

「老虎！你也是到遲了！快点！瑪金，月大姐！八点半鐘我还要到虹口呀！」

蔡真說着就跳了起来，坐在那新来的男子，克佐甫的旁边。这是位不到三十岁的青年，比蔡真还要高一点，一付清白的瘦臉，完無特别记認，就只那兩片緊閉的薄嘴唇表示了他是有主意的。和克佐甫同来的青年男胖一些，眼睛很是活，眼眶边有幾条疲倦的皺纹。他嘻開着嘴，朝瑪金笑，就坐在瑪金身边。

这前楼裡的空氣緊張起来了。十五支光電灯的昏光在他们頭頂搖。克佐甫先对那胖些的青年說：

「蘇倫！你的工作很坏！今天下午絲廠工人的騷動擴大，你的領導是錯误的！你不能抓住群眾的革命情緒，從一个鬥爭發展到另一个鬥爭，不断地把鬥爭擴大，你的指導帶着右傾的色彩，把一切工作都停留在現階段，你做了群众的尾巴！現在絲廠總罷工到了一个嚴重的時期，首先得克服這尾巴主义！瑪金，你报告閘北的工作！」

「快一点！简单一点！八点半我要走的！」

蔡真又催促，用鉛筆敲着桌子。於是瑪金說了五分鐘的話，她[redacted]的態度[redacted]很鎮静[redacted]，她提出了一个要点：壓迫太利害，女工中间的進步分子已经損失过半，目下群眾基礎是比較的薄弱了。克佐甫一边听，一边不耐烦地時々斜眼看瑪金，又看手裡的鉄壳錶，他的兩片薄嘴唇更加閉得緊緊地。

「我反对瑪[redacted]金的结論！鬥爭中會鍛煉出新的進步分子，群众基礎要從鬥爭中加強起来！瑪金那種恐怯的心理也就是尾巴主义的表現！」

蔡真搶着說，射了他对面的蘇倫一眼。現在蔡真是完全堅持着她自己心裡的「第一个主張」了。因為那平庸無奇的克佐甫剛說就[redacted]指斥右傾，[redacted]指斥尾巴主义，而蔡真[redacted]觉得克佐甫總是什麽都对的。

克佐甫不作声，嘴唇更加闭得緊了；他照例要最後下结論，下判斷，下命令。

被蔡真射了一眼的苏伦却同情着玛金的意见。自然他也不肯承认自己的尾巴主义。他用了圆活的口吻说：

「蔡真说的是理论，玛金说的是事实。我们也不应该忽略事实。老陈说今天下午的活动分子大会里我做了错误，我就承认是错误罢，可是今天的活动分子大会根本就不健全！到会的只有一半人，报告工作不切实不扼要；发表意见又非常纷乱。这充分暴露了我们下级干部的能力太差！领导不起来！如果我犯了尾巴主义的错误，那么，目前下级干部都个个是尾巴主义，直接指挥罢工运动的蔡真和玛金也做了下级干部的尾巴！」

「为什么我也是尾巴！哦——」

「不要说废话！赶快决定工作的步骤罢！朋大姐有意见参加！」

玛金阻住了蔡真和苏伦的争辩，引起克佐甫注意陈月娥。克佐甫略偏着头，眼睛睁得大大的。

「到底怎么办，快点对我说！我们厂里两个同志被捕了，只剩我一个！小姊妹们，小姊妹们，今天上工，是强迫去的！只要我们有好办法，明天绝不可以罢下来！到底怎么办呢，快点对我说！」

陈月娥的神情很焦灼，又很兴奋；她显然对于克佐甫以及苏伦他们那些「术语」感很困难，并且她有许多意见却找不到适当的话语来表白。她觉得玛金刚才的话很对，——不是何秀妹，张阿彩都被捕，只剩她一个，力量就薄弱了么？然而她也不敢非议蔡真的话。因为她模糊地承认那些就是革命的经典。她很困难地说完了话，就把焦灼的盼望的眼光射住了克佐甫的脸。

克佐甫那平庸无奇的瘦脸忽然严肃起来。他再看一次手里的铁壳表，就坚决地下命令道：

「停止讨论！你们全体动员，加紧工作，提高群众的斗争情绪，明天不上工！特别是裕华厂，明天一定要再罢下来！无论如何要克服一切困难，明天罢下来！你们对群众提出口号：反对资本家雇用流氓，反对捉工人！」

刹那间的静默。衖堂里馄饨担的竹筒托托地响了数下。邻家小孩子的啼声。十五支光电灯的黄光照着他们那上提着提着。刹那间的紧张的静默！前楼里玛金的低静的气息急急地起来。

「諾華廠裡的基本部隊差不多損失光了，群众在嚴密的監視之下，還沒有經過整理，不能冒險！」

「什麼！要整理麼？現在是總罷工的生死関頭，沒有時[redacted]間讓你去從容整理！[redacted]只今晚上便是整理，便是發動我的鬥爭份子，展開我的攻勢[redacted]呀！」

「一个晚上万万不够！我们的組織完全破壞了，敵人的監視很嚴，——那是冒險！即使勉強幹了起來，立刻就要被壓迫，那就連我们現在剩下來這一点点基礎都要完全消滅！」

瑪金很堅持，她的黑眼睛閃閃地朝大家看。克彿甫不作聲了，厚嘴唇閉得緊緊地，也是鬥爭的堅決。情形很嚴重！那邊蔡真忽然[redacted]喊了一聲，却沒有說；曾經退還了的「第二个主將」此時忽然又闖出來和她所選定的「第一个主將」鬥爭了，她咬着唇嘴苦笑。在她心裡蘇倫就出來作[redacted]後衛；陳月瑛灼灼地瞪大了眼睛。

「瑪金！你的主將怎樣？說出來！」

「我主張總罷工的陣線不妨稍稍變換一下。別的經濟鬥爭下去的廠自然努力鬥爭，已經受了嚴重損失的幾个廠不[redacted]却再冒險，却要休息一口氣，我们趕快去整理，去發展組織，我们保存实力，到相當時機，我们再——」

瑪金的話還沒完，克彿甫已經跳了起來，厲聲叫道：

「你這主張就是取消了總罷工！在革命高[redacted]潮的嚴重階段前，卻特地退縮！你這是右傾的觀点！」

「对呀！一方面破裂了總罷工的陣線，一方面又希望别的廠都能堅持，這是矛盾的！」

蔡真[redacted]趕快接口說，她心裡又是「第一个主將」佔了勝利了。瑪金的臉[redacted]紅了，她依然堅持：

「怎麼是矛盾？事实上是可能的！冒險去幹，就是自殺！」

「要是有好的办法，我们廠内天天以下來。不過我们人已經少了，群众很怕壓，倘使仍舊照前天的老法子去发动，就幹不起来！须要寫是一个好的鼓动法！」

陳月娥也插进来说：「你看着瑪金，她是用了很大的努力纔把她的意思表现成这麼一个形式。可是克佑甫和蔡真都不去注意她的话。蘇倫是赞成瑪金的，也了解陳月娥的意思，他再作一次缓衝：

「月大姐这话是根據事实的！她要一个好的鼓动法，就是指着策略的变换。月大姐，是麼？我提出一个主張：浩華裡的組織受了破坏，[redacted]事实上必須整理，一夜的時間不够，再加一天。到后天再罢下来，那麼，总罢工的陣線仍然能够存在！」

「不行！后天不把鬥爭擴大，总罢工就没有了！后天浩華要是開工，工人群众全体都要动搖了！」

蔡真狂怒地反对。瑪金也再不能鎮静了，立刻尖利地说：

「照这麼说，可見这次总罢工的時機並没成熟！是盲动！是冒險！」

克佑甫的臉色立刻变了！兩手一齊在桌子上重拍一記，他嚴厲地制止了任何人發言，堅決地再下命令道：

「瑪金，你批評到总路线，你这右傾的错误是很嚴重的！党要堅決地肅清这些右傾的观点！浩華廠后天不罢下来，就是破坏了总罢工，就是不执行总路线！党要嚴格地制裁！」

「但是事实上不过把同志送给敵人手裡去，又怎麼说？」

瑪金还是很堅持，臉是通红，嘴唇却变白了。克佑甫怒哼一聲，指着桌子呼道：

「我警告你，瑪金！党有鉄的纪律！不許任何人不执行命令！馬上和月大姐回去发动后天的鬥爭！任何犧牲都得去幹！这是命令！」

瑪金低了頭，不作声了。克佑甫嚴厲瞅了她一眼，轉臉就对蔡真和蘇倫说：

「虹口方面要加紧工作，蔡真！堅決执行命令，肅清一切右傾的观点！剛才丝毫也对这次鬥爭有懷疑，重要的决议，蘇倫，你去告訴她们！」

这麼说了，克佑甫又看看手裡的鉄壳錶，站起来就先走了。

蔡真伸了个懒腰，转身就又倒在床上，那床架震得很響。留在前楼裡的几位暫時都没有活。蘇倫看着那十五支電灯微笑。陳月娥怔怔地望着瑪金。衖堂裡外边有两个人吵架。野狗狺狺地吠着。

瑪金抬起头来，朝陳月娥笑了一笑，又看看床上的蔡真，就喚道：

「蔡真！命令是有了——任何犧牲都得去幹！我们来个配工作罢！時候不早了，快起来！」

「呀，呀！八点半我要到虹口去出席！不好了，已经快八点了！」

蔡真一面嚷着，一面就跳了起来，撲到瑪金身上，顺手在那个像要磕睡的蘇倫头上打了一拳，却在瑪金耳边喊道：

「瑪金，瑪金！有一個東西在我心口像要爆裂哟！一個東西！爆裂出来要烧毁了一切敵人的東西！我想喝酒！喝一个烟醉！我要找到一个敵人，一槍打死！你摸摸我的臉，多麼热！——可是，瑪金，我们来配工作！」

瑪金不理蔡真，挺了挺胸脯，很嚴肅地对陳月娥说：

「月大姐，你先回去；先找来桂英，再找要好的小姊妹；你告訴她们，虹口，閘北，许多廠裡的小姊妹決定不上工，明天裕華廠要是想開工，她们要来衝廠的；大家總罷工，援助你们，要是你们先就上工，太没有義氣！再堅持一两天，老板们要讓步！——月大姐，努力去鼓動，不要存失败的心理，半个鐘头以后，我就来找你。哦——八点此刻是，想還到八点半，你在家裡等我。可不要撒爛污！我们碰了头，就一同到總罷委代表會去！」

「对了！你们九点半鐘到那个小旅社，不要太早！我同虹口的代表也得九点半鐘纔能到呢！」

蔡真慌忙接着说，又跳了開去，很高興地哼着什麼歌曲。

「好了！都说定了！閘北還有幾個廠的代表，是阿英去接头的，也许要早到幾分鐘，讓她们在那边等罢！月大姐，你先走！蔡真，你也不能再延挨了！记好，九点半，總罷委代表會！我再等一下完。在这里要是再过一刻鐘，阿英还不来，那她一定不来了，我们在代表会上和她拉合就是！」

「慢一点儿走，蔡真！还有「丝绸」的决议案要你们带到代表会！」

苏倫慌忙说，就从口袋里摸出一件东西来。但是蔡真心急得很，劈手抢过那东西来望了一眼，就掷还给苏倫，一面拉住了陳月娥的手，一面说道：

「鸡爪一样的字，看不清！你告诉瑪金就得了！——月大姐，走！唉，我真爱你！」

房裡只剩下苏倫和瑪金了。说明那「决议案」，化去了五六分钟，以后两个人暂时没有话。瑪金慢慢地在房裡踱着，脸上是苦思的紧张。忽然她自个儿点着头，轻声自言自语的说：

「当然要進攻呀，可是也不能没有防守；我总得想法子保全結華裡的一点基礎！」

苏倫轉眼看着瑪金那苦思的神氣，就笑了一笑，学着克佐甫的口吻低氣喝道：

「我警告你，瑪金！——任何犹豫都得去幹！这是命令！」

「嗳，你这小花脸！扮什么鬼！」

瑪金站住了，笑着轻声骂他。可是苏倫的態度突又轉為嚴肅，用力吐一口氣，郑重说：

「老实说，我常也常常觉得那样不顾前后冒险衝鋒，有点不对。但是有什么办法呢？你一開口提出了反对的意见，便骂你是右倾，机会主义，取消主义；而且还有大帽子的命令压住你！命令主义！」

瑪金的機灵柔和的眼光落在苏倫的脸上了，好像很同情於苏倫的话。苏倫也許是半个「理論家」，口才是一等，瑪金平时也相当的敬重他，现在觉得苏倫比平时更好，——头脑清楚，说话不專用「公式」，時常張聰明地微笑，也從不胡鬧；瑪金於是不知道怎地，忽然在平日的敬重外，又添上了幾分親熱的感情了。

「怎麼阿英还没来？大概是不来了罢！」

瑪金轉換了话頭，就去躺在那靠窗的床上，脸却朝着苏倫這边，仍旧很恬地柔和地看着他。

蘇倫跟到了瑪金床前，不轉睛地看着瑪金，忽然笑了一笑說：

「阿英一定不來了！她近來忙着兩邊的工作！」

「什麼兩邊的工作？」

蘇倫在床沿坐下，只是嘻開着嘴笑。瑪金也笑了，又問：

「笑什麼？」

「笑你不懂兩邊的工作。」

瑪金身依在床上動了一下，怪樣地看了蘇倫一眼，很隨便似的說：

「你不要造謠！」

「一點也不！她已經和老闆鬧開，這幾天又換了一个，見不了面，見了面就有工作！不是[redacted]她這幾天來人也瘦了些麼？過度！你不見黎英也近來瘦了些麼？一樣的原因。性的要求和革命的要求，同時緊張！」

瑪金吃吃地笑着，很不以為然地搖了搖頭。蘇倫往瑪金身邊挨近些，又說道：

「黎八今天又在到處找你呀！」

「這个人討厭！」

「他說要調你到他那里『住機關』呢！他在運動老虎答應他！」

「哼！這个人無聊極了！」

「你為什麼這不愛他？」

瑪金笑了笑，不回答。過了一會兒，蘇倫又輕輕地嘆一口氣說：

「十懂离開了上海就对我倒戈！」

瑪金又笑了，身子在床上扭了一扭，看着蘇倫那微胖的臉兒，閒閒笑例的問道：

「因此你近来就有点頹唐？」

「自然總不免有点难过——」

瑪金更笑得利害，咳起来了；她拉開了領口的鈕子，一边笑，一边咳，露出了肉感的上半个胸脯。

「總不免有点难过，瑪金，你说不是麼？虽然[redacted]愛達件事，我们並不看成怎樣嚴重，可是總不免有点难过呀！便是近来成千成万同志的損失，虽說是為主义的犧牲，但是我想起来總觉得很悽慘的呀！」

蘇倫說着就低了頭，眼光停留在瑪金那裸露的胸口。瑪金仍舊笑。

「哈，哈，蘇倫，你不是一个革命者，你变做了小姑娘了！」

「哎！瑪金！有時候我真变做了小姑娘！瑪金，[redacted]需要一个人安慰我鼓勵我，瑪金，你肯麼？[redacted]我需要——」

蘇倫抬起頭来，一边抓住了瑪金的手，一边就把自己的臉貼到瑪金的臉上。瑪金不動，微微笑着。蘇倫吃住了瑪金的嘴唇了。瑪金的身体稍稍動了一下，人格格地笑。

「瑪金！你的奶就像七生的砲彈夫那一樣！」

瑪金更笑得狂了。忽然她猛一翻身，推開了蘇倫，就跳了起来說道：

「不早了！我得去找月大姐！——誤了，沒有工夫再浪漫了！」

說着，她推開了扑上身来的蘇倫，就跑到[redacted]那边靠牆壁[redacted]的一段床前，[redacted]捡起一件「工人衣」来，脫了身上的布質旗袍，把那「工人衣」[redacted]穿上。她一面拿袖子，一面回过臉去看看蘇倫，忍不住又笑了起来。蘇倫突然搶前一步，就那麼站在床前撲到瑪金身上；他是那麼猛，兩个人都跌在那床上了。瑪金笑得氣轉不过来，仰面躺着不動；可是她又連声喝道：

「你這野蠻東西！不行！我有工作！」

「什麼工作！鬼工作！命令主義！盲動！我是看到底了！」蘇倫嘴裡說，兩手就取了第二次的攻勢。可是瑪金已經翻身側卧在床上，佔據了很好的防禦陣地，兩隻眼睛却釘住在蘇倫臉上問道：

「什麼看到底？」

「看到底工作是鬼工作！總路線是自殺政策，蘇維埃是旅行式的蘇維埃，紅軍是[illegible]式的流寇！——可是，瑪金，你不要那麼固執，呀，掃興！你有工作，我們快點，十分鐘！」

突然瑪金怒吼了一聲，猛力一個掙扎，將蘇倫推下，趕快跳離床，睜圓了眼睛怒瞅着蘇倫，敞開了衣襟的一對乳峯像兩東西似的在那里跳。蘇倫也跳了起來，又向瑪金身上撲。瑪金閃過，就往房外跑，却又驀地站住，對蘇倫厲聲斥道：

「你敢！你和取消派一鼻孔出氣，你是我的敵人了！」

於是瑪金就像一陣風似的跑下了樓，跑出了這屋子，跑出了那衖堂。

滿天的星都在瑪金的臉上眨眼睛。瑪金一路上想起了自己和党徒蒲的爭論，想起了蘇倫的醜態，心裡是又怒又恨。但立刻她把這些回憶都撇開了，只精神集注在一點：她的工作，她的使命。草棚區域近了。她很小心地越过了警戒線，悄悄地跑到了陳月娥住的草棚左近。瑪金更加小心了。前面隱隱有人影。她站在暗處不動，滿身是耳朵，滿身是眼睛。那人影到了陳月娥住的草棚前就不動了。竹門輕輕地呀了一聲。瑪金心裡明白了，就輕靈地快步趕到那竹門前，又望回的一眼，她也閃了進去。

陳月娥和朱桂英都在。板桌上的洋油灯只有黄豆大小的一粒光焰。昏暗中有鼾聲如雷，那是陳月娥的老媽媽工人的萝萝。鴇金轻轻地问那两个道：

「都接到过了么？」

「接到过了。还好。——都说只要有人来衙厂，大家就闹了车接应。」

鴇金给了一下眉眼。外边似乎有什么响声。三个人都一怔，侧着耳朵听。可又没有了。鴇金就轻声说：

「那么我们就到代表会去！不过我还想找你们的小姊妹谈一谈，那几个是进步分子，你们引我去！」

「不行！这里要紧得很！要你一动，就有人盯梢的！」

陈月娥细声说，细到几乎听不清。可是鴇金很固执，一定要他们引着去。朱桂英拉着陈月娥的衣襟说：

「我引他去罢。我来来去去这条人直跟。」

「你自己不觉得罢了！偏夜壶多么精明，会忘记了你！还是叫小姊妹同了去！」

陈月娥说着就推了鴇金一把，叫她看草棚角边竹门边的一個[redacted]小小的[redacted]人形。那是金小妹，她也竖起了耳朵听到要她同去，两只小眼睛[redacted]就闪[redacted]闪川亮亮。[redacted]鴇金点了一下头。

「小妹也不行！这孩子喜欢多嘴[redacted]，他们也早就盯她的梢呢！」

朱桂英又反对。鴇金有点不耐烦了，她也就下了命令道：

「不用再争了，大家都去！桂英，你打前走，我离开你丈把路，月大姐也离开我大把路，跟在我背后。谁看见了有人盯梢，谁就先打招呼！」

没有人再反对了，[redacted]於是照计行事。她们三个走出[redacted]陈月娥的草棚不多几步，[redacted]就是一位意想中「进步分子」的家了，朱桂英先进去，接着是鴇金也待挨身到那草棚的竹门边，猛听得黑地里一声喝道：

「干什么！」

陈月娥在后边慌了，转身就逃，可是已经被人家抓住。接着吹起哨子来了。李麻子，桂长林他们带着人，狂风们的撲進了那草棚，不问情由，見一个，捉一个。草棚区域立刻起了一个恐怖的旋渦。大约十分钟後，這旋渦也平息了，笑脸的女警車们登場，挨家挨户告[redacted]那些驚惶的「小姊妹们」道：

「不要膽搶心！是共产党總要捉！你们誠的天上工，就太平無事了！湯老板還早要给大家一个公道！」

十六

快天亮[redacted]時，朱桂英的母親躺在那破竹榻上漸漸安靜了。一夜的哭[redacted]罵，瘋似的在草棚区域尋女兒，幾次要闯進廠裡跟「屠夜壺」拚老命，——到這時候，這老太婆疲倦得再也不能動了。可是她並没睡着，她睁大了血红的老眼，虚空地看着，现在是狂怒後，冰冷冰的恐怖爬上了她的心[redacted]。

板桌上的洋油灯燃乾了最後一滴油，黑下去，滅了。竹门外慢慢透出魚肚白。老太婆觉得有一隻鬼手壓到她胸前，撕碎了她的心；她又看見女兒的影血淋淋地滚到竹榻边。[redacted]她直跳了起來。但並不是女兒的影，是兩个人站在她面前。昏暗中她認出是兒子 听得竹门響，她又 小三子和姚金和尚，她好像心裡一寛，立刻叫道：

「閙到了麼？闹在那里？剛才滚進來的，不是阿英的聲麼？」

「什麼聲！不是！——有人説解到公安局了，有人説还闹在廠裡；三人亂揉話！他娘的！」

金和尚咬着牙齒回答。拍達！小三子踢開一隻破櫈，恨恨地哼了一声。老太婆怔了一會兒，又捶胸跺脚哭罵。

草棚区域人衆動了。裕華廠裡的汽笛威武地嗚嗚地叫。匆忙錯亂的脚步声也在外边跑过，中间夹着大家的咕噥，咒罵，白相人的不干净的调笑。

忽然有一个瘦长身材很风骚的女人跑了进来。小三子认得是她——姚金凤，忽地睁圆了眼睛，就想骂她。这时跟着又进来一个人，却是陆小宝，一把拉开小三子，到竹门边轻声说道：

「我替你打听明白了，桂英阿姐还在厂里。你去找找屠先生，就能够救。」

小三子还没回答，却又听得那边姚金凤笑着大家说：

「怨来怨去，只好怨她自己不好！屠先生本来看得她起，她自己不识相！不要怕！我去讨情，屠先生是软心肠的好人！不过也要桂英自己回心转意——」

姚金凤的话还没完，小三子已经跳过来揪住了她，瞪出眼睛骂道：

「打你这骚货！谁要你来鬼讨好！」

两个人就扭做了一团。金和尚做好做歹，把小三子拉开；陆小宝也拖了姚金凤走。老太婆追在后面毒骂。

「你们都是串通了害她！你们想巴结屠夜壶，自管去巴结！做小老婆！你们这两个臭货！拉坡马车！」

老太婆一边骂，一边碰上了那竹门，回来堵起了嘴巴，也不再哭。她忽然悲痛没有了，怨恨，她恨死了屠夜壶，姚金凤他们，也恨死了所有去上工的女工。并且这单纯的仇恨又引她到了满腔是刀子也砍得下的模糊的骄傲：她的女儿不是走狗！她就暂时沉醉在这暧昧的感情里。

小三子和金和尚也像个有了同样的心情，他们商量着另外一件事了。是金和尚先开口：

「不早了！昨天大家说好全厂儿到那姓周狗养家里闹一顿，你去不去？」

「去！干么不去！他妈的要「红大紫」要停工，叫他「红紫」变做黑紫！打烂他妈的狗窝！」

「就怕他妈的骚闹了，狗窝前派了巡捕！」

「嘿！那不是大家也说好了的么？他妈的骚闹，我们守在他妈的狗窝里不走！」

「不早了！就要去的马上去！」

「去！一块儿去！」

小三子怒火咸着，就在那破板凳上捶了一拳头。老太婆的暖烘烘的自傲自慰立刻消散了，她一眼瞧去就明白了是什么一回事。她忽然又哭起来，跳着脚大声嚷道：

「我也去！你们一个一个都叫巡捕抓了去，我老太婆也不要活了！跟你们一块儿去！」

一边嚷，一边她就扭住了她的儿子。要扭住！这动作也很新鲜；老太婆自己也不很明白她这「扭住」是为的要跟着一块儿去呢，还是不放儿子走。可是她就把扭住儿子了大嚷大哭，唬得金和尚没有办法。小三子涨红了脸，也像疯狗似的乱跳[redacted]乱叫道：

「妈！你发昏了！不要你老太婆去！那有什么好[redacted]玩的！他妈的！金和尚！撕开她的手！」

小三子性起，一使劲把老太婆推开了，就拉着金和尚跑走，顺手带上了那竹门，又把搭钮[redacted]反扣上，[redacted]让老太婆独自在里面跳骂。他们两个人竟自去了，[redacted]那不也回。

金和尚他们一夥五六十个大丝厂工人到了老板周仲伟住宅的附近时候，已经日高三丈。周仲伟这住宅偏在一条狭弄里，弄口却有警门巡捕。五六十的工人只好推举八个代表进弄去办交涉。大部分的工人在弄口等候，坐在水门汀上撩起衣角擦汗水，又把衣角当扇子。

小三子也是代表。他们八个人到了弄里，果然老板家的大门紧紧关着。八个代表在门外吵了半天，那宅子里竟无回响，就像是一座空屋。小三子气急了，把伸起拳头将冉那乌油大门捶得震天价响，一面炸破了喉咙似的叫道：

「躲在里面就算完事了么？老子们动手，放你妈的一把火，看你不出来！」

「对啊！老子们要放火了！放火了！」

那七个代表也一齐呐喊。并且有人当真掏出火柴来了。[redacted]忽然这宅子的厢房楼月台上[redacted]来了一阵狂笑。八个代表认识这笑声，赶快望上瞧，可不是周仲伟站在那边么！他披了一件印度绸短衫，赤着脚，望着下边的八个代表笑。这是挑战罢，八个代表跳来跳去叫骂。然而周仲伟只是笑。蓦地他提着脑袋，踮起了脚尖跟，把他那矮胖的身体伏在月台的栏杆上，向着下边大声说道：

「你们要放火么？好呀！我要谢谢你们，作成我到手三万两银子的火险赔款了！房子不是我自己的，你们尽管放火罢！可是有一层，老板娘躺在床上生[redacted]病，你们先得来帮忙把抬走老板娘！」

周仲伟说着又哈哈大笑，脸都笑红了。八个代表拿他来没有办法，只是放开了嗓子恶骂。周仲伟也不生气，下边愈骂得凶，他就愈笑得狂；蓦地他又回过身来对下边的代表们叫道：

「喂，喂，老朋友！我教你们一个法子罢！你们去烧我的厂！那是保了八万银子的火险，再过半个月，就满期了！你们要烧，得赶快去烧！保险行是外国人开的，外国人的钱，我们乐得用呀！要是你们作成了我这八万两的外快，我当真要谢谢你们，请你们吃一桌酒饭，我不撒谎！」

八个代表简直气破了肚子。他们的嗓子也叫骂哑了，他们对于这涎皮涎脸的周仲伟简直没有办法。而且他们只有八个人，就是想打了办法也干不起来。他们商量了一下，就跑回去找弄口的同伴们去了。

周仲伟站在月台上哈哈笑着送他们[redacted]分[redacted]，直到望不见了，他方才回进屋子去，[redacted]仍旧哈哈地笑[redacted]。他这「公馆」不过三楼三底的房子，自从他的火柴厂[redacted]开办以来，他把半边的厢房[redacted]挪空了，预备分租，他又[redacted]辞歇了一个厨司务，两个奶妈。「不景气」实在早已侵入了他的公馆[redacted]，又况他的夫人肺病到了第三期，今年[redacted]甚至于在这夏季[redacted]也不能起床，可是周仲伟仍旧能够时常笑。穷光蛋出身的他，[redacted]由买办起家，本来就是个空架子，他的特别本领就是「扶」得起来也「躺」得倒，随便是怎样窘迫，他会笑。

当下周仲伟像「空城计」中的诸葛亮似的笑退了那八个代表，就跑到楼下厢房里，再玩弄他的一套「小摆设」。

接長的兩張八仙桌上，整整齊齊擺好了全套的老派做壽的擺場。那年八月裡他打算替自己做四十歲的大壽。他喜歡把前清老式的擺場，熱熱地熱鬧一番；今兒早上沒有事，他就搬出他那家置的「小擺設」來預先演習。正當他自己看著得意的時候，工人的八個代表在外邊嚷得太利害，他跑上月台去瞧了那一齣喜劇。現在他再看那「小擺設」，忽然想起大人的「大事」也許要趕在他自己做壽之前就會不得不發生，于是他就取消了做壽的擺場，改換成老派的「開表」來玩一下。他豎起了三寸高的壽燭，又把那些火柴盒子大小的烏木椅雙雙子都換上了白緞子的小椅披；他一次一項布置，比他經營那火柴廠更加熱心得多，而且更加有計劃！

剛才他把一對氣死風橘子大小的彩紙燈擺好，想要豎在東轅門西轅門的時候，忽地跑進兩位客來，他這大工程就不能繼續。

兩位客人是朱吟秋和陳君宜，看了看那兩張八仙桌上的小玩意，忍不住都笑起來了。周仲偉很滿意似的搓搓手，也哈哈大笑。朱吟秋拍著周仲偉的肩膀說道：

「仲翁，佩服你，真有涵養！不是貴廠的工人在外邊請願麼？弄口擠滿了人，跟巡捕吵架呢！」

「呀！真有那樣的事麼？我還也不知道。對不起，少陪了，我要出去看一看。」

周仲偉故意嚷驚似的說，居然也不笑了，把短短的鬍子捋捋，就想故意跑出去。陳君宜一把拉住了他。

「不要出去！隨他們鬧罷！仲翁，好漢不吃眼前虧；你這時不能露臉！」

「陳君翁這話很對！前天吳蓀甫幾乎連人連汽車都打得稀爛！工人的氣焰，簡直不成話說！——可是，仲翁，你這門生意也要弄到廠外去，真是想不到的！你不比我們，你這生意是家家戶戶開門七件事少不來的，可不是？馬路上的小癟三，飯可以不吃，香煙屁股一定要抽，那就得招呼你一盒洋火的生意！」

朱吟秋也接著說，從桌子上撿起那橘子大小的氣死風彩紙燈來看了一眼，微微笑著。

周仲偉卻不回答，驀地又哈哈笑起來，像瘋子似的一跳，就跳到廂房收束間的一張寫字桌邊，在一堆函信裡亂爬亂抓，用他的肥指頭夾出一[redacted]油印品來遞給了朱吟秋他們兩位說道：

「請你們兩位看看這一張呈文，這一個通知，就明白我這生意真是再好也沒有！」

這是中華全國火柴業聯合會通告各會員的公函，並附抄廣東火柴行商業公會呈工商部的呈文。那公函是這樣的：

「逕啟者：本會准據廣東土造火柴行商業公會函稱，據該省及香港報章宣傳，瑞典商瑞中火柴公司借款與我國，以瑞典火柴在華專利若干年為借款條件等語，火柴商恐懼萬分，請為調查否虛，以釋群疑等情，並附呈工商部稿，通前來；復據東三省火柴同業聯合會函稱，據日本火柴商口稱，聞該國駐滬領事秀稱，吾國政府財政部有與瑞典火柴公司借款，照許給以專利權之說，究否屬實，請為探明示知等情，據此，[redacted]查瑞典商與政府接洽借款之傳聞，本年六月間，本會即已注意，嗣經一再調查，[redacted]知此項傳聞，並未成為事實，但傳說紛紜，未得有政府方面之確切表示，恐各會員難免疑慮，故已由本會據情呈詢工商部，請求明白答復，一俟奉到批示，自當再行通知。茲將本會呈稿及廣東土造火柴行商業公會呈稿分別抄錄附上，並希查照為荷！」

周仲偉踴起了腳尖，站在朱吟秋背後一同念那通知，又喘著氣，大聲朗誦那廣東火柴行商業公會呈文中的警句：「惟吾國工業幼稚，商業凋零，已達極點；竟而政府又值此庫款奇絀之秋，火柴入口原料，稅外加稅，厘裡除厘，公債庫券，負担重重，陷於萬劫不復。乃該瑞典火柴托辣斯以歷年吾國土造火柴之時機已至，運到用船來火柴進口稅輕，降價賤[redacted]運來，使我國成本較重之土造火柴無從銷售，因而貨積如山，不得不折本賤售，忍痛支持，以求周轉。惟吾國土造火柴商人，資本微薄，難敵財雄勢大橫霸全球之瑞典火柴托辣斯，因而我國火柴業相繼倒閉者，幾達十分之五有[redacted]奇！」——周仲偉接著說，又驀地哈哈大笑說道：

「可不是！朱吟翁，陳君翁，我這门生意真是再好也没有！不好，要是瑞典火柴托辣斯肯来轉念頭么？」

陳君宜和[redacted]朱吟秋对看着皱了眉頭。他们兩个局外人倒觉得周仲偉那哈哈的笑聲就有幾分像是哭，然而周仲偉却是很真个实的笑。他是常常能够高聲大笑的。不然，他决不会那么肥。

這時候，周仲偉的包車夫慌慌忙忙跑進来報告工人們又举了十多代表要進堂来了。朱吟秋拉一下陳君宜的衣角，站起来就想走。周仲偉却擱住了不放，大聲叫道：

「再坐一會兒。我有幾句正经话要跟你们兩位商量呢！十个代表怕什麽！」

「不是那麽说的！仲翁，你總得和工人代表開談判，我和陳君翁閑身子夹在漩渦裡，没有意思。你有什麽正經话，我们下午再談，還不是一樣的？」

「呀！不行！朱老哥，对不起，既然来了，再坐一會兒，委[redacted]屈你们兩位充一下臨時保鏢罷！放心！我廠裡的工人很文明，我待他们也很文明！万一驚動了你们兩位，我賠不是。」

周仲偉臉也漲红了，一边说，一边就拱手作[redacted]揖，又張開了兩臂，把朱吟秋他们兩个攔到椅子裡，硬要他们坐下去。兩位[redacted]猜不透這[redacted]「红頭火柴」玩的什麽把戲，忍不住都笑了；恰就在這笑聲裡，猛聽得外边那一对烏油大门上[redacted]蓬蓬地打得震天響，於是這兩位的笑臉上刹又变成了哭形。工人代表在门外大聲嚷罵了。「狗老板，賊老板」，一句句都很刺耳。陳君宜和朱吟秋覺也得難受，臉上直红到耳根，可是周仲偉依然笑嘻嘻地，拍一下胸脯，看着陳君宜他们的面孔说道：

「我說他们文明，可不是？文明透頂！罵幾句不傷脾胃。陳君翁，我们從前做買賣的時候，碰得不巧，大班發洋脾氣，有時罵的还要毒惡些；然而[redacted]工人们到底[redacted]是中國人，他们罵我们也是中國人，我们，只算罵自己。」

「仲翁！你的涵养工夫真不差！老是打你一记耳光，你也不生气！」

陈君宜抱着肚，却笑不出来。朱吟秋在旁边皱了眉头。周仲伟立刻提一提脑袋，很正经地回答：

「可不是！从前某某洋行的大班——也是外国人呢，就是茄门人，我就记不清了，不管他，总之是外国人，他对我说：你们中国人真是了不起的宝贝，被人家打倒在地下了，你们倒觉得躺在那里就比站着舒服些，[redacted]你们不用腿走路了，你们就满地滚！君翁，你说对不对：亏他摸透了中国人的脾气。中国人本来是顶会享福的！」

大门外的呼噪这时更加凶猛。突然有两个人爬到在厢[redacted]房[redacted]的朝南窗洞的铁栅栏外边，朝里面窥视。朱吟秋猛转脸看见[redacted]，[redacted]把不住也吓一跳。人影也就下去了，接着是一阵更紧急更震耳的呼噪叫骂。厢房里几乎对面讲话听不到声音。朱吟秋叹一口气，对周仲伟说道：

「不过，仲翁，你不要太写意！你还是打一个电话到捕房里叫巡捕来赶他们走！」

「对呀，[redacted]我也是这个主意。况且尊夫人病重，这样的惊吓，也究竟不相宜！」

「不要紧！内人耳朵聋得很。再说一句笑话，内人得的病险没天满期，要是当真今天出了事，就算皇天不负苦心人。哈，哈！——可是，他们吵了这半天，喉咙也哑了，我饶他们，并放他们先回去。这可要借重朱吟翁和陈君翁两位一句话了！都是老朋友，帮帮忙！」

「仲翁，到底你要的什么把戏呀？工人面前开玩笑那是险得很！」

陈君宜慌慌忙忙说，就站了起来。朱吟秋也学着样。大门外的呼噪蓦地低落下去了。

「我担保，伤不了你们两位一根汗毛！只要我说什么，你们两位就答应什么，[redacted]那就感恩不尽！」

周仲伟还是不肯从头讲出来，哈哈笑着，就亲自去开了那大门，连声叫道：

「不要闹！不要闹！少吵嚷，少开口：你们不晓得这两位老太爷么？现在大家有饭吃了！」

大门外十个工人代表中间却[redacted]又[redacted]多了一个人。是武装巡捕，正站在那里弹压。十个代表看见周仲伟出来，就一拥上前包围住，七嘴八舌乱嚷。周仲伟虽然是经过大阵仗的老门槛，到这时候也心慌了；他急得满头大汗，满脸通红，想不出先说那一句话好。他也想逃，可是已经没有路了。

「不要吵呀！听周老板怎么说，你们再开口！一点规矩也不懂么？」

那武装巡捕也挤进那十个代表的圈子来大声吆喝。周仲伟[redacted]立即胆壮一些，伸手到额角上抹下了一把汗，又咽下一口唾沫，就放大嗓子喊道：

「大家听呀！老板是中国人，你们也是中国人，中国人要帮中国人！你们来干么？要我开工！对哦，厂不开工，你们要饿死，老板也要饿死！你们不来吵闹，我也要开工。谢谢老天菩萨，老[redacted]板刚刚请到两位财神爷，——喏，坐在厢房里的就是！老板借到钱了，明天就开工！」

周仲伟忍不住又哈哈笑起来，却[redacted]也因为话说[redacted]快了，[redacted]急促，只笑了不多几声，就张大了嘴巴喘气，瞪出一对眼睛。代表中间有几个仍旧虎起了脸孔却不作呼吸声。有几个就跑进大门去看看那厢房里到底有没有财神爷。周仲伟一眼瞥见，也赶快退进大门去，也顾不得还在喘气，就冲着那厢房喊道：

「陈行长，朱经理，请移贵步见见敝厂的工人代表！」

朱吟秋忍住了笑，慢慢地踱到客堂里朝外站着绉了眉头。跟着陈君宜也出来了，却带着笑容。

那十个代表忽然都没有声音。他们自然理用眼睛打招呼，似乎在商量那两位是不是真财神爷。

「好了，好了；周老板已经答应开工，你们回去！吵吵闹闹是犯章程的！再闹，就到行里去！」

武装巡捕在门外扬着威喝。但是周仲伟[redacted]反倒拦住了那巡捕，笑嘻嘻对那十个代表拱拱手道：

「真要谢谢你们！不是你们那一吵，陈行长和朱经理还不肯借钱给我呢！现在好了，明天[redacted]一定开工。」

东老板的话有一句顶一句！」

「不怕你躲到那里去！」

十个代表退出去的时候，小三子走在最后，这么骂了一句，又对准周公馆的大门上吐了一口唾沫。

三位老板再回到厢房里，齐声大笑。周仲伟好像当真已经弄到了一笔款子，提着他的胖脑袋踱来踱去，非常得意了。他本来有理想中的两条门路去借手，现在回忆了下，他的「扮演」兴趣忽又发作；他看了朱吟秋一眼，心里便想道，[redacted]「这一位，称他是東洋大班罢」，他忍不住又哈哈笑起来了。可是他的笑容还没收住，忽然陳君宜很鄭重地说：

「仲翁，你总得想个办法。今天是闹了玩笑，哄他们走了，明天他们又来吵闹，岂不是麻烦！」

「不错。明天他们再来，一定不肯像刚[redacted]才那样文明了。仲翁，你得预先防着！」

朱吟秋接口说，皱一下眉头。周仲伟觉得朱吟秋这一皱眉就更像那东洋大班，忍不住带笑喊道：

「为什么？哦——为什么就[redacted]你们两位却身上么！」

陳君宜和朱吟秋都怔住了。特别是因为周仲伟那种气不像闹玩笑。周仲伟也拿出最庄重的面孔来，接着说：

「[redacted]，我早就盘算过，当老板已经当厌了；谁要这破厂，我就让给他！可惜瑞典火柴托辣斯不想在中国办厂，不然，我倒愿意跟他们合作。刚才我对你们两位说，有我的正经话要商量；喏，正经话就来了。眼前我想到了两[redacted]个门路：一条路是向来認識的一位東洋大班，他肯帮忙；另一条路就是益中公司。我是中国人，看到有什么便宜的事总想拉给自家人；[redacted]况且王和甫，孙吉人，吴荪甫，他们三位，也是老朋友，人情[redacted]要[redacted]卖给熟面孔，我有这意思，[redacted]就不知道他们怎样。哎，朱吟翁，陳君翁，你们两位跟益中公司合作的很好，你们看来他们[redacted]买不买我的账？」

「哦——仲翁打算这么着么？你是想出租呢出盘呀？他们不[redacted]做抵押！」

陳君宜慢慢地[redacted]回答，望了朱吟秋一眼，[redacted]然而周仲伟这番话却勾起了朱吟秋的痒处，并且朱吟秋生性多疑，又以為周仲偉是故意奚落他，便縐着眉頭嘆一口氣，不說話。

「都可以，都可以！反正大家全是熟人，好商量！」

周仲偉連忙叫起來，彷彿陳君宜就是益中公司的代表，而他們這兩條也就是正式的交涉了。陳君宜笑了一笑，覺得周仲偉太嚕囌，卻也十分同情他，因此就又很懇切地說道：

「仲翁，你總該知道益中公司大權都在吳蓀甫手裡罷？這位吳老三多麼精明，多麼眼高！你找上門去的生意，他就更加挑剔！要是他看中了你的廠，想要弄你，可就不同了；他使出辣手來逼你，弄到你走頭無路，末了還得去請求他！朱吟翁就受過他的氣，」

「你還是去找那個東洋大班罷！跟吳老三打交涉簡直是老虎嘴裡討肉吃！」

朱吟秋搶前說，恨恨地嘆了一口氣。

周仲偉一肚子的如意算盤統統倒翻了。他漲紅了臉，兩隻眼睛睜得銅鈴那麼大。本來他和那東洋大班接洽在先，為的條件太苛刻，他這纔想到了益中公司，現在聽得陳君宜和朱吟秋的論調，他這一急可不小。他有生以來第一次不能夠哈哈笑了！然而他還沒絕望。只要條件上他有些許利益，受点氣他倒不介意。他抹去了額角上的一把汗，哭喪着臉，懨懨地又問道：

「可是，陳君翁！出租是怎麼一個辦法呢？你們兩位的廠都是出租的麼？」

「不錯，我們都是出租。朱吟翁把廠交了出去，自己就簡直不管，按月收他五百兩的租金。我呢，照常管理廠務，名目是總經理，他們送我薪俸，外場上我還是老板，實在我件件事都得問過王和甫。——這也不算什麼，王和甫人倒客氣，夠朋友！我的廠房機器都不算租金，另是一種辦法；廠裡出一件貨，照貨碼我可以抽千分之十作為廠房機器生財的折舊。[redacted]這都是他們的主意，你[redacted]看，他們多麼精明！」

「你那樣出租的辦法，我就十二分贊成，贊成！」

周仲偉猛的跳起來叫着，他的希望又復活，他又能夠笑了。但是朱吟秋在[redacted]旁也冷[redacted]冷地給周仲偉的一團高興上澆了一杓冷水，他說：

「恐怕你馬上又要不贊成，仲翁！你猜猜陳君翁是多少薪俸？二百五十塊！管理一座毛三百工人的綢廠，總經理的薪俸只有二百五！吳老三他們真好意思開得出口！陳君翁，你也真是『二百五』，我就不幹！」

「沒有法子呀！廠開了起來，機器不用，會生銹；那是白糟蹋了好機器！我有我的苦處，只好讓他們佔點便宜去！況且自己在裏邊招呼，到底放心些。呵，仲翁，你說是不是？」

周仲偉點了一下頭，卻不開口；他的胖臉上例外地堆起了嚴肅的神情，他在用心思。陳君宜那綢廠出租的辦法很打動了[redacted]這位周老板的心。尤其是照常做總經理，對外儼然還是老板，這一點，使得周仲偉非常羨慕。這也不單是虛榮心的關係，還有很大的經濟意味；本來周仲偉的空架子所以還能支撐，一半也就靠着那有名無實的火柴廠老板的牌子，要是一旦連這空招牌也喪失，那麼多項債務一齊逼緊來，周仲偉當真不了，不能夠再笑一笑。

當下周仲偉就決定了要找益中公司試試他的運氣，做滿擲一個「第二的陳君宜」！

他猛然跳起來拍着手，對陳君宜喊道：

「你這話對極了，機器擱着就生銹！不是廣東火柴同業那呈文裏說得很痛切：近年來中國人的火柴廠已經倒閉了十分之五有奇！我是中國人，應得保護中國的國貨工廠！東洋大班重利收買我，——雖說他是東洋人，但我向來親善，同文同種，不是高鼻子的什麼瑞典火柴大王，然而我怎麼肯？我這份利益寧可拿還給這中公司，中國人理應招呼中國人！得了，我打算馬上去找孫甫談一談！」

「何苦呢，仲翁！我未卜先知，你這一去，事情不成功，反倒受了一肚子的氣！」

朱吟秋冷冷地又在周仲偉的一團高興上澆了一杓水。周仲偉愕然一跳，臉就漲紅了。陳君宜趕快接口說：

「可以去試試。這仲翁近一口氣收進了八个工廠，他們是幹這一行的！不過，仲翁，我勸你不要去找吳老三，還是和王和甫去接洽；王和甫好說話些，他又是益中公司的總經理。」

周仲偉鬆一口氣，連連點頭。他自己滿心想做「陳君宜第二」，就覺得陳君宜的話處處中聽，有理。像朱吟秋那麼黑嘴老鴉似的開口就是不吉利，周仲偉聽了可真慪氣。他向朱吟秋望了一眼，驀地又忍不住笑起來，卻在心裡對自己說：「當真金看金像那東洋大班了！東洋人，壞東西！」

午後一點鐘，周仲偉懷著極大的希望在益中公司會二樓經理室見了王和甫了。窗前那架華文打字機前坐著青年的打字員，機聲勻整地響著。王和甫的臉色有些兒焦灼，[redacted]耳著聽周仲偉的陳述，[redacted]頻頻[redacted]眼光向那打字員身上溜，似乎嫌他的工作[redacted]太慢。忽然隔壁機要[redacted]房裡的電話鈴隱約地響了起來，接著就有一个女書記走到王和甫跟前立正，行了个注目禮。

「周仲翁，對不起，我去聽了電話來再談。」

王和甫不管周仲偉正說到緊要處，就抽身走了；機要房那門就[redacted]砰的關上。

周仲偉鬆一口氣，抹了抹額角上的汗，拿起茶來喝了一口。他覺得這房裡特別熱，一進來就[redacted]像悶在蒸籠裡似的，他那胖身體上正冒著汗，他說話就更加費力。電扇的風也是熱烘烘地叫人心煩。他站起來踱一个圈子，最後站在那打字員的背皮随便地看着。一道通告已经打好了一手。周仲伟也细心细看，可是那中间有一句忽然跳到了他眼前，他定睛看了一会儿，心里的一团希望就一点一点缩小，觉手脚冰凉。原来那通告上说的，就是个厂暂停开工，减少生产。

再回到原座位里，周仲伟额角上的汗更加多了，可是他那颗爱快活的心却像冻僵了似的生机索然。他拭拭地揩着汗，眼睛睁得挺大，钉住了那边机要房的小门，也望王和甫赶快出来。

五分钟过去了，十分钟也过去了；王和甫不见面。周仲伟虽然好耐性，却也感到生冷板撹的滋味了。那个打字员已经完毕了手头的工作，伸一个懒腰，探头在窗口看马路上的时髦装束和大腹贾。

周仲伟简直耐不住了，并且又热得慌，就打算去叫王和甫出来；可是匆忙中他走错了路，他跑向那经理室通到外边去的弹簧门边，伸手去门上弹了一下，方才觉得，忍不住独自哈哈笑了。而那道弹簧门，居然被他笑开。扑鼻一股浓香！一男一女两件笑脸。都是周仲伟认识的：男是雷参谋，女是徐曼丽，臂膊挽着臂膊。

「呀！雷参谋！几时回上海的？真是意外！」

周仲伟大笑着说，满腔的烦恼都没有了。也没等雷参谋回答，他赶快又招呼着徐曼丽。一下里，他那好像冻僵了的心重复生气蓬勃，能够出主意，能够钻洞觅缝找门路了。他立刻从徐曼丽连想到赵伯韬，连想到外场轰传的赵伯韬新近做公债又得手，并且，最重要的，也立即连想到老赵组织什么托辣斯收买工厂！希望的火焰又在周仲伟心里烘烘地旺盛起来。他怪自己为什么那样糊涂，风传已久的早没想到这位有钱的财神爷！

王和甫这时也出来了，两句客套以后就拉雷参谋到一边去，低低说话。满心转着念头的周仲伟抓住这机会竭力和徐曼丽周旋。他的笑声震惊了四壁。徐曼丽抿着嘴微笑，说道：

「密司脱周，你代替主人招呼我了；『红头火柴』，名不虚传！」

周仲伟笑的更加有劲；忽然他收过了笑容，很郑重地说：

「密斯徐，有一点小事情奉托！非你不办！一定要请你帮忙，事情是很小的。」

「哦——什么事呢？」

「哈，一点小事情。我那片火柴厂，近来受了战事影响，周转不来了；——」

「嗳，嗳！碰着打仗，开厂的人不开心呀！可是密司脱周，你是有名的'红头火柴'，市面上人都熟悉，怕什么！」

「不过今年是例外，当真例外！公债库券把现钱都吸光了，市面上说起厂家要通融十万八千，大家都摇头。我当真有点吃不转了！我的数目不大。有五万呢，顶好；没有呀，两三万也可以敷衍。密司徐！帮忙，帮忙罢！」

「啊唷唷！同我商量，你是开玩笑！嗳？」

「那里，那里！你面前我没有半句假话！我知道赵伯韬肯放款子，就可惜我这'红头火柴'徒负虚名，却这位财[redacted]神爷竟没有半面之交！今天我[redacted]不知道那里来的牛气，碰到了你徐小姐了，这是我祖宗积德，就请你介绍介绍！有你的一句话，比圣旨还灵，老赵点一下头，我周仲伟就有救了！」

周仲伟的话还没完，徐曼丽那红春春的俏脸儿陡的变了色。她尖厉地白了周仲伟一眼，仿佛说「这你简直是取笑我」，就别转了头，把上半截身体扭了几扭。周仲伟一看情形不对，却又摸不着头路，伸伸舌头，就不敢再说。过一会儿，徐曼丽回过脸来似笑非笑的拒绝道：

「赵伯韬这混蛋，我不理他！你要钻他的门路，另请高明罢！」

周仲伟听着心里就一跳。簇新的一个希望又[redacted]忽然破灭了。他那颗心又僵硬了似的手足莫展。徐曼丽扭着细腰，轻盈地站了起来，嘲笑似的又向周仲伟瞟了一眼。周仲伟慌慌张张也跳起来，还想作最后的努力；可是徐曼丽已经翩然跑开，王和甫却走过来拍着周仲伟的[redacted]肩膀说道：

「仲翁！刚才我们谈到一半，可是你的来意我都明白了。当初在公司发起的[redacted]——就是那天[redacted]吴府丧事大家偶然谈起的，仲翁也都知道，我们本想做成企业银行的底子，企业界同人宗旨，大家有个帮助。不料呀来事尚显违，现在这点局面仍很，应酬不开！前月里我们收[redacted]进了八个小厂，目前也有的账事不结束，销[redacted]不动，

东街又碰着东洋厂家倾销，没有办法，只能收缩范围，改开半天工了。所以今天仲翁来招呼長江客我们，实

在我们也长力短，对不起极了！」

「哎！中国工业真是一落千丈，这半年来！天津的丝织业总称势力雄厚，在中国第一把交椅的了，现而自家天津

八个大厂倒有七个停工，剩下的一家也是三天两打歇！」

陆秀谋踱到周仲伟身边，加进来说。周仲伟透两身着大汗[redacted]张却说不出，他勉强挣扎出几句来，自己听去

也觉得不是他自己说的。他再三申述所望不[redacted]奢，而且他厂里的销路倒是固定的，[redacted]没有受到战事的影响。

「仲翁，我们都是开厂的，就同自家人一样，彼此甘苦全都知道。实在是货东没有收进，场面倒担开了，今

年里没有法子再做押款。」

「我像陈君翁那样厂的租用办法，也不行么？」

那么，王和翁，

「仲翁，你这话在一月个以前来商量，我们一定遵命，现在，只能请你原谅了！」

王和甫斩斩截截地拒绝了，望着周仲伟的汗脸儿苦笑。

希望已经完全消灭，周仲伟突然哈哈狂笑着，一手指着陆秀谋，一手指着王和甫，大家叫道：

「喂，喂，记得么？吴老太爷丧事那一天！还有徐曼丽密斯！记得么？弹子台上的跳舞！密斯徐丢失

了高跟鞋！哈哈！那真是一出戏，一场梦！——可是，和甫，什么原谅不原谅的，我们老朋友，还用着客套么！

我说一句老实话，中国人的工厂迟早都要变成僵尸，要注射一点外国血，才能活！陆秀谋，你不相信么？你听着罢！

哈哈，密斯徐，这里的大家伙也还光滑，再来跳一回舞，有一天，乐一天！」

陆秀谋和徐曼丽都笑了，王和甫却皱着眉头变了色。当真是吴老太爷丧事那天到现在是一场大梦

呀！他们发展企业的一场大梦！现在是快到醒梦了罢？

「時候不早了，快點！和甫約定是兩點鐘的！」

徐曼麗戲著眉兒對王和甫和雷參謀說，無意有意地又睃了周仲偉一眼。周仲偉並沒覺到徐曼麗他們另有秘密要事，但是那「兩點鐘」三個字敲動他的耳鼓特別有力，他猛然跳起來說一聲「再會」，就趕快跑了。坐樓梯上，他還是哈哈地獨自笑著。汽車駛出益中公司的大[redacted]門，他已經決定了要找去那个東洋大班，請他「注射東洋血」！他又是一團高興了。坐上了他的包車以後，他就這麼想著：舊友向來親善，同文同種，總比高鼻子講些；[redacted]愛國無路，有什麼要緊！況且勾結洋商，也不止是他一个人呀！

一輛汽車閃過了一九三〇年新紀錄的速車，從後面追上來；眨眨眼，就一直望前去了。周仲偉看見那汽車裡三个人：雷參謀居中，左邊是徐曼麗，右邊是王和甫。這三个人會攪在一處，是有什麼正經要事罷？——周仲偉的腦子裡又閃過了這樣的意思，可是那東洋大班立即又回佔了他的全部意識。他微笑著點頭，他決定了最後的政策是什麼都可以讓步，老板的頭銜一定要保住；沒有了這个空招牌，那麼自个兒一切債務都會逼上來，他們是不得了的！

第二天，周仲偉的火柴廠果然又開工了。一陣簇新的新頒管理規則更加苛刻的是周仲偉連夜擬好了的；兩个不大會說上海話的矮子[redacted]是新派的技師和管理員，跟著周仲偉一塊兒來。周仲偉滿面高興，癩蛤蟆似的跳來跳去，引導那新來的兩个人接手各部分的事務。末了，他召集了[redacted]全廠的五六十工人，對他們演說：

「东老板昨天答應你們開工，今天就開工了！东老板的話是有一句話一句的！廠是廠东，可是我總要弄下去；為什麽？」一来阅了厂，你们没有饭吃；你们是中国人，东老板也是中国人，中国老板要帮忙中国工人！」二来呢，市面上来的货的洋光太多了，我们中国人的洋手跑到外国人商店里去，一年有好几万万！我们是国货工厂，你们是中国人造出国货来，中国工人也要帮忙中国老板！成本贵了，货销不出，你们帮忙我就是[redacted]少算几个工钱，等东厂赚了钱，大家一齐来快活！中国老板亏了本不肯开厂，要帮忙中国工人；中国工人也要拼命做工，减轻成本，帮忙中国老板！打倒，国货工厂万岁万万岁呀！」

底从到最后几句 周仲伟（这胖子）已经很气急，几乎不能说完，他勉强说完[redacted]，那最后[redacted]（两）句（万岁）的声音就有点像是哭叫。他那涨红了的胖脸上，终究是那麽样，却也梗出了青筋来，黄豆大的汗珠从他额角上滚下。

五六十工人就同石像似的（表）没有情，也没有声息。周仲伟喘着气苦笑一下，就挥挥手，解散了他的「临时讲演会」。不多一会儿，马达声音响动了，机器上的铜带扶着大嗓子儿，[redacted]一小束一小束的蚕丝地挑得很整齐，就像个弹带似的，轮轮地滚着[redacted]滚着。周仲伟的感想也是滚得远远的。他那过去生活的全部一一从他眼前滚了过去了：最初是买办，然后是独立自主的老板，然后又是[redacted]买办（变相的买办，从现在开始）[redacted]的挂名老板！一场梦，一个循环！

周仲伟忽然呵呵地大笑了。无论如何，他常常能够笑。

十七.

没有风。淡青色的天幕上停着几朵白云，月亮的笑脸从云罅中探视下界的秘密。黄浦[redacted]像一条发光的灰黄色带子，很和平，很快活。一条小火轮缓缓地冲破那光滑的水面，威风地叫了一声。船面上（甲板）装着红绿小电灯的灯丝，在那广漠的夜色中和天空的繁星争艳。这是一条行乐的船。

这里正是高桥沙一带，浦面宽阔，[redacted]（小火轮在敞地）朝北驶去，工业的金融的上海[redacted]市中心渐离渐远。水电厂的高烟囱是工業上海的最後的步哨，一眨眼就过去了。兩岸沉睡的田野在月光下像是罩着一層淡灰色的輕煙。

小火輪甲板上行樂的人們都有点半醉了，深沉的譚笑也使他們有些疲倦，現在他們都靜々地仰臉看着这神秘性的月夜的大自然，他們那些酒红的脸继續二十多个鐘的上漸々透出無可名的寂寞的煩悶來。而且天天沉沒顛倒於生活大轉輪中的他們一夥，現在离開了鬥爭中心已遠，忽然睁眼事看見了那平靜的田野，蒼茫的夜色，輕拂着心頭生活的鬥爭的創痕，也不免感喟万端。於是在無事可為的寂寞的微悶而外，又添上了人事無常的悲哀以及执痛々地相隔於身旁刺激的焦灼。

這様的心情尤以一夥这中的吳蓀甫感受得最強烈。今晚上的行樂勝事是他發起的；幾个熟朋友，孫吉人，王和甫，韩孟翔，外加一位女的，徐曼丽。今晚上这雅集也為了徐曼丽二十四歲據她自己说，而这月亮初升的時候，她降生了这塵寰。般上的灯綵，席面的酒肴，都是為的她这生日！孫吉人特地電調了这艘新造的镇揚班小火輪來！

船是更加走得慢了。輪機聲喀嚓——喀嚓——地並且因此從下艙裡爬上來，像是催眠曲。大副揣摩着老板们的心思，開了慢車，甲板上平穩到簡直可以豎立一个鷄蛋。忽然吳蓀甫轉臉問孫吉人道：

「这船開足了馬力，一点鐘走多少里呀？」

「四十里罷。今天吃水浅，也許能走四十六七里。可是顛得利害！怎麼的？你想開快了麼？」

吳蓀甫点像那抹着頭笑了一笑。他的心事被孫吉人说破了。他的沉悶的心正在要求着什麽狂暴的速度﹑﹑力的刺激。可是那边的王和甫却提出了反对的然而也正是更進一層的意見：

「这兒空蕩々的，就只有我們一条船，你開了快車也沒有味兒！我們回去罷，到外灘公園一带清静的地方，我们出个些玩一玩，那倒不錯！」

「不要忙呀！到吴淞口去转一下，再回上海！——现在，先开快车！」

徐曼丽用了最清脆的声音说。立刻满座都鼓掌了。刚才大家纵情欢谑的时候有过「约法」：今晚上谁也不能反对这位女王[redacted]「皇后」的一颦一笑。开快车的命令立即传下[redacted]去了，轮机突突地急响起来，船身就像害了疟[redacted]疾似的抖战，船头激起的白浪有尺许高，船左右掀起两条白练，拖得远远的。掀拉！掀拉！黄浦的水怒吼着。甲板上那几位半醉的老板们都仰起了脸哈哈大笑。

「今天尽欢，应当留个永久的纪念！请孙吉人把这条船改名做『曼丽[redacted]』号，各位赞成么？」

韩孟翔高擎着酒杯，大家喊叫；可是突然那船转弯了，韩孟翔身体一晃，没有站得稳，就往王和甫身上扑了去，他那一满杯的香槟酒却直泼到王和甫[redacted]邻座的徐曼丽[redacted]头上，把她的蓬松长发淋了个湿透。「呀——哈！」吴荪甫他们哄然喊一声，接着就笑嘻起来。徐曼丽一边笑，一边接去头发上的酒，娇嗔地骂道：

「孟翔，冒失鬼！头发里全是酒了，非要你吮干净不可！」

这原不过是一句戏言，然而王和甫偏偏听得很清楚；他猛的两手拍一记，大家嚷道：

「各位听清了没有？王母娘娘命令韩孟翔吮干她头发上的酒渍呢！吮干！各位听清了没有？孟翔！这是天字第一号的好差使，赶快到差——」

「啧啧啧！一句笑话，算不得数的！」

徐曼丽急搁住了王和甫的话，又用脚轻轻踢着王和甫的小腿，叫他莫闹。可是王和甫装做不晓得，一叠声喊着「孟翔到差」。吴荪甫和孙吉人拍掌喝采。振刷他们那灰暗心绪的新鲜刺激来了，他们是不肯随便放过的，况又有三分酒遮了脸。韩孟翔涎着脸笑，似乎并没有什么不愿意。只是那老练的徐曼丽例外地羞赧起来。她佯笑着对吴荪甫他们飞了一眼。六对酒红的眼睛都看定了她，像是看什么猴子要把戏。一缕被侮玩的感觉就轻轻地在她心里一漾。但这感觉立即也就消失。她抿着嘴吃吃地笑。被命令着人家而且监视着干这玩意儿，她到底觉得有几分不自在。

王和甫却已经下了动员令。他捧住了韩孟翔的头，推到徐曼丽脸前来。徐曼丽吃吃地笑着，把上身往左一让，就躲[redacted]吴荪甫的肩膀上去了。吴荪甫大笑着伸手[redacted]捉住了徐曼丽的头，送到韩孟翔嘴边。孙吉人就充了掌礼的，在一律到笑声中唱道：

「一吭！二吭！三吭！礼毕！」

「谢谢你们一家门罢！头发是越弄越乱了，要请酒，再加上口涎！」

徐曼丽掠整她的头发，娇媚地说着，又笑了起来。王和甫感到这皮条是他们的，立刻就回答道：

「那么，再来过罢！可是你不要装模装样怕难为情总好呀！」

「好了罢！曼丽自己破坏了纪律，我们公拟出一个罚规来！」

吴荪甫转换了方向了；他觉得眼前这件事的刺激力已经消失，他要找一个更新奇的。韩孟翔喜欢跳舞，就提议要徐曼丽来一套狐步舞。孙吉人老成持重，恐怕闹乱子，赶快搁阻道：

「那不行！这船面颠得利害，掉在黄浦里不是玩的！罚规也不限定今天。大家慢慢儿想罢。」

现在这小火轮已经到了吴淞口了。口外江面泊着三四条外国兵舰，主桅上的顶灯在半空中耀亮，像是几颗很大的星。喇叭的声音在一条兵舰上呜呜地起来，忽然又没有了。四面一望无际是苍凉的月光和水色。孙吉人他们这小火轮也放开了慢车了，远远地转一个大圆圈。这行乐的船是在调头，预备回上海。忽然王和甫很正经地说道：

「今天下午有两条花旗炮舰，三条东洋鱼雷艇，奉到紧急命令开进口去，不知道为什么？吉人，你的局里有没有接到长沙电报？听说那边又很吃紧了！」

「电报是来了一个，没有说起什么呀！」

「也许是受过检查，不刊说。我听到的消息仿佛是共匪要打长沙呢！哼！」

「那又是日本人的谣言！日本人办的通讯社总说湖南江西省的共匪多么利害！长沙，还有吉安，怎样怎样嚜，今天又易所里也有这风声，可是影响不到市场，今天市场还是平稳的！」

韩孟翔说着就打了一个呵欠。这是有传染性的，徐曼丽是第一个被传染，孙吉人嘴巴张大了，却又临时忍住，转脸看着吴荪甫说道：

「日本人的话也未必全是谣言。而且那两省的情形不好。驻防军队单薄，顾此失彼，匪共到处骚扰。南北大战相持不下，军队两省的只有调到前线去的，没有调回来，将来弄到怎样，谁也不敢说！」

「现在的事情真是说不定。当初大家预料至多两个月，今战事可以结束，那里知道两个半月也过去了，还是不能解决！可是前方的死伤[redacted]实在了不起。雷参谋久经战阵，他说起来也是摇头。据他们军界中人估量，这次两方面动员的军队有三百万人，到现在，死伤不下三十万！真是空前的大战！」

吴荪甫说这话时，神气非常颓唐，闭了眼睛，手摸着下巴。徐曼丽好久没有作声，忽然惊喊了起来。

「阿哟！那些伤兵，真可怕！那里还像个人么！一轮船，一轮船，一火车，一火车，天天装来！喏，沪宁铁路，跟沪杭铁路一带，大城小镇，全有伤兵病院；庙里住满了，就住会馆；会馆住满了，就住学校；有时没处住，就在大车站月台上[redacted]过几天！唉，上有天堂，下有苏杭；现在苏杭一带就变做了伤兵世界了！」

「大概这个阳历七月底，总可以解决了罢？死伤那么重，不能拖延得很久的！」

吴荪甫又表示了乐观的意思，勉强笑了一笑。可是王和甫摇着头，拉长了声音说：

「未必——未必！听说徐州附近掘了新式的战壕，外国顾问监工，保可以守一年！一年！单是这项战壕，听说化了三百万，有人说是五百万！看来今年一定要打过年的了，真是糟糕！」

「况且死傷的儘管多，我們也在招募呀！鎮江，蘇州，杭州，寧波，都有招兵委員，每天有新兵，少則三五百，多則一千，送到上海轉南京去訓練！上海北站也有招兵的大旂，天天招到兩三百！」

韓孟翔有意無意地又對著吳蓀甫的樂觀論調加一个致命的打擊。

大家都没有話了。南北大战將要延長到意料之外麼？艙面上這四男一女的思慮的眼光中都有著這句話。

小火輪引擎的聲音從軋軋而變成突突了，一聲聲撞到這五个人的心裡，增加了他們心的重量。但是這心的沉重，在徐曼丽和韓孟翔只不過暫時感到，立即便消散了；不但消散，而且會來會沉重的，是吳蓀甫，孫吉人，王和甫他們三位老板。战爭時要無限期延長，他們的企業方要糟糕！

這時水面上起了薄霧，遠遠地又有閃電，有雷在震動。風也起了，正是東南風，撲面吹來，那帶有勁。小火輪狂怒地冲風前進，水花飛洒，千軍万馬似的呼噪。漸漸漸近的繁華上海的兩岸灯[redacted]火在薄霧中閃爍。

「悶死了啦！怎麼你們一下子都變做了啞吧？」

徐曼丽俏媚的聲浪在[redacted]沉悶的空氣中鼓動著。她很着急，覺得一个快樂的晚上硬生生地被什麼傷兵和战場逃了了。她想施展她特有的魔力挽回這僵局！韓孟翔是最會凑趣的，立刻就應道：

「我們大家乾一杯，再各人挚敬壽星一杯，好麼？」

没有什麼人不赞成。[redacted]吳蓀甫他們心頭的沉悶和愁慮絕非幾杯酒的力量可以解決[redacted]，但是酒卻够引他們的悲悶到另一方向，並且無則卻能把這悲悶改变為快樂。當下王和甫就說道：

「酒都喝過了，我們來一些餘興。吉人，你的船老大開快車，開足了馬力！曼丽，你站在這桌子上，金雞独立，那一条腿不許放下。——跌下來麼？不怕！我們四个人守住四面，你跌在誰的一边就是誰的流年利市，年月裡要發財！」

「我不來！船到熱鬧地方了，成什麼話！」

徐曼丽故意扭着腰不肯，想走开。四个男人大笑，一齐用鼓掌回答她。吴荪甫一边笑，一边出其不意地拦腰抱住了徐曼丽，拍的一响，就把徐曼丽搀上了那桌子，又搁住了，不许她下来，叫道：

「各人守好了各人的岗位！曼丽，不许作弊！快，快！」

徐曼丽再不想逃走了，可是笑得软了腿，站不起来。四个男人守住了四面，大笑着催她。船在狂热地前进，像是发了野性的马。徐曼丽刚刚站直了伸起一条腿，风就掀吹她的衣服倒剥上去，直罩住了她的面孔，她的腰一闪，就向铜角里跌下去，孙吉人和韩孟翔一齐抢过来，接住了她。

「我剥开出了，开出了，留在原位！快上去呀！再开二剥！」

王和甫喊着，哈哈大笑，拍着掌。突然船上的汽笛一声猛叫，把家人作乐的都吓了一跳。接着，船身猛烈地往后一挫，就像要平空跳起来似的，桌子上的杯盘都震落在甲板上。那五个人都摆了一摆。韩孟翔站得出些，跌手掉在黄浦里。五个人的脸色都青了。船也停住了，水手们在两旁飞跑，拿着长竹篙。水面上隐隐的传来了喊声：

「救命呀！救命呀！」

是一条舢板撞翻了。于是徐曼丽的「二剥」只好不开。吴荪甫皱了眉头，自个儿冷笑。船上的水手先把那舢板带住，一个人湿淋淋地也扳着舢板的后梢爬出水面来了。他就是摇这舢板的，只他一个人落水。十分侥幸的，孙吉人他们这小火轮又向前驶，直指铜人码头。船上那五个人依旧那么谈笑；他们不能静，他们一静下来就会感到难堪的闷损，那叫他们抖到骨髓里的时局前途的阴暗和私人事业的危机就会狠狠地在他们心上咬着咬着。

现在是午夜十二时了。一群的金融的上海人大部分在血肉相搏的噩梦中呻吟，夜总会的酒吧间里却过着叮叮噹噹的刀叉和嘈嘈的开酒瓶。吴荪甫把手罩在酒杯上，左手[redacted]支着头，无目的地看着那酒吧间里进出的人。他虽然已经喝了半瓶白兰地酒，可是他们脸上右一点也不红，那酒就好像清水一样，鼓动不起他和王和甫两个们的闷沉沉的心情。并且他们自己也不明白为什么这样闷沉沉。

在钢人码头上了岸以后，他们到徐曼丽那里闹了胡半点钟，又访过著名的秘密艳窟九曲弄，出一个难题给那边的老板娘，而现在，到这夜总会里也有了半个钟头了，也推过牌九，打过宝，可是一切这些解闷的方儿都不中用！两个人都觉得胸膛里塞满了橡皮胶似的，一颗心只是粘腻腻地挪动不开；又觉得身边全长满了无形的刺棘似的，没有他们的路。尤其使他们难受的，是他们的会出计策的脑筋也像被什么东西胶住了，——简直像是死了，只有强烈的刺激稍稍能够撩动一下，但也只很是一下。

「唉！浑身没有劲儿！」

吴荪甫自言自语地举起酒杯来喝了一口，眼睛仍旧迷惘地望着酒吧间里憧憧往[redacted]来的人影。

「提不起劲儿，呀！总有五六天了，提不起劲儿！」

王和甫打一个呵欠应着。他们两个人的眼光接触了一下，随即又分开，各自继续他们那无目[redacted]标的瞭望。他们那两句话在空间消失了。说的人和听的人都好像不是自己在说，自己在听；他们的意识界是绝对的空白！

忽然三四个人簇拥着一位身材高大的女子，嚷嚷笑笑进来，从吴荪甫他们桌子边跑过，一阵风似的往酒吧间的后面去了。吴荪甫他们俩[redacted]麻痹的神经上跳然[redacted]受了一针似的！两个人的眼光又碰在一处了，嘴角上都露出苦笑来。吴荪甫仍旧自言自语地说：

「那不是徐曼丽么？老赵！」好像是

「是老趙！」

王和甫同店伙的應了兩个字，安詳地向酒吧间的人叢望了一眼。同時他又安詳地問道：

「那幾个是誰呢？」

「沒有看清。總之是沒有尚仲禮這老狗子。」

「好像內中一个戴眼鏡的就是——哦，記起來了，是常到你們銀行裡的李玉亭！」

「是他麼？嘿，嘿！」

吳蓀甫輕輕笑了起來，又拿起酒杯來喝了一口。可是一个戴眼鏡的人從裡边跑出來了，直走到吳蓀甫他們桌子前，正是李玉亭。他是特地來招呼這兩位老板。王和甫哈哈笑道：

「說起曹操，曹操就到！怎麼你們大學教授也進夜總會來了？明天我登你的報！」

「哦，哦，秋律師拉我來的。你們見着他麼？」

「沒有。可是我們看見老趙。同你一塊兒進來。」

吳蓀甫這話也不过是順口扯[redacted]，不料[redacted]李玉亭的耳根上立刻紅了起[illegible]一个圈。[illegible]仿佛女人偷[illegible]漢子被丈夫撞見了那樣的忸怩不安也似他心都慌了起來。他勉強笑了一笑，[redacted]找出話來說道：

「聽說要遷都到杭州去呢！也許是謠言，然而外場傳說，你們沒有聽到麼？」

吳蓀甫他們倆都搖頭，心裡却是異樣的味兒，有点高興，又有点憂悶。李玉亭又接着說下去。

「北方要組織政府，這里又有遷都杭州的風声，這就是兩边都不肯和，都要打到底，分个勝敗！蓀甫，戰事要延長呢！說不定是一年半載！民國以來，這一次的戰爭最利害了；動員的人數，牽延的時日，都是空前的！戰線也長，中部幾省都捲進了漩渦！並且要緊共匪又到处擾亂。大局是真々可以悲觀！」

※这两三年内，在上海新开的捲烟厰，实在不算少，可是营业上到底不及从前。况且也受了战事影响。

「过一天，话一天！」

王和甫叹一口气说，他这样颓丧[redacted]是向来没有的。李玉亭听着很难受，转眼去看吴荪甫。那又是惶惑而且焦灼的一付脸。这也是李玉亭从来不曾见过的。李玉亭忍不住也叹一口气，再找出话来开释那难堪的[redacted]阴霾：

「可是近来公债市场倒立稳了，没有大跌风，可见社会上一般人对于时局前途还抱乐观呀！」

「哈哈！不错！」

吴荪甫突然狞笑着说，对王和甫使了个眼色。王和甫还没理会到，李玉亭却先看明白了，他立即悟到自己无意中又闯了祸，触着了吴荪甫他们的隐痛了。他赶快一阵乾笑混了过去，再拿秋律师做题目转换谈话的方向。

「南市倒了一家钱庄，亏空四十多万，存款估五分之四。现在存户方面公请秋律师[redacted]代表打官司。荪甫，令親范博文也嗅着了这笔倒账！近来他不做诗，研究民诉法了。听说那钱庄也是伤在做公债！」

吴荪甫这着眼微笑，他是笑范博文嗅着了倒账这才去研究法律。王和甫淡淡地说：

「没有人破产，那里会有人发财！顶倒霉的是那些零星存户！」

「可不是！我就觉得近年来上海金融业的发达不是正气的好现象。※工业这才是国民经济的正轨！然而近来[redacted]牌子最老[redacted]资本[redacted]上海的工业真是江河日下。就拿奢侈品的捲烟工业来说，也不见得好。最大的中国烟草公司[redacted]也要把上海的[redacted]製造厰暂时停工[redacted]了。奢侈品工业尚且如此！」

李玉亭不胜感慨似的发了一篇议论，站起身来[redacted]想走了，忽然又弯了腰，把嘴凑在吴荪甫耳朵边轻轻说道：

「老赵有一个大计画，也找你商量，[redacted]就这两天罢，那边比这里清静些。」

吴荪甫怔住了，一时间竟没有回答。李玉亭格格地笑着，别手说「你斟酌罢」，也就转身[redacted]去了。

望着李玉亭的背影，吴荪甫怔怔地沉入了冥想。他猜不透赵伯韬来打招呼是什么意思，而且为什么李玉

「這又是那麼鬼鬼祟祟，好像要避过了王和甫？」他轉臉看了王和甫一眼，就决定去看看老趙有什麼把戲。

「和甫，刚才李玉亭說老趙有話找我们商量，我们去談談罢。」

「哦！——你就是去罢！我到那边去看一路室。老趙是拿破崙，打了个勝仗，就提出外交条件来了！」

两个人对看着哈哈笑起来，觉得心頭的沉悶暫時輕鬆了一些了。

吳蓀甫睛角的一瞥小圖案室边和趙伯韜对面坐定，努力装出了鎮静的微笑来。自從前次「合作」以後，一个多月来，這两个人虽然在应酬場中見过了好幾回，都不过隨便敷衍幾句，現在他们又要面对面開始密談了。趙伯韜依然是那種很爽快高采烈的態度，說話不覺圈子，劈頭就表示了他自己的優越的陣容：

「蓀甫，我们現在應該說幾句開誠布公的話。從已往的各種事件上我们的舊賬可以一筆勾銷！可是，有幾件事，我不能不先对你說明一下：第一，銀團北鎮斯我是有份的，我们有一个整計画；可是我们一不拒絕人家来合作，二不肯見舍就吞我们用来全力对付你，我们並不注意纜絲工業；蓀甫，那是你自己太多心了！」

吳蓀甫笑了一笑，並沒想过要笑，從容聳聳肩膀。趙伯韜卻不笑，眼睛烱烱放光。他把雪茄猛吸一口，再說道：

「你不相信麼？那也由你。老实說，朱吟秋押款那回事，我不过同你開玩笑，並不是存心搗你的台。你唉定我有什麼了不起的計策，也不要緊，也許我做了你就也有那樣的看法；我们再談第二椿事情罷。你要是们疑心我到处用手段，破坏你，哈哈，我用过一点手段，只不过一点，並未「到处」用手段。你们猜度是我在當成指揮「经濟封鎖」吗？哈哈，哎，蓀甫，我未嘗不能這麼幹，可是我还不肯！自家人拚性命，何苦！」

「伯韜！看来全是我们自己太多心了，我们误会了你，是不是？」

吳蓀甫狂笑着說，挺一下眉毛。趙伯韜依旧很嚴肅，立即鄭重地回答道：

「不然！我這番話，並要說明我们过去的一切都是誤會！我是要請你心裡明白：你，我，中間，並沒有什麼不可解的冤讐，[redacted]也不是完全走的两条路，也不是有了你就没有我，——途中即使蓬建起来，竟是也不能容易就損害到我，所以我犯不着用全力对付你们！[redacted]实在我也没有用过！」这简直是胜利者自负不凡的口吻了。吴荪甫再也耐不住，就尖利地但问道：

「伯韜！你找我来，难道就为了这几句话麽？」

「一半是为了这几句。不錯！——话了，荪甫，旧账我们就不提，——本来我还有一樁事也带便和你说开，现在你说此亦得不耐烦了，我们就不谈了罢。我是个爽快的脾氣，说话不兜圈子，现在请你来，就也看看我们到底还能不能大家合作——」

「哦！可是，[redacted]伯韜，[redacted]还有一樁事要跟我说开麽？我倒先要听听。」

吴荪甫攔住了趙伯韜，[redacted]故意微笑地表示鎮定，然而他的[redacted]，心[redacted]却异常怔忡不寧；他忽地想起了从前和老趙開始鬥争的時候，杜竹斋曾经企圖從中調停，「总得先打一个胜仗，然後開談判，庶几不为老趙所挾制」：当初是抱着[redacted]这樣的策略拒绝了杜竹斋的，真不料现在竟成[redacted]主客易位，老趙以反使胜利者的姿態提议「合作」，人事無常，一至于此！[redacted]吴荪甫简直不能相信自己的耳朵弄架。

趙伯韜也微微一笑，似乎已经看透了吴荪甫的心情。他很爽利地说道：

「这第三樁事情倒確是误會。你们[redacted]竹斋被我拉了去，实在呢，我並没拉竹斋，而我这边的韓孟翔却真真被你们釣了去了！荪甫，这件事，我很佩服你们的手腕灵敏！」

吴荪甫听着，把不住心跳一跳，臉色也有点变了；他趕快一陣狂笑掩飾了过去，又故意探問道：

「你只曉得一个韓孟翔麽？我还收買了比韓孟翔更要緊的人呢！」

「也許[redacted]还有個把女的！可是不相干，你肯收買女的，我当真感謝得很！女人太多了，我对付不開，嗨嗨！」

趙伯韜現在是勉強笑着掩飾他的真正心情了。這瞞不過吳蓀甫的眼睛，于是吳蓀甫也感到若干勝利的意味，他到底又漸漸恢復他的自信力，他擺脫了失敗的情緒，振起精神來轉取攻勢。他劈頭就把談話轉入那「合作」問題。

「你猜的很對！我們的收買政策也還順利！伯韜，我想來就是你本人也可以收買的！我也是個爽快的脾氣，我們不說廢話了，你先提出你的「合作」條件來，要是可以商量的話，我一定開誠布公回答你！」

「那麼簡簡單單一句話，我介紹一個銀團放款給益中公司！總數三百萬，第一批先付五十萬，條件是益中公司的全部財產做担保！」

吳蓀甫很注意地聽着，眼光射定了趙伯韜的面孔。忽然他仰臉大笑起來，幾乎[illegible]。趙伯韜卻不笑，悠然抽着雪茄，靜待吳蓀甫的回答。吳蓀甫笑定了，就正色問道：

「伯韜！你是不是開玩笑？益中是抱的安安分分營業的政策，其規模也不很大，眼前卻用不到三百萬的借款！益中現在還擱着資本找不到出路呢！」

「不是這麼說的。借款的總數是三百萬，第一批五十萬先交，第二批的交付另定辦法。蓀甫，你是老門檻，你自然明白這筆借款實在只有五十萬，不過放款的銀團取得續借二百五十萬的優先權！」

「然而益中公司連五十萬的借款也用不到！」

「當真麼？」

「當真！」

吳蓀甫把心一橫，堅決地回答。可是這話剛剛出口，他的心立刻抖起來了。他知道自己從前在朱吟秋紗上的圈子現在被趙伯韜牽去放大了來套那益中公司了，他知道經他這一拒絕，趙伯韜的大規模的經濟封鎖可就當真要來了，而益中公司如此戰爭未停，八个廠生產过剩的時候，再碰到大規模的經濟封鎖，那就只有倒閉或出盤的了；他知道这就是老趙他們那批辣斯開始活動的第一砲！

趙伯韜微笑着噴一口煙，又這進一步道：

「那麼，倒底不能合作！益中公司前途遠大，就这麼再到擱淺下場，未免太可惜了！蓀甫，你們一番心血，總不能白丟；你們仔細考慮一下，再給我們回音罷？蓀甫，我們打開天窗說亮話，益中目前已經周轉不靈，我[redacted]早就知道。况且戰事看去[redacted]要延長，戰線还要擴大，益中那些廠的出品在內地不會有銷路；蓀甫，你們仔細考慮一下，再給我回音罷！」

「哦——」

吳蓀甫這麼含糊应[redacted]着，突然軟化了；他[redacted]心裡彷彿听得挪的一聲，[redacted]似乎他的心拉碎了，再也振作不起來；他失了抵抗力，也失了自信力，只有一个意思在他神經自己裡旋轉：有條件的投降了罷？

驀地他站了起來，冷冷地獰笑。最後一滴力又回到他身上了，並且他不願意讓老趙看清了他是怎樣苦悶而且卑俯投降，他在老趙肩膀上重拍一下，就大聲說：

「伯韜！時局到底怎樣，各人各看法！也許會急轉直下。至於益中公司，我們局內人倒一點不担心。有機會收收進來擴充，自然也好。明天我把你的意思提到董事會，將來我們再碰頭罷。」

接着又狂笑了一[redacted]声，吳蓀甫再不等老趙開口，就趕快走了。他找着了王和甫，把經過的情形說一个大概，縐了眉頭。好半晌，兩个人都不出聲。後來王和甫從牙齒縫裡迸出一句話來：

「明天早上我同吉人到你公館裡商量罷！」

吴荪甫回[redacted]家[redacted]的时候，已经一点半钟了。满天乌云遮蔽了星和月亮，吴公馆园子里阴森森地，风吹树叶，声音很凄惨。少奶奶

她们全都还没在家。男当差和女仆们躲在那门房里偷打小牌，[redacted]嘈杂地笑着嚷着。直到吴荪甫[redacted]汽车上的喇叭在大门外接连[redacted]叫

了两次，[redacted]门房里[redacted]那一群男女方才听[redacted]到。牌局立刻惊散了，男当差和女仆们赶快[redacted]奔回他们各自

的职守，然而吴荪甫已经觉得，因此他一下车来，脸色就非常难看。男女仆人偷打牌，他是绝对禁止的！

而且少奶奶她们的不在家又使得吴荪甫火上添油地震怒起来。「公馆不像公馆了！」——他在客厅里叫骂，眼光扫

过那客厅里的陈设，在地毯上，桌布上，沙发[redacted]套上，窗纱上，一一找出「讹头」来喝骂那些男女当差。他的威厉的声浪在满屋

子[redacted]里滚，厅内厅外是当差们恐慌的脸色，树叶苏苏地悲啸；一切的一切都使得这[redacted]壮丽的吴公馆更显得阴沉可怖，

「公馆不像公馆」！[redacted]

当差高升捧了一大捆新收到的挽幛子，（吴老太爷开丧的日子近了），很冒失地跑进客厅来请吴荪甫过目。然而

劈头一个钉子就把高升碰得哭又不是，笑又不得。大家这才知道今晚上「三老爷」的火性不比往常！

但是[redacted]吴荪甫[redacted]的咆哮[redacted]，慢慢地也就收束了。**[redacted]

[redacted]

[redacted]片段想着，吴荪甫在门堂中便又回到夜总会酒吧间[redacted]墙角[redacted]的那一幕活剧，赵伯韬那些充满了威胁

意味的话语跟着[redacted]吴荪甫的心上卜卜地跳着的一个字一个字跳了出来。老赵的用意再明白也没有了，[redacted]因而现在

留给荪甫的路就只有两条：不是投降老赵，就是益中公司破产。这两个念头，就同走马灯似的[redacted]在吴荪甫脑子里旋

转，不许他想到第三种方法；[redacted]并且绝对没有挣扎反抗的余地在他的意识中浮出来。现在的吴荪甫已经不是两个月前

吴老太爷初丧时候的吴荪甫了！发展企业的热狂已经在他血管中冷却！如果他现在还相当努力

＊＊

[redacted]往沙发上一躺，便转入了沉思。然而他并不是在那里盘旋着老太爷的开丧，那是五天以后的事，而且早就全权交托给姑奶奶

和少奶奶去办理了。他是忽然想起了老太爷初丧那时候他和孙吉人他们发愿组织益中公司的情形！故世的老太爷还没开丧，

而他们的雄图却已成为泡影！

不使益中公司破產，那也無非因為他有二十多萬的資本投在益中裡。而他因這一念，使他想來想去覺得除了投降老趙便沒有第二個法子可以保全益中——他的二十萬資本了！

「然而兩個月的心血誠是白費了！」

吳蓀甫自言自語吁出了這一句來，在那靜悄悄的大客廳裡有一種刺耳的怪響。他愕然跳起來四顧，疑心這不是他自己的話。客廳裡沒有別人，電燈的白光強烈地射在他的臉上。窗外有兩個高聳的黑影，悄悄地動著。吳蓀甫強著眉頭苦笑。再躺在那沙發裡，他忽然又記起了不久以前他勸誘杜竹齋的那一番話：「上海有一種專門打算盤的精明鬼，頂了一所舊房子來，加本錢刷新裝修，再用好價錢頂出去，我們弄那八個廠，最不濟也要學學那些專頂房子的精明鬼呀！……而且只要我們的房子刷新裝修得合式，鼎鼎大名的趙伯韜就是肯出大價錢的好戶頭呀！」這原是一時戲言，為的想拉住杜竹齋，但現在卻成了讖語了！吳蓀甫想著又忍不住笑起來，覺得萬事莫非前定，人力不能勉強！

他倒心定些了。他覺得膽小的杜竹齋有時候實在頗具先見之明，因而也省了多少煩惱。他又進一步計算著益中公司的全部財產究竟值多少，和趙伯韜進行實際談判的時候應該提出怎樣的條件，是乾乾脆脆的「出頂」好呢，還是藕斷絲連的抵押。他愈想愈有勁兒，臉上泛紅噴噴了。他不但和兩個月前進行大規模企業的時候是兩個人，並且和三十小時前在小火輪上要求刺激的時候也截然不同了！他有了「出路」。打探 雖然是投降的出路，但總比沒有出路要好得多哩！

可是他這津津有味的瞑想突然被擾亂了。四小姐蕙芳像一個影子似的溜到面前，在相離二尺許的地方站住了，很惶惑不安似的對住他瞧。

「哦——四妹麼？你沒有出去？」

吴荪甫确定了是真实的四小姐而不是他的幻觉的时候，就随便问了一句，颇有点不耐烦的神气。

四小姐不回答，走到荪甫旁边的椅子里坐定了，忽然叹一口气。荪甫的眉毛立刻跳了一下，几句严厉的话也已经衔到他嘴唇边，但到底仍旧咽了下去。他勉强笑了一笑，正想换用比较温和的话，四小姐却已经先开口：

「三哥！过了爸爸的周丧，我打算仍旧回乡下去！」

「什么！要回乡下去？」

吴荪甫惊愕地说，脸色也变了。他真不懂四小姐为什么忽然起这怪念头，他的稍露惊愕的眼光钉住了四小姐那苍白的可怜的面孔。四小姐低了头，过一会儿，方才慢吞吞地回答：

「我是一向跟爸爸在乡下的，上海我住不惯——」

「两个月住过了倒反觉得不惯了么，哈哈！」

吴荪甫打断了四小姐的话，大笑起来，觉得四小姐未免太孩子气。可是他这猜想却不对。四小姐猛抬起头来，尖利地看着她的哥哥。她这眼光也就有几分像吴荪甫决下了心时的[redacted]眼光那么威棱四射。她和她哥哥同禀着刚强的天性，不过在她这面是一向敛而不露。现在，她这久压的天性却要喷发！

「不惯！住过了觉得不惯，这是真的不惯！也不是房子和吃食不惯，是另一种不惯，我说不明白！天天像做乱梦一样，我心魂不定，可是天天又觉得太闲了，手脚都没有个着落似的！我问过珊妹她们，都不是这样的！想来就因为我是一向住乡下，不配住在上海！」

四小姐例外地坚持她的意见，忽然眼眶红了，滴下几点眼泪来。

「哦——那么，四妹！……」

吴荪甫沉吟着，说不下去了；他的脸色异常温和了。虽然他平日对待弟妹很严威，实在心里他是慈爱的，他常々打孫係他自己認為確切不移的原則替弟妹們謀取一生的幸福，而以現在聽了四小姐訴說了生活的苦悶，他就如同身受那樣地过，可是企業家的他不能了解少年女郎的四小姐那種複雜的心靈上變化和情感上的衝突！

四小姐卻就敏感得多。蘇甫那溫和的臉色使她意識地感到了久已失去的慈母的撫愛。這是十多年來第一次感到罷？她隨侍老太爺十年之久，也不曾感到过這樣溫暖的撫愛。老太爺對待她始終就像一位侍奉道院的師父，[redacted]他們父女中間的內心生活也非常隔膜的。而現在，四小姐從哥哥那裡得到這意外的慰藉，她的少女的苦悶就又更加灵活起來。

「三哥！我剛到上海的時候，只覺得很膽小，見人走路，都有一種說不出的畏怯。現在可不是那樣了！現在就是總覺得太悶太閒，前些時嫂嫂教我打牌，可是我馬上又厭煩了，我心裡時常焦躁，我心裡像是要一樣東西，可是又不知道到底要的是什麼！我自己也不明白我要些什麼，我就是百事無味，心神不安！」

「那麼，你是太沒有事來消磨工夫罷？那麼，四妹，你今天為什麼不跟嫂嫂一塊兒去散散心呢？」

吳蘇甫的臉色更加溫和了，簡直是慈母的臉，可是他的企業家的心卻也漸漸有點不耐煩。

「我不想出去——」

四小姐輕輕回答，吁一口氣，就把停下的話都縮住，往肚子裡咽。無論如何，哥哥總是哥哥，況又是一位嚴厲的哥哥，有些複雜的女孩兒家的心情，她不好說出來。对這哥哥她低下了頭，腦膛裡又潮湧了；她眼前忽然起了幻象：青年的男女，好像就是林佩珊和杜新籜罷，很自然地說笑戲謔，她覺得那是很愜意的，然而她是拘謹，並且她心裡有牢一根線，一对不知道什麼時候生根在那里的一根線，總牽住了她，使她不能很自然地和接近她的男子說笑。她恨這根線，然而她又無法拔去這根線！她被這樣感情上的矛盾衝突而磨折！她想逃走，眼不見，心不亂！可是她這樣的苦悶卻又無處可以告訴。她咬一下嘴唇，再抬起頭來，毅然說：

「三妹！我自己曉得，只有到鄉下去的一法！也許還有別的法子，可是我現在想得起來的只有到鄉下去這一個法子了！再住下去，我會發狂的！三妹！會發狂的！」

「唉，唉！真是奇怪！」

「我自己也知道太奇怪，我就是不明白為什麼——」

「沒有什麼的！再住住就好了，就慣了！你看阿萱！」

吳蓀甫的語氣稍稍嚴厲些了；他不耐煩地搖搖身体站了起來，就想結束這毫無意义的談話。可是四小姐卻異常堅決，很大胆地和蓀甫眼對眼相看，冷冷地回答：

「不讓我回鄉下去，就送我進瘋人院罷！住下去，我遲早[redacted]要發瘋的！」

「唉，唉！真是說不明白！這麼大的人了，還是說不明白！可是我倒要問你，到鄉下去你住在那里呢？」

「家裡也好住的！」

「你一個人住在家裡不是更加悶了麼？」

「那麼，回大姊家裡也好住！」

吳蓀甫搖著頭，鼻子裡哼了一聲，踱起方步來。[redacted]對于這妹子的執拗也沒有辦法，他是異常地震怒了！他，向來是支配一切，沒有人敢[redacted]違拂他的命令的！他覺得四小姐在老太爺的身邊太久，也有了老太爺那種古怪的脾氣，憎恨近代文明，憎恨都市生活！而他又始終不懂得四小姐所以要逃避上海生活的原因，這種頑古的憎恨，又是吳蓀甫所認為最「不通」的！他突然站住了，轉臉又問四小姐道：

「那麼你永遠躲在鄉下了麼？」

「說不定！我想來一個人的性情常常會變的。不過現在我相信回到鄉下比在上海好！」

吳蓀甫忍不住笑了起來，他覺得找到了一个把握來可以反攻四小姐那頑古的堡壘了；但是他還沒開口，忽然一片汽車喇叭叫從大門外進來。丫头們在園子裡高聲喊道：

「少奶奶和林小姐他們都回來了！」

接着就是錯雜的笑語聲和高跟皮鞋聲。第一个跳進客廳來的，是阿萱，手裡拿着一把戲台上用的寶劍。他顯然並沒知道吳蓀甫也在客廳裡，一邊笑，一邊很得意地舞弄他這武器。名貴的猛一轉臉，看見蓀甫那獰厲的眼光射在他身上，於是手就掛下去了，然而還很大胆的嘻嘻笑着。吳蓀甫皺了眉頭，覺得阿萱也敢公然拿起報道的旗幟了，不許他玩什麼鏢，他倒去弄更加惹眼的長傢伙，明明這寶劍就是上次那隻「鏢」的擴大；這還了得！

這時少奶奶也進來了，一眼瞧去就知道蓀甫要發作，趕快迴護着阿萱說道：

「不是他自己要買這傢伙，學詩送給他的。近來學詩也喜歡什麼武俠了，刀呀，槍呀，弄了一大批！」

「姊姊，不是鎮上費小鬍子有一个電報來麼？你還擱在你的手袋裡呢！」

林佩珊也在暗中幫忙阿萱，把話岔了開去。這就移轉了吳蓀甫的注意。阿萱拿着那寶劍趕快跑走。

電報是說鎮上同時倒閉了十來家商鋪，吳蓀甫那開在鎮上的錢莊受這拖累，也是岌岌可危，請求立即撥款救濟。吳蓀甫的臉色變了，老板在外，虧欠各处莊款倒有三十万之多，因此氣得一言不發，轉身就离開了那客廳，到书房裡去擬回電：「無款可撥，相機辦理！」那是八个大字——

身邊到處全是地雷！一腳踏下去，就轟炸了一个！——躺在床上的吳蓀甫久久不能入睡，只有這樣感想恐怖的反覆揉碎他那發脹發熱的腦袋。而且無論在社会上，在家庭中，他的威权已又处处露着敗象，成了總崩潰！他額角上的血管突突地跳，他身下的鋼絲軟墊忽然變成了刀山似的，他身旁的少奶奶卻又在夢中嗚咽呻吟。

斷斷地遠處隱約的鑼音汽笛叫。吳蓀甫忽然看見四小姐又跑來鬧着要回鄉下去，說是要回家做尼姑，把頭髮剪得光光的，姑奶奶幫着嚷了[redacted]一句一句話都說蓀甫的不是，要蓀甫分析財產，讓四小姐和阿萱自立門戶；忽然又看見阿萱和許多人在大客廳上和小丑們擲擂台[redacted]，園子裡擠滿了三山五岳[redacted]怪形怪狀的[redacted]痞子；而最後，蓀甫又看見自己在一家旅館裡，躺在床上，劉玉英紅着臉吃吃地笑，她那柔軟白嫩的手掌火一般熱，按在他胸前，一點一點移下[redacted]下去，移下去，……

夢中一聲長笑，蓀甫兩手一[redacted]摟，就抱住了一個溫軟的身体。嘻嘻嘻！——細聲的獰笑。吳蓀甫猛睜開眼來，窗紗上是斑駁的日影，坐在他身邊的是穿了睡衣的少奶奶，[redacted]對他微笑。吳蓀甫忽然臉紅了，趕快跳起身來，却看見床前小桌几上那托着一杯牛奶的賽銀椭圓盤子裡[redacted]端端正正擺着兩張名片：王和甫，孫吉人。那杯子裡的热牛奶剛結起一層薄薄的衣。

在小客廳裡，吳蓀甫他們三位開始最嚴重的會議了。把趙伯韜的放款和條件細細討論過以後，吳蓀甫是傾向于接受，王和甫無可無不可，孫吉人却一力反對。這位老板摸着他的細長頸子冷冷地說：

「這件事，要分開來看看：我們把益中頂給老趙，划得來麼？這是一。要不要出頂？這是二。蓀甫，你猜想來老趙說的什麼銀團就是那籌備了很久的托辣斯罷，可是依我看去，竟是不像！想來這空氣是老趙的拿手好戲，他故意放出什麼托辣斯的空氣來，好叫人家起恐慌，覺得除了走他的門路便沒有另的辦法！我們偏偏不去理他！」

「可是，吉人，那托辣斯一層，大概不是空[redacted]炮，現在不是就想來套住了我們的益中麼？」

「不[redacted]然！總管他[redacted]當真要放款，還是那托辣斯空砲！老趙全付家當都做了公債了，未必還有力量同美國人合組公司，也許他勾結了洋商來做中國廠家的抵押款，那他不過是一名掮客罷了，我們有廠出项，难道这不会自己找原户头，何必借重他这位掮客！」

「对呀！我也觉得老赵利害，终究是变相的掮客！凡是名目上华洋合办的事业，中国股东骨子里还不是掮客！」

王和甫赞成了孙吉人的意见了。吴荪甫也就不再坚持，但还是不很放心地说：

「要是我们找不到旁的主顾，那时候再去和老赵接洽呢，就要受他的指挥，不去和他接洽呢，他会当真对我们来一个经济封锁，那不是很糟了么？吉人，你心里有没有别的门路？」

「现成的没有，找起来总还有几分把握。刚才我说这件事要分开来看，现在我们就先讨论第二层，照现在的局面，益中还能够维持多少时候？」

孙吉人这话刚出口，王和甫就很沮丧地摇头，吴荪甫摸着下巴叹气。用不到讨论，事情是再明白也没有：时局和平无望，益中多维持一天就是多亏一天本，所以问题还不在吴荪甫他们有没有能力去维持，而在他们愿意不愿意去维持。他们已经不愿意，已经对于企业灰心！

他们三个人互相对看着笑了一笑，就把两个多月来热狂的梦想轻轻断送。他们还觉得藕断丝连的「抵押」太麻烦，他们一致要干干脆脆顶了出去。孙吉人假想中的主顾有两个：英商某洋行和日商某会社。

过了一会儿，吴荪甫干笑着说：

「能进能退，不失为英雄！而且事情坏在战争延长，不是我们办企业的手腕不行！」

王和甫也哈哈笑了，他觉得一付重担子卸下，夜里睡觉也少些乱梦。孙吉人却是一脸严肃，似乎心里盘算着什么。忽然他拍一下大腿，很高兴地看着两位朋友，说道：

「八个厂出顶，机器生财存货原料一总作价六十万，公司里实存现款七万多，拼凑起来，我们回本的是保得住的；现在我们剩一个空壳子的益中公司，吸收存款，等机会将来再做。可是，荪甫，我们这次失败就坏在时局不太平，然而这样的时局做公债倒是好机会！我们把失败的原因去做公债罢，再和老赵斗一斗！」

吴荪甫一边听着，一边连连点头，热烘烘一团勇气从他胸间扩散，走遍了全身，他的手指有点抖了。在公债方面，他们尚未挫折锐气。况且已经收买了女间谍，应该出奇制胜。当下吴荪甫就表示了决心。

「那就得赶快做，而且要大刀阔斧去做！这几天来，债价又回涨了一些，那是多头们的把戏，战事迟延[redacted]不决，阅兵，编[redacted]三种债券都会跌到无万三千块；我们今天就抛出几百万去！」

「对呀！我也是这个意思！」

王和甫也接着说，踌躇满志地摸着胡子。

从前他们又要办厂又要做公债，也居然稳度了两次险恶的风波；现在他们全力来做公债，自然觉得胜任有余。他们没有理由不让自己乐观。因此他们这会议也就在兴奋和希望中结束。孙吉人最后忽然说：

「那么，我马上去找门路办交涉。八个厂的受主不论是一家或者几家，我们规定的总数是五十二万，再少就拉倒，我们另找办法！益中公司仍旧办下去，专做信托。和甫，你接洽的有点眉目的十多万存款赶快拉了来，以备需要时我们也要办。黄奋那边的消息，也交给和甫去联络。前天剩下一件要紧事，指挥公债市场去，荪甫，这要偏劳你了！也只有你能够担当！」

三个人分手的，吴荪甫立即在电话中先和经纪人陆匡时接洽，随后又打电话给韩孟翔，叮嘱了一番话。公债[redacted]市场的情形[redacted]很使吴荪甫乐观，幸运之神没有还离开他。可是他打探[redacted]再听女间谍刘玉英的报告，然后[redacted]决定抛出多少；于是他又四处打电话找这野鸟似的刘玉英，他连肚子饿也忘记了。

[redacted]十一点钟时，吴荪甫的汽车在周子裡拍曲路上慢慢地开动；车裡的吴荪甫满脸红光。他要[redacted]出去亲临公债市场的前线了！还没到[redacted]大门[redacted]汽车引擎发

生障碍，汽车夫揿了三次，那车只是咕咕地喘，却一步不肯动。「这不是好兆！」——李来自翊[redacted]破了迷信的是

荪甫也忍不住这样想。他赌气下了车，[redacted]回到客厅里，[redacted]但同时[redacted]大

门外忽然汽车喇叭响，一辆车开进来了，车里[redacted]两个人是杜竹斋夫妇。

[redacted]杜姑奶奶特为老太爷开丧的事情来找[redacted]荪甫。[redacted]她劈头就说道：

「明天要在玉佛寺里拜皇忏了。今天我们先去看看那经堂去。」

「哦，哦，二姊，就托你代表罢！我有点要紧事情。要不是汽车出了毛病，我早已不在家里。」

吴荪甫给着眉头回答，眼看着杜竹斋，忽然想得了一个好主意：在公债上拉竹斋做一个「攻守同盟」，那就势力更加雄厚，再不怕老赵跑到那里去。可是怎样下说词呢？这到吴荪甫的思想全转到[redacted]这问题上了。

「也好。就是我和佩瑶去罢。可是明天九点钟开忏，你一定要去拈香的！佩瑶，四妹，阿萱，全得去！」

「呀！说起四妹，你可知道么，她要回乡下去呢！这个人，说不明白！」

吴荪甫全没听清姑奶奶上事载的话，只[redacted]有「四妹」两字落在他耳朵里，就提起了他这项心事。

姑奶奶却并不惊异，只淡淡地答道：

「年青人都喜欢走动。上海住了几天就住厌了，又想到乡下去玩一回！」

「不光是去玩一回！二姊，我正想请你去劝劝她，也许她肯听你的话！怪得很！不知道她为什么！二姊，你同

她一谈就明白了。也许是一种神经病！」

吴荪甫趁机会把姑奶奶支使开，就拉住了杜竹斋进行他的「攻守同盟」的外交谈判。他滔滔地讲述

战事一定要延长，公债基金要被提充军费，因而债券只有一天一天跌，做「空」是天大的好机会。他并没[redacted]提议要和竹

陰同做，地「打公司」只做「空」的有利的竹陰取用一步驟。

杜竹陰一边听，一边嗅着鼻烟，微笑地点头。

十八

四小姐蕙芳已經兩天不肯出房門[redacted]。老太爺剛表過態，四小姐不能達到「回鄉下去」的目的，就實行她這最後的「抗議」，什麼人也劝她不轉，[redacted]只好又由她。

老太爺遺下的太上感應篇現在成為四小姐的隨身「法寶」了。兩個月前跟老太爺同來的二十八件行李中間有一個絲爐和數束藏香，——那是老太爺虔誦太上感應篇時必需的「法器」，現在四小姐也找了出來，清晨，中午，晚上，一天三次功課，就燒過一次。只有老太爺常坐的一個蒲團却找來找去不見。四小姐只好跌坐在沙發上。

四小姐經過了反覆的籌思然後決定繼承父親這遺教。並不是想要「積善」，却為的借此寧心寡慾，感輕一些精神上的矛盾痛苦。第一天似乎很有效驗。藏香的青煙在空中裊繞，四小姐嘴裡默誦那太上感應篇，心裡便覺得已不在上海而在故鄉老屋那書齋，老太爺生前的道貌就喚回到她眼前，她忽然感動到執手滿[redacted]眼淚地沉浸在故鄉[redacted]奉老太爺那時的平靜淡恬的生活，即使是很細小的節目，也歷歷地再現出甜來，感到了從未經驗過的舒服。她嘴邊漾出微笑，她忘記了念誦那太上感應篇的那聖的文句了。藏香的清芬迷醉了她的心靈，她軟軟地歪斜在沙發上，似睡非睡地什麼也不想，什麼都沒有了。這樣好久好久，直到那又軟又根絲燒完，她方才清醒過來似的顫一口氣，微微一笑。

就在這般的如此的回憶夢幻中，四小姐過了她的靜修的第一天，竟連肚子餓也沒覺到。

然而第二天下午，那太上感應篇和那藏香就不及昨天那樣有神秘的力量，「回憶」並不爽約，依然再來，可是四小姐的兴味却大大低落了，好比多年不見的老朋友，昨天是第一次重逢，说不完那許多感情别绪，而今天便觉得無可读了。她眼观鼻，鼻观心，刻意地念诵那感應篇的经文，她一遍一遍念着，可是突然，嘟嘟的汽車喇叭，閒話入她的耳朵，並且房外走过了男子的皮鞋響，下面大客廳裡鋼琴声幽揚究妙，男女混合的快樂热闹的笑——一都鑽进她耳朵，而且直鑽到她心裡，蠕々地作怪。一枚藏香燒完了，她直感得沙發上有刺，直感得房裡的空氣窒息也似的难过，她幾次想跑出房去看一看，總孫文生定了似，她捧着那名貴的秦楷的太上感應篇發怔，低聲嘆息了足有十來次，眼眶裡有些潮。

晚上她久久方能入睡。她又多梦。经常那些使她醒來時悲嘆，苦笑，而且垂涕的亂梦，现在又一齊回來弄得她颠々倒々，如醉如痴，便是这么々的夏夜，她也那樣驚觉了三四遭。

第三天清晨她起來時，一脸蒼白，手指尖也是冰凉，心頭却不住撲蕩。感應篇的文句对于她好像全是反讽了，她幾次掩卷長歎。

午後天氣很热，四小姐在房裡就像燒火磚上的蚯蚓似的没有片刻的寧息。她照例捧着那太上感應篇，点起了藏香，可是她的耳朵裡充满了房外的，園子裡的，以及遠處馬路上的一切聲響；她的心給每一个聲響作一種揣测，一種解釋。每逢有什麽脚步聲從她房外经过，她就豎起了耳朵听，她的心不自然地跳着；她合了兩隻眼底，十分诚心地盼望那脚步聲会在她房门口停住，而且接着就是輕々的兩下輕叩，而且她将去开了门，而且她盼望那叩门者竟是哥々或者嫂々，——或者林佩珊也好，而且他们是來劝她出去散々心的！

然而她是每次失望了的！每次的脚步聲一直过去了，过去了，不再回來。她被遺忘了！就同一件老式的衣服似的於是对着那袅袅的青烟，捧着那名贵素楷的太上感应篇，她开始恨她的爹爹，恨她的娘娘，甚至于恨那小岛们的林佩珊。

她觉得什么人都有幸福，都有快乐的自由，只她是被遗忘了的，被剥夺了的！她觉得这不是她自己愿意关在房里，清修，而是人家强迫她的，人家串通了剥夺她的生利权。

她记得在家乡的时候听说过一桩悲惨的故事：是和她家用这巧妙的方法同样的「闭阃华族」的往青小姐因为「不端」被禁锢起来不许见人面！也是说那位小姐自愿「静修」的呀！而且那位小姐后来就自己吊死了的！「那不是正和自家一模一样么？」——四小姐想着就觉得毛骨悚然。突然间昨夜的梦又回来了。那是做过好几次的老梦了，四小姐此时简直以为不是梦而是真实；她彷佛觉得反覆黄昏，大雷雨前的一个黄昏，她和范博文在花园里在池对面那六角亭子里闲谈以三星期前那一个以，当真她在黑暗的掩护下失却她宝贵的处女红了；她当真觉得那假山上屡次君临她一会儿的大同小异的许多怪梦中间有一个确不是梦，而是真实；而这真实的梦就在那六角亭子里，那大雷雨的黄昏，那第一阵豪雨急骤时，她懒懒地躺在那亭子里的藤睡椅上，而范博文坐在她对面，而且她闭了眼睛的一霎觉得他走到她身边，而且她猛可地全身软瘫，她的嘴唇被吮住，热的微抖的又是贪切无礼的手触到她的乳房，她的肚皮，她的腑下，而且她象醉了似的，任凭播弄着！

「嗳！——」四小姐猛喊一声，手里的太上感应篇掉落了。她慌慌忙忙四顾，赶快地捡起了那感应篇，苦笑浮在她脸上，亮晶晶的汗珠挂在她睫毛边。她十分相信那荒唐的梦就是荒唐的真实；而她十分肯定是为了这荒唐，他们用巧妙的方法把她「禁止」起来，而表面上说她「自愿」！而且她又觉得她的结且来只是就那例的一着：自尽！吞金或者投缳！

而且她又无论想到即使她自己不肯走这条绝路，她的专制的爹爹终有一天会恶狠狠地走过来逼她的。她的心狂跳了，她的手指尖冷冰，她的脸却发烧。她咬紧着牙关反覆自问道：「为什么我那样命苦？为什么轮到我就不应该？，为什么别人家男女之间可以随随便便？，为什么他们对于阿珊紫如此紫悭？，为什么我就低到昨遇他们磨折，一点儿没有办法！当真我没有第二个办法？」她猛可地跳了起来，全身是反抗的火焰。然而她又随即颓然坐下。她是孤独的，没有一个人可以商量，没有一个人帮她的忙！

突然有急促的脚步声到她房门口住了！门上一声猛叩。四小姐端地认定了这是她哥哥来逼她来了。她绝望地叹一口气，就扑在床上，脸埋在枕头里，全身的血都冰冷。

「四妹！睡着了么？」

女子的声音刺入四小姐的耳朵意外地清晰。四小姐全身一跳，猛转过脸来，看见站在床前的却是那位元气旺盛的表姊张孝孝！真好比又是一个梦呀！四小姐揉一下眼睛再看，然后蓦地挺身跳起，一把抓住了张孝孝的手，忍不住那眼泪直冒。在这时候，即使来者是一只猫，一条狗，四小姐也会把来当作亲人看待！

张孝孝却惊喜得只是笑。她就坐在床沿了，搂着四小姐的肩膀，不耐烦地问着：

「嗳？，怎么啦！四妹！一见面就是哭？，你当真有点神经病么？，嗳，嗳，怎么你不说话！」

「没有什么！哎！没有什么。」

四小姐勉强截住了那连串的泪珠，揉着眼睛回答。她心里觉得舒畅些了，她弄明白这确不是梦而是真实，真实的张孝孝，真实的她自己。

「四妹！我真不懂你！他们全都出去了，满屋子就剩你一个！为什么你不出去散散心呢？」

「我不能够——」

四小姐顿住了，没有说完，就又叹一口气，把张孝孝的手握得紧紧地，好像那就是代替她说话的。

張李李皺了眉頭，盯住了四小姐的面孔看，也不作聲。無論如何，四小姐的神情[redacted]不像[redacted]有神經病！[redacted]但是為什麼呢，關起了房門，寸步不動，尼姑不像尼姑，道士不像道士？張李李想著那全身就有點生氣。她忽然想起了吳老太爺故世那天她和范博文吳芝生他們賭賽的事來了；她帶著感慨的意味說道：

「四妹，前些時候，我們，——芝生，博文，佩珊，還有杜家[illegible]的老人，——拿你來賭過東道呢！我們賭的是你在上海住久了會不會變一個樣子。可是你現在這一變，我們誰也料不到的！」

「你們那時候料想來[redacted]我會變麼？啊！梅姊！你們料我怎樣變呢？」

「那倒不很記得[redacted]清了。總之，以為你要[redacted]變樣的。現在你卻是變而不變，那就奇怪得很！」

「可是我自己知道我已經不是鄉下住在的我！——」

「咄！四妹！你是的！你有過一時好像不是了，現在你又回上了老路！」

張李李不耐煩地喊起來，心裡更加斷定了四小姐一定有神經病，蓀甫他們的話都是過分。

「噯！回上了老路麼？可是從前我跟爸爸在鄉下的時候，我同現在不同。梅姊！現在我心裡的煩悶，恐怕沒有人能夠懂！也沒有人願意懂來我！」

四小姐很[redacted]定地說，她那烏亮的眼睛裡忽然滿是剛強的調子。這是張李李第一次看見，她很以為奇。然而只一剎那，四小姐那眼光就又[redacted]惘惘惶惑，看著空中，自言自語的說道：

「哦——還拿我來賭東道呢！我以為也有范博文在內。他，他怎麼說呢？、噯！梅姊！我問你，——可是問也沒有意思。算了罷，我們談談別的！」

張李李突然格格地笑了[redacted]。她猛可地跳起來挽住了四小姐的頭頸，咬住了四小姐的耳朵似的大聲叫道：

「為什麼不問呢！為什麼不要談了她呢！四妹！我知道的，我早就知道你注意博文！可是為什麼那樣膽小怕羞？蓀甫干涉你，是不是？也是我早就知道的！你的事，他沒有權力干涉，你有你的自由！」

立刻四小姐的脸飞红了。多么畅快的话哟！然而她自己即使有在心头，也说不出口。她在心底里感激着张素素，她拉住了她的手，紧捏着，她颤手又挣脱了。但是张素素蓦地一两手，挺直了胸膛，尖利地看住了四小姐，郑重地又说道：

「你现在这么闭起了房门不出来，捧着什么太上感应篇，就是反抗荪甫的专制么？咄！你这方法没有意思！你这反抗的精神很不错，可是你这方法太不行！况且，我再警告你：博文这人就是个骨不直的软骨头！他要来爱佩珊，他们成天在一块，况来荪甫反对，博文就退避了！四妹！你要反抗荪甫的专制，争得你的自由，你也不能把你的希望寄托在一个骨不直的软骨头！」

张素素说着就笑了一声，双手齐下，在四小姐肩头猛拍了一记。四小姐没有防着，身子一挺，几乎跌在床里，她也忍不住笑了。但笑容过后，她立刻又是满脸严肃，看定了张素素，给她问再问范博文的「软骨头」，同时她又感到再问是要惹起素素那笑的；现在她把素素看成了侠客，她不愿意自己在这位侠客跟前显得太没出息。终于她挣扎着表白了自己最隐秘的意思：

「嗳！素姊！你是看到我心里的！我拘束惯了，我心里有话，总说不出口；我也没有一个人可以告诉，可以商量！我是盲子，我不知道那一条路好走！我觉得住在这里很闷，很苦，我就只想到要回乡下去；他们不许我回去，我就只想到关起门来给他们一个什么都不理！可是我这两天来也就闷得慌了！我也知道这不是办法！素姊！你教导我，还有什么别的办法没有？」

「哈哈哈……」

张素素长笑着一扭腰就坐在四小姐身边，捧住了四小姐的面孔仔细看着。这脸现在是红馥馥地火热，嘴唇却是苍白，微微颤抖。张素素看了一会儿，就严肃地说道：

「那也在你自己。你要胆大老练，对蒋甫说个明白！况且你应该去读书。要和蒋甫，让你下乡来造学校去读书！」

四小姐用劲地摇着头，不出声。张素素睁大了眼睛诧异，省夫也怔呆了。

「你不愿意去读书么？」

「不是的！恐怕没有我进得去的学校呢！中国古书，我倒读过几本，可是别的科学，我全不懂！」

「不要紧！可以补习的。可是四妹，你躲在房里越躲越胆怯！跟我到外边去走走！」

张素素说着就拉了四小姐起来，俯着四小姐洗一个脸快动身。在洗脸的时候，四小姐忍不住独自笑了起来，接着又偷偷地滴两点眼泪。这是快乐的眼泪。也是决心的眼泪！虽然还没知道究竟怎样办，但四小姐已经决定了一切听从张素素的教导！

雇了一辆雪飞汽车，张素素带着四小姐去吸新鲜空气了。这是三点多钟，太阳的威力正在顶点。四小姐在车中闭了眼睛，觉得有点头晕。猛地断断又心里搅乱起来。她的前途，毕竟还是一个「谜」；她也望这「谜」早早揭晓，可是她又怕。汽车从都市区域里窜出来，在不很平坦的黄泥路上跑，卷起了辣味的晒热了的黄尘。两旁是绿油油的田野，馒头一样的荒坟也偶然可以看见。蓦地车身一跳，四小姐吃惊似的睁开了眼，看见自己身在乡间，就以为又是一个梦了；她定了定神，推着旁边的张素素，轻声问道：

「你看呀！没有走错了路么？」

张素素微笑，不回答。这位感情热烈的女郎正也沉醉在自己的幻想中。她觉得今天是意外地成功，把四小姐带了走了；她也忙着替四小姐设想那不可知的将来，——海阔天空的将来，充满着强烈鲜艳的色彩。

從張素素那不出声，四小姐也就知道路並沒走錯，她們的目的地便是鄉村。四小姐又覺得很高興了。她專心观玩那飛馳过的田野，她的心魂暫時又回到了故鄉。這里和她的故鄉並沒多少差異，就只多了些汽車在黃塵裡發狂。但是四小姐猛可地叫一声，又推着張素素了。她們的汽車已經開得很慢。前面有許多汽車，五顏六色的，停在柳樹陰下。紅嘴唇，細眉毛，赤裸着白臂的女人，前在男子肩旁，從汽車裡走出來。

跟着張素素也有再下車，跟着走進了一座怪樣的園林以後，四小姐的驚異一步一步增加，累墜到使她難堪。這里只是平常的鄉下景色，有些樹，樹上有蟬噪，然而這里仍舊是「上海」，男女的服裝動作和，仍舊是四小姐向來所怕見而且同時又很渴慕的。並且在這里，使得四小姐臉紅心跳的事情更加多了：边樹陰下草地上有男女的狂笑，一隻白腿翹起，高跟皮鞋的尖头直指青天；而那边，又是一双背影，挨得那這麼緊，那麼緊！四小姐閉一下眼睛，心跳得幾乎要哭出來。是三个。

在一頂很大的布傘下，四小姐又遇到認識的人了。四小姐紅着臉別轉了臉走过，可是張素素拉住了她。

「啊喲！佳閨秀出閨了麼？這是值得大書特书的！」

大布傘下一个男子跳起來說，險一些把那些擺滿了汽水瓶，啤酒瓶和点心碟子的小桌子都帶翻。四小姐臉紅了；而因為這男子就是范博文，那無賴的夢境突又闖回來，所以四小姐在一下臉紅以後，忽然轉反為死灰似的蒼白。她的一双腳就像釘住在地上，她想走，却又動不得。她轉过臉去同吳芝生招呼。

「那麼，博文，你做一首詩，紀念這件事罷！下死勁題目是——」

「不行！別的詩人是『窮而後工』，我們這范詩人却是『窮而後死』！他那里还能做詩！」

不等李玉亭說出那題目來，吳芝生就替范博文來搶着了。范博文却不在乎，搖着頭說：

「沒有办法！詩神也跟着黃金走，這真是沒有办法！」

大家都笑了，连四小姐也在内，只有張書豪们[redacted]笑那笑地露一露牙齿就绉了眉头问道：

「你们成群结党的来这里干什么？」

「可是你同四妹这里也是成群结党干什么的？」

吴楚生接口反问。他近来常和范惜文在一处，也学会了些俏皮话了。

「我么？我是来接接空气。我又同了四妹来，是想叫她看看上海的摩登男女到乡下干的什么[redacted]玩意儿！」

「哦——那么，我们也是来看看的。因为李玉亭教授这几天来饭都吃不下，常常说大乱不可免，我们将来死无葬身之地，所以我们带了他来，想叫[redacted]看看亡命的俄国贵族和没落阶级怎样一天一天陷下去。」

「咳咳！老吴！很严重的一件事，你他又当做笑话讲了！」

李玉亭赶快提出抗议，恨恨地搔着头皮。張書豪听着看着，都觉得可笑又可气。她拉了四小姐一把，拉着辞去了。忽然范惜文跳起来很郑重地叫道：

「你们听清楚了么？李教授万事恐慌，而且万事预先准备。[redacted]他这主意很对！你们看那边来的白俄罢，光景也是什么伯爵[redacted]侯爵[redacted]，除了事世只看见人家拿酒瓶开酒瓶，现在却轮到他自己伺候别人，可是他也很快的就学会，他一隻手可以拿六个汽水瓶！」

「现在是到了我们[redacted]那时就连他们这点儿福气都没有！」

李玉亭忽然很伤心似的说，惹得吴楚生他们又笑起来了。

「无聊极了！你们这三位先生！」

張書豪冷笑着说，拉了四小姐转身走。她们[redacted]到一个近河边的树阴下，也估[redacted]定了一张小桌子喝汽水。这里[redacted]很清静，她们又是面对着那小河，此时太阳当空，河水跳着金光，一条游船也没有。四小姐也不像刚才那梯心神不定。[redacted]她[redacted]有些不明白：喝汽水，调笑，何必特地找到这乡下呢？这里一点也没有比家不同的风景！但是她也承认这乡下地方经那些红男绿女一点缀，就好像特别有股味儿。张素素却似乎感触很深，默默地在出神。过了一会儿，她自言自语地轻声说：

「全都堕落了——然而也不足为奇！」

于是她忽然狂笑着，喝了一口汽水，伸一个懒腰，就拍着四小姐的肩膀问道：

「要是荪甫一定不让你去演剧，怎么办呢？」

「那就要你教我！」

「我就教你跟他打官司！」

「哦——」

四小姐惊喊着，脸也红了，眼光迟疑地望着张素素[redacted]似乎说「这，你不是开玩笑罢！」张素素的小眼睛骨都一翻，仰起了脸微笑。她看见自己所鼓动起来的人有点动摇了。然而四小姐也就接着说道：

「素姊！那是你过虑。事情不会弄到这样僵！况且也可以请二姊帮我说话。」

「好呀，我是最后一步的说法。」

「但是素姊，我不敢想再住在家里了！一天也不敢想！」

「噢！——」

现在是张素素吃惊地喊了一声。她猜不透四小姐的[redacted]心曲。四小姐又脸红了，惶惑地朝四面看看，又盼望援救似的看着张素素。末后，似乎再也耐不住了，四小姐低下头去轻声说：

「你不知道我在家里[redacted]多少寂寞呀！」

「呵！寂寞？」

「他们全有伴。我是一个人！而且我总觉得心魂不定。[redacted]再住下去，我会发疯！」

張素素笑起来了。她终于猜到几分四小姐所苦闷的是什么。「大部分就是性的烦闷罢？」——張素素心裡这麽想，看了四小姐一眼，忍不住又笑了。[redacted]因为然而四小姐那可怜的样子，也使張素素同情；她想了一會兒，決不定怎样發付这位[redacted]没有经验[redacted]的女性。[redacted]刚才把四小姐的反抗精神估量得太高了，此時便有点失望。[redacted]但在張素素并且也素还没想好主意的時候，四小姐自己却又坚决地说道：

「我不愿意再住在家裡了！一天也不愿意！素姊，我要跟你同住，拜你做老师！」

这是充满了求助的热望的呼声，感情丰富的張素素无论如何不能不答应。并且她明知道自己也有「伴」，因而四小姐大概仍旧要感到寂寞苦闷！可是她也没有勇气说出来浇冷四小姐的一团高兴。

太陽[redacted]躲过了，小河那边吹来的风，就很有些凉意。四小姐觉得大问题已告解决，[redacted]便想着未来的自由和快樂。她并没知道張素素的底细，她仅仅知道她在某大学讀书，而現在[redacted]暑假[redacted]期内则住在女青年会的寄宿舍。可是她依赖着这位表姊生活就同自己的母如来亲一樣。

忽然水面上吹来了悠扬的歌声。四小姐听出这是她家鄉的声音，并且很耳熟。她无意中对張素素笑了一笑。可是那歌声又来了，一点一点近来了，四小姐听出是四句：

天地为鑪兮，造化为工；

陰陽为炭兮，万物为铜！

四小姐记得这是鵩鸟赋上的词[redacted]句，而且辨出那声音就是杜新箨。她忍不住出声笑了。她觉得那杜新箨很有风趣，而且立即也联想到林佩珊了。此時張素素也已经听明白，也笑了一笑，[redacted]蓦地跳起来就，悄悄地走到河

*於是三位女郎的笑語声就乱地[redacted]混做一團。只有

岸边，蹲在一棵樹底下。四小姐忍住了笑，也学張素素的榜樣。

一条小船緩緩地泅来，正荡着四小姐她们这边的河岸。杜新箨打着槳，他的大腿旁翻起了棕色的草帽边兒，迷茫的帽带在风裡飄。[redacted]四小姐認得這是林佩珊的草帽！小船来的更近了，相离不过一丈。張素素拾了一塊泥塊对那小船擲过去了。

「啊喲！」

是林佩珊的声音，那棕色的草帽動了一下。小船也立即停住了。張素素跳了起来大笑着叫道：

「你们太快活，太私心，怪不得有人要說寂寞了！」

杜新箨和林佩珊一齊轉过脸来，看見了張素素，却没有看見四小姐。在清朗的笑音中，槳声又響，船攏到岸边来了。蹲在樹背後的四小姐听得林佩珊嬌嗔地說：

「素！女革命家！你近来不是忙着大事情麽？請你来一塊兒玩，也要被你罵我們是腐敗墮落！」

「可是家司張，你这一下手榴彈真不錯！有資格！」

「你们猜猜，还有誰？猜不着，把阿珊给我做俘虜罰！」

「嗳唷唷！——你的同伴！[redacted]知道是阿猫阿狗呢！」

又是林佩珊的声音。四小姐覺得不好意思露脸了。同時听得那小船擦着岸边的野草簌簌地響。猛可地又听得張素素格格地笑着跑了来，一把拉住，四小姐就呈现在林佩珊他们面前了。她红着脸招呼道：

「珊！这里你是常来的罷？也不見得怎樣好玩！」

「啊喲！蕙！真真料不到！——佩服你了，素！女革命家的手段当真[redacted]厲害，[redacted]多少人勸[redacted]她不轉，你一拉就拉她到这里来了！」

*杜新箨[redacted]把槳插在泥裡，微笑着不說話。在他看来，一切变化都是当然的，都不希什麽；四小姐所欲不遂，

当然要逃避到太上感应篇，而现在，又是当然的抛开感应篇，到达神秘的丽娃丽妲村。

天空忽然响动了雷[redacted]声。[redacted]乌云像快马似的从四面飞来，在这小河的上面越聚越厚了。

「要下雨呢！四妹，我们回去罢。」

张素素仰脸看着天说，一手就挽住了四小姐的臂膊。

「怕什么！不会有大雨的。素，你们也到船里来玩一下。」

「不来！——要是你还嫌不热闹，范博文他们也就在那边，我代你跑腿去叫他们来罢！」

张素素忽然对林佩珊放出尖刺来，长笑一声，就和四小姐走了。

这里杜新箨望着张素素她们的背影，依然是什么都不介意似的微笑。他擎起桨来在岸滩的树根上轻轻一点，那小船就又在水中央[redacted]缓缓地淌着。风转动了，吹得林佩珊的衣裳索索地响。林佩珊低了头看水里的树影，一支手捲弄着衣角。过了一会儿，她抬头把眼光注在杜新箨的脸上，她的眼光似[redacted]乎说：「怎么办呢？这[redacted]样下去！」杜新箨仍然微笑，又撮起嘴唇来吹一支小曲了。

他们这小船现在穿过一排柳树的垂条，船[redacted]擦刮着什么芦苇的颗叶子，窣窣地响。林佩珊幽然叹一口气，身体挪前一些，就把头枕在杜新箨的腿上。桨从水里跳起来，横[redacted]架在船舷了，船自己慢慢地淌。林佩珊腿一翘，一声娇笑。

「可是，你总得想一个法子呀！……只要设法叫荪甫不反对我们的——那就行了！」

林佩珊[redacted]断断续续地细声说，眼睛水汪汪的看住了杜新箨那冷静的面孔。

「嗳，嗳，怎么你总不说话？听得么？我说的是只要荪甫不反对！想一个什么方法——」

「荪甫这人是说不通的！」

「那麽我们怎[redacted]樣了局？」

「过一天，話一天呀！」

「唷唷！过一天，話一天！混到那一天为止呢？」

「混到再也混不下去，混到你有了正式的丈夫！」

「哼！什麽話！」

「可是，珊！你细々兒一想，就知道我这話不並錯。要他们通过是比上天还难；除非我们逃走，他们總有一天[redacted]要你去嫁别人給，可不是麽？然而你覺得逃出去会喫苦，我也是不很喜欢逃走。」

「噯，噯，你倒說得好[redacted]呢，笑！就好像我们[redacted]不會有过関係似的！」

「不錯，我们有过関係！但是珊呀，那話得了什麽！你依然是你，不需缺少了什麽！你的嘴唇依然那樣红，臂膊依然那樣柔滑，你的眼睛依然那樣会說話！你依然有十足的青春美丽，可以使得你将来的正式丈夫快樂，也可以使得你自己快樂！难道不是麽？」

林佩珊听着忍不住笑起来了。可不是杜新箨这話也很有理麽？在林佩珊那樣的年紀，她那小小的靈魂裡並没覺醒了什麽真正意义的悲哀，她一切都不过是孩子氣的玩耍罷了！一枝很長的柳条拂到林佩珊臉上了，她一伸手就折斷了那柔條，放在嘴裡咬一下，又吐出了，格々地又笑着問道：

「那麽，誰是我的正式丈夫呢？」

「这可还没知道。或者，博文，也好！」

「可是他们要把我給了你家的老文呀！」

「这倒不很有味！老文这人也[redacted]是天字第一号的宝貝，他不行！然而也不要緊，人生如戲耳！」

林佩瑶笑着掬起一掌水来，向杜新箨洒，猜准地脸上射了他一脸，却不说什么。船穿完了那密密的垂柳，前面河身狭一些了。杜新箨长笑一声，拿起桨来用劲刺到水里，水花溅刺刺地響，船就滴溜溜地转着圈子。

五点钟光景，天下雨了。这是斜脚雨。吴公馆里的男女仆人乱纷纷地把朝东的窗都关了起来。四小姐卧房里那一对窗也是受雨的，却没有人去关。雨越下越大，东风很劲，雨点线似的直灑进那窗洞；窗前桌子上那部名贵的《太上感应篇》浸透了雨水，黄纸上的朱丝栏也都開始漶化。宣德香炉是满满的一炉水了，水又溢出来，淌了一桌子，侵蚀那名贵的一束藏香，香又溶化了，变成黄蜡蜡的香浆，慢慢地淌到那《太上感应篇》旁边。

这雨也把游玩的人们催回家来。吴少奶奶是第一个，因为雨带来了凉意，少奶奶一到了家就换衣服。接着是林佩瑶一个人回来了。她的纱衣总有四成湿，可是她不管，跑到楼上，就闯进了四小姐的卧室。

看明白了有那斜脚雨进过卧室的主人翁时，林佩瑶就怔住了。她伸一下舌头，转身就跑，三脚两步，就跳进了她姊姊的房里，忽然笑得肚子痛，说不出话来。

吴少奶奶看惯她妹子的憨態，也就不以为奇，兀自捧着一杯茶在那里出神。园子里来了吴荪甫的汽车叫。房里稍觉阴暗，那雨打着玻璃窗，忒忒地響。林佩瑶笑定了，就挨到吴少奶奶身边，悄悄地问道：

「阿姊，你知道我们这里出了新闻么？你知道蕙芳四妹到那里去了？」

吴少奶奶似乎一惊，但立即又抿着嘴微笑，以为佩瑶又在那里闹气。

「我刚才见过她。在丽娃丽妲看见了她！——」

吴少奶奶却笑起来了，以为佩瑶又是撒谎，逗着玩笑。她瞅了她妹一眼，随手放下了那茶杯。

「不骗你！是真的！可是下了雨，大家全回来了，她却没有回来！她房里是一房间的水了！」

林佩珊锐気叫着，忽然又[redacted]曲倒了身子狂笑。吴少奶奶觉得妹子的开玩笑太过火了，皱一下眉头，正想说她几句，忽然房门一响，吴荪甫满脸怒容，大踏步进来，劈头一句就是：

「佩瑶！怎么四妹跑走了你简直不知道？」

这是严厉的呵斥了。吴少奶奶方始知道妹子并没开玩笑，但对于荪甫的态度也起了反感；她霍地站起来，就冷冷地回答道：

「她又不是犯人，又没交代我看守她；前几天她发怪脾气，大家都劝她出[redacted]去逛逛，你们还抱怨我平常出去不邀她；今天她自己到丽娃丽妲去逛一回，你倒又来大惊小怪骂别人了！」

「那么你知道她出去的，为什么你不拦住她，要她寻我回来了再走呢？」

「嗳，嗳，真奇怪！我倒还没晓得你不许她出去呀！况且她出去的时候，我也不在家；是阿珊看见她在丽娃丽妲；阿珊，可不是么？」

「哼！谁说不许她出去逛逛！可是她现在是逃走了！『逃走』！听明白了么？你看这字条！」

吴荪甫咆哮着，就把一个纸团掷在少奶奶跟前。这是用力的一掷。那纸团在桌子上反跳起来，就掉在地下了。吴少奶奶她脚尖去拨一下，却也不拾起来看；她的脸色变了，她猛可地猜疑到刚才佩珊笑的蹊跷，敢怕是她看见四小妹和什么男子在丽娃丽妲？[redacted]而现在四小姐又『逃走』了！这一切感想，都是来的那么快，没有余闲给少奶奶去判断；她本能地看着地下，想找那纸团。可是佩珊就早拾在手里，而且展开来了。寥寥的三行，秀媚的是飞经作，确是四小姐的亲笔。

「那么，阿萱来的时候，佩瑶，你已经出去了么？我想这件事都是阿萱的花样！」

吴荪甫[redacted]说这话时的神情和缓些了。但蓦地又暴躁起来，劈手从少奶奶手里夺过那字条来，很仔细地再看着。

少奶奶反倒心安了，退一步坐到沙发里，就温柔地说道：

「那么一点事，何必[redacted]动火哟！不过四妹也古怪，一忽儿要做生闲和尚，一忽儿又要去强学，连家里都不肯住，倒去住什么七颠八倒的青年会寄宿舍——」

「可不是！她要读书，只管对我说好了，难道我不准她么？何必留一个字条空身走，好像私逃！就是要先补习点功课，在家里不好补习么？没有先生，可以请。跟阿素[redacted]去补习？阿素懂得什么！」

「随她去罢。过几天她厌了，自然会回来的！」

看见吴荪甫那一阵的暴怒已经过去，少奶奶又婉言劝着。林佩珊也挿进来说：

「我碰到四妹和素素的时候，四妹和平常一样不多说话。素素也没说起这桩事。光景是临来谈得高兴，就一块儿走了。不过前回觉得四妹很固执，现在却知道她又十分心活！」

吴荪甫点着头，不再说什么，却背着手在房里踱，似乎还不肯放开，还在想办法。他现在有几分明白四小姐反抗的是什么了。这很伤他威权的反抗，自然他一定不能坐视；但是刚才听了佩珊的「四小姐心[redacted]活」的议论，就又触起了吴荪甫的又一方面的不放心。他知道张素素「疯疯颠颠」爱管闲事，乱交朋友，如今那「非常心活」的四小姐却又要加张素素在一处，这危险可就不小！做哥哥的他，万万不能坐视！

于是陡然站住了，吴荪甫[redacted]转脸看着少奶奶；[redacted]在薄暗中，他那脸色更显得青况，他的眼睛闪着怒火。他向少奶奶走近一步。这是一个「攫噬」的姿势了！少奶奶不懂得又是什么事情要爆发，心里一跳，忍不住背脊上通过一阵的冰冷。但是凭空来了个岔子：王妈进来报告「有客」。吴荪甫的眼睛一翻，转身便走，然而将到房门边，他到底又站住了，回头对少奶奶说道：

「佩瑶！你马上到女青年会寄宿舍去同四妹来！好歹要把她叫回来！」

「何必这么性急呢！四妹是倔强的，今天刚出去，一定不肯回来。」

吴少奶奶意外地叹一口气，婉静地回答。却不料吴荪甫立即又是怒火冲天。他大声喝道：

「不用多说！你马上就去！好歹要把她叫回来！今天不把她叫回来，明天她永不会再回来！」

但是这样命令着，也没说出理由来，吴荪甫就快步跑下楼去会客了。

来客是王和甫，已经等得很不耐烦，一见（眼看）吴荪甫出来，就连半句「寒暄」也都没有，只是慌慌张张地拉着到小客厅里，反手就将门碰上，这才很机密地轻声说道：

「一个很要紧的消息！刚才徐曼丽来报告的！老赵知道我们做『空头』，就使手段来和我们捣蛋了！这家伙！死和我们做对头！可是据曼丽说，老赵自己也不了，也有点挑不转！」

吴荪甫听（王和甫）说完，这才把屏住的那口气叹了出来。眼前还没闹乱子，他放了一半心了。老赵「使手段」么，那已经领教过好多次了，算不了什么！只是老赵自己也感着经济恐慌么，活该！谁叫他死做对头的！

——这么想着的吴荪甫倒又高兴起来，就微笑着答道：

「老赵死和我们做对头，是理之必然！和甫，你想想，我们攻出那八个厂的时候，不是几乎把老赵气死么，那一时我们面已经分头和某银行以及某合社接洽定局，我们却还是让着老赵玩；来了，他们但指定要兑空，（一时）定还在他那以后老板跟前大嚷挑动呢！那一次，话人的玩法真有趣！我们总算（捣）把老赵的牛皮戳穿让他以后老板看看。老赵怎么不恨呢！——可是，和甫，怎样老赵自己也挑不转了？」

「慢点儿！我先讲老赵跟我们捣蛋的手段。他正在那里布置。他打听用[redacted]内国公债维持会的名义电请政府禁止卖空！秋律师从旁的地方打听了来：他们打算一面请财政部令饬中央，中交各行对于各项债券的抵押和贴现，一律照办，不得推诿拒绝；一面请财政部令饬交易所（以及其他特种营行钞票的各银行），凡遇卖出期货的户头，都须预缴现货做担保，没有现货缴上去做担保，就一律不准抛空卖出——」

「这是无论如何办不到的！那就简直是变相的停止了交易所的营业！荪甫，我想来这是老赵故意放这空气，壮『多头』们的胆！」

吴荪甫掉口说，依然很镇静地微笑。但是王和甫却正相反，也不知道因为他是说急了呢，或者因为他是心理着急，他额上是满头大汗了。他睁大了眼睛，望着吴荪甫说完，就大声叫道：

「不够，不够！这已经够受了！况且还有下文！老赵还直接去运动交易所理事会和经纪人会，怂恿他们即日发一个命令，要增加卖空的保证金呢！增加到一倍！荪甫，这是可以办到的！」

「呵——当真么？『多头』的保证金也要么？」

吴荪甫直跳了起来，脸色也变了。他又感到老赵毕竟不可轻视了。

「自然当真！这是韩孟翔打听来的消息。陆匡时并且说，事情已经内定了，明天就有命令！」

「然而也是不合法的！买卖双方，都是营业，何得歧视！这是不合法的！」

吴荪甫摇着头说，额角上青筋直爆，却作怪地没有汗。王和甫拍着大腿叹一口气。

「你说不合法，中什么用？荪甫，老赵他们好好地弄出『保全债信，维持市面』的大帽子来，他们如今说投机卖空的人是危害金融，扰乱市面，这样的大帽子压下去，交易所理事会当然只好遵命了！」

「这是明明的要瘫了『空头』了！岂有此理呀！」

吴荪甫咬紧了牙根说。他此时的恐慌，实在比刚才王和甫加倍了。

暂时两个人都没有话了，皱着眉头，互相对看。汽车喇叭在园子里響，而且響出去了。『光景是佩瑶出去接四小姐罢？可是她为什么那样慢！』——吴荪甫耳听着那汽车叫，心里就浮起了这样的念头。随即他又想到了杜竹斋。这位姊丈是胆小的，在这种情形下，他还敢抛空么？吴荪甫想来没有把握，他心里非常阴暗了。

末后，王和甫再提起话头来：

「我和赵人商量过，他的看法也是跟你差不多：什么先后变了，现货做担保放款[redacted]贯出期货，总是要不到的；却是债价金加倍一说，势在必行！这么著，若照五千银子就抵上了我们的一万，转瞬到了交割日，他要軋空头，是非常便当的！那不是我们糟了么？」

「那么，我们赶快就补进多少？等老赵布置好了的时候，一定涨上了！」

「可是赵人的意见有点不同。他觉得此时我们一补进，就是前功尽弃；他主张背城一战！时局如此，债价会决不涨到怎样；我们冒一下险，死里求活！要是当真不牢，赵人说譬如说了一条输船，他的二十多万安心[redacted]去在水里了！——我觉得赵人这一说也是个办法。」

王和甫坚决地说，一对圆眼睛睁得很大[redacted]地直望住了吴荪甫。像这样有魄力很刚强的议论，若在两个月前，一定是从吴荪甫嘴里出来的；但现在的荪甫已非昔比，他动辄想到保守，想到安协。目前虽经王和甫那么一激，吴荪甫还是[redacted]游移，还是一筹莫展。他皱着眉头问道：

「可是我们怎样背城一战呢？八个厂做的五十多万全做了空头了，我又是乾茧存丝那两项搁浅了将近二十万，现款没有，可怎么办呢？」

「这个，我和赵人也商量过。办法是这样的：我们三个人再凑齐五十万，另外再由你去竭力撺掇杜竹翁，要他再做空头——那么两下一逼，或者可以稳渡难关！」

「竹翁这一层就没有把握。上次我[redacted]和他约好同做空头，他[redacted]倒居然抛出了[redacted]三百万公债，可是前天我方才晓得他早又补进了；一万二十元，他就补进了！而且，这二十元的亏也就是我们放出那公债万去的时候作成了他的！补，你想这一万里只赚到二十元，这么胆小的人，叫他来怎么办！我们给他做攻守同盟，大家想彼此提携，有福同享，有祸同当，不料他倒先来拆我们的台了，这还有什么可说！」

「可是荪甫，你们总去试试看。眼前为了『公债』逼极了，那伙竹斋不肯抛空，只要他不做多头，守中立，也就对于我们有莫大的好处了！」

王和甫说着就哈哈笑起来，摸一下胡子，好像胜利极有把握。于是吴荪甫也只好答应了。接着他们又商量到他们三个人怎么拼凑五十万出来。王和甫不慌不忙叠着指头说：

「益中里我拉来的存款就有二十万光景，剩下三十万，我们每人十万，还怕筹不出来么？赵伯韬那里今天又有新消息，大局是利在做『空』的，荪甫，这是难得易失的机会！怎么你近来少决断了？」

吴荪甫点头不响。这一会儿，他的脸上透出红气来，他的眼光一闪，就把着椅臂厉声叫道：

「好呀！既然你和吉人都是那样好兴致，我也干！可是我手头现款轧了，我打算拿我的厂去做一笔押款！还有我这住身房子，照地价算，也值十多万！简直就去押了二十万罢！」

王和甫哈哈大笑，翘起大拇指来冲着吴荪甫一扬。一边吴荪甫却又说接着：

「可是和甫！押地皮，我自己有门路；押厂，却非得吉人帮忙不可！」

「行了！我去对吉人说了，让他再和你面谈！那就定了，竹斋那边，你的竭力！」

王和甫非常高兴地说着，就站起身走了。但在大客厅阶前正要跨进汽车，王和甫却又转脸叫道：

「荪甫！还有一句话！那个姓刘的女人，靠得住靠不住；她向我们取巧了！」

「哦——怎么知道她也替老赵做侦探？」

「是韩孟翔说的。徐曼丽也叫我们小心。曼丽又是雷参谋告诉她的！」

要是博山在香港招股有点眉目，赶这五天里电汇二三十万来，那就更不用怕了！况且——

「那麽我就防着她。——怎麽她又黏上了雷參謀呢？」

吴荪甫点着頭沉吟。王和甫哈哈笑着就鑽進汽車去了。

这時大雨早止，天色反見亮朗一些，天空有許多長条的黄雲，把那天幕变成了一張老虎皮。吴荪甫站在那大客廳的五级石階上沉吟，想起了公債市場上將要到来的「背城一戰」，想起了押房子，押廠，——想得很多且亂，可是總有点懒懒地提不起精神来。他站在那里許久，直到少奶奶回来的汽車叫，方始把他提醒：她还是去找杜竹斋出「外交」。

「四妹到底不肯来！我看那边也还清静地很，就讓她住几天再说。」

少奶奶下車来就氣急喘喘似的说，以為荪甫不免还有一次發作。可是意外地荪甫只点一下頭，就拉着少奶奶再進那汽車去，一面对那汽車夫命令道：

「到杜姑老爺公館去！姑老爺公館！还没听明白！」

少奶奶坐在荪甫旁边忍不住微笑了。她万万料不到荪甫去找姑老爺是為了公債事情，她總以為荪甫是要去把姑奶奶拉出来一同去找四小姐回来。而这，她又以為未免小題大做。並且她又居然感到四小姐之舉動很可同情，她自己也何嘗不覺得公館裡枯躁可厭呀！于是她臉上的笑影没有了，却换上了憂愁無奈的灰色。忽然她覺得自己的手被荪甫抓住了，于是她就勉强笑了一笑。

十九、

大時鐘鏜鏜地打了九下。这清越而緩慢的金屬顫動的聲音送到了樓房床上吴荪甫的耳朵裡了。閉着的眼皮将像轻轻一跳。梦的黑潮还是重压在他的神经上。在梦中，他也听得[redacted]清越的钟响；但那是急促的钟声，那是交易所拍板台上的钟声，然而那是宣告「开市」的钟声，那是吴荪甫他们「决战」开始的号炮！

是为了这梦里的钟声，所以睡着的吴荪甫眼皮轻轻一跳。公债的「交割期」就在大后天，[redacted]到[redacted]昨天[redacted]为止，吴荪甫他们已经把努力搜刮来的「预备金资」掷数开到「前线」，是展开了全线的猛攻了；然而「多头」们的阵脚依然不见多大的动摇！他们现在唯一的盼望是杜竹斋的友军迅速出动[redacted]。昨晚上，吴荪甫为此又跟杜竹斋磨到深夜。这已是第四次的「对杜外交」！竹斋的表示尚不至于叫荪甫他们失望。然而毕竟这是险局！

忽然睡梦中的吴荪甫一声狞笑。接着又是锁紧了眉头，咬住了牙关，浑身一跳。猛可地他睁开眼来了，[redacted]细红的眼[redacted]定住了发怔，细汗渐渐布满了额角。梦里的事情太使他心惊。惨黄的太阳光在窗前弄影，远远地微风吹来珠了浑浊的市声。

「幸而是梦！不过是梦罢了！」——吴荪甫匆匆忙忙起身离床，心里反复这么想。然而他在洗脸的时候又看见梦里那赵伯韬的面孔又跑到脸盆里来了；一脸的奸笑，胜利的笑！[redacted]无意中在大衣镜前走过的时候一回顾，吴荪甫又看见自己的脸上掠过了是一副败相。[redacted]仆人们在大客厅里和大餐室里就[redacted]烘烘地换沙发套，摆出地毯去扑打；吴荪甫[redacted]一眼瞥见，忽然又想到房子[redacted]已经抵出，如果押款到期不能清偿，那就免不了要乱烘烘地迁让。

他觉得满屋子到处是幸灾乐祸的眼睛对他嘲笑。他觉得坐在「家」里等消息要比亲临前线十倍二十倍地难熬！他也顾不得[redacted]昨天是和孙吉人约好了十点钟会面，他就坐汽车出去了。

这是一九三〇年新纪录的速率，汽车在不很闹的马路上飞驰；然而汽车里的吴荪甫却觉得汽车也跟他捣乱，简直不肯快跑。他又蓦地发见，不知道在什么时候那没精打采的惨黄的太阳也躲过了，现在是濛濛细[redacted]雨如烟如雾。而这样惨淡的景象又很面熟。[redacted]不错！也是这么浓雾般的细雨的早上，也是这么一切都消失了鲜明的轮廓，威武的气概，而且也是这么他坐在汽车里向迷茫的前途狂跑！猛可地从尘封的过去中跳出了一个同憶來了兩個月前他和趙伯韜合做「多頭」那時「決戰」的一天早上，正就是這麼一種慘淡的雨天呀！然而現在是風景不殊，人物已非了！現在他和趙伯韜立於敵對的地位了！而且杜竹齋舉足輕重的態度曖昧！

吳蓀甫獨自在車裡露着牙齒乾笑。他自己問自己：就是趕到交易所去「親臨前線」，究竟有什麼用呀？勝敗之機[redacted]決於昨天，前天，大前天；然而昨天，前天，大前天，早已過去，而且都是用盡了最後一滴財力去應付着去布置了應該的；那麼今天這最後五分鐘的勝敗，似乎也不盡恃人力罷？不錯！今天還要放出最後的一砲。正好比決戰中的總司令連自己的衛隊旅都調上前方加入火線對敵人下最後的進攻。但是命令前敵總指揮就得了，何必親臨前線呀？——吳蓀甫維着眉頭獰笑，心裡[redacted]是有一個主意：「回家去等候消息！」然而他嘴裡總說不出來。他現在連這一點決斷都沒有了！終曾他雄心自訟：「要鎮靜！即使失敗，也得鎮靜！」可是事實上他簡直鎮靜不來了！

就在這樣遲疑狀約中，汽車把吳蓀甫載到交易所門前停住了。像做夢[redacted]似的，吳蓀甫擠進了交易所大門，直找經紀人陸匡時的「號[redacted]子」。似乎尚未開市，滿場是喧鬧的人聲。但吳蓀甫彷彿全沒看見，全沒聽到；他的眼前只幻出了趙伯韜的面孔，塞滿了全空間，上至天，下到地。

比鴿寮的崗亭[redacted]大不了多少的經紀人[redacted]號子裡先已塞滿滿地着一位胖先生在那里打電話。這正是王和甫。經紀人陸匡時站在那「崗亭」外边和助手談話。吳蓀甫的來到，竟沒有惹起任何人的注目；直到他站在王和甫身边時，陸匡時這才一回頭看見了，而王和甫恰好也把電話听筒掛上。

「呵！蓀甫！正找你呢！來得好！」

王和甫跳起來說，就一把揪住蓀甫拖進那「崗亭」，又把他塞在電話機旁边的小角裡，[redacted]好像惟恐人家看見了。吳蓀甫苦笑，想說，卻又急切間[redacted]找不到話頭。可是王和甫彎着腰先悄悄地[redacted]問道：

「没有会过吉人么？」——过一忽儿，他也要上这里来。竹斋究竟怎样？他主意打定了么？」

「有八分把握。可是他未必肯大干大干一下。[redacted]至多是一百万的花头。」

吴荪甫一开口却又是乐观，并且他当真渐渐静定起来了。王和甫摸着胡子微笑。

「他能够抛出一百万[redacted]去么？好极了！可是荪甫，我们自己今天却干瘪了，你的那一厂押款，到底弄不成，我和吉人昨天跑了多少门路也没有一处得手。我们今天只能——」

「只能什么？难道前天讲定了的十万块钱也落空么？」

「这倒幸气没有落空！我们今天只能扣住了这数目做做。」

「那么，一开盘就抛出去么？你[redacted]闻过了盘翻没有？」

「呀，呀！再不要提起什么盘翻了！昨晚上才知道，这个人竟也靠不住！我们本来为的这用那法，所以凡是抛空，都经过他的手，谁知道他暗地里都去报告赵伯韬了！这不是糟透了么？」

王和甫说这话时，声音细到就像蚊子叫。吴荪甫并没听得完全，可是他全都明白了。他陡的变了脸色，耳朵里一嗡，眼前黑星乱跳。[redacted]又是部下[redacted]倒戈！这比任何打击都厉害些呀！过一会儿，吴荪甫咬牙切齿挣地扎出一句话来道：

「真是人心难测！那么，和甫，今天我们抛空只好叫陆匡时过手了？」

「不！我们另外找到一个经纪人，什么都已经接洽好。一开盘，我们就抛！」

一句话刚完，外边锣鼓大震，开市了！接着是做交易的雷声轰轰地震动，似乎房子都震摇。王和甫也就跑了出去。吴荪甫却坐着不动。他不能动，他觉得两条腿已经不听他做主，而且耳朵里又是嗡嗡地叫，金星又在他眼前跳乱。他从来不曾这么脆弱，他真是变了！

猛可地王和甫氣急敗喪跑回来，搓着手对吴荪甫叫道：

「哎，哎！開盤[redacted]出来就漲了！漲上半塊了！」

「呵——趕快抛出去！扣住了那十万塊全都抛出去！」

吴荪甫蹶然跳起大聲說，可是蓦地一陣昏暈，又加上心口作惡，他兩腿一軟，就倒了下去，[redacted]直瞪着一对眼睛，臉色死白。王和甫嚇得手[redacted]指尖冰冷，搶步上前，[redacted]一手掐住了吴荪甫的人中，一手就揪他的頭髮。急切間可又没得人来帮忙。正[redacted]慌做一堆的時候，幸而孫吉人来了。孫吉人還镇静，而且有急智，看見身边有一杯冷水就向吴荪甫臉上噴了一口。吴荪甫的眼珠動了，咕的吐出一堆濃痰。

「趕快抛出去呀——」

吴荪甫睜大了眼睛還是这一句話。孫吉人和王和甫对看了一眼。孫吉人就拍着吴荪甫的肩膀说：

「放心！荪甫，我們在这裡招呼，你回家去罷！这里人多氣悶，你[redacted]住不得了！」

「没有什麽！那不过是一時痰上，現在好了！——可是，还没抛出去麽？」

吴荪甫霍地站起来说；他那臉色和眼神的確好多了，額角是火燒一般红，这不是正氣的红。孫吉人看得明常的白，就不管吴荪甫怎样堅持不肯走，硬拉了他出去，送上了汽車。这時候，市場裡正轟起了從来不曾有过的「多頭」和「空頭」的决鬥！吴荪甫他們最後的一炮放出去了！一百五十万的裁兵公債一下裡抛在市場上了，掛出牌子来是步步跌了！

要是吴荪甫他們的友軍杜竹齋趕这当兒加入火線，「空頭」們便要全勝了。然而恰在吴荪甫的汽車從交易所門前開走的時候，杜竹齋坐着汽車来了。兩边的汽車夫打了揑喇叭一个招呼，可是車裡的主人都没觉到。竹齋的汽車咕的一氣停住，荪甫的汽車飛也似回公館去了。

也許就是那交易所裡的人氣和汗臭使得吳蓀甫一時暈厥罷，他在汽車裡已經好得多，額角上的那大汗也斷了退去，他就能「理性」地想一想了。但這「理性」的思索卻又使他的臉色一點一點轉為蒼白，他的心重甸甸地定住在胸口，壓迫他的呼吸。

濛濛的細雨現在也變成了傾盆直瀉。風也有點刺骨。到了家，從車裡出來時，吳蓀甫猛然打一個寒噤，渾身汗毛都直豎了。阿萱和林佩珊在大餐間裡高聲兒嚷著笑著，恰在吳蓀甫走過的時候，阿萱衝了出來，手裡拿一本什麼書，背後是佩珊追著。吳蓀甫縐著眉頭，別轉臉就走過了；他已經沒有精神去管這些小事，並且四小姐的反抗也使他在家庭中的威權無形中縮小，至少是阿萱近來已經比先前放肆些了。

到書房裡坐定後，吳蓀甫吩咐書差的第一個命令是「請丁醫生」，第二個命令是「生客拜訪，一概擋駕！」他還有第三個命令正待發出，忽然瞥見桌上一封電報轉移了他的注意，於是一擺手叫書差退出，他就看那電報。這是唐雲山從香港打來的電報，三五十個字，沒有譯出。吳蓀甫拿起電報碼本子譯了七八個字，就把那還沒發出的第三個命令簡直忘記了；可是猛可地他又想起了另一件事，隨手丟開那電報，抓起電話來耳機。他躊躇了一下，終于叫著杜竹齋公館的號頭。在問明了竹齋的行蹤以後，吳蓀甫臉上有點笑容了。百分之一的希望又在他心頭擴大而成為百分之十，百分之二十，三十！

而在這再燃旺的希望上又加了一杓油的，是唐雲山那電報居然是好消息：他報告了事務順手，時局有轉機，並且他在香港已接洽好若干工商界有力份子，益中公司尚可捲土重來；最後，他說即日要回上海。

吳蓀甫忍不住獨自個哈哈笑了。可不是皇天不負苦心人麼！

※剛才唐雲山來了電報，那边有把握。——对了，我们不妨放手幹一幹！——款子还没匯來，可是我们要放手幹一幹！

然而這一團高興轉瞬便又冷卻。吳蓀甫嘴角上雖則還掛著笑影，但已經是苦笑了。什麼香港的商号有為鉅子接洽了有个眉目，也許是空心湯團罷？而且這麼樣的「空心湯團」，唐雲山已經來過不止一二了！再者，即使今回的「湯團」未必仍舊「空心」，然而遠水救不了近火麼。這里公債市場上的決戰五天要分勝敗呀！吳蓀甫他們所爭者就是「現在」；「現在」是一切，「現在」就是「真實」！

而且即使今回不是「空心湯團」，吳蓀甫也不能不怪唐雲山太糊塗了。不是麼？有電報給他弄到了款子就立即電匯來麼？現在卻仍然只是一封空電報！即日要回上海罷？倒好像當這是十八世紀，通行的大元寶非他自己帶來不可似的！人家在火裏，他倒在水裏呀！

這麼想著的吳蓀甫臉上就連那苦笑的影子也沒有了。一場空歡喜以後的苦悶比沒有過那場歡喜更加厲害。剛綪完那電報的時候，他本想打一个電話給孫吉人他們，報告這喜訊；現在卻沒有那種勇氣了。他坐在椅子裡捧著頭，就覺得心裡是火燒一般；他站起來踱了幾步，卻又是一步一个寒噤，背脊上是冷水直澆。他坐了又站起，站起了又坐，就好像忽而[redacted]掉在火堆裡，忽而又滾到了冰窖。

他只好承認自己是生了病了。不錯！自從上次他廠裡鬧工潮以來，他就得了這怪病，而且常常要發作。而剛才他在交易所裡竟至於暈厥！莫非也就是初步的腦充血？老太爺是腦充血去世的！「怎麼竹齋至還沒見來？該死！緩急之際，竟沒有一个人可靠！」——吳蓀甫無端遷怒到不相干的第三者了！

突然，電話鈴響了。叮令令！～～～～想見那打電話的對方是多麼[redacted]性急。

吳蓀甫全身的肉都跳了起來。他知道一定是孫吉人他們來報告市場情形，他拿起那電話聽筒的時僾，手也抖了，他咬紧了牙関，没有力氣似的叫了两聲「喂」，就屏息静听那生死関头的报告。然而意外地他的眉毛一挺，眼睛裡又有些光彩，接着他又居然笑了一笑。

「哦——涨上了又跌麽？——哦！跌进三十三塊麽？——哎，哎！——可惜！——看去是可多赔些的胃口已经軟弱麽？哈！——你還剛開盤麽？——怎麽？——打算再抛出二百万？——保征金追賬？——我想成！——哦，那麽老趙也是抓住一擲了，半斤对八兩！——哦，可見是韓孟翔真該死呀！没有他去報告了我们的情形，老趙昨天就要胆小！——不錯！同我們的給過小子一点顏色看看！——給麽？早到交易所了！——你们没有看見他麽？找一找影！——哦……」

吴荪甫掛上了听筒，脸色突又放沉了。这不是憂悶，这是震怒。韓孟翔那様靠不住，最不該！况且还有刘玉英！这不要脸的！两头做内線！多少大事壞在这種「部下」没良心，不忠实！吴荪甫想起了恨得牙癢癢地，不是没有理由的。他是向来公道，從没待虧了谁，可是人家都「以怨報德」！不必说雅韓雅刘的了，就是自己的嫡親妹子四小姐也不諒解，直把他作老虎似的，甚至逃走出去不肯回来！

一陣怒火像乱箭一般直攢心头，吴荪甫全身都蔑抖了。他鉄青着脸，咬緊牙齒，在屋子裡疾走。近来他的威嚴破壞到不成个様子了，他必須振作一番！眼前这交易所公債闗口一过，他必須重建既往的威权！在社會上，在家庭中，他必須仍舊是一个威嚴神聖的化身！他一边走，一边想，預許給自己很多的期望，很多的未来計画！專等眼前这公債市場的鬥爭告一个有利的段落，他就要一一開始的！

電話鈴猛可地又響了，依然是那麽急！

这回吴荪甫为的先就喫过「定心丸」，便不像剛才那様慌張，他的手擎起那听筒，堅定而且是快。他一听那聲音，就同叫道

「你是和甫麽？——哦，哦，你说呀！不要緊！你说！」

外窗猛起了狂风，園子裡樹木怒吼。听着電話的吴荪甫突然变了色，銳聲叫道：

「什麽！瘋了麽？——有人乘我們壓低了你手就扒進！——哦，不是老趙，是我自己？是誰，是誰？——呀！是竹齋麽？——咳，唉！——我們大勢已去了呀！……」

吳蘇甫柏達！擲那簡在桌子上，退一步，就倒在沙發裡，直瞪了眼睛，只是喘氣。竹齋又是這一手！大事卻壞在他手裡！那麽，昨晚上開誠布公對他那番話，把市場上虛虛實實的情內都告訴了他的那番話，豈不是成了開門揖盜麽？——「咳！家叛親離我，吳蘇甫，有什麽地方對不起了人的！」只是這一個意思在吳蘇甫心上猛撲。他驀地一聲獰笑，跳起來搶到書桌邊，一手拉開了抽屜，抓出一支手槍來，就把槍口對準了自己胸口。他的臉色黑裡透紫，他的眼珠就像要爆出來似的。

窗外是狂風怒吼，斜脚雨打那窗上的玻璃，達達地。可是那手槍沒有放射。吳蘇甫長嘆一聲，身体落在那轉輪椅子裡，手槍掉在地下。恰好這時候當差李貴引着丁醫生進來了。

吳蘇甫蹶然跳起，對丁醫生獰笑着叫道：

「剛才險些兒出一件事，要你費神；可是現在沒有了。既然來了，請坐一坐！」

丁醫生愕然聳了聳肩膀，還沒開口，吳蘇甫早又轉過身去抓起了那電話耳機，再打電話。這回是打到他廠裡去了。他問明了是屠維嶽時，就只厲聲吩咐了一句：「明天全廠停工！」他再不理那簡中那吱吱的聲音，一手掛上了，就轉臉看着丁醫生，微微笑着說：

「丁醫生！你說避暑是往那裡去好些？我想吹吹海風呢！」

「那就是青島罷！再不然，遠一些，就是秦皇島也行！」

「那麽牯嶺呢？」

「牯嶺也是好的，可沒有海風；况且這幾天聽說紅軍打吉安，長沙被圍，南昌，九江，都很吃緊——」

「哈哈哈，這不要緊！我正想去看看那付軍是怎樣的三頭六臂了不起！充其量也不過是土匪！一向是大家不注意，縱容了出來的！不是丁醫生，請你坐一會兒，我去吩咐了幾句話就來。」

吳蓀甫異樣地狂笑着，站起身來就走出了那書房，一直跑上樓去。現在知道什麼都完了，他倒又鎮靜起來了；他輕步跑進了自己房裡，看見了少奶奶佩瑤倚在窗前的沙發上看一本書。

「佩瑤！趕快叫[redacted]他们收拾，今天晚上我們就要上輪船出碼頭。避暑去！」

少奶奶猛一怔，霍地站了起來；她那膝頭的書就掉在地上，書中間又飛出一朵乾枯了的白玫瑰。這書，這枯花，吳蓀甫今回是第三次見面了，但和上兩次一樣，今回又是萬事牽心，滑過了注意。少奶奶紅着臉，朝地下瞥了一眼，惘然回答：

「那不是太局促了麼？不是，也由你。」

（一九三二年，十二月，五日，在上海，愚園路。）

图书在版编目（CIP）数据

茅盾珍档手迹．子夜 / 茅盾著；桐乡市档案局（馆）编．—杭州：浙江大学出版社，2011．6

ISBN 978-7-308-08734-6

Ⅰ．①茅…　Ⅱ．①茅…　②桐…　Ⅲ．①长篇小说—中国—现代　Ⅳ．①I216．2

中国版本图书馆 CIP 数据核字（2011）第 100315 号

[茅盾珍档手迹]

日记—1961 年、日记—1962 年、日记—1963 年、日记—1964 年、子夜、书信

茅　盾　著

桐乡市档案局（馆）编

出 品 人	傅　强
丛书策划	徐有智　季　峥
责任编辑	季　峥（really@zju.edu.cn）
装帧设计	刘依群
出版发行	浙江大学出版社 （杭州天目山路148号　邮政编码310007） （网址：http://www.zjupress.com）
排　　版	杭州林智广告有限公司
印　　刷	浙江海虹彩色印务有限公司
开　　本	889mm×1194mm　1/16
印　　张	157.25
字　　数	982千
版 印 次	2011年6月第 1 版　2011年6月第 1 次印刷
书　　号	ISBN 978-7-308-08734-6
定　　价	580.00元（共六册）